DANIEL TWARDOWSKI

# Das blaue Siegel

*Buch*

Indien 1866: Der amerikanische Detektiv John Gowers soll die rätselhaften Morde aufklären, die das Königshaus der Oudh erschüttern. Durch die Ermordung des letzten Prinzen der Familie, der unter falscher Identität in Delhi lebte, wurden fünf Jahrhunderte Mogulherrschaft an einem Tag beendet. Die einzigen Überlebenden sind die alte Königin Zinat Mahal Begum und deren Nichte und Schwiegertochter Zamani von Oudh, die keine weiteren Nachfahren mehr bekommen können.

Gowers übernimmt den Fall, und damit beginnt für ihn eine abenteuerliche Reise, die ihn quer durch Indien und nach Lakhnau, zur alten Residenz der Oudh, wo Zamani lebt, führen wird. Als Unterstützung wird ihm die hübsche Dienerin Ishrat zur Seite gestellt, der er schon bald näherkommt, obwohl er ihr nicht traut. Kurz darauf entgeht er jedoch nur knapp einem Mordanschlag. Gowers kann erkennen, dass der potentielle Mörder ein eintätowiertes blaues Zeichen am Hals trägt, das Zeichen der Gwalior-Dynastie, der Erzfeinde der Oudh.

John Gowers glaubt nun, die richtige Spur gefunden zu haben, denn es ist offensichtlich, dass die Familie der Gwalior hinter den Morden steckt. Aber die genauen Hintergründe der Taten bleiben Gowers zunächst verborgen. Und so bringt er sich – und seine Auftraggeber – in tödliche Gefahr …

*Autor*

Daniel Twardowski, geboren 1962, studierte Literatur- und Medienwissenschaften. Nach diversen Tätigkeiten, unter anderem als Universitäts-Dozent, lebt der Autor heute als freier Schriftsteller in Marburg. 2003 erhielt er den Förderpreis zum Literaturpreis Ruhrgebiet, 2005 das DaimlerChrysler-Stipendium der Casa di Goethe in Rom, 2006 den Oberhausener Literaturpreis und 2007 den Deutschen Kurzkrimipreis für »Nachtzug«. Für seinen ersten John-Gowers-Roman, »Tod auf der Northumberland«, wurde er für den Glauser-Preis nominiert. Daniel Twardowski wird von der agenturliteratur Gudrun Hebel vertreten

Von Daniel Twardowski außerdem bei Goldmann lieferbar:

Tod auf der Northumberland. Roman (46776)

Daniel Twardowski

# Das blaue Siegel

Roman

GOLDMANN

FSC
Mix
Produktgruppe aus vorbildlich
bewirtschafteten Wäldern und
anderen kontrollierten Herkünften

Zert.-Nr. SGS-COC-001940
www.fsc.org
© 1996 Forest Stewardship Council

Verlagsgruppe Random House FSC-DEU-0100
Das FSC-zertifizierte Papier *München Super* für dieses Buch
liefert Arctic Paper Mochenwangen GmbH.

Originalausgabe August 2010

Umschlaggestaltung: UNO Werbeagentur München
Umschlagfoto: Porträt von Casimir Perier (1777–1832),
Gemälde, anonym, Musée de la Révolution Française,
Vizille ©Bridgemanart.com
Redaktion: Gerhard Seidl
BH · Herstellung: Str.
Satz: omnisatz GmbH, Berlin
Kartografie: e-map Studio, Margret Prietzsch
Druck und Bindung: GGP Media GmbH, Pößneck
Printed in Germany
ISBN: 978-3-442-47144-7

www.goldmann-verlag.de

The Red Mist of Doing has thinned to a cloud

Rudyard Kipling, *A Song of Kabir*

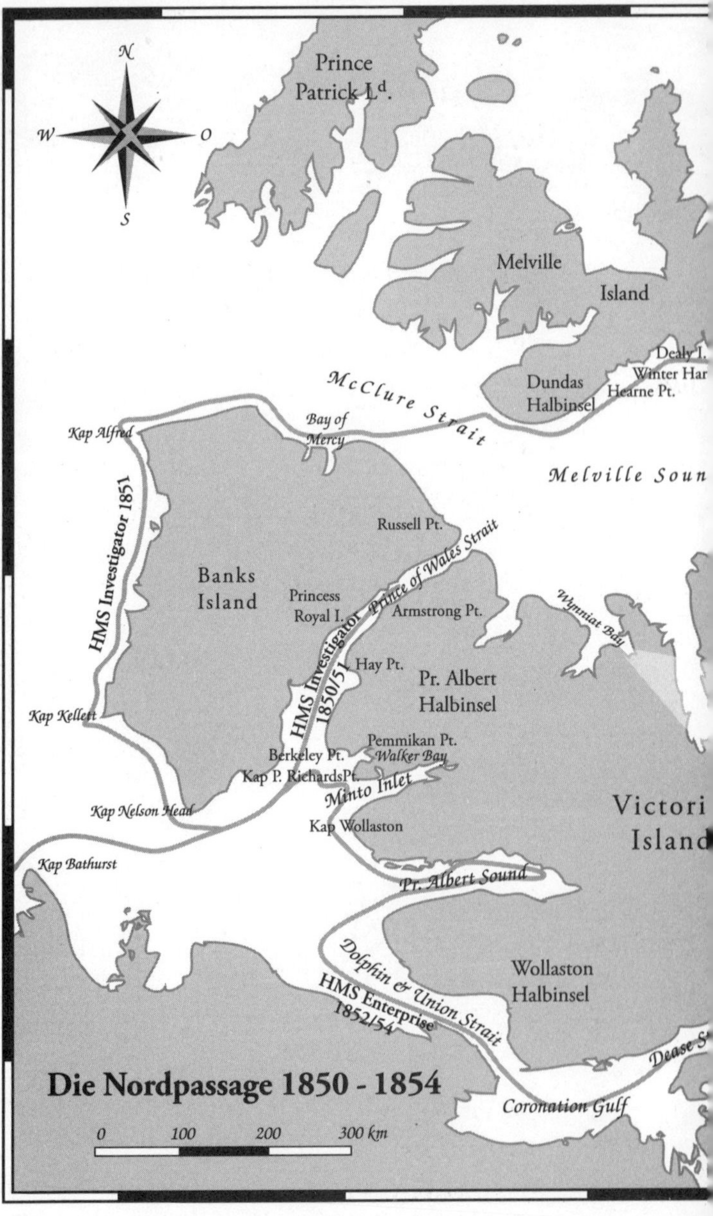

Die Nordpassage 1850 - 1854

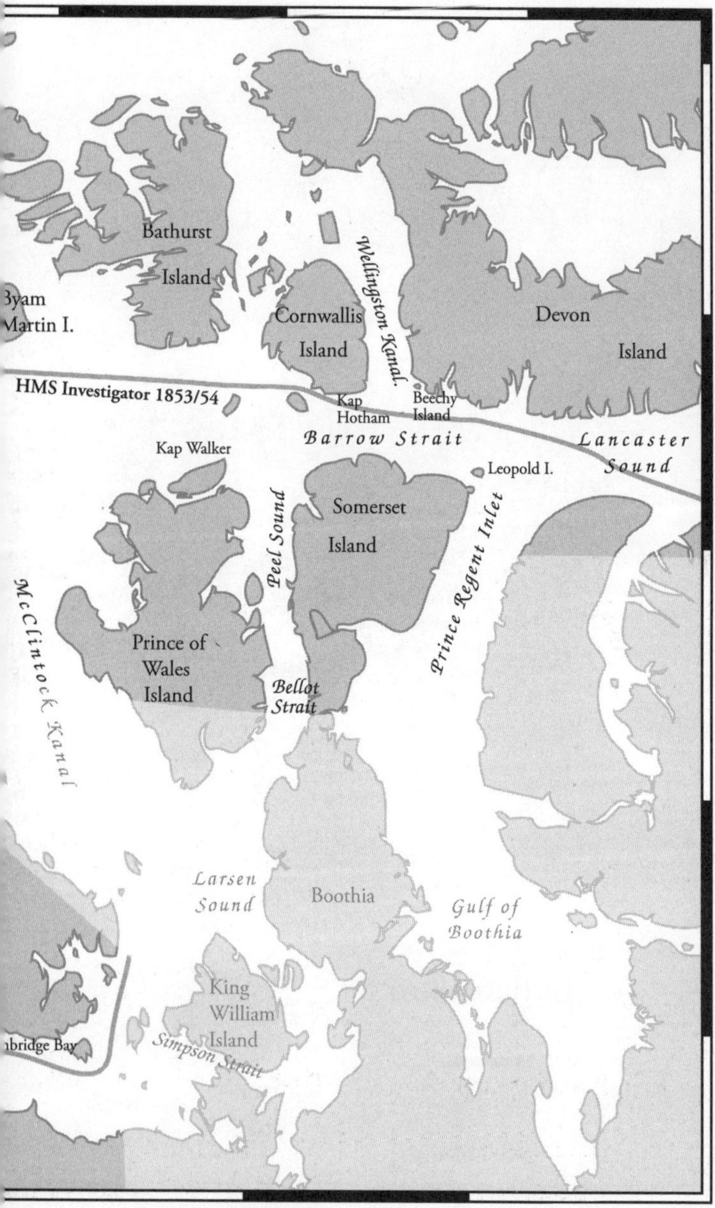

Die hellgrau dargestellten Bereiche waren Mitte des 19. Jhd. noch unerforscht

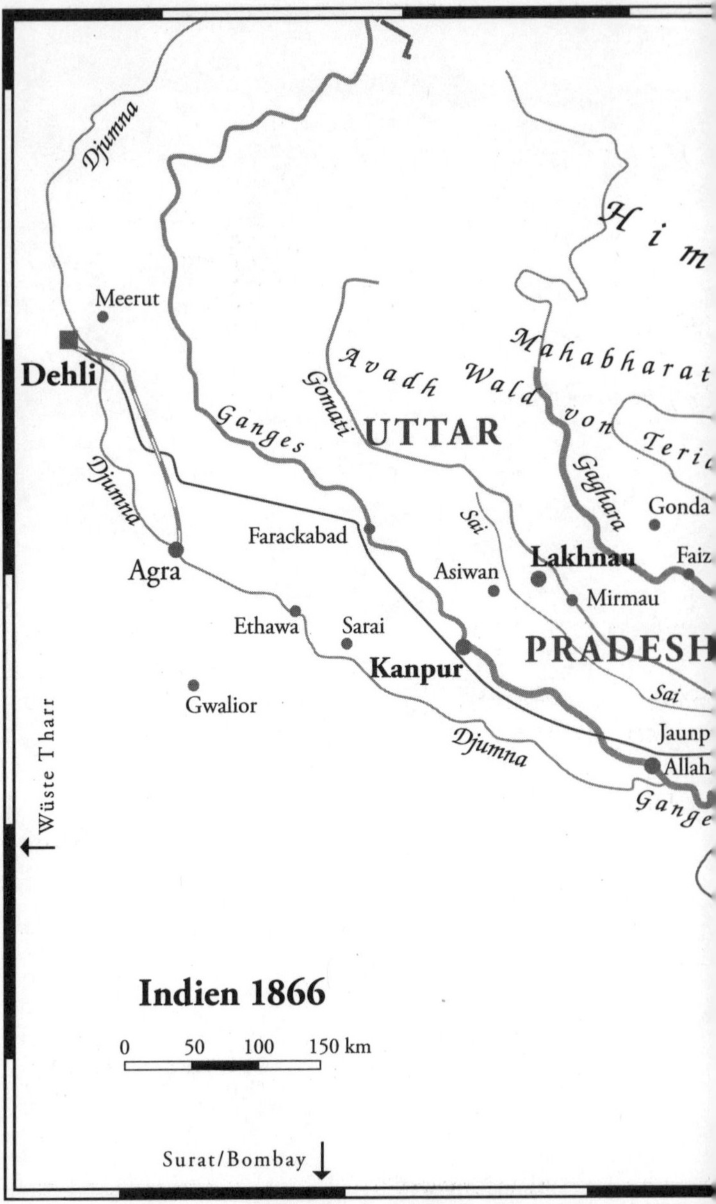
Indien 1866
0 50 100 150 km
Djumna
Meerut
Dehli
Agra
Farackabad
Ganges
Gomati
Avadh
Wald
UTTAR
PRADESH
Him
Mahabharat
von
Teri
Gaghara
Gonda
Sai
Lakhnau
Faiz
Asiwan
Mirmau
Ethawa
Sarai
Kanpur
Gwalior
Jaunp
Allah
Gange
Wüste Tharr
Surat/Bombay

Kalkutta/Rangoon
N
W
O
S
aya
Range
Gandak
Gaghara
Patna
Ganges
enares
aranasi)
Mughal
BIHAR
Old Trunk Road
BENGALEN

# Teil eins

# I.

Für jemanden, der auf ein Schiff nach England wartete, war das Gefängnis von Delhi ein ausgesprochen unpassender Aufenthaltsort. Es lag außerhalb der Stadtmauer, an der Straße, die in die nördlichsten Ausläufer der Aravalliberge und von dort in die Wüste Tharr führte.

John Gowers hatte im Büro des Kommandanten nur einen kurzen Blick auf die Karte werfen können, die über dem Schreibtisch und neben dem Porträt Königin Viktorias hing, sich aber diese Gegebenheiten mit dem sicheren Instinkt des Ausbrechers eingeprägt. Vor ihm, über die lächerlich niedrige Mauer und die Straße hinweg, ragte die Zitadelle von Feroz Schah in einen wolkenlosen Himmel. Dahinter lagen die Djumna und eine Flussfahrt von rund tausend Meilen bis nach Kalkutta.

Obwohl er kein Riese war, überragte Gowers die beiden Sepoys, die ihn abführten, um fast eine Kopflänge. Ohne dass es ihm anzusehen war, zählte er seine Schritte, während sie gingen, und registrierte sogar, dass ein offensichtlich lausiger Baumeister die Gänge, durch die man ihn führte, nicht rechtwinklig hinbekommen hatte. Über mehrere Treppen mit stark ausgetretenen Stufen ging es weit hinunter, und er fürchtete schon, in irgendein unterirdisches Verlies aus der Mogulzeit geworfen zu werden, als man ihn plötzlich wieder treppauf führte. Wollten sie ihn verwirren, oder kannten sich diese Kerle hier am Ende selbst nicht aus? In seinem Kopf nahm die Risszeichnung des weitläufigen Kerkers jedenfalls immer deutlicher Gestalt an.

Auf der nächsten der schwach beleuchteten Treppen stolperte er, fiel gegen den kräftigeren seiner beiden Bewacher und hielt eine Sekunde später etwas in der Hand, das er zunächst für einen leeren Tabaksbeutel hielt, dann aber als die Geldbörse des offenbar mehr als dürftig besoldeten Mannes identifizierte.

Sie bogen noch um einige Ecken, bis die Sepoys offenbar glaubten, ihren Gefangenen zur Genüge irregeführt zu haben. Gowers wusste, dass er sich jetzt beinahe wieder zu ebener Erde und ziemlich genau in der nordwestlichen Ecke des Gefängnisses befand. Eine Viertelmeile hinter der hier beginnenden rückwärtigen Mauer lagen die Ruinen des alten Delhi, von Tamerlan oder sonst einem Großen der Geschichte Asiens in den jetzigen kläglichen Zustand versetzt. Dort musste ein halbwegs geschickter Mann sich eigentlich auch bei Tage gut verbergen können.

Ein niedriger, langgestreckter Saal, nicht unähnlich den englischen Schuldgefängnissen des 18. Jahrhunderts, erwartete ihn. Der erbärmliche Gestank einer eingesperrten Menschenmenge schlug ihm entgegen, und in wenigen Sekunden musste er all seine Pläne entsprechend ändern. Hier bewachten die Gefangenen einander gegenseitig, ähnlich wie damals in Andersonville. Aber dort musste man nur die eingeschleusten Spitzel und gedungenen Zuträger fürchten und war ansonsten unter den Kameraden der Nordarmee.

Hier dagegen gab es nicht einmal richtige Kriminelle, mit denen man Geschäfte hätte machen können. Stattdessen glücklose Räuber oder ungeschickte Diebe, allzu aufdringliche Bettler und tatsächlich Schuldner, gepfändete Bauern; darunter, zu seinem ungläubigen Erstaunen, auch Frauen und

Mädchen, zahlreiche Kinder, Gefangene in der zweiten Generation sozusagen.

Gowers' Überraschung resultierte daraus, dass es, abgesehen von den spanischen Sklavenschiffen, in den Gefängnissen der zivilisierten westlichen Welt schon seit hundert Jahren keine Räumlichkeiten mehr gab, die Männer und Frauen sich teilen mussten. Zu wüst waren die Ausschreitungen gewesen, die dort vorgekommen waren. Hier jedoch machte das Kastensystem, das er immer noch nicht völlig durchschaut hatte, viele der Frauen ohnehin unberührbar.

Dies alles kam ihm nicht sehr entgegen, schon weil er auf den ersten Blick ein Viertel der Insassen für Spitzel hielt, die ihn, den *Nasrany*, den Ungläubigen, natürlich besonders im Auge behalten würden. Verbindlich lächelnd zog er deshalb die jetzt schon etwas besser gefüllte Börse des Aufsehers hervor und reichte sie dem völlig verdutzten Mann mit den Worten: »Das haben Sie wohl verloren, mein Lieber. Ich wäre Ihnen übrigens dankbar, wenn Sie in nächster Zeit den amerikanischen Konsul aufsuchen und von meiner Lage in Kenntnis setzen könnten. Es wird Ihr Schaden nicht sein.«

Dann schloss sich die kleine Tür klirrend, und John Gowers war so allein, wie es ein weißer Mann unter den gegebenen Umständen nur sein konnte.

## 2.

Die Jagd hatte Raksha, die Dämonin, weit weg geführt von ihrem Lager in den Hügeln über dem Fluss. Weit weg von den fetten grünen Tälern hatte sie getötet, ihren Hunger gestillt. Sie schleppte noch an den Überresten des kleinen Bocks, trug ihn für ihre Kinder, als sie es roch. Verbranntes

Gras, dessen Asche, der Wind ihr entgegentrug auf dem Weg zum Fluss.

Ihr graues Haar sträubte sich, als sie immer tiefer in den üblen Wind hineinlief, den Gestank, der schnell zu Rauch wurde und ihre Sinne betäubte. Bald würde es nur noch diesen Gestank geben, würde sie nichts sonst mehr riechen können in der Welt, keine Beute und keinen Feind. Dennoch ließ sie den Bock nicht los, dessen Blut längst geronnen war in dem jämmerlich kurzen Fell und der nichts mehr von den Hügeln wusste, in die Raksha ihn trug.

Sie hatte schon einmal brennendes Gras gerochen, in ihrer Jugend, und wusste, dass es die Bauern waren, die das Land verbrannten bis an die Wurzeln, bis die Hügel kahl waren und so grau wie Rakshas Haar. Damals waren sie einfach fortgelaufen, rasch wie Schatten und weit in den Wald von Teriani hinein. Niemand war zurückgeblieben, auch die Alten nicht. Aber diesmal wusste sie, fühlte, dass ihre Kinder noch nicht so weit und schnell laufen konnten.

Als sie den Fluss sah, rot glänzend in der untergehenden Sonne, ließ sie die Beute fallen. Sie kannte das Land nicht mehr, stutzte. Ihre goldenen Augen suchten die Hügellinien, die Bäume, Merkzeichen. Das Land blieb fremd und grau in der Dämmerung. Langsam lief sie los. Hinter ihr fielen die Geier aus dem Himmel wie große Steine, stürzten sich auf den Bock, den Raksha geschlagen hatte. Sie kümmerte sich nicht darum, das Hacken, Reißen, das heisere Geschrei.

Der Boden unter ihren nackten Füßen wurde heiß, brannte noch hier und da in kleinen, kriechenden Flammen. Asche drang zwischen ihre Zehen bei jedem Schritt. Dann sah sie den Schakal, der mit blutigem Maul davonschlich, den Schwanz eingeklemmt, lief, was er laufen konnte, vor Rakshas Zorn. Und nun waren die Geier auch vor ihr. Wo die Höhle gewesen war, lag die Erde in Fetzen, aufgerissen wie eine große Wunde. Hier hatten die Bauern gegraben.

Sie vertrieb die Geier mit einigen raschen Sätzen und stand dann vor dem Festmahl der Aasfresser, der Ratten, Ameisen, die sich nahmen, was die Hunde der Bauern übrig gelassen hatten von Rakshas Kindern. Die kleinen Körper waren kalt, als sie sie anstieß, schnüffelte, leckte, wie sie es so oft getan hatte. Eines hatte verkohlte Füße, alle waren zerrissen von Zähnen, Stöcken und eisernen Klauen. Sie waren in der sicheren, tiefen Höhle erstickt, verbrannt und schließlich erschlagen worden, als sie herauskamen, ganz zuletzt, blind vor Schmerz. In der Nähe fand Raksha einen zerbrochenen Stock, frisch zugespitzt von den Bauern, aber an der Spitze blutig und zerbissen. Ihre Kinder hatten sich gewehrt bis zum Ende.

In den Dörfern am Fluss hörten die Bauern drei Nächte hindurch einen großen Wolf heulen. Ist uns entwischt, meinten sie und lachten hinter ihren festen Mauern aus Lehm. Die Kinder zitterten. Das ist nur ein Wolf, sagten ihre Mütter und lachten über die Feiglinge. Seine Totenklage.

Aber es war Raksha, die Dämonin, die ihr Rachelied sang.

## 3.

Es war vor allem das Stillsitzen, das ihn nach fünf Tagen allmählich zermürbte. Seit er New York verlassen hatte, war er fast ständig in Bewegung gewesen. Mit der *Northumberland* nach Bombay. Dort in Sachen Reginald Wedderburn gut zwei Wochen lang in den höchst unterschiedlichen Kreisen, in denen der Verstorbene verkehrt hatte – von den Villen und britischen Herrenclubs auf Malabar Hill bis hinunter ins Bordellviertel Tardeo. Danach hatte ihn ein beinahe schon mittelalterlich anmutender Küstensegler nach Surat gebracht, wo er von Lady Wedderburn das vereinbarte Honorar einforderte. Dummerweise hatte er sich dort von einer angeblichen Erkrankung der Dame ein paar Tage hinhalten lassen und zu spät festgestellt, dass sie vor ihrem Gläubiger und seiner Wahrheit nach Delhi geflohen war.

Für eine Achthundert-Meilen-Verfolgungsjagd hatte sein Geld da schon nicht mehr gereicht, nur für eine gemächlichere Reise im Ochsenkarren nach Ujjain, dann auf einem langen, schmalen *Mussola* oder Flussboot den Chambal hinunter bis Dholpur und von dort noch einmal fünfzig Meilen zu Fuß bis nach Delhi. Das Erlebnis dieser Reise durch das Hochland von Malwa und vor allem das dumme Gesicht der Lady, als er da plötzlich auf der Veranda ihres Landhauses stand, war jeden Schritt wert gewesen. Aber sein Geld hatte er wieder nicht bekommen und war am nächsten Tag entsprechend heftig geworden. Er hatte sogar über eine mögliche Veröffentlichung seiner Erkenntnisse über den ehrenwerten Sir Reginald gesprochen – und das hatte dem Rechtsbeistand der hartnäckigen Villenbesitzerin Lady Wedderburn, Colonel Outram, der mit einer sechsköpfigen Sepoy-Abteilung im Nebenzimmer auf der Lauer lag, für eine Inhaftnahme ausgereicht.

Nach fünf endlosen Tagen neigte John Gowers allmählich der Auffassung zu, dass es in Delhi überhaupt keinen offiziellen Vertreter der amerikanischen Regierung gab. Damit lag er auch insofern richtig, als von der tatsächlichen Existenz eines entsprechenden Konsuls *pro tempore* nur wenige Eingeweihte etwas wussten. Dieser Mensch, seines Zeichens Baumwollgroßhändler, war eigentlich britischer Staatsbürger, bekleidete sein Amt allein aufgrund gewisser Handelsbeziehungen zu den früheren Südstaaten und war infolgedessen noch von Jefferson Davis ernannt und nie von seinem Posten abberufen worden. Vermutlich wäre er auch der Meinung gewesen, dass ein Yankee im Gefängnis genau dort war, wo er hingehörte.

Der große, niedrige Raum lag nur wenig unter dem Niveau der ebenen Erde. In Kopf-, für Gowers in Brusthöhe bestand die gesamte äußere Längswand aus einer vergitterten Öffnung, die auf den westlichen Innenhof des Gefängnisses führte. Hier zirkulierte die heiße Luft, hier fand die »Fütterung« statt, indem die Wachen zweimal täglich die erhobenen Blechschüsseln, Näpfe oder auch nur die hohlen Hände der Gefangenen mit lauwarmem Reis- und Hirsebrei füllten. Hier waren auch nachts die besten Schlafplätze, es sei denn, die Kinder der im Gefängnis lebenden Aufseher machten sich einen Spaß daraus, aus ihrer ungewohnt erhabenen Stellung auf die schlafenden Gefangenen zu pissen.

Tagsüber saßen draußen vor diesem Gitter die Besucher, die Angehörigen der eingesperrten armen Teufel, mitunter ganze Familienverbände, die sie mit Trost, Wasser und halbwegs frischen Lebensmitteln versorgten. Wie von dem weltumspannenden System, das britische Ökonomen zur Perfektion gebracht hatten, nicht anders zu erwarten war, nutzten die Menschen sogar noch diese Gegebenheiten, um Geschäfte mit den Bedürfnissen ihrer Mitmenschen zu machen. Dabei wäre vielleicht eine kleine Säge zu erstehen, und die Gitterstäbe sahen alles andere als stabil aus. Durch eine neuerliche Bestechung der Aufseher konnte er vielleicht auch in der Verkleidung eines Abtrittentleerers die entscheidenden Türen passieren.

Für beide Möglichkeiten brauchte er jedoch innerhalb des großen Gefängnissaals einen Mitstreiter mit so viel natürlicher Autorität, dass er einen Fluchtalarm von Seiten der Insassen oder der Spitzel wenigstens so lange verhindern würde, bis Gowers über die Mauer und in den Ruinen des alten Delhi war. Er versuchte also, sich mit einem jungen Mann anzufreunden, der sauberer und intelligenter aussah als die Mehrheit der Gefangenen; der ihm in einem kurzen Gespräch aber lediglich zu verstehen gab, dass das Leben ohnehin nur ein Traum und daher nicht zu ändern sei: »Das ist die Maya, der Weltentrug, du, ich, alles. Handeln ist wie ein Rauch im Wind, ein roter Nebel vor der Sonne, der unser Denken verwirrt.«

Mit seinem abgeklärtesten Lächeln zog Gowers sich zurück und hielt Ausschau nach einem gemeinen, schmutzigen Kerl, mit dem mehr anzufangen wäre. Er hatte sich den entsprechenden Mann bereits ausgeguckt, als am Morgen des sechsten Tages vor dem Gitter sein Name gerufen wurde.

## 4.

Rote Ashokablüten bedeckten den kleinen Leichnam ihrer Hoffnungen, Mirza Innuzzar Baht, den Letzten ihres Geschlechts. Seine Schönheit, das bleiche Kindergesicht, von den Blüten umrahmt, schnitt in ihr Herz. Für einen Augenblick zerbrach ihre Stärke, und sie sackte an der schlecht geschnitzten Totenbahre zusammen, aber ihre Knie berührten den Boden nicht.

Als die Frauen ihr beispringen wollten, hatte sie sich schon wieder in der Gewalt, seufzte ohne Tränen, küsste die kalten Lippen ihres Enkelsohns und zog dann das Leichentuch über sein Gesicht. Es war wie aus Wind gewebt, fein wie der Abendtau, Produkt einer dreitausendjährigen Tradition der Tuchherstellung. Der leiseste Atemhauch hätte es fortgeweht, aber der Junge atmete nicht mehr. Sie befestigte es im Nacken des Toten, der nun aussah wie eine Alabasterstatue, für deren

Vollendung einer der alten Bildhauer nur noch wenige zarte Schläge gebraucht hätte.

Sie trat langsam zurück, die Frauen nahmen die Bahre hoch und trugen den Erben des letzten Mogulkaisers hinaus, durch marmorne Hallen mit silbernen Decken. Die Blüten fielen wie helle Blutstropfen auf Mosaike aus Halbedelsteinen, von den leichten Tritten der Frauen und Mädchen der *Zenana* in Jahrhunderten nicht abgenutzt. Kein Geräusch, kein Klagelied begleitete die Prozession, außer dem leisen Plätschern der Springbrunnen, die ihre glitzernden weißen Wasserperlen versprühten.

Durch Gänge mit goldenen Wänden, schimmernd im Fackellicht, ging es hinaus in den letzten lebenden Garten, tief verborgen im Roten Fort. Hierher war nie ein Feind gekommen, kein Engländer hatte diese Erde betreten. Dennoch waren die Ashokabäume nun abgeschlagen und ihr duftendes Holz zu dem Scheiterhaufen geschichtet, auf dem die Frauen die Bahre niederlegten.

Die Fackeln verblassten im Licht des langsam heraufdämmernden Aprilmorgens, als sie zu Agni betete, dem Feuergott, Leben des Windes, Leib der Pflanzen, der die Welten erschafft und wieder zerstört. Dann legte sie selbst das Feuer unter den niedrigen Holzstoß. Öl und weißes Kashagras gaben den Flammen Nahrung, bis sie das Fleisch von ihrem Fleisch erreicht hatten und Agni ihre letzte und schönste Frucht verzehrte. Ihre Züge wurden hart und kalt, als der Rauch in den Himmel stieg, und tief in ihr schrie eine Stimme. Sie öffnete den Mund, etwas Wildes, Altes in ihren Augen, und seltsam dunkel klang es aus ihrer Kehle.

»OUDH!«

So hatten Könige vor ihr gerufen, von älterem Blut als alle Briten, Moguln, Muslime, in Schlachten, die vor der Zeit geschlagen wurden, als Vyasha jung war und die Welt nur ein Traum. Die Frauen nahmen den Ruf auf.

»OUDH!«

Wie Krieger grüßten sie das versunkene Königreich und streckten ihre nackten Arme in den Himmel, als wollten sie den Rauch festhalten. Aber ein Wind kam auf, wühlte in den Flammen, spielte mit dem Rauch, blies Asche in ihre Gesichter und griff heiß unter ihre Gewänder, bis sie sich abwandten und flohen.

Agni lachte. Und der Wind aus der Wüste Tharr trieb den letzten Erben von Oudh und Delhi wie grauen Staub um die Stümpfe der geschlachteten Bäume, aus denen noch immer Saft austrat. Der rote Ashoka, unter dem der Buddha geboren wurde, war Kama Devas Gewächs, eine Frucht der Liebe. Seine Blüten galten als Heilmittel gegen jeden Kummer und alle Arten von Traurigkeit. Aber die blutenden Stümpfe der Bäume im letzten Garten des Roten Forts von Delhi waren ein Zeichen, dass hier eine Trauer wohnte, die nie mehr geheilt, die nur noch gerächt werden konnte.

## 5.

»Gowers, John Gowers, John Gowers!«

Eine seltsam hohe, näselnde Stimme wiederholte seinen Namen so eintönig, als sei er ein *Mantra*. Vor dem Gitter trabten dabei zwei stelzenartige Beine in staubigen Schuhen und einer speckig glänzenden Hose auf und ab. Gowers hatte auf einem Jahrmarkt auf Coney Island mal vor einem drei Meter großen Uncle Sam gestanden, an den er sich in seiner Froschperspektive nun erinnert fühlte. Er trat an das Gitter und schützte gleichzeitig seine Augen vor der gleißenden

Helle des Gefängnishofs, indem er eine kleine Brille mit runden blauen Gläsern aufsetzte.

»Ja?«

Der Inhaber der monotonen Stimme und der Stelzenbeine, ein schlotterdürrer dunkelhäutiger Inder von höchstens fünfundzwanzig Jahren, beugte sich zu Gowers hinunter, indem er eine Hand auf ein Knie stützte.

»Sie sind John Gowers, Amerikaner?«

»Ja. Und wer sind Sie?«

Statt einer Antwort fiel ein schlaffes, schäbiges *Gaddi*, ein mit Troddeln verziertes Kissen, auf den Boden und wirbelte eine kleine Staubwolke auf, die Gowers mitten ins Gesicht bekam. Als er wieder aufschaute, hatte der junge Mann bereits Platz genommen, saß im Schneidersitz vor dem Gitter und streckte ihm zwischen den beängstigend spitz aufragenden Knien seine schmale, dunkle Hand entgegen.

»Mein Name ist Masjid Jawaharlal Mukhopadhyaya. Ich bin Rechtsanwalt.«

»Sehr erfreut!« Gowers schüttelte die ihm angebotene Hand und konnte dabei nicht umhin, sich diesen Namen perspektivisch vorzustellen. Dann erst kam er endlich zu der Frage, die ihm seit fünf Tagen auf den Lippen brannte: »Haben Sie zufällig was zu rauchen?«

»Bedaure«, sagte Mukhopadhyaya, ohne eine Miene zu verziehen, und nahm Bleistift und Papier aus seiner abgegriffenen Aktenmappe. »Lassen Sie uns zur Sache kommen!«

An seiner ganzen Haltung, vor allem an der gelassenen Routine, mit der er vor ihm, über ihm im Staub saß, erkannte Gowers, dass der junge Mann nicht zum ersten Mal vor diesem Gitter mit einem Mandanten verhandelte.

»Wer hat Sie hergeschickt?«, fragte der Gefangene misstrauisch.

»Niemand«, antwortete Mukhopadhyaya völlig ruhig und schüttelte nur ein wenig verständnislos den Kopf, als er fortfuhr: »Ein Wachsoldat, der für diese Information offenbar noch ein Trinkgeld erwartet, sagte mir, dass ein Amerikaner hier ist. Ich habe in Amerika studiert, müssen Sie wissen, und das hat sich inzwischen herumgesprochen.« Er sagte das mit allem Stolz eines Mannes, der ansonsten wenig mehr aufzuweisen hat, und das überzeugte Gowers endgültig davon, dass weder Lady Wedderburn noch Colonel Outram je mit dem Anwalt zu tun hatten, der sich in diesem Augenblick wie verlegen am Ohr kratzte.

»Zunächst wäre die Honorarfrage zu klären, Mr. Gowers …«

Der Junge hat wirklich in Amerika studiert, stellte Gowers mit einem heimelig berührten Lächeln fest, das ihm seit Van Helmonts Tod fast abhandengekommen war.

»Wenn Sie mich hier herausholen, Mr. Mukho…«

»…padhyaya!«

»… bekommen Sie das Honorar, das man mir schuldet.«

Der Anwalt streckte seinen Storchenhals aus dem zu weiten Kragen und kratzte sich nun wirklich, seufzte, als hätte er Vergleichbares schon öfter gehört, als ihm lieb war. »Zahlung im Erfolgsfall«, murmelte er dann schicksalsergeben und schrieb diese Worte als erste auf seine Akte. »Und worum handelt es sich?«

»Darüber gibt es verschiedene Meinungen.«

»Das ist bei Rechtsstreitigkeiten meistens so. Aber wie lautet die Anklage?«

»Es gibt gar keine.«

Mukhopadhyaya stutzte. »Nun, was ist die Anschuldigung? Wegen irgendwas müssen Sie ja hier sein.«

»Das Letzte, was ich gehört habe, war Ehrabschneidung,

Verunglimpfung eines Verstorbenen und üble Nachrede.« Gowers genoss ein wenig den unsicheren Blick, den ihm sein Anwalt zwischen der Aktenmappe und dem linken Knie hindurch zuwarf. »Und Erpressung«, fügte er dann hinzu.

»Ah!« Mukhopadhyayas Miene hellte sich auf, als sei die Sonne durch die Wolken gebrochen, und sein Bleistift fuhr jetzt beinahe fröhlich übers Papier. »Jetzt kommen wir zur Sache.«

»Könnten Sie mir etwas zu rauchen besorgen?«, fragte John Gowers.

## 6.

Durch einen sonderbaren Irrtum der Vorsehung war Indien voller Inder. Glücklicherweise hatte man die Armee, um sie bei Bedarf totzuschießen. Denn das Land an sich hatte viele Vorzüge, wenn auch nicht unbedingt im Sommer. Im Sommer schwitzte Lady Wedderburn trotz zwei- oder dreimaligen Badens täglich ihr Korsett, mehrere Unterkleider und bis zu vier Paar ihrer seidenen, schenkellangen Strümpfe durch. Der Sommer war nichts für die Engländer. Oder die Engländer waren nichts für den Sommer in diesem Land, das zweieinhalb Jahrhunderte Tatkraft und Unternehmungsgeist ihnen eingebracht hatten. Es war ihnen ja nicht in den Schoß gefallen.

Indien war ein herrliches Land. Gewürze, Seide, Opium, Indigo, Zuckerrohr, Salpeter und immer wieder Baumwolle, alle Arten von Stoffen. Es war wie geschaffen für Kaufleute, mithin geschaffen für Engländer. In seinen köstlichsten Teilen geschaffen *von* Engländern. Da gab es die – zumindest in der milden Jahreszeit – herrlichen Parkanlagen der englischen Viertel, der weitläufigen Clubs. Palastartige Anwesen, in denen man drei bis vier englische Landhäuser bequem hätte verstecken können. Wohnräume, groß wie Londoner Ballsäle, und Betten, die eigentlich seidene Landschaften waren. Nein, das Land hatte unbestreitbare Vorzüge. Aber auch schrecklich viele Inder.

Sie meinte natürlich nicht ihre zweiundsiebzig Bediensteten. Diener gab es überall, musste es überall geben und gerade in diesem Klima. Irgendjemand musste schließlich die *Pankas* und die riesigen Thermantidoten bedienen, die die Luft kühlten und in Bewegung brachten, damit Menschen sie atmen konnten. Auch die Existenz einer arbeitenden Klasse leuchtete Lady Wedderburn unter ökonomischen Gesichtspunkten durchaus ein. Aber die Übrigen? Das braune Gewimmel, das sich vor ihrer Kutsche knäuelte und schob, ihren Weg versperrte bei jeder Fahrt in der Stadt. Aufdringliches Geschrei, sinnloses Hin-und-her-Rennen unsäglich schmutziger Füße, splitternackte alte Männer, *Digambaras*, die der Kutsche nicht einmal auswichen, schwatzende Weiber mit tätowierter Stirn, Kinder, die umherhuschten wie Eidechsen, und die Wolken von Staub und Gestank, die all diese Kreaturen aufwirbelten.

Warum nur hatte Gott diese erschreckende Menge von Indern geschaffen? Die sich zudem seit Jahrhunderten uneins darüber waren, ob sie ihn nun auf hinduistische oder muslimische Weise verehren sollten? Die in dieser Frage immer wieder blutig übereinander herfielen? War es eine bloße Herausforderung englischen Ingenieurgeistes in gesellschaftlicher Hinsicht? Brauchte man sie als notwendige Objekte der Beherrschung? Dazu hätte die Hälfte der Leute schon mehr als gereicht. Nein, es musste eine Art Prüfung sein, zu diesem Schluss war Lady Wedderburn nach reiflicher Überlegung und sieben Jahren auf dem Subkontinent gelangt. Es war die ständige Prüfung der moralischen Überlegenheit der britischen Kultur. Nur darum ließ man all diese Inder am Leben, so schwer es auch manchmal fiel.

Wie immer auf dem Weg durch die Vorstädte drang die Schwere der Prüfung besonders schneidend in ihr Gemüt, ihre Augen und ihre Nase. Denn Inder – sie hatte es oft nach Hause schreiben wollen, aber keine schreibbaren Worte gefunden –, denn Inder – Männlein und Weiblein, vom verschmiertesten Kleinkind über hübsche junge Mädchen, Männer, Matronen bis hin zu wohlbebarteten Greisen –, Inder – unbelastet von der selbstverständlichen Beschämung durch die eigenen kreatürlichen Bedürfnisse, die den vielleicht härtesten Kern der westlichen Zivilisation ausmachte –, Inder kackten überall hin!

»Der Vollmond geht auf!«, hatte Reggie schon damals scherzhaft gesagt, als er seine nicht mehr ganz junge Frau auf dem Apollo Bandar in Bombay vom Schiff abholte und – weil früher Morgen war – der Reigen entblößter Hinterteile am Pier, an den Wegen, in Wiesen, auf Feldern, am Straßenrand kein Ende mehr nehmen wollte. Lady Wedderburn war so rot geworden wie im Leben noch nie, und das Gefühl, unter eine Rasse besonders ungezogener Hunde geraten zu sein, hatte sie seit diesem Tag nicht mehr losgelassen. Da mochten die armen, ahnungslosen Gelehrten in England von indischer Kunst, indischer Dichtung, dem ehrwürdigen Alter der indischen Religionen schwatzen – aber was war denn, um Himmels willen, von einer Kultur zu halten, die in so vielen tausend Jahren nicht einmal ein Klosett hervorgebracht hatte?! Oder zumindest den Wunsch, eines zu benutzen?!

Womöglich beschäftigte dieser Aspekt des kolonialen Lebens die vertrocknete Lady aber nur deshalb so ausdauernd, weil sie selbst immer wieder von geradezu erschütternden Durchfällen heimgesucht wurde und – besonders in der Monsunzeit – ein gelungener Stuhlgang den Höhepunkt ihrer Tage darstellte, jedenfalls wenn Reggie nicht da war. Und Reggie war nun für immer fort!

Colonel Outram hatte an der Treppe des Gerichtsgebäudes im Schatten seiner Kutsche auf sie gewartet. Den impertinenten Amerikaner sah sie erst im Zimmer des Richters wieder. Sein Anwalt war Inder, wie konnte es anders sein. In welchem Dreck mochte er heute Morgen gehockt haben? Lady Wedderburn wünschte sich wieder einmal, dass sie England nie verlassen hätte.

## 7.

Kalter Januarregen trieb vor dem Wind, fegte in grauen Schleiern die Hügel hinunter über den Sund von Plymouth. Die beiden schwarz gekleideten Männer verkrochen sich, so weit es eben ging, in ihren Mänteln und zogen die Hüte tief ins Gesicht, als sie ins Boot stiegen. Dennoch vergaß der kleinere von ihnen nicht, einen langen Blick auf das zurückweichende Ufer zu werfen, das im trüben Spätnachmittag rasch verschwand.

In den Regen mischte sich nun ein Hauch von Schnee, kleine Kristalle, die auf den dunklen Ärmeln der Männer für eine Sekunde ihre Struktur behielten, bevor sie wässrig zerfielen.

»Ein scheußliches Wetter«, knurrte auf Deutsch der größere der beiden durch einen großen braunen Schal hindurch und blickte mit einer Mischung aus Verwunderung und Verachtung auf die harten roten Hände der Matrosen, die in unerschütterlich gleichmäßigem Takt das Boot ruderten. Der kleinere Mann, der zwischen Mantelkragen und Hutrand hervorlugte wie durch eine Schießscharte, zuckte nur kurz mit den Schultern.

Als sie sich den beiden Dreimastbarken näherten, übertönte ein kakofonisches Durcheinander von Befehlen, Flüchen und den ungeordneten Geräuschen verschiedener eilig ausgeführter Arbeiten allmählich das dünne, surrende Aufklatschen des Regens auf den kleinen Wellen. Schneller und höher als erwartet stieg die Bordwand des größeren der beiden Schiffe vor ihnen aus dem Wasser, die Männer stellten die Ruder auf, und die Restfahrt trug das Boot direkt unter dem verschnörkelten Namenszug entlang, ehe es mit einem dumpfen Aufschlagen sein Ziel erreichte und von oben festgeholt wurde.

»*Enterprise*«, sagte der kleine Mann, indem er das Wort deutsch, nämlich am Wortende betonte. »Was heißt das, Bruder Van Deurs?«

»*Enterprise* bedeutet so viel wie …« Der Größere überlegte kurz. »So viel wie Unternehmung, Vorhaben, kühnes Beginnen.«

Der Kapitän und sein Commander hatten sich unter Deck der *Enterprise* verholt, nachdem auf beiden Schiffen das Stauen in vollem Gang war. Sie waren eben mit der ersten Mahlzeit auf See fertig geworden. Das Chaos an Bord durfte sie nicht kümmern, sie mussten vielmehr zeigen, welch unerschütterliches Vertrauen sie in die Fähigkeiten ihrer Offiziere und Mannschaften hatten, jedwede Wuhling zu ordnen und jedes Problem zu meistern, selbst wenn es um die ganze Erde ging. Außerdem mussten sie »einander beriechen« und tranken sich deshalb schon zum wiederholten Mal auf eine erfolgreiche Reise zu.

Der drahtige kleine Richard Collinson, Oberbefehlshaber der Expedition, hatte in China Hervorragendes geleistet, war aber nie in der Arktis gewesen, während der rothaarige Ire McClure, Commander des Begleitschiffs, schon zweimal im Polargebiet gefahren war. Als Fähnrich mit dem berüchtigten George Back ausgerechnet auf der *Terror* und jetzt, gerade erst zurückgekehrt, zwei Jahre lang an Bord ebendieser *Enterprise* als First Lieutenant unter Sir James Ross. Er hatte sogar im Eis überwintert, und Collinson wusste, dass allein seine Protektion innerhalb der Admiralität ihm das Kommando verschafft hatte, von dem viele meinten, dass es McClure gebührt hätte.

Eine schwierige Situation für die beiden Männer, die Collinson mit einer Einladung zum Mittagessen und einer selbst angesetzten Schale Punsch so weit wie möglich zu entschärfen hoffte. Glücklicherweise hatte sich Robert John Le Mesurier McClure als integrer Mann und loyaler Untergebener gezeigt. Hatte seine Erfahrungen mit dem Eis und dem Schiff in die Unterhaltung einfließen lassen, ohne aber im Geringsten in Zweifel zu ziehen, wer auf dieser Reise die Zügel in der Hand halten würde. Collinson hatte sich sogar schon ein wenig darüber gewundert, dass der Ire so gar kein Problem damit hatte, wieder nur zweiter Mann zu sein. Ihm selbst wäre das weit schwerer gefallen.

»Wie kommen Sie zu diesem französischen Namen?«, fragte er jovial und nachdem ihm vom Punsch schon so warm geworden war, dass er seine kleine runde Brille putzen musste.

»Mein Vater, Sir«, antwortete der Ire, die langen Beine weit von sich gestreckt und die Pfeife mit Collinsons Erlaubnis zwischen den Zähnen, »starb, ehe ich geboren wurde. Sein Kriegskamerad Captain John Le Mesurier sorgte für mich. Er war halb Schotte und halb Franzose.«

»Oh«, Collinson lächelte, »so eine alte Stuart-Geschichte, wie?«

»Ay, Sir!«, sagte McClure durch den Rauch seiner Pfeife.

»Halten Sie sechs Monate für realistisch?« Collinson wurde nach einer längeren Pause wieder dienstlich. »Diese Schachteln sind entsetzlich langsam!« Er hatte im Chinesischen Meer stets Kriegsschiffe kommandiert und konnte sich mit den beiden vergleichsweise plumpen ehemaligen Walfängern nur schwer anfreunden.

»Sie segeln stetig, Sir, auch bei schwerem Wetter. Und wir müssen spätestens im August in der Beringstraße sein, besser noch mitten im Eis, wenn das Ganze überhaupt Zweck haben soll.«

Collinson stutzte ein wenig. War das vorsichtige Kritik an den Plänen der Admiralität? Hielt dieser verdammte rothaarige Eisfahrer das ganze Unternehmen für aussichtslos? Hatte er sich deshalb in seine untergeordnete Rolle gefügt?

## 8.

Die Welt, die Zeitungen spotteten bereits. *Wenn ein britischer Polarforscher in der Arktis einen Bach entdeckt, schickt die Regierung Ihrer Majestät zehn Expeditionen aus: eine, um den Bach zu erforschen, und neun, um sich gegenseitig zu suchen!*

Tatsächlich hatte die Suche nach Franklin das Königreich schon über eine Million Pfund gekostet, ohne dass neunzehn Expeditionen, zu Land und zu Wasser, von den hundertdreißig Männern, zwei Schiffen und dem ehrenwerten Sir John auch nur die geringste Spur gefunden hatten. Man hatte den gesamten Westen abgesucht, Frobisher, Hudson Strait, Fox Channel, den Lancaster Sound hinein und die Barrow Strait entlang jeden Kurs gesteuert, den der Mann vernünftigerweise hätte einschlagen können. Nichts. Keine Trümmer, keine Flaschenpost, keine Depots. Es war, als seien *Erebus* und *Terror* schon im Nordatlantik mit Mann und Maus untergegangen.

Franklin war nun fünf Jahre fort und seit drei Jahren überfällig. Diese Unternehmung würde die letzte sein, die Hilfe bringen oder vielleicht sogar Überlebende finden könnte. Die Überlegung der Admiralität war ganz einfach. Man hatte versucht, Franklins Spur dort zu verfolgen, wo er in die Nordwestpassage eingedrungen war, von der Baffin Bay aus nach Westen. Wäre es nicht viel logischer, den Mann und die Schiffe Ihrer Majestät Königin Viktorias dort zu suchen, wo sie irgendwann wieder herauskommen mussten, nämlich im Norden Alaskas und von der Beringstraße aus?!

Diese Idee auszuführen waren Kapitän Collinson und sein Commander McClure im Begriff – auch wenn das, sozusagen als »Anlauf«, eine Reise um Südamerika und der Länge nach nicht durch einen, sondern gleich zwei Ozeane bedeutete. Sie blieben dabei so ruhig, wie es nur Offiziere der britischen Royal Navy in der Mitte des 19. Jahrhunderts sein konnten, denn, da waren sie mit ihrer Zeit einig, ihnen gehörten ja die Welt und ihre Meere.

Collinson füllte die Gläser gerade noch einmal auf, als es klopfte.

»Der Dolmetscher, Sir!«

Kapitän und Commander erhoben sich, als die beiden schwarz gekleideten Männer die Kajüte betraten und ihre tropfenden Hüte abnahmen.

»Einen Punsch, meine Herren?«, fragte Collinson, wurde sich der Zweifelhaftigkeit seines Angebots aber sofort bewusst und lächelte nonchalant. »Nein, natürlich nicht. Sie sind …«

»Van Deurs«, sagte der Größere, »Prediger von der Heiden-Mission der Herrnhuter Brüder. Kapitän Collinson! Commander McClure!« Knappe Verbeugungen begleiteten diese Vorstellung. »Darf ich Sie mit Bruder Johannes Miertsching bekannt machen?!«

Der kleinere der beiden Missionare, der aufgrund des plötzlichen Temperaturwechsels aus Knopflöchern und Kragen zu dampfen begann, schüttelte den Offizieren die Hand, wobei er sie in einer fremden Sprache begrüßte. Collinson hielt das für einen kleinen Scherz und lächelte milde. Offenbar wollte der Mann zeigen, dass er die Grußformeln irgendeines Eskimodialekts beherrschte. Seltsam war nur, dass seine abgehackte Sprache Collinson irgendwie bekannt vorkam.

»Bruder Miertsching ist Deutscher«, erklärte prompt Mr. Van Deurs. »Er spricht leider kein Englisch.«

»Und warum haben Sie ihn mitgebracht?« Collinson konnte dem Prediger von der Heiden-Mission der Herrnhuter Brüder nicht folgen. Erst bei dessen weiteren Ausführungen entglitten ihm langsam die gefassten Gesichtszüge.

»Bruder Miertsching ist Ihr Dolmetscher, Sir. Er war fünf Jahre lang in unserer Missionsstation in Labrador tätig. Er versteht und spricht alle uns bekannten Eskimosprachen und ihre regionalen Dialekte.«

»Aber kein Englisch?«, fragte ungläubig der Kommandant, und sein Nacken begann sich zu röten.

»Nein«, sagte Van Deurs ungerührt. »Bruder Miertsching versteht sich auf alle Unbilden des Lebens im hohen Norden. Er kann ein Schneehaus bauen, jagen und ein Schlittengespann lenken …«

»Aber nicht Englisch!« Collinson stand jetzt kurz vor einem Schlaganfall und musste seine ganze Energie darauf verwenden, seine Gefühlsaufwallung nicht mit explosionsartigen

Schreien zu begleiten. Er wünschte sich an Deck, in einen Höllensturm, vor sich ein Riff und neben sich drei Dutzend Matrosen, die er in die Wanten jagen könnte.

Diese Vorstellung beruhigte ihn etwas, er entließ den aufgestauten Atem aus seiner gequälten Lunge, putzte unnötigerweise schon wieder seine Brille und sagte ruhig, aber mit nicht zu verbergender Ironie: »Sie meinen also, er wird uns alles, was die Eskimos sagen, ins Deutsche übersetzen? Das wird enorm hilfreich sein. Vielen Dank, Gentlemen. Würden Sie bitte an Deck auf uns warten?«

Die Schritte der unglücklichen Missionare waren auf dem Niedergang noch zu hören, als der Kommandant ganz aus sich herausging.

»Gottverflucht! Diese Mistkerle! Diese dreimal verfluchten Bürokratenhengste! Da fordert man einen Mann an, der die Sprachen der Eskimos beherrscht ...«

»... und bekommt ihn, Sir!«, warf McClure mit einem Grinsen ein.

»Und kriegt einen Deutschen! Einen Deutschen! Da hätten sie uns auch gleich einen Eskimo schicken können!«

»Er wird sehr schnell Englisch lernen, Sir. Und es dauert doch mindestens sechs Monate, bis wir ...«

»Ich seh uns schon, ich seh uns da auf dem Eis stehen.« Collinson begleitete seine Ausführungen durch eine sehenswerte kleine Pantomime. »Er mit einem englischen Wörterbuch und ich mit einer deutschen Grammatik! Und im Hintergrund dreihundert Eskimos mit Pfeil und Bogen ...«

McClure konnte nicht anders, als über die gespielte Verzweiflung seines Kommandanten zu lachen. Der stutzte dabei plötzlich und bekam wieder seinen heiteren, wagemutigsten Gesichtsausdruck.

»Ich sag Ihnen was! Sie übernehmen diesen Heidenfresser,

McClure. Sorgen Sie dafür, dass er bis Valparaiso genügend Englisch gelernt hat, und ich tausche ihn wieder zurück. Sagen wir gegen ein Fässchen Rum!«

»Ay, Sir!« McClure seufzte.Er hatte sofort verstanden, dass dies kein Scherz, sondern ein Befehl war oder doch werden würde. Er ging nach oben, um »Brother Mierching« von seiner neuen Abkommandierung in Kenntnis zu setzen.

Der kleine Missionar hatte trotz des Regens seinen Mantel geöffnet und war gerade dabei, sein Gepäck an Bord zu bringen, als ihm durch *seinen* Dolmetscher Van Deurs eröffnet wurde, dass er leider auf dem Begleitschiff fahren müsse, da seine Kajüte auf der *Enterprise* noch nicht instand gesetzt sei. Es schien ihn kaum zu berühren. Er trat lediglich an die Reling, schaute zu dem anderen Schiff hinüber und versuchte, trotz der hereinbrechenden Dunkelheit einen Namen zu entziffern.

»*Investigator*, Bruder Van Deurs. Was bedeutet das bitte?«

»Investigator, das Wort meint einen Erforscher oder Ermittler«, sagte Van Deurs und fügte lächelnd hinzu: »Man könnte auch sagen, einen Detektiv!«

## 9.

»Sie behaupten also, ein Detektiv zu sein!«, sagte Richter James Oswin Trevelyan, dessen schneeweiß gesträubter Backenbart eindrucksvoll eine Gesichtsfarbe kontrastierte, die der über vierzigjährige Aufenthalt in Indien und eine ebenso lange wie hartnäckige Liebe zu Alkoholika aller Art ihm eingebracht hatten. »Können Sie das irgendwie beweisen?«

»Wird diese Tatsache denn von irgendjemandem in Abrede gestellt, Euer Ehren?«, entgegnete Mukhopadhyaya. »Falls nötig, wird sich in der persönlichen Habe meines Mandanten natürlich ein solcher Beweis finden lassen. Colonel Outram müsste ihm diese Habe lediglich wieder zugänglich machen.«

»Ich verwahre mich entschieden gegen die Unterstellung, diesen Menschen bestohlen zu haben!«, protestierte James Robert Outram, pensionierter Oberst der Third Bengal Lancers und passionierter Rechtsberater in englischen Clubkreisen. »Ich habe seine Sachen lediglich in Verwahrung genommen, als er verhaftet wurde.«

»Als Sie ihn verhaften ließen, Sir«, warf Mukhopadhyaya ein.

»Als ich ihn verhaften lassen musste«, wehrte sich wieder der Oberst, »weil er der Witwe eines verdienten Offiziers und langjährigen Freundes mit impertinenten Drohungen nachstellte.«

»Waren es nicht vielmehr Forderungen, Colonel Outram?«

»Es war handfeste Erpressung, Mr. Mukho...«

»...padhyaya. Berechtigte Forderungen, wie ich hinzufügen möchte.«

»Ja, ja, Hickhack«, murmelte Trevelyan, gelangweilt von dem formvollendeten Schlagabtausch, den die beiden Advokaten sich geliefert hatten. »Also, können Sie's beweisen?!«

John Gowers, noch genauso abgerissen und stinkend, wie man ihn aus dem Gefängnis von Delhi geholt hatte, war bislang hauptsächlich damit beschäftigt gewesen, Lady Wedderburn niederzustarren, die ihm über den Rand ihres rastlos tätigen Fächers hinweg feindselige Blicke zuwarf und gar nicht daran dachte, in diesem Augenduell klein beizugeben. Die Tage im Gefängnis zogen an Gowers vorüber, und er hätte viel gegeben für ein Viertelstündchen ungestörter Zweisamkeit mit der vornehmen Dame.

»Hätten Sie etwas dagegen, kurz aufzustehen, Euer Ehren?«, fragte er dann.

Trevelyan grinste. In seinen Gerichtsverfahren waren es seit vierzig Jahren die Angeklagten gewesen, die dieser Aufforderung nachzukommen hatten. Aber hier gab es keinen Angeklagten, und ob es je ein Verfahren geben würde, war mehr als zweifelhaft. Dies war nur eine formlose Anhörung. Und nun schien sie endlich die Abwechslung zu bieten, die er sich insgeheim von ihr erhofft hatte.

Der Richter erhob sich, trat drei Schritte zurück und richtete sich zu voller Größe auf. Er war immer ein imposanter Mann gewesen, ein Ringer in seiner Jugend. Beinahe siebzig Jahre hatten die Haare weiß gefärbt, die auf seinem eindrucksvollen Kopf, den mächtigen Wangen, aber leider auch aus den Ohren und sogar seiner Nase wuchsen. Wenn Richter Trevelyan nervös wurde, hatte er die unappetitliche Gewohnheit angenommen, an den letztgenannten herumzuzupfen. Jetzt aber war er überhaupt nicht nervös. Er war Jupiter. Dies war sein Olymp.

Auch Gowers stand auf, sah sich den alten Mann gründlich an und ging sogar einmal um ihn herum. »Sie sind unverheiratet«, sagte er schließlich.

»Das«, erwiderte Trevelyan belustigt, aber auch ein bisschen enttäuscht, »kann Ihnen Ihr Mr. Mukho…«

»…padhyaya!«, warf der Anwalt ein.

»… Mr. Mukhopadscha ohne Weiteres erzählt haben, Sir.«

»Ich meinte: Sie waren auch nie verheiratet«, fuhr Gowers ungerührt fort. »Ihr Garten liegt an einem Osthang, Ihr Tabak wird dieses Jahr wohl nichts werden, und Ihren Diener sollten Sie entlassen.« Er setzte sich wieder. »Eigentlich schade, dass Sie die Schmetterlingssammlung aufgegeben haben, Euer Ehren!«, fügte er noch hinzu.

James Oswin Trevelyan blickte stirnrunzelnd auf seine Schuhe und Hosenbeine, musterte flüchtig seine Hände, die Fingernägel, strich durch das sauber gekämmte, aber am Hinterkopf jahrzehntelang plattgelegene Haar, entfernte ein paar

Schuppen von seiner Schulter und tastete kurz nach der alten Schmetterlingsnadel, die seinen Kragen im Nacken zusammenhielt. Er räusperte sich zweimal und überlegte, ob er peinlich berührt sein sollte. Schließlich nahm er umständlich wieder Platz und sagte: »Nehmen wir also an, Sie sind Detektiv!«

## 10.

Nach Viktoria benannte man Städte, Länder, Flüsse, Inseln, Halbinseln oder Landzungen, Seen, Kaps, Gebirgszüge und einzelne Berge, Wasserfälle, Buchten, Meerengen, Schiffe, Häfen, Lokomotiven, Bahnhöfe, Schulen, Schächte, Schmetterlinge, Straßen zu Land und zu Wasser, einen Militärorden, eine Moralauffassung, ein Seerosengewächs und ein Zeitalter.

Nach ihr benannte man gar nichts: Zinat Mahal Begum, Prinzessin von Oudh, rechtmäßige Ehefrau und Erbin des letzten Mogulkaisers und Königs von Delhi Abu Zafar Bahadur Sha II. Selbst ihr Titel hatte keine Bedeutung mehr. Die Briten nannten praktisch jede einigermaßen wohlhabende Dame, die einer Familie und einem Haushalt vorstand, eine *Begum*; sie schienen es als Witz zu betrachten oder als eine besondere Form der Höflichkeit oder einfach als ein Synonym für: alte Frau.

Zinat Mahal Begum war vier Jahre älter als Viktoria von England, aber seit sie ihre jeweilige Herrschaft im gleichen Jahr – 1837 – angetreten hatten, hatte sie, Kaiserin von Indien, Fürstin von Delhi, Prinzessin von Oudh, sich immer wieder mit der englischen Königin verglichen. Sie besaß verschiedene Bilder von ihr, Gemälde und fotografische Aufnahmen. Demnach war sie immer schöner gewesen und auch jetzt, mit fünfzig Jahren, noch schöner als die kleine dicke Engländerin, die man sich in einem Sari nicht einmal vorstellen mochte.

Aber noch als sie jung war, gerade Ehefrau und Mutter des Thronerben geworden, hatte Zinat Mahal Begum sich im Roten Fort ein englisches Zimmer einrichten lassen, in das sie oft ging, wenn sie nachdenken wollte, und das außer ihr und einigen ihrer Dienerinnen niemand betreten durfte. Das geheime Zimmer war eigentlich ein Albtraum für jeden Inder, Asiaten oder Orientalen, wäre aber auch für so manchen Amerikaner und vielleicht sogar für den einen oder anderen Engländer nur schwer erträglich gewesen.

Vollgestopft mit Gebilden aus dunklem Holz, brokatüberzogenen Polstermöbeln in jeder Größe, Sesseln, Poufs, Fußschemeln und Stühlen mit gedrechselten Beinen, auf deren Sprungfederung man sich nicht gefahrlos bewegen konnte. Verdunkelt durch Vorhänge und irrsinnige Draperien, gedämpft durch dicke, maschinengewebte Teppiche und Stofftapeten mit geschmacklosen Mustern, verkleinert durch ein Monstrum von Kamin, das man in Indien natürlich niemals brauchte. Man konnte darin keine drei Schritte machen, ohne an irgendetwas anzustoßen.

Anfangs hatte die junge Begum sich noch einen Spaß daraus gemacht, im englischen Zimmer auch europäische Kleidung zu tragen: Schnürstiefel, Krinolinen, gefältelte Häubchen, einmal sogar einen Schirm. Dabei war aber ein guter Teil der Einrichtung zu Bruch gegangen, hatte sie Kerzenständer, Blumenvasen, das Teeservice und ein Stehpult umgerissen und inmitten der Zerstörung nur noch gelacht, als sie feststellte, dass auch die Bronzestatuen, geflügelte Kinder ohne Geschlechtsteile, Löwen, Pferde und nackten Engländerinnen, die sie nacheinander gegen die Wand warf, nur aus Gips waren – mit einem leichten Metallüberzug.

War das Maya, der Weltentrug? Oder war es nur eine der tausend Albernheiten, mit denen die Engländer Geld verdienten? Und wie war es möglich, dass dieses Volk, das sich in seinen eigenen Wohnzimmern nicht umdrehen konnte, Indien und die ganze Welt beherrschte? Lag es daran, am Geld? Oder daran, dass sie keinen Geschmack hatten, um es für etwas anderes auszugeben als ihre furchterregenden Waffen?

Die Begum ließ sich englische Bücher kommen und Bilder, Öldrucke englischer Landschaften. Sie richtete im geheimen Zimmer eine Bibliothek ein, deren Bücher sie zwar nicht las, aber immer wieder betrachten konnte. Sie mochte die Illustrationen von Cruishank und Thackeray, die sie zum Lachen brachten. Sie grübelte über englischen Figurengedichten des 17. Jahrhunderts, wie die Gelehrten von *Belait** über indischen Tempelreliefs grübelten, die sie klassifizierten, ohne sie im Mindesten zu verstehen. Lag es daran, an ihren Büchern? Klassifizierungen?

Dann, spät, entdeckte sie das Einzige, was ihr – abgesehen von der schier endlosen Macht ihrer Waffen – an Viktorias Herrschaft über die Welt, über England und seine Fabriken, wirklich wertvoll und wunderbar erschien: einen Schaukelstuhl. Seine Lehnen und Kufen waren aus schmalen, aber sehr starken Messingbändern, mit vergoldeten Einlagen, beides war wundervoll kühl. Armlehnen, Rücken- und Sitzfläche waren weich, aber nicht zu weich gepolstert und mit rotem Plüsch überzogen. Sie vergaß darin die Rückenschmerzen, die sie schon als junges Mädchen gepeinigt hatten, fragte sich aber auch, wie man mit einer Krinoline oder gar dem albernen Cul de Paris überhaupt darin sitzen konnte, und gelangte durch diese bequeme Ausnahme von der abendländischen Regel schließlich zu einer wesentlichen Erkenntnis.

Die Kultur des europäischen, englischen Alltags beruhte

* Die indische Bezeichnung für Europa

auf Anstrengung, die orientalische, indische, auf der Entspannung. Auf einem großen weichen *Gaddi* konnte der Körper bequem jede Lage einnehmen, während ein englischer Polsterstuhl eine anstrengende, erschöpfende Sitzaufgabe darstellte. Nicht umsonst wurden die Kinder in *Belaits* Schulen an ihren Stühlen festgebunden. Der Körper verkrampfte sich, das Blut stockte, die unteren Chakren verstopften. Der Geist konnte die Eingeweide nicht mehr durchwandern, dem Bauch, dem Hintern und den Geschlechtsteilen schwanden die Sinne, stiegen hoch in den harten kleinen Schädel und blieben dort eingesperrt. Lag es daran?

Es klopfte. Das musste im englischen Zimmer so sein, weil es eine dicke hölzerne Tür hatte, durch die man nicht sehen oder hören konnte, wenn jemand sich näherte. Es war Ishrat, die große Wächterin der *Zenana*, das goldverzierte Schwert an der Seite.

»Niazoo behauptet, dass sie nichts weiß, Erhabene!«

»Foltert sie«, sagte Zinat Mahal Begum ruhig und versetzte den geliebten Schaukelstuhl mit einem leichten Stoß ihrer perlengeschmückten Füße in Bewegung, den Blick in einen Öldruck von Joseph Mallord William Turner versenkt.

Diese Engländer versuchten sogar, das Licht zu malen, aber sie ließen es nicht in ihre Häuser!

## II.

Die Augen verfolgten jede seiner Bewegungen, bannten ihn, und er konnte oder wollte nicht verhindern, dass die Mädchen ihm die schmierigen Kleider auszogen. Er sah nur die Augen, schwarze Sterne an einem dunklen Himmel, die gütig auf ihn herabblickten und vielleicht lächelten. Er hätte das Lächeln gerne gesehen, aber es brannte kein Licht, und ein seidener Schleier, mehrfach um Gesicht und Haar gewickelt, ließ ihn nichts als die Augen sehen in der Dämmerung und eine Ahnung des Lächelns der Königin.

Sie war stets seine Königin gewesen, schon damals, als sie ihn auswählte; ein hungriger kleiner Wolf, kastenlos, den sie erziehen ließ mit so vielen anderen Wölfen. Der Lesen und Schreiben lernte, Rechnen, schließlich als *Banian* nach Delhi geschickt wurde. Er hatte nie aufgehört, sie zu lieben, obwohl er sie fast nie sah, nur ihre Botschaften, ihre Befehle weiterleitete. Sie stand zu hoch über ihm. Er war nur ihr Sklave gewesen bis zu dieser Stunde. Nun aber hatte er einen König getötet und war dadurch selbst ein König geworden, der triumphierend zurückkehrte in das blaue Haus seiner Kindheit. Nie war er sich seines Wertes und der huldvollen Anerkennung dieses Wertes so bewusst gewesen wie jetzt, als er nackt vor seiner Königin stand und auf seinen Lohn wartete.

Dann änderte sich etwas. Irgendwo erklang leise Musik, die Luft war erfüllt von süßem *Bangh*, und eine seltsame, zischelnde Stimme sagte: »Du hast uns große Freude gemacht, Gazee, und wir wollen dich belohnen.«

Die Augen gaben ihn frei, und nun erst sah er die Mädchen wirklich und dass er nackt war, und er schämte sich für seine erwachende Männlichkeit. Sie führten ihn rasch durch mehrere Räume, der Musik und dem Licht entgegen, bis sie an das große Becken mit seinem klaren Wasser kamen. Hier war es so hell, dass Gazee, der so lange im Dunkeln gewandert war, die Augen schließen musste. Hier war die Quelle des Lichts, das ihm geleuchtet hatte auf seinen finsteren Wegen.

Überall brannten Opferschalen, Schwaden des süßen Nebels zogen über das Wasser und betäubten ihn fast, als die Mädchen anfingen, ihn zu waschen. Ihre Kleider lösten sich auf im Wasser, und ihre Hände waren sehr sanft, und als er ganz sauber war, trockneten sie seinen Körper mit ihren langen schwarzen Haaren ab. Er sah das Zeichen in ihren Nacken und freute sich; es war auch sein Zeichen, und jetzt würden sie ihm gehören.

Sein Herz sprang beinahe aus der Brust, das Blut rauschte in seinen Ohren, und sein Glied schmerzte vor Härte, als er die Erste nahm, auf einer Matte aus Blüten am Beckenrand. Die Finger, die Haare der anderen hörten nicht auf, ihn zu streicheln, zu reizen, und er nahm die Zweite, die Dritte und hörte dann auf, sie zu zählen. Sie hielten eine der duftenden Schalen vor sein Gesicht, und aus dem Rauch wuchs ihm neue Kraft zu, die ihn zerreißen wollte. Danach gab es nur noch zärtliche Lippen, Hände, feuchte Leiber und das Wissen, dass in der Süße ein Schmerz wohnt.

Gazee wusste nicht, wie lange es dauerte und wie viele Frauen, Mädchen, manchmal noch halbe Kinder, unter ihm, neben ihm, über ihm lagen. Ihre Hände fütterten ihn, Hände ohne Körper, er wusste nicht, war es Gift oder Götternahrung. Es war ihm gleichgültig. Er schmeckte nichts mehr, stürzte sich in ihr Fleisch, Fleisch ohne Gesichter, bis er vor Erschöpfung weinte und vor nicht zu ermüdender Lust zitterte.

Dann änderte sich erneut etwas. Die Musik verstummte, und er hörte wieder die seltsame leise Stimme seiner dunklen Königin, die ihm die ganze Zeit hindurch zugesehen hatte: »Wir haben dich gut belohnt und wollen die Früchte tragen. Haltet ihn jetzt!«

Niemand hätte Gazee halten müssen, halbtot und selig, wie er war, denn er sah, dass nun die Königin selbst zu ihm kam, über das Wasser. Er versuchte zu lächeln, während die Mädchen ihn auf den Rücken drehten, seine Gliedmaßen spreizten. Auf jedem Arm, jedem Bein hockte eine der schönen, schweigenden Wärterinnen, und er fühlte die feuchte Hitze ihrer haarlosen Schöße.

Gazee, der in seiner Qual lächelte, sah eines der Mädchen an, ein Kind, keine fünfzehn Jahre alt, und begegnete einem merkwürdig gierigen, spöttischen Blick. Jäh flackerte Todesangst in seinen Augen auf, aber da fiel ein Schatten auf ihn, und die Angst erlosch, als die schwarze Königin über ihn kam. Sich hinabsenkte, den nackten Leib auf seinen Körper, das Messer in seine Kehle.

Er fühlte nur, dass er keine Luft mehr bekam und dass sein Glied brannte, tief in ihrem Schoß verbrannte, als sie sich auf ihm bewegte. Mit dem pulsierenden Blut verströmte sein Leben, floss langsam aus ihm heraus, ohne Widerstand.

Dann änderte es sich zum letzten Mal. Denn ganz zuletzt, als sie den Schleier löste und er dem Tod ins Gesicht sah, entsetzte er sich, schrie und bäumte sich auf in namenlosem Erschrecken. Und das war der Ausdruck, der kalt wurde auf seinem Gesicht.

## 12.

Gowers wusste, dass es nicht immer hilfreich ist, der Beste in seinem Fach zu sein. Er hatte schon häufig Dinge herausgefunden, die seine Auftraggeber dann nicht erfahren wollten. Meist waren es Ehebruchsfälle, waren es eifersüchtige Männer und Frauen, die im Grunde nicht glauben wollten, dass ihr Ehegespons sich von anderen vögeln ließ, und lieber den Mann hassten, der ihnen die Beweise dafür vorlegte. Ganz ähnlich war es im Fall Reginald Wedderburn, obwohl es dabei um Mord ging.

»Also Lady Wedderburn hat Sie damit beauftragt, Ermittlungen über die näheren Umstände anzustellen, die zum Tode ihres Gatten Sir Reginald führten, ist das richtig?«, fragte Richter Trevelyan in juristischer Breite. Gowers bestätigte das, und auch die trauernde Witwe nickte kurz und grimmig.

»Existiert darüber eine schriftliche Vereinbarung?«, fuhr Trevelyan fort, »ein Vertrag mit eventuellen Rücktrittsklauseln oder Ähnlichem?«

Mukhopadhyaya sah an dieser Stelle mit geschultem Weitblick, wie das finanzielle Unwetter sich über ihm zusammenbraute: »Euer Ehren, ich möchte darauf hinweisen, dass Lady Wedderburn die Existenz dieser Vereinbarung soeben bestätigt hat!«

»Mr. Mukho...«

»...padhyaya«, sagte Gowers.

»Die Existenz dieser Vereinbarung steht auch nicht infrage. Nur ihre juristische Ausgestaltung.« Trevelyan lächelte scheinheilig. »Also, ich weiß ja nicht, wie das in Amerika ist, Mr. Gowers. Aber wenn ich in England einen Mann damit beauftrage, mir ein Boot zu bauen, und das Boot schwimmt nicht, dann bin ich dem Mann nichts schuldig!«

Colonel Outram warf einen Blick wilden Triumphes auf den abgerissenen Yankee und tätschelte der Witwe beruhigend die Hand, die in einem weißen Handschuh steckte.

»Andererseits, Colonel Outram«, fuhr Trevelyan ein wenig schärfer fort, »kann ich den Mann nicht einfach ins Gefängnis werfen, nur weil sein Boot nicht schwimmt.«

»Was, wenn Ihnen das Boot nur nicht gefällt, Euer Ehren?«, warf Gowers ein.

»Eben für diesen Fall hätten sich beide Parteien vertraglich absichern müssen, junger Mann!«

»Das ist in meiner Branche kaum möglich. Wie soll ich

denn einen Vertrag über Sachverhalte abschließen, die ich noch nicht kenne und die ich ja gerade herausfinden soll?!«

»Knifflig!«, sagte Trevelyan nach einer kleinen Pause und zupfte an einem Haarbüschel herum, das aus seinem linken Ohr herauswuchs. »Aber was haben Sie denn in des Teufels drei Namen herausgefunden?«

»Muss das hier im Beisein der Witwe wirklich ausgebreitet werden, Euer Ehren?« Colonel Outram war wieder ganz Lancelot.

»Wie soll ich das beurteilen, wenn ich nicht weiß, worum es eigentlich geht?«, brummte der Richter.

Gowers lächelte.

»Möchten Sie sich zurückziehen, Mylady, während wir den Sachverhalt erörtern?«, fragte Trevelyan.

Lady Wedderburn schüttelte tapfer den Kopf, und ihr Ritter nickte, als hätte er nichts anderes von ihr erwartet.

»Also, Mr. Gowers«, schnarrte Trevelyan, »es wird von Minute zu Minute wärmer. Vergeuden wir nicht länger unsere Zeit …«

## 13.

Sir Reginald Wedderburn war in eine Falle gelockt worden. Man wusste nicht, wie, man wusste nicht, warum, aber er war in das fremde Haus, eine fremde Wohnung gegangen, vielleicht mitgegangen mit seinen Mördern, und dort hatten sie ihn getötet. Sein Hinterkopf war durch einen wuchtigen Schlag völlig zertrümmert worden. Dennoch hatte sich Wedderburn allem Anschein nach tapfer gewehrt und zumindest einen der Angreifer, einen etwa siebzehnjährigen Inder, mit in den Tod genommen. Man fand die Leichen ineinander verklammert, und es schien zuerst, als habe er den Burschen mit beiden Armen erwürgt, bis man die Stichwunde im Rücken des jungen Mannes entdeckte.

Das war alles, was aus dem Polizeibericht hervorging. Wedderburn war ein verdienter General im Ruhestand sowie ein erfolgreicher Opiumgroßhändler, und die Tat mochte mit Konkurrenzkämpfen unter seinen Zulieferern in Verbindung stehen, jedenfalls war Sir Reginald angeblich wegen Verschiffungsproblemen von Surat nach Bombay gekommen, wo das Unglück im Altstadt- und Bordellviertel Tardeo geschehen war.

Gowers fand zunächst heraus, dass das unbekannte Haus gar kein so unbekanntes Haus war, jedenfalls nicht für Wedderburn, der die Wohnung darin persönlich angemietet hatte. Dann kam er einem seltsamen physikalischen Phänomen auf die Spur: Die Wunde des jungen Mannes war nämlich zunächst nicht entdeckt worden, weil das Messer zwar seine Haut, seine Muskeln, seine Lunge und seine Milz durchbohrt, aber eigenartigerweise seine Kleidung, eine rote Weste und das knöchellange Hemd, unversehrt gelassen hatte. Das war entweder ein Wunder oder aber ein deutliches Indiz dafür, dass man ihm seine Sachen *post mortem* angezogen hatte. Was wiederum hieß, dass er sie zum Zeitpunkt seines Todes nicht getragen haben konnte; was wiederum hieß, dass die Tat nicht allzu viel mit dem Opiumgroßhandel, sondern mit Geschäften deutlich kleineren Umfangs, aber nicht geringerer Schäbigkeit zu tun hatte.

»Diese überaus widerliche Unterstellung«, donnerte Colonel Outram, »wird glücklicherweise durch ein Detail ad absurdum geführt, das den scharfen Augen der *polizeilichen Ermittler*« – diese Worte betonte er besonders – »natürlich nicht entgangen ist.« Er legte dem Richter ein Papier vor, das anscheinend die Leichenschau dokumentierte, aber anstatt es zu lesen, lehnte Trevelyan sich demonstrativ zurück: »Erzählen Sie's mir einfach!«

»Nun, äh ...« Outram geriet ein wenig in Verlegenheit wegen der anwesenden Dame. »Der junge Mann, der Mörder ... er war nämlich nicht kastriert!«

Trevelyan stutzte. »Wer hätte ihn denn um Himmels willen kastrieren sollen, Outram? Sir Reginald? Und warum?«

»Und womit?«, fragte Mukhopadhyaya. »Bei den Leichen wurde kein Messer gefunden.«

»Das wird der Komplize zweifellos mitgenommen haben«, erwiderte der Oberst. »Der gleiche, der dem Jungen die Kleider wieder angezogen hat.«

»Ihnen zufolge müsste also Folgendes geschehen sein«, mischte sich Gowers wieder ein. »Wedderburn betritt mit zwei Männern die Wohnung, die er, aus welchen Gründen auch immer, schon vor einem Jahr in Tardeo angemietet hatte.«

»Das ist unbewiesen!«, sagte Outram.

»Er hatte zu diesem Zeitpunkt kein Messer bei sich.«

»Zweifellos wird er es den Tätern entrissen haben!«

»Meinetwegen. Aber wie stößt er es dem Jungen in den Rücken, ohne die Kleidung zu beschädigen? Und warum soll er ihn danach noch auf so ungewöhnliche Weise erwürgt haben?« Gowers erhob sich, legte beide Arme um den Nacken seines überraschten Anwalts und drückte ihn trotz sofortiger Gegenwehr an seine Brust. »Währenddessen«, fuhr er ungerührt fort, »beschafft sich der zweite Mörder irgendeinen schweren Gegenstand, mit dem er Sir Reginald die Hirnschale zerschlägt!«

»Mr. Gowers, bitte!«, sagte Richter Trevelyan, als Lady Wedderburn mit ersten Anzeichen eines Schwächeanfalls ein wenig zusammensackte. »Und lassen Sie gefälligst Mr. Mukho...«

»...padhyaya!«, klang es dumpf aus Gowers' Umarmung. »Das ist unsinnig!«, sagte der Anwalt, als er sich schließlich befreit hatte, und ließ offen, ob er die Ermittlungen der Polizei oder die handgreifliche Beweisführung seines Klienten meinte.

»Und Ihre Version?«, fragte der Richter.

»Wedderburn hatte die Wohnung für den Jungen gemietet, Sir. Er war sein Geliebter.« Lady Wedderburn warf ihm einen hasserfüllten Blick zu. »Aber der Bursche hatte offensichtlich noch andere Kunden. Mindestens einen anderen, denn dieser Mann muss ihn erstochen haben, vielleicht aus Eifersucht. Der Mörder hatte dem Jungen eben die Kleider wieder angezogen, als Sir Reginald vor der Tür stand. Er versteckte sich, begreiflicherweise.«

»Sir Reginald?«, fragte Trevelyan und zog an einem Haarbüschel in seinem rechten Ohr.

»Nein, der Mörder«, sagte Gowers. »Sir Reginald findet die Leiche seines Geliebten und umarmt ihn.« Er breitete die Arme aus, und Mukhopadhyaya rückte instinktiv ein wenig zur Seite. »Vielleicht stirbt der Junge auch erst in seinen Armen, wer weiß. Diesen Moment benutzt jedenfalls der Mörder, um auch Wedderburn zu erschlagen.«

»Haltlos, unbewiesen und beleidigend!«, schnaubte Colonel Outram. »Dem steht der schon erwähnte Umstand entgegen, dass dieser Bursche nicht kastriert war!« Auf ein ratloses Stirnrunzeln des Richters fügte er erläuternd hinzu: »Derartige ... äh ... Dienstleistungen werden in Indien bekanntlich ausschließlich von ... von Eunuchen erbracht, Euer Ehren!«

»Das ist durchaus nicht zwingend«, entgegnete Mukhopadhyaya, wusste aber dann im Hinblick auf die anwesende Lady nicht, wie er fortfahren sollte. Gowers teilte derartige Bedenken nicht und erklärte kurz, aber deutlich, warum die nicht kastrierten jungen Männer für ihre sexuellen Dienste sogar einen höheren Preis verlangen konnten als die Eunuchen.

»Man müsste ihn also eher den Liebhaber nennen«, sagte er in die immer unangenehmer werdende Stille, in der James Oswin Trevelyan mit seinen Zupfbemühungen schließlich bei den Haaren in seiner Nase angelangt war. »Das ist allerdings eine Information, für die auch ich keinen roten Heller zahlen würde!«, zischte er böse.

## 14.

McClure erwachte aus immer demselben scheußlichen Traum: ein riesiger Eisberg im Morgennebel und auf ihm zwei gestrandete Schiffe, dicht beieinander. Bis auf ein paar zerbrochene Stengen und Spieren fast unversehrt, als habe eine gigantische Welle sie hochgehoben und sei unter ihnen zu Eis erstarrt. Das kleinere von beiden lag schwer auf der Seite und schien nahe daran abzurutschen. Loses Takelwerk hing hinunter in die grabkalte See, gefrorene Taue, zerrissene, eisverkrustete Segel.

Auch aus drei Meilen Entfernung waren sie deutlich auszumachen: Glattdecker, die Rümpfe schwarz, die Masten weiß, um die dreihundertfünfzig Tonnen und im Verhältnis zur Länge sehr breit – McClure kannte diese Schiffe! Der eisenbeschlagene Bug, die fehlenden Rahen am Kreuzmast; er war 1837 als Maat auf der *Terror* gefahren, als Commander George Back ebendiese Takelung für die britischen Eisfahrer einführte. Die Schiffe waren verlassen, keine Boote zu sehen, weder an Bord noch auf dem Eis. Wo war die Mannschaft?

Dies war das Bild und die Frage, die ihm den Schlaf raubten, fast jede Nacht, bis hinunter nach Feuerland. Es war nur eine kurze Meldung gewesen, in der letzten Zeitung, die sie in Plymouth an Bord nahmen; er hatte sich bemüht, die Notiz vor den Männern geheim zu halten, aber das Gerücht von ihr ging dennoch um. Die Nachricht kam von der Brigg *Renovation*, Passagierschiff von Quebec nach Limerick/Irland. Nahe der Neufundlandbank hatten einige Leute, Passagiere, aber auch der Steuermann, im Morgengrauen den Eisberg mit seiner schaurigen Fracht vorüberziehen sehen. Die Geisterschiffe blieben fast eine Dreiviertelstunde in Sicht, und die *Renovation* wollte eben näher herangehen, da wurde das unheimliche Gebilde vom Novembernebel des Nordatlantiks verschlungen.

Das war möglich. Eisberge kamen auf dieser Route vor, wenn auch selten in solcher Größe. Aber McClure war im Norden gefahren und kannte die furchterregenden Ausmaße, die diese weißen Ungeheuer erreichen konnten. Er hatte gesehen, wie ein solches Monster zerbrach, in zwei schwimmende Inseln, größer als der Trafalgar Square und höher als die Kathedrale von St. Paul's, die dennoch dabei in der schäumenden See hüpften und schwankten wie ein Korken auf einem Fischteich. Ein solches Gebilde hätte mit einer einzigen Drehung das Flaggschiff der Admiralität versenken oder aus dem Wasser heben können.

Und ohne abergläubisch zu sein, wusste er, dass er niemanden mehr retten würde. Nicht Crozier, nicht den ewig lächelnden Fitzjames, Ire wie er selbst. Nicht Graham Gore, den er immer noch als Fähnrich vor sich sah, nicht Harry Goodsir, den Arzt, und auch nicht den freundlichen, rätselhaften Alten selbst, Sir John Franklin, der seine Bewerbung persönlich abgelehnt hatte. McClure hatte alles versucht, um auf diese Schiffe zu kommen. Er wäre als Erster, als Zweiter Offizier, weiß Gott, er wäre als Maat mitgefahren! Aber Franklin und Back waren auf eine seltsame, stille Weise verfeindet, und wer mit Back gesegelt war, durfte auf Franklin nicht hoffen.

Warum war er schon wieder aufgebrochen, keine vier Monate nach seiner Rückkehr von der ersten Suchexpedition und aus dem sinnlosen, zweijährigen Eisgefängnis auf Leopold Island?* Was hoffte er zu finden? Leichen? Gräber? Wracks? Er kannte das Polargebiet gut genug und wusste, dass es dergleichen praktisch nicht gab; das erbarmungslose Eis verschluckte, was in ihm unterging.

Was war es dann?

An einem der Tage, die seinem Traum folgten, wurde es McClure schlagartig klar. Dieser Albtraum war der Albtraum seiner Zeit, und er hieß: Ungewissheit. Die Vorstellung, dass die größte, stärkste, am besten ausgerüstete Expedition, die Englands Küste je verlassen hatte, dass hundertdreißig Männer und zwei Schiffe spurlos verschwinden konnten und spurlos verschwunden blieben, war unerträglich. Man wollte wissen, wollte wenigstens raten können, was geschehen war. McClure suchte die Gewissheit, die schon eine halb verkohlte Planke der *Terror* ihm und England gegeben hätte – ein Brand, aha!

Denn nichts zu wissen, das hieß auch, nichts tun zu können. Es hieß: Was geschehen war, konnte wieder geschehen, schicksalhaft, unentrinnbar. Nicht wissen, das hieß: Ergebung! Und nicht einmal Gott hätte Robert John Le Mesurier McClure sich kampflos ergeben.

* Unter dem Kommando von James Clark Ross hatte McClure bereits an einer Expedition zur Rettung Franklins teilgenommen, die allerdings nur bis zu Leopold Island im Lancaster Sound vorgedrungen war, dort überwinterte und dann ohne weitere Ergebnisse im Jahr 1849 zurückkehrte.

## 15.

Man hatte die abenteuerlichsten Vorschläge gemacht, um Franklin zu finden. Hellseher ließen ihre Pendel über den Karten der Polargebiete kreisen, in spiritistischen Sitzungen hatte man die unterschiedlichsten Geister befragt, die immer nach Norden wiesen, aber manchmal auch stumm ihre Blicke senkten, auf die Oberfläche einer schweigenden, schwarzen See. Ein bekanntes Medium gab an, Franklins Männer gesehen zu haben: eine lange Reihe schwankender, stolpernder Gestalten in einem endlos flachen, mit Geröll bedeckten Land. Andere nahmen an, dass Franklin einen Weg ins eisfreie Polarmeer gefunden habe, der sich allerdings hinter ihm wieder geschlossen hätte, sodass er nun schon seit fünf Jahren rund um den Nordpol fahre, immer auf der Suche nach einem Durchschlupf.

Admiral Edward Belcher hatte den kuriosen Vorschlag gemacht, Polarfüchse lebend zu fangen und wieder laufen zu lassen; mit kleinen Blechbüchsen am Hals, in denen etwaige Überlebende der Franklin-Expedition die Positionen der Rettungsschiffe finden sollten. Belcher wollte zu diesem Zweck auch Tausende kleine Ballons über der Arktis aufsteigen lassen, mal bei Ost-, mal bei Südwind. Am absonderlichsten aber war seine Idee, *Strafgefangene* auf die Suche nach Franklin zu schicken, da diese Menschen im Aufspüren auch kleinster Fluchtmöglichkeiten am findigsten seien.

Aus Sträflingen bestand die Mannschaft der *Investigator* wohl nicht; aber Johann August Miertsching, der Missionar, hatte bisweilen das Gefühl, unter Wilde geraten zu sein. Sie tanzten, sie tranken, sie schlugen sich, und als das Schiff den Äquator passierte, zogen sich manche splitternackt aus und taten so obszöne Dinge, dass er in seine Kabine flüchtete, um den Herrn um Vergebung dieser Sünden zu bitten. Immer wieder musste selbst der Kapitän seiner traurigen Pflicht genügen und diese armseligen Kreaturen auspeitschen lassen. Ganz allein und der Sprache seiner Umgebung noch immer nicht mächtig, auf einem Schiff voller wüster Gesellen, hatte selten ein Mann eine so einsame Reise gemacht wie der kleine Herrnhuter Missionar.

Der Kapitän sprach ihn manchmal mit »Myn Heer!« auf Holländisch an und war überhaupt sehr freundlich gewesen. Der Mannschaft war befohlen worden, ihn als Offizier zu behandeln, wobei Miertsching sich allerdings immer noch spontan umschaute, wenn ein Mann ihn mit »Ay, Sir!« oder Vergleichbarem anredete.

Ein besonderes Ärgernis war ein Neger, Charles Anderson, der mehrere Jahre lang auf einem Schiff gefahren war, das deutsche und österreichische Auswanderer in die Neue Welt brachte. Anderson war infolgedessen der einzige Mann an Bord, der einige deutsche Wörter beherrschte – wenn es auch nicht die Wörter waren, die ein Missionar der Brüdergemeinde zu hören gewohnt war. Martin Luther hätte vielleicht Gefallen an Andersons Ausdrucksweise gefunden. Miertsching jedoch musste sich beim Kommandanten beschweren, als der Neger nicht aufhörte, ihn mit den Worten »Trittarsch Krummhund, guten Morgen, Herr Amtsrat, Sir!« an Deck zu begrüßen.

Dem Kapitän gegenüber hatte Anderson, ein geborener Schauspieler, sehr gekonnt so getan, als kenne er die Bedeutung der von ihm verwendeten Begriffe nicht, und nacheinander Ahnungslosigkeit, Bestürzung und Zerknirschung gezeigt. Eine Bestrafung war jedenfalls nicht möglich, und so hatte die kleine Untersuchung an Bord der *Investigator* lediglich eine Heiterkeit ausgelöst, von der der Missionar wusste, dass sie hinter seinem Rücken immer wieder ausbrach.

Miertsching dankte Gott dafür, dass Englisch eine so leicht zu erlernende Sprache war. Viele Wörter, aber nur wenig Regeln, die man sich einprägen musste, und deshalb mit einem guten Nomenklator leicht zu bewältigen. Natürlich war ihm klar, dass er damit nie in jene nur halb bewussten Schichten eines in Sprache gefassten Denkens vordringen würde, die die Völker wirklich voneinander trennen, aber das war bei seiner Lebensaufgabe auch nicht notwendig. Er verkündete eine Botschaft, die über jedem Denken stand.

Zunächst hatte er sich selbst kleine Traktate und Bibelverse aus der King-James-Version laut vorgelesen und war dann, einfache Sätze murmelnd und sich der eigenen Kuriosität schmerzlich bewusst, an Deck auf und ab gegangen: »Ich fürchte den Teufel nicht, du fürchtest den Teufel nicht, er, sie, es fürchtet den Teufel nicht! Wir fürchten den Teufel nicht, ihr fürchtet den Teufel nicht, sie fürchten den Teufel nicht! Fürchtet den Teufel nicht!«

Ein sehr junger Matrose, das lange schwarze Haar zu einem Zopf gedreht, war dabei hinter ihm aufgetaucht und hatte den Missionar mit einem beinahe beleidigenden Grinsen korrigiert: »Wir sagen nicht Teufel, Sir. Wir nennen ihn Davy Jones!«

## 16.

Masjid Jawaharlal Mukhopadhyayas Größe kam einem erst richtig zu Bewusstsein, wenn man neben ihm herging oder ihm beim Vieraugengespräch unwillkürlich in die Nasenlöcher sah. Im Augenblick ging Gowers nur schweigend neben ihm her und fingerte seine blaue Brille hervor, weil ihm das grelle Licht des indischen Aprilmorgens schon während der Anhörung Kopfschmerzen verursacht hatte. Colonel Outrams Kutscher hatte ihm seine Sachen vor die Füße geworfen, und so hatte er wieder alles, womit er vor neun Tagen in Delhi angekommen war. Aber auch nicht mehr, wenn man die Läuse ausklammert, die er sich im Gefängnis geholt hatte.

Richter Trevelyan hatte mit seinem gesträubtesten Backenbart soeben verkündet, dass Gowers' Ermittlungen wertlos – weil nicht zu beweisen – waren, und ihn mit der Auflage, Lady Wedderburn nicht mehr zu belästigen und sich vor übler Nachrede zu hüten, aus der Haft entlassen. Der *Status quo ante* war nur insofern nicht wiederhergestellt, als der Investigator jetzt Schulden – und Läuse – hatte. Aber sein Anwalt war ein behutsamer Gläubiger, während die Läuse, angeregt durch das strahlende Wetter, jetzt eifrig bemüht waren, an möglichst dunkle Orte zu gelangen.

»Wissen Sie schon, wo Sie jetzt hingehen?«, fragte Mukhopadhyaya.

»Zu einem Barbier«, erwiderte Gowers, der sich verzweifelt kratzte. »Sofern Sie mir ein wenig Geld leihen!« Und als der große, dünne Mann, erstaunt über so viel Frechheit, stehen blieb und zögerte, fügte er hinzu: »Ich schulde Ihnen ohnehin schon Ihr Honorar, da kommt es auf ein paar *Annas* auch nicht mehr an. Betrachten Sie es als geschäftliche Investition: Erst wenn ich wieder wie ein Detektiv aussehe, kann ich Ihnen vielleicht etwas einbringen. Im Augenblick müssten Sie mich dazu wohl auf dem hiesigen Sklavenmarkt verkaufen!«

Dieses Argument überzeugte den jungen Inder, hauptsächlich weil er sich ausrechnete, dass in Gowers' gegenwärtigem Zustand sogar auf den – selbstverständlich illegalen – Sklavenmärkten von Delhi kein adäquates Geschäft mit ihm zu machen war. Aber als feinfühliger Mensch sagte er das natürlich nicht.

Der Investigator ließ sich nicht nur den Bart, sondern auch den Schädel komplett rasieren und saß dann zwei Stunden lang in einem hölzernen Badezuber, die Pfeife zwischen den Zähnen und seine Kleider auf einem Brett in Brusthöhe vor sich. Mit aller gebotenen Sorgfalt, wenn nicht gar mit Genuss, suchte er die kleinen schwarzen und braunen Quälgeister einzeln ab und steckte sie rachsüchtig in den Pfeifenkopf, wo sie lustig knisternd ihrem Schöpfer gegenübertraten.

Nach diesem Autodafé, das keinen spanischen Inquisitor mit größerem Behagen hätte erfüllen können, ließ er seine Sachen ausbürsten und beschäftigte sich noch eine weitere Stunde mit der Körperwäsche. Er kam sich hinterher fast unmenschlich sauber vor und hätte jetzt nur noch ein paar Pints Rum gebraucht, um sich auch von innen zu reinigen. Das aber war in Delhi, mit seiner vorwiegend muslimischen Bevölkerung, nicht so einfach.

Gowers trat praktisch als neuer Mensch auf die Straße, auf dem kahlen Schädel die Offiziersmütze der Nordstaaten, unter die er ein Taschentuch gelegt hatte, das als Sonnenschutz seinen Nacken bedeckte. Das dunkle Blau des alten Schirmdeckels war inzwischen so verblichen, dass er damit bequem auch unter Robert E. Lee hätte kämpfen können. Es war aber nicht so sehr diese Aufmachung, die ihm in den wimmelnden, heißen Basaren rund um das Kaschmir-Tor die überraschten Blicke der Einheimischen zuzog, sondern die bloße Tatsache, dass er da war. Um diese Zeit!

Er brauchte eine Weile, um es zu durchschauen, aber dann wurde ihm klar, dass er seit Stunden keinen Weißen mehr gesehen hatte. Die Anhörung hatte um sechs Uhr morgens stattgefunden und etwa anderthalb Stunden gedauert. Sie waren danach in die Stadt gegangen, er hatte ausführlich gebadet, war dann ziellos herumgelaufen, und nun war Mittag. Keine Zeit für Weiße. Er fühlte es selbst, spürte die Schweißbäche, die sein Rückgrat entlangliefen; zuerst hatte er gedacht, er hätte sich nicht gründlich genug abgetrocknet.

Mit dem Privileg des Weißen ging er in die St. James Church, die einzige englische Kirche und einer der kühlsten Plätze der Stadt. Ohne von einem Priester oder Kirchendiener belästigt zu werden, las er dort ein wenig in den beiden Büchern, die er aus seinem Reisesack nahm: die *Canterbury Tales* und Fieldings *A Journey from This World to the Next*, und nickte zeitweise über der mehr als bekannten Lektüre ein.

Er erwachte, weil er Hunger hatte, und stopfte seine Pfeife mit den allmählich zur Neige gehenden Tabakbeständen aus Van Helmonts Nachlass. Es war später Nachmittag, und vereinzelt wagten sich jetzt wieder Engländer auf die Straße. Außerhalb des Agra-Tores sah er zu, wie eine alte Tabakverkäuferin, so vertrocknet wie ihre Ware, eine Zigarre drehte, und er wusste, dass er bald ein Problem haben würde. Die Alte saß auf einem Brett über einem Abzugsgraben, ihr Tabak lag in kleinen Büscheln vor ihr am Rand der Straße, wo der Staub des Verkehrs am dichtesten war. Sie zerrieb eines davon in einem schmutzigen Tuch auf ihrem Schoß, wobei sie mehrfach in die Hände spuckte, zum Befeuchten dann aber doch die Flüssigkeit aus dem unter ihr fließenden trägen Bach schöpfte. Verfeinert mit etwas Kalk, ein paar undefinierbaren Tropfen aus einer schmutzverkrusteten Bierflasche und einer Prise getrockneter Tamarinde rollte sie die entstandene Masse geschickt in ein getrocknetes Blatt ein, das ihr Kunde, ein fast völlig nackter, dunkelhäutiger Kuli, sogleich mit großem

Genuss in Brand setzte. Dann lieber Läuse, dachte Gowers und machte sich auf den Weg in die Vorstadt Talewarah, wo der einzige Mensch wohnte, den er in der nach Hunderttausenden zählenden Metropole kannte.

Es war gegen acht Uhr abends, als er bei Mukhopadhyaya ankam, aber etwas Ungewöhnliches musste geschehen sein in diesen zwölf Stunden, denn Gowers hatte mit vielem gerechnet, als er an die niedrige Tür klopfte, nur nicht damit, dass er empfangen würde wie ein Prinz. Die hübsche, sehr kleine und etwas rundliche Mrs. Mukhopadhyaya, rein äußerlich das genaue Gegenteil ihres Mannes, zog ihn lächelnd herein und machte sich sogleich an die Zubereitung eines fürstlichen Mahls, während der Anwalt eine halb volle Flasche reichlich abgestandenen Weins hervorzauberte und ein Glas einschenkte, das Gowers höflich, wenn auch in immer kleineren Schlucken leerte.

»Ich habe einen Auftrag für Sie«, strahlte Mukhopadhyaya, »einen gut bezahlten Auftrag!«

Gowers zuckte bei den Worten »Auftrag« und »gut bezahlt« ein wenig zusammen. Er musste wohl eine Laus übersehen haben.

## 17.

Romeo klatschte Julia derart auf den Hintern, dass sie in den Wanten des Fockmasts, der in der stark reduzierten kleinen Aufführung den berühmten Balkon ersetzte, hin und her schaukelte. Daraufhin zog Miss Capulet ihre Hosen hoch, enterte ab und versetzte Mr. Montague einen Faustschlag – den der farbige Charles Anderson, Vollmatrose, aber auch unbestritten Erster Liebhaber an Bord der *Investigator*, im ganzen Leben nicht mehr vergaß, weil sein Nasenbein dabei brach. Sekunden später wälzten sich die Liebenden in einem blutigen Zweikampf auf dem Vorderdeck, die Zuschauer schlossen Wetten mit einer Quote von 3:1 auf Romeo ab, bis der Kapitän – *Des Stimm ist's ja, die Arm aus Arm uns schreckt* – dazwischenfuhr und Shakespeares tragische Helden für fünf Tage in Eisen legen ließ.

Es war der 31. Mai 1850 im endlosen Südpazifik und der erste trockene Tag seit vier Wochen. Der Sturm war so heftig gewesen, dass sämtliche Bramstengen gebrochen waren und durch Rahen ersetzt werden mussten. Entsprechend langsam ging es voran, die *Enterprise* hatte man seit Mitte April und der Magellanstraße nicht mehr gesehen, und zwölf Zentner Schiffszwieback waren durch die Nässe verdorben und wurden über Bord geworfen.

Shakespeare war eigentlich dafür vorgesehen, die niedergedrückte Moral zu heben, und das hatte bis zur Balkonszene auch wunderbar funktioniert. Als Anderson-Romeo inbrünstig behauptete, er sei *kein Steuermann*, wurde das noch mit lautem Gelächter und witzigen Bemerkungen auf Kosten seiner seemännischen Qualifikation aufgenommen. Dann aber begann Julia, sich äußerst merkwürdig zu verhalten. Aufs Stichwort *Ach du verlässest mich so unbefriedigt* enterte sie blitzschnell bis zum Marsstengetopp hoch und rief etwas, das der Meister aus Stratford eigentlich nicht vorgesehen hatte: »SEGEL STEUERBORD ACHTERAUS!«

Sofort war die gesamte Mannschaft auf den Beinen, denn jeder dachte an die *Enterprise*, auch wenn man sie eigentlich mehrere Tagereisen voraus vermutet hatte. Aber das fremde Schiff, nur ein winziger weißer Punkt auf der Kimm, kam so unglaublich schnell auf, dass es unmöglich Collinson sein konnte. Sein Schiff war zwar um einiges schneller als die *Investigator*, aber nicht so schnell.

»Teeklipper«, murmelte Thomas Morgan, Vollmatrose, schon nach weniger als drei Minuten, denn er war schon einmal auf einem dieser in Boston gebauten legendären Frachtsegler gefahren. Mit Vollzeug und bei halbwegs steifem Wind waren sie schneller als jede Dampflokomotive. Aber die *Flying Cloud*, die die plumpe kleine *Investigator* nun rasch einholte, war nicht nur das schnellste und größte Schiff ihrer Zeit, mit einem Großmasttopp, das fünfzig Meter über Deck lag, sie war auch wunderschön.

Kein Seemann, der die *Flying Cloud* unter Segeln gesehen hatte, konnte diesen Anblick je wieder vergessen. Sie flog heran wie ein Schwan, ein feines Rauschen ging ihr voraus, und sie passierte so dicht, dass sie der *Investigator* für einige Minuten den Wind aus den Segeln nahm – ein Spaß, den die amerikanischen Steuerleute sich besonders gern mit den Schiffen Ihrer Majestät Königin Viktorias machten. McClure ließ dennoch die Flagge dippen, wie es bei einer Begegnung in diesen eintönigen Wasserwüsten üblich war, aber die arrogante Schöne antwortete nicht.

»Mr. Kerr«, rief der Kapitän, »geben Sie ihr eins vor den Bug, damit die Brüder grüßen lernen! Aber weit genug vorhalten, sonst versenken wir sie am Ende«, fügte er noch hinzu. Der Kanoniersmaat John Kerr rannte in knapp einer Minute das einzige Geschütz an Bord aus, die kleine Kanone der *Investigator* donnerte los, und nur Sekunden später, als hätte der Amerikaner nichts anderes erwartet, wurden auch die *Stars & Stripes* gedippt. Aber damit war die freundschaftliche kleine Reiberei noch nicht beendet, denn kaum hatte die unbewaffnete *Flying Cloud* dem kleinen, langsamen, aber gefährlichen Gegner ihr Heckwasser gezeigt, da lachten die Briten laut auf, und der Dritte Offizier, Robert Wynniat, meldete feixend: »Sie schießen zurück, Sir!«

Auf dem schnellen Klipper war ein Mann auf die schmucklose Heckgalerie geklettert, hatte die Hosen heruntergelassen und zeigte *H. M. S. Investigator* seinen Hintern und die umliegenden Ortschaften.

»Unvermeidlich«, murmelte der Kapitän mit einem milden Lächeln, während Johann Miertsching, der Herrnhuter Missionar, sich bekreuzigte – etwa zum tausendsten Mal seit er unter diese Wilden gefallen war.

»Mr. Gowers«, befahl McClure in den Fockmast hinauf, »erwidern Sie das Feuer!«

## 18.

John Gowers hatte auf dieser Reise sein fünfzehntes Lebensjahr begonnen, war aber noch immer *Moses*, der jüngste Mann an Bord, und als solchem fiel ihm traditionsgemäß bei Begrüßungs- und Verabschiedungsritualen dieser Art die Rolle des Provokateurs oder eben des Antagonisten zu. Er mochte solche Spielchen nicht besonders, war aber lange genug zur See gefahren und vor allem intelligent genug, um zu wissen, was derlei Matrosenscherze gerade auf langen Fahrten für die Moral bedeuteten. Er spielte also mit einem bemerkenswerten Sinn für die Pointen der Sache das Spiel mit.

»Ist das ein Befehl, Sir?«, schrie er dienstbeflissen nach unten.

»Was dachten Sie denn?«

»Wird dieser Befehl ins Logbuch eingetragen, Sir?!« Die Männer lachten.

»Jawohl«, antwortete McClure, »als besonders dringend!

Nun machen Sie schon, ehe Sie außer Sicht sind!« Auch das sollte ein Witz sein, den aber nur wenige an Bord zu würdigen wussten. Lediglich der Missionar verstand inzwischen genug Englisch, um unter seinem Bart rot anzulaufen und sich nun auch noch für den Kapitän zu schämen.

»Für England und St. George!«, rief der Junge vom Fockmast, raffte den billigen Tüllrock, in dem er eben noch Miss Capulet verkörpert hatte, streifte die Hosen herunter und ließ die Vereinigten Staaten von Amerika wissen, wo die Welt endet. Drüben zeigten einige begeistert geschwenkte Mützen, dass man die britische Höflichkeit wahrgenommen hatte, der Wind verschluckte viele obszöne Worte, und für entsprechende Gesten war die Entfernung zwischen den Schiffen bereits wieder zu groß.

All das aber war nichts gegen die Begeisterung an Bord der *Investigator*, als Romeo in diesem Augenblick fortfuhr zu deklamieren: *Was schimmert durch das Fenster dort? Es ist der Ost. Und Julia die Sonne!*

Obwohl gerade Anderson John bei der erst wenige Monate zurückliegenden Äquatortaufe hart zugesetzt hatte, wäre vielleicht dennoch nichts weiter geschehen, wenn Romeo nicht jetzt, seinen taktischen Vorteil erkennend, aufgeentert wäre und ihm einen auf dem ganzen Schiff hörbaren Schlag versetzt hätte. Damit aber war die unsichtbare moralische Linie überschritten, die die beiden Kontrahenten seit dem Überschreiten der unsichtbaren geografischen Linie von einer Prügelei getrennt hatte. Als die *Investigator* den Äquator zum zweiten Mal kreuzte, saßen Romeo und Julia deshalb aneinandergekettet im Kabelgatt.

McClure hasste es, John zu bestrafen. Ehe er vor zwei Jahren ins Eis fuhr, hatten sie gemeinsam mehrere Reisen nach Westindien gemacht. Anfangs hatte er große Hoffnungen in den Jungen gesetzt, kurzfristig sogar beabsichtigt, ihn nach Eton und Sandhurst zu schicken und so wiedergutzumachen, was John Le Mesurier an ihm selbst getan hatte. Aber der Junge war … Er war kein Kind, das über die Stränge schlug oder die Regeln verletzte. Es war eher so, als würde es für ihn keine Regeln geben. Wenn auch ungewöhnlich stark für sein Alter, seine nur mittlere Größe und seine eher zierliche Gestalt, ließ sein Verstand offenbar doch zu wünschen übrig. Er trank, schlug sich und hatte in Westindien sogar schon eine kurze Gefängnisstrafe abgemacht. All das – und das war das Provozierende an John Gowers – mit einer seltsamen Leidenschaftslosigkeit, einer Ruhe, die für einen Vorgesetzten enervierend sein konnte.

McClure war sich oft genug lächerlich vorgekommen, wenn er solche Überlegungen über das Verhalten eines elf-, zwölf-, dreizehnjährigen Schiffsjungen anstellte, der ganz offensichtlich nicht darüber nachdachte, was er tat. Aber wenn er ihn bestrafen ließ, verprügelte für Vergehen, die John Gowers wie selbstverständlich beging, dann spürte er selbst die Schläge stärker als der Junge.

Der Kapitän weiß genau, was er will, dachte John halb wütend, halb anerkennend. Zwei Männer, die bei allem, was sie taten, ihre jeweiligen Bewegungen untereinander absprechen mussten, würden sich so bald nicht mehr schlagen.

»Tut mir leid, Chuck!«, sagte er schon nach weniger als zwei Stunden und versorgte die gebrochene Nase seines Kontrahenten, so gut es ging.

»Kein Problem, Junge.« Der farbige Seemann grinste und streckte ihm die Hand hin. »Sie war immer schon ziemlich breit!«

## 19.

Die Kinder starben in so kurzer Zeit und so großer Zahl, dass bald niemand mehr an eine natürliche Ursache glaubte. Die Leichen, die man fand, wiesen grausame Bisswunden auf, und einige waren auch angefressen, aber es war offensichtlich, dass das, was sie getötet hatte, nicht allein aus Hunger tötete. Schon die Häufigkeit der Überfälle sprach dagegen. Zuerst glaubten die Bauern an einen Tiger, der sich irgendwie in die schluchten- und wasserreiche Landschaft des Uttar Pradesh verirrt hatte.

Ein solcher Menschenfresser war immer alt, krank oder lahm. Schnelles Wild konnte er nicht mehr jagen und wandte sich deshalb dem langsamen zu. Den Kühen, den Schafen, den Kindern. Aber aus dem gleichen Grund hätten die Jäger ihn schnell erwischen müssen, denn ein Menschenfresser konnte nicht weit wandern, und er war ganz allein. Immerhin glaubte man von Tigern zu wissen, dass sie, wie alle Katzen, aus Vergnügen töteten. Doch ein Tiger hätte auch Spuren hinterlassen müssen; Spuren, wie es sie im ganzen Uttar Pradesh nicht gab. Ein Tiger hätte sich zudem nicht nur mit Kindern begnügt. Nein, die einzigen großen Raubtiere hier waren Wölfe, und Wölfe kamen nicht so nahe an die Dörfer heran.

Es gab keine Zeitungen in dieser Bauernwelt, dreihundertfünfzig Meilen von Delhi und mehr als ein Zeitalter vom 19. Jahrhundert entfernt. Niemand konnte lesen und schreiben. Aber als die Angst der Bauern zu groß wurde, sandten manche Dörfer eine Abordnung nach Lakhnau und baten demütig um den Schutz der Fürsten von Oudh. Die aber gab es nicht mehr, schon seit zehn Jahren nicht mehr. Niemand hatte es für nötig gehalten, den Bauern das zu sagen. Aber immerhin wurde nun der britische Gouverneur auf das Problem aufmerksam, und junge Leute aus der Stadt wurden geschickt, die in den Dörfern die bösen Nachrichten sammelten. Sie zählten und entdeckten über dreihundert Todesfälle – aber keine einzige vernünftige Erklärung.

Der Tod kam meist nachts oder in der Dämmerung. Er kam in den Feldern, an den zahllosen Flussläufen entlang, er kam manchmal auch mitten in die Dörfer und sogar in die kleinen Hütten. Die Opfer waren stets Kinder, das älteste zwölf, das jüngste wenige Wochen alt. Die Angaben über den Mörder widersprachen sich. Manche sagten aus, ein Knurren gehört und einen großen Wolf gesehen zu haben, einen grauen Schatten in der Nacht. Andere sagten, es sei ein fliegendes Untier mit dem Kopf eines Schweins. Auch gab es das Gerücht, das Wesen könne sich auf zwei Beine erheben und gehen wie ein Mann. Die zuverlässigste Zeugin hierfür war zehn Jahre alt, und ihre Geschichte wurde bald Hunderte Meilen die Flüsse hinauf und hinunter erzählt.

## 20.

Wieder keine fernöstlichen Wohlgerüche, wallenden Gewänder, perlengeschmückten Turbane. Stattdessen empfing ihn die kühle, zeremonielle Höflichkeit von Rapton, Eton und Caius, als Gowers das scharf bewachte Tor des Roten Forts von Delhi hinter sich ließ, bis zu dem Mukhopadhyaya ihn begleitet hatte. Der äußerst gepflegte indische Beamte in seinen europäischen Kleidern hatte sich mit dem erfreulich aussprechbaren Namen Abdur Ruhiman vorgestellt, saß nun hinter seinem Schreibtisch und blätterte in einem schmalen Dossier.

»Mr. John Gowers … Sie kommen aus New York und sind Detektiv …«

»Investigator«, unterbrach Gowers höflich. »In Amerika sagen wir: Investigator.«

»Investigator also«, stellte Ruhiman nüchtern fest und sah dabei kurz auf. Dann konzentrierte er sich wieder auf das Dossier, aber an den Bewegungen seiner Augen erkannte Gowers, dass die Blätter bis auf wenige Sätze leer waren.

»Sie sind uns empfohlen worden«, sagte Ruhiman dennoch, »oder besser: Sie haben sich selbst empfohlen, durch Ihre couragierte Ermittlung im Fall des unglücklichen Sir Reginald Wedderburn und ihre … eher unangenehmen Folgen …« Er musterte die noch immer etwas fragwürdige Aufmachung des Investigators.

Gowers dachte eine Weile darüber nach, bei wem eine Ermittlung, die so sehr die Anstandsregeln der englischen Besatzungsmacht verletzt hatte, ihn empfohlen haben mochte. Dazu musste er eigentlich nur zwei Fragen beantworten: Wer wusste von dieser Ermittlung? Und: Wer kannte seinen Anwalt?

Er war erst seit einer Woche in Delhi. Was er in Bombay über Wedderburn herausgefunden und was es ihm eingebracht hatte, konnte hier nur Colonel James Robert Outram wissen und weitererzählen, vermutlich in einem der britischen Clubs. Zu denen hatte aber seines Wissens kein Inder Zutritt, selbst wenn er in England studiert hatte, es sei denn – er arbeitete für die Engländer. Arbeitete Ruhiman für die Engländer? Dann gab es nur zwei Gründe, einem »englandfeindlichen« Ermittler einen Auftrag zu erteilen. Entweder Ruhiman arbeitete noch für jemand anderen, oder sein Verdacht richtete sich gegen die Engländer.

Seinen Anwalt kannte er selbst erst seit vorgestern. Wer

ihn also über Mukhopadhyaya zu erreichen versuchte, konnte dessen Namen erst durch die gestrige Anhörung erfahren haben – oder er kannte ihn schon länger, hatte ihn vielleicht sogar beauftragt? Gowers rief sich das Gesicht des schlaksigen jungen Mannes ins Gedächtnis, seine Angaben darüber, wie er von dem Fall erfahren hatte, seine Enttäuschung über das »Honorar im Erfolgsfall«, seine erstaunten Blicke, als er ihn anpumpte, seine ehrliche Freude über die Vermittlung des unerwarteten Ermittlungsauftrags. Mukhopadhyaya war entweder ein begnadeter Schauspieler, oder er war benutzt worden.

»Danke, dass Sie mich herausgeholt haben, Sir«, schloss Gowers versuchsweise diese Überlegungen ab.

Ruhiman war verblüfft, dann lächelte er formvollendet. »Sie sind ein sehr guter Investigator, Mr. Gowers. Wenn Sie einen Wunsch haben, ein Bad, angemessene Bekleidung, europäisches Essen und all das, so möchte ich Sie bitten, ihn zu äußern.«

»Europäische Zigarren oder sonst ein menschenwürdiger Tabak wären im Moment völlig ausreichend«, sagte Gowers so wenig sehnsüchtig wie möglich. Einige Minuten später hüllte er sich in ausgesprochen edlen Rauch und ein Wohlwollen, gegen das er schon beinahe ankämpfen musste. Er lehnte sich jetzt auch zum ersten Mal bequem zurück, gewissermaßen aus Respekt vor der Zigarre, und fragte: »Was kann ich für Sie tun?«

## 21.

»Was wissen Sie von der indischen Rebellion, Sir?«, fragte Ruhiman.

Gowers versuchte, sich ins Gedächtnis zu rufen, was vor

neun Jahren die Zeitungen von St. Louis und New Orleans über die große Meuterei der Sepoys geschrieben hatten. »Wenig mehr, als dass sie niedergeschlagen wurde, fürchte ich. Tut mir leid.«

»In der Folge dieser Niederschlagung wurde König Abu Zafar Bahadur Sha, der letzte Mogul, seines Thrones entsetzt und samt seiner Familie nach Rangoon verbannt, Mr. Gowers. Seither ist dieser Palast gewissermaßen das letzte Territorium des freien Indien.«

Bitte, lass es nicht irgendeinen Unabhängigkeitsquatsch sein! Mitsamt einer Rauchwolke sandte Gowers so etwas wie ein Stoßgebet zum Himmel und zu einem Gott, an den er nicht glaubte.

»Der Kaiser ist kurz darauf in Rangoon gestorben …« Ruhiman machte eine Pause, die der Investigator zunächst nur für pietätvoll hielt, dann aber doch als bedeutsam erkannte: »Und auch sein Sohn und Erbe Mirza Jahwan Baht ist kurz darauf gestorben. Ebenso dessen jüngerer Bruder Mirza Sha Abbas.«

Gowers begann zu ahnen, wozu seine Dienste benötigt wurden. Es gehörte zu seiner besonderen Art der Konzentration, dass er daraufhin seinen Blick im Zimmer umherschweifen ließ, während Abdur Ruhiman damit fortfuhr, dass Bahadur Sha alt, seine Söhne jedoch junge Männer gewesen waren, Mitte zwanzig. In diesem Moment blitzte hinter einem der großen Fächer, die den einzigen Wandschmuck des ansonsten eher kargen Raumes darstellten, etwas auf, das ein vom Licht getroffener Edelstein oder eine dunkle Pupille sein konnte. Gowers überprüfte diese Beobachtung möglichst unauffällig.

»Wenn all das in Rangoon geschehen ist, weiß ich nicht, wie ich Ihnen in Delhi nützlich werden kann, Mr. Ruhiman.« Bei diesen Worten sah er einen zweiten kurzen Schimmer, und der Abstand zum ersten erfüllte ein uraltes Schema: Augen waren auf ihn gerichtet!

»Nun«, erwiderte der Beamte, »als die Verbannten im Oktober 1858 Alahabad erreichten, wurde vom britischen Generalgouverneur und neu ernannten Vizekönig einigen Personen freigestellt, nach Delhi zurückzukehren. Diese Möglichkeit nahmen die Königin sowie mehrere Frauen des Moguls und seiner Söhne wahr.«

Gowers nickte bedächtig, hob dann aber plötzlich den Kopf und zwinkerte dem Fächer zu, was Ruhiman deutlich irritierte. Er zeigte jedoch sonst keine Reaktion, woraus Gowers schloss, dass der Beamte nichts von der Beobachtung wusste, unter der ihr Gespräch stand. Die Augen verschwanden sofort.

»Unter den Rückkehrern befand sich auch ein Enkel des Moguls, der damals erst wenige Monate alte Prinz Mirza Innuzzar Baht«, fuhr Ruhiman fort. »Dessen Anwesenheit in Delhi war nur wenigen Eingeweihten bekannt, Mr. Gowers, denn sie war ... sozusagen illegal. Die Regierung Ihrer Majestät hatte alle Erben der Moguldynastie nach Rangoon verbannt.«

»Und dort sind sie alle gestorben«, ergänzte Gowers.

»Richtig«, erwiderte Ruhiman und schien zu überlegen, wie er fortfahren sollte. »Und nun ...«

»... ist auch Mirza Innuzzar Baht tot?«, fragte der Investigator.

Ruhiman nickte, und zum ersten Mal schien der kühle Beamte bewegt. »Ein Mordanschlag, hier im Palast. Ein acht Jahre alter Junge, Mr. Gowers. Wer bringt einen achtjährigen Jungen um?!«

»Gibt es noch andere ... Prätendenten, Sir?«, fragte Gowers.

»Nein«, antwortete Ruhiman trocken. »Fünf Jahrhunderte Mogulherrschaft in Indien waren an diesem Tag beendet, Mr. Gowers.«

»Wie hat man ihn damals hergebracht, ich meine, bei dieser Rückkehr nach Delhi? Wurde er, wie soll ich sagen: geschmuggelt?«

»Soweit ich erfahren habe, wurde der Prinz mit dem Säugling einer Dienerin vertauscht ...«

In diesem Augenblick öffnete sich ohne Vorwarnung die hintere Tür von Ruhimans Büro, und Gowers sah zum ersten Mal ein lebendiges Stück von jenem Märchenindien, das er aus Büchern und Bibliotheken zu kennen glaubte – eine gut sechs Fuß große verschleierte Frau, die einen verzierten Dolch an der rechten und ein Krummschwert an der linken Seite trug. Mit allen Anzeichen des noch nie Dagewesenen übersetzte Abdur Ruhiman den leise, aber nachdrücklich vorgetragenen Befehl der Schwertträgerin.

»Sie ... Sie sind zu einer Audienz befohlen, Mr. Gowers. Jemand will Sie sehen ...!«

... hat mich gesehen, dachte der Investigator.

## 22.

Die Augenbinde belustigte ihn, wie überhaupt alles an dieser reichlich improvisierten »Führung«; insbesondere die Reitgerte, deren Ende er in der Hand hielt, während seine verschleierte Führerin ihn leicht daran vorwärtszog. Das Ganze war ein mehrminütiges Problem gewesen, das den eindrucksvollen Auftritt der Schwertträgerin beinahe lächerlich gemacht hatte.

Seine Augen mussten verbunden sein, damit der Weg durch die *Zenana*, die Frauengemächer, geheim blieb. Einerseits musste die Dame ihn also führen, andererseits war es ihr als gläubiger Muslima natürlich nicht möglich, ihn, den *Nasrany*, den Ungläubigen, zu berühren oder auch nur seine Hand zu nehmen. Abdur Ruhiman, dem trotz seiner soliden Ausbildung in englischen Eliteinternaten und Colleges keine Lösung eingefallen war, hatte schließlich einen der Wachoffiziere gerufen, und der, von dem heiklen Problem in Kenntnis gesetzt, hatte schüchtern seine Reitgerte angeboten.

Qila-i-Mubarak, das Rote Fort von Delhi, erbaut von Sha Jahan, der in der Mitte des 17. Jahrhunderts die Hauptstadt der Moguln von Agra nach Delhi verlegt hatte, war keine Festung, keine Anlage zur Verteidigung, sondern mit seinen fünf Meter hohen Mauern gewissermaßen der Rahmen für einen ganzen Komplex königlicher Paläste. Das Areal war riesig; eine Stadt in der Stadt, in der es außer den Palästen und unzähligen Bauten für eine Heerschar von Dienern einst auch Gärten und künstliche Wasserläufe gegeben hatte; eine abgeschlossene Welt von Anmut und Schönheit, die mit ihrer filigranen Eleganz, den geschwungenen Linien, tiefen Schatten und fließenden Wassern einen direkten Kontrast zur unwirtlichen, trockenen Ebene von Delhi bildete. An einem seiner Paläste hatte Sha Jahan eine später bis nach Europa berühmte Inschrift anbringen lassen: *Gibt es auf Erden ein Paradies – ist es dies! ist es dies!*

Das Echo dieser stolzen Worte war lange verklungen. Seit dem erfolglosen Aufstand der Sepoys war das Rote Fort nahezu menschenleer und dem Verfall preisgegeben. Gowers roch es: Fäulnis und Schimmel, als ginge es durch lange nicht mehr benutzte Keller. Hier und da sogar Moos, vermoderndes Holz in kleinen, engen Höfen, die keine Sonne, kein Wind erreichte, um die Feuchtigkeit lange vergangener Regenzeiten aufzutrocknen. Wo er dagegen die Sonne auf seinem Gesicht, auf seinen Händen fühlte, kam ihm der Boden unter seinen Füßen morsch und uneben vor; bröckelnder Putz, vergehende Mosaike.

Dann wieder der jähe Schatten von Gängen, die tief unter die Erde zu führen schienen. In einem solchen Gang, an einer weiten Öffnung, stieg plötzlich der Geruch von Blut, Angst und menschlichen Exkrementen hoch. Gowers kickte ein Steinchen zur Seite und hörte es die breiten Stufen einer Treppe hinunterrollen, roch auch das Pech einiger vor nicht allzu langer Zeit erloschener Fackeln.

Es dauerte lange, und er wusste, dass er im Kreis geführt wurde, weil die Sonne zuerst rechts und dann links auf sein Gesicht schien, wenn sie die Höfe durchquerten. Er glaubte sogar, eine bestimmte Stelle am Hall seiner Tritte wiederzuerkennen. Einmal blieb seine Führerin stehen, um ihr Schwert zu ziehen, und er spürte ihre Unruhe. Gab es im Innern der Anlage Feinde? Räuber? Raubtiere? Gowers hatte von den großen Menagerien in den Palästen der indischen Herrscher gelesen und hätte nur ungern mit verbundenen Augen vor einem daraus entsprungenen Tiger oder etwas Ähnlichem gestanden, aber da steckte die Wächterin ihr Schwert auch schon wieder in die Scheide.

Zum letzten Mal fühlte er die Sonne in seinem Gesicht, hörte in nicht allzu großer Entfernung eine Art Springbrunnen, roch verkohltes Holz und darüber, dünn, aber durchdringend, den Duft frisch geschlagener Bäume. Sie waren jetzt fast da.

Es ging noch einige Treppen hinauf und hinunter, bis er sich – nach seiner instinktiven Berechnung – etwa dreißig Meter neben und zwei Stockwerke oberhalb des Büros befand, in dem Ruhiman ihn empfangen hatte. Zuletzt waren sie durch etliche bewohnte Räume gegangen. Er hatte die Anwesenheit von Menschen gespürt, von Blicken, die auf ihn gerichtet waren, sogar leises Tuscheln gehört. Geruch von Frauen in weiten Kleidern, Schlafmatten, alter, süßlicher Duft von Parfüm oder Räucherwerk und der Zubereitung stark gewürzter Mahlzeiten. Danach eine knarrende, schmale Holztreppe und ein weiterer, diesmal merklich kühlerer und sauberer Gang.

Der Raum, in dem sie schließlich anhielten, hatte einen Dielenboden und roch stark nach gebeiztem Holz. Und da war noch etwas. Gowers kannte diesen Geruch, konnte ihn aber zuerst nicht einordnen, weil er ihn lange nicht in der Nase gehabt und hier nicht erwartet hatte. Es dauerte eine Weile, ehe er ihn erkannte: Es roch nach Büchern.

## 23.

Die Bestückung der schmalen Bordbibliothek unterlag auf allen seegehenden Schiffen der britischen Krone dem persönlichen Geschmack ihrer Kommandanten, in deren Kajüte sie sich auch normalerweise befand. Die Bibliothek verriet deshalb manchmal mehr über den Kapitän, als diesem lieb sein konnte; allerdings fiel das selten jemandem aus dem Mannschaftsstand auf, da die Zahl der Analphabeten unter den Seeleuten gemeinhin noch höher war als bei der Land- oder gar Stadtbevölkerung Englands. Kam ein normaler Matrose überhaupt einmal dazu, einen Blick auf das Bücherbord in der Kapitänskajüte zu werfen, fragte er sich im Allgemeinen also nur, warum der Kommandant so viele verschiedene Bibeln besaß, und gelangte dann zu dem Schluss, dass er eben ein frommer Mann war.

Auf viele der Eiskapitäne traf das auch zweifellos zu, denn neben ein paar nautischen Büchern fuhren sie tatsächlich mit nicht mehr als der Bibel und vielleicht noch *The Pilgrim's Pro-*

*gress* zur See. Manche, wie der cholerische alte John Ross, hatten sogar die Bibel ins Meer geworfen, solange es noch nicht zugefroren war. Diejenigen aber, die lasen, bevorzugten allgemein anerkannte Klassiker wie Lyly, Milton und Spenser, Aphra Behn und die Romane des 18. Jahrhunderts. Fielding und Sterne, Boswell und Dr. Johnson verkürzten den Kapitänen die wenigen Stunden, die nicht ihrer Pflicht gewidmet waren. Andere waren stolz auf eine Gesamtausgabe von Hakluyts monumentalen *Principal Navigations, Voyages, Traffiques and Discoveries of the English Nation*, die allerdings rasch unter dem Einfluss des Salzwassers litten.

Ausgesprochene Schöngeister wie Edward Parry oder Sherard Osborn, die ja angeblich sogar mit Literaten befreundet waren, lasen dagegen die Romantiker in Vers und Prosa, also Byron, Shelley und Keats, und von dem allerdings mehr als bemerkenswerten Walfänger William Scoresby ging das Gerücht, dass er nie ohne Agrippa von Nettesheims *De Occulta Philosophia* in See stach. McClure lag irgendwo dazwischen; zwischen Shakespeare und Sir Walter Scott, mit vielleicht einem leichten Übergewicht an Iren und Schotten, also an Smollett und Swift. Das war aufgrund seiner Herkunft verzeihlich.

Für John Gowers war es sogar von Vorteil, dass der Kapitän selbst lieber schmökerte, als sich komplizierteren literarischen Genüssen hinzugeben. Denn so waren es keine allzu kostbaren Ausgaben, die er sich bei jeder Gelegenheit auslieh, und so hatte McClure nichts dagegen, dass er las, wo und wann er wollte – solange es in seiner Freiwache geschah. Der bevorzugte Platz des Jungen war das Krähennest im Großmast, und auf mehreren gemeinsamen Reisen hatte sich der Kapitän daran gewöhnt und fand es sogar amüsant, hier und da Zahnabdrücke in den Einbänden seiner Bücher zu finden, denn natürlich brauchte John beide Hände, um aufzuentern.

Dort oben, allein unter dem endlosen Himmel, saß schon der Elfjährige mit seiner Pfeife im Mund und einem Buch auf den Knien, durchstreifte Robinsons Insel, die Highlands von Robert Roy MacGregor oder mit Jack Wilton gleich das ganze alte Europa. Er genoss dieses Lesen weit mehr als in den Bibliotheken an Land, den Büchergruften, die nach Jahrhunderten Staub und schlechter Verdauung rochen, wo vertrocknete Pfaffen, Gelehrte ihr Leben über Folianten versaßen, die schon beim Niesen auseinanderzufallen drohten – und in denen er, der Schiffsjunge, der nach See, Teer und Tabak roch, nur aufgrund eines Empfehlungsschreibens seines Kapitäns misstrauisch beäugten Einlass fand.

Hier draußen aber wurden die Bücher lebendig, er konnte es in den Händen fühlen. Wenn der Wind in die Segel unter ihm griff, einzelne Böen das Schiff voranstießen, als würde es getreten, wenn das Krähennest langsam hin und her schaukelte oder der Horizont so heftig stieg und fiel, dass der Junge sich mit steifen Beinen in seiner Position festkeilen musste, wenn eine Brise, die seit tausend Seemeilen auf kein Hindernis gestoßen war, an den Seiten unter seinen Fingern zerrte und die Sonne zwischen die Buchdeckel schien, dann saugten die Worte ihn nicht mehr hinein in die Enge: Dann drängten die Worte aus den Büchern heraus und warfen sich ihm entgegen.

## 24.

»Sie dürfen die Augenbinde abnehmen, Mr. Gowers«, ertönte die angenehm weiche Stimme einer Frau, der allerdings anzuhören war, dass sie selten Englisch sprach. »Aber berühren Sie nicht den Vorhang, bitte!«

Gowers streifte die ohnehin recht locker sitzende Augenbinde ab und sah als Erstes tatsächlich einen blendend weißen Vorhang, der den Raum teilte und ihn sofort an sein New Yorker Büro erinnerte. Dieser Vorhang – die *Purdha* – war allerdings aus Seide und der Raum etwa dreimal größer als alle Zimmer, die er in seinem Leben bewohnt hatte. Alles darin machte einen seltsam zusammenhanglos vollgestopften Eindruck. In Reih und Glied ausgerichtete Bücher in dunklen Regalen, die bis zur niedrigen, holzvertäfelten Decke reichten. Ohne großen Geschmack oder Kenntnis gesammelte Bilder an den Wänden, klobige viktorianische Möbel und als Gipfel des Gesuchten ein großer, völlig nutzloser Kamin. Dennoch wusste der Investigator, was sich gehörte, oder ahnte, was von ihm erwartet wurde.

»Eine sehr schöne Bibliothek«, sagte er. »Wie darf ich Sie anreden, Madame?« Hinter dem Vorhang nahm er eine leichte Bewegung wahr und hörte ein leises Geräusch, das er nicht einordnen konnte. Die Frau antwortete mit milder Ironie: »Wie würden Sie denn Ihre Königin anreden, Mr. Gowers?«

»Ich bin Amerikaner«, erwiderte Gowers trocken. »Wir haben keine Königin.«

Das Geräusch und die Bewegung setzten für einige Sekunden aus, begannen dann aber gleichmütig von Neuem. »Nennen Sie mich Mahal Begum.«

In diesem Moment bemerkte der Investigator, der sich noch immer verwundert umschaute, dass der Ankleidespiegel an der Wand sorgfältig so ausgerichtet war, dass er hinter den Vorhang sehen und von dort aus auch gesehen werden konnte. Aber da die etwa fünfzigjährige, bemerkenswert attraktive Dame, die er dort in einem Schaukelstuhl sitzen sah, so tat, als bemerke sie es nicht, musterte auch Gowers angelegentlich Bücher und Bilder. Wenn hier Theater gespielt werden sollte, würde er jedenfalls nicht als Erster aus der Rolle fallen.

»Möchten Sie rauchen, Mr. Gowers?«

»Gern, Mahal Begum.«

Zinat Mahal Begum klatschte in die Hände, und Ishrat, die verschleierte Wächterin, die die ganze Zeit an der Tür gestanden und Gowers nicht aus den Augen gelassen hatte, rief einen kurzen Befehl den Gang und die Treppe hinunter.

»Wissen Sie, was eine *Hookah* ist, Mr. Gowers?«

»Ich habe davon gehört, Mahal Begum. Mehrere Personen können sie gleichzeitig benutzen, nicht wahr?«

»Würden Sie mir das Vergnügen machen, mit mir zusammen zu rauchen, Mr. Gowers?«

»Es wäre mir eine Ehre, Mahal Begum.«

Die Wasserpfeife mit dem bereits glimmenden Tabak wurde so schnell hereingebracht, dass auch ein weniger aufmerksamer Beobachter gemerkt hätte, dass all dies Teil einer Inszenierung war, die in dem Augenblick begonnen hatte, als die Augen hinter dem Fächer in Ruhimans Büro verschwunden waren. Das Gerät wurde so aufgestellt, dass nur ein dünner lederner Schlauch mit silbernem Mundstück unter dem Vorhang hindurch zu Gowers reichte, der, um mit dem Mund hinzugelangen, auf einem niedrigen Pouf mit roten Troddeln Platz nehmen musste.

Der Tabak war für seinen Geschmack zu süß, aber der Rauch durch das Wasser angenehm kühl und mild. Nur das Blubbern fand er vom ersten Moment an reichlich albern. Einem leise schmatzenden Zug auf der anderen Seite des Vorhangs war zu entnehmen, dass er praktisch neben der Kaiserin von Indien saß.

Nicht schlecht für einen Kerl, der gestern noch seine eigenen Läuse geraucht hat, dachte Gowers.

## 25.

»Lassen Sie mich zunächst mein Bedauern über den Tod Ihres Enkels ausdrücken, Mahal Begum. Mr. Ruhiman sagte, der Prinz sei ermordet worden. Darf ich fragen, auf welche Weise das geschehen ist?«

»Er ist erstochen worden, Mr. Gowers.«

»Aber er lebte inkognito und nur in diesem Palast.«

»Der Prinz hatte große Freude daran, marschierende Truppen zu beobachten, Mr. Gowers. Er stand deshalb oft auf der nordwestlichen Mauer, von der aus man das Kalkutta-Tor und den Markt übersehen kann.«

»War das nicht sehr gefährlich? Ich meine, konnte er nicht auch vom Markt aus gesehen werden?« Zum ersten Mal sah Gowers Zinat Mahal Begum jetzt direkt an, wenn auch nur in einem Spiegel. Die Königin schüttelte den Kopf, dann lächelte sie wehmütig.

»Er war verkleidet, Mr. Gowers, als Mädchen unter Mädchen. Oh, wie hat er das immer gehasst …«

Gowers verstand. Achill am Hof des Lykomedes und ein Trojanischer Krieg, der nie stattfinden würde. »Kam der Mörder von draußen, über die Mauer?«

»Wir vermuten es, Mr. Gowers. Aber wir wissen nicht, wann und wo.«

»Er könnte sich also bis zum Zeitpunkt des Mordes irgendwo im Roten Fort versteckt gehalten haben. Darf ich diesen Teil des Palastes in Augenschein nehmen?«

»Ishrat wird Sie auf die Mauer führen.«

»Ist bekannt, wer dem Mörder von drinnen geholfen hat?«

Die Königin runzelte die Stirn. »Was veranlasst Sie, anzunehmen, dass man ihm geholfen hat?«

»Nun, selbst wenn er von draußen kam, muss er gewusst haben, an welcher Stelle und zu welchem Zeitpunkt er zuschlagen kann. Auch die Verkleidung des Prinzen muss ihm bekannt gewesen sein. Oder hat er wahllos auf mehrere Personen eingestochen?«

»Nein, Mr. Gowers. Er tauchte plötzlich hinter dem Prinzen auf, stach zu und verschwand über die Mauer, ehe man ihn festhalten konnte.«

»Er ist entkommen?«, fragte Gowers zum ersten Mal ernsthaft verwundert.

»Ja, durch die Gasse zwischen Fort Sedinghur und Qila-i-Mubarak. Ein Diener verfolgte ihn oben auf der Mauer, konnte aber nur noch sehen, wie der Mann in ein Boot stieg, das an der Djumna auf ihn gewartet hatte.«

Helfer drinnen und draußen, registrierte Gowers und fragte weiter: »War der Mann verletzt? Ich meine, die Mauer ist ziemlich hoch.«

»Er soll gesprungen sein wie eine Katze, Mr. Gowers.«

Der Investigator überdachte diesen Punkt und zog mehrmals stark an der Pfeife, die aufgrund des langen Wortwechsels auszugehen drohte. Dieses Geblubber war wirklich lächerlich! Er beschloss, zunächst an einer anderen Stelle weiterzufragen.

»Wurden alle Diener verhört?«

»Ja. Wir haben …« Auch die Königin machte eine Pause, rauchte aber nicht, und Gowers hörte nur die Glut knistern. »Wir haben leider nicht mehr erfahren.«

»Entschuldigen Sie, dass ich das frage, Mahal Begum«, stellte Gowers nun doch seine ursprüngliche Frage. »Aber der Prinz, war er sofort tot?«

Die Königin seufzte tief. »Nein. Er … Es hat noch fast einen Tag gedauert.« Die bedrückende Vorstellung von einem achtjährigen Jungen, der länger als zwanzig Stunden vergeblich um sein kleines Leben kämpfen musste, erfüllte den ohnehin dumpfen, vollgestopften Raum. »Warum müssen Sie das wissen, Mr. Gowers?«

»Weil ein professioneller Mörder ihn schneller und sicherer hätte töten können«, erwiderte Gowers hart.

Zinat Mahal Begum ließ ihr Mundstück der Wasserpfeife sinken und sah nun ihrerseits den Mann im Spiegel direkt an. »Sie sind ein sehr guter Investigator«, wiederholte sie Abdur Ruhimans Worte mit einem Lächeln.

## 26.

Die *Enterprise* hatte wieder nicht gewartet, und allein in seiner Kajüte verfluchte McClure seinen Oberkommandierenden, der offenbar ein Wettrennen ins Eis veranstalten wollte, anstatt ihm Zeit zu geben, sein Schiff in Honolulu sachgemäß zu verproviantieren. Zu allem Überfluss hatte die anscheinend schwachsinnige Besatzung eines einheimischen Küstenleichters eine komplette Ladung lebender Ochsen, die für die *Investigator* bestimmt war, aufgrund ihrer Unfähigkeit im Meer versenkt. Nur ein einziges Tier konnte gerettet werden, um der Expedition später im Norden als Frischfleisch zu dienen. Ein Dutzend Schafe, aus McClures Privatkasse bezahlt, konnte den Verlust nur unzureichend ersetzen, und die Berge von Früchten, die man in den letzten Tagen geladen hatte, würden in den nächsten allenfalls für Durchfall sorgen.

McClure kochte. Natürlich verstand er Collinson. Er hatte es selbst gesagt, der schriftliche Befehl der Admiralität gab das Datum vor: Im August mussten die Schiffe im Eis sein. Logisch, dass der Mann sich beeilte, schließlich führte der in vielen Fahrten erprobte Kurs von den Sandwichinseln zur Beringstraße in einer weiten nordwestlichen Schleife dicht am asiatischen Festland entlang zunächst nach Petropawlowsk auf Kamtschatka. Dadurch umging man die gefürchteten Nordwestwinde, die die Schiffe gegen die kanadische Küste drückten, und vor allem die tückischen Gewässer um den Aleutengürtel, von denen bislang nicht mehr als ihre kolossale Gefährlichkeit bekannt war. Leider dauerte diese lange, aber sichere Reise etwa zwei Monate, und nicht erst die Böller- und immer häufigeren Revolverschüsse von Land her und auf den amerikanischen Whalern im Perlhafen verrieten ihm, dass man bereits den 4. Juli 1850 schrieb.

Immer noch zögernd erhob sich der Kommandant und holte aus seiner in den letzten Tagen so oft umschlichenen Kartenkiste alle Aufzeichnungen über das Seegebiet nördlich von Vancouver Island hervor, breitete sie auf dem Tisch aus und begann, einen direkten Kurs zum Kap Prince of Wales abzusetzen. Ein riskantes Spiel, dachte McClure, als die Route ausgearbeitet vor ihm lag, und der Einsatz nicht weniger als das Schiff und sechsundsechzig Seelen!

Als es klopfte, überlegte er kurz, ob er die Karte nicht wegräumen sollte, aber dann bedachte er, dass er Kapitän auf seinem Schiff war, und entschied sich wütend dagegen. »Ja?«

»John Gowers, vom Landgang zurück!« Der Junge, der in der Tür stand, war offensichtlich angetrunken, und der frische Wind des Perlhafens hatte den Geruch von Tabak, Rum und dem billigen Parfüm der Huren nicht aus seinen Kleidern treiben können. Schmal und dunkel, das schwarze Haar zu einem geteerten Zopf gedreht, wie ihn in der königlichen Marine seit fünf Jahrzehnten niemand mehr getragen hatte, sah er aus wie ein Unterteufel für Wollust und Bosheit, dachte McClure, der zu seiner Erbauung gerade Lesage las.

»Was gibt es denn, zum Henker?«, fragte der Kapitän entsprechend ungehalten.

»Ein Gerücht, Sir«, sagte John und fügte mit der Andeutung eines Grinsens hinzu: »Die Offiziere wird es wohl nicht erreichen ...«

»Ich interessiere mich nicht für Hafengeschwätz, Mr. Gowers!«, drohte McClure.

»Dann könnten Sie bald Kommandant eines Depotschiffes im Kotzebue-Sund sein, Sir«, sagte der Junge mit einer Angriffslust, die ihm nicht erst der Alkohol verlieh und deren Wirkung er sich selbst nicht bewusst war.

»Achten Sie auf Ihre Worte«, sagte McClure und trat dicht an den jungen Matrosen heran, den er noch immer um mehr als einen Kopf überragte, »sonst liegen Sie wieder im Eisen!« Er hasste die seltsam gelassene Insubordination dieses Burschen.

John schluckte schwer an der noch frischen Erinnerung an die knappe Woche, die er im Kabelgatt verbracht hatte. »Entschuldigung, Sir«, sagte er und bemühte sich jetzt immerhin um etwas seemännische Haltung. »Es geht um die *Plover*.«

»Ja?« McClure runzelte die schon mehr als hohe Stirn. Die *Plover*, Kapitän Moore, war das am meisten belachte und bedauerte Kommando in der Flotte Ihrer Majestät, von der Admiralität dazu abgestellt, an der Küste Alaskas Versorgungsaufgaben zu übernehmen. Seit fünf Jahren kreuzte das unglückliche Schiff nun schon am Rande der Beringstraße, zwischen Eschholz Bay und der Eisgrenze, um Franklin oder jeden anderen britischen Polarfahrer, der des Weges käme, mit Proviant zu versorgen. Das Problem war nur, dass nie jemand kam. Nur die Kriegsschiffe der Südseeflotte liefen die *Plover* hin und wieder aus Gründen der nautischen Übung an, versorgten sie ihrerseits mit Nahrungsmitteln und Brennstoff und brachten erschütternde Briefe über die Langeweile auf diesem äußersten Posten des Britischen Empire zurück nach England.

»Was ist mit der *Plover*?«

»Einige Männer der *Enterprise* haben angeblich behauptet, wenn wir nicht schnell genug nachkämen, würde … würde Kapitän Collinson die *Plover* als Begleitschiff mit ins Eis nehmen!« Als sein Kommandant auf diese Information nicht reagierte, fügte John hinzu: »Wir … Sie … Die *Investigator* müsste dann die Aufgaben der *Plover* übernehmen!« Er glaubte, damit deutlich genug gemacht zu haben, dass er in diesem Fall bei der ersten Gelegenheit von Bord desertieren würde.

McClure verstand auch sehr gut, was der Junge meinte. Und seine eigene Entscheidung stand zu diesem Zeitpunkt bereits fest; schon der Name *Plover* hatte ihm mehr gesagt, als John Gowers ausführen konnte. Collinsons Vorgehen war schließlich ebenso durchdacht wie sein eigenes.

»Mr. Haswell und Mr. Sainsbury kommen sofort in meine Kajüte!«, befahl der Kapitän. »Mr. Creswell wird mit einem Kommando von sechs Seesoldaten unsere Leute wieder an Bord holen. Sie selbst …« McClure hatte sich während dieser ruhigen, wohlgesetzten Worte überlegt, wie er John wieder einmal für seine eigentümliche Impertinenz bestrafen könnte, und war zu einem glänzenden Ergebnis gelangt: »… begeben sich zur Kirche der Evangelikalen, dem amerikanischen Missionshaus. Dort werden Sie unseren Mr. Miertsching antreffen, ihm diesen schriftlichen Befehl zustellen und mit ihm gemeinsam zurückkommen.« Er kritzelte rasch ein paar Zeilen, faltete und siegelte den Brief, während John Gowers vor unterdrückter Wut die Farbe wechselte.

»Ay, Sir!«, sagte er dennoch.

## 27.

Der schriftliche Befehl, auf das gottlose Schiff zurückzukehren, war sehr ärgerlich, und sein Überbringer erinnerte Miertsching unangenehm daran, in welcher Gesellschaft er die nächsten Monate, vielleicht sogar Jahre verbringen musste. Der junge Mann war einer der schlimmsten unter den Heiden, mit denen der einsame Missionar die halbe Erde umrundet hatte. Noch nicht fünfzehn, wie ihm der Kapitän in einem ihrer wenigen Gespräche versichert hatte, war der Matrose Gowers – Miertsching nannte ihn für sich nur noch Davy Jones – doch schon ein im Kreise seiner Spießgesellen geachteter Schläger, Trinker und Spötter und hatte den Missionar stets mit spöttischen, manchmal geradezu hasserfüllten Blicken und Worten bedacht.

Eigenartigerweise war aber ausgerechnet dieser Junge einer der wenigen, die lesen und schreiben konnten. Miertsching hatte selbst beobachtet, wie er mit einem Buch zwischen den Zähnen in den Mast hinaufstieg, und war bei einer anderen Gelegenheit dazugekommen, als der Matrose Gowers für einen seiner wesentlich älteren Schiffskameraden offenbar einen Brief aufsetzte. Der Missionar war mit seinem aufmunterndsten Lächeln näher getreten, interessierte sich, wollte fragen, worum es gehe und ob er helfen könne, aber der junge Mann mit dem wilden, teerverschmierten Zopf war wortlos aufgestanden und hatte seine verdienstvolle Arbeit einfach abgebrochen.

Es war der Gegensatz, der das Geschehen so bitter machte. Nach der qualvollen Zeit auf See war er hier auf Hawaii endlich wieder unter Christenmenschen, konnte inzwischen genug Englisch, um die Psalmen zu singen und den Worten der Predigt mit Interesse zu folgen, und genoss auch den paradiesischen Garten der Evangelikalen. Er fühlte, wie die tiefe innere Ruhe des verkündigten Glaubens wieder über ihn kam, und dankte seinem Schöpfer für diese Gnade. Außerdem hatte der Kapitän gesagt, dass das Schiff etwa vierzehn Tage hierbleiben würde, von denen erst zwei verstrichen waren. Es war, als hätte man einem armen Sünder gerade alle Freuden des Himmels gezeigt – und ihm dann schriftlich befohlen, sich bis abends zwölf Uhr in der Hölle zu melden.

Nur der Glaube an die Vorsehung des Herrn ließ Miertsching diese Prüfung ertragen. Ungehalten fragte er dennoch den jungen Matrosen, was der Grund für diese plötzliche Eile sei. Aber der Bursche zuckte mit den Schultern, ohne ihn auch nur anzusehen. Das weckte das Gewissen und den christlichen Kampfgeist des Missionars und lenkte ihn von den Anfechtungen des Zorns und der Enttäuschung ab. In seinem schönsten Englisch sagte er: »Wollen Sie nicht zu uns treten, Matrose Gowers? Wir haben uns gerade zur Andacht versammelt, und es sind Männer da, deren Worte Sie hören sollen! Reverend Clarke, Reverend Damon, Reverend Rice …«

»Nicht mal als Toter, Sir!« Ein Haus voller Prediger hätte John Gowers eher angezündet als betreten. »Ich werde unten am Tor auf Sie warten.« Er drehte dem Mann und seiner Mission beinahe gelangweilt den Rücken zu.

»Matrose Gowers, Sie sind sehr …« Miertsching fehlte das Wörterbuch, um seinen Unmut auszudrücken. »Sie sind ganz und gar …«

»Unhöflich?«, schlug John vor, knurrte die Worte leise vor sich hin, während er den Weg zum Tor hinunterging. »Frech, dumm, aufsässig, bösartig, respektlos …« Er fügte noch einige derbe Flüche hinzu und merkte, wie gut ihm das Fluchen tat.

»Anmaßend!«, sagte der Missionar auf Deutsch. Überheblich, eingebildet, dachte er weiter. Ganz der selbstgefällige Mensch, der glaubt, ohne einen Gott auszukommen. Kopfschüttelnd ging Miertsching wieder hinein, um seinen Brüdern die traurige Nachricht zu überbringen. Kurz darauf stimmte man im Missionshaus ein geistliches Lied an:

*Give me thy strength, o God of power;*
*then let the wind blow, or thunders roar,*
*I need not fear by sea or land,*
*for thou, my Lord, wilt by me stand!**

Die Verse hingen in der lauen, tropischen Luft wie ein schlechter Geruch, und unten am Tor vertrieb John Gowers sie, so gut es ging, durch die Erinnerung an die braunhäutige Hure, die er am Nachmittag genossen hatte.

## 28.

»Was genau kann ich für Sie tun, Mahal Begum?« Die Wasserpfeife war schließlich erloschen, die wesentlichsten Informationen hatten ihn erreicht. Aber war er auch engagiert?

»Klären Sie den Mord auf, Mr. Gowers. Finden Sie den Mörder und seine Hintermänner.«

»Und wenn ich sie gefunden habe?«, fragte der Investigator, der sich in diesem Fall die Übergabe der Sache an Polizei und Justiz kaum vorstellen konnte.

»Töten Sie sie, Mr. Gowers.«

»Ich bin kein Mörder, Mahal Begum«, sagte Gowers ruhi-

* Leih mir Deine Kraft, mächtiger Gott, dann lass den Wind los und den Donner brüllen: Ich habe nichts zu fürchten auf See oder an Land, denn Du, mein Herr, wirst mir zur Seite stehn.

ger, als er war, und dachte an die Menschen, die er getötet hatte. Es war fast immer im Kampf geschehen, redete er sich ein.

»Ich bezahle jeden Preis, den Sie verlangen, Mr. Gowers.«

»So reich ist ganz Indien nicht, Mahal Begum.«

»Ihr Anwalt Mr. Mukhopadhyaya«, erwiderte Zinat Mahal Begum, ohne zu zögern und ohne die geringste Erregung in ihrer Stimme, »hat doch eine junge Frau, nicht wahr? Auch Kinder?«

Obwohl er schon vieles erlebt hatte, dauerte es einige Sekunden, bis die Ungeheuerlichkeit dieser Worte vollständig in Gowers' Bewusstsein drang. Dann geschahen viele Dinge – und als er später darüber nachdachte, was ihn so aufgebracht hatte, gelangte er immer wieder zu demselben Schluss: Es war die ewige, gleichgültige Selbstverständlichkeit, mit der Könige sich ein Recht auf das Leben und Sterben anderer Menschen anmaßen.

Gowers sprang auf und riss den seidenen Vorhang herunter, um das Stück Mist zu sehen, das sich dahinter verbarg, musste sich aber im gleichen Moment seiner eigenen Haut wehren. Die Wächterin hatte schon bei seiner ersten Bewegung ihr Schwert gezogen, und Gowers entging dem tödlichen Hieb nur, indem er ihr entgegen- und praktisch in ihre Arme sprang. Auf diese Weise traf sie ihn nicht mit der Klinge, sondern nur mit dem Knauf, und auch nicht seinen Nacken, sondern die Schulter, die er hochgezogen hatte.

Im nächsten Moment fasste er nach ihrer Kehle, erwischte aber nur den Schleier und einen Teil ihrer langen schwarzen Haare und sah in ein schönes, aber von jäh aufflackernder Wut verzerrtes Gesicht. Sie ließ das Schwert fallen und tastete nach dem Dolch an ihrer rechten Seite. Gowers, der ihre Absicht erkannte, entging dieser neuen Gefahr nur, weil er ihren Arm in Höhe der Ellenbeuge eisern umklammert hielt. Daraufhin entblößte sie ihre tatsächlich angeschliffenen Zähne, um ihm die Kehle durchzubeißen. Er zog ihren Kopf an den Haaren nach hinten, aber die kräftigen Muskeln in ihrem Nacken hielten dem Zug stand, glichen ihn aus und brachten ihren Mund nun wieder gefährlich nahe an seinen Hals. Er wollte ihr deshalb gerade sein Knie in den Unterleib rammen, als der Kampf so plötzlich endete, wie er begonnen hatte.

»Ishrat!«, rief die Königin von Delhi leise, und Gowers fühlte, wie sich das gerade noch so tödlich-starke Wesen in seinen Händen ein wenig entspannte. Ebenso vorsichtig lockerte er seinen eigenen Griff, und sehr behutsam lösten sie sich voneinander. Nur ihre Augen fochten das stumme Duell weiter, lauerten, registrierten jede Bewegung des anderen, ja jeden Impuls zu einer Bewegung. Gowers stellte sicherheitshalber einen Fuß auf das am Boden liegende Schwert.

Zinat Mahal Begum hatte nicht einen Augenblick aufgehört, ihren Schaukelstuhl in die sanfte Bewegung zu versetzen, die ihrem Rücken so guttat, und lenkte nun ein: »Nehmen wir also an, Sie sind kein Mörder, Mr. Gowers«, sagte sie. »Aber ein Jäger sind Sie! Das Töten …«, sie nickte ihrer Wächterin zu, »… wird Ishrat besorgen.«

»Soll sie mich begleiten?«, fragte Gowers zögernd. Die Königin nickte wieder, und der Investigator erkannte, dass er dieser Falle nur noch durch irrsinnige Forderungen entgehen könnte.

»Mr. Mukhopadhyaya und seine Familie bleiben unangetastet.«

»Selbstverständlich, Mr. Gowers.«

»Ich verlange völlig freie Hand bei meinen Ermittlungen. Zugang zu allen Räumen und allen Personen …«

»Wie Sie wollen, Mr. Gowers.«

»Ich verlange sehr viel Geld.«

Eine beiläufig wegwerfende Handbewegung blieb die einzige Antwort.

»Und eine Frau!«

Das Schweigen dauerte diesmal ein wenig länger, und erst als die Wände des englischen Zimmers sich damit vollgesogen hatten, sagte Zinat Mahal Begum langsam: »Wählen Sie, Mr. Gowers.«

Ohne eine Miene zu verziehen, zeigte Gowers auf die Wächterin und erkannte an einem leichten, hasserfüllten Beben ihres Körpers, dass sie jedes Wort verstanden hatte.

»Ishrat!«, sagte die Königin gleichmütig.

## 29.

Sie ging stets zwei Schritte hinter ihm, auf der Mauer des Roten Forts, und anfangs hatte er befürchtet, jeden Moment seinen Kopf zu verlieren, denn Ishrat hatte nicht nur ihren Schleier, sondern auch ihr Schwert wieder angelegt. Seine Fragen beantwortete sie knapp, aber mit einem Gleichmut, der ihn wunderte und warnte. Eine europäische oder amerikanische Frau hätte, auf diese üble Weise verschachert, sicherlich anders reagiert, und er schrieb ihre Ergebenheit in ihr Schicksal dem merkwürdigen asiatischen Verständnis von Macht und Gehorsam zu, von dem er gelesen hatte.

Tatsächlich war Ishrat in der festen Überzeugung erzogen worden, dass sie Eigentum der Königin von Delhi sei; ihr Leib, ihr Leben gehörten Zinat Mahal Begum, und so, wie sie auf einen Befehl hin ihr Leben geopfert hätte, würde sie nun ihre Unversehrtheit hingeben. Natürlich verstieß das gegen die Regeln des Islam, aber wenn die Königin es befahl, galten diese Regeln eben nicht mehr. So war es immer gewesen, und anders hätte man die religiös so gespaltene Bevölkerung Nordindiens auch überhaupt nicht regieren können.

In den Tempeln der Hindus hatten sich seit Jahrtausenden Mädchen und junge Frauen auf die gleiche Weise geopfert. Genau genommen entehrte der Befehl, dem *Nasrany* zu Willen zu sein, Ishrat nicht einmal, denn sie war nur ein Werkzeug; und es war unmöglich, dass die Königin von Delhi mit ihren Werkzeugen etwas Entehrendes tat. Außerdem hatte sie ganz zuletzt noch einen zweiten Befehl erhalten, den er nicht kannte.

»Der Amerikaner hat nicht sein eigenes Leben verlangt!«, hatte Zinat Mahal Begum gesagt.

»Ich verstehe, Erhabene«, hatte Ishrat geantwortet.

Ihr Weg auf der Mauer war fast drei Meilen lang, und Gowers nahm sich viel Zeit. Er untersuchte die Blutflecken an der Nordwestecke über dem Marktplatz und dem Kalkutta-Tor; die Stelle, wo der Mörder von der Mauer gesprungen war. Er sah lange in die Gasse hinab, die zwischen dem Königspalast und Fort Sedinghur – der britischen Bastion, die den Fluss bewachte – zur Jumna führte; suchte das Flussufer sogar mit seinem kleinen Fernrohr ab, entdeckte dort aber neben den Abzugsgräben des Roten Forts nur einige Bettler, die im Schatten der Mauer zu schlafen versuchten – oder gestorben waren.

Erst im Süden, in der Nähe des *Rajgaht*-Tores, wo die Stadt sich vor dem Palast zu einem Gewimmel aus Krämerbuden, Baracken und einigen Ruinen aus dem Sepoy-Aufstand öffnete und die breite Treppe der Fürsten hinunter zum Fluss führte, fand er, was er suchte. Die Spuren, die die eisernen Haken überall an den Mauervorsprüngen hinterlassen hatten, waren alt; vielleicht noch von der britischen Belagerung der

Stadt verursacht. An einer Stelle aber waren die Narben im Stein frisch. Dieser Teil der Palastanlage war wüst und verfallen, nur noch ein von der Sonne gebleichtes Skelett lange vergangener Pracht.

Gowers suchte mit seinem Fernrohr nach Anzeichen von Leben, fand aber nur einen großen leeren Hof. Dahinter Ruinen, eingefallene Dächer, bröckelnde Wände, einen neben- und übereinander verschachtelten Komplex zusammengewürfelter Bauten, die ihn aus leeren Fensterhöhlen anstarrten. Es erinnerte ihn an die Abbildungen des antiken Kaiserpalastes in Rom, die er gesehen hatte; mit dem Unterschied, dass hier der üppige Pflanzen- und Moosbewuchs fehlte, den das Klima ganz einfach nicht zuließ. Im tiefen Schatten eines zerbrochenen Brunnens nahm er endlich eine träge Bewegung wahr und stellte unwillkürlich die Frage: »Was ist das?«

»Ein Hund«, sagte Ishrat, ohne lange hinzusehen. »Dieser Teil des Forts gehört den Hunden der Erhabenen. Sie bewachen ihn.«

»Wovon leben sie?«, fragte Gowers, der in der Bewegung vor seinem Glas nun wirklich die Formen eines mindestens hüfthohen Hundes erkannte, der den fortgeschrittenen Nachmittag im Schatten verdöste.

»Die Leute werfen Fleisch über die Mauer«, antwortete Ishrat und sagte nicht, dass die Hunde im letzten Winter, allmählich verwildert in ihrem verfallenden Gefängnis, sogar einmal den bewohnten Teil des Palastes angegriffen hatten und erst vor dem Gewehrfeuer mehrerer herbeigerufener Wachen zurückgewichen waren. Bisweilen hatte man auch die zerfetzten Reste vorwitziger Diebe gefunden, die an dieser ansonsten unbewachten Stelle in den Palast eingedrungen waren.

Ishrat musterte, wie schon so oft auf ihrem Weg auf der Mauer, den schlanken, aber kräftigen Mann, der vor ihr ging, und fühlte wieder seine Hand in ihren Haaren. In der *Zenana* wurde fast ungehörig oft von europäischen Männern gesprochen: dass sie viel stärker gebaut seien als Inder, größer in Umfang und Länge, und dass ihre Hoden fast so groß wie die von Pferden wären. Ishrat bebte vor Hass und Erwartung, die feinen Härchen in ihrem Nacken richteten sich auf, und sie fühlte sich wie eines der Tiere dort unten, Kreuzungen aus Afghanischem Windhund und Deutscher Dogge, die der Amerikaner durch sein Fernrohr studierte. Heute Abend würde er sie streicheln, sagte sie sich. Und sie würde ihn dafür töten, eines Tages.

## 30.

Der Nebel war so dicht, dass die Seevögel, in der irrigen Annahme, bis zu den schwarzen Klippen von St. Lawrence läge kein Hindernis vor ihnen, gegen das Takelwerk flogen und mit gebrochenen Flügeln auf Deck und im Kochtopf landeten.

»Aethia cristatella«, sagte Haswell, der Erste Offizier der *Investigator*. »Ein Alk.«

»Immerhin ein Beweis dafür, dass die grobe Richtung stimmt«, knurrte McClure, der diesen Polarvogel kannte. »Aber auch dafür, dass Land in der Nähe ist«, fügte er leise hinzu. Er fröstelte. Seit einer Woche hatten sie keinen Stern mehr gesehen, das Schiff lief mit einer starken, aber leider völlig unbekannten Strömung, und die Seekarten für dieses Gebiet hatten sich als höchst unzuverlässig erwiesen. Erst am Tag zuvor hatte man zwei Inseln gesichtet, die es laut Karte nicht gab. Jedenfalls nicht da, wo er zu sein glaubte. Trotzdem

Zuversicht und Sicherheit ausstrahlen zu müssen hatte den Kapitän über den Rand seines Selbstvertrauens in Bereiche des Glaubens, Hoffens und Hinnehmens geführt. Er rauchte eine Pfeife nach der anderen und spürte schon seit drei Tagen seine Zunge nicht mehr.

Das Lot wurde ununterbrochen ausgeworfen und zeigte immerhin gleichmäßig tiefes Fahrwasser bei dieser höllischen Nebelregatta. Eben deshalb blieb McClure beinahe das Herz stehen, als der Toppsgast meldete: »Brecher voraus!« Wahrscheinlich würden sie mit Vollzeug gegen die Südwestküste Alaskas knallen, wie die dämlichen Vögel gegen den Fockmast!

»Zwei Strich backbord, Mr. Haswell«, sagte McClure und ballte die Hände in den Taschen seines schweren Mantels zu Fäusten, weil er jetzt selbst hören konnte, wie große Wellen gegen unsichtbare Felsen schlugen. »Wir nähern uns Kap Prince of Wales.«

»Ay, Sir!«, sagte Haswell und gab den Befehl an den Rudergänger weiter, aber es klang eher wie: Woher willst du das denn wissen?!

Als jedoch die geheimnisvolle Brandung im Verlauf der nächsten Stunden achteraus zurückblieb, eine merkliche Verringerung der Fahrt das Aussetzen jener starken Grundströmung anzeigte und eine leichte, nach den kalten Nordwestwinden der Beringstraße fast warme Brise von Steuerbord her dem Seemann verriet, dass dort eine landgeschützte Bucht oder ein Sund liegen musste, schluckte Haswell unwillkürlich vor Bewunderung.

Nach einer Fahrt von zweitausend Meilen durch unbekannte Gewässer und riesige Nebelbänke hatte die *Investigator* ins Schwarze getroffen. Sie waren im Kotzebue-Sund, gerade drei Wochen, nachdem sie auf den Sandwich-Inseln die

Anker gelichtet hatten. Zu allem Überfluss also auch noch ein Geschwindigkeitsrekord.

»Gratuliere, Sir!« Haswell hätte seinem Kommandanten gerne die Hand geschüttelt, aber das ging natürlich nicht an, denn es hätte ja die Selbstverständlichkeit dieses Ergebnisses infrage gestellt. Der Erste Offizier biss sich ohnehin bereits auf die Zunge, weil er seiner Verwunderung überhaupt Ausdruck gegeben hatte.

McClure war lange genug als nachgeordneter Offizier gefahren, um die heiklen Probleme von Loyalitätsbekundungen gegenüber Vorgesetzten zu kennen. »Das möchte ich nicht noch mal machen, Will«, murmelte er deshalb möglichst verdrossen, und ehe männliche Rührung die beiden kühlen Briten vollständig überwältigen konnte, klopfte der Kommandant dröhnend seine Pfeife aus. »Und jetzt werde ich schlafen! Mindestens sechs Stunden werde ich schlafen. Seien Sie so liebenswürdig, und feuern Sie dann die Kanone ab, damit ich wach werde und Collinson weiß, dass wir hier sind.«

Aber es war Collinson, der nicht da war. Im Laufe der nächsten drei Tage trafen sie mehrere Schiffe: verschiedene Walfänger, unvermeidlich die *Plover*, Kapitän Moore, das unglückliche Depotschiff. Aber auch die Fregatte *Herald*, Kapitän Kellett, ein Schulschiff der königlichen Marine, das aus der Südsee heraufgekreuzt war, um die *Plover* zu besuchen und die jungen Kadetten auch mit diesem unwirtlichen Teil der Welt bekannt zu machen. Nur von der *Enterprise* fehlte weiterhin jede Spur.

Natürlich konnte es sein, dass sie unbemerkt durchgekommen und bereits weiter ins Eis gesegelt war. Aber das entsprach weder Collinsons Art noch seinen Befehlen. In einem nur ihm bekannten Winkel seines Herzens wusste McClure, dass er jetzt vorn lag, und schloss sich für zwei Stunden in seiner Kajüte ein. Nicht, um seine Entscheidung zu treffen, sondern um seine Entscheidung in einem wohlformulierten Brief an die britische Admiralität zu begründen. Von der Wahrscheinlichkeit, dass Collinson ihm voraus sei, schrieb er wider besseres Wissen, und bei Kap Lisburne schon auf ihn warten würde. Von der Notwendigkeit, jetzt und hier, auf der Höhe des Sommers, bei offenem Wasser, keinen einzigen Tag mehr mit Warten zu vergeuden, da man sonst ein ganzes Jahr verlieren könnte. Von der Verzweiflung Franklins und seiner Männer, die irgendwo zwischen Icy Cap und dem Peel Sound auf die Rettung in letzter Minute hofften.

Er schrieb nicht, dass er dreiundvierzig Jahre alt war und dass nach so vielen Reisen auf See und im Eis zum ersten und vielleicht letzten Mal niemand mehr zwischen ihm und dem Schicksal stand. Das wussten die Herren Admirale auch so, denn sie alle hatten zu ihrer Zeit, von ihrem Glück, ihrem Mut und ihren Fähigkeiten getragen, vor ähnlich einsamen Entscheidungen gestanden – und ebenso wenig gezögert. Insofern tat Robert John Le Mesurier McClure nichts, was man nicht von jedem britischen Seeoffizier erwartet hätte.

Dieser und andere letzte Briefe wurden Kapitän Kellett übergeben, und danach stiegen an Bord der *Herald* alle zweihundertdreißig Mann in die Wanten und gaben der kleinen *Investigator* drei donnernde Hurras mit auf ihren einsamen Weg. Kellett ließ wenig später durch Flaggensignale noch einmal anfragen, ob McClure nicht noch wenigstens einen Tag auf die *Enterprise* warten wolle, aber die Sonne ging hier oben nicht mehr unter, und ein Tag würde Wochen dauern.

»Can't wait!«, gab der Signalgast der *Investigator* auf McClures Befehl zurück.

Am 2. August 1850 meldete der Ausguck Eishimmel im Norden, und wenige Stunden später sahen sie es. Sie sollten vier Jahre lang nichts anderes mehr sehen.

## 31.

Je nach Salzgehalt hört Meerwasser erst bei minus zwei Grad Celsius auf, flüssig zu sein. Wo die kalte Luft auf seine Oberfläche trifft, verschieben sich dann die Moleküle des Wassers nicht länger gegeneinander, sondern erstarren, verketten sich zu kristallinen, hexagonalen Strukturen, die zuerst wie ein hauchdünner Ölfilm auf der Dünung treiben. Hält die Kälte an, wird aus dieser immer wieder von Strömung und Wind zerrissenen feinen Haut eine Art Brei, und »das Meer gerinnt«, wie Pytheas von Massilia schrieb, der Grieche, das Sonnenkind, Südländer, der 241 vor Christus als erster Mensch nördlich der Orkney-Inseln segelte und dabei *Thule* entdeckte; ein Land, das danach von vielen gesucht, aber nie wieder gefunden wurde.

Wenn der kalte Brei schließlich stockt, beginnt er senkrecht zu wachsen, bis er eine zwei bis drei Zentimeter dicke Schicht bildet, die sich noch jeder Regung des darunter liegenden Wassers anpasst und fast durchsichtig ist. Erst ab einer Dicke von etwa zehn Zentimetern wird diese Schicht allmählich grau und Jungeis oder Graueis genannt. Anders als Süßwassereis dieser Stärke ist es nicht fest. Es bricht aber auch nicht, sondern es *biegt sich*, wobei seine Elastizität und Plastizität vom jeweiligen Salzgehalt des Wassers, der Gefriergeschwindigkeit, der Landnähe und tausend anderen Faktoren abhängen – also unberechenbar sind. Die tückischste Substanz der Erde nannten die Briten das Meereis.

Es kann sich innerhalb weniger Stunden vollständig auflösen – oder jahrzehntelang weiterwachsen; es kann sich so schnell und auf so großen Flächen bilden, dass Wale und andere Lungentiere irgendwann keine Atemlöcher mehr finden und unter dem Eis verenden. Bisweilen scheint es ein grausames Spiel mit den Tieren zu treiben: bildet *Savssats*, kleine Streifen offenen Wassers innerhalb der endlosen Eisdecke, Öffnungen von manchmal weniger als dreißig Quadratmetern, um die sich Hunderte von Narwalen, Weißwalen drängen, um Atem zu holen. Dabei gefriert das Wasser, das die Tiere in ihrer Panik aufwühlen, an den Rändern umso schneller und schließt auf diese Weise mit grausamer Allmählichkeit die Eisdecke.

Das Meereis spielte auch gern mit den hölzernen Schiffen der Wal- oder Robbenfänger, schloss sie ein, hob sie hoch, legte sie auf die Seite. Es konnte sie innerhalb einer Minute völlig aufreißen, versenken, oder aber sie langsam zermalmen und wochenlang an den Planken nagen. Eine einzige Nacht in arbeitendem Eis konnte das Haar eines zwanzigjährigen Seemanns grau machen. Manchmal war ein Schiff schon in der Baffin Bay rettungslos verloren, der Rumpf durchbohrt, die Lecks nicht mehr abzudichten – und sank doch erst zweitausend Meilen weiter südlich, vom Eis dahingetragen, mitsamt einer Besatzung, die sich dann wochenlang auf das Ertrinken vorbereiten konnte.

Selbst an Land war man nicht vor dem Meereis sicher. Seebeben, plötzlich wechselnde Strömungen konnten eine steile Eiswand binnen weniger Minuten Hunderte von Metern weit die flachen Strände hinaufschieben. Ganze Eskimodörfer waren angeblich auf diese Weise verschlungen worden. Und nur wenige Menschen, Europäer wie Eingeborene, konnten sich je ganz dem Eindruck entziehen, *dass dieses Eis lebt*; ein blindes, bösartiges Wesen, alt wie die Nacht und ewig wie der Tod.

Wenn das Meereis nach einem halben oder Dreivierteljahr etwa zwei Meter dick ist und auch im polaren Sommer nicht mehr vollständig wegschmilzt, nennt man es Alteis oder einfach nur Pack. Es ist dann sehr hart und zeigt einen bläulichen Schimmer, denn sein Salz ist ausgefroren und nach unten gesunken – als schwere Salzlake bis auf den Grund dieses dunkelsten aller Ozeane.

Hier folgt das Salz den finsteren Tälern der unterseeischen Landschaft, rinnt irgendwann von der Grönlandplatte hinunter in den Atlantik, ein zäher Fluss unter dem Meer. Mehrere Kilometer breit, wälzt sich der Salzfluss südwärts zur anderen Seite der Erde, vereinigt sich dort mit dem antarktischen Strom, wird von ihm den Pazifik hinauf wieder höher gewirbelt, löst sich auf in verschiedenen Strömungen und steigt so – alle tausend Jahre – wieder an die Oberfläche der Beringsee.

Alteis bricht leichter als das elastische Graueis. Stürme zerreißen es, türmen die Schollen zwölf Meter hoch übereinander, die in den bizarrsten Formen aufs Neue gefrieren. Auf diese Weise bildet das nördliche Packeis eine einzige schwimmende Wüste von Pressrücken, Frostschutt, Eisgeröll, weißen Trümmerbergen und jähen Spalten – zweieinhalb Millionen Quadratkilometer Eis, das, wenn es Europa bedeckte, von den Pyrenäen bis zum Ural, von Sizilien bis zu den Fjorden Norwegens reichen würde.

Am gezackten, ausgefransten Rand dieses riesigen Untiers tastete sich die kaum dreißig Meter lange *Investigator* langsam und vorsichtig ostwärts.

## 32.

Seine Blicke glitten über ihren Körper, als sei sie eine Landschaft, die er durchwandern wollte. Petrus von Ravenna – oder war es Giordano Bruno gewesen? – hatte in seinen Gedächtnislehrbüchern die Verwendung libidinöser Bilder als Erinnerungsstütze empfohlen, und Gowers nahm sich vor, es gelegentlich zu versuchen: die Muskelstränge ihres kräftigen Rückens, die nussbraunen Hinterbacken, ihre großen, aber leichten Brüste und die sorgfältig epilierte Scham würde er zu Gedächtnisorten machen, an denen er seine Ermittlungen ordnen konnte.

Im Augenblick aber suchte er nach Anzeichen von Syphilis und anderen Geschlechtskrankheiten. Eine alte Bordellgewohnheit, die natürlich auch die Vorfreude auf den Akt steigerte. Es erregte ihn grausam, dass die Frau, die da ausgebreitet vor ihm lag, ihn erst vor wenigen Stunden hatte töten wollen. Sie wehrte sich nicht, spannte aber jeden Muskel an, den Gowers bei seiner schamlosen Untersuchung berührte. Nur als er ihr den Schleier abnehmen wollte, hielt sie seine Hände fest. Tatsächlich hatte er mit sehr viel mehr Widerstand gerechnet, zumal sie, zu seiner nachhaltigen Überraschung, mit ihren fünfundzwanzig oder sechsundzwanzig Jahren noch Jungfrau war.

Anfangs hatte er wirklich nur ihren Hass gespürt, als er ihre Knie bis zur Brust hochdrückte, um leichter in sie eindringen zu können, ihrem Körper aber irgendwann doch eindeutige Reaktionen entlockt. Ihr Keuchen versetzte den Schleier vor Mund und Nase in heftige Bewegung, und das steigerte noch seine Lust. Schließlich waren sie nur noch zwei schöne, starke Tiere, die sich paarten. Und es war Gowers, der Europäer, Amerikaner, der hinterher stärker darunter litt, dass er sie – wenn auch nur mittelbar – vergewaltigt hatte. Jedenfalls streichelte er ihren schweißnassen, erhitzten Körper, als sie nackt nebeneinanderlagen, als wollte er nachträglich etwas beschönigen.

Der *Nasrany* hatte Ishrats Körper, all ihre Erwartungen befriedigt, aber nicht übertroffen. Gewiss, er war groß, aber nichts an seinem Geschlecht erinnerte an ein Pferd; es sei denn, man verglich ihn mit den verstümmelten Unzulänglichkeiten der Palasteunuchen oder der wandernden *Hijras*, die die Frauen der *Zenana* hin und wieder nackt vor sich paradieren ließen, um sich die Zeit zu vertreiben. Als es geschehen war, streichelte er sie, und die Zärtlichkeit seiner Hände irritierte sie stärker als die Gewalt, die er ihr angetan hatte. Sie musterte ihn sehr genau, als er aufstand, um sich mithilfe der Schüssel zu waschen, die auf dem Tisch mit dem großen Spiegel stand. Seine rechte Hinterbacke war durch eine große weiße Narbe verunstaltet, aber sonst gefiel ihr, was sie vor und in dem Spiegel sah.

Nackt kam er zum Bett zurück und nahm etwas aus seinem Reisebeutel, der daneben, schon fast darunter lag. Und noch ehe sie erkennen konnte, dass es ein dünnes Seil war, hatte er ihre rechte Hand an das angenehm kühle Messingbettgestell gefesselt. Sie wehrte sich wie eine Katze, verteidigte ihre Freiheit stumm, aber wilder als zuvor ihre Unversehrtheit. Dennoch schaffte er es, auch ihre linke Hand an die andere Seite des Bettgestells zu binden. Als sie noch immer nicht aufhörte, zu zerren, zu zappeln, ihren nackten Körper hin und her zu werfen, musste er über diesen Anblick lachen, und das ließ sie endlich erstarren. Zitternd vor Wut ließ sie zu, dass er auch noch ihre Beine fixierte. Verrückte Gedanken über angebliche Vorlieben der Männer und Frauen von *Belait* durchzuckten ihr Hirn. Aber der Amerikaner machte keine weiteren Anstalten zu Verrücktheiten. Er zog sogar seine Kleider wieder an.

»Was soll das?«, fragte Ishrat schließlich mit funkelnden Augen; die erste Frage, die sie an ihn richtete.

»Ich habe etwas zu erledigen und möchte das ungestört tun«, entgegnete Gowers und fügte sarkastisch hinzu: »Keine Angst, heute muss noch niemand umgebracht werden.« Er zog, wobei er mehrmals mit den Füßen aufstampfte, seine Stiefel an, setzte seine Mütze auf – und nahm ihr Schwert an sich, lächelnd wie ein erfolgreicher Dieb. Er würde gehen und sie nackt und gefesselt zurücklassen.

»Die Decke, bitte!«, sagte Ishrat und fühlte zum ersten Mal eine Welle heißer Scham in sich aufsteigen.

Gowers nahm die leichte Decke, die während des Aktes vom Bett gerutscht war, und legte sie bis zum Hals über die Hass schwitzende junge Frau. Dafür enfernte er nun doch noch den Schleier vor ihrem Gesicht und enthüllte schöne, vielleicht ein wenig zu schmale Lippen. Er wollte sie küssen, aber sie bleckte ihre angeschliffenen Zähne und hätte ihm wahrscheinlich die Zunge abgebissen, falls er es wirklich versuchte. Also tippte er ihr nur mit dem Finger auf die Nase, wie man es bei kleinen Kindern tut. Das steigerte ihre Wut zu heller Empörung.

»Der Schleier«, zischte sie böse, »geben Sie mir sofort den Schleier zurück!«

Aber Gowers schüttelte jetzt den Kopf. »Nicht, um dich zu demütigen«, sagte er, »sondern nur, um dein Bedürfnis, nach Hilfe zu rufen, so weit wie möglich zu reduzieren!«

Ishrat wäre lieber gestorben, als um Hilfe zu rufen, aber eine ganze Flut leiser Flüche und Verwünschungen, wie sie selbst die Wände der *Zenana* noch nicht oft gehört hatten, begleitete den Investigator auf seinem Weg aus dem Zimmer und in die Stadt. Die Sonne war noch nicht untergegangen.

## 33.

Der pausenlose Tag war das Ungewöhnlichste, was die meisten unter ihnen bisher erlebt hatten, denn er widersprach jeder Erfahrung, die man in den bewohnteren Teilen der Welt machen konnte. Die Sonne zog nicht mehr über sie hinweg, ging nicht auf oder unter, sondern beschrieb einen Kreis über ihren Köpfen, rollte vierundzwanzig Stunden am Horizont entlang. John war enttäuscht, dass sie keine Eisberge sahen, denn keine Eisberge, das hieß: keine Gletscher. Und keine Gletscher, das hieß: kein Land im Norden! Er hatte viele der veröffentlichten Entdeckungsberichte der letzten dreißig Jahre gelesen und vielleicht eine klarere Vorstellung davon, wo sie waren und was sie vorhatten, als die meisten anderen Männer auf dem Vorschiff.

Gewiss, einige waren Walfänger gewesen, Grönlandfahrer, aber sie interessierten sich nicht für Küstenlinien oder Entdeckungen. Sie waren selbst beinahe Meeresbewohner, hatten mehr Zeit auf See als an Land verbracht und dachten nicht in geografischen Kategorien. Ihre Vorstellungen von Raum und Zeit bezogen sie aus ihrer Arbeit. Es gab für sie keine Stunden, nicht einmal Tage, nur den ewigen Wechsel von Wachen und Freiwachen. Keine Monate, sondern nur Jahreszeiten, bisweilen auch nur die Fangsaison und die Zeit bis zur nächsten Fangsaison. Nord und Süd, das bedeutete für sie lediglich den Unterschied zwischen warm und kalt, wobei sich die Richtungsbezeichnungen auf der jeweils anderen Erdhalbkugel änderten, also unzuverlässig waren. Wo noch der einfältigste Landmann die Idee von Orten und Wegen zwischen den Orten hatte, gab es im Leben der einfachen britischen Seeleute nur Backbord und Steuerbord, Luv und Lee, und so folgten sie trotz ihrer schier unglaublichen Mobilität doch seltsam orientierungslos ihrer Beute oder ihren Befehlen.

John war anders. Schon auf ihrer ersten gemeinsamen Reise war McClure aufgefallen, dass der Junge lesen konnte – seltsam genug für einen Zehnjährigen, der ohne Schuhe an Bord gekommen war. Aber außer dass seine Mutter es ihm beigebracht hatte, ehe sie gestorben war, war aus John nichts Persönliches herauszuholen. Bemerkenswert waren seine Fähigkeit, noch in der Dämmerung und sogar bei Nacht unglaublich gut zu sehen, sowie sein ungewöhnlich präzises Gedächtnis. Eine Küstenlinie, die er einmal gesehen hatte, vergaß er nicht wieder, und die *Canterbury Tales*, lange sein einziger Besitz, konnte er praktisch auswendig.

McClure, damals noch Erster Offizier auf diversen Westindienfahrern, förderte den Jungen, soweit das auf einem Schiff möglich war, ohne ausgesprochen ekelhaftes Gerede zu provozieren. Und soweit John es zuließ. Von seinen Fähigkeiten her wäre ein erfolgreicher Schulbesuch mehr als möglich gewesen. Sogar eine Stelle als Fähnrich hätte sich finden, eine Karriere als Berufsoffizier planen lassen. Aber etwas seltsam Widerspenstiges, Wildes, Zielloses steckte in dem Jungen. Schon mit dreizehn konnte er navigieren, seine Position auf dem Meer, in der Welt bestimmen; jeder Blick auf die Sterne sagte ihm, wo er war. Nur wo er hinwollte, war ihm nicht klar.

John hoffte, es auf dieser Reise zu erfahren, wollte neue Länder entdecken, die Nordwestpassage finden, das Schicksal Franklins und seiner Männer aufklären und seinen Namen auf den Globus schreiben. Aber als er das Eis sah, diese endlose weiße Fläche, empfand er die Eitelkeit solcher Hoffnungen wie einen dumpfen Schmerz. Er hatte das Gefühl, ein Buch mit leeren Seiten aufzuschlagen. Darin würde er leben müssen.

## 34.

Das Rote Fort, geschützt von rund hundert Sepoys, die die Mauern und Eingänge bewachten, und einem guten Dutzend britischer Geheimdienstler, die die Sepoys bewachten, lag für Gowers doch da wie ein offenes Buch. Er hatte seine Abmessungen im Kopf, die ganze Anlage von der Mauer aus aufmerksam studiert und brauchte nur noch einen Bezugspunkt darin zu finden, eine Stelle, die er auf seiner blinden Wanderung mit Ishrat passiert hatte. Das konnte nicht allzu schwierig sein. Ein Problem waren die Hunde, aber kein sehr großes. Hunde waren nicht dumm, aber sie dachten langsam und stets Schritt für Schritt. Er musste nur schnell genug sein – und hoffen, dass auch Mukhopadhyaya schnell genug war.

»Es liegt mir fern, irgendwie in Ihr Leben einzugreifen, aber sehen Sie Ihre Zukunft ausschließlich hier in Delhi, Mr. Mukhopadhyaya?«

»Ich kann Ihnen nicht folgen, Mr. Gowers«, sagte der Anwalt, immer noch in gehobener Stimmung, weil sein Klient so prompt eine so große Summe bezahlt hatte. Es war das Dreifache seines üblichen Honorars, und mehr Geld, als der junge Mann im ganzen letzten Jahr eingenommen hatte. Mrs. Mukhopadhyaya hörte gar nicht mehr auf, den späten Gast mit saurem Wein und strahlenden Blicken zu traktieren.

»Ich brauche Sie als Dolmetscher bei meiner Ermittlung«, erklärte Gowers. »Aber das, was Sie dabei erfahren, könnte Sie bei einflussreichen Leuten in – sagen wir, Misskredit bringen.«

»Sie meinen also, es ist gefährlich?«, fragte Mukhopadhyaya und erinnerte sich an all die Details der Wedderburn-Affäre, die er tags zuvor am Morgen erfahren und nachts seiner Frau mitgeteilt hatte.

»Ich will offen sein«, fuhr der Investigator fort, »Sie müssten Delhi mitsamt Ihrer Familie verlassen, aber Sie würden ein Honorar erhalten, das es Ihnen ermöglicht, in jeder anderen Stadt Ihrer Wahl eine Kanzlei zu eröffnen. Mitsamt Büro und vielleicht sogar einem Sekretär.«

Die Augen des Anwalts funkelten. Zweifellos war dies einer der seltenen Momente, in denen der Mantelsaum der Glücksgöttin auch durch ein einfaches Leben streift, und er wollte so viel wie möglich davon festhalten. »Auch in Südafrika?«, fragte er. »Ich habe dort nämlich einen Bruder, Mr. Gowers, der …«

Mukhopadhyaya sagte nicht, dass er in Delhi auch eine Schwiegermutter hatte, die … Aber er kam auch gar nicht dazu, denn Gowers erwiderte: »Je weiter, desto besser, Mr. Mukhopadhyaya!«

»Was muss ich tun?«

Es waren zwei seltsame Gestalten, die um Mitternacht durch die allmählich leerer werdenden Straßen und das Delhi-Tor Richtung Königspalast gingen. Der Größere, zweifellos Inder, trug den dunkelgrünen Waffenrock eines Sergeanten des 66. Gurkha-Regiments, Nasiri-Bataillon, aber er bewegte sich nicht wie ein Gurkha, also lautlos, mit lockeren Knien. Stattdessen schritt er auf seinen endlosen Beinen dahin wie ein Reiher, ein zusammengerolltes Seil über die Schulter gelegt.

Dem anderen, zwei Köpfe kleiner, war nicht anzusehen, wer oder was er war. Das Schwert, das er auf dem Rücken trug wie ein Sikh, hatte einen mit Gold verzierten Griff – eine fürstliche indische Waffe, dabei war der Mann ein Weißer. Ein Weißer, ja, aber nicht so vornehm gekleidet wie ein britischer *Nabob*, Handelsherr oder auch nur Handelsgehilfe; ein Matrose vielleicht, aber auch ganz anders. Kein Soldat, aber doch mit einer ausgeblichenen Feldmütze, wie sie dem Posten am Delhi-Tor noch nicht vorgekommen war.

Aufgenähte gekreuzte Schwerter zeigten an, dass diese Mütze Teil einer Uniform gewesen war – aber Uniform welcher Armee? Der Nackenschutz war nicht angenäht, sondern nur eingesteckt; also keine britische Linieninfanterie. Der Schirm war mit Stoff überzogen, wie bei den First Madras Fusiliers – aber es fehlte ein Bügel, um die Mütze unter dem

Kinn zu fixieren. Vermutlich irgendein europäischer Verbündeter Ihrer Majestät, dachte der Posten. Seltsam, aber kein Grund, um Alarm zu geben, sofern nicht noch deutlich mehr von seiner Sorte in die Stadt eindrangen. Und auch wenn er als Captain der Fourth Illinois, Aufklärungsabteilung, salutiert hätte, hätte Gowers den schläfrigen Posten nicht mehr von dieser bequemen Meinung abbringen können.

Auf dem Platz hinter dem Rajghat-Tor brannten einige kleine Feuer, hatten sich Krämer und Händler neben ihren Buden und auf ihren Waren schlafen gelegt. In den tiefen, fast eine Meile langen Schatten der Festungsmauer über dem Fluss wurden um diese Zeit nur noch Bettler ermordet und Räuber gezeugt – jedenfalls bemerkte dort niemand, wie Gowers, Mukhopadhyayas Seil zum Lasso geknüpft, einen der fünf Meter hohen Mauervorsprünge einfing und sich langsam daran hochzog. Als er danach fast eine Viertelstunde lang zusehen musste, wie sein schlaksiger Begleiter ihm nachzuklettern versuchte, gab er allerdings den Plan auf, Mukhopadhyaya mit in den dunklen Palast zu nehmen.

Der Anwalt war schweißgebadet, als er auf der Mauer ankam. Sein viel zu enger Uniformrock, das einzige Erbe seines Vaters, war unter beiden Achseln aus den Nähten gerissen. Ein solcher Mann konnte unmöglich den großen Hunden entkommen, selbst wenn es keine Afghanischen Windspiele gewesen wären. Immerhin war bisher alles einigermaßen lautlos vor sich gegangen. Etwa eine Viertelmeile entfernt sahen sie die Fackel eines Wachpostens auf der Mauer; sie hätten schon einen Schuss abgeben müssen, um die Aufmerksamkeit des Mannes auf sich zu ziehen.

»Sie werden hier oben bleiben und die Wache beobachten«, flüsterte Gowers. »Folgen Sie mir auf keinen Fall in den Hof, aber lassen Sie das Seil hängen!« Mit diesen Worten ließ der

Investigator das Seil so leise wie möglich in den Innenhof hinunter und machte Anstalten, daran herabzuklettern.

»Wo wollen Sie hin?«, fragte Mukhopadhyaya, der noch immer vor Anstrengung schwitzte bei dem Gedanken, ganz allein, gewissermaßen in Feindesland bleiben zu müssen. Gowers zeigte auf den schwarzen Ruinenkomplex auf der anderen Seite des Hofes. »Sehen Sie das Gebäude dort links, mit dem intakten Dach?«

»Nein«, sagte Mukhopadhyaya, der natürlich nicht über die Gabe verfügte, die Gowers gegeben war: im Restlicht des funkelnden Sternenhimmels beinahe ebenso gut und weit sehen zu können wie normale Menschen in der hereinbrechenden Dämmerung.

»Egal!«, zischte Gowers. »Warten Sie einfach auf mich.« Vorsichtig ließ er sich in den Hof hinunter. Der Anwalt schaute ihm unruhig nach und versuchte die Dunkelheit zu durchdringen, bis ihm die Augen tränten. Seine Unruhe steigerte sich zu Entsetzen, als plötzlich ein lautes Jaulen von unten her zu ihm drang und überall große graue Schatten aufsprangen, knurrend über den Hof jagten, einer unsichtbaren, schnellen Beute nach. Dann tiefe Stille, und Mukhopadhyaya fühlte sich merkwürdig deplatziert, allein und höchst illegal auf der Mauer des riesigen Roten Forts, unter den Sternen – und wartete.

## 35.

Das Land war so erbärmlich flach, dass man im dichten Nebel die Küste manchmal eher fühlen als sehen konnte. Wenn das Zusammenspiel von Lot und Steuer zu langsam war, ein Schlag oder Törn durch den auffrischenden Wind länger wurde als geplant, lief die *Investigator* immer wieder auf Untiefen fest und musste freigewarpt werden. Stiegen dann die Leute mit klammen Sachen und Gliedern zu diesem Zweck in die fünf Beiboote, hörte man leise Flüche auf die Steuerleute, lautere auf den Nebel und vereinzelte auf die letzte Eiszeit – die dem amerikanischen Kontinent auf so grausam allmähliche Weise das Fleisch von den Knochen geschabt hatte, dass die eigentliche Küste sich jetzt nur mehr wenige Meter aus den grabkalten, grauen Fluten hob.

Hier und da hatte die Tide Treibholz zu grotesken kleinen Hügeln geschichtet, und einmal stand ein einzelner Ast oder dünner Stamm, vor wer weiß wie vielen hundert Jahren die sibirischen Flüsse hinabgetrieben und von der Eisdrift hierhergetragen, so steil aufgerichtet, dass sie ihn auf die Entfernung für eine extra zu diesem Zweck aufgesteckte Planke oder Wegmarke hielten. Eine seltsame Aufregung bemächtigte sich daraufhin des ganzen Schiffes; wer sollte hier Wegzeichen aufstellen, wenn nicht Weiße, wenn nicht Franklin und seine Männer? Ein Boot wurde ausgeschickt, das Rätsel auf die unbefriedigendste Weise gelöst, und die *Investigator* versank wieder in der Lethargie ihrer langsamen, zähen Fahrt zwischen der Eis- und der Schlammbarriere.

Der 15. August 1850 brachte ihnen etwas, das auch der erfahrenste Eisfahrer unter ihnen noch nie erlebt und wohl auch nicht für möglich gehalten hatte: ein Gewitter auf siebzig Grad nördlicher Breite, Blitz und Donner über dem Eis. Unter den schweren schwarzen Wolken, die aussahen wie von einem besonders depressiven holländischen Meister gemalt, wurde die Luft so schwül wie im englischen Sommer, und das Thermometer stieg auf fast unglaubliche 9,7 Grad Celsius. Selbst der Eisrand erinnerte sie in diesem seltsamen Licht an die Kreideklippen ihrer Heimat.

Nach weiteren vier Tagen des Herumkriechens gelangten sie

plötzlich in grundloses Wasser, und eine frische Brise aus Westen trieb sie tief in undurchschaubare Nebelbänke. Diese rasche Fahrt nach einem so langen, langsamen und vorsichtigen Vorwärtstasten verursachte ihnen Glücksgefühle und Hoffnungen, die nur Seeleute nachvollziehen können – aber als der Nebel sich hob, befanden sie sich in einer nur schmalen Rinne offenen Wassers inmitten uralter Eisfelder. Schollen von manchmal sieben, acht Meilen im Umfang, gewachsen, als Oliver Cromwell jung war, und bedeckt vom überfrorenen Tau der Jahrhunderte, grinsten sie von allen Seiten her an. Ohne Platz zum Manövrieren oder gar Kreuzen schleppten die Boote das Schiff sozusagen im eigenen Kielwasser rückwärts; Eisanker wurden an den großen Schollen befestigt, und an der Ankerwinde zogen sich die Männer Meter für Meter aus der tödlichen Falle. Als sie das offene Wasser im Süden wieder erreichten, hatte McClure sechzig Stunden lang nicht geschlafen.

Weiter tastend, kriechend – wie lahm und blind, dachten alle – umrundete die *Investigato*r allmählich das Land, das einmal Alaska heißen würde. Als das Wasser trüb, braun und brackig wurde, hatten sie das Delta des großen Mackenzie gekreuzt und näherten sich Kap Bathurst. Es wurde jetzt, Ende August, in den Nächten schon wieder einige Stunden dunkel, sonst hätten sie die Feuer an der Küste passiert, ohne sie zu bemerken. Das Tageslicht enthüllte auch für die stärksten Fernrohre nur einige dünne Rauchsäulen, die der ablandige Wind schnell zerblies. Sie hielten Kriegsrat, was so lang und andauernd brennen könne; dazu sei jedenfalls mehr Holz nötig, als sie bislang an der ganzen Küste gesehen hätten. Alle dachten an einen künstlichen Brennstoff, und das hieß: an Franklin. McClure ließ deshalb in regelmäßigen Abständen Signalraketen und Kanonenschüsse abfeuern, aber von Land her kam keine Antwort.

Wieder wurde ein Boot losgeschickt, da man des Windes wegen mit dem Schiff nicht näher herankam. Neun Männer unter dem Befehl von Leutnant Samuel Creswell und der wissenschaftlichen Leitung des Schiffsarztes Alexander Armstrong. An Bord war auch Miertsching, der Übersetzer, falls man doch auf irgendwie hochtechnisierte Eskimos stoßen sollte, die solche Feuer unterhielten. Sie waren gut eine Meile von der *Investigator* entfernt, als sie die Feuerglocke hörten und vom Schiff dichter Qualm aufstieg. Ein Brand an Bord! Zweifellos verursacht durch unsachgemäßes Hantieren mit dem Signalfeuerwerk. Die Männer in ihrem kleinen Boot, die nur einen Mundvorrat mit sich führten, keine Winterkleidung, keine Zelte, kein Material, um auch nur eine notdürftige Hütte zu errichten, litten Höllenqualen. Das Schiff war bis in die letzten Winkel mit brennbarem Zeug beladen, dazu mit enormen Mengen an Pulver – wenn es vor ihren Augen explodierte oder sank, war ihnen ein langsamer, qualvoller Tod am nackten Rand des Kontinents sicher. Die meisten wollten sofort umkehren, aber Creswell erhielt kein entsprechendes Signal vom Schiff und steuerte als befehlstreuer britischer Offizier weiter den schlammigen, flachen Strand an.

Bald darauf sahen sie, dass der Brand offenbar gelöscht und das Schiff wieder unter Kontrolle war. Dafür hüllte sie jetzt ein dünner, übelriechender Nebel von Land her ein. Das Land selbst war hier nicht Fels, nicht Stein, sondern eine seltsame ausgebrannte Masse, wie ganz weicher, lockerer Bimsstein, grün, gelb und braun. Wo der Rauch am stärksten war, schien es eher eine Art Teig als feste Erde zu sein. Sie stießen die langen Bootsruder hinein und wurden fast ohnmächtig von dem Gestank, der daraus aufstieg.

»Schwefelwasserstoff!«, sagte Armstrong. Tücher und Schals vor den Gesichtern linderten ihre Qualen kaum, als sie endlich auf der weichen Masse landeten und so nahe an die natürlichen Risse und Spalten herangingen, wie sie konnten. Sie sahen hier nur dünne Rauchsäulen aufsteigen und keine offenen Flammen, aber die Sohlen ihrer Stiefel begannen zu schmelzen. Der Schwefelgeruch wurde unerträglich, und John Eames, ein junger Matrose, der auf dieser Reise so selten geredet hatte, dass niemand wirklich den Klang seiner Stimme kannte, brüllte plötzlich entrüstet: »Schlamm, Frost, Nebel – muss dieses verfluchte Land jetzt auch noch stinken wie die Hölle!?«

Ein kurzes, verblüfftes Schweigen folgte seiner Äußerung. Dann begannen die Männer lauthals zu lachen, so sehr entsprach dieser Ausbruch ihrer aller Empfindungen. Sie wussten nun immerhin, dass die geheimnisvollen nächtlichen Feuer natürlichen Ursprungs waren. Vulkanisch nannten sie es, aber keiner unter ihnen verfügte über genügend geologische oder chemische Kenntnisse, um die Erscheinung wirklich erklären zu können. Nur von Franklin stammten sie mit Sicherheit nicht, und als just in diesem Moment wieder Raketen vom Schiff aufstiegen und die Kanone losdonnerte, wünschte Creswell sich Signalflaggen oder ein riesiges Megafon, um diese idiotische Schießerei zu beenden.

## 36.

Gowers grinste bei dem Gedanken, dass das einem kleinen englischen Foxterrier nie passiert wäre: Beim Rennen, in gerader Linie und so schnell wie möglich dem toten Gebäudekomplex und der Stelle zu, an der er den Aufstieg versuchen wollte, war er einem friedlich vor sich hin schnarchenden Wachhund auf den Schwanz getreten. Das Tier war jaulend hochgeschossen und hatte instinktiv nach ihm geschnappt, war aber dann schlaftrunken einige Sekunden stehen geblieben, um sich zunächst einmal über seine Gefühle klar zu werden. Erst als ihm seine Nase verriet, dass es kein nächtlicher Hundealbtraum geweckt hatte, sondern dass irgendetwas Lebendiges auf dem Hof war, hatte es sich erschreckend schnell in Bewegung gesetzt. In allen Winkeln sprangen daraufhin riesige Tiere hoch und versicherten einander knurrend, dass etwas los sei, liefen aufgeregt schnüffelnd hierhin und dorthin und schließlich dem einzig erfolgversprechenden Ziel nach – ihrem eben noch so verschlafenen Genossen, der Gowers nun hart auf den Fersen war.

Tatsächlich waren die Hunde schneller, als er erwartet hatte, und der Investigator überlegte bereits, ob er Ishrats Schwert ziehen und sein Leben so teuer wie möglich verkaufen müsste, als er das Gebäude erreichte, das er sich am Nachmittag durch das Fernrohr ausgesucht hatte. Er stemmte sich hoch in eine der leeren Fensterhöhlen und hörte den dumpfen Aufprall des Hundes an der Hauswand. Noch konnten die Bestien ihn springend erreichen, aber ehe sie sich gesammelt und einen entsprechenden Plan gemacht hatten, zog er sich auf das etwa zweieinhalb Meter hohe Dach. Ein Sturz wäre jetzt sehr unschön gewesen. Oben angekommen, stellte er fest, dass er sich lediglich den Handrücken ein wenig aufgerissen hatte. Er leckte das Blut ab und riskierte einen Blick zurück und nach unten, wo die großen Hunde sich noch eine Weile untereinander bissen oder beschimpften.

Danach schlich er vorsichtig das schräg aufwärtsführende Dach hinauf, bis er die Terrasse eines höhergelegenen Gebäudes erreichte. Es dauerte lange, denn Gowers musste nun immer den statisch sichersten Weg wählen und insbesondere die jähen Löcher und Durchbrüche vermeiden, die sich hier und da auftaten. Er war froh, als er endlich auf eine Treppe und anschließend in einen Gang kam, der in die Richtung führte, in die er wollte. Sein Plan war, so gerade wie möglich Richtung Norden zu gehen, denn dabei müsste er zwangsläufig irgendwann einen Punkt passieren, einen Hof, ein Tor, das oder den er wiedererkennen würde. Hin und wieder schloss er jetzt die Augen, um die Erinnerungen abzurufen und mit der Gegenwart zu vergleichen. Dabei bemerkte er, dass noch immer keine Ratten zu hören waren, und das hieß, dass er den Einflussbereich der Hunde noch nicht verlassen hatte. Schneller als erwartet, stand er auch wirklich einem gegenüber und tötete das überraschte Tier mit dem Schwert.

Gowers stutzte. Er wischte die blutige Klinge am Fell des warmen Kadavers ab, dann wusste er, was ihm dabei bekannt vorgekommen war: Es war das Geräusch des Schwertes, das aus der Scheide gezogen wurde. Auch Ishrat hatte das Schwert gezogen, auch sie musste einen Grund dazu gehabt haben, und was konnte dieser Grund gewesen sein, wenn nicht die Nähe der Hunde? Er bog bei der ersten Möglichkeit nach Westen ab, dann nach Norden, nach Osten und schließlich wieder nach Süden. Er ging im Kreis, wobei er den Radius jedes Mal erweiterte. Schließlich roch er es: Asche und frisch geschlagenes Holz. Er durchquerte zwei unverschlossene Gittertüren, die er hinter sich wieder zuzog, und stand dann unter dem freien Himmel, in dem vor einer Woche der Rauch des letzten Erben von Oudh verschwunden war. Noch zwei Dutzend Schritte einen mit Mosaiken verzierten Gang nach Norden hinauf, und er wusste, wo er war. Wo die Frauengemächer lagen. Wo die Königin schlief.

Der Gang, in dem es heute Morgen nach Essen und Frauen gerochen und so reges Getuschel gegeben hatte, war jetzt leer, der Weg in die Bibliothek frei. Dort angekommen schloss Gowers die Tür und entzündete eine seiner mitgebrachten

Kerzen, stellte sie auf den Kaminsims. In dieser schwachen Beleuchtung, die normalen Menschen kaum ausgereicht hätte, die Buchrücken voneinander zu unterscheiden, ging der Investigator an den Regalen entlang und studierte die Titel. Er suchte in erster Linie Werke über die Geschichte Britisch-Indiens und der Mogulherrschaft, verschmähte aber auch Fanny Parks *Wanderings of a Pilgrim in Search of the Picturesque* nicht und packte ganz zuletzt nach kurzem Überlegen auch noch *Moby Dick* und *Vanity Fair* in seinen Beutel. Dann sortierte er mit wenigen Handbewegungen die Bücher in ihren Regalen wieder so, dass die wenigen Lücken lange nicht auffallen würden. Erst als er den dumpfen kleinen Raum wieder verließ, sah er, dass er ein Problem hatte.

Ein Lichtschimmer verriet ihm, dass in der *Zenana* jemand aufgewacht war und nun leise hustend den Gang entlangschlurfte, durch den er gekommen war. Gowers musste sich einen neuen Rückweg suchen, bog schnell und leise in einen Raum ab, in dem der Lichtschimmer am schwächsten war – und stand plötzlich vor einer langen Reihe von Frauen, die auf Kissen und weichen Decken auf dem mosaikverzierten Fußboden schliefen. Einige waren mehr oder weniger dicht zusammengekrochen, schliefen eingerollt wie in einem Katzennest, andere lagen mit ausgebreiteten Armen auf dem Rücken.

Leises Schnarchen ertönte in der warmen Nacht. Keine der Frauen war zugedeckt, und hätte er nicht am Nachmittag mit Ishrat geschlafen, hätte ihn das durchaus reizvolle Bild der leicht bekleideten Körper und unverschleierten Gesichter wahrscheinlich länger aufgehalten. So aber durchquerte er eilig den Raum und hielt nur noch einmal kurz an, um die auf der Seite liegende und in schweren Träumen mit den Füßen scharrende Kaiserin von Indien zu betrachten. Dann verschwand er, ehe das ferne kleine Licht sich dem Raum wieder näherte.

## 37.

Sita wurde im ersten Grau der Dämmerung durch einen Stoß an die Schulter geweckt. Sie lag zusammengerollt neben ihren sieben jüngeren Geschwistern, ein kleines, warmes Menschenknäuel, das sich nur langsam und widerwillig, mit leise knurrenden Lauten zu regen begann, als Sita ihrerseits die Kleineren weckte. Dabei ertönte noch ein anderes Geräusch irgendwo in dem Wirrwarr aufgetriebener kleiner Leiber, und die Kinder waren jetzt wach genug, um darüber zu kichern und alberne Fragen nach dem Übeltäter zu stellen. Ihre Mutter scheuchte sie endgültig hoch.

Schlafverquollen mussten sie einander vor der Hütte an die Hand nehmen und stolperten, von Sita geführt, aus dem Dorf, in die Felder. Sie hielt die Hand ihres vierjährigen Bruders Anand und musste über ihn lachen, weil er die Augen noch nicht richtig aufbekam, aber seinen Mund umso weiter. Er gähnte praktisch ununterbrochen.

Man hörte den Fluss in der Dämmerung, lange bevor man ihn sah. Man roch auch das Wasser – oder war es der dichte, feuchte Nebel, der aus dem Flussbett stieg, die Schluchten und schmalen Pfade entlangkroch, sich schwer auf die Felder legte? In einer langen, grasbewachsenen Senke, die sich nicht weit vom Dorf entfernt bis zum Fluss hinunterzog, half Sita zusammen mit ihrer Mutter zuerst den Kleineren, die das noch nicht selbst konnten, ihr Morgengeschäft zu verrichten. Die Mutter entfernte sich zu demselben Zweck ein kleines Stück, und solange passte Sita auf die Kinder auf. Drei von den Größeren waren der Mutter in den Nebel nachgelaufen.

Sita musste jetzt selbst dringend und wollte sich schon mitten unter die Kleinen hocken, als ihre Mutter endlich zurückkam. Da lief sie doch lieber hinunter zum Fluss, wo man sich leichter waschen konnte. Es wurde allmählich heller und heller, und ein leichter Wind vom Fluss blies den Nebel vor sich her. Ganz plötzlich riss er an einer Stelle auf, und Sita sah, mitten in ihrer eigenen Verrichtung, ihren Bruder Anand keine zehn Schritte neben ihr in gleicher Stellung und Absicht am Boden hocken. Sie war inzwischen alt genug, um sofort wegzuschauen, fand aber diese Gleichzeitigkeit doch noch irgendwie lustig. Dann sah sie etwas anderes.

Es war schwarz, es war grau. Es erhob sich sehr groß aus dem feuchten, hohen Gras und lief auf vier Pfoten. Sita hatte schon einmal einen toten Wolf gesehen, stolz hatten ihn die Männer an einer langen Stange ins Dorf getragen, und darum wusste sie, dass dies ein Wolf sein musste. Und vielleicht war es diese eine Sekunde der Faszination, ein lebendes Raubtier vor sich zu sehen, die sie daran hinderte, laut zu schreien. Mit zwei großen Sprüngen hatte das Tier ihren ahnungslosen Bruder erreicht. Es packte ihn im Nacken und schüttelte ihn hin und her. Anand gab seltsamerweise nicht einen Laut von sich, auch das Tier war tödlich still, und Sita konnte jetzt vor Entsetzen nicht schreien.

Dann geschah das Unheimlichste: Das Tier, erzählte Sita, und dies wurde noch Jahre später den Fluss entlang weitergegeben, stellte sich plötzlich auf zwei Füße. Es war jetzt so groß wie ein Mann, warf sich den leblosen kleinen Körper über die Schulter und verschwand mit dem Jungen im Nebel. Die Bauern fanden ihn später, nicht weit von dort. Es war nur noch sein Kopf übrig.

## 38.

Johann August Miertsching hatte seine Reise mehr und mehr als persönliche Prüfung durch den Allmächtigen angesehen. Nach den endlosen Wasserwüsten zweier Ozeane und einem trostlosen Monat des Lavierens zwischen Eis und Küste sprach und verstand er zwar leidlich Englisch, aber als Übersetzer war er erst ein Mal und für weniger als eine halbe Stunde in Erscheinung getreten, da die wenigen Eskimos, die sie überhaupt sahen, immer sofort vor dem Schiff flüchteten. Miertsching fühlte sich überflüssig und konnte seine Enttäuschung so wenig verbergen, dass hinter seinem Rücken darüber gelacht wurde. Scherzhaft verbreitete sich sogar das Gerücht, der Kapitän habe Befehl gegeben, den erstbesten Heiden mit Waffengewalt einzufangen, damit ihr Missionar in der Übung bliebe.

Immerhin zog McClure den Deutschen als eine Art Experten für Eingeborenenfragen zurate, wann immer verlassene, ja mitunter eindeutig historische Lagerplätze der Eskimos gesichtet wurden. Mehrmals waren sie gelandet, um die verfallenen Hütten genauer zu untersuchen, aber nur einmal fanden sie dabei einen lebenden Menschen; einen jungen Eskimojäger, der vermutlich gerne geflüchtet wäre, aber mit einem mehrfach gebrochenen Bein dazu nicht mehr in der Lage war. Der Mann war starr vor Angst, als die Weißen plötzlich in seiner Hütte und um ihn herumstanden, beruhigte sich aber ein wenig, als er merkte, dass ihm nichts Böses geschah. Miertsching stellte befriedigt, aber auch ein wenig verwundert fest, dass er sich mit Kairoluak, wie der junge Mann sich nannte, verständigen konnte. Verwundert, weil zwischen der Sprache der viertausend Kilometer entfernt lebenden Labradoreskimos und derjenigen, die Kairoluak sprach, so wenig Unterschiede bestanden. Befriedigt, weil er nun wusste, dass seine Anwesenheit in diesem Teil der Welt einen Sinn hatte.

Doktor Armstrong untersuchte den verletzten Eskimo und diagnostizierte ein so fortgeschrittenes Gangrän, wie er noch keines gesehen hatte. Das Bein war schwarz bis zur Hüfte hinauf und unterhalb des Bruchs sogar schon in eine Vorstufe der Verwesung übergegangen. »Mir schleierhaft, wieso dieser Bursche noch lebt«, sagte er kopfschüttelnd. »Warum liegt er hier ganz allein?«

»Wenn die Eskimos sehen«, erklärte Miertsching, »dass eine Krankheit nicht heilbar ist, ziehen sie fort, damit der Tod nicht den ganzen Stamm holt. Sie lassen dem Kranken ein paar Lebensmittel und der Natur ihren Lauf.«

»Nicht sehr christlich, Mr. Miertsching«, murmelte McClure, der das Landeunternehmen diesmal persönlich befehligte. »Genau genommen sogar ziemlich grausam.«

»Er sieht das nicht so, Kapitän«, entgegnete der Übersetzer. »Für ihn ist diese Art zu sterben der letzte Dienst, den er seinen Leuten erweisen kann.«

»Sir«, wandte der Arzt sich an seinen Kommandanten, »ich bitte um die Erlaubnis, etwas von meinen Morphiumvorräten vom Schiff holen zu dürfen …«

»Abgelehnt«, sagte McClure sofort. »Das hält uns zu lange auf.«

»Dann sollten wir den armen Teufel vielleicht erschießen«, entgegnete Armstrong gereizt. »Er muss höllische Schmerzen haben!«

McClure sah den Missionar und Übersetzer fragend an, aber Miertsching schüttelte entschlossen den Kopf. »Abgelehnt«, sagte der Kapitän. Der Arzt verließ mit einem missbilligenden Grunzen die jämmerliche Hütte.

»Fragen Sie ihn, ob er Weiße gesehen hat«, befahl McClure. Aber auf die Geschichte, die Kairoluak daraufhin erzählte, konnte auch er sich keinen Reim machen.

Gesehen nicht, nicht selbst, erzählte der Eskimo, aber einst hätten Fremde auf einer Landzunge nicht weit von hier Hütten aus Treibholz errichtet und dort gewohnt. Alles Wild, Rentiere, Seehunde, Vögel, sogar Füchse und Bären, seien damals aus dem Land geflohen, und ihren *Angakok* oder Schamanen, der das gestohlene Wild von ihnen zurückverlangte, hätten die Fremden getötet.

»*Kabloonas*, weiße Männer?«, fragte Miertsching.

»Nein, *Tujormiuts*«, entgegnete Kairoluak. »Fremde. Aber sie tranken das schlechte Wasser.«

»Fragen Sie ihn, wann das gewesen ist!«, verlangte McClure.

»Als der Vater seines Vaters ein Kind war«, übersetzte der Missionar. »Das schlechte Wasser ist vielleicht Branntwein, Sir.«

»Vermutlich Indianer«, brummte der Kapitän. »Irgendein Jagdtrupp der Russen oder der Hudson Bay Company.« Nach einem letzten Blick auf den Sterbenden ging auch er hinaus, um der von Kot und Gangrän verpesteten Luft zu entgehen. Miertsching aber kniete neben dem jungen Mann nieder und fragte ihn, ob er wisse, was hinter dem Tod sei.

»Dort sind zwei Länder«, sagte Kairoluak, »ein gutes und ein schlechtes. In dem schlechten Land ist immer Nacht, und dort herrschen Hunger und Kälte und ein böser Geist. Wer dorthin geht, muss immer leiden und Angst haben.« Er hoffe aber, in das gute Land zu kommen, wo die Tage hell wären und das Wild freundlich sei. Der Missionar gab ihm eines der billigen kleinen Metallkreuze, die er bei jeder Landunternehmung mit sich führte.

»Das wird dir helfen, in das gute Land zu kommen«, sagte er.

Kairoluak musterte zuerst das Kreuz, dann den Mann. »*Angakok?*«, fragte er, jetzt wieder misstrauisch.

Miertsching nickte und wollte noch vieles hinzufügen, aber in diesem Augenblick ertönte draußen der Ruf »Signal vom Schiff, Sir!«, und wenige Sekunden später: »Schiff auf Grund!«

»Alles in die Boote«, befahl McClure so laut, dass Miertsching nicht länger zu bleiben wagte und ohne ein weiteres Wort hinauseilte. Er wollte um die Erlaubnis bitten, wenigstens noch so lange bleiben zu dürfen, bis er den jungen Mann getauft hätte, aber der Kapitän schnitt ihm das Wort ab. »Sofort!«, sagte er unmissverständlich.

Kairoluak war wieder allein auf seiner langen Reise.

## 39.

Bisher hatte er seinen Weg in den vielen Gängen durch das hier und da einfallende Sternenlicht relativ deutlich erkannt und schließlich die gähnende Öffnung wiedergefunden, aus der am Morgen der penetrante Geruch von Qual und Kerker in seine Nase gedrungen war. Auch auf der breiten Treppe, über die er in die Dunkelheit hinabstieg, konnte er hier und da noch etwas erkennen. Aber unten, am tiefsten Punkt seiner Wanderung, musste sogar John Gowers ein Streichholz anzünden.

Er befand sich in einem langen unterirdischen Gewölbe, das ungefähr acht Meter breit war und dessen Ende er nicht erkennen konnte. Ein hohes, bis zur Decke reichendes Gitter zeigte ihm an, was er bereits vermutet hatte und nun bestätigt fand: Hier war das Verlies des Roten Forts. Aber offenbar war es lange nicht mehr benutzt worden, denn warum sonst war der schmale Durchlass des Gitters unverschlossen? Wo waren die Zellen? Das Streichholz erlosch, und er hörte ein leises Geräusch in der Dunkelheit vor sich, ein Rascheln, als ob ein kleines erschrecktes Tier sich zu verkriechen versucht.

Gowers nahm einen Kerzenstumpf aus seinem Beutel, steckte ihn auf die Schwertspitze und entzündete den Docht. Dann ging er vorsichtig weiter und entdeckte die Löcher. Sie waren etwa zwei mal zwei Meter groß, drei bis vier Meter tief und ungeheuer praktisch. Man warf die Gefangenen hinein und brauchte weiter keine Türen, keine Schlüssel, Ketten oder Gitter; die Schwerkraft allein tat die Arbeit all dieser Dinge. Wenn man einen Gefangenen brauchte, zog man ihn an einem Strick herauf, wenn man ihn nicht mehr brauchte, hörte man einfach auf, Essen hinabzuwerfen. Links und rechts von dem drei Meter breiten Steg, auf dem er ging, fand Gowers Dutzende solcher Löcher, gefüllt mit der Angst und Verzweiflung von Jahrhunderten – aber keine Gefangenen. Hier und da gab es Variationen: Löcher, die so schmal waren, dass ein Mensch gerade aufrecht darin stehen konnte. Morsche Holzplanken verrieten, dass man das selbstständige Herausklettern der so Gefolterten durch schlichtes Vernageln unterbunden hatte.

Je weiter er vorrückte, desto häufiger hörte er das Hin-und her-Huschen eines Wesens, das im Dunkel seiner ausweglosen Falle die Annäherung der Jäger erwarten muss. An der linken Wand bemerkte er jetzt eine Leiter, einen kleinen Stapel in Pech getauchter Fackeln und verschiedene eiserne und hölzerne Geräte, deren Verwendungszweck er sich nicht vorstellen mochte. Rechts befand sich die bis dahin größte Öffnung im Boden, und darin, drei Meter tief, ein schmutziger nackter Körper, der, das Gesicht am Boden, so dicht an die Wand gekauert war, dass Gowers ihn erst auf den zweiten Blick als weiblich erkannte.

»Keine Angst, bitte«, sagte er leise und merkte dabei sofort, wie widersinnig seine Worte an diesem Ort klangen. Er entzündete eine der Fackeln, was die Unruhe der Gefangenen zur Panik steigerte. Sie weinte, stammelte Worte, die er nicht verstand, und kroch, die Arme dicht an den Körper gepresst, noch weiter an die schmierige Kerkerwand. Gowers begriff es instinktiv, konnte es aber nicht verhindern: Licht war für sie gleichbedeutend mit Schmerz.

»Es geschieht dir nichts«, versuchte er noch einmal, sie zu beruhigen, und wünschte, er hätte Mukhopadhyaya mitgenommen. Dann ließ er die Leiter hinunter und stieg in das Loch hinab. Die Frau heulte dabei so laut auf, dass er sich fragte, ob jemand es hören würde. Aber sofort sagte er sich auch, dass die Bewohner dieser wunderbaren Paläste sich sicher nicht durch die Schreie aus ihren Kerkern im Schlaf stören ließen. Eine ganze Weile wartete er am Fuß der Leiter, bis der Gefangenen klar wurde, dass nicht geschehen würde, was offenbar schon mehrfach geschehen war. Sie drehte den Kopf und starrte Gowers aus weit aufgerissenen Augen an. Der verfluchte sich, weil er keine Wasserflasche mitgenommen hatte. Dann nahm er sein Taschentuch heraus, feuchtete es mit Speichel an und säuberte behutsam das von Blut, Schmutz und Tränen entstellte Gesicht der etwa vierzigjährigen Gefangenen.

Diese fast zärtliche Berührung flößte der Frau anscheinend Vertrauen ein, ihre verkrampften Muskeln lockerten sich, sie drehte sich um, und Gowers sah, warum sie so viel Angst gehabt hatte. Beide Hände und all ihre Finger waren systematisch gebrochen worden, und wo die Fingernägel gewesen waren, sah er nur noch rohes Fleisch. Hätte er in diesem Moment noch einmal mit dem Schwert in der Hand über der Königin von Delhi gestanden, wäre womöglich seine ganze Ermittlung zu Ende gewesen.

»Verstehst du, was ich sage?«, fragte Gowers stattdessen in verschiedenen Variationen. Die Frau schüttelte den Kopf. »Belait?«, fragte sie schließlich zurück.

»Ja«, antwortete der Investigator, dem nach feinen Unterscheidungen nicht zumute war, und versuchte, ihr Hoffnung zu machen. »Morgen bist du frei.« Er beschrieb einen Bogen in der Luft, den man mit viel gutem Willen für einen Sonnenumlauf oder eine Erdumdrehung halten konnte. Aber die Gefangene verstand offenbar doch genug Englisch, um einfache Sätze zu begreifen.

»Morgen?«, fragte sie stirnrunzelnd.

»Morgen!«, bestätigte Gowers und zeigte auf sie. »Frei.« Er hoffte, dass sie auch das verstand, denn er wusste nicht, wie er es darstellen könnte. »Wie heißt du?«, fragte er weiter, und nach einer kurzen Pause: »Name?«

»Niazoo«, flüsterte sie.

»Aus Delhi?« Gowers zeigte instinktiv auf den schmutzigen Boden, aber Niazoo schüttelte den Kopf. »Oudh«, sagte sie.

## 40.

Das Licht des Wachpostens hatte sich einmal genähert, vielleicht wegen des kurzen Tumults auf dem Hof, war aber immer noch mindestens zweihundert Schritte weit weg und entfernte sich bald wieder weiter. Der Anwalt spürte, wie sein Herzschlag aus dem Hals wieder in den Brustkorb zurücksank, und wurde allmählich ruhiger. Das dauerte ein, zwei Stunden an.

In der dritten Stunde stand er vorsichtig auf, um den Blutkreislauf in seinen Beinen wieder in die vorgesehene Bewegung zu bringen, in der vierten begann er, nervös auf und ab zu gehen. Er sah, dass die Sterne ihre Position schon merklich verschoben hatten. Bald würde es hell werden, schon glaubte er, eine Art Horizontlinie zu erkennen – und der Amerikaner war immer noch nicht zurück. Was, wenn er tot war? Oder gefangen? Mukhopadhyaya kauerte sich schließlich wieder auf der Mauer zusammen, weil er Angst bekam, dass seine Gestalt einen dürren Schatten auf den heller werdenden Himmel werfen könnte. Er begann, in unregelmäßigen Abständen den Kopf zu schütteln. Wie zum Teufel sollte ihn all das nach Südafrika bringen?

Er erwachte durch ein leises Geräusch und schreckte doch hoch, als sei es ein Schuss gewesen. Es dämmerte jetzt ernsthaft, und die Feststellung, wie deutlich er seine eigenen Arme und Beine sehen konnte, entsetzte ihn. Dennoch war er bereit, um seinen Kopf zu wetten, dass er nicht länger als eine halbe Stunde geschlafen hatte. Er spürte es am Gewicht seiner Lider. Wieder das leise Geräusch, eine Art Klicken; diesmal war er sicher, dass es aus dem Hof kam. Vorsichtig schaute er hinab und sah als Erstes vier furchterregend große Hunde, die offenbar neben dem herabhängenden Seil genächtigt hatten und ihn erwartungsvoll anstarrten. Drei weitere liefen unruhig im Hof hin und her und schnüffelten aufgeregt, aber irgendwie planlos am Boden.

Ein erneutes Klicken, wieder weiter von der Mauer entfernt, und Mukhopadhyaya stellte befriedigt fest, dass es auch die Hunde gehört hatten. Es war also keine Einbildung. Er stand auf und starrte angestrengt in den Hof, auf den großen Ruinenkomplex, der sich grau vom Himmel gelöst hatte und nun auch für ihn klar erkennbar war. Was tat der Amerikaner? Wo war er? Wie konnte er hoffen, an den Hunden vorbeizukommen? Mukhopadhyaya ging nervös einige Schritte auf und ab, um einen womöglich besseren Beobachtungsposten zu finden. Er war jetzt ganz Wächter, ganz Auge, voll auf das erwartete dramatische Geschehen auf dem Hof konzentriert. Deshalb traf ihn der nächste Stein in den Rücken.

Sein Unterbewusstsein hielt den Stein offenbar für eine Kugel, denn er machte einen kleinen Luftsprung und wäre beinahe in den Hof gestürzt. Dann suchte er taumelnd Halt an der Mauer, sah nirgendwo eine Wache, die geschossen hatte, und duckte sich doch so tief wie möglich, um weiterem Beschuss zu entgehen. Er tastete instinktiv seine Brust, seinen Rücken ab, fand überraschenderweise kein Blut an seinen Händen und hörte dann von unten, von außen, jenseits der Mauer ein leises »Hee!«.

Immer noch davon überzeugt, dass ihm der Kopf weggeschossen würde, wenn er ihn so einfach über die Mauer steckte, schlich Mukhopadhyaya erst gute sechs Meter zur Seite, ehe er einen raschen Blick nach draußen riskierte. Da sah er, dass der Amerikaner schon einen neuen Stein aufgehoben hatte, und stand überrascht auf.

»Mr. Gowers …«, sagte er fast ein wenig beleidigt.

Gowers dämpfte die Lautstärke Mukhopadhyayas mit der Hand. »Kommen Sie herunter, und bringen Sie das Seil mit!«

So erfreut er auch war, seinen Posten endlich verlassen zu können, stellte diese Forderung den jungen Juristen doch vor ein erhebliches Problem. Wie sollte er am Seil hinunterklettern und es gleichzeitig mitnehmen? Rein logisch gesehen schien das möglich, indem man es lose um einen Mauervorsprung legte und beide Enden gleichzeitig packte, um daran abwärtszurutschen. Aber war er dieser Aufgabe technisch gewachsen?

Er sprang schließlich mehr, als er kletterte, und stürzte mehr, als er sprang, aber er fiel auf Gowers, der ihn mit vorgestreckten Armen erwartete. Eine feine weiße Brandnarbe in der Innenfläche der rechten Hand erinnerte den Anwalt noch lange an sein nächtliches Abenteuer, das er mithilfe dieser Verwundung – und der zerrissenen Uniform – seiner Frau gegenüber noch weit aufregender darstellen konnte, als es gewesen war.

## 41.

Nahe Kap Bathurst sahen sie erste Anzeichen menschlichen Lebens; die frischen Spuren eines Eskimostammes, der hier eine Weile gelebt hatte und erst vor Kurzem weitergezogen sein konnte. Fußspuren, Kajakspuren, Feuerspuren. Auffallend war, dass es kaum Abfall gab. Einige unbrauchbare, kleinere Knochen, alte, vergammelte Felle, morsche, zerbrochene, nicht mehr zu reparierende reusenartige Konstruktionen aus Treibholz und Robbendarm. Aber kein größeres Stück Holz, aus dem sich noch etwas machen oder auch nur schnitzen ließ, keine Essensreste, nicht einmal Kothaufen, die, nach Miertschings Auskunft, die Hunde fraßen. Auf dem Kap selbst sahen sie dann endlich fast dreißig Zelte und neun Winterhäuser.

Obwohl das Wetter gut und der Wind günstig war, beschloss McClure, an Land zu gehen, denn ihm lag sehr daran, durch diese Eskimos, wenn irgend möglich, Briefe an die weit im Süden liegenden Niederlassungen der Hudson Bay Company zu bestellen. Die Annäherung war schwierig, gefährlich und hätte leicht in einer Katastrophe enden können. Kaum waren die Boote mit achtzehn Matrosen, Seesoldaten, dem Kapitän und dem Übersetzer gelandet, näherte sich ein wilder Schwarm Eskimos, entsetzlich schreiend, eindeutig drohend und mit Speeren, Harpunen und Messern bewaffnet. In einiger Entfernung folgten die Frauen, mit Reservewaffen in den Armen.

Miertsching handelte rasch, und zum ersten Mal bekamen die Matrosen der *Investigator* einen Eindruck von der Kühnheit oder auch nur dem Gottvertrauen dieses Mannes: Ganz allein, so schnell seine Füße ihn trugen, rannte er auf die mehr als hundert bewaffneten Wilden zu, dass es beinahe wie Selbstmord aussah. Dabei schrie er in einem fort, dass sie Freunde seien, handeln wollten und nichts Böses im Sinn hätten, feuerte aber gleichzeitig seine beiden Pistolen in die Luft ab. Vielleicht entstand gerade durch dieses widersprüchliche Verhalten ein Moment überraschter Stille auf beiden Seiten, den der kleine Missionar dazu benutzte, mit der Ferse seines Stiefels eine resolute Linie auf den Strand zu ziehen, von der er in beiden Sprachen sagte, dass keine der Parteien sie überschreiten dürfe.

McClure, dem bei diesem waghalsigen Sprint seines Übersetzers der Atem gestockt hatte – fünfzehntausend Meilen schleppt man ihn mit, und dann wird er bei der ersten Gelegenheit umgebracht –, trat langsam hinzu, und auch die Eskimos legten bis auf ihre Messer die Waffen nieder. Der unscheinbare Strich auf dem Boden symbolisierte jetzt wie vielleicht schon vor Urzeiten den Respekt vor der jeweils anderen Seite, den Willen zu Verständigung und vielleicht sogar Handelsbeziehungen. Jedermann, Engländer oder Eskimo, verstand dieses Symbol, wie es schon Römer und Parther, Kelten und Germanen und die namenlosen Völker und Stämme der Vorgeschichte verstanden hatten. Die langfristige Folge davon war, dass an Bord der *Investigator* nie wieder jemand über Johann Miertsching von der Heiden-Mission der Herrnhuter Brüder lachte.

Eiserne Nadeln und vor allem Fingerhüte wurden dann

gegen ganze Fuchs- und Eisbärfelle getauscht, wobei beide Seiten das Gefühl hatten, ihr Gegenüber um etwas unsagbar Kostbares zu betrügen, und vielleicht aus einer Art Scham darüber immer freundlicher wurden. Die Frauen legten den Engländern schließlich sogar ihre Babys in den Arm, laut Miertsching der größtmögliche Vertrauensbeweis, auch wenn die harten Seeleute der *Investigator* sich dabei etwas betreten anschauten. Die Linie hingegen, ihre erste gemeinsame Grenze, war nun vergessen und wurde mit lebhaftem Geschwätz überschritten. Man führte die *Kabloonas* unter Gelächter zu den Zelten. Sie mussten ihre Nasen an denen sämtlicher Eskimos reiben, was mal mehr, mal weniger unangenehm war, und wurden zu Mahlzeiten eingeladen, für die mehrheitlich das Gleiche galt.

Miertsching hatte alle Hände voll zu tun und musste praktisch überall sein. Der Kapitän und sein Postproblem, die Erkundigungen nach Franklin, die Matrosen, die immer wieder wissen wollten, was die Eskimos sagten, und schließlich die Eingeborenen selbst mit ihren tausend Fragen über das Woher und Wohin ihrer Reise.

Wo ihre Frauen seien?

In England.

Wo England sei?

Weit im Süden.

Wie weit?

Neun Monde weit.

Warum sie so weit gefahren seien?

Um ihre verschollenen Brüder zu suchen.

Warum ihre Brüder so weit gefahren seien?

Weil ihr *Angajuga*, ihr Häuptling, es ihnen befohlen habe.

Verblüfftes Schweigen. Und dann nur die vorsichtig-höfliche Andeutung, dass es vielleicht leichter sei, einen neuen Häuptling zu wählen, als so weit zu fahren, ohne Frauen! McClure musste an dieser Stelle laut lachen und versuchte sich an einem besseren Argument als der Übersetzer: Ihre Brüder hätten herausfinden wollen, wo das Ende der Welt sei.

Die Antwort war kurz, ein einziges Wort: Hier.

Was sei im Norden von Hier?

Das Land der weißen Bären.

»Hic sunt leones«, murmelte Miertsching fasziniert die uralte Formel, die die mittelalterlichen Kartenzeichner und schon die antiken Geografen auf die weißen Ränder ihrer Weltentwürfe geschrieben hatten: Hier sind Löwen. Er machte später eine mitreißende Predigt daraus.

## 42.

Sie blieben den ganzen Tag. Die Menschen von Kap Bathurst waren im Durchschnitt größer als die Eskimos, unter denen Miertsching in Labrador gelebt hatte. Auch ihre Gesichter waren weniger breit, mehr indianisch als mongolisch, und so entsprachen sie stärker dem europäischen Schönheitsideal und der unausrottbaren Vorstellung vom edlen Wilden; besonders die Frauen mit ihren langen schwarzen Haaren. Dies fiel auch den einfachen Matrosen der *Investigator* auf, die weder Rousseau noch Chateaubriand gelesen hatten. Das anthropologische Interesse war indes wechselseitig, und so wurde bald nicht mehr nur gehandelt, sondern auch in Zeichensprache charmiert, wurden Bärte gestreichelt und Muskeln befühlt. Die Frauen zeigten mit besonderem Stolz ihre kräftigen, gesunden Zähne – ein Bereich, in dem sie den Pfeife rauchenden, Konservenfleisch essenden Europäern eindeutig überlegen waren.

John Gowers wurde offenbar für besonders hübsch gehalten. Sein bartloses Gesicht und sein langer Zopf waren immer wieder Gegenstand fingerfertiger Bewunderung. War er ein Eskimo? Sein schwarzes Haar sprach dafür, aber seine Augen sprachen dagegen. Seltsame Augen, deren Farbe je nach Lichteinfall zwischen Grau, Blau und einem dunklen Meerblau wechselte. Solche Augen hatten sie noch nie gesehen. Insbesondere eine Gruppe von drei Frauen folgte ihm auf Schritt und Tritt, was ihm nur deshalb nicht restlos gefiel, weil er keine Ahnung hatte, worüber sie sprachen. Immerhin musste es etwas Freundliches sein, denn sie lächelten und lachten in einem fort. Schließlich gab eine von ihnen, sie mochte ungefähr sechzehn sein, den Säugling in ihrem Arm an ihre älteren Kameradinnen weiter, nahm Johns Hand und ließ sie nicht wieder los. Er wusste nicht, wohin das führen sollte, aber sie zog ihn zu einer größeren Gruppe Männer, die im Kreis auf dem Boden saßen und in der sich auch der Übersetzer befand. Der Junge wandte sich deshalb an Miertsching, auch wenn er seine Abneigung gegen den Mann dazu niederkämpfen musste.

Der Missionar war gerade dabei, den um ihn versammelten Eskimos zu erklären, dass ein großer, guter Geist, für den nichts unmöglich sei, über der Sonne und den Sternen wohne. Mitten in diese Ausführungen platzte John.

»Entschuldigung, Sir. Was sagt diese Frau?«

Miertsching hörte dem Mädchen aufmerksam zu, und John registrierte, dass ihr Geplapper den im Kreis sitzenden Eskimos ein wohlwollendes Schmunzeln entlockte und einer von ihnen ihm mit den Worten *»Takka! Takka unna!«** zunickte.

»Nun, Sie … Sie haben eine Eroberung gemacht, Matrose Gowers«, erklärte Miertsching verlegen.

* Nimm sie!

»Aber was sagt sie?«

»Sie lädt Sie ein, in ihr Zelt zu kommen.« Der Übersetzer lief über seinem Bart rot an, und John verstand.

»Stimmt es, dass das Teil ihrer Gastfreundschaft ist, Sir?«, fragte er lächelnd.

»Ich würde das nicht ausprobieren, Matrose Gowers«, antwortete der Missionar streng.

»Nun, Sir«, Johns Lächeln wurde ironisch, »Sie sind ja auch nicht eingeladen!«

In diesem Moment wurde Miertschings Aufmerksamkeit wieder von dem Mann abgelenkt, der so beiläufig *»Takka unna!«* gesagt, dabei aber offenbar mehr über Miertschings vorherige Ausführungen nachgedacht hatte. Es war der *Angakok* des Stammes, der jetzt ernst und würdevoll sagte, dass ein großer, guter Geist und all das schon möglich sei. Nur die Sterne seien natürlich keine Dinge, über denen sich etwas befinden könne. Über der Welt sei vielmehr ein großer dunkelblauer Kasten, das Haus der Sonne. Bei Tage, im Sommer, sei die Sonne lange nicht in ihrem Haus, sondern in der Welt; deshalb sei es auf der Erde dann hell und warm. Wenn sie aber in ihr Haus gehe, werde es dunkel, und wenn sie lange darin bliebe, Winter. Im Haus der Sonne seien viele kleine Löcher, durch die sie in dieser Zeit hindurchleuchtete, und das seien die Sterne.

Diese kosmologischen Erörterungen waren noch nicht beendet, als der Kapitän, nach einem langen Tag des Handelns, Redens, gemeinsamen Essens und zwanglosen Plauderns zum Aufbruch befahl. Die Eskimos wollten indes von einem Abschied ihrer Gäste nichts wissen, und als diese sich durch nichts abhalten ließen, ihre Boote zu besteigen, begleiteten sie noch mehr als fünfzehn Kajaks und setzten ihre Gastfreundschaft bis zum Schiff hin fort. Dort fragten sie ungläubig, wo die riesigen Bäume wüchsen, aus denen man etwas Derartiges schnitzen könne, und fuhren erst wieder zurück, als die nun schon wieder etwa sechsstündige Nacht hereinbrach.

Die Männer des Landetrupps hatten viel zu erzählen, zu zeigen, und alle waren auf eine seltsame Art zufrieden; einfach glücklich, dass es noch andere Menschen auf der Welt gab. Über all ihren Geschichten und Gedanken fiel niemandem auf, dass John Gowers nicht an Bord war.

## 43.

Kenualiks Mann war bei *Nuvoksua* von einem Walross ins Wasser gerissen worden und nicht wieder aufgetaucht. So etwas geschah, erklärte der *Angakok*, wenn ein Mann seiner Jagdbeute nicht genug Ehre erwiesen hatte, etwa tötete, ohne die Tiere um Verzeihung zu bitten und ihre Geister an sein Feuer einzuladen. Der König der Walrosse tauchte dann unter das Eis, auf dem der Mann stand, durchbrach es, selbst wenn es dick war, und nahm den Mann mit in die Tiefe. Das war im Frühling geschehen, auf der ersten Jagd, als alle Hunger hatten, und zweifellos hatte Kenualiks Mann sich durch den Hunger verleiten lassen, die Jagdrituale nicht einzuhalten.

Kenualik wurde mit einem grausamen Tabu belegt: Sie durfte einen Sommer lang kein Tier anfassen; keine frischen Häute, Felle, Sehnen, auch kein Fleisch. Das machte sie für den größten Teil der Arbeit im Lager untauglich, denn nahezu alles, was die Eskimos herstellten, hatte mit Tieren zu tun – es gab kein anderes Material.

Genäht wurde mit Sehnen und Knochennadeln, gekocht mit Tran. Ihre gesamte Kleidung bestand aus Fellen; Robbenfellen im Sommer, weil sie wasserdicht waren, Karibufellen im

Winter, weil sie die beste Kombination zwischen Wärme und Leichtigkeit boten. Ihr Regenzeug und viele ihrer Behältnisse bestanden aus Robbendärmen, Tierblasen, und noch die leichten Schuhe, die man in den Winterstiefeln trug, wurden aus Vogelbälgern gemacht, deren Inneres nach außen gestülpt war. Selbst die Kufen ihrer Schlitten bestanden aus Saiblingen, die, Kopf an Schwanz, fest in die nasse, harte Haut der Bartrobbe gewickelt wurden und – einmal gefroren – wunderbar leicht über den Schnee glitten.

Gelenkfett, Knochenmark, Blut – als Schmier-, Brenn- oder Klebstoff – waren für Kenualik unantastbar. Nur die alten Felle durfte sie berühren, ihre Kleidung, die Zelte, die Decken. Sie konnte schleppen, ziehen, tragen, konnte beim Auf- und Abbau des Lagers helfen, die *Umiaks* oder Frauenboote rudern und Feuer machen. Aber sie durfte ihre eigene Nahrung nicht zubereiten oder zerschneiden und überlebte nur, weil der *Angakok* ihrer Mutter und Schwester ausdrücklich befahl, sie von Mund zu Mund zu füttern, so, wie man es in guten Jahren mit den Alten machte, die keine Zähne mehr hatten. Sie fühlte sich nutzlos, passte jetzt viel auf die Kinder auf, spielte mit ihnen, ohne sie zu berühren, Fantasiespiele, und wurde beinahe selbst wieder zu einem Kind.

Aber das Tabu traf sie in einer anderen Hinsicht vielleicht noch härter: Der *Angakok* bestimmte, dass kein Mann des Stammes bei Kenualik liegen dürfe, bis der König der Walrosse wieder versöhnt sei. Da kam zur Trauer die Sehnsucht, denn ihr Mann war ihr erster Mann gewesen, und sie vermisste seinen Körper, wie ihre Augen im Winter die Sonne vermissten.

Dann, am Ende des Sommers, mit dem ersten Schnee, kamen die Boote der *Kabloonas*. Der junge Mann mit dem schwarzen Zopf gefiel ihr sofort. Ihre Brüste, die noch so jung und fest waren, obwohl sie ihr Kind seit einem Jahr stillte, zogen sich zusammen, wenn sie ihn ansah. Er war kein Mann ihres Stammes, der Sommer war vorbei, und als der *Angakok* – der mit dem einzigen *Kabloona*, der reden konnte, über die Sonne sprach – kurz, aber freundlich *Takka unna!* sagte, wusste sie, dass der König der Walrosse nun versöhnt war.

## 44.

Gowers beneidete seinen Anwalt ein wenig: Er würde als Held zu seiner kleinen Frau zurückkehren. Sie würde ihm die Stiefel von den Füßen ziehen, zwei kühle Hände auf seine müden Augen legen, die schreckliche, einsame Nacht auf der Mauer einfach wegstreicheln, wegküssen und in der Dämmerung nackt und warm in den Armen ihres erschöpften Mannes einschlafen.

Derlei quälende Vorstellungen von liebevoller Nähe überfielen den Investigator immer noch hin und wieder – sieben Jahre nach Deborahs Tod und all den Huren, kurzen, heftigen Begegnungen, die er in dieser Zeit erfahren hatte. Es war die verzweifelte Sehnsucht nach einem Moment des Friedens im endlosen Krieg, in dem er mit der Welt, den Menschen und sich selbst lag. Aber dann fielen ihm wieder die Hände der gefolterten Frau ein, die er gesehen hatte, und die Frage, welchen Anteil die schöne Leibwächterin an diesen Wunden haben mochte, ließ ihn beben vor Hass. Gegen vier Uhr morgens im *Watson's Esplanade Hotel* angekommen, ließ er sich deshalb von einem für seinen Berufsstand reichlich verschlafenen Nachtportier eine Flasche schottischen Whisky geben und trank schon auf der Treppe, auf dem Weg in sein Zimmer.

Ishrat musste mit aller Kraft in ihren Fesseln getobt haben, denn die beiden unteren Füße des Bettgestells waren abgeknickt, und so lag sie jetzt auf einem schräg abfallenden Lager, dessen Matratzen, Decken und Kissen allmählich ins Rutschen geraten waren. Zu ihrer Beschämung hatte sie nach mehreren Stunden verzweifelter Quälerei dann auch noch ein Bedürfnis überwältigt, jedenfalls war das Bettzeug durchnässt, und tödlich beleidigt spuckte sie Gowers an, als er sich zu ihr setzte.

Er zog an ihren Haaren, bis sie vor Schmerz den Mund öffnete, und presste dann für eine Sekunde seine Lippen hart auf die ihren. Als er aber merkte, dass sie ihn tatsächlich beißen wollte, gab er ihr zwei schallende Ohrfeigen, ehe er es erneut versuchte. Die beiden harten Schläge brannten in ihrem Gesicht, betäubten ihre Wangen. Ishrat schmeckte Blut auf den Lippen und ertrug dann die wühlende Zunge des Ungläubigen in ihrem Mund, obwohl sie nahe daran war, sich zu übergeben, als sie nach etwa einer Minute nicht mehr umhinkonnte, seinen bitteren Speichel zu schlucken.

Schließlich band er sie los, und in ihrer blinden Wut sprang sie nicht erst zu ihren Kleidern, ihrem Schleier, sondern zu dem Schwert, das der Investigator auf den Waschtisch gelegt hatte. Sie riss es so heftig aus der Scheide, dass sie mit dem Griff den großen Spiegel in Scherben schlug und auch die Flasche auf den Boden schleuderte, die er mitgebracht hatte. Das Glas zersprang, und die Flüssigkeit darin verbreitete einen so üblen Geruch nach *Belait*, dass Ishrat erneut zu würgen begann. Der Investigator nutzte diesen Moment der Schwäche, um ihr die Waffe aus der Hand zu schlagen, aber noch ehe sie den Boden berührt hatte, gelang es der Leibwächterin, ihn durch einen Tritt in die Kniekehle zu Fall zu bringen. Sofort hockte sie sich auf ihn, spürte seinen erhitzten Körper zwischen ihren Schenkeln und setzte ihm dann das Schwert an die Kehle. Dabei bemerkte sie die Reste getrockneten Blutes an der Klinge und wusste, dass er in der Dunkelheit getötet hatte. Sie wusste nicht, was, sie wusste nicht, wen – aber diese Vorstellung verwandelte ihre Wut augenblicklich in Erregung.

Blut, Urin und nächtliche Folter – auch Gowers' schmerzlich überreizte Sinne gaben sich ganz dem exotischen Schauspiel der nackten Frau mit dem gezogenen Schwert hin, und zum zweiten Mal fielen sie übereinander her: zwei schmutzige Raubtiere, von keinem Gott und keiner Moral mehr gebändigt. Ihre Haut war kalt, und er hatte das Gefühl, mit dem Tod selbst zu schlafen, auf dem Boden, zwischen zusammengeworfenen Kleidern und schmutzigen Stiefeln, den heruntergerissenen Fetzen zweier Zivilisationen.

Sie gaben einander nichts nach in ihrer Lust, keiner senkte den Blick; Auge in Auge lagen sie – und schliefen zuletzt ineinander ein, Gesicht an Gesicht, wobei einer den Atem des anderen auf den Lippen fühlte.

Gowers erwachte, als Ishrat nach weniger als zwei Stunden erschöpften Schlafes aufstand und schwankend wie eine Betrunkene ihre kostbaren Kleider anlegte, ohne sich zu waschen. Er selbst tat das ungeniert, während sie ein wenig ratlos unter Decken, Matratzen, zwischen Scherben, Schmutz und Gestank nach ihrem Schleier suchte. Ihr Magen knurrte.

Der Investigator musste über den Anblick und das Geräusch laut lachen, zog sich Hose und Hemd an und klingelte nach einem Hoteldiener. Kurz darauf klopfte es an der Tür. Ishrat hatte ihren Schleier noch immer nicht gefunden, aber Gowers sagte bereits: »Herein!«, und so musste sie ihr Gesicht zur Wand drehen, wie ein zur Strafe in die Ecke gestelltes Schulmädchen.

»Guten Morgen, Sir! Mylady …«, sagte ein vor Sauberkeit schier glänzender junger Inder in lackschwarzer Livree und mit einem weiß leuchtenden Turban auf dem Kopf – ehe er doch vor Verlegenheit schlucken musste. Man hatte ihm beigebracht, die zerwühlten Betten und andere Privatheiten der reichen Hotelgäste nicht zu sehen, oder doch so zu tun, als würde er sie nicht sehen. Aber jetzt entglitten ihm für den Bruchteil einer Sekunde die Gesichtszüge. »Was darf ich für Sie tun, Sir?!«, fragte er ebenso widerstrebend wie dienstbeflissen.

»Frühstück«, befahl Gowers, »Briefpapier, Feder und Tinte sowie einen Botenjungen zum Roten Fort, an Mr. Abdur Ruhiman!« Der Investigator ließ einen müden Blick durch den verwüsteten Raum gleiten.

»Und ein neues Zimmer«, sagte er trocken.

## 45.

John wurde durch den Geruch im Innern des Zeltes zunächst abgestoßen, denn Gefäße mit Tran und Urin, eins älter als das andere, standen neben einem niedrigen Lager flacher Steine, die mit mehreren Schichten dicker Felle bedeckt waren. Einige dieser Felle stammten von Tieren, die er noch nie gesehen hatte: dichte, wollige Haare von etwa fünf Zentimeter Länge und einem hellen Braun, darüber sehr lange, grobe Schutzhaare, die an vielen Stellen schon ausgerissen und abgeschabt waren, aber noch Farbnuancen von tiefem Schwarz über alle Braun- und Zimttöne bis hin zu Lohgelb und Weiß erkennen ließen. Er strich darüber und fragte, was das sei. Das Mädchen verstand zuerst seine Frage nicht, aber als er an den Haaren zog, sagte sie: *Oomingmaq*, das Tier mit der Haut wie ein Bart, was John natürlich nur wenig weiterhalf. Den Übersetzer zu rufen hätte ihr einvernehmliches Vorhaben empfindlich gestört, und auch Miertsching hatte selbstverständlich noch keinen Moschusochsen gesehen.

Dass Kenualik nicht erklären konnte, dass abgestandener Urin Fett löst, je älter, desto besser, und deshalb vor allem von Frauen zum Waschen von Haaren, Händen und Gesicht verwendet wird, war dagegen vielleicht ganz gut. Er nahm den Geruch auch bald nicht mehr wahr – oder gewöhnte sich daran. Vielleicht achtete er aber auch nur nicht mehr darauf, denn sowie sie im Zelt waren, hatte das Mädchen begonnen, sich auszuziehen. Aus dem gleichen Grund hörte er zwar von fern her die Geräusche des Aufbruchs, dachte aber überhaupt nicht an die Folgen seines Ausbleibens, sondern nur, dass sich in bestimmten Situationen jeder Mann seine Befehle selbst gibt.

Er wollte rasch seine Schuhe ausziehen, um zu tun, wozu sie ihn hergebracht hatte, aber sie forderte ihn durch Zeichen auf zu warten und kniete nackt, wie sie war, vor ihm nieder, die Augen in Höhe seiner Füße. Schon glaubte er, dass er angebetet würde, als sie ihm signalisierte fortzufahren und dann fasziniert betrachtete, wie er seine Schnürsenkel löste. Sie bewunderte mit offenem Mund seine vielfach gestopften Wollsocken, die ihm eher peinlich waren, biss in die metallenen Knöpfe seiner Hose und Jacke und roch ausführlich an seinem gestreiften Seemannskittel, nachdem er ihn über den Kopf gezogen hatte.

Sorgfältig rollte sie dann seine Kleider zusammen und legte sie auf seine Schuhe, während er nackt unter die schweren Felle schlüpfte. Sie aber deckte ihn sofort wieder auf und unterzog nach seinen Kleidern auch seinen Körper einer gründlichen Untersuchung mit Augen, Händen, Nase und Lippen. Seine Erektion wurde dabei so hart, dass es wehtat, und er versuchte, sie auf den Rücken zu drehen und zu tun, was er vor zwei Jahren zwischen den Schenkeln einer Mulattin auf Martinique, die ihn »Mon petit Coque« nannte, gelernt hatte. Aber das Mädchen blieb auf ihm hocken, legte seine Hände auf ihre Brüste und führte ihn dann selbst mit einem langen Seufzen in ihren Körper ein. Sie stieß dabei nicht mit dem Becken, was John erwartet hatte, sondern begann, ihren Unterleib kreisen zu lassen, ohne dass er aus ihr herausrutschte. Diese langsame Rotation schien ihn geradezu einzusaugen, und unwillkürlich mischte sich sein Seufzen mit ihrem.

Er ergoss sich nur deshalb nicht sofort, weil sich in diesem Moment der Zelteingang noch einmal hob und neben einem Schwall kalter Luft die beiden anderen Frauen mitsamt dem Baby hereinkamen. Sie lachten, als sie die beiden jungen Leute schon so unlöslich miteinander verbunden sahen, aber es war kein anzügliches Lachen, wie John es bisweilen in den Hafenbordellen gehört hatte, wenn eine Hure dem Treiben ihrer Kolleginnen zuschaute. Dieses Lachen war freundlich, ehrlich erfreut, wohlwollend; so, wie eine europäische Mutter lachen würde, deren Tochter es sich nach langer Appetitlosigkeit zum ersten Mal wieder richtig schmecken lässt.

Dass die ältere Frau tatsächlich die Mutter der beiden jüngeren war, machten sie John später am Abend klar, indem die, mit der er geschlafen hatte, ihren Säugling an die Brust legte und ihrerseits eine Brust der Mutter in den Mund nahm. Ihre Schwester nahm sich die andere, und alle drei lachten und freuten sich, als John zeigte, dass er sie verstanden hatte. Der Anblick erregte ihn nur deswegen nicht, weil die Brüste der alten Frau so schlaff herunterhingen, ihr Gesicht faltig und ihr Bauch fett war. Tatsächlich war sie nur wenig über dreißig, aber das waren dreißig andere Jahre gewesen, als man sie in Europa erleben konnte.

Sie lagen dann völlig nackt und zu viert, mit dem Baby zu fünft, unter den großen Fellen, und die Tranlampe brannte die ganze Nacht. Kenualik bestieg den unermüdlichen jungen *Kabloona* noch zweimal, und auch ihre Schwester legte sich einmal auf ihn. Durch so viel Liebe wurde ihnen sehr warm, und John, zwischen den Mädchen, bemerkte irritiert, dass irgendwann auch die Mutter ihre kalten Füße zu ihnen hinüberschob.

Neugierig tastende Hände hielten ihn die halbe Nacht wach, und auch er selbst fühlte links und rechts so viele sich überschneidende, sich wiederholende Formen, so viel üppiges Fleisch und warmen Schweiß, dass er die Einzelheiten nicht mehr zu unterscheiden vermochte und froh war, als er am nächsten Morgen seine eigenen Füße identifizieren konnte. Erst als er aus dem Zelt trat und das Schiff nicht mehr sah, bemerkte er, dass er ein Problem hatte.

## 46.

Das Königreich von Oudh war eines der ältesten in ganz Indien. Könige von Oudh oder Kosala, wie es auch genannt wurde, hatten schon gegen die Ghaznaviden und Mamelucken des Mittelalters gekämpft, gegen die Pala und Gupta der Spätantike, die Maurya- und Magadha-Dynastien zur Zeit des Alexanderzuges und führten ihre Ahnentafeln bis in die mythische Zeit der vedischen Arier zurück, fünfhundert Jahre vor der Gründung Roms. In der *Mahabharata*, so etwas wie die *Ilias* Indiens, also der indische Krieg um Troja, kämpfte ein König von Oudh mit. Die direkten Nachfahren der Pharaonen, ins 19. Jahrhundert versetzt, hätten nicht stolzer sein können.

Eine derart kontinuierliche Machterhaltung beruhte weniger auf militärischem als auf politischem Genie; die Könige, Rajas, Nawabs von Oudh waren stets geschickte Bündnispolitiker, die über so viele Generationen hin die Zeichen der Zeit richtig zu deuten und zu nutzen verstanden und sich den jeweils überlegenen Mächten anschlossen. Das waren seit Jahrhunderten die Sultane von Delhi und seit Aurangzeb dem Großen die Mogulen gewesen – aber nun eben auch die Engländer.

In diesem Zusammenhang musste sich Gowers über den gestohlenen Büchern allerdings immer wieder vor Augen führen, dass es im Grunde nicht Großbritannien als Staat oder Nation, sondern mit der East India Company eine private Handelsgesellschaft gewesen war, die Indien binnen zweier Jahrhunderte in ihren Besitz gebracht und ihren Mitgliedern, Direktoren und Angestellten mit dem unermesslichen Reichtum des Subkontinents die Taschen gefüllt hatte.

Die East India Company stellte eigene Armeen auf oder lieh sich gegen eine entsprechende Gewinnbeteiligung die Soldaten des Empire gewissermaßen aus; aber der britische Generalgouverneur Indiens, unter zuletzt fast drei Dutzend Marionettenkönigen, Maharadschas und Moguln also der eigentliche Herrscher über zweihundertfünfzig Millionen Menschen, war genau genommen *Angestellter eines Handelsunternehmens* und weniger der Krone und dem Parlament als vielmehr dem Direktorium und den Aktionären verpflichtet. Nie zuvor war Politik so offen Geschäft gewesen.

Die zahllosen Thronfolgestreitigkeiten in den vielen indischen Fürstentümern machten es der Kompanie leicht, sich stets auf die Seite desjenigen zu stellen, der ihr die meisten Rechte einräumte; mit Vorliebe beseitigten die Engländer also starke, unabhängige Herrscher und begünstigten die schwachen, korrupten. Fünfjährige Knaben, verweichlichte Lüstlinge regierten mächtige Länder, in denen sie zum Schutz ihrer Herrschaft die Soldaten der East India Company stationierten. Diesen Schutz mussten sie selbstverständlich bezahlen: mit Handelsprivilegien und Geld, solange sie welches hatten.

Mit Land, wenn das Geld für ihre monströsen Hofhaltungen aufgebraucht war. Besaß die Kompanie aber einmal einen gewissen Teil des Landes, vergingen selten mehr als fünf Jahre, bis sie – selbstverständlich zum Wohle der Allgemeinheit und um den unerträglichen Druck der fürstlichen Tyrannei abzuschaffen – das ganze Land annektierte.

Widerstand gegen diese Politik wurde als rückständig und unmenschlich bezeichnet; wer ihn übte, wie zuletzt der Marathenbund, wurde im Namen des Fortschritts und der Demokratie mit Krieg überzogen – selten von der East India Company selbst. Meist von Handlangerstaaten, denen die Briten entsprechende Mittel zur Verfügung stellten. Mit diesem System waren auch die Fürsten von Oudh lange Zeit gut gefahren, zumal die Kompanie alles unterließ und unterband, was eine Art Unwucht in ihre ausgeklügelte Machtmaschinerie gebracht hätte.

So verhinderte zum Beispiel die East India Company lange Zeit und erfolgreich, dass christliche Missionare in Indien Fuß fassten. Man wollte Hindus und Moslems keinen so billigen Anlass zum Aufstand geben. Solange sie die Baumwolle ernteten, mit denen die englische Tuchindustrie die Welt – und auch Indien – bekleidete, solange die Kompanie also ihre Rohstoffe, ihre Arbeitskraft und ihr Geld bekam, wollte man den Indern nicht auch noch ihren Glauben nehmen.

## 47.

Das Ganze funktionierte bis in die Mitte des 19. Jahrhunderts – als der Kuchen verteilt war. Irgendwann gab es keine unabhängigen Fürstentümer mehr, die man annektieren konnte, sondern nur noch Klientelstaaten, Verbündete wie den Nawab von Oudh oder den alten Großmogul, der eigentlich nur noch in seinem Palast herrschte, sich aber gern den Titel eines Königs von Delhi geben ließ. Ohne besiegbare Feinde in Reichweite machte sich deshalb die Kompanie daran, sachte und allmählich ihre indischen Freunde zu fressen. Zeitgleich setzte sich im fernen England eine breite Strömung von Menschenfreunden und Modernisierern durch, die es für ihre abendländische Pflicht hielten, der rückständigen Kolonie Anteile an den Segnungen der Zivilisation zu verschaffen. Straßen wurden gebaut, Eisenbahnlinien, Telegrafenleitungen wurden gezogen und christliche Schulen gegründet.

Die indischen Soldaten in der britischen Armee, über hunderttausend Sepoys, wurden im Gegenzug plötzlich als Diener der englischen Krone betrachtet und zu Einsätzen in alle Welt abkommandiert. Das aber war für Hindus wie Moslems nicht machbar; außerhalb Indiens ließen sich unter anderem ihre religiösen Ernährungsvorschriften praktisch nicht einhalten. Ernährten sie sich aber einmal wie Briten, verloren sie damit ihre Kastenzugehörigkeit, und das hieß: ihre Identität. Zugleich erhielten die Männer beunruhigende Nachrichten aus der Heimat. Im Februar 1856 hatte der Generalgouverneur den Nawab von Oudh schließlich offiziell entmachtet und ausgerechnet das Land annektiert, das als die große Wiege der Sepoys galt. Zwei Drittel der indischen Soldaten stammten aus Oudh. Nun hörten sie, dass ihr Fürst abgesetzt, ihr Landbesitz verloren war und ihre Familien die drückende britische Steuerlast kaum noch tragen konnten. Noch ein Jahr lang hielten sie sich ruhig; aber es gärte in einer Armee, in der auf jeden englischen Offizier und Soldaten dreißig einheimische Sepoys kamen.

Im Januar 1857 hielt dann eine neue Waffentechnik in Indien Einzug: die Enfield Rifle sollte die gute alte *Brown Bess*, das Gewehr, das den Subkontinent erobert hatte, ablösen. Das allein wäre angegangen, aber ein unverhandelbares Problem wurde die neue Munition. Die Enfield-Patronen bestanden aus Papierhülsen, die sowohl das Pulver als auch die Kugel enthielten. Um sein Gewehr zu laden, musste der Soldat ein Ende der Patrone aufbeißen, das Pulver in den Lauf schütten und danach die Kugel mitsamt dem Papier, das als Pfropfen diente, in den Lauf stoßen. Um das Pulver trocken zu halten und vor allem damit die Kugel leicht in den Lauf glitt, war das Papier eingefettet. Eine scharf kalkulierende Ökonomie, die die Preisunterschiede zwischen Bienenwachs, pflanzlichen und tierischen Fetten in Rechnung stellte, hatte sich dabei auf Schweine- und Rinderfett festgelegt. Iren, Schotten und Engländer mochte das Aufbeißen der Enfield-Patronen also angenehm an die Fleischtöpfe ihrer Heimat erinnern – einem Hindu oder Moslem war es schlicht unmöglich.

Die ersten achtzig Mann, die in Meerut, dreißig Kilometer nördlich von Delhi, den Befehl zum Laden ihrer Gewehre – also der Basis jedweder soldatischen Tätigkeit – verweigerten, wurden vor ein Kriegsgericht gestellt, zu zehn Jahren Zwangsarbeit verurteilt, vor der Front ihrer Kameraden entkleidet und ins Gefängnis geworfen. Angeblich waren es Frauen – die britischen Sieger sprachen später von Prostituierten –, die die loyal gebliebenen Sepoys, zwei Regimenter Infanterie und die 3. Leichte Kavallerie, so sehr mit Hohn und Verachtung überschütteten, bis sie schließlich das Gefängnis stürmten und ihre gedemütigten Kameraden befreiten. Ein englischer Offizier, Colonel John Finnis, der seine Männer beruhigen wollte, wurde vom Pferd geschossen, und damit war die allgemeine Rebellion da.

Der große Aufstand der Sepoys, die erste wirklich bedrohliche Herausforderung der britischen Kolonialmacht, dauerte drei Jahre und setzte das gesamte Land vom Punjab bis nach Benares in Brand. Einzelne englische Garnisonen konnten sich in verzweifelten Kämpfen halten, aber die meisten wurden abgeschlachtet, und überall wurden englische Zivilisten, arm oder reich, Frauen und Kinder ermordet; nicht weil sie irgendetwas getan hatten, sondern nur, weil sie Briten waren. Es erinnerte Gowers an die Berichte über die Sklavenaufstände, die man in New Orleans nur leise, vor Entsetzen flüsternd, weitergegeben hatte. Hier wie dort wurden keine Gefangenen gemacht, nur immer scheußlichere Massaker begangen.

Die entmachteten Herrschergeschlechter beglichen nun alte Rechnungen – mit den Briten und untereinander. Den fast widerstrebenden alten Mogul in Delhi hatten die Aufständischen als ein Symbol indischer Unabhängigkeit an ihre Spitze gestellt, aber dennoch war die Erhebung keine nationale, zersplitterte bald in Anarchie und Partikularinteressen. Der Kampf dauerte nur deshalb so lange, weil die Briten Zeit brauchten, um ihre Kräfte zu sammeln. Dann ging alles sehr schnell, und die weitreichendste Folge des Aufstands wurde nicht in Indien oder Bengalen, sondern im englischen Parlament beschlossen: Da die East India Company sich als unfähig erwiesen hatte, den Frieden in Indien aufrechtzuerhalten, wurde sie kurzerhand aufgelöst, und die britische Regierung trat in all ihre Rechte, Pflichten und glänzenden Geschäfte ein. Jetzt, 1866, gab es Gerüchte, die besagten, man bereite in London insgeheim schon die Krönung Viktorias zur Kaiserin von Indien vor.

Cui bono? Wem nützt es? Dies war eine Frage, die sich der Investigator bei seinen Ermittlungen häufig stellte, und so begann er seine Untersuchung im Mordfall Mirza Innuzzar Baht mit der simplen Feststellung, dass alles, was in den letzten zweihundert Jahren in Indien geschehen war, den Engländern genützt hatte.

## 48.

Die *Investigator* musste zwischen Eisrand und Küste kreuzen, um Kap Bathurst zu umrunden, deshalb hatten die schnellen Kajaks sie innerhalb von drei Stunden eingeholt. Sie umkreisten das Schiff so hartnäckig, dass McClure ihnen schließlich gestattete, an Bord zu kommen, und nun ging der Tauschhandel vom Vortag munter weiter, mit dem einzigen Unterschied, dass auf beiden Seiten stärker gefeilscht wurde. Besonders begehrt, aber nicht zu haben waren die glänzenden Kompasse und Fernrohre. Ein Eskimo, den der Maat Sainsbury durch sein Glas sehen ließ, fragte ernsthaft, ob man mit diesem Ding »bis morgen« sehen könne. Danach versuchte er in einem unbeobachteten Moment, es zu stehlen, was allerdings misslang.

Das Fleisch an Bord, das die Eskimos probieren durften, hielten sie übereinstimmend für scheußlich und ungenießbar, nur sehr fettes Schweinefleisch fand geringen Beifall. Schlechtes rotes Wasser, ein 42er Bordeaux, den McClure anbot, wurde sogar schmählich wieder auf Deck gespuckt, worüber der Missionar eine Freude empfand, die er in Europa hätte beichten müssen. Dennoch erzählte jetzt ein Mann, der gestern auf der Jagd und nicht im Dorf gewesen war, eine Geschichte, die den Kapitän aufhorchen ließ. Er habe einmal zwei Boote mit *Kabloonas* gesehen, die auf dem Land hier ganz in der Nähe einige Tage in einem weißen Zelt gewohnt hätten. Sie hätten einen Eisbären getötet, und ihr Häuptling, ein dicker alter Mann mit weißen Haaren, sei am Strand immerzu auf und ab gegangen. Dabei habe er jedes Mal genau zwanzig Schritte gemacht und sich dann wieder umgedreht.

»Wann war das?«, fragte McClure.

»Vorgestern«, übersetzte Miertsching und fügte hinzu: »Das bedeutet, vor zwei Jahren, Sir.«

»Richardson!«, rief der Kapitän erfreut und bezog sich dabei auf eine der ersten Franklin-Suchexpeditionen, die vor zwei Jahren die Küste zwischen dem Mackenzie und dem Coppermine River erkundet und unter anderem Kap Bathurst seinen Namen gegeben hatte. Er hatte Dr. John Richardson persönlich zwar nur einmal gesehen, aber das Gefühl, dass die Welt klein war und der Royal Navy gehörte, stellte sich trotzdem ein, als er den eisenharten alten Schotten von diesem Wilden so anschaulich beschrieben sah. Der Mann erhielt ein Geschenk für seine genaue Beobachtung, aber das erwies sich als Fehler, denn als die anderen davon erfuhren, wollten natürlich alle *Kabloonas* gesehen haben, überall, zu verschiedenen Zeiten.

Die Mannschaft unterhielt sich derweil durch eine sehr eigenwillige Art der Mildtätigkeit. Eine der Frauen war ins Wasser gefallen, als sie an Bord kletterte, und stand zitternd vor Kälte auf dem Verdeck. Der Segelmacher Joe Facey kam auf die glorreiche Idee, ihr trockene Wäsche anzubieten, die sie auch ungeniert und vor aller Augen anlegte. Daraufhin begannen noch etliche andere Frauen zu zittern und zu frieren und erhielten von den mitleidigen Seeleuten wollenes Unterzeug. Obwohl es nicht gerade dem letzten Schrei der europäischen Mode entsprach, freuten sie sich so sehr darüber, dass sie es mehrfach unten in den Kajaks wieder auszogen und völlig nackt zurück an Bord kletterten, um aufs Neue vielsagend mit den Zähnen zu klappern. Die Männer der *Investigator* stellten dabei übereinstimmend fest und erzählten sich untereinander noch lange und detailliert, dass die Damen so schwach behaart waren, dass man alles sehen konnte, was man sehen wollte. Und wer weiß, wie lange der Vorrat an Unterwäsche gereicht hätte, wenn der Kapitän nicht auf Deck erschienen wäre, um dieser durchsichtigen Betrügerei Einhalt zu gebieten.

Wann in all diesem Gewimmel John Gowers wieder an Bord kam, konnte nicht festgestellt werden. Er behauptete steif und fest, am Abend in einem der Frachträume des Schiffes eingeschlafen zu sein und am Morgen den Eskimos beim Verstauen der Geschenke in ihre Kajaks geholfen zu haben. Das Gegenteil war nicht zu beweisen, obwohl sein nächtliches Abenteuer bald gerüchteweise auch die Offiziersmesse erreichte.

McClure kommentierte beides, das pikante Gerücht und die eigenwillige Modenschau an Deck, später in seinem Journal so feinsinnig, dass seine Andeutungen selbst die bessere englische Gesellschaft nicht mehr erschrecken konnten. Kap Bathurst sei für die Männer der *Investigator* das gleiche Paradies gewesen wie Otaheite für diejenigen der *Dolphin* oder *Endeavour*. Man musste schon Bougainville gelesen haben, um das zu verstehen.

Miertsching litt sehr unter den entsprechenden Anzüglichkeiten, die noch einige Tage selbst das gemeinsame Abendessen der Offiziere begleiteten, denn natürlich wurde er als Experte für Eingeborenenfragen bei Tisch eingehend auch zu ihren ehelichen Gepflogenheiten befragt. Als dieses Gerede ihm zu sauer aufstieß, als der junge Leutnant Robert Wynniat wieder einmal die geheimen Schönheiten der Eskimofrauen pries, als es selbst Doktor Armstrong einfiel, den Glanz ihrer langen schwarzen Haare mit dem einer Rabenfeder zu vergleichen, brachte der Missionar beide mit Worten zum Schweigen, die man weder ihm noch seinem Wörterbuch in dieser Deutlichkeit zugetraut hätte. Maliziös lächelnd sagte er, die Länge der Haare sei unter anderem deswegen zweckmäßig, weil es den Frauen dann leichter fiele, ihren Säuglingen damit den Hintern abzuwischen.

McClure verschluckte sich an seinem Bordeaux, und sein Husten überdeckte das verblüffte Schweigen der Tischgesellschaft. Vereinzelt wurde ungläubig gelacht, dann wurden heftige Fragen nach dem Wahrheitsgehalt dieser Behauptung aufgeworfen, die Miertsching indes auf die Bibel zu beschwören bereit war. Er habe Derartiges mit eigenen Augen gesehen.

»Nun, Gentlemen«, sagte der Kapitän schließlich, wobei er sein Glas aufs Neue erhob, »trinken wir darauf, dass diese Sitte niemals in England heimisch werden möge!«

Im Norden blieb nur das wollene Unterzeug zurück, eiserne Nadeln und Fingerhüte, eine noch oft an den Feuern von *Nuvasaat* erzählte Geschichte – und ein Kind mit seltsamen Augen, das von seinem Vater nie mehr erfuhr, als dass er das Ende der Welt gesucht hatte und im Land der weißen Bären verschwunden war.

# Teil zwei

## 49.

Es war inzwischen auch tagsüber so kalt, dass die Männer im Großtopp sich Erfrierungen zuzogen, wenn sie nicht eifrig genug Nase und Ohren rieben oder mit den Füßen aufstampften. In stillen Momenten hörte man deshalb den plumpen Bärentanz des Ausgucks manchmal auf dem ganzen Schiff. Wie durch ein Wunder hatte Doktor Armstrong den Kommandanten sogar dazu gebracht, die entsprechenden Wachzeiten zu halbieren, sodass jeder Mann nurmehr drei statt sechs Stunden auf diesem einsamen Posten verbringen musste – mit einer Ausnahme.

Man konnte John Gowers nicht für seine unerlaubte Abwesenheit vom Schiff bestrafen, weil diese Abwesenheit im Nachhinein nicht zu beweisen war. Allenfalls konnte man ihn ein bisschen schikanieren, und da bot sich der Ausguckposten nicht nur seiner Kälte, sondern auch seiner Langeweile wegen in besonderem Maße an. Seit einem Monat war dort oben außer Eis hier und schlammiger Einöde da nichts zu sehen gewesen, obwohl sie aufgrund der günstigen Eisverhältnisse jetzt mehr nord- als ostwärts steuerten und das Festland hinter sich gelassen hatten. Jedes Mal, wenn der Junge nach seinen sechs Stunden durchgefroren abenterte, fand sich ein schadenfroher Matrose, bisweilen auch ein feixender Offizier, der ihn mit vielsagendem Grinsen an die warmen Feuer von Kap Bathurst erinnerte. Er ertrug es mit stoischer Miene.

Der Morgen des 6. September 1850 war überaus kalt. Der

Nebel, der immer noch tief auf dem Meer lag, hatte im Takelwerk der *Investigator* kleine Eiszapfen gebildet, die sich auch jetzt, kurz vor Mittag, noch nicht auflösten. John zog deshalb beim Aufentern seine Wollhandschuhe aus, denn andernfalls wären sie nass geworden und hätten ihm oben, im Krähennest, nichts mehr gegen die Kälte und den schneidenden Wind genützt. Man sah die Mastspitze von Deck aus so wenig wie umgekehrt, und im Grunde war die Wache dort oben ziemlich sinnlos. Aber manchmal, wenn die Sonne die obersten Schichten des Nebels auflöste, auch wunderschön. Man schwebte dann gleichsam über Nebelwolken und hätte sich, wäre es nur weniger kalt gewesen, frei wie ein Vogel fühlen können.

John löste James McDonald ab, einen achtundzwanzigjährigen rotbärtigen Schotten, der für derlei Gefühle ausgesprochen unempfänglich war. Sein Gesicht war nach dreistündiger Wache fast ebenso rot wie sein Bart, sei es vor Kälte, sei es, weil er es so heftig und ausdauernd warm gerieben hatte, um Erfrierungen vorzubeugen. Jetzt hatte er die Hände tief in seinen unergründlichen Hosentaschen vergraben und wippte auf tauben Fersen und Fußspitzen hin und her.

»Spät!«, knurrte der Schotte, obwohl John, nach einem Marinebrauch, demzufolge man der alten Wache fünf Minuten schenkte, eigentlich zu früh war. Er erwiderte deshalb nicht mehr als die Formeln der Wachablösung, Position, Fahrt und Kurs des Schiffes betreffend.

»Siebzig Grad dreißig Minuten Breite, hundertdreiundzwanzig Grad sieben Minuten Länge, acht Knoten, Nordnordost, elf Grad Kälte.« Die Worte bildeten einen feinen kalten Schleier vor seinem Gesicht.

McDonald antwortete auf diese rituellen Informationen lediglich mit dem Fluch, der sich in den letzten drei Tagen an

Bord der *Investigator* ausgebreitet hatte wie eine Infektionskrankheit: »Da friert dir der Furz in der Hose!«, und enterte ab. Schon an der Bramstenge war er nicht mehr zu sehen, und John stand allein über der kalten, schönen Nebelwelt.

## 50.

Die Hitze fiel vom Himmel wie eine feste Substanz, durchdrang Dächer und Mauern, kroch durch die Straßen wie ein Tier und leckte in die offenen Fenster und Türen der Häuser hinein, in die Baracken der Sepoys, in die armseligen Hütten am Fluss ebenso wie in die Paläste, die Prunkgemächer des Roten Forts. Gowers schwitzte schon seit Stunden so sehr, dass er das Gefühl hatte, in einer Pfütze zu sitzen, und fragte sich, wie Abdur Ruhiman in seinem britischen Tweed-Anzug diese Tortur ertragen konnte. Aber der Beamte saß so steif und korrekt da, als hätte er so wenig Schweißdrüsen wie die Statue der Justitia vor Old Baileys. Die offene Architektur der Räume, die hohen Fenster mit den vielfach verschnörkelten Bogen nützten schon gegen neun Uhr morgens nichts mehr, denn wenn überhaupt Wind ging, dann kam er von Westen, aus der Wüste Tharr, und war so heiß, so wesenhaft, dass man sich wunderte, warum man ihn nicht sah.

Vier Diener bewegten mit *Pankas*, großen, unter den Decken angebrachten Fächern, die heiße Luft. Andere liefen mit Tabletts herum, auf denen sie kalten, sehr süßen Tee reichten. Ein Mann mit einer Kiste feinster Zigarren stand zu Gowers' persönlicher Verfügung im Hintergrund, Ishrath war da, Abdur Ruhiman als offizieller, Mukhopadhyaya als inoffizieller Übersetzer, und dass auch die Wände Ohren hatten, hörte man gelegentlich am Rascheln von Kleidern und *Gaddis*, das zu verbergen sich die Lauscher und vor allem die Lauscherinnen überhaupt keine Mühe gaben. Der Investigator hatte noch nie eine Untersuchung vor so viel Publikum geführt und kam sich bisweilen vor wie der Hauptdarsteller in einem nur mäßig interessanten Bühnenstück, denn natürlich waren die wirklich wichtigen Informationen in diesem Rahmen kaum zu erhalten. Immerhin wusste er bald, wie viele Tote es nun eigentlich schon gegeben hatte und in welcher verwandtschaftlichen Beziehung sie zueinander standen. Aber auch dabei musste Gowers sich zeitweise sehr zusammenreißen, um dem Gefühl zu entgehen, in ein Shakespeare-Drama geraten zu sein.

Die Söhne des alten Moguls, Mirza Jahwan Baht und Mirza Sha Abbas, waren mit zwei Schwestern verheiratet worden: Zamani und Ruqaia, Prinzessinnen von Oudh. Das war vor mehr als zwanzig Jahren geschehen, aber da keines der vier Kinder zu diesem Zeitpunkt älter als zehn gewesen war, dauerte es eine Weile, ehe sie ins geschlechtsreife Alter kamen. Dann brachte Zamani in rascher Folge zwei Mädchen und schließlich 1858 den ersehnten Prinzen zur Welt, während Ruqaia, die jüngere Schwester, mit Abbas, dem jüngeren Bruder, zwar die leidenschaftlichere, aber auch unglücklichere Ehe führte; vier ihrer fünf Kinder wurden tot geboren. Zwischen 1859 und 1862 starben außerdem: die beiden Thronfolger Jahwan und Abbas, Ruqaia von Oudh, Zamanis Töchter und deren Cousine, Ruqaias einziges lebend geborenes Kind.

Wahrhaftig ein Viehsterben, das auf natürliche Weise kaum zu erklären war. Anstelle eines derart blinden Schicksals nahm Gowers also lieber etwas an, das er »die böse Absicht« nannte, und versuchte, diese böse Absicht einzukreisen, indem er sich möglichst genau Todeszeitpunkt, -ort, -art und -umstände schildern ließ. Natürlich hätte er gern die einzige Überlebende, Zamani von Oudh, darüber befragt, aber sie lebte nicht in Delhi, sondern in offenbar partieller geistiger Umnachtung in der Residenz ihres Vaters, des vor nunmehr zehn Jahren entmachteten letzten Nawab der Oudh.

Seine einzige etwas heißere Spur war jedoch ein ganz anderer Tod: Schon 1861 war in Rangoon der kleine Junge gestorben, den man einst gegen Mirza Innuzzar Baht ausgetauscht und der in der Verbannung die Rolle des Prinzen gespielt hatte. Eine vierjährige Lücke im Aussterben des Mogulhauses – zwischen dem Tod von Zamanis Töchtern und dem erfolgreichen Mordanschlag auf ihren Sohn – war zweifellos entstanden, weil die böse Absicht den Prinzen bereits für erledigt hielt. Wie hatte sie erfahren, dass der Junge noch lebte? Wer hatte davon gewusst? Und wessen Kind war der unglückliche kleine Schauspielerprinz?

## 51.

Die Mittagssonne verwandelte das Eis an Masten, Stengen und Tauen allmählich in schwere, funkelnde Wassertropfen, und es sah aus, als sei das ganze Schiff mit kleinen, exotischen Trauben bewachsen. John zog die Handschuhe an, begann nach wenigen Minuten vor Kälte auf und ab zu tänzeln und schlug hin und wieder dumpf klappend die Hände zusammen.

Nach weniger als einer Stunde sah er es zum ersten Mal: weit im Norden.

Ein kleiner dunkler Punkt über dem Nebelmeer.

John kniff die Augen zusammen, um ihn zu fixieren, und langte mechanisch nach dem Fernrohr, das mit einem Nagel am Großmast befestigt war. Obwohl die Berührung mit dem kalten Metall beinahe schmerzhaft war, balancierte er das

Rohr auf den Fingern, die Knie weich und elastisch, um die stetigen Bewegungen des Schiffes auszugleichen. Er schaute durch das Okular und fand den Punkt auf Anhieb, so genau hatte er seinen Blick ausgerichtet. Mit einer feinen Drehung stellte er die Optik scharf und identifizierte den Punkt jetzt eindeutig als schwarzen Fels, einen Berg, festes Land im Norden!

Er öffnete schon den Mund, um es auszusingen, den fünfundsechzig Männern an Bord ein Ziel, ihrer Fahrt von fünfzehntausend Meilen einen Sinn zu geben, aber dann wartete er. Schloss die Augen und lauschte, ob eine ferne Brandung zu hören war; nichts. Versuchte, eine Dünung unter seinen Füßen zu spüren; nichts. Sah nach unten, wo der Mast im Nebel verschwand; niemand.

John beschloss, noch einige Minuten zu warten, allein mit seiner Entdeckung, die er jetzt wieder mit den Augen verschlang. Keine Dünung, keine Brandung, das hieß: Dieser Berg war ein Vorgebirge, stieg direkt aus dem Meer hoch, sodass auf Stunden hin nicht die Gefahr bestand, auf irgendeinen Grund zu laufen.

Die Sonne stieg höher, der Himmel wurde klarer, und durchs Fernrohr konnte er nun schon den gleißenden Schnee auf dem Gipfel des fernen Berges vom weißen Nebel, in dem er auf ihn zuschwamm, unterscheiden. John fühlte die Kälte nicht mehr und grinste hinter dem Fernrohr so breit wie der Totenschädel auf der Flagge eines Piratenschiffs. Sein Berg, sein Land, in diesen Minuten! Es musste mindestens zweitausend Fuß hoch sein; was für ein Unterschied zur schlammigen, hässlichen Küste Amerikas, die sie einen Monat lang vergeblich nach irgendwelchen markanten Erhebungen abgesucht hatten.

»John-Gowers-Land«, sagte er halblaut, mehrmals und

durch die Zähne seines Grinsens hindurch, aber er überlegte es sich dann anders. Jane-Gowers-Land, dachte er und vergaß für eine Weile, mit den Lidern zu schlagen.

Wieder wollte er die magischen Worte, den uralten Ruf ausstoßen, Sehnsuchtsruf aller Seefahrer und Entdecker aller Zeiten: LAND VORAUS! Aber wieder zögerte er. Columbus, Vespucci, Cabot, Frobisher, Davis, James Cook, James Ross, Parry, Franklin, die gesamte Admiralität, alle Lords, die Königin und ganz England – er stand auf der Spitze einer Pyramide. Was, wenn er einfach den Mund hielte?

McClure würde diesem Land einen anderen Namen geben, es für Großbritannien und seine Königin in Besitz nehmen, die Geografen würden es auf ihren Karten verzeichnen, die Welt es im Buch ihres Wissens einschreiben. Gelehrte, Universitäten, die Royal Geographic Society würden darüber diskutieren, Schulkinder seine Lage auswendig lernen, Unternehmer und Politiker auf seine Bodenschätze oder sonstige Rentabilität spekulieren – aber nicht jetzt!

Nicht, solange John Gowers, Schiffsjunge, Vollwaise, vierzehn Jahre alt, durchgefroren und arm wie eine Kirchenmaus, es nicht wollte. Was, wenn Columbus' Toppgast im entscheidenden Moment nichts gesagt hätte?!

Er setzte das Fernrohr ab, knetete wieder Leben in seine steifgefrorenen Finger und lachte leise, fast zehn Minuten lang. Dann zog er seine kurze Tonpfeife hervor, stopfte sie und setzte sie unter einigen Schwierigkeiten in Brand. Das Schiff, blind im Nebel, lief langsam, aber stetig auf seinen Berg zu, dessen Konturen er nun schon ohne Fernrohr ausmachen konnte.

Der Junge ließ seinen Geist dort spazieren gehen, während er rauchte und lachte. Und erst als seine Pfeife wieder erloschen war, als er durch das Fernrohr schon kleine weiße

Fetzen, Seevögel vor der steilen dunklen Felswand des unbekannten Landes auszumachen glaubte, räusperte er sich, atmete noch einmal tief durch und rief dann sehr ruhig, sehr bedächtig, und letztlich nur, um den herrlichen Anblick mit jemandem zu teilen: »LAND VORAUS!«

Die *Investigator* zuckte förmlich zusammen, wie nach einem elektrischen Schlag. John hörte, wie sein Ruf aufgegriffen wurde, wie praktisch jeder Mann an Deck lauter als nötig weitergab: »LAND VORAUS!«, bis ein einziger Chor daraus wurde.

Keine Minute später hörte er Rascheln, heftige Bewegung in den Wanten aller Masten, und überall tauchten jetzt einzelne Köpfe aus dem Nebel auf, die sich erst lange und neugierig dem unbekannten Land und dann kurz, aber immer wieder, verwundert, stirnrunzelnd dem Schiffsjungen zuwandten. Nach fünf Minuten erschien auch der Kapitän selbst im Krähennest, keuchend vor Anstrengung, ohne Mantel und Handschuhe. John stand mit gekreuzten Armen an den Großmast gelehnt, als McClure nach einem langen Blick auf das schon überdeutlich aufragende Vorgebirge misstrauisch seinen Ausguck musterte.

»Der Nebel hat sich ganz plötzlich gehoben, Sir«, sagte John ruhig, »und da war es!« McClure holte aus, als wollte er dem Jungen eine Ohrfeige geben, aber dann grinste er wie ein Verrückter, und seine Hand fiel schwer auf Johns Schulter.

»Alle runter!«, befahl er laut und brüllte noch hinterher: »Ein Glas Rum für jeden Mann. Und zwei für Mr. Gowers!« Anschließend blieb der Kommandant eine Stunde lang allein mit seiner ersten wirklichen Entdeckung und gab sich all den Gefühlen und Überlegungen hin, die der Schiffsjunge bereits kannte.

## 52.

Niazoo war sauber gewaschen, verschleiert und wie eine Fürstin gekleidet, ihre gebrochenen Hände mit seidenen Tüchern bandagiert. Gowers hatte vor allem deswegen auf eine große, quasi öffentliche Untersuchung des Falles gedrängt, um diese Zeugin zu schützen, hatte befürchtet, dass man die Dienerin sonst kurzerhand ermorden könnte. Aber als Niazoo jetzt vor ihm saß, wusste er, dass er sich getäuscht hatte.

Die Macht, in deren Haus er war, gab und nahm aus eigener Herrlichkeit; sie fragte nicht, ob jemand guthieß, was sie tat, und wenn sie gewollt hätte, dass Niazoo starb, hätte sich auch jemand gefunden, der die Dienerin auf offenem Marktplatz erschlagen hätte. Niazoo wusste das. Wusste, dass sie ihren Herren gehörte und immer gehört hatte, und war weder froh wegen des Guten noch rachsüchtig wegen des Bösen, das ihr widerfahren war. Nur schlug sie die Augen nieder vor Dankbarkeit und aus Scham, weil dieser junge Mann sie gerettet, sie aber auch in ihrer Schande und ihrem eigenen Schmutz gesehen hatte. Entsprechend leise antwortete sie auf die Fragen, die Mukhopadhyaya übersetzte.

Was mit ihren Händen sei?

Strafe für ihren Ungehorsam.

Worin habe ihr Ungehorsam bestanden?

An sie gerichtete Fragen nicht zur Zufriedenheit der Fragenden beantwortet zu haben.

Welche Fragen das gewesen seien?

Wer von ihrer Reise gewusst und mit wem sie darüber geredet habe.

Wer habe denn von ihrer Reise gewusst, und mit wem habe sie darüber geredet?

Nur ihre Herrin, Nawab Sha Zamani Begum, Prinzessin von Oudh und Delhi.

Wann sie nach Delhi gekommen sei?

Vor zwanzig Tagen.

Warum?

Ihre Herrin habe es so gewünscht.

Gowers seufzte. Aus diesem Nebel aus Loyalität und blindem Gehorsam ließ sich nur mit jeder dritten oder vierten Frage eine brauchbare Information herausfischen, aber auf diese umständliche, langwierige Weise erfuhr er schließlich, dass Zamani von Oudh sich Sorgen um ihren Sohn gemacht hatte. Albträume quälten sie, Nachtgespenster, Hexen, Dämonen. Nur eines war klar: Mit Ausnahme von Niazoo hatte seit Jahren kein Außenstehender mehr den inneren Kreis um den Prinzen betreten. Es lag nahe, dass jemand sie benutzt, verfolgt, beobachtet hatte, um den genauen Aufenthalt des letzten Mogulerben ausfindig zu machen.

Als Gowers sie fragte, ob sie schon vorher, noch vor ihrer Reise, gewusst habe, dass der Prinz in Delhi sei, nickte Niazoo lange, und ihre Augen begannen zu glänzen.

»Sie kannten den Prinzen gut?«, fragte der Investigator, überrascht von ihrer plötzlichen und ehrlichen Trauer.

»Ich habe ihn gezeugt«, sagte Niazoo leise.

Gowers ließ sich diese Antwort zweimal übersetzen und wurde durch die Wiederholung nicht klüger. Fragend blickte er zu Ruhiman, der sich jetzt vor Verlegenheit räusperte.

»Es handelt sich dabei offenbar um eine sogenannte Königszeugung, Mr. Gowers«, sagte der Beamte so korrekt wie möglich, konnte aber nicht umhin, vor Unbehagen auf seinem Stuhl hin und her zu rutschen. Dann fasste er sich ein Herz und sagte kühl: »Ein auch in den abendländischen Monarchien bisweilen gebräuchlicher Vorgang. Dabei wird die

Samenflüssigkeit mithilfe eines Röhrchens direkt in die … in den Uterus eingebracht. Das erhöht angeblich die Wahrscheinlichkeit männlicher Nachkommenschaft und … es gleicht gewisse Schwächen aus, Sie verstehen?!«

»Königszeugung«, murmelte Gowers und verstand. Nur um Ruhiman zu quälen, hätte er am liebsten gefragt, wie denn die Samenflüssigkeit in das Röhrchen kommt, wenn es ihm nicht sofort klar gewesen wäre. Immer sarkastischer führte er sich die Szene vor Augen; den glücklosen König, zu alt, zu dick, zu schwach. Die flinken Finger der Dienerinnen, ein vermutlich goldenes »Zeugungsbesteck«, die Schale, das Röhrchen – und natürlich die bereitliegende Prinzessin.

»Es lebe die Republik!«, knurrte er zwischen zusammengebissenen Zähnen und setzte dann die Befragung fort. »Sie kannten den Prinzen also schon ziemlich lange.«

## 53.

Ishrat stand nackt vor dem Bett des Amerikaners und fühlte, wie die Schwere in ihren Körper sank. Er saß auf dem Bett, rauchte seine Pfeife und starrte sie an. Anfangs hatte sie geglaubt, es sei wieder eines der unnatürlichen Spiele der Weißen, und wütend zurückgestarrt.

Unwillkürlich hatte sie dabei ihre Rückenmuskeln angespannt, die Schultern, den Nacken, und als sie nach einer halben Stunde diese fast unbewusste Abwehrhaltung zum ersten Mal lockerte, fuhr ihr ein stechender Schmerz zwischen die Schulterblätter. Sie drehte beide Schultern ein wenig auf und ab, um ihn loszuwerden, merkte aber, dass ihre Brüste dabei in Bewegung gerieten, und stand sofort wieder stocksteif. Dann begann sie zu schwitzen.

Zuerst dachte sie, eine Fliege hätte sich unter ihre Achselhöhle gesetzt und bewege sich nun langsam über die Rippen nach unten. Schon dieser Gedanke ließ sie zuckend den seitlichen Säge- und den äußeren schrägen Bauchmuskel anspannen, um die vermeintliche Fliege zu verscheuchen, und sofort stand ihr das Bild einer Kuh vor Augen, bebend unter Fliegenschwärmen. Also fuhr sie mit der Hand über die kitzelnden Stellen und registrierte eine erhebliche Nässe an ihrem Daumen, ehe sie wieder erstarrte. Danach verfolgte, erspürte sie fast interessiert die Wege einzelner Schweißtropfen an beiden Seiten ihres Körpers, über die Hüften hinab, bis in die Kniekehlen.

Nach einer Stunde fühlte sie, wie ihre Beine taub wurden und trotzdem juckten; eine Art Hunger nach Bewegung, der ihre Waden, Schenkel, sogar ihre Hinterbacken befiel. Aber als sie ihm vorsichtig nachgab, begannen ihre Füße zu schmerzen. Sie verlagerte ihr Gewicht von den Fersen auf die Zehen und umgekehrt, versuchte, jeden Quadratzentimeter der Fußsohlen gleichmäßig zu belasten.

Der Amerikaner hatte sich nur einmal wirklich bewegt; als seine Pfeife erloschen war, beugte er sich neben das Bett, klopfte sie in dem Messingspucknapf aus, der dort unbenutzt stand, und stopfte sie dann aufs Neue. Während sie anfangs seine Blicke auf ihrem Körper nahezu fühlen konnte und sah, dass er erregt war, merkte sie doch bald, dass sein Geist das Zimmer verlassen hatte und seine Augen durch sie hindurch etwas anderes sahen.

Gowers hatte zuerst eine gute Viertelstunde mit Petrus von Ravenna gehadert, der ein steinalter Mann gewesen sein musste, als er die Anwendung libidinöser Bilder in der Gedächtniskunst empfahl. Er sah jedenfalls nur Haut, Fleisch, Brüste, Schoß, mit einem Wort: Frau!, und spürte eine Erektion, um die ihn so mancher alte Gedächtniskünstler heiß beneidet hätte. Dann kam sein nervös flackernder Blick auf Ishrats Bauch allmählich zur Ruhe.

Er sah sich ihren Bauch genau an: die leichte Bewegung beim Atmen, die etwas vorstehenden Rippenbögen, die sanfte Rundung zwischen den Hüftknochen und die langgestreckte Wölbung hinunter in den Schatten ihres Geschlechts. Ishrat epilierte ihre Scham, aber nicht ihren Bauch, und ein kaum merklicher dunkler Flaum zog sich wie ein spitzwinkliges Dreieck bis in die Herzgrube, zum Solarplexus und wurde nur rund um die Vertiefung des Nabels zu weichen, schwarzen Härchen.

Gowers wanderte mit den Augen durch diese Landschaft, und die Kinder fielen ihm ein, die vier tot geborenen Kinder Ruqaias von Oudh. Sie war erst fünfzehn gewesen, als sie zum ersten Mal schwanger wurde, etwas heranwachsen fühlte in ihrem Bauch, das dann doch nur tot zur Welt kam. War eine so kleine Leiche eigentlich kalt? Mit sechzehn und achtzehn die gleiche Erfahrung – in mir wächst der Tod! Wie wurde ein so junger Mensch mit so etwas fertig? Wie fühlte sich das an? Und woran lag es? Starben die Kinder schon in ihrem Leib?

Ruqaia und ihr zwei Jahre älterer Ehemann, Mirza Sha Abbas, lebten damals nicht in Delhi, sondern in Lakhnau, der Hauptstadt des Oudh. In Delhi brachte die Prinzessin 1858 ein lebendes Mädchen zur Welt. In Lakhnau, drei Jahre später, wiederum einen toten Knaben, den sie selbst nur um wenige Stunden überlebte. In Lakhnau starben 1862 auch ihre beiden Nichten, Töchter ihrer Schwester Zamani und ihres Schwagers Mirza Jahwan Baht, des ältesten Mogulprinzen. Sie waren in Delhi geboren und starben in Lakhnau, wo sie nach der Verbannung der Königsfamilie lebten. Starben an einer unbekannten Krankheit, neun und sieben Jahre alt. Und mit ihnen starb, noch ein Jahr jünger, auch ihre Cousine, Ruqaias einziges lebend geborenes Kind. Lebend geboren. In Delhi wurden die Kinder lebend geboren, in Lakhnau starben sie vor, während oder nach der Geburt.

Gowers verlagerte Lakhnau und die Kinder, schob sie auf Ishrats linken Brustkorb, auf ihre Rippen, eins über dem anderen. Rechts ordnete er die übrigen Toten, allesamt in Rangoon und in der Verbannung gestorben: den alten Bahadur Sha, Jahwan den Erstgeborenen, vermutlich vergiftet, und seinen Bruder Abbas, gestorben bei einem Reitunfall, auf der Jagd. Niemand wusste es oder war dabei gewesen. Seltsam verrenkt hatte er neben seinem Pferd gelegen und schon rote Ameisen in Ohren, Nase und Mund gehabt, als man ihn fand.

Dann der unglückliche Junge, der Dreijährige, Sohn einer Dienerin – Sohn welcher Dienerin? –, der in Rangoon die Rolle des Prinzen spielte, während der wirkliche Erbe heimlich in Delhi aufwuchs. Niemand hatte sich die Mühe gemacht, auch nur festzustellen, wie dieser Junge gestorben war; hier hatten auf Gowers' Fragen nur alle mit den Schultern gezuckt. Eines Morgens hatte er tot in seinem viel zu großen Bett gelegen, in seinen geliehenen seidenen Gewändern, neben geliehenem Silberspielzeug sein geliehenes, kurzes Leben beendet. Ohne Mutter, Freunde, Spielkameraden – der einsamste Tod von allen.

Das war in Rangoon geschehen, zwischen 1859 und 1861, unter Ishrats rechter Brust. In die Mitte, die Herzgrube, setzte Gowers den toten Erben, den erstochenen kleinen Jungen, in Delhi erstochen. Erstochen! Langsam, stetig glitten seine Gedanken noch einmal über Ishrats Körper; mit Ausnahme des Reitunfalls von Mirza Sha Abbas und dem Tod des kleinen Schauspielerprinzen, von dem niemand wusste, ob er erwürgt, erschlagen oder vergiftet worden war, gab es wenig unmittelbare Gewalt in dieser Mordserie. Umso mehr mysteriöse Krankheiten. Was hieß das? Was sagte das über den, über die Mörder und über ihre Auftraggeber?

Gowers siedelte die böse Absicht versuchsweise in Ishrats Bauchnabel an. Von dort aus musste sie Delhi, Rangoon und Lakhnau gleichermaßen erreichen können. Der Mörder von Delhi war nach übereinstimmenden Aussagen ein Paria, ein Unberührbarer gewesen; ein Balahi, Chamar, Mahar, Kori, Koli, Mehtar, Dom oder Mang – das konnte in der Eile und Aufregung niemand aus seiner Kleidung schließen. Wie kam ein Paria an Prinzen und Prinzessinnen heran? War er über Lakhnau und Rangoon nach Delhi gereist? Gowers verglich nach den möglichen Todesarten nun die Daten der Morde und kam immer wieder an denselben Punkt: Wer hatte gewusst, dass der Prinz noch lebte und dass die Dienerin ihn aufsuchen sollte?

Niazoo hatte selbst unter der Folter behauptet, keiner Menschenseele von ihrer Reise erzählt zu haben. Wer wusste dennoch davon? Was hatte Niazoo zu ihrer Reise veranlasst? Langsam kreisten Gowers' Blicke auf Ishrats Leib, suchten die Wege zwischen der bösen Absicht und ihrer Verwirklichung. Einen zumindest kannte er: den Weg Niazoos nach Delhi.

»Lakhnau«, sagte er laut, als auch seine zweite Pfeife erloschen war.

## 54.

Fünf Tage lang war alles neu, waren sie Entdecker und zeichneten die Küstenlinien, die sie sahen, in den weißen Fleck ein, der auf den Karten der Admiralität zwischen Kap Bathurst im Süden und Melville Island im Norden klaffte. Sie hatten das Vorgebirge, das McClure »Nelson's Head« nannte, östlich passiert und dahinter ein weiteres Land entdeckt; auch eine Bucht oder Straße zwischen den neuen Ländern. Die Berge auf beiden Seiten waren bis zu achthundert Fuß hoch, die Bucht oder Straße dazwischen mal dreißig, mal fünfzehn Meilen breit. Und noch immer segelten sie, unter Schwärmen von Seevögeln, die südwärts zogen, segelten sie aus eigener Kraft nach Norden.

Niemand dachte jetzt mehr an Franklin und seine Männer. Nur noch eine Frage beherrschte die *Investigator*: Bucht oder Straße? Davon hing die Lösung des großen Rätsels ab, das seit vier Jahrhunderten Männer hinausgetrieben hatte in die ungeheure Einöde aus Wasser, Eis, Schlamm- und Felseninseln. Niemand glaubte mehr ernsthaft an einen wirtschaftlich nutzbaren Wasserweg zwischen Europa und China, keine stolze Handelsflotte von Drei- oder Vierdeckern würde je diese tückischen kalten Meere befahren.

Es ging nur noch darum zu wissen, was hinter dem Horizont lag, hinter dieser Landzunge, hinter jenem Berg, den Inseln im Westen. Diese Frage war viel älter. Schon der erste Wilde auf dem ersten Einbaum hatte sie gestellt, als er sich den unbekannten Fluss hinabtreiben ließ, der in vielen, vielen tausend Jahren die Themse genannt werden würde. Wie viele Namen mochte dieser Fluss vorher getragen haben?

McClure nannte das Land im Westen Baring-Land, das östliche Prinz-Albert-Land, aber das waren vorläufige Bezeichnungen. Baring-Land mochte identisch sein, konnte zusammenhängen mit der Felsenküste, die Parry vor dreiunddreißig Jahren südlich von Melville Island gesichtet und Banks-Land genannt hatte; zu Ehren der Royal Geographic Society und des großen Gefährten von Kapitän Cook. In wenigen Tagen würde alles entschieden sein; nur noch knapp sechzig Meilen trennten die *Investigator* von der altbekannten Barrow-Straße, dem Melville Sound im Norden, und ihr Eismeister, Stephen Court, behauptete, die Strömung unter seinen Füßen, die Auswirkungen von Ebbe und Flut seien deutliche Zeichen für eine Straße und keine Bucht.

Die Stimmung der Männer steigerte sich zu Euphorie. Sie würden die Nordwestpassage durchfahren und die zwanzigtausend Pfund gewinnen, die als Preis für diese Leistung ausgesetzt waren. Einzelne begannen schon die *Lay* auszurechnen, also die Summe, die das für den einzelnen Mann bedeutete.

Noch fünfzig Meilen, noch vierzig! McClure machte in seinem Tagebuch bereits Entwürfe für die dankbaren, würdigen Sätze, mit denen er der Welt seine Entdeckung mitteilen würde – als das Eis sich schloss.

In der Nacht auf den 11. September 1850 geriet die kreuzende *Investigator* in schweres Eis, und ihre lange Fahrt erstickte zwischen riesigen Treibeisfeldern. Ein starker südlicher Wind schüttelte sie, wie ein Terrier eine Ratte beutelt. Mit Eisankern und jedem anderen Trick, den sie kannten, versuchten sie noch einmal, sich aus den Zähnen des Winters herauszuwinden, aber als die Sonne aufging, sahen sie, dass da keine Hoffnung mehr war. Nur noch Eis. Eis im Norden, Süden, Osten und Westen. Eis, so weit man sehen konnte.

## 55.

Der Tag danach war windstill und freundlich, sanft, hell. Nur die Menschen kämpften wütend. Verbissen bohrten sie, wühlten mit hölzernen, eisernen Stangen, schlugen mit blanken Äxten auf das gefrierende Meer ein, kämpften um jeden Meter offenen Wassers. Aber am Abend saßen sie trotz ihrer verzweifelten Anstrengung so fest, wie nur je sechsundsechzig Ameisen auf einem Stück Treibholz auf einem zugefrorenen See.

Sie bewegten sich nicht mehr, sie wurden bewegt. Die vertrauten Elemente, das Wasser, der Wind, die sie so findig und erfolgreich für ihre Zwecke eingesetzt hatten, wurden ihnen fremd und taten mit ihnen, was sie wollten. Anfangs trieben sie weiter nach Norden, dann südwärts, zurück, schließlich im Kreis. Die gigantische Eisscholle, auf der das Schiff festsaß, Meilen um Meilen im Durchmesser, drehte sich so gemächlich um sich selbst, als wollte sie ihnen erst einmal von allen Seiten zeigen, wie sehr sie nun jenseits allen Handelns waren.

Ihre Bewegungsunfähigkeit steigerte sich zu Tantalusqualen, als der Ausguck offenes Wasser im Westen meldete, nahe Baring-Land, eine breite dunkle Rinne, die sich nach Norden erstreckte, so weit die Leute mit den besten Augen sehen konnten. McClure machte einen ersten Versuch mit dem Schießpulver, wollte sich einen Weg freisprengen in das Fahrwasser, aber sie hätten ebenso gut versuchen können, durch gewachsenen Fels zu segeln. Das dauerte vierzehn Tage. Dann brach die Hölle los.

Ein Sturm trieb das Eis in unheimlicher Geschwindigkeit nach Süden, auf zwei kleine Inseln zu, die sie vor einigen Tagen passiert und Princess Royal Islands genannt hatten. Hier stockte alles, denn die große Scholle, auf der das Schiff festsaß, war inzwischen zu dick gefroren, um die Untiefen rings um die Inseln zu passieren. Sie hörten, wie das Eis in der Tiefe über die Grundfelsen knirschte, dann staute es sich, blähte sich auf wie ein Soufflé und zerbrach schließlich in unzählige riesige Trümmer, während von Norden her immer neue Eismassen den engen Kanal hinabgepresst wurden.

John, in der Mastspitze, blickte auf eine Welt in Schöpfungswehen: Eisschollen, die acht Meter dick und fünfzehnmal größer waren als das Schiff, wurden binnen Minuten zu bizarren Bergen zusammengeschoben, wirren, gezackten Trümmerhaufen, die übereinander herfielen, einstürzten, sich neu formierten, heranrollten wie riesige, gefrorene Wellen. Das Schiff mitten in diesem Chaos wurde ein Dutzend Mal hochgehoben, zu dieser und jener Seite geworfen, schwebte für Viertelstunden über weißen Abgründen, rutschte dann nahezu senkrecht in sie hinein, bis das Eis ringsum dreimal höher war als die Masten.

Siebzehn Stunden lang standen die Männer auf dem Verdeck; da war nichts zu tun, diesen Kräften war nichts entgegenzusetzen, diesem Schicksal konnte man nicht entfliehen. Es gab kein Wasser, in das man die Rettungsboote hätte lassen können, gab kein festes Eis, keinen Weg wegzulaufen. Sie konnten nur dastehen und beten oder »O Scheiße! O Scheiße!« sagen, wenn sich immer wieder eine neue Eiswand hoch über ihren Köpfen wölbte.

Das Schiff wurde in diesem gefrorenen Sturm derart zusammengepresst, dass die Fugen der Verplankung sich öffneten und das geteerte Werg herausfiel. Wer weiß, wie lange sie dem Toben noch standgehalten hätten, wenn sie nicht plötzlich, im Süden der Princess Royal Islands, ins Kehrwasser des ungeheuren Eisstroms geraten wären. Hier hatte das Landeis, das die Inseln umklammert hielt, sich unter dem wahnwitzigen Druck aus Norden von den Felsen losgerissen und offenes schwarzes Wasser zurückgelassen. Die *Investigator* rutschte hinein und tanzte darauf wie ein Korken, während der große Eisfluss nach Süden weiterzog und unablässig kleine, haushohe Bruchstücke in das aufgewühlte Wasser kalbte.

Was zuerst wie die Rettung erschien, wurde rasch zu einer tödlichen Falle. So schnell es sich gebildet hatte, wollte das offene Wasser sich anscheinend auch wieder schließen, und eine gezackte Eiswand drückte die *Investigator* gegen die schwarzen Felsen, die hier hundertzwanzig Fuß hoch senkrecht aus dem Meer wuchsen. Noch hundert Meter, noch achtzig, und das Schiff würde zerdrückt werden wie ein rohes Ei. Verzweifelt krallten sie sich an den großen Schollen fest, denen sie doch eben erst entronnen waren. Sechs Eisanker wurden ausgebracht, an sechs Tauen zogen je elf Männer, Kapitän, Schiffsjunge, Missionar, Seesoldaten, wie dreimal Wahnsinnige, um das Schiff von den Felsen klarzuhalten. Sie passierten die nackte schwarze Wand in einem Abstand von weniger als fünfzig Schritten. Dann schloss sich das Eis wieder und schob sie, noch immer im Kehrwasser, wieder nordwärts.

Von Neuem den Elementen preisgegeben, den widerlichen Geräuschen des Reißens und Zerbrechens einander verschlingender Eisfelder, waren sie jetzt am äußersten Rand körperlicher und moralischer Erschöpfung angelangt und glaubten, die Luft selbst müsste gefrieren, eine feste Masse, die sie zermalmen würde. Stumm sahen sie, wie eine neue Eiswoge sich von Norden auf das Schiff zuwälzte; dumpf, ohnmächtig erwarteten sie, darunter begraben zu werden – als mit einem Mal die Welt stillstand.

Knatternd wie eine Salve zerrissen ihre sechs Taue, und die Scholle, die sie gerettet hatte, wurde mitsamt den Eisankern nach Süden getrieben; aber das Schiff bewegte sich nicht mehr. Auch rings um die *Investigator* kam alles zur Ruhe. Sie waren dem Hauptstrom entkommen – aufgrund irgendeiner unbekannten geologischen Gegebenheit des Meeresbodens, einer Spalte, einer Erhöhung, die tief unten in der Dunkelheit die entsetzliche Kraft der Strömung ablenkte. Sie wussten es nicht und wollten es nicht wissen. Miertsching nannte es natürlich ein Wunder.

In den nächsten Tagen wurden sie noch ein wenig nach Norden getrieben, sanft, langsam, dann saßen sie endgültig fest, mitten im Eis, neun Monate lang.

## 56.

Die Taube kam aus Patna. Sie hatte das schimmernde Band des Ganges hinter sich gelassen, das Hügelland des Santal überquert und auch in den unüberschaubaren Flusslabyrinthen des bengalischen Tieflands die Orientierung nicht verloren. Sie flog dem Meer entgegen, spürte, obgleich noch zweihundert Meilen davon entfernt, eine Ahnung von Salz in der Luft und nahm instinktiv die Richtung, in der diese Ahnung zur Gewissheit wurde.

Dann sah sie es – im fetten, schlierigen Grün des riesigen Deltas: die große Steinstadt der Briten, fühlte die Hitze, von hunderttausend Dächern in den Himmel zurückgeworfen, und kreiste über den weißen Palästen der Handelshäuser und Regierungsgebäude. Sie war zu weit nach Süden geraten, flog zwei große Suchschleifen über der Stadt und folgte dann dem Hooghly wieder ein Stück nach Norden, wo die Black Town, das indische Viertel Kalkuttas, lag. Hier suchte sie, in immer kleineren, engeren Kreisen, das blaue Haus und den Schlag, in dem sie vor nun fast zwei Jahren geboren worden war.

Vermutlich hätte der alte Charlie Mordaunt sich darüber gefreut, dass zumindest die niedere Kreatur Mordaunt House an der Farbe identifizierte, mit deren Hilfe er es erbaut hatte. Mit Indigokarmin, gewonnen aus der *Indigofera tinctoria*, in Schwefelsäure gelöst und mit Soda versetzt, hatte Charles Mordaunt ein Vermögen gemacht und es nur recht und billig gefunden, seinem großen, wenn auch nicht palastartigen

Haus durch Anstrich und Verblendungen ebendiese Farbe zu geben. Auch die Häuser der Brahmanen, also der obersten indischen Kaste, waren oft blau gestrichen; einerseits um sich vom gemeineren Volk, das sich so etwas nicht leisten konnte, optisch abzusetzen, andererseits weil man glaubte, dass die blaue Farbe die Mücken abschreckt.

Eine Zeit lang hatte Charles Mordaunt deshalb gehofft, dass die Bezeichnung *Blaues Haus* sich durchsetzen und in der britischen Upperclass Kalkuttas ein Begriff werden würde, aber dazu kam er von zu weit unten, hatte zu wüst gelebt und war sein Aufstieg zu mysteriös.

Handelsagent sei er gewesen, hieß es, die Flüsse hinauf bis nach Kanpur, Agra, Farrackabad. Nur ein besserer Einkäufer, hieß es, der sich außerdem zu sehr mit den Eingeborenen einließ, mit den käuflichen Frauen und Kindern zumal. Eben ein weißer Nigger – der aber eines fernen Tages vor dreißig Jahren plötzlich die Aktienmehrheit der Gesellschaft erwarb, bei der er angestellt war. Niemand wusste, woher das Kapital dafür stammte, und eine gewisse Zeit raunte man von mörderischen Skandalen, geheimen Schätzen und einer indischen Prinzessin, die er geheiratet hätte. Tatsächlich hatte nie jemand diese Frau gesehen, aber geben musste es sie; verborgen in dem blauen Haus, das Charles Mordaunt sich – mitten unter den Hindus – gebaut hatte. Denn seltsame Wohltaten für die einheimische Bevölkerung und sogar für die Kastenlosen gingen von diesem Haus aus.

Jemand befreite die armen Familien von ihren zahllosen Kindern, Mädchen wie Jungen, die dann einmal im Jahr wohlgenährt und sauber gekleidet an den Prozessionen teilnahmen. Offenbar wurden sie erzogen; aber sie kehrten nie mehr zu ihren Familien zurück, sondern wurden, erwachsen geworden, überall im Land in gute Stellungen gegeben, hieß es. Charles Mordaunt, dessen einfache Herkunft und niedrige Gesinnung über ihm hingen wie eine dunkle Wolke, konnte dieser Wohltäter kaum sein. Zu schamlos, zu exzessiv war das, was man über sein Privatleben munkelte.

Als er, schon in fortgeschrittenem Alter, endlich einsah, dass seine Landsleute ihm nie die Anerkennung gewähren würden, die er zu verdienen glaubte, hatte er seine Geschäfte einem *Banian*, einer Art indischem Hofmeister, übergeben und nur noch das Leben, den Alkohol und die sehr jungen Mädchen genossen, die seine Frau ihm zuführte. Zwölf-, Dreizehnjährige, die ihn zu dritt oder viert bedienten. Noch ein paar Jahre saugten, bissen, kratzten und peitschten sie den Rest seines wüsten Lebens aus ihm heraus. Dann, während der großen Rebellion, hatte Charlie Mordaunt eines Morgens mit vom Schlagfluss indigoblau gefärbtem Gesicht tot zwischen seinen kleinen Bettgenossinnen gelegen, und seine Witwe war nun die alleinige Herrin in dem geheimnisvollen, geächteten blauen Haus.

Die Nachrichten, die die Taube brachte, bestätigten nur die Botschaften, die schon früher am Tage eingelaufen waren. Von fünf Tauben waren diesmal vier durchgekommen, und wer immer die letzte finden würde, könnte doch mit dem in einem Code abgefassten Schreiben nichts anfangen: Sie hatten einen Detektiv engagiert, einen Amerikaner. Er hatte die Königin gesprochen und Verhöre durchgeführt. Er wollte nach Lakhnau gehen.

Noch am selben Abend flogen fünf Tauben vom blauen Haus nach Norden und trugen die Flüsse hinauf die Botschaft, den Amerikaner zu töten, wo immer man ihn finden würde.

# 57.

Es musste ein Mensch sein. Es musste mehr als *ein* Mensch sein. In vier Jahren waren nun über dreihundert Kinder aus den Dörfern des Uttar Pradesh verschwunden; verschwunden geblieben oder nur als zerrissene Leichen wieder aufgetaucht. Tiere taten so etwas nicht. Und nun hatte man zum ersten Mal den Beweis dafür, dass der Tod an zwei Stellen gleichzeitig zuschlagen konnte. Zwei Kinder, in der gleichen Nacht, am gleichen dämmrigen Morgen, in zwei Dörfern, die fast sechzig Meilen weit auseinanderlagen.

Man sprach wieder viel von dem fliegenden Dämon, aber flüsternd nun auch von einer furchtbaren neuen Sekte, *Thugs*, in Wolfspelze gehüllte Mörder mit eisernen Zangen, die den Fangzähnen der Wölfe nachgebildet waren. Für eine Sekte sprach, dass die Opfer stets Kinder waren; viele Sekten der alten Zeit brauchten Kinder für ihre Rituale, manchmal auch nur Teile von Kindern, um Kraft aus ihrer Unschuld, ihrem Leid, ihren Schmerzen zu ziehen. Für menschliche Täter sprach auch, dass die Opfer nur selten geschrien hatten, wenn sie überfallen wurden. Und nun eben der Beweis, dass es zwei oder mehrere waren. Wie hätten Tiere, gleich ob Wölfe, Tiger oder fliegende Schweine, ihre Taten so abstimmen können?

Sofort kam das Gerücht auf, dass die wenigen unterbezahlten Polizisten, die im Uttar Pradesh patrouillierten, angewiesen worden seien, nach verdächtigen Individuen Ausschau zu halten. Das konnten die Bauern, die Dörfler, verängstigten Mütter natürlich viel besser. Verdächtig waren vor allem Fremde, Wanderer, reisende Händler, Schauspieler, Bettler.

Auf dem Handkarren eines Fremden aus dem Rajputan, der mit Vogelklauen, Wunderkräutern, Amuletten und allerlei anderem faulen Zauber handelte, wurde ein Wolfspelz gesehen, und dummerweise machte der Mann sich nicht schnell genug davon, sondern gab den Menschen Gelegenheit, eine ganze Nacht lang über ihn zu reden. In diesem Dorf und seiner Umgebung waren in den letzten Wochen acht Kinder getötet worden, und alle Fakten zusammengenommen reichten aus, den Fremden zur Rede zu stellen.

Zuerst gab er komische, schließlich freche Antworten, denn er war ein junger Mann, in der Fülle seiner Kraft, und fühlte sich, weit gereist und erfahren, wie er war, den Bauern himmelhoch überlegen. Aber er war auch allein, hatte niemanden, der für ihn sprach, machte Ausflüchte, als er den Ernst seiner Lage zu begreifen begann – weit entfernt von jeder festen Stadt und ihren Sicherheiten, weit von Polizei und Behörden, ganz dem Land und seinen Bewohnern ausgeliefert.

Der erste Stein flog, als er, angstschwitzend, anbot, ihnen seinen Karren und all seine Waren zu schenken, denn wer, der nichts zu verbergen oder zu bereuen hatte, machte ein solches Angebot? Dann beging der Mann seinen letzten, entscheidenden Fehler und versuchte davonzulaufen. Er war schnell, gewiss, aber es gab hier genug junge Burschen, die ebenso schnell waren und im Gegensatz zu ihm Weg und Steg kannten.

Es dauerte keine halbe Stunde, bis sie ihn eingefangen hatten und mit Steinwürfen durch das Dorf trieben. Dort hatten die Frauen inzwischen seinen Karren gefleddert, den Wolfspelz gefunden und unter allerlei Krempel auch eine einzelne kleine Sandale; zu klein für den Mann, gerade groß genug für einen Kinderfuß. Einzelne Stimmen sprachen noch davon, den Mann festzuhalten und die Behörden zu verständigen, aber die Mütter der getöteten Kinder schäumten bereits, zerkratzten sich Arme und Gesicht in ihrer Trauer, ihrem verzweifelten Hass. Ihr Blut, ihre Klagen gaben den Ausschlag.

Hatte man den Mann eben noch mit Steinen beworfen, so rührte man ihn jetzt an, zerrte, riss an ihm, schlug ihn mit Fäusten. Das steigerte sich, als er am Boden lag und mit zerrissenen Kleidern nur noch um sein Leben bettelte. Denn da kamen auch die heran, die sich bisher hinten gehalten hatten, spuckten auf ihn, traten ihn, und dann trieben die Alten die Kinder weg, damit sie nicht sehen sollten, was weiter geschah. Aber die Kinder reckten die Hälse, kletterten auf schwankende Dächer und sahen es trotzdem.

Die Frauen ließen sich nicht vertreiben. Zuerst feuerten sie die jungen Burschen nur an, dann machten sie selbst mit, rissen dem schreienden Fremden büschelweise die Haare aus, zogen mit aller Gewalt an Ohren, Fingern, Penis und Hoden. Seine Schreie vergrößerten nur ihre Wut. Es war nicht leicht, einen Menschen mit bloßen Händen zu töten. Sie versuchten, ihm die Arme abzureißen, aber selbst die kräftigsten Männer schafften es nur, sie aus den Schultergelenken zu drehen – nachdem sie die Muskeln zerschnitten hatten, die der Mann in seinem verzweifelten Kampf immer wieder anspannte.

Zuletzt schleiften sie den hilflosen, wimmernden Körper auf und ab durch das Dorf, und endlich drehten sie ihn auf den Rücken und töteten ihn, indem sie mit aller Kraft und von allen Seiten auf seinen Bauch, seinen Brustkorb sprangen. Einige verletzten sich selbst und sich gegenseitig dabei, und das steigerte ihre Wut bis zur Raserei. Sie zertraten den Leichnam, bis er kaum noch als Mensch zu erkennen war, verbrannten die Reste auf seinem eigenen Karren und warfen die Asche, die Knochen danach in den Fluss.

Das geschah an einem herrlichen Morgen im Mai unter freiem Himmel. Es dauerte lange, fast drei Stunden, und war doch nur einer von über einem Dutzend ähnlicher Lynchmorde, die innerhalb kürzester Zeit im ganzen Uttar Pradesh stattfanden. Raksha, die Dämonin, lächelte dazu, aber sie nahm das Opfer nicht an.

## 58.

Lakhnau war keine gute Idee. Abdur Ruhiman hätte den Amerikaner lieber in Delhi behalten, schon weil seine »Ermittlungen« hier leichter zu kontrollieren waren. Aber da war nichts zu machen: Wer zahlt, bestimmt – und nominell war er noch immer ein Diener der Königin von Delhi, ja ihr offizieller Verbindungsbeamter zu den britischen Machthabern. Ruhimans eigentliche Aufgabe aber war es, Ruhe zu bewahren.

Gewiss, ein neuer allgemeiner Aufstand war kaum zu befürchten, und man hatte die Mogulfamilie bei ihrem eigenen Volk so gründlich diskreditiert, dass auch durch das Bekanntwerden der Morde keine besondere Unruhe zu erwarten gewesen wäre. Aber seine Arbeit bestand auch darin, das Königshaus selbst respektive den hohen indischen Adel unter Beobachtung und Kontrolle zu halten, und das hieß eben manchmal: Er musste diese Leute beruhigen. Sie bei Laune halten, indem hin und wieder auch geschah, was sie wollten.

Sie zu überwachen war nicht weiter schwer. Die Heerschar von Dienern, die sie zu ihrer mittelalterlichen Lebensführung benötigten, war so unüberschaubar, dass er sich mehrere Dutzend Zuträger halten konnte, deren Berichte sich – da sie einander nicht kannten – gegenseitig ergänzten und korrigierten. Aber natürlich war ihm klar, dass auch er selbst und seine Vorgesetzten unter der Beobachtung diverser Spitzel des Königshauses und anderer Adelsfamilien standen; das machte das politische Spiel und seine Züge letztlich doch jämmerlich kompliziert.

Der Amerikaner war sein Joker – jedenfalls hatte er das zunächst geglaubt. Immerhin kam er von außen, gehörte keiner der einander belauernden Parteien an, und was er herausfand oder was man ihn herausfinden ließ, glaubte Ruhiman leicht in der Hand zu behalten. Dann jedoch hatte sich etwas Unerwartetes herausgestellt: Der Amerikaner war schlau! Von einem Mann in seiner Lage und mit seinem abgerissenen Auftreten war das nicht zu erwarten gewesen, und die Sicherheit, mit der Gowers aus Sachverhalten, auf die Ruhiman nicht viel gegeben hätte, weitreichende und richtige Schlussfolgerungen zog, war beinahe schon beängstigend.

Er hatte sich zudem als ausgesprochen unabhängig erwiesen, ermittelte auf eigene Faust, ohne Absprachen und hatte offenbar unbemerkt von allen Parteien und auf eine Weise, die Ruhiman schleierhaft blieb, die gefangene Dienerin gesprochen. Wenn Gowers nun noch nach Lakhnau ginge, wäre er vollends außerhalb seiner Kontrolle, und der Beamte überlegte lange, wie man den Investigator und seine Schritte zumindest im Auge behalten könnte. Die Idee, auf die er schließlich kam, war nicht neu, ja sogar ein wenig unbefriedigend, aber doch zumindest pragmatisch: Ruhiman stellte dem Amerikaner weitreichende Vollmachten aus.

Auf diese Weise erhielt Gowers das Kommando über eine militärische Bedeckung, die ihn auf der Reise schützen, aber auch bewachen würde; er konnte im Namen der Königin und der Kolonialregierung Transportmittel requirieren und die Dienste jeder Polizeistation und jeder anderen administrativen Einrichtung in Anspruch nehmen. Gleichzeitig sandte Ruhiman allerdings an all diese Stellen die Depesche, ihn *stante pede* über die Wahrnehmung dieser Vorrechte zu informieren. So hoffte er, den Fortgang der Ermittlungen stets im Auge zu behalten, und war nicht wenig enttäuscht, als ihm der

Investigator eröffnete, die Reise nach Lakhnau zunächst auf der Djumna, also auf dem Wasserweg anzutreten.

Das war schlecht, denn wie sollte man ihn dort verfolgen, wie unbemerkt Nachrichten übermitteln? Nein, Abdur Ruhiman musste sich damit abfinden, den Amerikaner wenigstens zeitweise von der Leine zu lassen, und ganz auf die Wachsamkeit der ihn begleitenden Sepoys vertrauen, von denen allerdings nicht hundertprozentig feststand, wem ihre Loyalität eigentlich galt. Weiß Gott, der Kolonialismus war ein mühsames, furchtbar kompliziertes Geschäft.

Und erst spät wurde Ruhiman klar, dass er mit Ausstellung der schriftlichen Vollmachten sein Doppelspiel zwar nicht direkt offenbart, aber für einen begabten Ermittler zumindest in Augenhöhe platziert hatte.

## 59.

Es blieb viel zu tun. Die Schiffsgesetze wurden verlesen am ersten Morgen, nachdem das Eis stillstand, und mit entblößten Köpfen im schneidend kalten Wind wurde die vollzählig versammelte Mannschaft daran erinnert, dass die *Investigator*, dieser winzige dunkle Punkt Wärme und Leben inmitten des endlosen weißen Schweigens, immer noch England war, mit all seinen Hierarchien und Mechanismen eines geregelten Gemeinwesens. Drinnen: sie, England, die Zivilisation. Draußen: die Wildnis. Danach wurden die Matrosen bestraft, die in der höchsten Not ihre Posten verlassen, die Spirituskammer aufgebrochen und sich betrunken hatten, um ihrer Todesangst zu entkommen. Man beließ es jedoch bei je einem halben Dutzend Schläge, weil die Kälte allein für die halb nackt angetretenen Delinquenten schon Strafe genug war.

Segel wurden als Schutzdach über dem Deck ausgespannt wie ein großes Zelt, ein drei Meter hoher Wall aus Eisblöcken und Schnee rund um das Schiff aufgeworfen, das Eis ringsum von den gröbsten Unebenheiten befreit, sodass sich die *Investigator* wie ein römisches Kastell auf einer gefrorenen Ebene erhob. Improvisierte Schornsteine aus Segeltuch entlüfteten den Schiffsraum, und der feuchte Dunst, der aus ihnen aufstieg, drehte sich wahrhaftig wie Rauch in der klaren kalten Luft. Jeden Morgen wurden diese Schornsteine abgenommen und mit Eispicken von den gefrorenen Ausdünstungen befreit, die bis zu zwei Zoll dick wurden.

Selbst die winzige Öffnung für das hoffentlich nie benötigte Löschwasser offen zu halten erwies sich als schwierig. Ein Problem wurde es deshalb, die Abtritteimer zu leeren, denn was bisher zuverlässig im Meer verschwunden war, musste nun per Hand vom Schiff und an eine bestimmte Stelle auf dem Eis geschafft werden, für die bald viele volkstümliche Bezeichnungen im Umlauf waren: *Mount Poop*, *Hills of Hell*, *The Sailors Rest*. Glücklicherweise gefroren die Exkremente schneller, als sie stinken konnten, aber was sechsundsechzig Menschen an Dreck produzierten, nahm in neun Wintermonaten immer staunenswertere Dimensionen an. Dennoch schrieb niemand darüber.

Sie hatten noch viel über das Leben im Eis zu lernen, und jedes Mal, wenn sie lernten, gerieten sie in Lebensgefahr. So machten sie eine erste kurze Expedition, um Prinz-Albert-Land, fünf Meilen östlich, für die Krone in Besitz zu nehmen, den Weg über das Eis zu erkunden und nach Spuren von Tieren zu suchen, die man jagen konnte. Ein Ausflug, eine Landpartie, dachten sie voller Freude, sich nach zehnmonatiger Reise ordentlich die Beine zu vertreten. Sie fanden den Weg ans Land, sie pflanzten den Union Jack auf, sie bestiegen einen vierhundert Meter hohen Berg und blickten stolz über das trostlose Land, das sie entdeckt hatten. Gefrorene Butterbrote waren ihr Festmahl, dann rieben sie sich die Hände, die frischen roten Gesichter und fanden, es sei an der Zeit, zum Schiff zurückzukehren.

Ihr Spaziergang endete an einem achtzig Meter breiten Kanal schwarzen Wassers, den die einsetzende Flut geöffnet hatte; und einige erinnerten sich jetzt an ein weit entferntes Geräusch, wie ein Schuss, wie ein Peitschenknall, das sie am frühen Nachmittag gehört hatten. Das war das plötzliche *Abreißen* des Eises vom Land gewesen, sie wussten es nun. Ohne Boote, ohne Zelte, Proviant, Decken. Sie sahen ihr Schiff ganz deutlich durch ihre Ferngläser, sie feuerten Salve um Salve, bis sie ihr Pulver verschossen hatten, aber der Nordwind verschluckte den Schall. Man bemerkte sie nicht.

Erst gegen Abend, den Tod schon vor Augen, sahen sie, wie Suchmannschaften mit Fackeln das Schiff in drei Richtungen verließen. Nur durch Zufall kam eine davon ihnen so nahe, dass ihre Schreie – ein grausiger, einstimmiger Chor – endlich gehört wurden und eines der aufblasbaren Halkett-Boote, vor wenigen Jahren von einem Ingenieur der Royal Navy erfunden, sie über die grausige Spalte setzte.

## 60.

Ungeachtet dieser Erfahrungen geriet McClure auch auf seiner zweiten Expedition in Lebensgefahr. Diesmal war alles besser vorbereitet, aber diesmal hing auch mehr davon ab: Am 21. Oktober 1850 brach ein Schlitten mit sieben Männern unter dem Kommando des Kapitäns nach Norden auf, um endlich mit eigenen Augen zu sehen, wo und wie das Wasser, in dem sie eingefroren lagen, enden würde. Fünf Tage später wussten sie, dass sie am Ziel waren, dass sie gefunden hatten, wonach Europa seit vier Jahrhunderten suchte: Die Prince-of-Wales-Straße, die sie entdeckt hatten, war die Nordwestpassage!

Bei herrlichem Wetter erstieg McClure einen zweihundert Meter hohen Hügel, den er Russell Point nannte, sah durch sein Fernrohr und bestimmte dann seine Position. Rechts und folglich im Osten verlor sich die Küste von Prince-Albert-Land im Dunst der Entfernung, links zog sich Baring-Land nach Nordwesten. Unter ihm die Wasserstraße, in der sein Schiff gefangen lag, und voraus, endlos, bis zum Horizont nur noch Meereis. Da wusste er und bestätigten seine Messungen, dass er auf dem Vorgebirge stand, das Parry vor mehr als dreißig Jahren im Süden gesehen, aber nicht betreten hatte; die Kette der arktischen Entdeckungen war geschlossen. Die bloße Tatsache, dass einige seiner Landsleute damals diesen Hügel durch ihre Fernrohre erblickt hatten, vermittelte ihm das irrationale Gefühl, zu Hause angekommen zu sein, und der harte irische Seemann ließ jeden seiner Männer einzeln an seine Stelle treten, um die weiße, in der Sonne blinkende Krone des Nordens wenigstens für einen Moment in Augenschein zu nehmen.

Sie errichteten einen Steinhaufen und hinterließen dort Nachrichten über ihre Fahrt bis zu diesem Punkt. Blieb der Rückweg zum Schiff, wie gehetzt vom Hochgefühl des Triumphs, drei Tage, vier Tage. Am 30. Oktober sichteten sie die Princess-Royal-Inseln, und McClure hielt das langsame Marschtempo des Schlittens nicht mehr aus. Ohne Proviant, nur mit einem Kompass, einem Gewehr und den Kleidern, die er am Leib trug, ging er seiner Gruppe voraus, in der sicheren Erwartung, das neun Meilen entfernte Schiff noch am gleichen Nachmittag zu erreichen. Aber er war erst wenige Stunden gegangen, als der Nebel kam. Er rollte von Norden heran wie ein Sandsturm, verschluckte den einsamen Wanderer, und bald wusste der Kapitän weder, wo er war, noch, in welche Richtung er gehen musste. Der Nebel verbarg auch den Himmel vor ihm, kein Stern war zu sehen, und in der Dunkelheit der arktischen Nacht erkannte er schließlich nicht einmal mehr seine eigenen Fußspuren.

Nach langem Suchen fand er ein einzelnes Streichholz in seinen Taschen und entzündete es in der Hoffnung, einen Blick auf den Kompass werfen zu können. Aber der Wind blies es aus, kaum dass die winzige Flamme aufgesprungen war, und er wusste, dass nun elf lange Stunden vor ihm lagen, bis er sich zumindest wieder orientieren konnte. Fünfzehn Grad unter null, und der Nebel verdichtete sich zu einem Schneegestöber. Er suchte die Leeseite eines Presseisrückens und legte sich in den weichen, trockenen Schnee, um vor seiner leider nur zu lebhaften Fantasie in den Schlaf zu flüchten. Als er die Augen wieder aufschlug, glaubte er, sekundenlang den Widerschein einer Rakete zu sehen, und feuerte seine Waffe ab, in der Hoffnung, dass man ihn hören und suchen würde. Erst danach stellte er fest, dass er bis auf die Kugel im Lauf keine Munition bei sich hatte, und fragte sich, ob es hier Eisbären gab.

Die riesige Nebelbank war unterdessen weitergezogen; er sah wieder Sterne über sich und eine berückend schöne Aurora Borealis, aber weder die Inseln noch sein Schiff. Sein Bart war im Schlaf am Kragen seiner Pelzjacke festgefroren, und er brauchte fast eine Stunde, ehe er wieder warm genug war, um auch nur den Kopf zu drehen. Ziellos stapfte er über das Eis, wie der letzte Mensch über die tote Erde. Immer wenn er stehen blieb, um Umschau zu halten, fühlte er, wie der Schweiß auf seinem Rücken und in seinen Achselhöhlen gefror. Ein seltsames Geräusch begleitete ihn. Zuerst glaubte er, es sich einzubilden, und legte die Hände auf seine Ohren, um festzustellen, ob es in seinem Kopf war. Aber da war nichts, er hörte es wirklich, ein sehr leises Scharren, Kratzen, wie schnelle Schritte unmittelbar neben ihm. Er lachte über sich selbst, als er endlich begriff, dass es das Ticken der Uhr in seiner Hosentasche war.

Die Stille und Einsamkeit dieser nächtlichen Wanderung waren überwältigend, die Kälte würde bald tödlich sein. Während er einen tauben Fuß vor den anderen setzte, hatte McClure irgendwann das Gefühl, dass sein eigenes Herz das einzig und letzte Warme in der Welt war. Als er den Kompass wieder erkennen konnte, stellte er fest, dass er am Schiff vorbeigegangen sein musste, drehte sich in der Spur um und sah schließlich am Morgen des 31. Oktober, nach zwanzigstündigem Umherirren, die Masten der *Investigator* haarfein in einen strahlend blauen Himmel ragen.

Dort befürchtete man zunächst eine Katastrophe, als der Kapitän allein und mehr einer Leiche als einem Menschen ähnlich aus der Eiswüste zurückkam. Es dauerte eine Dreiviertelstunde, bis die wärmenden Hände verschiedener Männer seine erstarrten Gesichtsmuskeln so weit gelockert hatten, dass McClure zumindest flüstern konnte. Und so teilte er seiner kleinen Welt mit, dass die Nordwestpassage gefunden war.

## 61.

Erst auf dem Fluss wurde Gowers klar, warum er sich seit fast einem Monat so elend fühlte: Es war fast genau die Zeit, die er in Delhi festsaß. Natürlich hätte er seine Reise auch mit einem moderneren Beförderungsmittel antreten können, denn die Eisenbahnlinie reichte immerhin bis nach Agra – von dort bis Allahabad befand sie sich jedoch noch im Bau, und erst von Benares aus existierte ein regelmäßiger Zugverkehr nach Kalkutta und den Städten des Ostens.

Genau genommen war die Eisenbahn sogar seine erste Wahl gewesen, aber zwei Umstände brachten ihn wieder davon ab. Zum einen konnte er auf der gemächlicheren Reise den Fluss hinunter seine Ermittlungen und Verhöre fortsetzen, da ein Großteil des königlichen Hofes und damit der Beteiligten ihn begleitete.

Er hatte Zinat Mahal Begum auseinandergesetzt, dass die Spuren der Mörder und ihrer Auftraggeber in Lakhnau aufgenommen werden mussten, und sie hatte seine Schlussfolgerungen so scharfsinnig gefunden, dass sie ihm durch Abdur Ruhiman den offiziellen Auftrag erteilen ließ, eine Schwester des Nawabs von Oudh in die ehemalige Residenzstadt zu geleiten. Dass Zinat Mahal Begum selbst diese Schwester war, wusste jeder an Bord der Boote, auch wenn sie sich niemals zeigte und auch niemand darüber zu reden wagte.

Zum anderen konnte Gowers die Spitzel und Zuträger Ruhimans auf dem Fluss zwar nicht abschütteln, aber sie zumindest von der Telegrafenlinie fernhalten und so vor seinem eigentlichen Auftraggeber – und er vermutete spätestens aufgrund seiner schriftlichen Vollmachten, dass dies der britische Geheimdienst war – einen Informationsvorsprung gewinnen.

Die Reise auf der Djumna unterschied sich merklich von der Herfahrt auf dem Chambal. Der Fluss selbst war größer, führte aber nicht durch das kühlere und abwechslungsreiche Hochland von Malwa, sondern durch eine eintönige Kulturlandschaft, träge Felder unter flirrender Hitze, auf Meilen hin ohne nennenswerte Erhebung. Infolge der Jahreszeit war das

Wasser stark gefallen, und links und rechts traten bis zu vierzig Meter breit die flachen, schlammigen Ufer hervor; dunkel, wo der Fluss sie noch gelegentlich überspülte, hellbraun und unter den Fußspuren von Mensch und Vieh zu bizarren Strukturen erstarrt, wo kein Tropfen mehr hindrang, an den eigentlichen Uferböschungen schon zu grobem, ockerfarbenem Sand zerfallen, den kein Wind forttrug.

Der Fluss war hier und da schon so schmal geworden, dass der Verkehr auf ihm zum Problem wurde. Aber jedes der flussaufwärts treidelnden Händler- und kleinen Fischerboote, die in schlammige Untiefen ausweichen mussten, führte Gowers nur neu vor Augen, dass er reiste, wie ein römischer Prokonsul in Ägypten gereist sein mochte. Seine Flotte bestand aus drei großen *Budgerows* oder Hausbooten; eins für die Männer, eins für die Frauen samt ihrer Dienerschaft und das dritte für die fünfzehn Bewaffneten, die die kleine Flusskarawane schützten. Dazu zwei flache *Mussoolas* als Gepäckboote, ein Küchenboot, das auch die Vorräte gelagert hatte, eine kleinere Gig, die als Fähre fast unablässig zwischen den großen Booten hin und her pendelte, sowie eine größere, in der vier der Soldaten vorneweg fuhren, um den Gegenverkehr abzudrängen.

Zum ersten Mal hatte der Investigator jetzt sozusagen den Informationsfluss in der Hand, indem er jederzeit wusste, wer auf welchem Boot fuhr und mit wem reden konnte. Zum ersten Mal war es ihm auch möglich, ungestört und – von »seinem« Übersetzer Mukhopadhyaya abgesehen – ohne Zuhörer mit seiner wichtigsten Zeugin zu sprechen. Gowers ruderte persönlich die Gig, in der Niazoo verwundert und der Anwalt schicksalsergeben Platz genommen hatten, und da nur gelegentliche Schläge nötig waren, um das kleine Boot in der Mitte der Strömung zu halten, konnte er sich mühelos auf das Gespräch konzentrieren.

»Warst du dabei, als Bahadur Sha vor acht Jahren ins Exil ging?«

»Meine Herrin Zamani Begum war dabei, und ich habe sie begleitet.«

»Bis Allahabad?«

»Ja.«

»Was geschah dort?« Niazoo blickte sich nervös nach den Budgerows um, aber Gowers beruhigte sie. »Du brauchst keine Angst mehr zu haben. Niemand wird erfahren, was du mir erzählst. Was geschah damals in Allahabad?«

»Die alte Begum, Zinat Mahal«, berichtete die Dienerin stockend, »hat dort beschlossen, nach Delhi zurückzukehren.«

»Nur sie allein?«

»Nein, Sahib. Auch meine Herrin und ihre Töchter. Und ihre Schwester Ruqaia Begum mit ihrer kleinen Tochter.«

»Die Frauen gingen also zurück, und die Männer zogen weiter nach Rangoon.«

»Ja.«

»Der Mogul und seine Söhne. Aber nicht sein Enkel, der Prinz, nicht wahr?« Niazoo nickte, die Augen starr auf das träg strömende Wasser der Djumna gesenkt. »Anstelle des Prinzen wurde ein anderes Kind in die Verbannung geschickt.« Die Dienerin nickte wieder, diesmal so schnell, als hoffte sie, ihre Erinnerungen dadurch weiter hinter sich lassen zu können. Gowers machte jedoch eine lange Pause, ehe er fortfuhr: »Wie war sein Name?«

»Sayyid«, antwortete Niazoo sehr leise und konnte nicht verhindern, dass ihr die Tränen kamen. Niemand hatte je nach diesem Namen gefragt, und es war lange her, dass sie selbst ihn ausgesprochen hatte. Stets war er nur in ihrem Kopf gewesen, in den einsamen Nächten, in denen sie um ihren Sohn weinte.

Gowers trieb das Boot mit einigen kräftigen Schlägen voran, damit auf den Budgerows niemand die plötzliche Rührung der unglücklichen Frau bemerkte, die jetzt mit ihren gebrochenen Händen den Schleier über die Augen zu ziehen versuchte. Erst als sie sich wieder ein wenig gefangen hatte, hörte der Investigator auf zu rudern und fragte weiter: »Hast du je mit irgendeinem Menschen über Sayyid gesprochen?«

»Es war mir verboten, Sahib.«

»Du hast keine Nachrichten erhalten? Wo er war? Wie es ihm ging?«

»Nein.«

»Auch nicht, als er gestorben ist?« Sie schüttelte den Kopf. »Hast du nicht um ihn getrauert?«, fragte Gowers ungläubig.

Niazoo zögerte. »Ich habe einmal geopfert, Sahib, damit sein kleiner Geist Ruhe findet.« Sie sah den jungen Mann erschrocken an. »War das falsch?«

»Nein«, sagte Gowers gegen die Überzeugung, zu der er soeben gelangt war.

## 62.

Als die Sonne verschwunden war, Tag und Nacht sich nicht mehr voneinander unterschieden und nur noch abstrakte, aus dem Süden heraufgeschleppte Begriffe waren, schien auch die Zeit einzufrieren. John nahm das seltsam schwer. Schon in den Berichten der Eisfahrer hatte er die Schilderung ihrer Überwinterungen immer ein wenig albern gefunden; die gleichen Männer, die Kontinente umrundet und Ozeane bezwungen hatten, schrieben da plötzlich wortreich und aufgeregt, dass sie eine Fuchsspur gesehen hätten oder einen Treibholzsplitter im Eis.

Da waren sie um die halbe Welt gereist, um die letzten weißen Blätter im Buch des Wissens zu füllen, und widmeten nun ihre Aufmerksamkeit Dingen, für die sich in England kaum die Internatsschüler begeistern ließen. Eine Weile besuchte regelmäßig ein Rabe das Schiff und wurde von der gesamten Mannschaft der *Investigator* adoptiert. Die Männer stritten sich wahrhaftig darum, wer ihm Futter geben durfte, und veranstalteten eine Abstimmung darüber, wie man ihn nennen sollte. Dabei siegte »Archie« mit einer soliden Sieben-Stimmen-Mehrheit vor »Wanda« – ungeachtet der Tatsache, dass das Geschlecht des Raben nie festgestellt wurde.

Die Schiffsroutine, auf Bewegung und Fahrt ausgerichtet, wich einer Winterordnung, die eigentlich nur in Form gegossene Langeweile war: fünf Uhr wecken, Hängematten einrollen, drei Stunden Deck aufklaren, mit Bürsten und warmem Sand, acht Uhr Frühstück, neun Uhr die tägliche Musterung von Männern und Quartieren, anschließend drei Stunden Bewegung an Deck oder auf dem Eis, Mittagessen, wieder hinaus aufs Eis, vier Uhr Abendbrot, sechs bis halb acht Uhr Schule, Lesen, Schreiben, Navigation, eine Stunde Freizeit, halb neun Hängematten aufspannen, neun Uhr Nachtruhe. Solange es wenigstens stundenweise hell wurde, war der Aufenthalt auf dem Eis erträglich gewesen, und sie hatten stundenlang Kricket gespielt. Aber irgendwann war John der Einzige, der den Ball sehen konnte, was als unsportlich empfunden wurde und der Kricketsaison schließlich ein Ende machte.

Seine einzige Entschädigung waren die Nordlichter, und oft legte er sich einfach auf den Rücken und starrte nach oben, wobei sein geteerter Zopf so oft auf dem Eis festfror, dass er ihn eines Tages kurzerhand abschnitt. Ihm wurde jämmerlich kalt auf dem Eis, und McClure verbot ihm diese Beobachtungen regelmäßig, weil er fürchtete, der Junge würde sich eine Lungenentzündung holen. Aber John setzte sich in der

Dunkelheit einfach ab und lag dann wieder, oft eine Meile vom Schiff entfernt, unter dem riesigen schwarzen Himmel wie unter einer Frau.

*Nut* hatten die Ägypter die Göttin des Nachthimmels genannt, deren Körper, zu einem Halbkreis gebogen, ihren Gatten – die Erde – bedeckte. Jeden Abend verschluckte sie die Sonne, um sie am neuen Tag wieder zu gebären, aber hier gab es keine Erde, keine Sonne und folglich auch keine Zeit. Nuts dunkler Leib blieb so jungfräulich schön, dass er für den Anblick gestorben wäre. Die Sterne, die Milchstraße, die Planeten waren ihm bisher nur Orientierungspunkte gewesen für seinen Weg auf der endlosen See; hier waren sie Schleier und Schmuck, und die Lichter der Aurora, rot, grün und weiß, schienen den Himmel zu streicheln.

Wie ein Fächer entfalteten sie sich im Schoß der Göttin, pulsten, wanden sich, strömten in immer neuen Kaskaden von Horizont zu Horizont. Manchmal zog der Junge für Minuten die Handschuhe aus, streckte einen Arm in den Himmel und glaubte, dass die sanften, tödlichen Lichter die schwarzen Konturen seiner Hand und der einzelnen Finger umflossen und dass er sie berühren könnte, wenn er die Faust schlösse. Zeitweise war er sicher, dass sie lebendig waren. Aber immer wieder erhob er sich rechtzeitig, steifgefroren und erschöpft wie nach einem Liebesakt, ehe er an ihrer kalten Schönheit zugrunde ging.

Alle zwei Tage wurde das Schiff mithilfe der Öfen und glühender Kanonenkugeln, die unter Deck aufgehängt wurden, ausgetrocknet. Dennoch hing ständig ein leichter Modergeruch in sämtlichen Räumen, bei dem man nicht wusste, ob er nun von den klammen Decken, den feuchten Kleidern oder den Männern selbst ausging. Dieser Geruch verschwand nur, wenn sie abends, in ihrer Freistunde, die Pfeifen entzündeten und anschließend dicht an dicht in ihren Hängematten im eigenen Qualm hingen wie Räucherwürste.

Husten, Rotzhochziehen, erderschütterndes Schnarchen und das, was Seeleute und Soldaten von jeher den Schrei der eingesperrten Scheiße nannten, machten den Weg in den Schlaf und schöne Träume beschwerlich, qualvoll, zumal man bestimmten Bedürfnissen in der Enge schlecht nachgehen konnte. Es hätte noch die Hängematten der Nebenleute in Schwingung versetzt und raue Witze über den hohen Seegang, Brecher an Steuerbord, Brandung voraus provoziert. Derlei Intimität fand nur für wenige rasche Handbewegungen auf dem Abtritt statt. Und selbst dann wurde, wer zu oft ging, höhnisch gefragt, ob der Durchfall grassiere. 72° 46' Breite und 118° 12' Länge waren kein guter Ort, um vierzehn Jahre alt zu sein!

## 63.

Gowers wurde täglich zu ermüdenden Audienzen auf das Frauenboot gerufen, wo ihm, hinter einer improvisierten *Purdha* verborgen, die das gesamte sechs Meter breite Boot teilte, eine anscheinend immer größere Anzahl von Frauen Fragen stellte, die nichts mit seiner Ermittlung zu tun hatten. Animierte Fragen über Amerika und seine Bewohner.

Ob es wahr sei, dass ganze Schiffsladungen von Prostituierten und weiblichen Verbrechern von New York nach Kalifornien gebracht worden seien, um den Goldgräbern als Ehefrauen zu dienen? Dass die Indianer in den Prärien weiße Frauen entführten, und ob diese später wirklich das Leben in den Wigwams der roten Männer demjenigen in den Blockhütten der weißen Männer vorzögen? Und warum? Die Mode in den großen Städten? Theater, Oper, Bälle, Bildungssystem? Diese Konversation wurde auf Bengali geführt, sodass der bedauernswerte Mukhopadhyaya nahezu pausenlos übersetzen musste.

Der Investigator machte sich sehr schlecht als Gesellschaftsreporter, und er merkte dabei einmal mehr, dass er sich für das eigentliche, das normale Leben normaler Menschen weder eignete noch sonderlich interessierte. In Verlegenheit brachten sie ihn dennoch nur ein einziges Mal. Warum so viele Ehen in Amerika nicht von den Familien arrangiert, sondern von den Betroffenen, dem jungen Mann und der jungen Frau, selbst geschlossen würden? Nun – er war froh, dass außer seinem Anwalt niemand sehen konnte, wie er die Augen verdrehte – das hätte wohl viel mit Liebe und Leidenschaft zu tun. Und mit Freiheit, wollte er hinzufügen, ließ es aber dann sein.

Jaja, war die Antwort, aber ob es nicht besser und sinnvoller wäre, wenn Liebe und Leidenschaft sich erst in der Ehe entwickelten statt schon vorher? Gowers verstand nicht gleich. In Indien, lautete schließlich die Erklärung, seien Liebe und Leidenschaft wie ein Topf mit kaltem Wasser, der auf die offene Flamme der Ehe gesetzt würde. In Amerika ein Topf mit kochendem Wasser, der auf einen kalten Herd gestellt wird. Gowers erwiderte amüsiert, dass er weder Koch noch Ehemann sei, aber er erkannte doch die eigentümliche Bedrohung, die von einer solchen Denkweise für sein Selbstverständnis ausging.

Der Westen kannte arrangierte Ehen nur als Zweckbündnisse politischer, wirtschaftlicher oder gesellschaftlicher Natur. Dass Eltern und ältere Verwandte manches – und auch Liebesdinge – vielleicht wirklich besser wissen können und dass man ihrem Urteil vertrauen darf, war ein Gedanke, der dem abendländischen Individualismus nicht nur fremd war, sondern ihm entgegenstand. Was hieß das aber anderes, als dass Individualismus und Vertrauen einander in letzter Konsequenz ausschließen? Auch Gowers vertraute im Grunde weder auf etwas noch auf jemanden – außer sich selbst.

Aber ehe er diesen Gedanken weiter vertiefen konnte, wurde ihm klar, dass das Gespräch wieder nur Teil einer Inszenierung war, weil die Boote in diesem Moment die letzte Flussschleife vor Agra durchfuhren und am Horizont im Osten das Grabmal von Arjumand Banu Begum, besser bekannt als Mumtaz Mahal, auftauchte. Wer im amerikanischen Sezessionskrieg in einer Aufklärungsabteilung gedient hatte, musste es zuerst für einen Fesselballon halten; das strahlende Weiß der zweihundertfünfzig Fuß hohen Marmorkuppel schien tatsächlich über der flirrenden Luft zu schweben, und erst im Nähergleiten verfestigten sich die rings um diesen vollendeten Kreisbogen tanzenden Luftspiegelungen zu vier schlanken, weißen Minaretten.

»Das, Mr. Gowers«, sagte die Königin triumphierend, »ist Liebe!« Mit allem Bombast eines schlechten Dichters oder eines ausgeleierten Fremdenführers erzählte sie nun vom Leben und Sterben der schönen Gattin des legendären Mogulkaisers Sha Jahan, seiner unstillbaren Trauer und seiner endlosen Liebe, die schließlich die Form dieses größten und schönsten Bauwerks Asiens angenommen hätten.

»Ja, sehr geschmackvoll«, antwortete Gowers, fast ein wenig dankbar dafür, dass diese pathetische Geschichte dem Tadsch Mahal doch vieles von seiner unzweifelhaften Wirkung nahm. *Gefrorene Musik* hatten westliche Reisende das riesige Mausoleum schon früh genannt, und Gowers konnte nicht umhin, den Vergleich passend zu nennen – wenn auch das gewaltige, bis weit in den Fluss ragende Fundament der Grabanlage in seinen Ohren eher einen Tusch oder eine Fanfare als Sphärenklang darstellte.

Das Tadsch Mahal war schön, so schön, dass die Kolonialherren noch im 19. Jahrhundert die absurde Ansicht vertraten, nur ein europäischer Baumeister, gleich ob Franzose oder Italiener, habe es entwerfen und errichten können. Auch hatte der Gedanke, dass hier kein Gott oder Kaiser, sondern eine geliebte Frau verherrlicht wurde, etwas durchaus Ergreifendes. Während sie langsam an so viel Pracht und Schönheit vorüberglitten, dass sogar die letzte Königin von Delhi irgendwann aufhörte, von Größe und Ruhm des Mogulhauses zu plappern, und das gleichzeitig kolossale wie filigrane Gebilde nur noch mit staunenden Augen verschlang, wurde Gowers allerdings schlagartig klar, warum er die etwas kleinere, deutlich hässlichere, profane Gusseisenkonstruktion der dreitausend Tonnen schweren Kuppel des Kapitols in Washington dem Tadsch Mahal immer vorziehen würde: Die Arbeiter, die sie gebaut hatten, waren angemessen dafür bezahlt worden!

## 64.

Seit Parry im Jahr 1820 von seiner großen, so immens erfolgreichen Expedition nach Melville Island zurückgekommen war, beziehungsweise seinen Bericht darüber veröffentlicht hatte, hatte man in England ebenso genaue wie falsche Vorstellungen davon, wie eine Überwinterung englischer Seeleute im Eis abzulaufen hatte. Parry hatte die Männer seiner beiden Schiffe *Hecla* und *Griper* ständig beschäftigt – und wenn nicht beschäftigt, dann unterhalten; ein Theater eingerichtet, eine Bordzeitung gegründet, Gemüse gezogen, die verschiedensten Wettbewerbe veranstaltet und die Analphabeten von seinen Offizieren im Lesen, Schreiben und Rechnen unterrichten lassen.

Mit Ausnahme der Schule, die die Männer der *Investigator* allerdings eher als zusätzliche Schikane empfanden, geschah auf ihrem Schiff nichts von alledem. McClure war ein guter Seemann, ein hervorragender Navigator, ein geachteter Kommandant, aber kein Entertainer. Die einzige Zerstreuung, die er seinen Männern bieten konnte, war Arbeit – und davon gab es zu wenig. Auf eine masochistische Weise war er deshalb zum Beispiel froh, als gemeldet wurde, dass die Kerzenvorräte unter Deck – niemand wusste, wann und wie – während des Sommers zu einem einzigen großen Klumpen zusammengebacken waren, denn damit hatten sie eine ganze Woche zu tun. Während die einen auf dem Eis aus nasser Leinwand und Schnee Kerzenformen verfertigten, gruben und bohrten andere in der kolossalen Wachsmasse nach den Dochten. Anschließend wurde das Ganze portionsweise eingeschmolzen und in die improvisierten Formen gegossen, bis wieder jeder Mann die drei Zentimeter Licht bekam, die ihm laut einem Admiralitätsbeschluss täglich zustanden.

Man versuchte sich schon an kleinen Lustbarkeiten, Deklamationsabenden, Tanzvergnügen, der Kapitän lud die Offiziere, die Offiziere den Kapitän und die Mannschaft wieder Offiziere und Kapitän in ihre jeweiligen Quartiere ein, die dann so festlich-fröhlich wie möglich dekoriert wurden, aber entweder waren die Matrosen zu stumpf oder die Offiziere zu steif: Die disziplinierte polarnächtliche Ferienstimmung, wie Parry sie beschrieben – wenn auch nicht immer selbst erlebt! – hatte, wollte sich an Bord der *Investigator* nicht einstellen. Immer wieder gab es Verletzungen der Schiffsgesetze, vor allem was den Genuss von Alkoholika jeder Art betraf, deren Herkunft ominös blieb. Immer wieder musste McClure der Mannschaft die Kriegsartikel verlesen, bisweilen sogar einzelne Männer auspeitschen lassen.

Miertsching dehnte, in Ermangelung anderer Heiden, seine Missionstätigkeit auf die Matrosen aus und hielt mit Erlaubnis des Kapitäns, der froh war, dass überhaupt etwas geschah, zwei gut besuchte Erweckungsversammlungen ab. John Gowers wurde vier Tage in Eisen gelegt, weil er mit einer ebenfalls sehr erfolgreichen Lesung der indiskutabelsten Geschichten aus den *Canterbury Tales* dagegengehalten hatte. Kurz, alle waren froh, als Anfang Februar die Sonne wieder auftauchte und sie erneut zu Entdeckern mit all der dazugehörigen Arbeit machte.

Die Schlittenreisen, die McClure in drei verschiedene Richtungen ausschicken wollte, mussten vorbereitet werden. Haswell sollte mit acht Matrosen nach Südosten gehen, um zu erkunden, ob und wie Prince-Albert-Land mit der bereits bekannten Wollaston-Halbinsel verbunden sei. Wynniat wurde mit einem ähnlichen Auftrag nach Nordosten, in Richtung auf das bekannte Kap Walker geschickt. Creswell schließlich sollte die Westküste von Baring-Land suchen und seine Identität mit Banks-Land endgültig bestätigen oder ausschließen. Alle sollten nach Spuren von Franklin und seinen Schiffen Ausschau halten und gegebenenfalls auch Verbindung mit Collinson und der *Enterprise* herstellen, obwohl McClure am Auftauchen eines Vorgesetzten in diesen Breiten nicht wirklich viel gelegen war.

Eine Probefahrt mit den Schlitten, die die Männer – den heiligen Traditionen der britischen Marine gemäß – selbst zogen, endete Anfang April mit erfrorenen Nasen und Fingern, da die Sonne noch nichts gegen den ewig wehenden Wind vermochte. Erst am 18. April 1851 gingen die Schlitten ab und wurden mit einem kräftigen Hurra verabschiedet. Als man eine Woche später ganz in der Nähe des Schiffes einen Eisbären erlegte, in dessen Magen sich Rosinen, Tabak und Heftpflaster fanden, begann ein heftiges Rätselraten. Man wusste von diesen Tieren, dass sie gewaltige Strecken zurücklegten. Andererseits waren die Rosinen noch kaum verdaut, sodass er sie erst vor kurzer Zeit gefressen haben konnte.

Ein weiterer Schlitten mit sechs Mann wurde mit Proviant für zwanzig Tage versehen und auf der Spur des Eisbären nach Süden geschickt. Sie sollten bis Nelson's Head gehen und dort Spuren von Collinson suchen, den McClure in einem Anfall von Subordination für den ursprünglichen Eigentümer von Tabak, Rosinen und Heftpflaster hielt. Aber schon nach zwei Tagen war diese Gruppe wieder zurück und brachte einen zerrissenen Beutel mit, der von Creswells Schlitten gefallen sein musste.

Wynniat war ein paar Tage später wieder da, weil er bei einem Sturz das Chronometer zerbrochen hatte und folglich seine Position nicht mehr bestimmen konnte. McClure bekam einen furchtbaren Wutanfall und warf den unglücklichen jungen Mann auf das Eis zurück. Nicht einmal eine Nacht durfte er auf dem Schiff schlafen, sondern musste seine Reise nur sechs Stunden später von Neuem beginnen; mit der Warnung, besser vier Wochen im Kreis zu fahren, als noch einmal mit zerbrochenen Instrumenten an Bord aufzutauchen.

Haswell kam Ende Mai zurück, nachdem er zwei große Buchten kartografiert und die Verbindung von Prince-Albert-Land und Wollaston nachgewiesen hatte. Dessen südliche Ausdehnung ließ er allerdings unerforscht, da er auf einer Landspitze Eskimozelte gesichtet und es für seine Pflicht gehalten hatte, diese sensationelle Nachricht seinem Kommandanten so schnell wie möglich zu überbringen. Tatsächlich hatte man bis dahin nicht gewusst, dass so weit im Norden überhaupt Menschen leben konnten, und McClure beschloss, trotz der schon weit fortgeschrittenen Eisschmelze noch einmal selbst hinauszugehen. Da kaum noch taugliche Begleiter da waren, würde er diesmal, endlich, auch John mitnehmen, der bislang seiner Jugend und seines Übermutes wegen von den Schlittenreisen ausgeschlossen gewesen war.

## 65.

Die fünftägige Flussfahrt endete in Etawah, wo die Gesellschaft in Kutschen und gedeckte Wagen umstieg, was Gowers einige Diskussionen kostete, da die Königin gewohnt war, in standesgemäßen *Palankinen*, überdachten, seidenverhängten Sänften, von vier bis acht Dienern getragen zu werden.

Sein Hauptargument war die Geschwindigkeit, die selbst mit den Wagen noch niedrig genug war, weil Straßen und Wege, durch die jährlichen Monsunregenfälle immer wieder geradezu fortgeschwemmt, sich in einem erbärmlichen Zustand befanden. Das änderte sich erst, als sie auf die Grand Trunk Road stießen, die zweitausend Kilometer lange, von britischen Militäringenieuren angelegte Heerstraße, die Kalkutta und Delhi miteinander verband. Die entsprechende Eisenbahnlinie wies, obwohl seit Jahren forciert, noch immer die bekannte Lücke zwischen Agra und Allahabad auf. Die Grand Trunk Road verlief auf einem befestigten Damm und auf Meilen hin parallel zum heiligen Fluss, der Ganga. Da der Damm stellenweise eine Höhe von fünf Metern erreichte, sah man sie im Norden unter den Strahlen der Sonne glitzern wie ein silbernes Band mitten im immer brandigeren Grün der Felder.

Der dritte Tag auf der Straße begann mit einer schmalen,

aber langgezogenen Staubwolke im Westen und einem merkwürdigen Geräusch, das der Wind in Fetzen vor sich hertrieb; eine Art Summen, durchsetzt mit Tönen, die, wenn sie vereinzelt und leise zu ihnen drangen, an das Geschrei rolliger Katzen erinnerten. Gowers kletterte auf das Dach des letzten Wagens und blickte durch das Fernrohr zurück. Die Optik löste die Staubwolke in die fast zwei Meilen lange Kolonne einer Armeeeinheit auf, und er wusste, dass er Dudelsäcke hörte. Er hatte in den letzten Tagen genug Wracks und Wagenreste links und rechts des Dammes gesehen, um zu wissen, dass sie in Schwierigkeiten waren, wenn sie nicht binnen der nächsten Stunde eine Ortschaft, eine Kreuzung, jedenfalls eine seitliche Ausweichmöglichkeit erreichten.

Die Straße war so schmal, dass die Truppe, die dort kam, sie mitsamt ihren Wagen, Pferden, Soldaten, Dienern, Königinnen und Gepäck vom Damm fegen würde. Gowers gab entsprechende Befehle an die Kutscher, die das Problem aus leidvoller Erfahrung kannten und die Pferde antrieben, als sei der Teufel hinter ihnen her. Der Investigator selbst blieb auf dem Dach sitzen und behielt das waffenstarrende Untier im Auge, das ihnen langsam, aber mit unaufhaltsamer Stetigkeit nachkroch. Bald konnte er sogar schon den Marschtakt ausmachen.

Eine marschierende Armee ist ein gewaltiger Organismus auf vielen tausend Stiefeln, Hufen und Rädern. Die ersten Hörner des großen Drachen, indische Aufklärer auf staubbedeckten Pferden, erreichten sie nach ungefähr einer halben Stunde, als noch immer keine Rettung in Sicht war. Es waren malerische Gestalten, die, abgesehen von ihrer modernen Bewaffnung, ohne aufzufallen auch im Dreißigjährigen Krieg hätten mitkämpfen können. Hohe, sporenklirrende Schaftstiefel reichten bis unter die blutroten *Alkalaks*, die Uniformröcke, über denen sie trotz der üppig heranwabernden Morgenhitze lederne Westen mit Fellbesatz trugen. Schwarze Kreuzgurte und das Lederkoppel mit dem schweren Kavalleriesäbel vervollständigten den martialischen Eindruck, aber am auffälligsten waren zweifellos die irrwitzig langen Bärte und Mähnen unter den dunkelblauen Turbanen.

Die Reiter der 2nd Punjabi Cavalry waren fast ausnahmslos Sikhs, die im großen Aufstand loyal geblieben waren und denen ihre Religion das Scheren von Kopf- und Barthaar untersagte. Entsprechend verwildert sahen sie aus – und ihr Benehmen entsprach ihrem Aussehen. Ohne mehr zu sagen als »Straße frei!« und »Aus dem Weg!«, machten zwei von ihnen Anstalten, die Kutschpferde kurzerhand den Damm hinunterzudrängen – was nur misslang, weil der Investigator seinen Kutschern anzuhalten befahl. Als der vorderste dieser Reiter trotzdem ins Geschirr der Zugpferde griff, brüllte Gowers in einem Tonfall, den er seit zwei Jahren und der Schlacht in der Wilderness von Spotsylvania nicht mehr angeschlagen hatte: »Finger weg, Soldat! Zurück in die Linie! Sofort!«

Der Mann blickte verwundert auf die seltsame Gestalt auf dem Wagendach, gehorchte aber instinktiv, wie ein gut dressierter Hund, dem Tonfall und der Haltung, denn Gowers hatte ein Bein lässig vorgestellt, die Hände auf den Rücken und die linke Hand um den rechten Ellenbogen gelegt. Er trug die Offiziersmütze einer Armee, die in Indien neu sein musste. Als die Dinge bis zu diesem Punkt – nämlich zum Stillstand – gekommen waren, sprengte der Offizier der Vorausabteilung heran, der womöglich noch kurioser aussah als seine Männer. Um eine filzbespannte Pickelhaube trug er ein mehrfach gewundenes dunkelblaues Tuch, am Hals einen grünen Schal mit gelben Troddeln, zweifellos aus weiblichem Privatbesitz, und um den Bauch eine goldbestickte Schärpe aus blauer Kaschmirseide. In seinem Koppel steckte zusätzlich zum Kavalleriesäbel ein moderner Trommelrevolver, der durch eine Schnur um seinen Hals gegen unzeitiges Herabfallen gesichert war. Die linke Hand, mit der er sein Pferd lenkte, steckte wahrhaftig in einem gepanzerten Stulpenhandschuh, die rechte Faust hatte er arrogant in die Hüfte gesetzt. Ein riesiger roter Schnurrbart, der an beiden Seiten über den Kinnriemen hinausreichte, bebte unter seinem Gebrüll: »Was soll das? Weg mit der Affenscheiße!«

»Reißen Sie Ihr Maul ruhig noch weiter auf, wenn ich von hier aus reinpissen soll!«, brüllte Gowers zurück. Auch dieser wundervolle Kasernenhoffluch verfehlte seine Wirkung nicht. Der Mann schrie zwar weiter, aber er schrie sozusagen moderater, den Blick auf die schmale Gestalt auf dem Wagendach und die mittlerweile angetretenen Sepoys der königlichen Leibwache gerichtet: »Wer zum Teufel sind Sie denn?«

»Captain John Gowers, Vierte Illinois, Aufklärungsabteilung!«, bellte Gowers lauthals zurück und hätte doch am liebsten gelacht, weil er sich die Szene als Schauspiel vorstellte; so wie diese beiden zivilisierten weißen Männer in Indien mochten sich schon die Urmenschen angebrüllt haben und vor den Urmenschen vermutlich die Dschungelaffen. Das Wörtchen »Captain« hatte indes das Stimmenduell schon zugunsten des Investigators entschieden.

»Captain John Gowers, Vierte was?«, fragte jedenfalls der Leutnant der 2nd Punjabi Cavalry verblüfft und in nahezu zivilisierter Lautstärke.

Gowers sprang vom Wagendach, kramte in seiner Jacke und reichte dem immer noch drohend aufragenden Reiter die Papiere, die Abdur Ruhiman ausgestellt hatte. »Meine Order, Leutnant!« Jetzt hatte er gewonnen. Jetzt musste der andere zunächst einen ranghöheren Offizier benachrichtigen, und es musste beraten werden, welche Prioritäten hier zu setzen waren. Bis dahin hatten die Wagen eine Kreuzung erreicht, an der sie ausweichen konnten.

Eine knappe Stunde später, als Gowers an der Wegkreuzung eines kleinen Dorfes auf dem Bock seines abgeschirrten Wagens saß, rauchte und die vorüberziehende Kolonne so zufrieden musterte, als nähme er eine Parade ab, kam sein Kontrahent mit dem eisernen Handschuh noch einmal angeritten und brachte ihm seine überprüften Papiere zurück. Ohne abzusteigen, warf er sie ihm zu und knurrte wütend: »Machen Sie das ja nicht noch mal, Mann!«

Gowers, der mit so etwas gerechnet hatte, zog eine Zigarre aus einer Jackentasche und hielt sie dem pittoresken Reiter am ausgestreckten Arm hin. Der wendete nach kurzem Zögern sein Pferd in einem sehenswert kleinen Kreis, nahm die angebotene Zigarre und biss ihr die Spitze ab. Gowers gab ihm Feuer. Der staubbedeckte Brite blies eine Wolke von Rauch und Wohlgefallen in den brütenden Himmel, sagte dann in einer bemerkenswert knappen Mischung aus Verachtung und Bewunderung: »Yankee!«, und gab seinem Pferd wieder die Sporen.

## 66.

Das Schlittenziehen im Geschirr erinnerte ihn stark an seine Arbeit als Kohleschlepper in den Minen von Northumberland. Grimmig dachte er, wenn er das Gewicht an den Schultern, den Schlüsselbeinen, der Brust fühlte, dass er hier immerhin aufrecht gehen konnte und an der frischen Luft war. Dafür sanken seine Füße bei jedem Schritt bis über die Knöchel im feuchten Schnee ein, und es war so gleißend hell, dass seine empfindlichen Augen ihm praktisch ständig Kopfschmerzen verursachten. Die rußgeschwärzten Brillen, die die englischen Polarforscher von alters her gegen die Schneeblindheit trugen, halfen ihm wenig, denn entweder war ihre Rußschicht zu dünn – und dann nützte sie nichts – oder zu dick; dann konnte er die Augen auch gleich zumachen.

Seltsam unangenehm war ihm auch die ständige Anwesenheit des Missionars und Dolmetschers, der unmittelbar neben ihm im Geschirr ging. Der Kapitän lief voraus, bestimmte ihren Kurs und lotste sie nach Möglichkeit über ebenes Eis. Haswells Angaben waren präzise, und weil sie meist bei Nacht marschierten, kamen sie trotz Tauwetters gut voran.

Der Nachmittag des 1. Juni 1851 fand sie siebzig Meilen vom Schiff entfernt auf dem Meereis vor Kap Wollaston. John quälte sich als Erster in die steifgefrorenen Schuhe und aus dem niedrigen Eingang des Zeltes. Es hatte geschneit, und er bekam eine ordentliche Ladung direkt in den Nacken, als er auf Händen und Knien hinauskroch. Seine Flüche weckten die anderen endgültig. Während er auf die Leeseite eines Eishügels zustapfte, zog er seine Handschuhe aus und nestelte unter der schweren, steifen Winterjacke umständlich an seiner Hose, um an seinen Penis heranzukommen. Noch immer musste man ihn beim Pinkeln mit der ganzen Hand bedecken, um Erfrierungen zu vermeiden. Er hatte das Zelt eben erst aus den Augen verloren und war in seinen Bemühungen noch nicht weit fortgeschritten, als der Tod vor ihm aufsprang.

Der Bär hatte bereits sein schmutzig gelbliches Sommerfell, aber noch lange nicht wieder sein volles Gewicht. Dünn und hager, aber aufgerichtet fast zweieinhalb Meter groß, stürzte er sich ohne einen Laut auf das seltsame Wesen. Er war noch jung, keine vier Jahre alt. Er hatte noch nie Menschen gesehen. In einer Schneehöhle auf einer noch unentdeckten Insel des hohen Nordens geboren, die nicht wusste, dass sie einmal Ringnes Island heißen würde, war er über das Eis der Maclean und der Desbarat Strait, des Byam-Kanals und des Melville Sound neunhundert Meilen nach Süden gewandert; zuerst noch mit seiner Mutter, seit zwei Jahren ganz allein.

Gestern hatte er die Spuren gefunden, die er nicht deuten konnte. Aber weil es in seiner riesigen Welt nichts gab, was stärker war als er, weil alles Beute war, was er fand, war er den Spuren gefolgt. Am Morgen hatte er die Verursacher der Spuren schließlich gesehen; dunkle Gestalten, die er für eine Art zweibeiniger Wölfe hielt, die sich allerdings sehr merkwürdig verhielten. Sie stanken – wahrhaftig der stärkste Geruch, den er je auf so große Entfernung wahrgenommen hatte –, aber sie bewegten sich völlig unbekümmert über die Richtung, in die der Wind ihren Gestank trug. Dann gingen sie unter das Eis oder vielmehr nicht unter das Eis, sondern unter ein Ding, das die Farbe von Eis hatte: ein schmutziges Grau und Weiß. Er wusste, dass Robben manchmal Schneehöhlen auf dem Eis gruben, um ihre Jungen darin abzulegen, damit man sie nicht an der Oberfläche sehen konnte. Er konnte diese Höhlen, die rasch vereisten, mit beiden Vordertatzen und seinem Körpergewicht leicht durchbrechen, aber dieses Ding war die verdammt größte Schneehöhle, die er sich vorstellen konnte, und er hatte keine Ahnung, was ihn darunter erwarten würde. Robben waren es jedenfalls nicht.

Er ging so dicht heran, dass ihn der Geruch beinahe betäubte. Dann sah er, wie eines der Wesen die Höhle verließ, sich sorglos in den Schnee hockte und Losung von sich gab. Anschließend ging es wieder hinein, ohne ihn bemerkt zu haben. Also beschloss er, sich auf die Lauer zu legen. Vielleicht kam ja wieder eines heraus. Nach sechs Stunden, als er schon fast ganz vom fallenden Schnee bedeckt war, wurde seine Geduld belohnt; eine der dunklen Gestalten verließ die Höhle, brüllte kurz und unmutig über den Schnee, der auf sie fiel, und kam dann direkt auf ihn zu. Selbst wenn er gewollt hätte, wäre er jetzt nicht mehr ungesehen fortgekommen, also sprang er hoch und stürzte sich auf das kleine Tier, in einer einzigen schnellen Bewegung. Sonderbar dabei war eins: Irrte er sich, oder hatte sich das Wesen schon einen Sekundenbruchteil vor seinem Angriff umgedreht und zu schreien begonnen?

Schon Sekunden ehe der Schnee sich vor ihm hob und das große Tier ihn ansprang, wusste John, dass etwas nicht stimmte. Wusste nicht, was es war oder woher es kam, stand aber mit einem Mal still und wuchs mit allen Sinnen über seinen Körper hinaus. Als hätte er die Bewegung vorausgeahnt, drehte er sich im gleichen Moment um, als der Bär angriff, und schrie merkwürdigerweise auch die Warnung, ehe er ihn wirklich gesehen hatte. Die Zähne packten ihn deshalb nicht voll, zerrissen nur seine schwere Jacke im Nacken und schlossen sich mit einem lauten hellen Schnappen direkt hinter seinen Ohren. Dann traf ihn der Stoß des Angriffs in den Rücken, und der Junge flog fast fünf Meter in seiner eigenen Spur zurück. Er landete auf Händen und Knien, und obwohl ihm die Wucht fast das Rückgrat gebrochen hatte und seine Schulter merkwürdig taub war, zwang er sich weiter auf das Zelt zu, kroch, huschte am Boden wie eine Eidechse. Er hörte die schweren, sanften Tritte, den heiser keuchenden Atem des Bären und wusste, dass er ihm nicht entkommen würde.

Ein Tatzenhieb traf ihn am Hintern und wirbelte ihn herum, ohne dass er Schmerzen empfand. Er lag dann neben dem Schlitten, hilflos und auf dem Rücken, als das große Tier sich über ihn beugte. Und allein seine Kuriosität als Nahrungsmittel rettete ihm das Leben; wie man an unbekanntem, exotischem Essen erst einmal riecht, so schnüffelte der Eisbär an dem Jungen, drückte seine riesige Schnauze dicht an das merkwürdig warme kleine Gesicht und wollte ihm gerade die Kehle durchbeißen, als er abgelenkt wurde.

Sie hatten erst wenige Eisbären gesehen und nur zwei erlegt, die Prince of Wales Strait war offenbar keine normale Wanderroute dieser Tiere. Umso elektrisierender war der Ruf »Bär!«, der sie aus dem Zelt springen ließ und schlagartig ihr Jagdfieber und ihre Magensäfte zum Leben erweckte. Draußen sahen sie allerdings zu ihrem Entsetzen, dass diesmal der Bär unmittelbar vor der Befriedigung seines Hungers und zu diesem Zweck über ihrem blutenden Schiffsjungen stand. Alle brüllten, keiner wusste nachher mehr, was, und sie bewarfen den Bären mit allem, was sie in die Hände bekamen: ihren Schuhen, dem Kochkessel, einem Fernrohr.

Der Bär, der Vergleichbares auch noch nicht erlebt hatte, zog sich irritiert ein paar Schritte zurück, aber als er bemerkte, dass seine Beute, John, unter den Schlitten zu kriechen versuchte, richtete er sich noch einmal hoch auf, um ihn mit seinem gesamten Gewicht zu zerbrechen. Und als McClure, auf Socken, wie alle anderen, gerade mit seinem Wanderstock auf das riesige Tier losgehen wollte, ertönte, trocken und ohne Nachhall in der kalten Luft, endlich der Schuss aus dem Gewehr des Missionars.

Alle wunderten sich, dass dieser eine Schuss reichte; vor allem der Bär, der nur noch fühlte, wie das Eis an ihm hochsprang und plötzlich schwarz wurde. Danach sahen die Männer seltsam betroffen zu, wie der verletzte Junge sich schreiend auf das tote Raubtier warf und mit bloßen Fäusten auf den großen Kopf einschlug.

# 67.

Seit sie in Kanpur eingetroffen waren und in einem offenbar nur zu diesem Zweck frei gehaltenen Palast am Ganges-Kanal Quartier genommen hatten, fühlte der Investigator eine seltsame Unruhe, die ihn noch wach hielt, nachdem alle anderen – bis auf die Wache – längst schlafen gegangen waren. Er versuchte sich an der Lektüre von Thackerays *Vanity Fair*, das er aus Mahal Begums englischem Zimmer gestohlen hatte, konnte sich aber nicht konzentrieren. Als er mehrere Kapitel gelesen hatte, ohne sagen zu können, was darin stand, gab er es auf.

Wo das Zentrum des lähmenden und gleichzeitig merkwürdig euphorischen Gefühls lag, das ihm wie ein Kitzel in Arme und Beine stieg, das er in Brust und Bauch, sogar in den Hoden fühlte, wusste er nicht; nur, dass er es kannte. Gowers hatte Angst stets nur als eine fast schmerzhaft geschärfte Form von Aufmerksamkeit erlebt, ein Gefühl von Klarheit, Wachheit, in der seine überreizte Wahrnehmung immer ein wenig in Raum und Zeit hinauszuwachsen schien. Er spürte dann Dinge, bevor sie geschahen, manchmal tagelang, manchmal nur Sekunden vorher. Es war das Gefühl, mit dem man über Eis geht, von dem man nicht weiß, wie dick es ist und wie es sich bewegen wird. Das Gefühl, den Dingen ausgeliefert zu sein. So hatte er schon in den Minen gefühlt, in seinem ersten Leben, der Fünf-, Sechsjährige, wenn der Berg über ihm, unter ihm arbeitete und die Menschen still wurden vor Entsetzen. Manchmal auch auf See, wenn ein Sturm heraufzog und der Luftdruck die feinen Haare auf seinen Armen elektrisierte. Im Eis, als der große Bär über ihn kam oder als die *Deep South* in die Luft flog, vor allen Schlachten, allen Kämpfen in seinem

Leben. Blöd nur, dass er nie wusste, *was* geschehen würde, außer, dass er es nicht verhindern konnte.

Er löschte das Licht, schloss die Augen, um sich schneller an die Dunkelheit zu gewöhnen, und trat dann an die breite Fensteröffnung. Der Kanal stank brackig zu ihm herauf. Jenseits des stockenden Wassers glommen noch die Abendfeuer der Bettler, und er glaubte, kleine graue Schatten zu sehen, die hin und her huschten, um Überreste der armseligen Mahlzeiten zu finden, die dort zubereitet worden waren. Wind strich an der Palastmauer aufwärts, der erste kühle Luftzug seit Tagen, und Gowers breitete die Arme aus, um möglichst viel davon einzufangen. Einer plötzlichen Idee folgend, zog er dann seine Sachen aus und warf sie ungeordnet aufs Bett, stand nackt am Fenster und genoss den Wind, fühlte auch, wie der trocknende Schweiß seine Haut stumpf und unempfindlich machte.

In diesem Moment hörte er leise Schritte auf dem Gang und wusste instinktiv, dass es die Schritte eines Fremden sein mussten. Die Wache, die Diener, Frauen, Mukhopadhyaya – wer immer in den Palast gehörte, hätte sich anders bewegt. Er zog sich, lautlos auf seinen nackten Füßen, in den tiefen Schatten des Raums zurück. Die Tür schob sich langsam, zentimeterweise auf; dann war der Fremde im Zimmer, den Gowers aufgrund seiner besonderen Sehfähigkeit deutlich erkennen konnte.

Er war in Schwarz und Grau gekleidet, abgerissen wie ein Paria, und er versuchte, möglichst leise zu sein, war darin aber ebenso ungeübt wie in der Kunst, im Dunkeln zu sehen. Statt ruhig und gleichmäßig zu atmen, schlich er mit angehaltenem Atem zum Bett, und Gowers hätte das Schauspiel wahrscheinlich lustig gefunden, wenn er nicht auch das Messer in der Hand des anderen gesehen hätte.

Als der Mann den Druck, unter dem er naturgemäß stand,

nicht mehr aushalten konnte, sprang er mit zwei Sätzen zum Bett und stach mehrmals auf das leblose Kleiderbündel ein, das darauf lag. Und ehe er die Sinnlosigkeit seiner meuchlerischen Bestrebungen noch ganz erfasst hatte, fühlte er, wie ein heftiger Schlag sein Schultergelenk und seinen rechten Arm lähmte. Irritiert drehte er sich um und bekam den zweiten und dritten Schlag ins Gesicht, woraufhin er betäubt auf dem Bett und den Kleidern des Investigators liegen blieb.

Gowers rollte ihn von dort auf den Boden, denn er wollte die Wache nicht verständigen, ehe er nicht zumindest seine Hosen wieder angezogen hatte. Als er schließlich auf dem Gang nach den Soldaten rief, hatte der Eindringling sich deshalb so weit erholt, dass er zum Fenster taumelte. Ehe der Investigator es verhindern konnte, saß er auf dem Sims, und im gleichen Moment, als die Fackeln der Wachen den Raum erhellten, ließ er sich rückwärts acht Meter tief fallen. Gowers erinnerte sich an die Aussage, der Mörder von Delhi sei von der Mauer des Roten Forts gesprungen wie eine Katze, aber als er sich über die Brüstung beugte, sah er, dass dieser hier gefallen war wie ein Kartoffelsack.

Ohne allzu viel Hoffnung befahl er den Männern, den leblosen Körper zum besten Arzt der Stadt zu schaffen, und zog seine Stiefel an, um die seltsame nächtliche Prozession zu begleiten.

## 68.

Obwohl er noch keine fünfunddreißig Jahre alt war, hatte Clifford Meecham doch bereits vollkommen weiße Haare. Sie bildeten einen merkwürdigen Gegensatz zu seinem sonst fast noch jugendlichen Äußeren, und zunächst hatte er deshalb versucht, mithilfe von Haarfärbemitteln seine ursprünglich blonden Locken zurückzugewinnen. Aber die Ergebnisse waren so lächerlich gewesen, dass er stattdessen beschloss, sich lieber das Gesicht und die Figur anzutrinken, die zu seinen weißen Haaren passen würden. Das war ihm, von einer leichten Rötung der Wangen abgesehen, aber bisher trotz täglicher, neunjähriger Bemühungen noch nicht gelungen. Meecham hatte nicht ein Gramm zugenommen, seit er in Indien war, und auch seine Haut zeigte noch nicht die grobporigen Anzeichen eines Lebenswandels, den man nur als Vergewaltigung der menschlichen Natur bezeichnen konnte. Nur in seinem Inneren richtete der Alkohol Verwüstungen an, die seine Lebenserwartung dramatisch verkürzen würden, und eigentlich hätte ihn der Garnisonsarzt von Kanpur längst als untauglich aus dem Militärdienst entlassen müssen – wenn Meecham nicht selbst dieser Arzt gewesen wäre.

Er hatte noch nicht geschlafen, als es gegen drei Uhr morgens an seine Tür klopfte und ein Diener, auf den das nicht zutraf und der mühsam sein Gähnen unterdrückte, die Ankunft einer Gruppe Sepoys mit einem Verwundeten meldete. Meecham machte sich nicht die Mühe, seinen seidenen *Paijama* gegen ein offizielleres Kleidungsstück zu vertauschen, denn die Erfahrung hatte ihn gelehrt, dass Soldaten nicht nur zu jeder Tages- und Nachtzeit verwundet werden, sondern dass es ihnen auch völlig egal ist, ob ihnen ein Mann im Schlafrock oder in einer Gala-Uniform das Leben rettet. Immerhin nahm er die noch halb gefüllte Flasche Whisky mit, als er hinunter in seinen Behandlungsraum ging.

Ein kurzer Blick in die gebrochenen Augen des *Parias*, der auf dem hohen hölzernen Tisch lag, sagte ihm, dass der Mann tot war, vermutlich Genickbruch. Außerdem hatte er ein paar ziemlich kräftige Schläge ins Gesicht bekommen, was angesichts des Gesamtergebnisses allerdings ziemlich bedeutungslos war.

»Tot«, sagte Meecham achselzuckend zu den sechs indischen Soldaten, die den Patienten hergebracht hatten und irgendwie planlos herumstanden. Er wollte den Raum so schnell und grußlos wieder verlassen, wie er ihn betreten hatte, um sich noch ein Weilchen seiner Flasche zu widmen. Schlafen konnte er morgen im Dienst.

»Nicht so schnell«, erwiderte ein Weißer, der ihm hinter den Sepoys bisher nicht aufgefallen war, obwohl er anscheinend das Kommando hatte. »Ich möchte, dass Sie den Mann untersuchen.«

»Warum? Das wird dem armen Teufel auch nicht mehr helfen.«

»Nein, aber mir könnte es möglicherweise helfen.«

»Wer sind Sie?«

»Mein Name ist Gowers. John Gowers. Ich bin …« Ehe er fortfahren konnte, erhellte bereits ein breites, wohlwollendes Grinsen das Gesicht des jungen Arztes.

»Captain der 4th Illinois, Aufklärungsabteilung«, sagte Meecham, und als er die Verwunderung seines Gegenübers bemerkte, fügte er hinzu: »Amüsante Neuigkeiten sprechen sich im Offizierskasino von Kanpur schnell herum. Und der alte O'Reilly hat Ihretwegen einen mächtigen Anschiss bekommen. Den nächsten Amerikaner, den er auf der Straße sieht, wird er mit Sicherheit niederreiten! Was tun Sie hier? Ich meine, was machen Sie in Indien, wenn Sie nicht gerade die britische Armee aufhalten oder anderen Leuten mitten in der Nacht Leichen ins Haus schleppen?«

Gowers hielt den Mann in seinem seidenen *Paijama* für betrunkener, als er war, und sagte kurz angebunden: »Ich untersuche hier einige Mordfälle.«

»Aha«, erwiderte Meecham mit einem verständnislosen Blick auf die Leiche des Unberührbaren auf seinem Behandlungstisch. »Ziemlich seltsames Hobby.«

»Es ist mehr eine Profession. Ich bin Investigator …« Gowers stellte sich allmählich auf seinen Gesprächspartner ein und wartete die fällige Frage nicht ab. »Ein privater Ermittler. Dieser Bursche hier wollte mich umbringen, und ich müsste unbedingt herausfinden, wer oder was er war.«

»Nun, in erster Linie war er wohl herzlich untalentiert«, sagte der Arzt nach einer verwunderten Pause trocken. »Dann wollen wir uns den Kerl mal ansehen!«

## 69.

Der Mörder war kein Unberührbarer, so viel stand schnell fest, als sie ihm die schmierigen Kleider ausgezogen hatten. Unter der Maske des Parias war er sauber und vor allem sehr gut genährt, was ihn im Indien von 1866 zu einer Ausnahmeerscheinung unter den Eingeborenen machte. Er hatte auch offensichtlich nie viel mit seinen Händen gearbeitet, denn es fanden sich keine Schwielen oder Risse, keine brüchigen oder schmutzigen Fingernägel. Der Tote war vielmehr auffallend gepflegt. Wenn er nicht selbst vermögend gewesen war, musste er in höherer Stellung für vermögende Leute, ein Handelshaus oder Ähnliches tätig gewesen sein. Dafür wiederum war er bemerkenswert jung, weit unter dreißig, soweit sich das feststellen ließ.

Gowers erwarb sich den nachhaltigen Respekt des Armeearztes, indem er aus einer winzigen Verhärtung am obersten Glied des rechten Mittelfingers schloss, dass der Mann in seinem Leben offenbar viel geschrieben hatte, also definitiv zur gebildeten Oberschicht gehört haben musste. Das wiederum schränkte seine Herkunft oder Zugehörigkeit auf Kreise ein, in denen man ihn wahrscheinlich vermissen würde.

Ein Rätsel blieb die kleine blaue Tätowierung auf seinem Rücken, direkt zwischen den Schulterblättern: eine Art verschnörkelte Rune in einer Kartusche, also einer schmalen Umrandung, die Gowers an ägyptische Hieroglyphen denken ließ. Sie war blass und etwas verwaschen, so, als ob sie angebracht worden sei, als der Mann noch nicht ausgewachsen war. Etwas Derartiges hatte auch Meecham noch nie gesehen, der ansonsten mit den Zeichen indischer Geheimbünde überraschend vertraut zu sein schien.

»Thugs verwenden meist kleine Striche und Punkte in bestimmten Kombinationen«, sagte er. »Niemals etwas so Ausgefallenes. Es sieht schon fast wie ein Siegel aus.«

»Wer oder was sind Thugs genau?«, fragte Gowers, der über diese unheimlichen Mörderclans bislang nur düstere Gerüchte gehört und gelesen hatte.

»Nun, man könnte sagen, eine große Familie«, erklärte der Arzt. »Mit ausgeprägten Interessen im Bereich der Eigentumsverschiebung. Und um solche Verschiebungen endgültig zu machen, pflegen sie die Opfer ihrer Transaktionen umzubringen. Professionellen Raubmord würde man es in England wohl nennen. Das Besondere ist nur, dass dieser Beruf erblich ist. Thug wird man durch Geburt, nicht durch Neigung oder Fähigkeit. Wenn die Ausbildung zum Mörder auch recht solide sein soll«, fügte er nach einer kleinen Pause hinzu.

»Und Kali?« In den Andeutungen, die der Investigator den gestohlenen Büchern über Indien entnommen hatte, fehlte sie nie, die Göttin der Vernichtung, in deren Namen und zu deren Ehren die Thug-Bünde angeblich mordeten. »Ich dachte, Thugs sind eine Art Sekte.«

Meecham zuckte mit den Schultern. »Einige dieser Herren sind zweifellos religiös. Aber ich denke, wie bei allen Religionen ist auch die alte Kali mehr Vorwand als Ursache. Es mordet sich schließlich immer leichter zur höheren Ehre Gottes als zur persönlichen Bereicherung, nicht wahr?«

»Kann man Thugs auch mieten?«, fragte Gowers.

»Sicher«, bestätigte der Arzt. »Obwohl die konservativen Fraktionen unter ihnen darin zweifellos einen Verfall der guten Sitten sehen. Wie hat er es übrigens angestellt? Ich meine, wie wollte er Sie ins Jenseits befördern?« Meecham warf einen fragenden Blick auf die Leiche, und Gowers holte den Dolch hervor, den der Mörder so glücklos verwendet hatte.

»Das ist nun gar nicht die feine indische Art«, sagte der Arzt und schüttelte den Kopf. »Thugs sind eher Würger, seidene Schnüre sind ihr Handwerkszeug. Obwohl sich die weniger Wählerischen auch mit Hanfkordeln zu helfen wissen. Das ist übrigens genau das, was sie bei den Briten so unbeliebt macht!«

Gowers, der während des Gesprächs die Tätowierung des Toten in sein Notizbuch übertragen hatte, beendete diese Arbeit jetzt und fragte: »Woher wissen Sie so viel über Thugs?«

»Wir hatten bis vor ein paar Jahren sehr viel mit diesen Burschen zu tun«, antwortete der Arzt, der nun die Leiche Leiche sein ließ und in einer emaillierten Schüssel seine Hände wusch. Nach kurzem Zögern desinfizierte er sie dann auch noch mit ein paar Spritzern aus seiner Whiskyflasche. »Anhänger Tantia Topis und Nana Sahibs, hieß es. Aber nach der Niederschlagung des großen Aufstands lebte wohl auch rein naturgemäß der Brauch des individuelleren Meuchelns wieder auf.«

Er nahm einen kräftigen Schluck, um die Desinfektion auf sein Körperinneres auszudehnen, und hielt mit einem freundlichen Grinsen auch Gowers die Flasche hin. Der nahm die Einladung höflich an und sagte dann: »Sie sind schon lange dabei?!«

»Kann man so sagen«, erwiderte Meecham mit einem Seufzer und ging langsam zur Tür. Dort drehte er sich noch einmal um und fragte: »Kommen Sie?!« Gowers nickte, gab den Sepoys Befehl, die Leiche wieder in den Palast zu schaffen, und folgte dem Arzt in seine Privaträume.

## 70.

Bevor irgendeine Entscheidung getroffen werden konnte, mussten sie sich um den Jungen kümmern. Zuerst wollten sie ihn zurück ins Zelt schaffen, aber um ihm nicht unnötig wehzutun, legten sie ihn kurzerhand bäuchlings auf den Schlitten und zogen ihm die zerfetzten Kleider aus. Die rechte Hinterbacke sah übel aus, aber ansonsten hatte er seinen Bärentanz erstaunlich gut überstanden. Ein paar Kratzer auf der linken Schulter, ein paar Prellungen, große blaue Flecken im Rücken. Der zerrissene Gesäßmuskel allerdings musste genäht werden, und gehen, sitzen oder auf dem Rücken liegen würde John Gowers eine ganze Weile nicht können.

Schnee fiel in die offene Wunde. Da der nächste Arzt siebzig Meilen entfernt war, griff McClure selbst zu Nadel und Faden aus dem Medizinkasten und nähte dann wie an einer alten Hose. Er hatte keine Ahnung, wie tief man stechen musste oder durfte, und »Mutter hätte wahrscheinlich das eine oder andere auszusetzen gehabt«, wie er später bemerkte. Der Kapitän entledigte sich der ungewohnten Aufgabe nach Gefühl und war froh, als nachher alle Muskeln und Hautlappen wieder halbwegs am richtigen Fleck saßen. Nach einem prüfenden Blick auf seiner Hände Arbeit knurrte er allerdings: »Ihre knabenhafte Schönheit ist dahin, Mr. Gowers!«

John antwortete nicht. Sie hatten ein Stück Holz in seinen Mund geschoben, damit er den Schmerz wegbeißen konnte; aber die Kälte betäubte die Wunde von ganz allein, und so sah er stoisch zu, wie sich sein Blut auf dem Eis mit dem Blut des Bären mischte, den die übrigen Männer zu zerlegen begannen.

Ein Gesicht fiel ihm ein, das er vor langer Zeit in Bedlam gesehen hatte, und er hörte wieder die Worte der Prophetin, die er damals nicht verstanden hatte: »Eis! Eis in den Augen und Blut auf dem Eis, das ist nahe!« Erst umständlich verbunden und mit verschiedenen Kleidungsstücken bedeckt, stellten sich mit der Wärme auch die Schmerzen ein, und er verdrehte die Augen, während sich seine Zähne tief in das Holz bohrten.

Währenddessen überlegte McClure, was als Nächstes zu tun sei: zum Schiff zurückgehen, um den Verletzten besser versorgen zu können? Weiterziehen zu den Eskimos, die nun, Haswells Angaben zufolge, kaum noch einen Tagesmarsch entfernt sein konnten? Und sollte man den Bären mitnehmen oder liegen lassen? Immerhin gut zweihundert Pfund Fleisch, die man allerdings würde ziehen müssen – zusätzlich zu dem verwundeten Jungen, der natürlich nicht laufen konnte. War das zu schaffen? Und in welchem Verhältnis standen Aufwand und Nutzen? Er beschloss schließlich, noch einen Tag nach Süden zu gehen, um den unbekannten Eskimostamm zu finden, den Kranken auf dem Schlitten mitzuziehen, den Bären aber zurückzulassen.

Als er ihnen seine Entscheidung mitteilte, schwiegen die Männer betroffen – Bärenfleisch war eine seltene Delikatesse –, und während sie noch missmutig herumstanden, sagte der bäuchlings auf dem Schlitten liegende Schiffsjunge trocken: »Ich würde ihn wirklich gern essen, Sir!« Die Männer brüllten vor Lachen, weil es das Erste war, was er sagte, seit er selbst beinahe gefressen worden war, und auch der Kapitän grinste: »Wie du mir, so ich dir, wie?«

»Ich meine es ernst, Sir«, sagte John. »Wenn Sie ihn hierlassen, lassen Sie mich einfach auch hier. Ich esse ihn roh, und auf dem Rückweg nehmen Sie mich wieder mit.« Natürlich war das indiskutabel, aber seine Entschlossenheit entschied die Sache, und McClure befahl, den ganzen verdammten Plunder samt dem Bären und dem Verletzten aufzuladen und in einer halben Stunde abmarschbereit zu sein. Dann lief er voraus, um den Weg an Land zu erkunden.

Einen halben Tag später, als die Männer sich keuchend über den nassen Schnee schleppten, der sich unter ihren Füßen und den Kufen des schwer beladenen Schlittens in Schlamm zu verwandeln schien, entdeckte McClure von einer Anhöhe aus tatsächlich fünf Zelte in einer kleinen Bucht und rief den Dolmetscher zu sich. Dann sahen sie auch Menschen, soweit erkennbar nur Frauen, die bei ihrer Annäherung schreiend in ihre niedrigen Behausungen flohen. Wieder einmal wurde Miertsching vorangeschickt.

»*Sivoravogut! Erksidlarpogut!* – Wir fürchten uns, wir haben Angst!«, waren die ersten Worte, die der Missionar seit langer Zeit wieder aus dem Mund fremder Menschen hörte. Aber weil er Eskimokleidung trug und sie seine Worte verstanden, hielten sie ihn schließlich für einen natürlichen Menschen. Und nachdem sie seine Arme, sein Gesicht und seine Haare berührt hatten, beruhigten sie sich allmählich. Es waren nur zwei ältere Männer, ansonsten Frauen und Kinder; ein einzelner Familienclan also, dessen junge Männer auf einem Jagdzug waren. Alle waren sehr mager, die sonst so üppigen Wangen fast eingefallen. Der zurückliegende Winter musste hart zu ihnen gewesen sein.

Die Zelte der *Kanghiryuakmiut* bestanden aus Seehundfellen, als Zeltstangen dienten Narwalhörner, was darauf hindeutete, dass sie bessere Zeiten gesehen und in einer größeren Gruppe gelebt hatten. Keine einzelne Familie konnte den Narwal jagen. Als dann der Schlitten ins Lager gezogen wurde und die Eskimos den toten Bären sahen, versicherten beide Seiten einander unter lebhaftem Schulterklopfen zunächst einmal, dass sie große Jäger seien. Dann begannen die Frauen, um das Fleisch des Bären zu handeln, boten Netze, Knochennadeln und eine kupferne Harpunenspitze. McClure wollte aber nichts von ihren Tauschwaren annehmen und ließ ihnen schließlich bis auf Tatzen und einen Schinken den Bären als Gastgeschenk, was die armen Menschen allerdings nur aufs Neue verwirrte.

Geschenke waren in ihrer Welt nur in einem Fall üblich: wenn ein Mann eine Frau erobern wollte – und so luden die im ganzen Gesicht schwarz und blau tätowierten Damen nach kurzem Zögern die Männer der *Investigator* in ihre Zelte ein, was Dolmetscher und Kapitän allerdings zu verhindern wussten. Nur John, der inzwischen hohes Fieber hatte, wurde ins Zelt ihres *Angakok* gebracht, eines stocktauben alten Mannes, der von der Ankunft der Fremden noch nichts bemerkt hatte und Augen und Mund gar nicht wieder zubekam, als man ihm da plötzlich ein Wesen von den Sternen ins Zelt legte. Fahrig murmelte er ein paar Zaubersprüche über dem Kranken, betastete seine kostbare Kleidung, vor allem seine Schuhe, und eilte dann schnell hinaus, um die anderen Wundermenschen zu sehen.

Draußen hatte Miertsching inzwischen auf einem aufgespannten Robbenfell ein großes Stück Papier entfaltet und zeichnete mit Bleistift darauf: das Schiff, die Küste von Prince-Albert-Land, soweit sie sie kannten, den Weg, den sie zurückgelegt hatten. Es kostete erhebliche Mühe und Zeit, den Eskimos klarzumachen, dass nun sie diese Zeichnung ergänzen sollten. Wie sah die Küste im Süden aus? Wie viele Familien lebten dort? Hatten sie irgendetwas von weißen Männern gesehen oder gehört?

Als die Aufgabe klar war, beteiligte sich das ganze Dorf begeistert an der Zeichnung; die Lage kleinerer Inseln wurde lebhaft diskutiert, dann die Frage, wo auf dem dünnen weißen Fell ihre Verwandten und die befreundeten Clans wohnten. Von weißen Männern zumindest hatte man noch nie gehört. Im Gegenteil hatten die *Kanghiryuakmiut* stets angenommen, dass sie mit Ausnahme einiger Eskimostämme und der schrecklichen blutessenden Indianer auf *Nunavaksuaraluk*, dem Land-ohne-Ende im Süden – auf dem Kontinent, übersetzte Miertsching –, die einzigen Menschen auf der Welt waren.

Der alte *Angakok*, dem die Zeichnung zuletzt und wie zur Abnahme vorgelegt wurde, bestätigte nach langer interessierter Inaugenscheinnahme ihre Richtigkeit, und auch McClure stellte fest, dass die beiden von Richardson entdeckten Inseln Sutton und Liston in der Dolphin & Union Strait akkurat vermerkt waren. Die Ostküste von Prince-Albert-Land, dessen Identität mit dem altbekannten Viktoria-Land auf diese Weise erstmals festgestellt wurde, kannten diese Menschen jedoch auch nicht. Dort sei nur Eis, hoch und stark wie die Berge, das sich seit der Erschaffung der Welt noch nie aufgelöst habe. McClure nickte betroffen. Dort, in diesen weißen Fleck hinein, war Franklin gesegelt.

## 71.

Im Quartier des Garnisonsarztes von Kanpur war Gowers zunächst klar geworden, wie jämmerlich er doch als Captain der US-Armee gehaust hatte. Verglichen damit war Clifford Meecham ein Nabob, mit eigener Dienerschaft, Küche, Wohn- und Schlafräumen, in denen ein halbes Dutzend amerikanischer Offiziere Platz gefunden hätte, um sich bei Bedarf auch noch aus dem Weg zu gehen. Kein Wunder, dass viele dieser Kerle sich später in England und einem bürgerlichen Leben nicht mehr zurechtfanden. War Meecham vielleicht deshalb noch immer in Indien?, fragte sich Gowers. Seine eigentliche Dienstzeit musste doch längst abgelaufen sein, wenn er seit den Tagen der Rebellion hier war. Das Angebot, den »schäbigen Rest der Nacht« in Wohnung und Gesellschaft des Arztes zu verbringen, hatte er jedenfalls sofort angenommen.

Meecham benahm sich inmitten all der weitläufigen Pracht seines Quartiers wie ein ungezogener Junge oder zumindest wie ein sehr mutwilliger Junggeselle. Nach dem Interieur zu urteilen, bestand seine außerdienstliche Tätigkeit vorwiegend darin, Unordnung anzurichten und seine Diener am Aufräumen zu hindern. Der Mann ließ einfach fallen, was er nicht mehr brauchte oder benutzte; Bücher und Kleidungsstücke ebenso wie sein Reitzeug oder seine Jagdausrüstung. Hausschuhe, Paradestiefel, ein Spazierstock, achtlos hingeworfene Papiere, Briefe, ein Koppel mit Degen, die Reste von nicht zustande gekommenen geologischen und botanischen Sammlungen, überall herumstehende Whiskygläser, von den verschiedensten Sitzgelegenheiten gerutschte Kissen, Decken und Bezüge, eine Offiziersmütze, die vom Haken gefallen war – Gowers mochte den Mann, war aber immer noch Soldat genug, um ihm einen nächtlichen Alarm oder die unangemeldete Inspektion eines Vorgesetzten zu wünschen.

»Nehmen Sie doch Platz!«, sagte Meecham und fegte mit einer beiläufigen Bewegung einen Stapel alter Zeitungen von einem riesigen Korbsessel, in dem der Investigator kurz darauf mehr lag als saß. »Einen Kaffee?« Ohne eine Antwort abzuwarten oder auch nur einen Gedanken an die nächtliche Stunde zu verschwenden, brüllte der Arzt einen Diener herbei, der im Gegensatz zum Zimmer so sauber war wie eine Porzellanfigur; wenn auch grau vor Müdigkeit.

»Kaffee! Und mehr Licht!«, orderte der Arzt, hatte indes selbst schon zwei riesige Gläser und eine Kiste Zigarren aus einer staubigen Vitrine genommen. Obwohl Gowers in letzter Zeit deutlich Besseres geraucht hatte, steckte er sich die angebotene Zigarre genüsslich zwischen die Lippen und entzündete sie an der altersschwachen Öllampe, die sein Gastgeber ihm reichte. Kurz darauf machten dichte Rauchschwaden die Unordnung im Raum noch ein wenig malerischer.

Meecham goss die Gläser erschreckend voll und zog dann ein weiteres Sitzmöbel nebst einem kleinen lederbezogenen Hocker heran, auf dem er seine Füße ablegte, als seien sie die Last der Welt. »Dann mal los, Captain! Warum wollte der Kerl Sie umbringen?«

»Das weiß ich leider auch nicht genau«, erwiderte Gowers. »Aber die Tatsache, dass er es versucht hat, ist schon recht aufschlussreich.«

»Sie meinen: Jemand scheint was dagegen zu haben, dass Sie ermitteln – was immer Sie auch ermitteln wollen.« Der letzte Satz wurde von einer so neugierigen Intonation getragen, dass Gowers grinsen musste.

»Sagen wir lieber: Jemand scheint zu wissen, was ich ermitteln könnte! Das ist viel interessanter.«

»Zumal Sie mit Informationen darüber so sparsam sind«, sagte der Arzt und erwiderte Gowers' Grinsen.

Gowers lachte. »Wer nicht viel hat, muss sparsam sein! Im Ernst, ich sammle meine Informationen noch. Und dabei könnten Sie mir helfen.«

»Wie?« Meecham lehnte sich behaglich zurück und war, vor allem nachdem der Diener den starken, süßen Kaffee gebracht hatte, zu jeder Art Hilfe bereit, die in dieser Stellung möglich war.

»Erzählen Sie mir mehr. Die Thugs, Tantia Topi, Nana Sahib. Erzählen Sie mir, was nicht in Büchern steht.«

## 72.

»Die Geschichte wird von den Siegern geschrieben, Mr. Gowers, und sie wird so geschrieben, dass ihr Sieg stets ein notwendiger Fortschritt auf dem langen Weg zu Wahrheit, Gerechtigkeit und Menschenliebe ist.« Das Lächeln des weißhaarigen jungen Arztes wurde bitter. »Dazu muss man natürlich das eine oder andere verschweigen.«

»Ist mir bekannt.« Gowers nickte.

»Ich …« Meecham schien zum ersten Mal in dieser Nacht ernsthaft berührt. »Ich will damit nur sagen, dass ich berichten will und nicht werten. Sehen Sie, die meisten Briten im Empire spucken immer noch aus, wenn sie den Namen Nana Sahib hören, und sie haben verdammt recht damit. Aber die Inder haben das gleiche Recht, vor Neill und Havelock auszuspucken.« Der Arzt lächelte wieder. »Man gilt allerdings schnell als Nigger, wenn man das zugibt.«

Gowers hatte bereits gelesen, dass vor allem der Verrat Nana Sahibs dazu geführt hatte, dass die Briten noch immer jedem braunen Gesicht in Indien misstrauten und dass man sich auch auf den friedlichsten englischen Teegesellschaften die Zeit damit vertrieb, möglichst unschöne und langwierige Todesarten für den »Schlächter von Kanpur« zu ersinnen.

»Ich war ein *Griffin* reinsten Wassers«, fuhr der Arzt unterdessen fort. »Frisch aus England, frisch von der Universität, das medizinische Examen in der Tasche und den üblichen Unsinn von Freiheit und Abenteuern im Kopf. Aber ich war kaum da, als die Rebellion ausbrach und meine Einheit Befehl erhielt, sich den Entsatztruppen in Benares anzuschließen. Am unheimlichsten war der Anmarsch. Ein Land im Aufstand, Mr. Gowers – aber links und rechts der Straße war alles völlig still, keine Bauern auf den Feldern, die Dörfer leer, die Leute in ihren Häusern und Hütten. Und wir mit entsicherten Waffen, immer kampfbereit, Schritt für Schritt, zweihundert Meilen weit. Es war, als würde sich das ganze Land ducken, wie vor einem Gewitter, dem man nicht entgehen kann. In Benares hieß es, dass Tantia Topi mit achtzigtausend Meuterern die Straße blockiert. In Benares sahen wir auch die ersten Leichen. Trieben den Fluss hinunter, Weiße: Männer, Frauen und Kinder, zu Dutzenden.« Meecham beugte sich vor, um die Glut seiner Zigarre, die auszugehen drohte, an der kleinen Lampe zu stärken. »Und es war nur das, was die Krokodile übrig gelassen hatten.«

Auch ein weniger feinfühliger Beobachter als Gowers hätte inzwischen bemerkt, dass der Arzt im Grunde erzählte, wie er das Wrack geworden war, das da gestrandet in einem seidenen *Paijama* in Schlaflosigkeit und Alkoholsucht vor ihm saß. »Da wussten wir schon von dem Massaker in Kanpur und was am *Sati Chaura Ghat* geschehen war. Ein Boot war entkommen, Mr. Gowers, ein einziges. Fünf Überlebende einer ganzen Garnison – der Nana Sahib freien Abzug zugesichert hatte und die er niedermetzeln ließ, als sie am *Sati Chaura Ghat* in die Boote stiegen. Also gab unser Kommandant, der ehrenwerte Brigadegeneral James Neill, die Order aus, dass wir keine Gefangenen machen auf dem Marsch nach Allahabad und weiter den Fluss hinauf. Und so machten wir keine Gefangenen, machten auch keine Unterschiede mehr, wenn Sie wissen, was ich meine. Von da an war es, als würden wir durch Dantes Hölle marschieren.«

Gowers verstand nur zu gut, was der Arzt meinte. Er hatte im Bürgerkrieg genügend Männer kommandiert, um zu wissen, dass die organisierte Gewalt einer Armeeeinheit im Grunde ein großes Tier ist, das man nur durch strengste Befehle, wildes Herumbrüllen und manchmal auch nur mit einer gegen die Stirn gehaltenen Pistole im Zaum halten kann, bevor man ihm im Gefecht freien Lauf lässt. Soldaten kommandieren hieß, ihre Fähigkeiten zur Gewaltanwendung in allen Abstufungen – von der Ohrfeige bis zum offenen Sadismus – jederzeit steuern zu können. Gab man ihnen dagegen das Gefühl oder gar den *Befehl* »Alles ist möglich«, kam unter den Uniformen, all der mühsam anerzogenen Kultur etwas Altes, Dunkles, Unheimliches zum Vorschein, und es konnten Dinge geschehen, die nachher auch die nicht für möglich hielten, die sie mit angesehen hatten oder sogar an ihnen beteiligt waren.

»Eigentlich töteten wir von da an alles, was uns in den Weg lief. Wir verwüsteten Felder, wir verbrannten Dörfer mit allem darin, Ernte, Vieh und Menschen. Das kam natürlich den Rebellen zu Ohren, und daraufhin gaben sie ebenfalls alle Rücksichten auf, die sie bis dahin vielleicht noch genommen hatten. Und als wir in Kanpur einrückten – sie wichen zurück, als wir kamen –, da hatten sie uns etwas dagelassen, was für den gegenseitigen Umgang in diesem Krieg ziemlich prägend blieb.« Meecham, der sich im Verlauf seines Berichts immer weiter vorgebeugt hatte, sackte jetzt wie erschöpft zurück. Er versank geradezu zwischen seinen eigenen Schultern, rettete aber dabei durch heftiges Ziehen die Glut seiner Zigarre ein zweites Mal.

»*Bibighur*«, fuhr er durch die entstandene Rauchwolke fort, »das Haus der Damen. Ich weiß nicht, ob es vorher schon so hieß oder erst so genannt wurde, nachdem sie dort die überlebenden Frauen des Massakers von *Sati Chaura Ghat* eingesperrt hatten. Die Frauen und ihre Kinder. Drei Wochen saßen diese zweihundert Unglücklichen dort im eigenen Dreck, und erst kurz bevor wir kamen, haben sie sie geschlachtet. Und ich meine: geschlachtet, Mr. Gowers. Selbst die meuternden Sepoys waren Soldaten und hatten sich geweigert, wehrlose Frauen und Kinder zu erschießen, also beauftragte Nana Sahib Metzger, um diese Arbeit auf ihre Weise zu erledigen.« Der Arzt nahm einen großen Schluck Whisky und öffnete danach den Mund zu einem Ächzen, als würde das scharfe Getränk in seiner Kehle zum ersten Mal nach langer Zeit wieder die gewohnte Wirkung entfalten.

»Wir waren zuerst verwirrt, weil wir keine Leichen sahen, nur all das Blut. Es stand wahrhaftig knöcheltief auf dem Boden, so viel, dass es nur an der Oberfläche geronnen war. Aber anhand der Spuren, breite Schleifspuren, Blutspuren, fanden wir bald den Brunnenschacht, in den sie die nackten Körper geworfen hatten, um das Wasser zu vergiften. Einige holten wir wieder heraus, aber die Hitze … Wir schütteten den Brunnen dann lieber zu, und ich weiß bis heute nicht, ob wirklich alles darin tot war.« Die Knöchel an Meechams linker Hand wurden weiß, so fest klammerte er sich an sein Glas. Ganz leicht, mehr spür- als hörbar begann seine Stimme zu flattern. Er sprach jetzt auch immer schneller.

»Neill gab daraufhin den Befehl, dass alle Meuterer, die wir fanden – und wir fanden eine ganze Menge, Idioten, die in der Stadt geblieben waren, um zu plündern –, dass alle Meuterer ins Haus der Damen gebracht wurden, um das Blut aufzuwischen, mit ihren Kleidern, jeder ein kleines Stück Boden. Danach wurden sie aufgehängt. Aber ein paar unserer Männer, Offiziere, gut ausgebildete Jungen aus Eton und Harrow, meinten, dass Hängen zu gut sei für diese Burschen, und gaben Befehl, sie vor die Kanonen zu binden.« Nachdem sein Blick zuletzt immer tiefer an sich selbst herabgesunken war, sah der Arzt Gowers jetzt direkt an. Scham, Ekel und der geile Triumph, Dinge überlebt zu haben, die sich die wenigsten Menschen vorstellen können: Seine Augen spiegelten Gefühle, die ihn in England zu einem sicheren Kandidaten fürs Irrenhaus gemacht hätten.

»Wissen Sie, was mit Leuten passiert, die man auf diese Weise tötet? Sie verschwinden! In einer großen Wolke aus Pulverdampf, wie auf dem Theater. Nur dass aus dieser Wolke Verschiedenes herausgeflogen kommt, bis zu hundert Meter weit. Arme, Beine, Finger, Zähne, ganze Köpfe – und natürlich noch ein paar andere Sachen, die nur Mediziner identifizieren können, wenn sie wollen. An dem Tag wollte ich kein Mediziner mehr sein. Ich wollte auch kein Engländer mehr sein. Ich wollte nicht mal mehr Mensch sein.« Als würde er diese Anwandlung existenziellen Ernstes und die Bilder, die sie ausgelöst hatten, weglachen können, fuhr Meecham mit hysterischer Belustigung fort: »Unsere Kanoniere zogen irgendwann ihre Sachen aus, um sie nicht hoffnungslos einzusauen, Mr. Gowers. Nackte weiße Männer banden einen ganzen sonnigen Morgen hindurch nackte braune Männer vor die Geschützmündungen und entwickelten eine erstaunliche Fantasie dabei. Mit dem Gesicht in die blutigen, dampfenden Rohre, mit der Brust, dem

Unterleib. Einige setzten sie regelrecht auf die Kanonen, den finalen Arschtritt nannten sie das!«

Gowers sah, dass seine Erinnerungen für den Arzt immer noch lebten, und damit er sich nicht noch weiter in ihnen verlor, fragte er: »Und die Anführer? Nana Sahib und Tantia Topi?«

## 73.

Die Namen ernüchterten den Mann schlagartig. Als hätte ihn ein Guss kalten Wassers geweckt, schüttelte Meecham wieder einmal die Bilder von sich, die ihn seit fast einem Jahrzehnt in jeder Nacht quälten. Er fand auch gleich wieder in die Rolle des immer und durch alles leicht amüsierten jungen Oberschichtengländers zurück.

»Oh, Tantia ist gehängt worden, nachdem er uns noch fast zwei Jahre lang Ärger gemacht hat. Hat Gwalior erobert und all das. Aber zuletzt besaß er eigentlich nur noch eine Räuberbande, keine Armee. Guerilla-Krieg, Sie verstehen? Ganze neun Mann waren noch bei ihm, als sie ihn irgendwo oben bei Delhi schließlich geschnappt haben.«

»Wie wurde er geschnappt?«

»Wie man solche Leute immer schnappt: durch Verrat.«

»Wer hat ihn verraten?«

Meecham zuckte die Achseln. »Ich war leider nicht dabei, Mr. Gowers. Aber all diese kleinen Rajas und Nawabs haben sich zweihundert Jahre lang gegenseitig an die Engländer verraten. Da wird sich also jemand gefunden haben.«

»Und Nana Sahib?«

Wieder hob der Arzt nur die Schultern. »Das weiß niemand.« Er grinste. »Wir haben den Fehler gemacht, ein Kopfgeld auf ihn auszusetzen, das hat zu entsprechend vielen Gerüchten geführt. Und zu einem guten Dutzend toter Nanas, von der Malabar-Küste bis rauf nach Afghanistan. Aber keiner war anscheinend überzeugend genug, um das Preisgeld zu zahlen.«

»Was glauben Sie?«

»Ich denke, er lebt noch. Irgendwo im Himalaya. Aber eines Tages wird er von den Bergen herabsteigen und Indien von den Briten befreien!« Der Arzt imitierte den schwärmerischen Tonfall eines geschlagenen Meuterers so gekonnt, dass Gowers lächeln musste. »Woher haben Sie das denn?«

»Ich habe einen Bekannten da oben, der …« Meechams Ironie wurde plötzlich zu dem verträumten, fast ein wenig neidischen Wohlwollen, mit dem Alexander der Große über Diogenes gesprochen haben mochte. »Oh, den müssen Sie kennenlernen, Mr. Gowers. Ist zurzeit in Kanpur. Ziemlich verrückt, aber sehr liebenswürdig. Und weiß mehr über Indien als alle anderen zusammengenommen.« Und mit einem schelmischen Blick fügte er hinzu: »Na ja, er ist ja auch schließlich am längsten da!«

So, wie man bei einem Witz nach der Pointe fragt, tat Gowers ihm den Gefallen: »Wie meinen Sie das?«

»Er war einer der ersten Engländer im Land. Kam gleich nach den Jungs von der East India Company hier an, 1615! Jedenfalls behauptet er das.«

»Und Sie glauben ihm«, sagte nun Gowers ironisch, der den Arzt jetzt nur noch für betrunken hielt. Lange genug hatte es ja gedauert. Draußen wurde es bereits wieder hell. Meecham nahm einen letzten Zug, drückte die Zigarre aus und blies dann den Rauch als ein sichtbares Seufzen von sich. Die Geschichte, die er nun zu erzählen hatte, gehörte offensichtlich zu den genussreicheren seines Lebens.

»Jemand, der seinen Herzschlag willkürlich anhalten kann, hat eine gewisse Überzeugungskraft, ja.« Und als der Investigator nur skeptisch die Augenbrauen hochzog, fügte er hinzu: »Ich habe ihn mal untersucht, wissen Sie, vor ein paar Jahren. Abgehorcht, abgeklopft, Reflexe, das ganze Programm. Zumindest ist der Mann sehr alt. Und als ich ihm sagte, dass da ein Geräusch an seinem Herzen sei, das mir nicht gefällt, erwiderte er: So? Das lässt sich ändern! Und dann … Dann war er tot, Mr. Gowers. Fünf Minuten lang tot, jedenfalls im medizinischen Sinn. Kein Puls, kein Herzschlag, nichts. Sie hätten mal mein Gesicht sehen sollen!«

Der Arzt schüttelte den Kopf und brummte: »Muss eine Art Trance gewesen sein, wie bei den Fakiren. Meditation, all das. Jedenfalls habe ich danach nicht mehr versucht, ihn vom Gegenteil zu überzeugen, als er sagte, er sei dreihundert Jahre alt. In Nepal, wissen Sie, und noch weiter im Norden, in Tibet, wo die Berge wirklich, wirklich hoch sind, soll es so eine Art Mönche geben, die tausend Jahre und älter werden.«

»Na, da ist dieser ja noch ein junger Hüpfer!«, sagte Gowers so belustigt wie ungläubig. Als er wenig später die Wohnung des Arztes verließ, war es endgültig Morgen geworden. Das helle Grau der Dämmerung zeigte bereits einen blauen Schimmer, und die Luft würde nicht mehr lange brauchen, um wärmer zu werden als die sich darin bewegenden Menschen.

Gowers beobachtete müde, wie eine einzelne Taube sich in weiten Kreisen höher und höher in den Himmel schraubte. Als sie nur noch ein kleiner dunkler Fleck auf dem beginnenden Tag war, wandte sie sich nach Osten und flog langsam den Fluss hinunter.

## 74.

Ein Schwarm Wildgänse flog schreiend über die Bucht und das Lager der *Kanghiryuakmiut* hinweg nach Norden. Sie waren schon erstaunlich niedrig, fast am Ende ihrer langen Reise, und McClure holte seine Flinte vom Schlitten, um eine davon zu schießen. Einerseits, weil diese braven Leute am Ende der Welt das Fleisch brauchten und ihm leidtaten, andererseits, um Eindruck zu schinden. Je größer der Eindruck war, desto bereitwilliger würden sie die Briefe verwahren, die er hier zu hinterlegen gedachte: einen kurzen Bericht über seine Entdeckungen und seine weiteren Pläne, auszuhändigen an die ersten Weißen, die in diese Gegend kamen, und weiterzuleiten an die britische Admiralität in London.

Leider fiel die getroffene Gans ins Wasser und versank, ehe sie geborgen werden konnte. Der Schuss verfehlte jedoch seine sonstige Wirkung nicht, und nachdem zeitweise eine fast freundschaftliche, gleichberechtigte Stimmung unter Gastgebern und Besuchern entstanden war, waren die Eingeborenen, die nicht begriffen, dass man ohne Nutzen töten konnte, mit einem Mal wieder eingeschüchtert und kleinlaut. Die Briefe allerdings würden sie mit Sicherheit gut bestellen.

Nur wenige Stunden, nachdem sie das kleine Lager betreten hatten, rüsteten sich die Engländer wieder zum Aufbruch, was vor allem Miertsching bedauerte. Er hatte über den Glauben und das Weltbild dieser Leute noch zu wenig erfahren, um auch nur den Versuch einer Missionierung zu machen. Im Wesentlichen schienen ihre Auffassungen denen der Eskimos von Kap Bathurst zu entsprechen, und das einzig Neue, was er von ihnen erfuhr, war, dass es irgendwo im Land einen hohen Berg gäbe, auf den ihre Vorfahren sich einst vor einer großen Flut gerettet und auf dem sie noch eine Zeit lang gelebt hätten.

Der Missionar verteilte zuletzt seine Blechkreuze, der Kapitän einige Nähnadeln, Sägen, Messer und kleine Spiegel, die allerdings mit mehr Ehrfurcht als Freude entgegengenommen wurden. Noch immer verstanden sie nicht, was Geschenke waren, und als McClure zum Abschied einer jungen Eskimofrau, die ihr Kind auf dem Rücken trug, seinen großen roten Schal um den Hals legte, erschrak sie sichtlich. Zitternd und mit Tränen in den Augen zog sie dann den Säugling aus ihrer Kapuze, küsste ihn noch einmal und bot ihn dem Häuptling der *Kabloonas* als Gegengabe an. Miertsching überzeugte sie davon, dass dies nicht nötig sei, und erleichtert fragte sie nun, wobei sie ihren Schal befingerte, was für Tiere das seien, die solche roten Felle haben.

John war der Einzige, der sich auf einen wirklichen Handel einließ. Kurzzeitig und unter Schmerzen aus seinen Fieberträumen erwacht, hatte er im Zelt des *Angakok* eine Art Brille entdeckt, ein flaches, längliches Stück Narwalhorn, in das schmale Sehschlitze eingeschnitten waren und das man mit Robbendarm rings um den Kopf befestigte. Er gab sein gebrauchtes Taschentuch dafür, und weil er sich dabei zu schäbig vorkam, legte er noch seine wollene Seemannsmütze dazu, die dem alten Mann seine letzten beiden Winter hindurch gute Dienste leistete, ehe sie sich auflöste und zu Nähmaterial verarbeitet wurde.

Obwohl ihr Schlitten ohne den Bären erheblich leichter war, ging der Rückmarsch über Land nur langsam voran. Es regnete, der Schnee taute an vielen Stellen völlig weg, und oft zogen sie den Schlitten praktisch durch braunen Schlamm. Sie beschlossen deshalb, das Minto Inlet nicht entlang der Küste zu umrunden, sondern die dreiundzwanzig Meilen breite Bucht auf dem Meereis zu überqueren. Da ein starker Südwind sie ohnehin in diese Richtung schob, schien diese Entscheidung zunächst die richtige zu sein. Auch der dichte Nebel irritierte sie nicht, denn nach dem Regen war der Nebel normal, und noch immer kamen sie gut voran und behielten den Wind im Rücken.

John, bäuchlings auf dem Schlitten, sah naturgemäß als Erster, dass das Eis unter ihnen allmählich durchsichtig wurde, und das hieß: dünner. Er glaubte auch, deutlich die Tide zu spüren und aufgrund seiner niedrigen Lage bisweilen eine leichte Wölbung des Eises vor ihnen wahrzunehmen. Kein Zweifel, das gefrorene Wasser unter ihren Füßen hob und senkte sich leicht; sie gingen auf Wellen. Schon hörte er ein feines Knistern und Knacken und schließlich das Geräusch, das sie alle gefürchtet hatten: wiederum wie ein einzelner, weit entfernter Gewehrschuss. Die Scholle, auf der sie gingen – Meilen um Meilen im Durchmesser –, war vom Land losgebrochen. Falls sich jetzt noch der Wind drehte, würden sie aufs offene Meer hinausgeblasen. Zwar hatte McClure, aus Erfahrung klug geworden, eines der aufblasbaren Halkett-Boote mitgenommen, aber im Ernstfall bot es nur Platz für fünf Männer, und sie waren zu acht.

Da die Konsequenz daraus allen klar war, zögerte McClure, das Boot aufblasen zu lassen, auch als er aufgrund der schon zurückgelegten Entfernung wusste, dass etwas nicht stimmen konnte. Sie hatten bereits mehr Meilen zurückgelegt, als die Bucht breit war, liefen also entweder im Kreis oder waren mitsamt dem Eis, auf dem sie sich befanden, aus der Bucht hinausgetrieben worden. Der Nebel machte es unmöglich, sich darüber zu orientieren, also befahl er mit der größtmöglichen Ruhe, die er heucheln konnte, das Lager aufzuschlagen, bis die Sicht besser werden würde.

Schlafen konnte niemand in dieser dreistündigen Nacht, in der die Sonne nicht unterging. Sie klammerten sich an die Zeltbahnen, damit sie nicht im immer noch stürmischen Wind davonflögen, lauschten auf das Gurgeln der schwarzen See unter dem Eis und hofften, dass es nicht direkt unter dem Zelt aufbrechen würde. Am Morgen, beziehungsweise zu der Zeit, die die Uhr des Kapitäns als Morgen auswies, hatte sich der Nebel gehoben, und sie erkannten die Küste von Prince-Albert-Land fünf Meilen entfernt an Steuerbord. Immerhin waren sie in die richtige Richtung getrieben.

## 75.

Während die Männer das Zelt abschlugen, starrte McClure durch sein Fernrohr unverwandt zur Küste hinüber und fragte sich, ob sie sich entfernte oder näher kam. Er wusste, dass er jetzt nurmehr Kapitän auf einem Eisfloß war, das er nicht steuern konnte. Es hätte ein ständiges Messen und Berechnen ihrer Position sowie langwieriges Koppeln erfordert, um zu bestimmen, wie dieses Floß sich verhielt, ob es sich drehte, wie schnell und wohin es trieb. Ihm fehlte die Zeit dazu, und so beschloss er, sich einer der besseren Eigenschaften seines Schiffsjungen zu bedienen.

»Mr. Gowers, können Sie stehen?«, rief er unter dem Glas hindurch.

»Ja, Sir«, erwiderte John, »wenn jemand mich stützt.«

»Dann werfen Sie einen Blick durch das Glas und sagen mir, welchen Küstenabschnitt Sie in Nordost sehen!« McClure wusste, dass der Junge eine Küstenlinie, die er einmal gesehen hatte, nicht wieder vergaß, und sie waren im letzten Herbst in dieser Gegend gewesen. Er fasste ihn unter den

Schultern und richtete ihn auf. Nach mehreren schmerzhaften Anläufen stand John schließlich auf dem Schlitten, das Glas vor den Augen und den Ellenbogen auf die Schulter des Kapitäns gestützt.

»Walker Bay«, sagte er nach weniger als einer Minute. »Kap Peter Richards – Pemmikan Point!« Er wies mit dem rechten Arm kurz in zwei Richtungen und hatte damit ein Dreieck gebildet, dessen Spitze er selbst war.

»Sehr gut«, sagte McClure. Damit konnte man arbeiten. »Können Sie mir etwas über die Fahrt sagen, die wir machen?«

Das war eine weit schwierigere Aufgabe. John erstarrte für fast zehn Minuten zu einem unbeweglichen Denkmal aller Toppgasten aller Zeiten und Schiffe, spürte, wie das Blut aus seinen Fingerspitzen wich, als sie allmählich erfroren, aber sah auch im Glas, wie die Schatten auf der fernen flachen Küste sich bewegten, und sagte dann: »Fahrt Nordnordwest, Sir. Aber wir drehen uns leicht nach steuerbord.«

»Welchen Kurs würden Sie steuern, Mr. Gowers?«

»Nord, Sir. Zwei Strich backbord, auf Berkeley Point zu.« McClure half dem Jungen, sich wieder auf den Schlitten zu legen, und befahl dann: »Nord! Zwei Strich backbord, auf Berkeley Point!«

Die Männer wunderten sich ein wenig über das blinde Vertrauen, das der Kapitän in die Fähigkeiten seines Moses setzte, erinnerten sich dann aber daran, dass die beiden schon lange zusammen gefahren waren, und gehorchten. Der Wind blies stetig aus Süden und schob sie mitsamt dem Eis voran. Nach zwei Stunden sahen sie tatsächlich Berkeley Point auftauchen, fürchteten aber, westlich daran vorbeizumarschieren, weil sie die Drehung der riesigen Eisscholle nicht einschätzen konnten. Erst als die Landzunge im Verlauf der nächsten drei Stunden langsam in ihr Blickfeld wanderte, obwohl sie ihren

Nordkurs hielten, wurde ihnen richtig klar, was John Gowers eben getan hatte.

»Wenn der den Arsch an die Bandsäge hält«, sagten sie später, inspiriert wohl durch seine Verletzung, aber auch voll ehrlicher Bewunderung, »kann er genau sagen, welche Zacke ihn zuerst schneidet!« Nun drehte sich die Eisscholle, auf der sie schwammen, nicht annähernd so schnell wie diese neueste Erfindung der Ingenieurskunst, und den Punkt vorauszusagen, an dem sie bei ihrer gemächlichen Fahrt Nordnordwest wieder gegen das Land stoßen würde, war natürlich auch mit sehr viel Glück verbunden. Dennoch spürten sie deutlich den Ruck, mit dem ihr riesiges Floß ziemlich genau vor Berkeley Point zum Stehen kam, und waren eine Dreiviertelstunde später an Land. Dort erbrachen sich zwei der Matrosen – weniger aufgrund der Strapazen als der dabei ausgestandenen Angst.

Sie verließen das Land erst wieder, als sie zwei Tage später die Princess Royal Islands ausmachen konnten. Hier waren die Männer so erschöpft, dass der Kapitän vorauslief, um vom nur zwei Stunden entfernten Schiff Hilfe zu holen. John erhielt bis zur Rückkehr des jungen Leutnants Wynniat dessen Kabine, damit Doktor Armstrong seine Wunde besser versorgen konnte. Er schlief viel in der ungewohnt ruhigen Umgebung, fand aber dann, versteckt zwischen Matratze und Kojenrahmen, einige fotografische Aufnahmen, Calotypien, die ihn lange wach hielten. Er überlegte nicht einmal, ob er seine Entdeckung melden müsste, sondern benutzte sie zu eben dem Zweck, zu dem der gerade zwanzigjährige Wynniat sie an Bord gebracht hatte.

Als der Leutnant sechs Tage später – als Letzter – von seiner Schlittenreise zurückkehrte, die ihn bis auf hundertfünfzig Meilen an Kap Walker heran- und in eine Bucht gebracht hatte, die heute seinen Namen trägt, zog der Junge ins Mannschaftsquartier um, wo seine langsam verheilenden Wunden ihm neben Mitleid aber immer wieder auch die spöttische Frage eintrugen, was denn der Bär eigentlich von ihm gewollt habe?

## 76.

Der alte Mann war »mit dem Himmel bekleidet«, was nicht nur eine euphemistische Umschreibung für seine Nacktheit, sondern vor allem für seine Bedürfnislosigkeit war. Obwohl er keiner der zahlreichen indischen Religionsgemeinschaften angehörte, lebte er zumindest im Sommer und in der Ebene gern das Leben eines solchen *Digambara*, weil es so herrlich einfach war. Er schlief, wo er wollte und wann er wollte, ohne die alte europäische Angst, irgendetwas zu verlieren oder zu versäumen. Vor den Menschen und ihrer Bosheit schützten ihn die Tatsache, dass er nichts besaß, und ihre heilige Scheu davor, dass er auch nichts besitzen wollte. Wenn er Hunger hatte, klopfte er an die nächste Tür, und die Menschen gaben ihm zu essen, um ein wenig Gnade zu erwerben vor ihren Göttern oder zumindest vor sich selbst. Es war nie viel, aber er war mit dem Wenigen zufrieden. Und wenn es zu wenig war, gab es ja viele Türen.

In seiner Jugend hätte vor allem das Verlangen nach Frauen ein solches Leben unmöglich gemacht, aber die Natur hatte diesen Trieb schließlich beruhigt, wie sie alles schließlich beruhigte. Manchmal träumte er noch von Frauen und seiner Jugend und erwachte lachend aus solchen Träumen, weil sie so albern waren. Vor den Begehrlichkeiten der Frauen ihrerseits bewahrten ihn schon lange das Alter seines Fleisches, die Schlaffheit seiner Hinterbacken, sein ungeschnittenes graues

Haar. Nur auf seinen mit den Jahren immer größer gewordenen Hoden spürte er noch hin und wieder die neugierigen Blicke junger Mädchen und die neidischen der jungen Burschen.

Das Leben ohne Kleider war im Sommer angenehmer als ein Leben mit und in Kleidern. Für Kleider. Man schwitzte weniger, und der wenige Schweiß verdunstete, ohne zu stinkendem Schmutz zu werden, von dem man sich mühsam mit Wasser und Sand befreien musste. Längst hatte die Sonne seine Haut dunkel gebrannt, waren die Sohlen seiner Füße fast zu Leder geworden. Oben in den Bergen trug er selbstverständlich Kleider, Sandalen, alte Lumpen und Decken, um die er in den Hütten des Nordens anfragte. Denn der alte Mann war kein Asket; er wusste, dass es keinen Sinn hat zu leiden, zu frieren oder sich kleine Genüsse zu versagen, wenn sie sich anbieten. *Sack*, schwerer Süßwein, den er ewig nicht getrunken hatte, lockte ihn noch gelegentlich, Tabak eigentlich immer. Aber das waren eben nur Näschereien, die er gern nahm, wenn er sie kriegen konnte, die er aber nie wirklich entbehrte und zu deren Erlangung er also nichts oder nur wenig tun musste.

Der Weg zu dem kleinen Palast am Ganges-Kanal von Kanpur war wenig. An der schweren, eisenbeschlagenen Pforte zu klopfen war wenig. Er verneigte sich mit aneinandergelegten Fingerspitzen vor dem schlanken jungen Türdiener, der öffnete, und sagte: »John Gowers.«

## 77.

Gowers hatte nur unruhig geschlafen, obwohl Ishrat mit gezogenem Schwert über seinen Schlaf wachte. Vielleicht war es gerade ihre Anwesenheit, die ihn irritierte, oder die düsteren Geschichten Meechams, die noch in ihm arbeiteten. Aber selbst als er mithilfe seiner Konzentrations- und Gedächtnissysteme beides aus seinem Kopf löschte, wie man eine Lampe auslöscht, fand er keine Ruhe und war lange vor Mittag schon wieder auf den Beinen. Er wusste, dass es auch nicht der Fortgang der Ermittlung war, der ihn umtrieb, sondern allein die Tatsache, dass die böse Absicht wusste, wo er war und was er war.

Nicht der Investigator, der Ermittler, sondern der eben erst dreißig Jahre alte Mensch John Gowers fragte sich, ob er beim nächsten Mordversuch noch einmal so viel Glück haben würde. Dass es noch einen Versuch geben würde, stand für ihn außer Frage, denn es gab offensichtlich nicht einen, sondern viele Mörder. Die böse Absicht beherrschte eine geheime Organisation, deren Strukturen er zwar noch nicht durchschaute, aber wahrnahm, wie ein Fuchs schon auf Meilen die Meute wahrnimmt.

Wie dem entgehen? Er konnte unmöglich auf Dauer jeden Diener und Sepoy im Auge behalten, sich nach jedem Wagenknecht, Wasserträger umdrehen. Früher oder später würde das Messer ihn treffen. Unterzutauchen, falsche Fährten zu legen wäre die logische Konsequenz gewesen, aber damit beraubte er sich auch des einzigen Vorteils, den die neue Sachlage trotz allem hatte: Er musste die böse Absicht nicht mehr entschlüsseln, musste niemanden mehr suchen – er wurde gesucht.

Den nächsten Mörder lebend zu fangen konnte die Lösung sein, aber sie war natürlich äußerst riskant, und wer weiß, ob er den Kerl zum Reden bringen würde. Lediglich eine seiner zahlreichen Kombinationen schmeichelte dem Investigator jedoch: Man hatte nicht versucht, ihn in Delhi zu töten. Das hieß, dass er zumindest auf dem richtigen Weg war!

In diesem Moment klopfte es an der Tür, und der schlaksige Junge, der gewöhnlich im Hof vor sich hin gähnte, kündigte einen unangemeldeten Besucher an. Instinktiv näherte sich Gowers seinem Reisebündel und dem darin verborgenen Revolver, und Ishrat stellte sich sofort schützend zwischen ihn und die Tür.

»Guten Tag, Sir«, sagte der nackte alte Mann, der zur Tür hereinkam und bei Weitem das Ungefährlichste war, was Gowers seit Langem gesehen hatte. »Clifford Meecham lässt Sie grüßen. Er versichert Sie seiner Freundschaft und hofft, dass ich Ihnen behilflich sein kann. Lassen Sie mich hinzufügen, dass ich eher wegen Tabak hergekommen bin und auch ein Gläschen *Sack* nicht verschmähen würde.«

Gowers wusste im ersten Moment nicht, was ihn mehr erheiterte: die Nacktheit, die Ehrlichkeit oder die etwas altertümliche Ausdrucksweise seines Besuchers. Mit einem kurzen Blick auf Ishrat und ungeachtet der offenkundigen Tatsache, dass der Mann, so wie er war, durch die ganze Stadt gelaufen sein musste, fragte Gowers dennoch zuallererst: »Wollen Sie vielleicht etwas anziehen?!«

»Nein«, sagte der alte Mann, als sei das ein nicht nur überflüssiges, sondern geradezu absurdes Ansinnen. »Nur Tabak und *Sack*, vielen Dank. Und wenn Sie mich ausdrücklich auffordern, Platz zu nehmen, würde ich es tun.«

»Entschuldigung«, sagte Gowers. »Bitte setzen Sie sich doch!« Dann befahl er, seine Zigarrenkiste und *Sack* aufzutragen – was immer das sein mochte. Währenddessen setzte sich der alte Mann mit allen Anzeichen eines seltenen Vergnügens auf einen gepolsterten Armsessel und strahlte bei der Berührung mit dem kühlen Lederbezug vor Behagen. Man sah deutlich, dass er sich fühlte wie ein Kind im Bonbonladen, aber auch, dass er sich selbst in dieser Rolle nicht allzu ernst nahm.

Mit einem Nicken wies Gowers seine Leibwächterin doch

noch hinaus und widmete sich dann seinem unorthodoxen Gast. Und schneller, als er eigentlich wollte, stellte er die andere Frage, die ihn ebenfalls schon seit Stunden beschäftigte: »Stimmt es, dass Sie dreihundert Jahre alt sind?«

»Wer erzählt solchen Unsinn?«, erwiderte der alte Mann gut gelaunt. »Ich bin gerade mal zweihundertneunundachtzig.«

»Tja«, sagte der Investigator und schüttelte milde den Kopf. »Dass die Leute immer gleich übertreiben müssen!«

## 78.

Sie gingen nur noch von Bord, wenn es unbedingt sein musste, seit Mount Poop eines Morgens ohne Vorwarnung in den Fluten versunken war. Dennoch quälte das Eis sie noch fast einen Monat lang, indem es überall aufbrach, an beiden Seiten der Prince-of-Wales-Straße, auch jenseits der Princess-Royal-Inseln – nur nicht dort, wo ihr Schiff eingefroren lag. Immerhin hatten sie nun wieder flüssiges Wasser in unbegrenzter Menge zur Verfügung, und die *Investigator* verwandelte sich in ein Waschhaus. Von Mast zu Mast wurden Taue und Leinen gespannt, an denen Kleidungsstücke in den abenteuerlichsten Zuständen zum Trocknen aufgehängt wurden. Selbst auf dem Eis wurde die Wäsche zum Bleichen ausgelegt.

Das führte zu einem nicht unbeträchtlichen Verlust an Kleidungsstücken und Decken, als das Eis am 14. Juli 1851 so plötzlich aufbrach, dass sie die Wäsche zurücklassen mussten. Es war, als wäre ein vielzelliger Organismus mit einem Schlag wieder zum Leben erwacht. John, immer noch unter Deck, fühlte wieder die vertrauten Bewegungen, das Rollen und Stampfen des Schiffes in seinem natürlichen Element, hörte das Knacken der Planken, Singen der Taue und die Segelbefehle, die lauter gebrüllt wurden als notwendig. Er freute sich am Schaukeln seiner Hängematte wie ein Kind, aber einige Männer, unter ihnen der Missionar, wurden tatsächlich seekrank in diesen ersten Stunden nach ihrer langen Gefangenschaft.

Das Manövrieren im schweren Eis war immer noch schwierig, bisweilen gefährlich, aber die Welt lag endlich wieder vor ihnen wie eine klare Aufgabe. Sie hatten die Nordwestpassage entdeckt – nun ging es nur noch darum, sie zu durchfahren und auf diesem kürzesten Weg nach Hause zurückzukehren. Zwanzigtausend Pfund erwarteten sie in England für diese Leistung! Dass Franklin oder einer seiner Männer noch lebte, glaubte nach diesem Winter niemand mehr. Sechs Überwinterungen in solchem Eis – das war nicht menschenmöglich.

Einen Monat lang versuchte McClure alles, um in den Melville Sound zu gelangen; er versuchte es im Westen, dicht an der Küste von Banks-Land, kreuzte dann wieder nach Osten, durch schweres Eis, fuhr in jeden Kanal, der sich auftat, und sprengte sich schließlich mit Massen von Schießpulver bis auf lächerliche einundzwanzig Meilen an die ersehnte Wasserstraße heran. Dort mochte das Schiff seinetwegen wieder einfrieren, die Eisdrift würde es dann nach Osten tragen, mit ein wenig Glück nach Kap Walker, in die Barrow Strait, den Lancaster Sound, in die Baffin Bay. Aber er hatte jetzt kein Glück mehr.

Am 13., 14., 15. August meldeten die Toppgasten offenes Wasser im Süden – aber im Norden nur schweres Pack: eine undurchdringliche weiße Mauer, höher als das Schiff. Er überzeugte sich selbst davon, blieb den halben Tag in den Wanten, folgte der grausam ununterbrochenen Linie des festen Eises stundenlang mit Augen und Fernglas. Keine Maus kam hier durch! Grimmig ließ er nach Süden drehen, Richtung Nelson's Head, und schlief dann zum ersten Mal seit Wochen wieder länger als drei Stunden am Stück. Es war Miertsching, der Missionar, der ihn weckte.

»Darf ich Sie kurz sprechen, Sir?«

»Bitte!« McClure bewohnte die einzige Kabine an Bord, die außer seiner Koje eine zweite Sitzgelegenheit besaß. »Was kann ich für Sie tun?«

Der Kapitän befürchtete, seinem Dolmetscher wieder einmal den naheliegenden Gedanken ausreden zu müssen, dass er auf dieser Expedition völlig fehl am Platze war. Die wenigen Eskimos, die man getroffen hatte, hatten nichts von Franklin gewusst, und obwohl natürlich auch das ein Ergebnis war, kam Miertsching sich immer noch gelegentlich überflüssig vor. Als Einziger hatte er keine klar umrissene Aufgabe an Bord, und seit sein Englisch leidlich war, auch nicht mehr die persönliche Ausrede, sich für kommende Aufgaben rüsten zu müssen. Aber diesmal beschäftigte ihn offenbar etwas anderes.

»Es geht um den Matrosen Gowers, Sir.«

McClure seufzte kaum hörbar. »Hat er sich noch immer nicht bei Ihnen bedankt?«

John hatte es für selbstverständlich gehalten, dass irgendjemand den Bären erschossen und ihm das Leben gerettet hatte, ja, er ärgerte sich anscheinend gewaltig darüber, dass es ausgerechnet der Missionar gewesen war. Miertsching wiederum hatte durchblicken lassen, dass er ein solches Verhalten ungehörig fand, und sogar eine Sonntagspredigt über das Thema Dankbarkeit gehalten – die der Junge allerdings nicht gehört hatte, da er den Bordgottesdienst ohnehin nie besuchte.

»Es geht um seine Lektüre, Sir. Er liest schlechte Bücher!«

McClure verkniff sich ein Grinsen. Tatsächlich fraß sich

John durch die kleine Bordbibliothek in der Kabine des Kapitäns wie ein Wahnsinniger, seit seine Verwundung ihn unter Deck festhielt. »Oh, Sie finden Shakespeare schlecht, Mr. Miertsching?« Unwillkürlich starrte er auf die klaffende Lücke, die ein fehlender Band *in Quarto* auf dem Bücherbord über seinem Schreibtisch hinterlassen hatte, seit er die meiste Zeit in oder unter Johns Hängematte lag.

»Nein, Sir, ich meine das andere Buch ... Diese Geschichten!« Die Affäre um die *Canterbury Tales*, mit der John im Winter die Erfolge seiner missionarischen Tätigkeit an Bord gleich wieder ad absurdum geführt hatte, hing Miertsching offenbar noch unvergeben nach. »Können Sie es ihm nicht wegnehmen?«

McClure sah den Mann merkwürdig kalt an. »Ich kenne diesen Jungen besser als jeden anderen Mann an Bord, Mr. Miertsching. Und ich denke, ich stehe ihm näher als irgendein Mensch auf der Welt. Aber wenn ich ihm dieses Buch wegnehmen würde, müsste ich ihn in Ketten legen, bis wir wieder in England sind.«

»Warum, Sir? Was könnte er denn dagegen tun?«

»Er würde mich töten, Mr. Miertsching«, antwortete der Kapitän ruhig. »Und er würde Sie töten, wenn er wüsste, dass Sie mir diesen Vorschlag machen.«

»Aber es ist nicht gut für ihn!« Diese Herrnhuter Missionare waren hartnäckig wie Holzböcke. Einzig durch diese Eigenschaft hatte sich die Gemeinde der Böhmischen Brüder, so etwas wie die Jesuiten der reformierten Kirchen, durch die Jahrhunderte und über mehrere blutige Religionskriege hinweg erhalten.

»Ich bin kein Zensor, Mr. Miertsching«, sagte McClure achselzuckend. Dennoch widerstrebte es ihm, den Mann, den er stets und eben auch in seinem religiösen Eifer als aufrichtig kennengelernt hatte, mit diesem unbefriedigenden Ergebnis wegzuschicken.

Tatsächlich war Miertsching der einzige Mann an Bord, mit dem der Kapitän reden konnte, ohne die Rücksichten zu nehmen und die Rücksichtslosigkeiten zu begehen, die seine Pflicht als verantwortlicher Kommandeur mit sich brachte. Als höchste bekannte und erreichbare Autorität im Umkreis von zweitausend Meilen war McClure eine Art absoluter Herrscher – ohne für diese Aufgabe geboren oder ausgebildet zu sein. Im Herzen vielmehr noch immer der iroschottische Waisenjunge, fühlte er die Einsamkeit der Könige bisweilen schwerer, als ihm lieb war. Diese bedrückende Isolation konnte er nur durch gelegentliche Gespräche mit der einzigen Person durchbrechen, bei der seine Autorität nicht auf dem Spiel stand. Bei Shakespeare war das der Narr; für McClure der Dolmetscher.

Miertsching stand außerhalb der Hierarchie, deshalb brauchte der Kapitän ihm auch keine Befehle zu geben, sondern konnte ihm Vorschläge machen. »Ich kenne diesen Burschen, wie gesagt. Mit Verboten wecken Sie nur seinen Widerspruch. Aber geben Sie ihm doch einfach etwas anderes zu lesen, vielleicht beißt er ja an!«

Von oben wurde in diesem Moment schweres Eis voraus gemeldet, und sofort erhob sich der Kapitän mit der ständigen Wachsamkeit, die auch ein Tier selbst im Schlaf nicht verlässt. Wie schon so oft schämte sich der Missionar bei diesem Anblick der Relativität seiner Probleme und sagte: »Entschuldigung, Sir. Aber es ist schwer, einem Menschen das Leben zu retten und dann zusehen zu müssen, wie seine Seele dem Teufel verfällt.«

»Ich verstehe«, antwortete McClure, schon auf dem Sprung nach oben und mit den Gedanken im Eis. Dennoch musste er sich auf die Zunge beißen, um nicht hinzuzufügen: Lassen Sie das in diesem Fall mal ruhig die Sorge des Teufels sein!

## 79.

»Sie sind Engländer?«, fragte Gowers mit einem misstrauischen Blick auf die schon fast schwarze Haut seines Gastes. »Wie ist Ihr Name?«

»Mein Name ist vor langer Zeit im Süden gestorben. In Surat haben sie ihn deshalb auf einen Stein geschrieben.«

»Ich meine, wie darf ich Sie anreden?«, versuchte es Gowers erneut.

»Sind das Ihre Fragen an mich?«, fragte der alte Mann und schien zur Hälfte enttäuscht, zur anderen Hälfte amüsiert zu sein.

»Längst nicht alle!« Der Investigator versuchte, freundlich zu bleiben, obwohl er sich allmählich über den alten Mann ärgerte. »Ich wüsste nur gern, wer« – mit nacktem Arsch auf meinem Sessel sitzt, hätte er fast gesagt – »wen ich vor mir habe.«

»Nennen Sie mich Babu«, sagte der alte Mann gleichgültig. »Seit zwei Jahrhunderten nennen mich alle Kinder Babu.«

»Babu, was steht auf dem Stein in Surat?«

Der alte Mann lächelte den Investigator zuerst überrascht, dann verschmitzt an. »Sic exit Coryatus!«, sagte er schließlich.

»So geht Coryate dahin«, murmelte Gowers langsam.

»Sie können Latein?« Der Alte runzelte die Stirn. »Ich dachte, ihr Amerikaner haltet bereits Englisch für eine tote Sprache.«

»Sind das Ihre Antworten für mich, Babu?«, fragte Gowers, als sei es der letzte Zug in einem Spiel, das nun vorüber war.

Der alte Mann lachte gutmütig, wie jemand, der gelegentlich auch seinen Gegner gewinnen lässt, damit der das Interesse am Spiel nicht verliert. Dann streckte er Gowers die Hand hin, die er dabei allerdings betrachtete, als sei sie ein lange nicht mehr benutzter Gegenstand.

»Thomas Coryate, aus Odcombe in Somerset. Geboren im Jahre des Herrn 1577.« Gowers schüttelte die angebotene Hand und antwortete ebenso förmlich: »John Gowers, aus Benwell-upon-Tyne in Northumberland. Aber ich lebe seit vielen Jahren in Amerika, in New York.«

»Ich habe davon gehört«, sagte Coryate, »zu meiner Zeit noch Nieuw Amsterdam.«

»Ich habe davon gehört«, sagte Gowers, noch immer belustigt, aber auch schon ein wenig fasziniert von dieser seltsamen Begegnung in Zeit und Raum. »Was sind Sie, Babu?«

»Ich bin ein Pilger, John Gowers.«

»Wohin pilgern Sie, Babu?«

»Auf dem Weg zwischen Erkenntnis und Vergessen.«

»Und wo sind Sie gerade?« Gowers konnte sich das Grinsen nur mühsam verkneifen. »Näher am Erkennen oder näher am Vergessen?«

»Es ist eine Art Rundreise, John Gowers. Also ist man von beidem immer gleich weit entfernt. Start und Ziel sind nur willkürlich gesetzte Punkte. Ein Mann glaubt, am Ziel zu sein, weil er endlich ein kleines Stück Land besitzt oder ein Haus gebaut hat. Ein anderer will ein Geschäft gründen und verkauft seine Seele dafür. Der Dritte will mit einer bestimmten Frau schlafen und meint, er hätte damit alles im Leben erreicht. Der Vierte will Reichtum erwerben, der Fünfte die Welt beherrschen!«

»Und wie wär's mit einer Zigarre?«, fragte der Investigator, als in diesem Moment sein persönlicher Rauchdiener mit der frisch aufgefüllten Zigarrenkiste erschien. Coryate lachte zum ersten Mal laut, wurde aber durch aufgeregtes Getuschel an der Tür zunächst davon abgehalten, die von Gowers rasch beschnittene Zigarre anzuzünden. Aus der Menge der leise schnatternden Diener, die einander offenbar mit Schuldzuweisungen bewarfen, löste sich dann entschlossen der *Kansamah* oder Butler, der erste Diener des Palastes, und räusperte sich würdevoll: »Entschuldigung, Sahib! Entschuldigen Sie vielmals! Aber keiner von uns weiß, was *Sack* ist.«

»*Sack*«, sagte Coryate entgeistert und sprang auf, wobei Gowers peinlich berührt auf sein hin und her schaukelndes Glied schaute. »*Sack!* Ein süßer Wein, Trockenbeerwein. Mild auf der Zunge und zäh im Brägen. *Let a cup of Sack be my poison!* Liest denn heutzutage niemand mehr Shakespeare?«

»Heinrich der Vierte, zweiter Akt, zweite Szene!«, sagte Gowers spontan, und der alte Mann strahlte ihn überrascht an. Der *Kansamah* aber verneigte sich fast bis zum Boden und sagte: »Wir haben ein solches Getränk leider nicht, Sahib. Aber ich könnte Arrak servieren lassen.«

Coryate machte eine versöhnliche Handbewegung, die man wahlweise mit »Na, wenn es sonst nichts gibt« oder »Auch nicht schlecht« übersetzen konnte, und nahm wieder Platz. Gowers war froh, ihm wieder ins Gesicht sehen zu können, riss ein Zündholz an und gab ihm Feuer. Der alte Mann lehnte sich behaglich zurück, wobei der lederbezogene Sessel ein wenig knarrte, und schlug die Beine übereinander. Nur drei Quadratmeter Stoff und eine halbe Stunde beim Barbier, und er wäre auch in einem Londoner Club kaum aufgefallen.

»Was sind Sie, John Gowers?«

»Ich bin ein Investigator«, erwiderte Gowers und wollte gebetsmühlenartig »ein privater Ermittler« hinzufügen, aber Coryate kam ihm zuvor: »Und was ermitteln Sie?«

»Ein Netz von Morden, Babu. Und ich möchte die Spinne finden.«

»Gehen Sie den Fäden nach!«, lautete die Antwort so prompt, dass Gowers sich fragte, ob der alte Mann überhaupt den Mund aufgemacht hatte.

## 80.

John hatte schon gelegentlich Shakespeare gelesen, sich aber nur auf die »großen« Dramen konzentriert und den beträchtlichen Rest links liegen lassen – vor allem der Versform wegen, mit der er sich nie anfreunden konnte. Verse schränkten nach seiner Ansicht die Gedanken auch ihres Lesers unzulässig ein, und wenn man sich diesem Zwang schon aussetzte, dann sollten es doch wenigstens großartige, weltbewegende Gedanken sein und nicht nur irgendwelche Geschichten. Dennoch hatte es bei ihm für Milton oder Spenser nie gereicht, denn wenn er schon das Glück hatte, ein wenig ungestörte Zeit mit einem Buch zu verbringen, erging sich sein formloser Geist lieber *in latos campos prosae*, dem weiten Feld der Prosa, wie es ein irischer Mönch tausend Jahre früher ausgedrückt hatte.

Die vergangenen acht Wochen waren in dieser Hinsicht die schönsten seines Lebens gewesen; aufgrund seiner Verletzung vom Borddienst befreit, hatte er noch nie so viel zusammenhängende Zeit auf die Lektüre von Büchern verwenden können und wandte sich deshalb nach den umfangreichen Prosawerken Swifts und Smolletts mit mehr Appetit als Hunger noch einmal den Versen des Meisters aus Stratford zu. Gerade hatte er in dem eher abseitigen *Perikles* eine Art frühen Vorfahren entdeckt, der zu allem Überfluss auch noch in gereimten Versen sprach: *To sing a song of old was sung,*

*From ashes ancient Gower's come**, als der verhasste Missionar ins Unterdeck kam.

John hob sein Buch höher; nicht um sich dahinter zu verschanzen, sondern um dem Mann zu signalisieren, dass er es ihm bei Bedarf jederzeit über den Kopf hauen könnte. Aber diesmal gab es kein Entkommen.

»Wie geht es Ihnen, Mr. Gowers?«

»Hmm.«

Johns Knurren konnte alles bedeuten, und der Missionar fuhr unbeeindruckt fort. »Der Kapitän hat mir erzählt, dass Sie viel lesen. Deshalb wollte ich fragen, ob Sie das hier vielleicht interessiert.« Er hielt ein schmales Buch hoch, dessen Titel der Junge, der unwillkürlich hinsah, jedoch nicht entziffern konnte.

»Ich lese keine Traktate, Sir«, sagte er. »Schon gar nicht auf Deutsch.«

»Das ist kein Traktat, Mr. Gowers«, erwiderte Miertsching, als sei er auf genau diese Antwort vorbereitet gewesen. »Es handelt sich um ein Gedächtnislehrbuch, das ich unter anderem beim Erlernen Ihrer Sprache benutzt habe.«

»Mein Gedächtnis ist sehr gut, danke. Und Englisch kann ich bereits.«

Miertsching lachte ein wenig gequält. »Englisch werden Sie damit auch kaum lernen!« Der Widerstand des jungen Menschen war noch immer größer, als er erwartet hatte oder sich erklären konnte. Hatte John Gowers etwas gegen ihn persön-

* Etwa: »Um ein Lied aus der Vorzeit zu singen, kommt der alte Gower vom Tode zurück.« John Gower (1330–1408), englischer Schriftsteller und enger Freund Chaucers, verfasste mit seinem Hauptwerk *Confessio amantis* die erste englischsprachige Sammlung von über hundert populären Geschichten aus klassischen, biblischen und mittelalterlichen Quellen. Shakespeare entnahm diesem Werk die Story seines *Perikles* und machte Gower darin zum Chorus, der durch die Handlung führt.

lich? Oder hasste er Gott? Letzteres lag so weit außerhalb seines Denkvermögens, dass Miertsching diesen jäh aufgetauchten Gedanken so rasch verwarf, wie man ein abgebrochenes Streichholz fallen lässt.

»Ich übersetze Ihnen nur den Titel: Joseph Mailath, *Mnemonik oder die Kunst, das Gedächtnis nach Regeln zu stärken und dessen Kraft außerordentlich zu erhöhen.* Wien 1842. Glauben Sie nicht, dass man auch etwas sehr Gutes noch verbessern kann?!«

»Mein Gedächtnis ist stark genug für mich, Sir!« John reckte den schweren Shakespeare *in Quarto* demonstrativ ein Stück höher und versenkte den Blick darin.

»Ich denke nicht, dass Sie überhaupt wissen, was das Gedächtnis ist, Mr. Gowers«, sagte der Missionar angriffslustig, »oder sich darüber auch nur Gedanken machen wollen!«

Zum ersten Mal, seit Miertsching im Unterdeck aufgetaucht war, sah ihn der Junge direkt an, überlegte kurz und sagte dann seltsam belustigt: »Chaucer nennt es einen der drei Teile des menschlichen Geistes; Gedächtnis, Vernunft und Fantasie.«

Der Missionar schluckte hörbar an seinem Ärger, als dieser Name fiel, dann aber erreichten die Worte doch noch einen weniger beleidigten Teil seiner Seele, und er brachte es über sich, ihn selbst auszusprechen: »Chaucer scheint klüger zu sein, als ich annahm, Mr. Gowers. Einige der Autoren in diesem Buch würden ihm wahrscheinlich zustimmen, andere nicht. Wollen Sie es nicht herausfinden?«

John seufzte. »Ich kann nicht Deutsch, wie gesagt. Und ich weiß nicht, was mir das einbringen soll.«

»Systematik«, sagte Miertsching, griff nach einer der Seemannskisten, die im Mannschaftsquartier herumstanden, und setzte sich direkt zu dem Jungen. »Lassen Sie mich nur die erste Geschichte erzählen! 450 vor Christus …«

»Vor Christus?«, fragte John, der zuerst drauf und dran gewesen war, aus der Hängematte zu springen, dessen Abwehrhaltung nach diesen Worten aber zum ersten Mal bröckelte. Und immer ruhiger werdend hörte er die Sage von jenem alten griechischen Sänger, der fünf Jahrhunderte vor Christus, dem Christentum und seinen Missionaren als Erster entdeckt hatte, dass das Gedächtnis nicht nur chaotisches Erinnern, sondern auch systematisches Merken ermöglichte. Der zwischen Gedächtnisbildern und Gedächtnisorten unterschied und das Verhältnis zwischen beiden zu bestimmen versuchte. Zuletzt legte ihm der Dolmetscher das Buch oben auf die Shakespeare-Ausgabe und sagte, er würde ihm gerne gelegentlich das eine oder andere Kapitel daraus übersetzen.

*Perikles* war bei Shakespeare eine Art mittelalterlicher Odysseus, von diversen Stürmen hin und her über das Mittelmeer geworfen, die der alte Gower als Chorus – nur ein schwacher Abklatsch vom Prolog aus *Heinrich V.* – in gereimten Versen beschrieb, die für den Schiffsjungen quälender waren als jeder wirkliche Sturm. Das ganze Stück war schlecht gebaut; immer wieder waren es nur die haarsträubendsten Zufälle, die die Handlung und das Leben des Helden vorantrieben.

Irgendwann begann er, langsam durch das Gedächtnisbuch zu blättern, dessen Sprache er nicht verstand. Er las im ersten Kapitel die Namen, die Miertsching genannt hatte, sah sich weiter hinten die Zeichnungen an: abstrakte Kreise, Ringe, Räume, aber auch eine, die das Gedächtnis des Menschen als eine Bühne zeigte, auf der man mit einer überschaubaren und genau durchdachten Zahl an Requisiten, Kulissen und Akteuren jedes beliebige Stück aufführen konnte.

Er wog die Bücher in den Händen und fragte sich *nicht*, ob Shakespeare oder Joseph Mailath aus Wien ihm die Wahrheit über die Welt sagen könnte. Zuletzt suchte er nur noch nach Gründen, die gegen den Vorschlag des Missionars sprachen. Aber er fand keine mehr.

## 81.

Die Nacktheit des alten Mannes kam Gowers draußen, auf den Straßen, in den Feldern, viel natürlicher vor. Er selbst schwitzte in den ungewohnten, abgetragenen indischen Kleidern wie ein Schwein und litt besonders unter dem *Puggree*, dem Turban, der eng um seinen Kopf gewickelt war. Den Nacken und das Gesicht hatte er sich zum Schutz gegen die Sonne mit grauer Asche eingerieben, was allerdings in einem geradezu clownesken Verhältnis zu seiner blauen Brille stand.

Coryate hatte ihm den Vorschlag gemacht, seine Kleidung komplett abzulegen und das Ascheverfahren auf seinen gesamten Körper auszudehnen. Dergleichen Aufmachungen seien hierzulande unter Büßern und *Sadhus*, heiligen Männern, nicht unüblich – aber Gowers hatte dankend abgelehnt: »Lassen Sie mich erst mal hundertfünfzig werden, Babu!«

Als *Chela*, Schüler des *Digambara,* hielt er sein Inkognito für ausreichend geschützt. Im einzigen Lexikon, das er mit Meechams Hilfe in der Garnison von Kanpur aufgetrieben hatte, hatte er seinen Reisegefährten Thomas Coryate als einen Zeitgenossen Shakespeares identifiziert; einen Schriftsteller, der tatsächlich als einer der ersten Engländer in Indien aufgetaucht war, dort aber unter ungeklärten Umständen bereits 1617 ums Leben gekommen sein sollte. Zumindest wusste Gowers nun, wer sein merkwürdiger Begleiter sein *wollte*. Wer und was er darüber hinaus wirklich war: ein in jungen Jahren durchgedrehter Handelsagent, ein desertierter Soldat der Ostindientruppe – wer konnte das wissen? Und was hätte es geändert?

Mit Sicherheit war Coryate nur eines: sehr alt, denn mit der Zeit glaubte Gowers, in den Erzählungen des Mannes deutlich zwischen angelesenen und echten Erinnerungen unterscheiden zu können. Beides reichte sehr weit zurück, und die vier Mysore-Kriege am Ende des 18. Jahrhunderts, wenn nicht gar die Zeiten Robert Clives, als die Briten noch nicht die Herren von Bengalen waren, musste der Mann zumindest als Kind miterlebt haben. Er hatte auch zweifellos den ganzen Subkontinent durchwandert, denn die Wegzeichen, die er nannte, erinnerten Gowers an seine Zeit auf dem Mississippi und die Art, wie die Lotsen untereinander redeten. Die verkrüppelten Bäume, Abbruchkanten kleiner Erdrutsche, die Findlinge, an denen das Moos nur bis zu einer bestimmten Stelle wuchs – das waren Orientierungshilfen, die in keinem Buch standen; die musste er selbst gesehen haben.

Auch die zahllosen Fürsten- und Adelshäuser der Länder, die er bereist hatte, ihre Verwandtschaftsbeziehungen, Kriege, Taten, Lieder, kamen dem alten Mann so flüssig über die Lippen wie einem keltischen Sänger, einem der lebenden Geschichtsbücher des frühen europäischen Mittelalters. Diese Geschichten hörte der Investigator nicht ungern, denn es stellten sich immer wieder Bezüge zur Moguldynastie her, deren Ende er ja zu untersuchen hatte. Lästiger waren die großen, mystischen Zusammenhänge zwischen Mensch und Universum, die seinen Begleiter und Führer so sehr faszinierten, dass er nicht aufhören konnte, darüber zu reden.

»Indien ist die Vulva der Welt, John Gowers. Sehen Sie sich nur seine Form an, auf den Karten der Engländer. Und es entspringen zwei Flüsse jenseits der hohen Berge Dhaulaghiri, Annapurna und Himalchuli, so hoch, dass die Vögel sie nicht überfliegen können. Die Quellen der beiden Flüsse berühren sich fast. Aber der eine fließt weit in den Sonnenuntergang, wendet sich erst nahe Persien nach Süden und wird der große Industrom, der ins Arabische Meer mündet. Der andere fließt nach Osten, beinahe ein Leben lang, bis auch er in breiten Wasserfällen aus den Bergen hervortritt und der mächtige Brahmaputra wird, der sich in den Golf von Bengalen ergießt. So wird Indien von Flüssen umfangen. Sie sind die Eierstöcke der großen Vulva, die die Menschheit geboren hat.«

Gowers kannte nicht nur die britischen Landkarten, sondern auch die weibliche Anatomie gut genug, um zu wissen, dass dieser sehr philosophische Vergleich stark hinkte. Aber vielleicht hatte der alte Mann seit hundert Jahren keine unbekleidete Frau mehr gesehen, wie so viele abendländische Philosophen auch. Und streiten wollte er sich über derart profane Dinge nicht mit ihm. Immerhin erfuhr der Investigator, nachdem sie die berühmte Schiffsbrücke von Kanpur überquert hatten und am Nordufer der großen Ganga aufwärtswanderten, ja immer mehr über das Sein und Werden Indiens in den letzten zweieinhalb Jahrhunderten. Und je mehr er erfuhr, desto weniger nackt erschien ihm der alte Mann.

## 82.

Die Lynchmorde im Uttar Pradesh hatten die Menschen schließlich stärker erschüttert als das Verschwinden der Kinder und das Gerede von fliegenden Dämonen. Zu der Angst, die sie vor dem Unbekannten empfanden, kam jetzt noch das Entsetzen über sich selbst. Wozu waren sie fähig?!, fragten sich die Bauern angesichts der entstellten Leichen der Fremden, der Außenseiter. Nicht lange mehr, und sie würden übereinander herfallen, die Jungen über die Alten, die Verheirateten über die Unverheirateten, Familie gegen Familie, ja, Frauen würden ihre Männer zerreißen in der wahnsinnigen Angst, die *Raksha*, die Dämonin, nun schon seit Jahren auslöste.

Die Hütten, die Dörfer wurden jetzt bereits durch frischgeschlagene Palisaden oder auch Dornenhecken befestigt, die Männer bewaffneten sich und wachten die Nächte hindurch vor den Toren. Müde, gereizt, würde bald ein Funke, eine falsche Verdächtigung ausreichen, um den Nachbarn zu schlachten, und ein Krieg aller gegen alle würde beginnen. Die jungen indischen Polizisten, die man von Lakhnau aus über die Dörfer schickte, würden es nicht verhindern können, die Autorität sich als unfähig und deshalb als überflüssig erweisen. Ein neuer Aufstand könnte losbrechen.

Tatsächlich benutzten seit Kurzem Agitatoren des freien Indien das Grauen der Nacht und fragten die Bauern, wo die britischen Steuereintreiber jetzt seien? Und warum man überhaupt Steuern zahle? Woraufhin von der Obrigkeit das Gerücht, die Frage ausgestreut wurde, ob nicht sie, die Feinde Englands, die Kinder jagten, töteten, um den Hass des Volkes zu schüren. Das Ganze wurde mehr und mehr ausweglos. Nur die Kinder verschwanden weiterhin.

Selbstverständlich opferte man fleißig den verschiedenen Göttern, flehte um ihren Schutz, fragte Hexen und Zauberkünstler um Rat, aber vergeblich. Bis eines Tages ein *Sadhu* in ein kleines Dorf namens Asiwan kam, nur zwanzig Meilen westlich von Lakhnau; reich geworden vor allem, weil es an der Kreuzung zweier größerer Handelswege lag. Hier hatte der Schrecken nur zwei Wochen vorher zugeschlagen, und verzweifelte Frauen drängten sich um den heiligen Mann. Respektvoll, mit gesenkten Häuptern und aneinandergelegten Fingerspitzen, gaben die Frauen ihm mehr zu essen, als er brauchte, und baten ihn unter Tränen: »Hilf uns, Babu, sprich zu den Göttern, denn wir werden gestraft, und unsere Kinder sterben!«

Der Heilige war ein *Digambara*, aber das war für die Frauen nichts Ungewöhnliches – außer, dass einige der keckeren jungen Mädchen sich mit Bedauern fragten, warum der *Chela* des Heiligen nicht ebenso nackt war. Dieser Schüler war ein noch junger Mann und sehr seltsam: ein Weißer anscheinend, man sah es an seinen Händen, der sein Gesicht, seinen Nacken mit Asche gefärbt hatte, dessen lederne Stiefel durchgeschwitzt waren und der eine blaue Brille trug. Das Seltsamste aber war, dass er es eilig zu haben schien – was unter Heiligen ganz und gar unüblich war – und auf seinen Meister einredete weiterzuziehen.

Der *Digambara* ignorierte ihn jedoch, verbeugte sich höflich und fragte, was das Dorf bedrücke und welche Bitte er den Göttern übermitteln solle. Dann hörte er sich geduldig ihre lange Geschichte an: dass ein geflügelter Dämon oder ein als Bestie verkleideter Mann oder eine unbekannte blutrünstige Sekte Kinder raube und töte im ganzen Uttar Pradesh; von den Feldern, von den Türschwellen und bei Nacht sogar aus den Hütten.

Ob er eine solche Hütte sehen könne, fragte der alte Mann. Sie führten ihn hin. Es wurde schon dunkel. Ob er darin übernachten könne, mit seinem *Chela*, um direkt am Ort des Verbrechens mit den Göttern zu sprechen. Er brauche dazu nur etwas *Bangh*, und niemand dürfe sich der Hütte nähern, auch die nicht, die darin wohnten. Hocherfreut, dass er sich ihrer Probleme annehmen würde, holte man ihm das beste *Haschisch*, das im Dorf vorhanden war, und ließ die beiden allein. Der Schüler war immer noch ärgerlich über diese unerwartete Unterbrechung ihrer Reise.

»Sie haben eine Pfeife?!«, fragte Coryate.

»Wozu in des Teufels drei Namen wollen Sie die?«, erwiderte der Investigator.

## 83.

Simonides von Keos war kein Sänger der alten Schule, kein Mann, der mit seiner Kunst die Götter pries und ihre Geschichten erzählte, um seine Zuhörer zu läutern oder sie das Fürchten zu lehren. Simonides von Keos sang für Geld und über Menschen. Seine Auftraggeber zahlten indes nur für schöne Worte, nicht für Wahrheiten über sich selbst.

So kam es, dass Skopas, ein Faustkämpfer, der zum zweiten Mal in Olympia das *Pankration* gewonnen hatte, jenen fürchterlichen antiken Allkampf, der mehr zerbrochene Kiefer und Gelenke verursachte als jede andere Art von Auseinandersetzung, die nicht Krieg hieß, unzufrieden mit Simonides war. Der Sänger hatte sein Lob gesungen, jawohl, seine Kraft, sein Geschick gepriesen, seine Kämpfe so anschaulich beschrieben, dass er selbst wieder die Knochen seiner Gegner knacken hörte.

Dann aber hatte Simonides – wie er sagte, zur Erhöhung der Poesie seines Liedes – die vielen Siege des Skopas nicht allein auf das harte Training und die jahrelangen fleischlichen Entsagungen zurückgeführt, für die der zu Reichtum gekommene Olympiasieger sich nun bei immer neuen Gelagen schadlos hielt, sondern das Erringen des Lorbeers auch auf die Gunst der Götter zurückgeführt: Kastor und Pollux, die Schutzherren der Faustkämpfer.

Derart bloßgestellt vor seinen Freunden, die mit bissigen Bemerkungen über sein »Glück« nicht sparten, hatte der antike Boxer dem antiken Sänger nur die Hälfte des vereinbarten

Honorars gezahlt und höhnisch und vielbelacht hinzugefügt, die andere Hälfte solle er doch bei den so hochgelobten Göttern einfordern. Ehe er sich noch mit wohlgesetzten Worten zur Wehr setzen konnte – und wie anders sollte sich ein Dichter gegen einen Boxweltmeister wehren? –, wurde Simonides aus dem Haus gerufen: Zwei unbekannte Jünglinge begehrten, ihn auf der Straße zu sprechen.

Unter dem Hohngelächter der betrunkenen Gäste verließ er zornig die Halle, die ganze lange Festtafel hinunter verfolgt von grinsenden Gesichtern und Spottworten; bis zu den Sklaven in der Vorhalle des riesigen Gebäudes hatte sich herumgesprochen, wie schlagfertig der Boxer den Sänger geprellt hatte, höhnische Fratzen auch hier! Simonides kochte vor Wut. Aber kaum hatte er die Schwelle überschritten, die Straße überquert und begonnen, sich nach den beiden Jünglingen umzusehen – als Kastor und Pollux das Haus des Skopas zum Einsturz brachten.

Schwere marmorne Säulen, Deckenfriese, von Zyklopen gemauerte Wände, Tonnen von Stein zerquetschten den vorwitzigen Olympiasieger, seine Diener und Gäste bis zur Unkenntlichkeit, zu einer Art Menschenbrei längs der Tafel, deren schweres Eichenholz als einziges wiedererkennbares Möbel aus dem Schutt gegraben wurde. Wie viele Tote es gab und welche Körperteile zu wem gehörten und von welchen Familien zu begraben und zu betrauern waren – nur der einzige Überlebende, Simonides, konnte es sagen.

Leider hatte er in seinem gerechten Zorn nicht bewusst darauf geachtet, wer wo saß; aber jetzt ging er tagelang diesen letzten Weg, holte sich die Bilder, die ihm Wut und Beschämung tief eingeprägt hatten, vor sein inneres Auge und konnte schließlich bis zum letzten Sklaven sagen, wer wo gesessen, gearbeitet, an welcher Säule gelehnt hatte. So lernte er, dass das Gedächtnis aus Bildern besteht, die man in bestimmter Reihenfolge an bestimmten Orten finden kann, und benutzte dieses Prinzip von da an bei seinen Liedern, konnte schließlich ganze Epen auf diese Weise aus dem Kopf hersingen und galt noch in seinem achtzigsten Jahr als Wunder an menschlicher Gedächtniskraft.

Den einfachen Trick – Bilder an Orten – gab er an seine Schüler weiter, die ihn ihrerseits lehrten und immer weiter lehrten, bis diese Geschichte nach fünf Jahrhunderten auf Marcus Tullius Cicero kam. Der fügte der Halle des Skopas noch weitere Räume hinzu, ein ganzes Gedankengebäude, voller weißer Wände für die Gedächtnisbilder seines *Orators*. Ciceros Redekunst überdauerte die Antike, wurde wiedergefunden im Staub der dunklen Jahrhunderte, in denen die Goten, Vandalen und Merowinger nur wenig Erinnernswertes hinterlassen hatten.

Und weil man mit seinem System auch die höhere Ehre Gottes auswendig singen konnte, schrieben noch mittelalterliche Mönche und Renaissancegelehrte die Geschichte des Sängers – und des Boxers! – ab und auf. Natürlich konnte sich dabei keiner von ihnen eigener Kommentare, Veränderungen, Verbesserungen enthalten; und so wurden, je nach Zeitgeschmack, die Gedächtnisräume und Orte zu Gedächtnisstädten, Gedächtnisbäumen, Ableitungsketten, Rosenkränzen, Grundrissen, Segmenten auf drehbaren Scheiben.

Diese lange Geschichte erzählte Joseph Mailath aus Wien dem Herrnhuter Missionar und der Missionar nach und nach dem Schiffsjungen, der es dann einfach probierte: Shakespeares Königsdramen hatte er sich nie merken können. Zu viele Heinriche, die sich trotz ihrer Nummerierung durch die Verse knäuelten, vorher auch noch Bolingbroke hießen, viele bucklige Brüder und andere Verwandte hatten, die sich gegenseitig ermorden ließen, während eine bunte Schar Nebenfiguren sich betrank und Lieder auf Nichtanwesende sang. Er versuchte es zunächst mit den Figuren, setzte sie an die Tafel des Skopas, um das Ganze bei Bedarf wieder zerschmettern zu können, hatte aber schon nach zwei Tagen ein ganzes Gebäude, zehn verschiedene Hallen gefüllt und rannte von einem zum anderen, um sie besser kennenzulernen.

Von sich aus und ehe ihm Miertsching die entsprechenden Vorbilder übersetzte, veränderte John seine Gedächtnisorte; Heinrich IV., V. und VI. wurden in seinem Kopf zu den Masten eines Schiffes, die einzelnen Figuren wurden zu Seeleuten auf den Rahen und Spieren, die einander Verse wie Tauenden zuwarfen, Segel setzten und refften, wie es dem Meister aus Stratford gefiel, der der Wind war und dem Schiff seine Richtung gab.

Und zum ersten Mal fühlte der Junge sich mitgenommen, so sehr kamen die Gedächtnissysteme seinem ohnehin schon bemerkenswert guten Erinnerungsvermögen entgegen. Das Chaos sortierte sich, nahm überschaubare Formen an, die er je nach Bedarf zusammensetzen und auseinanderbrechen konnte. Wohin ihn das führen würde und was er Sinnvolles damit tun könnte, ahnte er nicht. Nur sein bisheriges Leben kam ihm so ungeordnet vor wie ein Rausch – beängstigend, lustig, verwirrend, geheimnisvoll, schön. Vielleicht würde es all das bleiben; aber von nun an würde er es beherrschen.

## 84.

Gowers mochte es nicht, wenn er die Kontrolle über sich verlor. In seiner Jugend hatte ihm das stets Ärger eingebracht. Meist war es Alkohol gewesen, der ihm die Sinne vernebelte, aber einmal hatte er auch schon Opium geraucht, damals in New Orleans. Die Wirkung hatte ihn nicht sonderlich beeindruckt; eine Art euphorische Schlaffheit, die er nicht unbedingt noch einmal erleben wollte. Aber diesmal war die Wirkung eine ganze andere. Dieses Zeug, was immer es war, verschaffte ihm eher einen langen, nicht immer angenehmen, aber verwirrend klaren Traum.

Zuerst zerfiel er zu Staub; nicht zu schweren Flocken, die zu Boden sinken, sondern zu dem gewichtslosen feinen Staub, wie er in einem Sonnenstrahl tanzt. Er schwebte über einer Landschaft, die er schon einmal gesehen hatte. Aber immer, wenn er ihr näher kam und schon glaubte, sie identifizieren zu können, wurde er durch die Wärme, die von ihr aufstieg, wieder hochgetrieben.

Dann erkannte er, dass es Ishrats Körper war, über den er langsam hinwegschwebte: meilenweit ausgedehnte Hautlandschaften, sanft geschwungenes Fleisch. Er blickte zurück und erkannte am Horizont, unter einem roten Himmel, deutlich ihre beiden Brüste, wurde aber weiter nach Süden getrieben, während die Sonne versank und der Himmel dunkler wurde. Er folgte dem schwarzen Flaum feiner Härchen, der sich vom Vulkankrater des Nabels abwärts erstreckte und sich ganz unten in der Nacht auflöste.

Er sah noch die weichen Schluchten der Vulva auf sich zukommen und hielt sie für das Ende seiner Reise, aber noch immer war er so winzig und leicht, dass die Hitze ihres Schoßes ihn plötzlich wieder hochwirbelte. Diesmal stieg er so hoch, dass die Sonne zurückkam, und als er zurückschaute, bemerkte er, dass das, was er für die verwirrenden Falten eines weiblichen Geschlechts gehalten hatte, ein System von Flüssen war: schwarzen Flüssen, die erst zu schimmern, schließlich zu gleißen begannen, als die ersten Sonnenstrahlen sie trafen.

Er kannte ihre Namen; Namen, die er nie gehört hatte, waren plötzlich in seinem Kopf: Gandak, Garghara, Sai. Da wusste er, dass er kein Sonnenstäubchen mehr war, sondern ein großer Vogel. Er sah die Länder, durch die diese Flüsse sich wanden; grüne und goldene, fruchtbare Länder. Die Getreide- und Zuckerrohrfelder des Uttar Pradesh, weiter südlich das Reisland, Bengalen. Er sah wimmelnde Menschenmassen, gewaltige Heere, kleine Könige, die aufeinander einschlugen, und hätte gerne noch weiter zugesehen, als der Wind ihn erfasste und noch höher und immer höher trieb.

Tief unter sich sah er kleine weiße Fetzen, hielt sie zuerst für Wolken, verstand aber dann, dass sie zu fest waren, um Wolken zu sein. Sie bewegten sich auch ganz anders, nicht mit dem Wind. Sie schwebten nicht, sondern flogen, in weiten Kreisen, wie von einem geheimen Willen zusammengetrieben. Sie schienen ihn zu verfolgen, konnten ihn aber nicht erreichen, sanken zurück. Dutzende, Hunderte zuletzt, vereinigten sie sich zu einem Schwarm, der sich nach Südosten wandte, die gleißenden Flüsse hinunter, und er wusste endlich, dass es Tauben waren, die zum Meer hinabflogen.

Dann kam der Nebel. Er fühlte ihn feucht in seinem Gesicht. Das Land, die Flüsse, die Tauben verschwanden weit unter ihm, und er verstand plötzlich, dass dies nun endlich die Wolken sein mussten, Zirrus und Stratokumulus, dass er unendlich hoch war. Aber erst als er die Nebel durchstieß, sah er weit im Norden das Unglaubliche: eine lange Kette schneebedeckter, glänzender Berge, höher als die Wolken, der Vogelflug, so hoch, dass sie den Himmel berührten.

Das Licht wurde zuletzt schmerzhaft hell, und als er die Augen aufschlug, stellte er fest, dass es schon seit Stunden wieder Tag sein musste. Das Erste, was er sah, war Coryate, der wach war, aber sich anscheinend nicht von der Stelle gerührt hatte. Der alte Mann saß noch immer aufrecht mit gekreuzten Beinen in der armseligen Hütte und sah aus, als hätte er mal wieder seinen Herzschlag angehalten.

## 85.

»Es ist kein Dämon, der euch quält«, sagte der heilige Mann beim Abschied zu den Bauern. »Geht die Flüsse hinauf ins Avadh, wo der Wald von Teriani anfängt. Dort lebt das Rudel. Tötet alle Wölfe in dieser Gegend und lasst vor allem kein Weibchen am Leben.«

Gowers, der an diesem Morgen das Dröhnen in seinem Schädel nicht loswurde, wollte eigentlich über gar nichts reden, aber er war zu sehr Ermittler, um nicht bei ihrer ersten Rast zu fragen: »Woher wissen Sie das? Dass es Wölfe sind?« Er ließ keuchend vor Hitze das Bündel mit seinen Sachen fallen.

»Es sind immer Wölfe, in dieser Gegend«, antwortete der alte Mann mit einem Achselzucken. »Es … Wann war das? Tipu Sultan lebte noch, da verschwanden hier über tausend Kinder, in wenigen Jahren. Erst als die Briten die Wölfe jagten, hörte es irgendwann auf. Und noch früher, zu Aurangzebs Zeiten, da waren es einige hundert Kinder, und erst als der Mogul ein Kopfgeld für Wolfspelze aussetzte, war es vorbei.«

Gowers setzte sich in den Schatten eines umgestürzten Baums, nachdem er mit seinem Stock alle Schlangen darunter vertrieben zu haben glaubte. Als er die Knie anzog, sah er, dass der Schweiß schon wieder begonnen hatte, das Leder seiner Stiefel dunkel zu färben.

Coryate hockte sich auf die Fersen, öffnete die Faust, in der er als Reiseproviant einen Klumpen Reis hielt, und sagte anerkennend: »Wölfe sind kluge Tiere. Sie lernen. Nicht wie die Tiger im Osten, John Gowers. Der Tiger ist nicht dumm, aber er jagt allein. Wölfe leben in Rudeln, und sie lernen von ihren Müttern.«

Gowers stand auf, um seinen Kopf aus dem verfluchten *Puggree* zu wickeln, und rieb dann einige Tropfen Wasser in sein stoppliges Haar, das jedoch verdunstete, ehe es ihn erfrischte. Währenddessen hatte der alte Mann sich anscheinend immer weiter von seinem Thema entfernt.

»Als ich noch ein Junge war, damals in Odcombe – die Seefalken hatten eben die große Armada versenkt –, da begleitete ich oft unsere Feldhüter auf ihren Runden. Ich konnte auch nie stillsitzen, John Gowers.« Er lächelte den rotgesichtigen Amerikaner an. »Da habe ich einmal gesehen, wie ein Hirte alle Raben tötete, die er finden konnte. Ich fragte, warum er das tue. Und er sagte: ›Ich töte die Raben, weil sie gelernt haben, meine Lämmer zu schlagen, während sie geboren werden.‹ Auch Raben sind kluge Tiere, John Gowers. Sie hatten beobachtet, dass die Schafe während der Geburt völlig wehrlos sind, und fraßen schon die Augen der Lämmer, wenn sie mit den Beinen noch in ihren Müttern steckten. Und keinen Raben, der das weiß, darf man am Leben lassen!«

Er machte eine Pause, nahm ein paar Körnchen Reis und sagte dann: »Ich denke, dass eine große Wölfin verletzt wurde, vor einigen Jahren. Nicht so schwer, dass sie starb, nur so, dass sie nicht mehr gut jagen konnte. Vielleicht gab es auch einen anderen Grund, aber irgendwann schlich sie in die Nähe der Dörfer und stellte fest, dass Menschenkinder in der Dämmerung eine leichte Beute sind, die man wegtragen kann. Das brachte sie ihren Jungen bei –, und die bringen es ihren Jungen bei, und es wird nicht aufhören, bis sie alle tot sind.«

»Und woher wissen Sie, wo diese Wölfin mit ihrem Rudel lebt?«

»Ich habe sie gesehen.«

Der nackte alte Mann erhob sich mit der Hand voll Reis, die sein einziger Besitz war und bald aufgezehrt sein würde. Sorglos lächelte er den Investigator an und setzte seinen Weg fort; nicht wie ein Weiser, eher wie ein Zauberer, der seinen letzten Trick nicht verrät.

## 86.

Als sie die Princess Royal Islands zum letzten Mal passierten und überall nur offenes Wasser fanden, konnten die Männer kaum glauben, dass sie genau hier zehn Monate lang in sieben Meter dickem Eis eingefroren gewesen waren. Ihre Laune besserte sich noch, als der Wind so steif blieb, dass sie mit mehr als acht Knoten nach Süden liefen und sogar wieder Gischt am Bug der *Investigator* hochsprang. Als Nelson's Head steuerbord voraus gemeldet wurde, hielt es John nicht mehr auf seinem Krankenlager, und er stakste an Deck, um noch einmal »sein Land« zu sehen. Es tat weniger weh, als er befürchtet hatte, und obwohl McClure seine Meldung zum Dienst weder ernst noch annahm, verbrachte der Junge von nun an wieder mehr Zeit auf als unter Deck.

Einige der Männer glaubten tatsächlich, dass sie nun immer weiter nach Süden, Richtung Kap Bathurst, und nach einer kurzweiligen Überwinterung bei den Eskimos wieder nach Hause segeln würden. Das waren die, die ihren Kapitän in den vergangenen anderthalb Jahren noch nicht richtig kennengelernt hatten. Als McClure die steile Südküste von Banks-Land eisfrei sah und das Packeis sechs Meilen weit draußen in der Beaufort-See, also offenes Fahrwasser vor sich hatte, beschloss er, im Westen um die große Insel herumzufahren und trotz der fortgeschrittenen Jahreszeit in ihrem Norden einen weiteren Versuch zu machen, nach Melville Island und mit etwas Glück sogar zu den Schiffen von Austins Geschwader vorzustoßen, die dort liegen mussten – falls sich die Pläne der Admiralität nicht grundlegend geändert hatten.

Am 19. August 1851 schienen alle Instrumente ihm recht zu geben. In nur drei Tagen hatte die *Investigator* die in diesen Breitengraden sensationelle Strecke von dreihundert Meilen zurückgelegt, ohne ein einziges Mal vom Eis festgehalten zu werden. Tatsächlich trennten sie nur noch zweihundert Meilen von der geglückten Umrundung der Insel. Niemand konnte allerdings ahnen, dass dies *die einzigen drei Tage* in ihrem Jahrhundert waren, in denen eine solche Fahrt überhaupt möglich war. 2,2 Millionen Quadratkilometer Packeis, im Durchschnitt vier Meter hoch aus dem Wasser ragend, hatten sich für diese drei Tage von der zernarbten Küste zurückgezogen und einen Durchschlupf aufgerissen, der manchmal acht Meilen, manchmal aber auch nur acht Meter breit war. Bisweilen stießen die Rahen links am Eis und rechts an den steilen Uferfelsen an, und sie mussten die Rettungsboote von außenbords hochziehen, weil sie sonst zerquetscht worden wären.

Einmal dort hineingesegelt, gab es noch nicht einmal mehr die Möglichkeit, ihr Schiff zu wenden. Mit Winden zogen sie sich über Sandbänke, sprengten Fels- und Eisvorsprünge, die sie festhielten, und hatten am 21. August die Nordwestspitze erreicht, die sie Kap Alfred tauften. Hier schien alles vorbei, die Weiterfahrt aussichtslos, die Rückkehr unmöglich, jede Rettung ausgeschlossen. Mit allmählicher, aber ungehemmter Gewalt trieb ein Wind, der aus den Tiefen Sibiriens kam und seit dreitausend Meilen auf kein Hindernis gestoßen war, das Packeis wieder gegen das kleine Schiff.

Es war kein Sturm, wie im letzten Jahr, es war einfach die

langsame, ewige Bewegung des Eises in diesem unzugänglichsten Teil der Welt, die das Schiff hoch aus dem Wasser hob, mal auf diese, mal auf jene Seite legte und die schweren Kupferplatten, die den Boden der *Investigator* schützen sollten, zusammenschob wie braunes Packpapier. Wieder hörten sie die grausige Musik, mit der das Eis an den Grundfelsen nagte, mit der riesige Schollen barsten wie Eierschalen und sich zwanzig Meter hoch übereinandertürmten; aber sie hatten jetzt bisweilen das Gefühl, dass es nicht mehr das Eis, nicht ihr Schiff, sondern das Land selbst war, das in dieser furchtbaren Umarmung ächzte.

Eine etwa zehn Meter dicke Eisplatte von der Größe des Trafalgar Square in London hob sich plötzlich unmittelbar neben dem Schiff aus dem Meer, als hätte sich ein gemütlicher Riese auf ihr entgegengesetztes Ende gesetzt, und die Männer starrten zwei Stunden lang in den gähnenden Abgrund schwarzen Wassers, der sich unter ihr auftat. Der eisige Rachen schob sich langsam über die Bordwand, dann glitt er wieder zurück und schloss sich so sanft, als habe das Eis nur einmal kurz an der *Investigator* lecken wollen, ohne sie zu verschlucken.

McClure schickte die Männer, die wieder einmal einen ganzen Tag lang mit ihren Bündeln an Deck gestanden und das Ende erwartet hatten, in ihre Quartiere und schloss sich in seiner Kabine ein. Der harte Ire, der alle Gefahren auf Meer, Eis und Land überwunden und immer wieder gewusst hatte, was er als Nächstes tun würde, schrieb an diesem Abend nur einen einzigen Satz in sein Logbuch. Vier Worte, an die er sich noch im Schlaf klammerte wie ein Kind an eine Stoffpuppe: »Spes mea in Deo!«*

* Meine Hoffnung – auf Gott!

## 87.

Richard Collinson quälte sich seit einem Jahr, indem er Denkmäler für sich selbst entwarf: dem ruhmreichen Zweiten! Von der Besatzung der *Plover*, Kapitän Moore, wusste er, dass die *Investigator* ihm nur wenige Wochen voraus war, aber das Eis bei Kap Barrow hatte sich bereits geschlossen, sodass Collinson mit der *Enterprise* nach Hongkong zurückgesegelt war, um dort zu überwintern.

Ein einziger seiner Offiziere, der unternehmungslustige junge John Barnard, war auf eigenen Wunsch in Russisch-Alaska zurückgelassen worden, von wo aus er über Land zum Mackenzie reisen und unterwegs bei den Eingeborenen Nachrichten über McClure und womöglich auch über Franklin sammeln wollte. Am Morgen des 16. Februar 1851 wurde er allerdings mit seinen russischen Begleitern und beinahe allen Einwohnern des kleinen Eskimodorfs Tollukok von feindlichen Indianern erschlagen. Jedenfalls erreichte sein letzter Brief unter diesem Datum den Schiffsarzt der *Plover* zuverlässig vier Monate später.

»Lieber Adams, habe eine scheußliche Wunde im Unterleib; meine Eingeweide hängen heraus. Ich glaube nicht, dass ich noch lange genug lebe, um Sie zu sehen. Die Cu-u-chuk-Indianer griffen an, als wir noch in den Federn lagen. Boskey ist schwer verwundet und Darabin tot; fast vier Dutzend Eskimos, Männern, Frauen und Kindern, geht es nicht besser. Wahrscheinlich wäre meine Verwundung nur eine Kleinigkeit, wenn ich an medizinische Versorgung herankäme. So tut es höllisch weh, also beeilen Sie sich gefälligst herzukommen. Barnard.«

Collinson, der während seiner Dienstzeit in China an diversen Feldzügen teilgenommen hatte, war drauf und dran, eine Strafexpedition gegen die Cu-u-chuks zu führen, als er dieses Schreiben im Sommer in die Hände bekam. Allein die Versicherung der Russen, dass dergleichen häufig vorkäme und die Wilden sich längst wieder weit ins Landesinnere zurückgezogen hätten, sowie die Befehle der britischen Admiralität, Franklin und die Nordwestpassage zu finden, hielten ihn davon ab. Genau ein Jahr nach McClure segelte er also in dessen Kielwasser und machte alle Entdeckungen seines Untergebenen ein zweites Mal: Nelson's Head, Prince-of-Wales-Straße, Prince-Albert-Land.

Natürlich gab Collinson diesen Orten andere Namen, aber nur, bis er Mitte August 1851 auf den Princess Royal Islands auf ein Depot der *Investigator* stieß. Die dort niedergelegten Nachrichten McClures reichten bis zum 15. Juni, der verdammte Ire war ihm also jetzt nicht mehr ein Jahr, sondern nur noch acht Wochen voraus. Natürlich unternahm auch die *Enterprise* einen eigenen Versuch, die Eisbarriere am Ende der Prince-of-Wales-Straße zu durchbrechen, aber genau wie die *Investigator* fand sie kein Schlupfloch. Und genau wie McClure – wenn auch ohne es zu wissen – beschloss Collinson, es dann eben im Westen von Banks-Land erneut zu versuchen.

Er nahm an, dass die *Investigator* im Norden durchgekommen war, denn es fand sich keine Spur mehr von ihr, und für eine weitere gute Woche verteilte er mit dem uralten Recht des Entdeckers Namen an Kaps, Küsten und Flussmündungen. Am 3. September fand sich jedoch auf dem südwestlichsten Punkt der Insel, dem Kap Kellett, ein weiteres Depot mit Nachrichten von McClure, die erst am 18. August dort niedergelegt worden waren: zwei Wochen!

Collinson, der die irritierende Angewohnheit hatte, an Deck nicht mit einem Kommandostab, einem Spazierstock oder einer Reitpeitsche, sondern mit einem Billard-Queue herumzulaufen und seine Untergebenen damit gelegentlich in Bauch, Rücken oder andere geeignete Körperteile zu piken, fluchte fürchterlich und überlegte fieberhaft, was das für ihn und seine Mission bedeutete. Die *Investigator* hatte die Durchfahrt durch die Prince-of-Wales-Straße nicht geschafft, aber die Hartnäckigkeit, mit der es McClure dann eben woanders versuchte, ließ ihn vermuten, dass – falls es dort eine Durchfahrt gab – der Ire sie auch entdecken würde.

Ihm selbst bliebe dann nur die etwas lächerliche Rolle desjenigen, der die Entdeckungen seines Vorgängers bestätigt: Stimmt! Richtig! Akkurat! Das wären die Worte, die er neben möglichen kleinen Korrekturberechnungen in seinem Journal vor allem benutzen müsste. Gab es hier aber keine Durchfahrt – würde er zwar in ein paar Tagen auf den stecken gebliebenen Iren stoßen und ihn gehörig zur Schnecke machen, aber danach bliebe ihnen nichts anderes übrig, als gemeinsam umzukehren – falls das dann noch möglich war.

Eine andere Option war der gerade Weg nach Osten, durch die von Richardson entdeckten, aber nie befahrenen Gewässer der Dolphin & Union Strait, mitten hinein in den *anderen* großen weißen Fleck, den es auf den Karten der Admiralität noch gab. Nach einem wütenden Queue-Stoß Richtung Norden, wo das Packeis sich hinter der *Investigator* bereits wieder geschlossen hatte, gab Collinson die entsprechenden Ruderbefehle.

## 88.

Der Investigator überlegte immer häufiger, wie lange wohl Mukhopadhyaya auf der Reise nach Lakhnau die Maskerade aufrechterhalten konnte, die sie abgesprochen hatten: so zu tun, als reise der Amerikaner noch immer im Tross der Königin. Aus diesem Gedanken ergab sich wieder einmal die Frage, auf die er noch keine Antwort gefunden hatte: Wie hatte die böse Absicht von ihm erfahren? An dieser Frage interessierte ihn nicht, wer der Spion oder die Spionin war, sondern die Wege, auf denen die Informationen den Auftraggeber erreichten. Denn falls die böse Absicht nicht mit ihnen reiste, also ständig in ihrer Nähe war, musste es ein System der Nachrichtenübermittlung geben, das Gowers noch völlig schleierhaft war.

»Gehen Sie den Fäden nach«, hatte Coryate gesagt, aber Gowers konnte die Fäden nicht sehen und fuhr fort, Spekulationen über die Spinne anzustellen.

»Was wissen Sie von Nana Sahib, Babu?«

»Sie meinen: außer dem, was Sie schon zu wissen glauben?«, fragte der alte Mann wie selbstverständlich zurück. »*Sati Chaura Ghat?* Das Massaker im *Bibighur*? Würde man alle schlechten Taten wiegen, John Gowers, würden auch hundert Nana Sahibs nicht ausreichen, um die Waagschale Englands und der East India Company auch nur einen Millimeter vom Boden zu heben. *Belait* ...« Der alte Mann versank in ein so langes Schweigen, dass Gowers gerade nachfragen wollte, als er fortfuhr: »*Wir* waren die Krankheit, zweihundertfünfzig Jahre lang. Der große Aufstand war nur ein kleiner Versuch, das Geschwür wegzuschneiden, das an Indien frisst.«

»Und Nana Sahib?« Der Investigator wollte so konkret wie möglich bleiben, um die Philosophie nicht die Oberhand über seine Ermittlungen gewinnen zu lassen. »Lebt er noch?«

Coryate lachte über die Hartnäckigkeit, mit der sein *Chela* Ziele anstrebte, ohne die Wege kennen zu wollen. »Nana Sahib weiß, dass er in tausend Köpfen lebt, solange er sich nicht zeigt. Und dass er auf diese Weise eine viel größere Bedrohung für die Engländer ist, als wenn er herauskommen und kämpfen würde. Kein Engländer in Indien wird je wieder völlig ruhig schlafen, solange Nana Sahib eine Idee ist und kein Mann, den auch ein Kind töten könnte.«

»Er lebt also noch?«

»Davon weiß ich nichts. Aber in Thapathali, an der Grenze Nepals, habe ich einmal einen Palast gesehen, einen ganz kleinen Palast am Ende eines unbedeutenden Dorfs. Dort leben Nana Sahibs Frauen, und sie sehen so glücklich aus, als würde es ihnen an nichts fehlen, John Gowers.«

»Wer hat Tantia Topi verraten, Babu?«

»Tantia Topi! Ein stolzer Mann, John Gowers, ein großer Krieger. Und er zog es vor, ein Krieger zu bleiben, statt eine Idee zu werden, deshalb ist er jetzt tot. Zweimal eroberte er Gwalior, zweimal warfen ihn die Engländer wieder hinaus, jagten ihn und seine Männer, wie man ein Rudel Wölfe jagt, einen nach dem anderen. Deshalb zettelte er zuletzt eine Verschwörung an, John Gowers. Als er sah, dass er die Heere der Engländer nicht vernichten konnte, wollte er ihre Führer töten.«

»Ja. Aber wer waren die Verschwörer? Und wer hat die Verschwörung verraten, oben in Delhi? Wer kennt die Verräter? Wer könnte Rache dafür nehmen wollen, Babu? Das sind meine Fragen an Sie!«, sagte Gowers ärgerlicher, als er wollte. Vor allem der Gleichmut und die Langsamkeit von Coryates Erzählungen fingen an, ihm auf die Nerven zu gehen.

»Ich nicht. Und ich nicht und ich nicht«, antwortete der alte Mann aufreizend gelassen. »Hoffentlich gereichen Ihnen diese Antworten zum Nutzen, John Gowers!«

Nur ihre zweieinhalb Jahrhunderte Altersunterschied hielten den Investigator davon ab, dem *Digambara* in den Hintern zu treten. Der drehte sich plötzlich um und lächelte den wütenden jungen Mann an.

»Vielleicht ist es besser, wenn ich die Fragen stelle!«, sagte er. »Warum glauben Sie, dass jemand Rache nehmen will?«

»Ich kann kein anderes Motiv sehen.« Gowers ließ sich auf diesen Wechsel der Rollen nicht nur deshalb ein, weil er sich so über den Stand seiner Ermittlungen Rechenschaft geben konnte, sondern vor allem, weil er hoffte, dadurch der vermaledeiten Philosophie des seltsamen Heiligen zu entgehen. »Niemand profitiert von den Morden, die ich untersuche. Es entsteht kein Vorteil durch sie.«

»Welche Vorteile vermögen durch Mord zu entstehen?« Während der alte Mann sich langsam wieder in Bewegung setzte, antwortete der Investigator wie aus der Pistole geschossen: »Wirtschaftlicher Gewinn, politischer Einfluss. Wegfall einer Belastung oder Bedrohung.«

»Und nichts davon trifft auf Ihre Morde zu?«

»Nicht auf alle. Der Mogul und seine Söhne, gut. Sie waren zwar kaltgestellt, aber noch immer politische Figuren. Aber warum die Kinder? Warum die Mädchen?«

»Warum Sie, John Gowers?«

»Jemand fürchtet offenbar, dass ich etwas herausfinde.«

»Also Nummer drei«, freute sich Coryate, »Wegfall einer Belastung oder Bedrohung! Und wen könnten Ihre Ermittlungen bedrohen, John Gowers? Nana Sahib? Oder einen Rächer Tantia Topis?«

Gowers' Gedanken flogen. Ein politischer Hintergrund ergab keinen Sinn, denn ein politischer oder gar nationaler Rächer hat gemeinhin keine Probleme damit, dass seine edlen Absichten ans Licht kommen. Der Investigator begann zu ahnen, dass er sich mit der Konzentration seiner Ermittlungen auf den Mogul, die Engländer, den Sepoy-Aufstand und das übrige Groß und Klein der Kolonialpolitik möglicherweise in eine Sackgasse manövriert hatte.

Durch die klugen Fragen des alten Mannes brach zwar ein großer Teil seiner bisherigen Vermutungen weg, aber in wunderbarer Klarheit stellten sich auch zwei Folgerungen ein: Erstens: Es musste einen persönlichen Hintergrund für die Mordserie geben. Und zweitens: Die böse Absicht hatte immer noch etwas zu verlieren. Ansonsten war aus dem Mordanschlag auf den Ermittler kein Vorteil zu erzielen.

»Persönliche Rache, aber an wem?«, murmelte er. »Gemeinsamkeiten der Opfer? Die Zugehörigkeit zur Dynastie. Gab es andere Prätendenten? Prätendenten für was? Die Mogulherrschaft existiert nicht mehr. Rache … für etwas Persönliches, in der Vergangenheit!«

»Was ist Rache?«, unterbrach Coryate den Gedankenfluss des Investigators.

»Vergeltung für ein vermeintliches oder tatsächliches Unrecht«, erwiderte Gowers prompt. Aber diesmal schüttelte der alte Mann den Kopf.

»Rache ist ein Gift, John Gowers. Und es verzehrt vor allem und am längsten den Rächer selbst. Warum lässt er sich verzehren? Weil Rache süß ist. Sie ist eine Lust!«

»Nicht auch das Streben nach Gerechtigkeit?!« Plötzlich und ohne es wirklich zu wollen, dachte Gowers an Deborah, an ihren sinnlosen Tod und an alles, was er danach getan hatte. Diese Frage betraf ihn persönlich, und fast sofort wurde er aggressiv.

»Auch das Streben nach Gerechtigkeit ist eine Lust«, sagte Coryate. »Vielleicht die vermessenste aller Lüste, da niemand weiß, was Gerechtigkeit ist.«

»Na, sagen Sie es schon«, erwiderte Gowers wütend und gab selbst die Antwort, die er hören wollte: »Nur Gott weiß, was Gerechtigkeit ist!«

»Es gibt keinen Gott«, entgegnete der alte Mann ruhig.

»Den haben die Menschen erfunden als Zuflucht, als Trost und als letzte verzweifelte Rechtfertigung ihres Handelns.«

»Oh, ich verstehe!« Die Wut des Investigators verwandelte sich jetzt in Zynismus. »Sie meinen, es wäre besser, wir ziehen uns alle aus und halten unsere Herzen an!«

»Ja«, sagte Coryate schlicht. Und nach einer Weile fügte er trocken hinzu: »Aber das bringt unsere Ermittlungen nicht voran.«

Gowers musste laut lachen, halb über diese Feststellung und halb über sich selbst. Mitten in Indien, auf einer kleinen staubigen Straße, an der Seite eines nackten Yogis, den er vor vier Tagen noch nicht gekannt hatte, fühlte er sich zum ersten Mal seit langer Zeit wieder wie ein Kind, dem die Welt erklärt wird.

»Was ist das Wesen der Lust, John Gowers?«, fragte der bedürfnislose alte Mann weiter. »Was gefällt uns an ihr? Was suchen wir in ihr? Die Befriedigung?«

»Nein«, sagte Gowers, dessen Gedanken wieder so zu rasen begannen, dass er ihnen kaum folgen konnte. »Die Befriedigung beendet die Lust. Sie ist ihr Ziel. Ihr Wesen … ist die Dauer.«

»Wie machen wir, dass die Lust dauert?«

»Wir steigern sie. Wir dehnen sie aus!«

»Also eine lange, langsame Rache. Was bedeutet das für den Menschen, dem sie gilt?«

»Er muss sie erleben bis zum Schluss.«

Die beiden Wanderer schwiegen jetzt lange, und erst, als ihre Schatten schon weit über die tief liegenden Reisfelder im Osten fielen, fragte John Gowers: »Was wissen Sie über Zinat Mahal Begum, Babu?«

## 89.

Lakhnau, die Residenzstadt der Fürsten von Oudh, hatte noch lange einen Schimmer vom Glanz der Mogulzeiten bewahrt. Der traurige Anblick, den der Palast von Farhat Bakhsh bot, schnitt Zinat Mahal Begum deshalb tief ins Herz. Sicher war auch das Rote Fort von Delhi verfallen, aber dieser Verfall zog sich schon über ein Jahrhundert hin, und sie kannte es gar nicht anders. Im Palast von Farhat Bakhsh in Lakhnau war sie geboren und aufgewachsen, als ihr Vater noch unumschränkter Herrscher von Oudh gewesen war, und beide hatte sie in all ihrer Macht und Pracht gesehen.

Die Realität vor ihren Augen entsprach so gar nicht dem Bild in ihrem Herzen: Seit ihr Bruder, letzter Nawab des Oudh, vor zehn Jahren entmachtet worden war, war es mit Lakhnau und dem Königspalast stetig bergab gegangen. Während der fünfmonatigen Belagerung im Sommer der Rebellion hatten aufständische Sepoys darin gehaust und von seinen Türmen aus die Verschanzungen der britischen Garnison ins Kreuzfeuer genommen. Als die englischen Entsatzheere endlich eintrafen, hatten sie deshalb auch den Palast beschossen und gestürmt, und was die Meuterer noch nicht zerstört, geraubt oder beschmutzt hatten, zerstörten, raubten, beschmutzten die Schotten der 78th Highlanders.

Für die auch nur ansatzweise Wiederherstellung des Palastes fehlten zuerst ihrem Bruder, dann ihrer Schwägerin alle Mittel; mit ihren Kindern wohnte sie nun in einem halbwegs intakt gebliebenen Teil der großen Anlage und finanzierte ihre Haushaltung und Dienerschaft durch den allmählichen Verkauf der Schätze, die ihr geblieben waren.

Zinat Mahal Begum hingegen bezog die Räume, in denen

sie jung gewesen war, im Nordflügel, über dem Fluss Gomati. Hier hatte sie schon als kleines Mädchen das vielstimmige Schreien der gefangenen Tiere in der Menagerie ihres Vaters gehört, die am anderen Ufer lag. Mit einem alten britischen Fernrohr, um das sie sich regelmäßig mit ihren drei Schwestern stritt, hatte sie gern die wilden Kämpfe beobachtet, die auf der anderen Seite stattfanden. Blutige Tierkämpfe, auf deren Ausgang die Edlen hohe Wetten abschlossen, die das Volk zerstreuten.

Hahnenkämpfe, Hundekämpfe, bissige Stuten, aber auch Hengste gegen Kamele, denen man die Hoden abschnüren musste, damit sie wild genug wurden. Manchmal zwei ausgehungerte Tiger gegeneinander, manchmal ein einzelner Tiger gegen ein Rudel wilder Hunde. Hunde gegen Bären, denen man die Krallen bis auf den Knochen gestutzt hatte, damit der Kampf länger dauerte. Einmal zwei Nashörner, von weit her nach Lakhnau geschafft. Dabei hatte das kleine Mädchen erstmals Gelegenheit, physikalische Grundgesetze zu studieren, denn sie hörte das Aufeinanderklatschen der tonnenschweren Tiere erst, als sich ihre massigen Gestalten im Fernrohr schon fast wieder getrennt hatten.

Und immer wieder die rund hundertfünfzig Kampfelefanten ihres Vaters, wilde graue Riesen, wahnsinnig gemacht durch den *Ankus*, den spitzen eisernen Stachel, den die Treiber auf ihren Rücken ihnen in die blutig vernarbten Nacken stießen. Die Erde bebte, wenn die gewaltigen Leiber in Zweikämpfen oder manchmal auch kleinen Schlachten gegeneinander anliefen, aber nicht für die Königstöchter von Oudh, die das Spektakel ruhig von ihrem Logenplatz aus verfolgten. Nur das verzweifelte Gebrüll der Unterlegenen, denen die zugespitzten Stoßzähne ihrer Gegner die großen grauen Bäuche aufgerissen, die meterlangen Rippen zerbrochen hatten, hörte man über den Fluss hinweg und noch weit in die Stadt hinein. Manchmal auch den Aufschrei der Zuschauer, wenn eines der Tiere in seiner Raserei die Absperrungen zu durchbrechen versuchte, ehe sein Lenker den *Ankus* mit einem Hammer tief und tödlich in dieses unterjochte Gehirn treiben konnte. Oder aber, wenn einer der kleinen Quälgeister abgeschüttelt wurde, hoch durch die Luft flog und unter den riesigen Körpern, den stampfenden Beinen im meterhoch aufspritzenden roten Staub verschwand.

Zinat Mahal Begum stand an dem gleichen Fenster über dem Fluss, an diesem Abend, vier Jahrzehnte später, und keine Fahnen, bunten Menschenmengen, hölzernen Arenen waren mehr jenseits des Wassers zu sehen. Nur der Gomati selbst glänzte noch immer so golden wie in der untergegangenen Sonne ihrer Kindheit. Immerhin war man von Kanpur nach Lakhnau standesgemäß gereist, hatte sie ihr Inkognito aufgeben und die Schar ihrer Diener verstärken dürfen.

Sogar der Amerikaner hatte sich in einem mit Goldbrokat verhangenen *Palankin* tragen lassen; angeblich wegen einer Erkrankung, denn selbst Ishrat hatte ihn seit drei Tagen nicht mehr gesehen; nur der elend lange Dolmetscher durfte in der Sänfte des Amerikaners reisen, und allein über diesen hatte man sich an den letzten Abenden mit ihm unterhalten können. Entsprechend langweilig war dieser letzte Reiseabschnitt verlaufen, und erleichtert war die Königin, unter den Fanfaren von immerhin drei bezahlten Trompetern, in die alte Residenz ihrer Väter eingezogen.

Mukhopadhyaya hatte in dieser kurzen Zeit vor Anspannung mindestens fünfzehn Pfund abgenommen, und natürlich machte das die vermaledeite Sänfte noch leichter, als sie ohnehin schon war. Gowers hatte ihm geraten, Steine in seine Taschen zu stecken, aber es hätte schon ein kleiner Mühlstein sein müssen, um das Gewicht des Amerikaners vorzutäuschen. Als die acht – kurz darauf sehr verblüfften – Träger den *Palankin* zum ersten Mal anhoben, wäre der Anwalt fast bis zur Decke geflogen, weil sein langer, dünner Körper den Erwartungen dieser simplen Gemüter schlicht zu wenig entgegenzusetzen hatte.

Vor allem bei den Gesprächen mit den Hofdamen schwitzte Mukhopadhyaya Blut und Wasser. Zwar las er tagsüber immer wieder in den Büchern, die der Investigator ihm gegeben hatte, aber der amerikanische Walfang, britische Waisenhäuser und die Schlacht bei Waterloo waren nicht eben die Themen, die die Kaiserin von Indien vorrangig interessierten. Also erzählte der Anwalt im Wesentlichen von seinen eigenen kurzen Erfahrungen, machte San Francisco zu New York und brachte das Gespräch immer wieder auf das amerikanische Rechtssystem, das er dort vier Monate lang studiert hatte.

Als die Neugier der Damen gar nicht mehr anders zu befriedigen war, ging er sogar dazu über, interessante Sachverhalte schlichtweg zu erfinden; er kreierte wahre Reformkleider, wollene Unterwäsche, Röcke, die nur noch bis zu den Knien reichten, flotte kleine Hütchen ohne Schleier oder Federn, Blusen, die auf der Seite geknöpft wurden, und ähnliche Absurditäten. Er befreite die Amerikanerin auch kurzerhand vom Korsett, über dessen Technik er zu wenig wusste, versuchte einen Abend lang, *Moby Dick* auf die Opernbühne zu bringen, und war jedes Mal dem Tode nahe, wenn die große Leibwächterin den Vorhang auch nur berührte. Wahrhaftig mehr tot als lebendig wurde er schließlich in den Palast von Farhat Bakhsh getragen und schwor, sich die Sache eines Klienten nie wieder so sehr zu eigen zu machen.

# 90.

Seit fast drei Wochen hatte das Eis sich nicht mehr bewegt, und lagen sie an derselben Stelle fest; mitten im Packeis zwar und ohne den Schutz einer Bucht oder auch nur eines einzelnen Felsens, aber dafür in Sichtweite des Landes. Obwohl es das Ende der Welt war, unfruchtbares Geröll, Ton und Kreide ohne jeden Bewuchs, beruhigte das bloße Vorhandensein von etwas, das die blinden Naturkräfte nicht ohne Weiteres umstürzen konnten, ihre Nerven erheblich. McClure, von seinem Anfall religiöser Lethargie geheilt, ließ das Schiff winterfest machen und schickte mehrere Partien an Land, um Ballast aufzunehmen und nach jagdbarem Wild und Süßwasser Ausschau zu halten. Was sie stattdessen fanden, war jedoch das vielleicht Bizarrste, was sie auf ihrer langen Reise gesehen hatten.

Versteinerte Bäume! Berge aus aufeinandergeschichteten, versteinerten Baumstämmen, einzelne bis zu fünf Meter lang und sechzig Zentimeter im Durchmesser. Kreuz und quer zusammengebacken, wilde, tiefe Schluchten und jäh gezackte Vorsprünge formend, die untersten, halb in Flugsand und Ton versunken, schon zu einer Art Braunkohle geworden. Manche dieser bizarren Baumgebirge erreichten eine Höhe von achtzig Metern und waren so stabil, dass man gefahrlos darauf herumklettern konnte. Über ihre Entstehung bildeten sich rasch zwei Theorien.

Die eine ging davon aus, dass eigentümliche Strömungsverhältnisse und unbekannte Absonderlichkeiten der Eisdrift einige hunderttausend Jahre lang die von unsagbaren Stürmen gefällten Bäume der Taiga immer wieder an dieselbe Stelle getrieben und allmählich zu dieser Albtraumlandschaft zusammengeschoben hatten. Die Zeiten und Kräfte, die dazu nötig gewesen waren, konnte sich niemand vorstellen. Die andere Möglichkeit klang vielleicht weniger düster, aber für das 19. Jahrhundert vielleicht sogar irrsinniger: dass die Welt ihr Antlitz verändert hatte und hier, wo jetzt nur noch Moose, Flechten und einzelne zähe Gräser wachsen konnten, vor Äonen einmal ein Wald gestanden hatte.

Versteinerte Tannenzapfen und Eicheln sprachen eher für die zweite Theorie, so undenkbar sie in einem festgefügten Universum mit Regeln, Sinn und Schöpfungsplan auch sein mochte. Dass das Wetter sich ändert, die klimatischen Bedingungen schwanken, gut. Aber dass die Welt selbst sich verändert, dass sich ganze Länder, Kontinente womöglich verschieben, würde ja bedeuten, dass Gott nicht weiß, was er will! Und all ihre Orientierung in der Welt, all die Entdeckungen, die sie machten und eifrig in ihren Karten und Büchern verzeichneten, wären dann Provisorien, bloße Augenblicke in einem unüberschaubaren Wandel. Wenn auch die Erde nicht fest, nicht beständig war, was schützte sie dann vor der Wildheit der Dinge?

Schließlich zerriss die gleiche träge, unerbittliche Bewegung am Grunde des Ozeans, die das Eis drei Wochen lang gegen das Land gepresst und den Holzsplitter an seiner Oberfläche beinahe zerschmettert hätte, die bereits fünf Meter dick an den Felsen festgefrorene Scholle auch wieder und zog sie mitsamt ihrem unfreiwilligen kleinen Passagier auf das Polarmeer hinaus. Westwärts, weg von dem Schutz, den auch nur der Gedanke bot, dass hier Land war; Inseln, deren entgegengesetztes Ende man in England kannte, wohin irgendwann Schiffe kommen und zumindest ihre Gräber finden würden. Mit verzweifelter Anstrengung und Tonnen von Schießpulver sprengten, bohrten, hackten sie an ihrem eisigen Schicksal und diesem sinnlosen Fortgerissenwerden, bis sie, zu Tode erschöpft, doch noch einmal das flache Wasser erreichten; in die schmale Rinne zwischen Eis und Land rutschten, in der sie ihr Schiff mit den Booten nach Osten schleppen konnten, bis wieder Wind aufkam.

Gewaltige Nebelbänke krochen nun hinter ihnen her, schoben sich links und rechts an ihnen vorbei, schlossen sie ein, aber die Fahrt ging voran. Es knirschte und knackte grauenerregend rings um das Schiff, und als würden sie Spießruten laufen, erhielten sie harte Schläge und Stöße von hinten und von beiden Seiten, aber die Fahrt ging voran. Der Nebel wurde so dicht und die Fahrrinne schließlich so schmal, dass man kein Wasser mehr vor dem Schiff sehen konnte, aber die Fahrt ging voran! Am 23. September 1851 verließ ihr erfahrenster Eispilot, Stephen Court, entnervt seinen hohen Posten auf dem Fockmast: Niemand brächte ihn mehr da hinauf, es sei denn, man würde ihn an der Rah aufknüpfen. Es sei nicht natürlich!

McClure stieg selbst auf den Mast und sah, was sein bester Mann meinte. Voraus gab es nur festes Eis, kein Pint offenen Wassers vor dem Bug, aber trotzdem fuhr das Schiff weiter, es war unerklärlich. Fast war er froh, als die *Investigator* gegen Abend mit einem Ruck zum Stehen kam. Das wenigstens konnte er begreifen. Aber als er sah, dass es kein Eis war, sondern eine Sandbank, auf die sie gelaufen waren, packte ihn wieder die Angst. Das Eis hatte sie geschoben, kein Zweifel; nun würde es sie überrollen!

Sie leichterten das Schiff, luden alles in die Boote, was nicht niet- und nagelfest war, um Gewicht und Tiefgang zu verringern und so über das Hindernis hinwegzukommen. Hinter ihnen quoll der Nebel auf und schob sich langsam ihr allmächtiger eisiger Feind heran. Sie konnten nichts mehr als warten, wer zuerst kommen würde: die Flut oder der Tod. In der Nacht, als das haushohe Pack sich schon aus dem Nebel schälte und sie seinen Atem im Nacken fühlten, war es dann doch noch einmal die Flut, die das Schiff anhob und es – ohne dass sie etwas dafür oder dagegen tun konnten – in eine weite, flache Bucht trieb, die es nie wieder verlassen würde. Sie nannten sie die Bay of God's Mercy – Gottes Gnadenbucht.

Es ist wahr, dass Robert Le Mesurier McClure nie mehr als diesen jämmerlich schmalen Streifen Wasser befuhr, von der hundert Meilen breiten Meeresstraße, die heute seinen Namen trägt. Aber es ist auch wahr, dass nach der *Investigator* niemals wieder ein Schiff so weit an dieser Küste entlangsegelte und dass noch hundertfünfzig Jahre später Männer auf atomgetriebenen Eisbrechern verstohlen ihre Mützen abnehmen an der Stelle, aus Respekt vor dem kleinen hölzernen Bruder, der hier die letzten Meter seiner langen Reise zurücklegte.

## 91.

Nach drei Tagen auf der Straße war dem *Digambara* sein Alter allmählich anzusehen. Gowers, der den Fußmarsch in den eigenen Knochen zu spüren begann, verlangsamte daraufhin sein Tempo, um es dem alten Mann leichter zu machen. Sie rasteten jetzt auch häufiger und länger, wobei der Investigator seinen Begleiter in der einzigen ihm möglichen Weise geradezu umsorgte.

»Noch eine Zigarre, Babu?«

Aber Coryate schüttelte den Kopf. »Danke, John Gowers. Meine Zunge ist schon ganz wund. Ich habe seit hundert Jahren nicht mehr so viel geraucht!«

Gowers, dem seine eigene Zunge seit Beginn der Ermittlungen mehr und mehr wie ein Stück Holz vorkam, der aber aus Erfahrung wusste, dass der Zustand dieses unmäßigen Tabakkonsums erst mit Abschluss seines Falls beendet sein würde, holte das kleine Notizbuch aus seinem Reisebündel. Er schlug eine bestimmte Seite auf und hielt sie dem alten Mann hin.

»Wissen Sie, was das für ein Zeichen ist, Babu?«

Coryate musterte die kleine Zeichnung lange und schien sie sozusagen mit all den aufgestauten Erinnerungen seines langen Lebens abzugleichen, ehe er sagte: »Das Siegel von Gwalior.« Er runzelte die Stirn. »Nur Könige durften dieses Siegel verwenden. Aber es wurde zerbrochen, vor einem Menschenalter, denn so lange schon gibt es keinen König von Gwalior mehr.«

»Tantia Topi hat es zweimal eingenommen«, warf Gowers ein.

»Aber er war nie König dort«, erwiderte der Alte. »Es braucht mehr als zwei siegreiche Schlachten gegen die Engländer, um König von Gwalior zu werden. Dieses Land ist zwar nicht so alt und war nie so groß wie das Königreich Oudh, aber immer unabhängiger, wilder. Die Engländer fanden es freilich nur rebellischer. Deshalb ließen sie dort auch kaum einen Stein auf dem anderen, als sie das Königreich von Gwalior vor fast einem halben Jahrhundert zerschlugen.«

»Wer war sein letzter Herrscher?«

»Baiza Bai.«

»Was wurde aus ihm?«

»Aus ihr, John Gowers«, korrigierte Coryate. »In Gwalior war die weibliche Linie erbberechtigt. Und Baiza Bai war eine würdige Erbin. Selbst die Engländer bewunderten sie, so sehr kam sie ihrem Sinn für Romantik und Mythologie entgegen:

An der Spitze ihrer Truppen ritt sie in die Schlacht, in der einen Hand eine Lanze, in der anderen ein Kind!«

»Aber was geschah mit ihr, Babu?«, fragte Gowers, auch nach drei Tagen noch ungeduldig.

»Eine Verschwörung warf sie vom Thron, und …«

»Verschwörungen scheinen hierzulande die gängigste Form der Politik zu sein«, sagte Gowers und seufzte.

»Politik ist immer eine Form der Verschwörung, zumindest eine Verschwörung der Politiker, John Gowers.«

Der Investigator hob abwehrend beide Hände, um eine neuerliche Flut allgemeiner philosophischer Überlegungen einzudämmen. »Entschuldigen Sie, dass ich Sie unterbrochen habe, Babu! Was wurde aus Baiza Bai?«

»Starb vor Gram. Zehn Jahre später«, antwortete Coryate im Telegrammstil. »Entschuldigen Sie, wenn ich Sie aufhalte, John Gowers. Ich bin ein alter Mann, und alte Männer pflegen gern mehr zu erklären, als die Jungen wissen wollen.«

»Das ist es nicht, Babu«, versuchte Gowers, seinen Begleiter zu beschwichtigen. »Es ist nur die Ermittlung, die mich zwingt, aus all Ihren Erklärungen auszuwählen.«

»Nein«, sagte der alte Mann. »Es ist das heilige Recht der Jugend, die Welt immer neu zu entdecken. Es ist herrlich, jung zu sein, nichts zu wissen und nichts wissen zu wollen, sich alles selbst zu erklären und nicht auf die Alten zu hören. Man muss nur aufpassen, dass aus dieser leichten, unbeschwerten Ignoranz nicht allmählich eine fette, behäbige Dummheit wird!«

Gowers musste lachen, als er sich diesen leider nur allzu häufigen Wandel bildlich vorstellte. Dann sah er zu seinem Entsetzen, dass Coryate sich auf seinem Schattenplatz unter einer verkrüppelten Tamarinde auf die Seite legte und zum Schlafen einrollte. »Und alte Männer müssen aufpassen, dass sie noch eine Stunde ruhen, wenn sie Lakhnau vor dem

Abend erreichen wollen«, murmelte er noch und war praktisch sofort eingeschlafen.

Der Investigator hatte diese Fähigkeit nie besessen, selbst als Kind nicht und während der Arbeit an einem Fall überhaupt nicht. Ein wenig verwundert und ein wenig neidisch schaute er auf den ruhig atmenden, in seiner Nacktheit und dem Staub der Wege völlig sorglosen alten Mann. Irgendwann stand er auf und ging ein paar Dutzend Meter zu einem Gehölz. Hier zog er sein Messer aus dem durchgeschwitzten Stiefel und schnitt einen der größeren Äste zu einem Wanderstab für seinen Gefährten zurecht.

Während er noch daran schnitzte, sah er, diesmal auch ohne *Bangh* und Tabakrauch, den Kriegszug des letzten Königs von Gwalior vor sich und verstand sofort, was die Engländer daran fasziniert hatte: die wilden Scharen dunkelhäutiger Krieger, ihre langen Bärte, bunten Turbane, die zusammengewürfelten Uniformen. Schwere, gebogene Säbel, die Steinschlossgewehre, Lanzenreiter, mit ledernen Matten behängte Kriegselefanten und an ihrer Spitze Baiza Bai, eine verschleierte Amazone in Weiß und Rot, auf einem großen Pferd.

An dieser Stelle stutzte er plötzlich; nicht weil die Vorstellung immer romantischer wurde, sondern weil ihm eine Frage einfiel, auf die er vorhin nicht gekommen war. Wenn diese Frau der letzte Herrscher von Gwalior war, vierzig Jahre zuvor, wer war dann das Kind auf ihrem Arm?

## 92.

Der Winter erinnerte McClure an etwas aus Dantes *Inferno*. Er wusste es nicht mehr im Wortlaut und konnte die Verse nicht nachschlagen, denn sie hatten das Buch nicht an Bord, und vielleicht war das auch besser so. Kaum waren sie Ende September 1851 in der Mercy Bay angekommen, als er achthundert Pfund verdorbenes Salzfleisch über Bord werfen lassen musste. Die verdammten Konserven hielten einfach nicht dicht, und ihr Inhalt verfaulte in der Last. Sofortige Peilungen ergaben, dass sie mit Bordmitteln zwar den Winter, nicht aber den Sommer 1852 überstehen würden, also wurden die Rationen der Männer zum ersten Mal um ein Drittel gekürzt.

Da bei dieser Gelegenheit festgestellt wurde, dass auch das Brenn- und Beleuchtungsmaterial knapper war als errechnet, beschloss man, hier ebenfalls in der Zeit zu sparen, um in der Not zu haben – wodurch allerdings das eine zum anderen wurde, denn nun war es monatelang kalt und dunkel an Bord der *Investigator*. Sie stellten auch sonst diverse Unterschiede zwischen dieser und ihrer letzten Überwinterung im offenen Meereis fest. Zwar konnte man hier unter täglichem ermüdenden Freihacken dicht beim Schiff einen Streifen Wasser offen halten, um die Exkremente zu versenken und im Notfall an Löschwasser heranzukommen, aber das war auch schon der einzige Vorteil.

Es war merklich feuchter in der Mercy Bay, weil von dem landgeschützten Eis ständig Nebel aufstiegen. Einmal im Monat wurde das Schiff zwar wieder mit glühenden Kugeln ausgetrocknet, aber den Rest der Zeit legten sie sich in nicht mehr nur klammen, sondern bisweilen schon nassen Decken und Kleidern schlafen. Spaziergänge und Spiele auf dem Eis wurden nicht nur durch Feuchtstellen und große Pfützen erschwert, es begann auch schon im Oktober zu schneien und hörte den ganzen Winter über nur noch für einzelne Tage auf. Schneewachen mussten rund um die Uhr das Deck und das darübergespannte Segeltuchdach frei halten, aber niemand konnte verhindern, dass eine siebzig Meter lange und fünf

Meter hohe Schneewehe sich täglich dichter an die *Investigator* heranschob.

Als sie schon sicher waren, dass sie verschluckt würden, brach eines Tages das Eis, in dem sie festlagen, unter dem Gewicht des Schnees ein, und das Schiff schwamm für einige Stunden wieder im freien Wasser – nur um dann dreieinhalb Fuß tiefer erneut einzufrieren, was es im Schiffsbauch nicht wärmer und trockener machte. Als die Polarnacht endlich kam, waren sie fast völlig im nassen Schnee begraben, und nur eine einzige Sturmlaterne auf dem Achterdeck wurde unablässig in Gang gehalten – das einzige Licht im Umkreis von fünfhundert Meilen, wenn man annahm, dass in den niedrigen Schneehäusern der Eskimos weit im Süden die eine oder andere Tranfunzel brannte.

Wölfe heulten rings um das Schiff, und manchmal sah man ihre hageren Schatten, vom Hunger herangetrieben, dicht an der Treppe, die aufs Eis hinausführte. Niemand ging mehr von Bord, und selbst die Abtrittentleerer wurden von bewaffneten Seesoldaten begleitet. Zumindest der Hunger war etwas, das die Männer der *Investigator* jenen Kreaturen der Finsternis sehr bald sehr gut nachempfinden konnten. Die Zwei-Drittel-Portionen reichten gerade hin, um sie am Leben zu erhalten. Dafür wurde der Tabakvorrat, den man vor allem für den Handel mit den Eskimos in so großen Quantitäten an Bord genommen hatte, von McClure zum Verbrauch freigegeben, und die Männer klammerten sich Tag und Nacht an ihre Pfeifen, um ihre erfrorenen Finger zu wärmen und ihre aufgewühlten Gedärme zu beruhigen.

Ihre einzige Zerstreuung in diesem Winter – denn an eine Schule, ein Theater oder gar an Parrys berühmte Zeitung *North Georgia Gazette and Winter Chronicle* war in der fast ständigen Dunkelheit nicht zu denken – wurde der Junge,

John Gowers, der im finsteren Unterdeck Vers für Vers alle zehn Königsdramen Shakespeares rezitierte, die er im vergangenen kurzen Sommer seinem Gedächtnis eingeprägt hatte. Sie hatten ihn ja schon immer für etwas sonderbar gehalten; aber sogar die Offiziere fanden sich, wohlwollend, aber eben nur geduldet, im Mannschaftsquartier ein, wenn der Schiffsjunge mit seinen Vorträgen loslegte. Er ließ sich in Tabak bezahlen, von dem ja jedermann annahm, dass er im Überfluss vorhanden sei.

Banks-Land war etwa um ein Drittel kleiner als Irland und etwa um ein Drittel größer als Dänemark oder die Schweiz. Ungefähr so groß wie Schottland, wenn man die Orkneys, die Shetlands und vielleicht auch noch die Hebriden abzog. Sie hatten bei seiner Umrundung zwölf Flussmündungen gezählt, und zumindest drei dieser Flüsse waren deutlich größer als die Themse oder der Shannon River – aber sie hatten keine Namen. Niemand kannte ihre Quellen, kein Mensch sah sie fließen. Banks-Land war leer. Um sich einen Begriff von ihrer Isolation zu machen, stellte McClure bisweilen quälende Gedankenspiele an. Es war, als würden sie in Edinburgh sitzen und die nächste ganzjährig von Weißen bewohnte Ansiedlung wäre ein einzelnes kleines Holzfort bei Paris, das nächste halbwegs zivilisierte Dorf mit regelmäßigem Postverkehr Neapel.

In einem Teil seiner Seele, dessen Zugang er sogar vor sich selbst meist sicher verschlossen hielt, fragte sich der Kapitän bereits, wie viele Expeditionen und Schiffe von Austins oder Pennys Geschwader oder sogar den Amerikanern in diesem Moment in der Arktis waren, wo sie waren und wie er sie erreichen könnte. Er beabsichtigte, sie im Osten zu suchen, und hoffte, sobald die Sonne wiederkehrte, bei einer Expedition nach Winter Harbour auf der Melville-Insel zumindest

Nachrichten von den anderen zu finden – vielleicht sogar ein Lebensmitteldepot. Tatsächlich aber war die Arktis in diesem Winter 1851/52 bis auf die *Investigator* in der Mercy Bay und die *Enterprise* fünfhundert Meilen weiter südöstlich völlig leer.

## 93.

Da sie von Westen kamen, mussten sie fast die gesamte Stadt durchqueren, um zum Palast zu kommen, und diese letzten Schritte, unter dem Türkischen Tor, über den Basar von Hussainabad, fielen dem Investigator merkwürdig schwer. Er versuchte, sich einzureden, dass das an der Gefahr lag, der er entgegenging. Immerhin musste sich Gowers in Lakhnau erneut exponieren, wieder würde die böse Absicht wissen, wo er war und was er tat, wieder würde irgendwann irgendwo ein Messer auf ihn warten. Aber insgeheim wusste er, dass dies nicht der alleinige Grund war. Es war der alte Mann.

Gowers mochte sich noch nicht von Thomas Coryate trennen. Obwohl er immer fast ängstlich bemüht gewesen war, nur über den Fall oder über Indien im Allgemeinen zu sprechen, hatte er doch das Gefühl, schon lange nicht mehr so viel von sich selbst preisgegeben und so viel über sich selbst erfahren zu haben wie in diesen fünf Tagen auf der Straße, an der Seite des *Digambara*.

Es war wesentlich leichter, in den Palast von Farhat Bakhsh zu gelangen als ins Rote Fort von Delhi, denn britische Artillerie hatte im März 1858 die Hauptarbeit geleistet und die nordöstliche Mauer der riesigen Anlage in Klump geschossen. Seither waren über diese nicht nur nicht weggeräumten, sondern nur immer fester getrampelten Schutt- und Trümmerberge immer wieder Leute in den Palast eingedrungen, die dort nichts zu suchen hatten, und es entstanden wahre Räuber- oder Bettlerlager in den Kasematten, wenn sich der englische Provinzgouverneur nicht gelegentlich zu einer Säuberungsaktion durchrang.

Nur der westliche, von der fürstlichen Familie bewohnte Teil des Palastes war besser gesichert; aber auch hier ließen die Wachen Gowers und den alten Mann durch, ohne dass er seine Papiere vorzeigen musste oder jemand ihn fragte, woher er kam. Seine Behauptung, im Auftrag der Königin von Delhi unterwegs zu sein, öffnete ihm ungeprüft alle Tore und Türen – mit Ausnahme der *Zenana* –, und Gowers begann zu verstehen, wieso es in Lakhnau so viele Tote unter den Mogulerben gegeben hatte. Einem auch nur halbwegs entschlossenen Mörder würde er hier nur entgehen, indem er sich möglichst selten dort aufhielt, wo man ihn erwartete. Das allerdings konnte in dem herrschenden Chaos von Zuständigkeiten und Hierarchien nicht allzu schwierig sein.

Zwei Dinge blieben zu tun: Er musste Nawab Sha Zamani Begum, Prinzessin von Oudh und Delhi, die letzte Überlebende der mittleren Generation, sprechen, herausfinden, warum sie noch lebte, wie ihre Schwester, Nichten, Töchter gestorben waren und wen sie wodurch darauf aufmerksam gemacht hatte, dass ausgerechnet ihr Sohn, der Prinz, noch am Leben war. Danach würde er Zinat Mahal Begum mit dem Stand seiner Ermittlungen und der Vermutung konfrontieren, dass die Rache der bösen Absicht nicht der Moguldynastie, sondern ihr persönlich galt.

Der von seiner langen Scharade noch immer merklich entnervte Mukhopadhyaya war froh, den Investigator so plötzlich und unangemeldet direkt vor seiner Tür zu finden, und ihm war so offensichtlich unklar, dass er genauso gut und ungeschützt auch vor dem Dolch eines Mörders gestanden haben könnte, dass Gowers beschloss, ihn mit derlei Überlegungen auch nicht zu belasten. Nachdem er dafür gesorgt hatte, dass Thomas Coryate eine Mahlzeit und ein Bett erhielt, ließ sich der Investigator von seinem Anwalt über die offiziellen Verhältnisse im Palast von Farhat Bakhsh aufklären.

Eigentümer war die britische Krone; Königin Viktoria hatte ihn jedoch ihrem hiesigen Stellvertreter, dem Provinzgouverneur von Lakhnau, überlassen. Da dieser es vorzog, in seiner Residenz in der Stadt zu wohnen, hatte er einen Verwalter für alle ehemals fürstlichen Besitzungen eingesetzt; dieser hatte einem seiner Beamten die Zuständigkeit für den Palast übertragen, der ließ mit Billigung, aber unter Überwachung des Militärkommandeurs die Fürstin von Oudh und ihre weitläufige Familie mietfrei darin wohnen, und diese hatte soeben Besuch von ihrer Schwägerin, der Königin von Delhi, erhalten. Da jede dieser Parteien ihre eigenen Diener, Wächter und Spione mitbrachte, konnten einerseits Monate vergehen, ehe hier offiziell auch nur ein Nagel in die Wand getrieben wurde. Andererseits war es jedem jederzeit möglich, Marmorverblendungen, Blattgold, ganze Bodenmosaike abzuschlagen und zu verkaufen, ehe es jemand verhindern konnte. Das ging jetzt seit ungefähr acht Jahren so, aber noch immer war genug »Substanz« vorhanden, um der Familie des ehemaligen Nawab der Oudh ein arbeits-, wenn auch nicht sorgenfreies Leben zu ermöglichen.

Gowers interessierte sich nicht für diese Familie, aber sie, von der unsäglichen Langeweile gepeinigt, die ein privilegiertes Leben für schlichte Gemüter mit sich bringt, interessierte sich sehr für den Amerikaner; und so erreichten ihn in den nächsten Tagen immer wieder dringende Einladungen von Schwestern, Schwägern, Cousinen und entfernten Vettern, die in jeweils eigenen Räumlichkeiten des Palastes residierten –

und ihn eigentlich nur in Augenschein nehmen wollten, ohne seine Fragen auch nur zu verstehen, geschweige denn zu beantworten. Auf diese Weise würde er noch monatelang ermitteln, ohne auch nur einen Zentimeter voranzukommen. Die Einzige, die er noch nicht gesehen hatte, war die unglückliche junge Frau, der man zuerst den Gatten und dann nacheinander ihre drei Kinder ermordet hatte.

## 94.

Nawab Sha Zamani Begum war ein Gespenst; angeblich durchwanderte sie nachts die gesamte Palastanlage, immer schwarz gekleidet, wortlos, immer allein, nur von ihren Hunden begleitet, die jeden zerreißen würden, der sich der Prinzessin näherte. Tagsüber sei sie unauffindbar – jedenfalls waren das die Informationen, die Coryate im zwanglosen Gespräch mit einigen Dienern erreichten und die er an Gowers weitergab. Offiziell und dem Investigator gegenüber wurde die Prinzessin von allen Mitgliedern ihrer Familie so hartnäckig und mit so vielen unterschiedlichen Begründungen verleugnet, dass er bald überzeugt davon war, dass wirklich niemand wusste, wo Zamani Begum sich inmitten all der ruinierten Pracht und Größe aufhielt. Er musste deshalb das Gleiche tun, was die böse Absicht getan hatte, und heimlich dem einzigen Menschen folgen, der ihn zu ihr führen konnte.

Obwohl ihre Hände noch nicht wieder geheilt waren, trug Niazoo zwei große Körbe mit Lebensmitteln, die sie mühsam in die Ellenbeugen klemmte. Einen Schlauch Wein oder Wasser – Gowers wusste es nicht – hatte sie sich zuvor umständlich auf den Rücken geladen. Der Investigator hatte lange überlegt, wen er als Übersetzer auf seine nächtliche Jagd mitnehmen sollte, und sich dann für Ishrat und gegen Mukhopadhyaya entschieden. Einerseits, weil er erhebliche Zweifel an der Fähigkeit des Anwalts hatte, sich schnell und lautlos in der Dunkelheit zu bewegen, andererseits, weil er seine Beute, die Prinzessin von Oudh, nicht durch das Auftauchen gleich zweier unbekannter Männer unnötig erschrecken wollte. Die Leibwächterin war sofort einverstanden gewesen; zweifellos, weil sie ihrer Herrin Zinat Mahal dann endlich einmal einen unverfälschten Bericht über die Aktivitäten »ihres« Detektivs geben konnte. Bei der Verfolgung der Dienerin und ihres kleinen Lichts, manchmal fünf, manchmal fünfzig Schritte von ihnen entfernt, konnte Gowers dann aber zum ersten Mal den ehrlichen Respekt seiner so unfreiwilligen Gefährtin erwerben. Die Sicherheit, mit der er sich in der Dunkelheit bewegte, sie auch noch auf kleine Hindernisse, Spalten, Trümmer und dergleichen auf ihrem Weg hinwies, ohne Niazoo dabei auch nur für einen Moment aus den Augen zu verlieren, war beinahe unheimlich.

Wieder zerbrochene Tore, verödete Höfe, halb verschüttete Kellergänge, Treppen, Zimmerfluchten – mit dem Unterschied, dass hier, fünfhundert Kilometer südöstlich von Delhi, eine üppigere Vegetation sich schon wesentlich mehr von der Ruine zurückgeholt hatte als im Roten Fort. Fast anderthalb Meilen gingen sie durch zum Teil mehr als knöchelhohes Gras, bis sie fast genau in der Nordostecke des Palastareals auf eine Art Terrasse über dem Fluss gelangten. Zum Gomati hin stand die hohe Mauer der Fürsten von Oudh noch, und hier erhob sich auch ein düsterer alter Wachturm; in seinem Inneren mehrere Räume und eine schmale Treppe, die nach oben zur Plattform und nach unten zu einem breiten Ghat, also zum Fluss führte.

Gowers lauschte hier eine Weile: auf die leisen Stimmen im

Turm, das aufgeregte Winseln von Hunden, die offensichtlich gefüttert wurden, und ein eigenartiges schleifendes Geräusch, das vom Ghat heraufdrang – wie schwere Körper, die auf dem Boden umherkriechen. Dann ein charakteristisches Plätschern, als etwas in die trüben nächtlichen Wasser des Gomati glitt, und er erinnerte sich an die bis zu sieben Meter langen Alligatoren, die er in den Sümpfen und Bayous des unteren Mississippi so oft gesehen hatte. Sofort gab er den Plan auf, sich die Treppe hinunterzuschleichen, um von dort das Gespräch im untersten Turmzimmer besser belauschen zu können, sondern rief: »Niazoo!«

Für eine Sekunde verstummten alle Geräusche, dann sprangen zwei große Hunde aus dem Turm, die aber weder hungrig noch besonders angriffslustig waren, sondern anscheinend nur nachsehen wollten, was los war, und vor Ishrats Schwert mit eingeklemmtem Schwanz, aber immerhin knurrend zurückwichen. Auch die Dienerin spähte jetzt durch eine der kleinen Fensteröffnungen und erkannte den Amerikaner.

»Ich möchte mit deiner Herrin sprechen!«, sagte Gowers.

Wenige Minuten später kam Niazoo heraus und führte sie zu ihrer Prinzessin. Der Investigator war ein wenig enttäuscht, aber vor allem erschüttert, als er Zamani Begum sah. Das Mysterium um sie, ihre nächtlichen Wanderungen, das Schweigen, das sie umgab, waren hoheitsvoller als die junge Frau selbst. Sie war in seinem Alter, sie war hübsch, aber nicht schön. Als *Purdha* hatte sie lediglich ein dunkles Tuch fest um den Kopf geschlungen, das allerdings ihr Gesicht freiließ. Anscheinend war sie sicher, dass bei dem Licht von Niazoos jämmerlicher kleiner Laterne ohnehin nichts von ihr zu sehen war. Gowers erkannte jedoch aufgrund seiner besonderen Gabe neben der Angst und der Trauer auch die Neugier, die in diesem Gesicht arbeitete. Während sie steif und hoch aufgerichtet versuchte, eine so königliche Haltung wie nur möglich einzunehmen, standen doch ihre Augen nicht still, und ihr Mund zuckte, als könne sie das Grimassieren nur mühsam unterdrücken. Er sah auch, dass sie ungepflegt war, denn die schmale Hand, die das Kopftuch zusammenhielt, war schmutzig, ihr Gesicht ungewaschen.

»Ja?«, fragte Zamani Begum hochfahrend, aber auf eine merkwürdige Art auch somnambul. Es sollte wohl arrogant wirken, aber es sah nur wie Wahnsinn aus.

»Mein Name ist John Gowers. Ich bin …«

»Ich weiß, wer Sie sind«, unterbrach ihn die Prinzessin. »Ich weiß stets, wer in meinem Palast ist und was darin geschieht. Was wollen Sie? Meine Zeit ist kostbar!«

»Ich untersuche den Tod Ihres Sohnes.« Gowers versuchte es noch einmal mit Freundlichkeit. »In einem gewissen Sinne arbeite ich also für Sie.«

»Jeder hier arbeitet für mich! Ich bin die Prinzessin von Delhi und Oudh. Meine Hunde sind mehr wert als Sie!«

Angesichts dieser Beleidigung fragte sich Gowers, ob es die persönliche geistige Zerrüttung oder doch jahrhundertelang vererbte Eitelkeit war, die diese Frau so unbesonnen mit ihm reden ließ. Erst im weiteren Verlauf des Gesprächs begriff er, was es der bösen Absicht bei all ihren Taten in Lakhnau so leicht gemacht hatte. Zamani Begum mochte arrogant geboren worden sein, und zweifellos war sie verwirrt und verzweifelt durch das, was ihr seit der Rebellion widerfahren war, aber da war noch etwas: Nawab Sha Zamani Begum, Prinzessin von Oudh, war dumm.

## 95.

Das Lästige an dummen und dabei gleichzeitig eingebildeten Menschen ist, dass sie klare Antworten auch auf einfachste Fragen meiden wie der Teufel das Weihwasser, um sich keine Blöße zu geben. Um Auskünfte von solchen Menschen zu erhalten, muss man ihnen nicht nur ständig schmeicheln, sondern auch in ermüdendem Maß um die Ecke denken; Fragen stellen, die ihnen harmlos erscheinen und die deshalb keine Gegenfragen provozieren. Das Gespräch mit der Prinzessin von Oudh war darum eine langwierige, nervtötende Aufgabe für den Investigator, und viermal wurde die Kerze in Niazoos kleiner Laterne ausgewechselt, ehe er am entscheidenden Punkt war.

Offenbar hatte jemand schon früh eine Zuträgerin oder Spionin in Zamani Begums unmittelbarer Nähe platziert, eine mysteriöse Person, der sie sich anvertraute und von der sie sich beraten ließ. Anscheinend hatte diese Frau der Prinzessin auch jahrelang mit magischen Praktiken, Horoskopen und dergleichen zur Seite gestanden, und obwohl Zamani Begum selbst sie immer nur als »das Orakel« bezeichnete – falls Ishrats Übersetzung richtig war –, nannte Gowers sie doch schlicht: die Hexe.

Die Hexe war schon lange vor der großen Meuterei in Lakhnau aufgetaucht und anscheinend zuerst mit Ruqaia, der Schwester Zamani Begums, bekannt geworden. In Anbetracht der Tatsache, dass in Lakhnau alle Kinder Ruqaias tot geboren worden waren, beflügelte die Anwesenheit einer Zauberin in ihrer unmittelbaren Umgebung natürlich die Fantasie des Investigators, zumal später ja auch die kleinen Töchter Zamanis hier einer unbekannten Krankheit erlegen waren. Er fragte dieser Hexengeschichte sehr intensiv nach, erfuhr aber nur, dass die Unbekannte die Residenz schon vor mehr als drei Jahren verlassen hatte, also mit der Entdeckung und Ermordung des Prinzen nicht in Zusammenhang stehen konnte. Oder doch?

»Wo hat diese Frau gelebt?«

»Hier.«

»Hier in Lakhnau?«

»Hier an dieser Stelle. In diesem Turm.«

Gowers sah die Wände des düsteren Gebäudes sofort mit anderen Augen an. Ob sie allein gelebt habe? Nein, sie habe selbstverständlich Dienerinnen gehabt. Ob die Dienerinnen mit ihr fortgegangen seien? Alle bis auf zwei, unfähige junge Dinger, die von den Palastdienern schwanger geworden seien. Bis vor Kurzem habe man sie hier im Turm noch mit Lebensmitteln versorgt. Nun seien auch sie fort.

»Bis wann genau waren sie noch da?«

»Bis zu Niazoos Abreise nach Delhi.«

Das Bild der Ereignisse begann sich in seinem Geist abzurunden. Obwohl Zamani Begum beteuerte, dass sie weder gegenüber dem Orakel noch gegenüber dessen Dienerinnen je offen über den Prinzen und seine Anwesenheit in Delhi geredet hatte, war dem Investigator klar, dass jedem auch nur halbwegs aufgeweckten Spitzel nicht entgangen sein konnte, dass die Prinzessin stets um ihre Töchter, ihre Schwester, ihren Gatten, aber nie um ihren Sohn getrauert hatte.

In der östlichen Fensteröffnung, bisher nur ein schwarzes Loch in der schwach beleuchteten Wand, zeigten sich, vorerst nur Gowers' Augen erkennbar, die ersten Anzeichen eines neuen Tages. Zamani Begum wirkte unübersehbar erschöpft, ihr Kopftuch verrutschte, und einzelne Strähnen ihrer verwahrlosten Haare kamen zum Vorschein. Sie waren grau. Gowers beendete deshalb die Befragung so ehrerbietig, wie er es vermochte. Die Wahnsinnige hatte ihm mehr verraten, als er erhofft hatte. Niazoo begleitete ihn und Ishrat, aber anstatt wieder auf die Terrasse zu gehen und den Rückweg anzutreten, schickte der Investigator sich an, in den Turm hinaufzusteigen.

»Sahib?«, fragte die alte Dienerin, als er schon die ersten Stufen genommen hatte. Gowers wandte sich zu ihr um. »Ja?«

Mit unruhigen, angsterfüllten Blicken schaute Niazoo auf die große Wächterin der *Zenana*, und der Investigator wies seine Begleiterin hinaus. Leise und in gebrochenem Englisch sagte Niazoo: »Mein Opfer, für Sayyid, es war an diesem Ort. Hat das die Bedeutung, die ich denke, es hat?«

»Nein«, log Gowers, so überzeugend er konnte. »Du hast nichts falsch gemacht. Niemand wird dir etwas tun!« Er war so begierig, in die oberen Stockwerke dieses Turms zu gelangen, dass er die ebenso bedrückenden wie richtigen Schlussfolgerungen, die Niazoo aus allem gezogen hatte, was sie wusste und gehört hatte, weniger ernst nahm, als er es hätte tun sollen. Er registrierte noch, dass sie nicht wieder zu ihrer Herrin hineinging, dachte sich aber auch dabei nichts, denn seine Aufmerksamkeit wurde so sehr von etwas anderem gefesselt, dass er sie und ihre kleine Angst völlig vergaß.

Schon als er den ersten der oberen Räume betrat, löste sich ein Rätsel, das ihn seit Delhi und seinem ersten Nachdenken über den Fall beschäftigt hatte. Es waren Flaumfedern. Es war Vogeldreck. Es war eine tote, schon fast vollständig verweste Taube, die unter einer Fensterbrüstung lag.

»Gehen sie den Fäden nach«, hatte Coryate gesagt, als er nach der Spinne gefragt hatte, und hier, endlich, hielt er die Fäden oder doch die Reste der Fäden in der Hand, die die böse Absicht mit denjenigen verband, die sie ausführten.

Betäubt von der langen Nacht und dem Aufenthalt in dem stickigen dumpfen Turm, aber auch ein wenig euphorisch durch die vielen neuen Erkenntnisse und diese entscheidende Entdeckung, stieg er bis auf die Plattform hinauf und stand unter einem Himmel, in dem die Sterne schon nicht mehr zu sehen waren. In etwa einer Stunde würde es hell werden, würde der Muezzin das Minarett der Inambara-Moschee ersteigen und die Gläubigen aufrufen, Allah für den neuen Tag zu danken. Die verrückte Idee, dem Mann zuvorzukommen, juckte eine Sekunde lang in Gowers' Hals, dann schluckte er sie hinunter, trat an die Brüstung und sah hinab auf den immer noch schwarz nach Osten strömenden Fluss.

Er erkannte das Ghat, eine nachtgraue Masse von Stufen, und auf den Stufen eine in schwarze Schatten gehüllte kleine Gestalt, die schon bis zu den Knien im Wasser stand. Er hörte das Rauschen der Strömung und das leise Gurgeln von Verwirbelungen im Wasser, wie große, schwimmende Tiere sie verursachen.

»Nein!«, schrie Gowers im gleichen Moment, in dem Niazoo lautlos unter Wasser gezogen wurde, und weckte so doch noch den einen oder anderen Bettler, der in der großen Ruine von Farhat Bakhsh für eine Sekunde irritiert den Kopf von seinem armseligen Nachtlager hob.

## 96.

Es gab sie seit zwei Millionen Jahren in nahezu unveränderter Form. Ursprünglich aus den Hochebenen Chinas stammend, hatten sie sich zeitweise über die gesamte nördliche Hemisphäre ausgebreitet. Vor hundertfünfundzwanzigtausend Jahren kamen sie über die Bering-Landbrücke nach Amerika und wanderten neugierig Richtung Süden, bis nach Nebraska und New Jersey, ehe sie sich – vor allem vor den Menschen – wieder in den hohen Norden zurückzogen.

Sie hatten Mammuts, Riesenfaultiere und Säbelzahnkatzen aussterben sehen, überlebten sechs Eiszeiten und hielten Temperaturen von minus siebenundsechzig Grad stand, ohne dabei aufzuhören, unter dem Schnee nach Nahrung zu suchen oder ihre Jungen zu säugen. Wenn es überhaupt ein Tier gab, das zweitausendmal tausend Jahre lang meist das Richtige getan hatte, war es *Ovibus moschatus*, die schafsähnliche Kuh mit dem Moschusgeruch, oder *Oomingmaq*, das Tier mit der Haut wie ein Bart, wie die Eskimos den Moschusochsen nannten. Hervorragend an seine eisige Umwelt angepasst und gegen seine hauptsächlichen Feinde, die großen Wölfe, gerüstet, war er mit allem fertiggeworden – bis Sergeant John Woon von den Royal Marines vor ihm auftauchte.

Woon war unbestritten der beste Jäger der *Investigator*, gefolgt von dem seltsamen deutschen Prediger. Aber diesmal hatte auch er sein Ziel verfehlt; einen einzelnen alten Rentierbullen, den er lediglich angeschossen und danach stundenlang, Meilen um Meilen verfolgt hatte, bis der jämmerlich kurze Februartag vorüber war und er die Schweißspur nicht mehr erkennen konnte. Auf dem Rückweg begann es schon wieder zu schneien, und der Wind trieb ihm die feinen Schneekristalle so scharf ins Gesicht, als wären es winzige Klingen.

Als er in Lee von etwas, das er für niedrige Eishügel hielt, Schutz suchte, hatten sich die Hügel zu seinem Entsetzen plötzlich erhoben, den Schnee abgeschüttelt und ihn aus großen goldbraunen Augen angestarrt. Das Erstaunen war wechselseitig; die Tiere, zwei ausgewachsene Moschusochsen und ihr Kalb, waren das Urtümlichste, was der Sergeant je gesehen hatte. Anderthalb Meter hoch, zweieinhalb lang, bedeckt von einem zottigen Fell langer Haare, die bis in den Schnee reichten, sodass er ihre Beine kaum erkennen konnte. Sie sahen ihn umso deutlicher. Ihre Augen hatten eine doppelte Netzhaut, um die Bilder der Welt in der Dunkelheit und dem schwachen Licht des Winters zu verstärken.

Ein seltsamer Wolf! Bedeckt von einem glatten, dunklen Fell, auf dem der Schnee schmolz und das deshalb für ein Leben in Eis und Schnee höchst ungeeignet war. Seine hohen ledernen Füße waren ebenfalls feucht, weil sie die Nässe nicht abwiesen, sondern aufzusaugen schienen. Er verlor viel zu viel Wärme, man sah es an dem leichten Dunst, der ständig von ihm aufstieg, und er roch auch noch unglaublich stark. Der würde ihnen nicht viel anhaben können. Dennoch klopfte die Wachsamkeit von zwei Millionen Jahren in ihrem Blut, und so bildete das Paar, Schulter an Schulter, die großen Köpfe gesenkt, jene alte Phalanx, die die Wölfe so fürchteten und hinter der ihr Kalb in Sicherheit war.

Das Merkwürdigste war, dass die Tiere weder angriffen noch wegliefen. Sie drängten sich nur zusammen, bildeten eine lebende Mauer, hinter der das Kalb neugierig hervorlugte. Etwas Derartiges hatte Sergeant Woon, der nach seiner eigenen Einschätzung in England, Indien und Afrika schon alles gejagt hatte, was sich auf der Erde, in der Luft und im Wasser bewegte – einschließlich aufständischer Eingeborener und desertierter Matrosen –, noch nie erlebt. Leider hatte er sich bei den fehlgeschlagenen Versuchen auf den Rentierbullen fast leergeschossen. Zwar besaß er noch jede Menge Pulver, aber nur noch zwei Kugeln.

Die erste fällte die etwas kleinere Kuh, die in den Knien einknickte und tot war, ehe sie den Boden berührte. Der Bulle schnaubte verwundert, schnüffelte an dem Kadaver, stieß sie mehrmals mit der Nase in die Seite, flüchtete aber noch immer nicht, während Woon nachlud, so schnell er konnte. Das Kalb stand erstarrt vor Schreck, wohl wegen des plötzlichen scharfen Knalls. Dann schrie es leise nach seiner Mutter. Daraufhin wandte sich der Bulle wieder dem unheimlichen Wolf zu, scharrte mit den Hörnern im Schnee und schüttelte mehrfach herausfordernd seinen riesigen Schädel. Dabei stand er weiterhin fest vor dem Kalb und über seiner toten Gefährtin.

Dieser Anblick war so erschütternd, dass der harte Jäger ihn mit seiner zweiten und letzten Kugel nur verwundete. Und jetzt, endlich, ging der Bulle auf ihn los. Woon, geistesgegenwärtig, stieß den eisernen Ladestock in den mit Pulver gefüllten Lauf und tötete damit das anstürmende Tier, das keine drei Schritte von ihm entfernt in den Schnee fiel. Das Kalb bewegte sich immer noch nicht.

Vielleicht würde es lange genug dort stehen bleiben, während er zum Schiff ging und Hilfe holte, um die Fleischberge abzutransportieren. Aber er war noch keine Stunde weit weg, als er die Wölfe hinter sich heulen hörte. Hätte er nur Munition bei sich gehabt, wäre er jetzt zurückgegangen und hätte dem Raubgesindel die leichte, unverdiente Beute verleidet. Zumindest hätte er dann auch das Kalb erschießen können, sagte er sich bitter. Immerhin konnte, nachdem der Sergeant einen anderen Jagdtrupp getroffen und den Männern Weg und Schauplatz genau beschrieben hatte, den Wölfen noch fast die Hälfte des Fleisches abgejagt werden.

## 97.

Die Hilflosigkeit britischer Seeleute an Land war legendär. Vor noch nicht achtzig Jahren hatte sich zum Beispiel ein Mann, der mit Kapitän Cook die Südsee entdeckte, auf einer

Insel verlaufen, auf der man eigentlich nur frisches Wasser aufnehmen wollte. Drei Tage war er umhergeirrt und nahe am Verhungern, als eine Suchmannschaft ihn endlich fand. Ratlos, ungläubig und auch ein wenig ärgerlich berichteten die Offiziere später, dass es auf der ganzen Insel überhaupt nur zwei Stellen gab, von denen aus man die Masten des Schiffes *nicht* sehen konnte.

Auf Banks-Land waren die Sichtverhältnisse zwar deutlich schwieriger, aber McClure hatte Dutzende von Wegweisern aufstellen lassen, um die Jäger, die sich in Nebel und dichtem Schneetreiben immer wieder verirrten, zum Schiff zurückzuführen. Dennoch ging fast jede Woche jemand verloren und musste umständlich gesucht werden. Charles Anderson zum Beispiel, der schwarze Matrose und Romeo des Südpazifiks, war zwölf Stunden unterwegs gewesen und zuverlässig erst in die falsche Richtung und dann im Kreis gegangen, als Sergeant Woon, wieder auf einsamer Jagd, ihn entdeckte. Kaum noch bei Sinnen, hatte ihn Woon zuerst regelrecht an die Leine nehmen müssen wie einen Hund, um ihn zum Schiff zurückzuzerren.

Als der Mann schließlich zusammenbrach, hatte er ihn tatsächlich getragen, aber nur hügelaufwärts; herunter hatte er ihn durch das immer noch dichte Schneegestöber rollen müssen, denn Anderson war leider einer der schwersten Männer der *Investigator* und beinahe zwei Köpfe größer als Woon. Zurück an Bord konnte der farbige Seemann sich nicht mehr aus eigener Kraft bewegen und zuerst kaum seinen eingefrorenen Mund öffnen. Aber als man ihm die Mütze abnahm, unter der sein Schweiß weiße Eiskristalle gebildet hatte, strich er sich verwundert durchs Haar, sagte ungläubig: »Es schneit *unter* meiner Mütze!«, und fiel in Ohnmacht.

McClure hätte den Sergeanten für eine Auszeichnung vorgeschlagen, aber McClure war auf dem Weg nach Melville

Island, um den ersehnten Kontakt mit Austins Geschwader herzustellen. Immerhin wurden nun endlich einige der unbrauchbarsten Bordregeln geändert: Bislang hatte jeder jagen dürfen, der sich dazu in der Lage fühlte, und da die Männer noch immer auf Zwei-Drittel-Rationen gesetzt waren, die Jäger aber einen Großteil ihrer Beute zum eigenen Verzehr behalten durften, ging nahezu jeder auf die Jagd, der auch nur ein Gewehr halten konnte. Das führte naturgemäß dazu, dass die vielen ungeübten Schützen das wenige Wild eher verscheuchten als erwischten und die wahren Nimrods manchmal zwanzig Meilen weit ins Land hinausmussten, bevor sie auch nur einen Hasen sahen.

Von nun an wurden Jagdgruppen gebildet: ein Schütze – wöchentlich neu ermittelt durch ein amüsantes Scheibenschießen auf dem Eis – und zwei bis drei Jagdhelfer. Jede Beute musste auf dem Schiff abgegeben werden, das bald immer urzeitlicher aussah. Rentier-, Wolfs- und Bärenschädel wurden ringsum auf Pfähle gesteckt und mit blutigen Hasenbälgen verziert, in der Hoffnung, dadurch weitere Tiere auf Schussweite heranzulocken. Der Eindruck war schauerlich, zumal es den Jagdgruppen erlaubt war, das Blut ihrer Opfer zu trinken, solange es noch flüssig war. Also kehrten die Jäger nun immer wieder mit gefrorenem Blut in den Bärten zurück, und allein ihre Schusswaffen unterschieden sie noch von ihren frühesten Vorfahren.

John gehörte zu Miertschings Gruppe und daher zu den Erfolgreichsten, obwohl er selbst nicht einmal immer die unbewegliche Scheibe traf. Er fand Fährten und wurde ein gefragter Spezialist, was die Art und das Alter von Losung betraf. Auch hatte er ein erstaunlich gutes Gespür für das Wetter und seine bisweilen jähen Umschwünge. Er behauptete steif und fest, beides, das Wild und das Wetter, am Jucken seiner Narbe zu erkennen; wenn er dafür auch einen anderen Ausdruck gebrauchte, den Miertsching missbilligte. Die Männer nahmen es natürlich eher von der heiteren Seite, und »Ruhe! Gowers kratzt sich am Arsch!« wurde ein beliebtes, aber auch arg strapaziertes Witzwort an Bord der *Investigator*.

Er hatte sie weit zurückgelassen, eben konnten sie ihn noch erkennen in der Dämmerung: auf allen vieren in der Fährte, die er gefunden hatte. John zog die Handschuhe aus und prüfte die Rentierspuren. Einerseits waren sie frisch und noch kaum von dem beständigen leichten Schneefall bedeckt. Andererseits waren sie an der Oberfläche so festgetrampelt, dass der Schnee zu hartem Firn geworden war, und das hieß: viele Rentiere! Er achtete darauf, dass der Wind gegen ihn stand, bedeckte seine Mütze mit Schnee und robbte auf dem Bauch einen Hügel hinauf, so leise er irgend konnte. Dann sah er sie, auf der anderen Seite, zog sofort seinen Kopf zurück und schloss seine Augen, um sich das Bild einzuprägen und die Tiere darauf zu zählen, eine Gedächtnisübung, die er inzwischen sehr gut beherrschte.

Miertsching sah, dass der Junge etwas gefunden hatte, und sank langsam auf die Knie. Leise befahl er den beiden anderen Männern, alle fünf Gewehre zu laden und neben ihn zu legen. Dann kreisten sie, eingewiesen von Johns Handzeichen, die kleine Herde ein. Das musste lautlos, aber schnell geschehen, ehe die Tiere sie witterten und in die falsche Richtung flüchten würden. Nach zehn Minuten war John die Spitze eines Dreiecks, die beiden anderen Helfer seine Schenkel, und sie hatten jetzt den Wind im Rücken, sodass ihre Beute bald reagieren würde. Nur der Schütze, Miertsching, lag, so gut es ging, unsichtbar, in der Richtung, die die flüchtenden Tiere nehmen mussten.

Es war der Junge, der diese einfache, aber wirkungsvolle

Jagdmethode erdacht hatte, und er war auch der Erste, der hochsprang und die Tiere aufschreckte. Auf seinen Schrei hin erhoben sich auch die beiden anderen Männer, und dann liefen neun Rentiere, scheinbar ohne einen anderen Ausweg, direkt auf den schussbereiten Missionar zu. Fünf Schüsse in rascher Folge, dann rief Miertsching von vorn: »Zwei!«, was bedeutete, dass er zwei Tiere nur angeschossen hatte, die nun noch über mehrere Meilen verfolgt werden mussten, ehe sie zusammenbrachen.

Das war nicht Johns Aufgabe. Seine Verletzung war zwar gut verheilt, hinderte ihn aber noch immer daran, schnell oder weit zu laufen. Er holte sich das Gewehr, das die davoneilenden Jäger für ihn zurückgelassen hatten, lud es und sah sich dann auf dem Schlachtfeld um. Zwei Tiere lagen tot, eines sterbend im Schnee. Vor Anstrengung keuchend zog er sie an einem Platz zusammen, trank sich satt am Blut eines jungen Bullen und ordnete dann seine Waffen: zwei Messer, das Gewehr, sein Feuerzeug und die Pechfackeln. Anschließend schob er seine vor Kälte schon fast abgestorbenen Hände in die Scheide der noch zuckenden Kuh, die erstaunlich lange warm blieb. Als er seine Finger wieder bewegen konnte, setzte er sich auf die Kadaver, entzündete seine Pfeife, zog die Handschuhe wieder an und wartete auf die Wölfe.

## 98.

Nichts von alledem, was sie mit ihrer Kindheit im Palast von Farhat Bakhsh zurückgelassen hatte, war mehr da – mit einer Ausnahme. Zinat Mahal freute sich wahrhaftig wie ein Kind, als ihre Diener beim Herrichten ihrer Räume die große Schaukel fanden. Die Polster und schweren Brokatstoffe, die sie einst so bequem gemacht hatten, waren nicht mehr vorhanden und eigentlich nicht mehr als die bloße Holzkonstruktion mit den eisernen Ringen übrig. Aber Polster und Kissen und feste, mit Goldfäden umwundene Stricke ließen sich leicht ersetzen. Die Deckenbalken waren auch noch stabil, und bald stand sie vor dem neu aufgehängten wunderbaren Spielgerät ihrer Kindheit.

Sechs ihrer Dienerinnen mussten die Plattform besteigen, um herauszufinden, ob alles noch funktionierte, und die Königin freute sich diebisch, als den Frauen schon nach kurzer Zeit des Hin- und Herschwingens schlecht wurde. Ihren Schwestern war auch immer schlecht geworden. Nur ihr selbst konnte die große Schaukel nie zu schnell, zu lange oder zu hoch schwingen, und schon als kleines Mädchen hatte sie herausgefunden, woran das lag: Man durfte sich nicht vorstellen, dass man sich selbst bewegte, hin und her, auf und ab durch den Raum flog, sondern fest daran glauben, dass es die Erde war, die um einen herumtanzte. Nur Kinder und Könige haben diese Macht, und jeder Tag fand nun Zinat Mahal auf ihrer großen Schaukel, während die Welt an ihr vorüberglitt, um sie zu erheitern.

Auch als der Amerikaner wieder genesen war und um eine Audienz bat, wollte sie auf dieses Vergnügen nicht verzichten und ließ, um die *Purdha* zu wahren, einmal mehr den großen Vorhang quer durch den Saal spannen, den der Luftzug immer wieder aufbauschte. Gowers konnte sich das zunächst nicht erklären. Er glaubte an einen riesigen Fächer, schon mehr eine Art Maschine, mit der die Königin von Delhi sich Kühlung verschaffen ließ.

»Begum, das ist Coryate-Babu, der mich von meiner Krankheit geheilt hat. Darf er bei unserer Unterredung anwesend sein?«

Zinat Mahal wusste natürlich von dem *Sadhu*, der seit gestern in den Räumen des Investigators wohnte, hatte auch mehrmals nach ihm gefragt, aber nicht einmal Ishrat konnte sagen, wie der Amerikaner den alten Mann oder der alte Mann den Amerikaner kennengelernt hatte und was sie verband. Nur, dass er *Digambara* war, hatte sich im Palast rasch herumgesprochen, und die Königin antwortete huldvoll: »Der Heilige darf auch auf diese Seite der *Purdha* kommen, damit wir ihn sehen können.« Zinat Mahal und ihre Hofdamen, Dienerinnen, senkten die Köpfe, als der alte Mann vor ihnen stand, und grüßten ihn fromm, die Fingerspitzen aneinandergepresst, während die Königin das Gespräch fortsetzte.

»Nun, Mr. Gowers, wir sind in Lakhnau, wie Sie es wollten«, sagte sie. »Was haben Sie also herausgefunden?«

»Es gibt mehr als einen Mörder, Begum«, antwortete Gowers, der sich nun natürlich erst recht fragte, was hinter dem Vorhang vor sich ging. »Und die Rache, die sie treibt, richtet sich nicht gegen das Königshaus von Delhi, sondern gegen Sie persönlich.«

»Ich bin das Königshaus, Mr. Gowers!«, sagte Zinat Mahal so würdevoll, wie sich das auf der großen Schaukel nur machen ließ.

»Nun, aber Sie waren es nicht immer. Ich vermute, die Rache bezieht sich auf etwas, das älter ist als Ihre Verbindung mit Delhi.«

»Was veranlasst Sie zu dieser Vermutung?«

»Dass stets nur Ihre Kinder und Kindeskinder betroffen waren. Was können Sie mir über das Königreich Gwalior sagen?«

»Die Feindschaft zwischen Oudh und Gwalior ist älter als England, Mr. Gowers.«

»Welchen Anteil hatten Sie persönlich an dieser Feindschaft, Begum?« Der Investigator merkte, dass diese Frage etwas veränderte, denn das regelmäßige Aufbauschen des Vorhangs kam zum Erliegen. Zinat Mahal hatte ihren Dienerinnen befohlen, die große Schaukel anzuhalten. »Anders gefragt«, fuhr Gowers fort. »Wer in Gwalior könnte Sie so sehr hassen, dass er all Ihre Nachkommen tötet?«

»Woraus schließen Sie, dass die Mörder aus Gwalior kommen, Mr. Gowers?«

»Sie tragen dieses Zeichen, Begum!« Er reichte die Zeichnung, die er gestern Nacht noch einmal vergrößert und auf einen Bogen Papier übertragen hatte, an Ishrat, die damit hinter dem Vorhang verschwand. Es dauerte eine Weile, bis der Investigator aus dem Getuschel jenseits der *Purdha* den leisen Befehl »Alle hinaus!« heraushörte. Tief verschleierte Frauen huschten an ihm vorbei, und als Letzte von allen kam die Königin selbst.

## 99.

Zinat Mahal trat an eine der großen Fensteröffnungen und schaute auf einen verfallenen Innenhof, dessen Springbrunnen schon lange ausgetrocknet war. Tauben kreisten in dem kleinen Stück Himmel, das darüber zu erkennen war. Als ihr gesamter Hofstaat und sogar Ishrat den Raum verlassen hatten und nur noch Gowers und der alte Mann anwesend waren, schlug sie ihr Kopftuch zurück. Sofort fiel dem Investigator wieder auf, wie schön diese Frau einst gewesen sein musste. Noch immer war ihr Haar schwarz und glänzend, nur hatten sich einzelne Falten tief in ihr Gesicht gegraben.

»Es gab einmal eine Prinzessin von Gwalior, Mr. Gowers«, sagte die Königin. »Ehe mein Gemahl mich kennenlernte, hatte er ein gewisses Interesse an diesem Mädchen. Und als sie eines Tages spurlos verschwand, entstand kurzzeitig das Gerücht, ich hätte etwas mit diesem Verschwinden zu tun.«

»Und hatten Sie, Begum?«

»Selbstverständlich nicht, Mr. Gowers«, erwiderte Zinat Mahal unwillig. »Die Frauen von Gwalior waren stets hurenhaft. Auch Raheema Raja Sahib hat allen Männern schöne Augen gemacht.«

»Haben Sie eine Idee, was mit ihr geschehen ist?«

Die Königin schnaubte verächtlich. »Zweifellos hat sich irgendeiner genommen, was sie allen versprach, Mr. Gowers. Man spielt dieses Spiel nicht ungestraft mit indischen Edlen.«

»Und hat sie auch mit Ihrem späteren Mann gespielt?«, bohrte der Investigator weiter.

Zinat Mahal reagierte mit einer Mischung aus Spott und Entrüstung. »Der Mogul von Indien hatte es nie nötig, Mädchen zu entführen, Mr. Gowers!«

»Ich meinte: Hat er sie geliebt?«

Die Königin schüttelte den Kopf. Coryate, der das Gespräch bisher schweigend verfolgt hatte, murmelte plötzlich: »Sage mir, roter Ashoka, wohin meine Schlanke denn ging.« Zinat Mahal drehte sich zu ihm um, als hätte sie etwas gestochen.

»Wie bitte?«, fragte Gowers.

»Nur ein Vers aus einem Gedicht, der mir gerade einfiel, John Gowers«, erwiderte der alte Mann.

»Ja, ich erinnere mich«, sagte nun die Königin und lächelte. »Es wurden einige Gedichte gemacht auf Raheema Raja von Gwalior. Ich sagte ja, sie verdrehte vielen Männern den Kopf.« Nach diesen Worten sank sie unvermittelt und mit einer Geste der Demut vor dem *Digambara* auf die Knie und sagte: »Segne mich, Babu, denn meine Trauer ist unheilbar, und das Licht ist aus meinen Tagen geschwunden!«

Zu Gowers' Verwunderung hielt der alte Mann prompt seine rechte Hand einige Sekunden über das gesenkte Haupt der hohen Frau. »Ich segne dich, Tochter«, sagte er, aber er fügte auch hinzu: »Und ich bedaure dich, denn niemand liebt dich, und kein Auge wird um dich weinen!«

Zinat Mahal senkte den Kopf noch tiefer und bedeutete ihnen mit einer raschen Handbewegung, dass sie entlassen waren. Coryate verließ den Raum, aber Gowers blickte noch einmal zurück und sah, dass die Königin sich wieder aufgerichtet hatte. Etwas in ihrem ausdruckslosen Gesicht erinnerte ihn an eine Geschichte, die ihm Deborah erzählt hatte, vor langer Zeit: von einem Plantagenbesitzer im Süden, der testamentarisch verfügt hatte, bei seinem Tod auch jeden zehnten seiner Sklaven zu töten, damit sein Heimgang aufrichtig betrauert würde. Er hatte diese Geschichte nie für möglich gehalten, bis er bei Flavius Josephus vom Tod Herodes des Großen las.

# Teil drei

# 100.

Sie hatte sehr spät geheiratet, erst mit zweiundzwanzig; ein deutliches Anzeichen für die vorsichtige Politik ihres Vaters, des Nawab von Oudh, der das politische Kapital von nur vier Töchtern nicht leichtfertig verspielen wollte. Zinat Mahal war die jüngste, gerade siebzehn, als die Hauptfrau des alten Bahadur Sha, Großmogul von Delhi, Kaiser von Indien, endlich einem Krebsleiden erlag, das unter anderem zwei Jahrzehnte lang die Fortpflanzung seiner Dynastie verhindert hatte.

An den Höfen der Rajas, Nawabs und Marathenfürsten bis weit in den Süden, nach Andhra Pradesh, hinunter, brach daraufhin ein wahres Wettrüsten aus. Kleider, Schmuck, kostbare Öle, Wohlgerüche, geheime und weniger geheime Schönheitsmittelchen – obwohl die Wiederverehelichung des Kaisers ein rein politischer Vorgang war, scheuten die Fürsten keine Kosten, um ihre Töchter, vom achtjährigen Kind bis zur vierzigjährigen Witwe, »in Stellung zu bringen«. Die Frauen genossen das; dieser edle Wettkampf war die einzige Entschädigung für das bisweilen tödlich langweilige Leben, das sie hinter den hohen Mauern der *Zenana* führen mussten: ihre große Stunde!

Dichter, Sänger, sogar Miniaturenmaler zogen scharenweise nach Delhi, wie einst in den Tagen der Könige oder im europäischen Mittelalter, um dem verwitweten Mogul im Roten Fort die Schönheit der Töchter ihrer Herren nahezubringen. Was die Verhandlungen so sehr in die Länge zog, war das bereits fortgeschrittene Alter des Herrschers und die seltsame Tatsache, dass er seine Hauptfrau wirklich geliebt hatte.

Zinat Mahal gelangte aufgrund des Einflusses und der politischen Schlüsselstellung des Oudh selbstverständlich in die engere Wahl. Aber erst, als drei Jahre nach dem Heimgang der alten Begum die Schwester des Kaisers – ein ledergesichtiger alter Geier – Lakhnau besuchte, wusste sie, dass sie ganz oben auf der Liste stand. Die alte Frau und ihre Ärzte prüften Zinat Mahal in allen körperlichen und geistigen Belangen auf ihre Eignung und waren mit den Ergebnissen offensichtlich zufrieden, denn das Mädchen wurde zu einem Gegenbesuch ins Rote Fort eingeladen.

Sie träumte noch manchmal davon; dem ungeheuren Triumphzug an der Spitze von tausend Leibgardisten und Bediensteten, Hofdamen, Elefanten, juwelengeschmückten Wagen, dem ganzen neu eingekleideten Tross – und der Enttäuschung, in Delhi, dass sie noch immer nicht die einzige Bewerberin war. Raheema Raja Sahib von Gwalior, Enkeltochter der großen Königin Baiza Bai, war vier Jahre jünger als sie, trug ihren männlichen Titel aufgrund des merkwürdigen Erbfolgerechts in Gwalior und ritt mit gespreizten Beinen auf einem mit goldenen Ketten gezäumten schwarzen Hengst durch das Agra-Tor in die Stadt ein.

Es folgten die Tage der Prüfungen: Konnten die Mädchen singen, tanzen, geistreich plaudern? Waren sie witzig, ohne anstößig, klug, ohne aufdringlich zu sein? Was brachte sie zum Lachen oder Weinen? Waren sie in der Dichtung, den Überlieferungen, der Kultur, der Geschichte ihres Landes bewandert?

Zinat Mahal hatte in ihrem zwanzigjährigen Leben noch nie verloren. Weder ihre Herkunft noch ihre Erziehung sahen das vor. Erst an jenem Tag im Bad der *Zenana* begriff sie schlagartig, dass das Unmögliche geschehen würde. Denn Zinat Mahal war eine Schönheit; aber Raheema Raja Sahib war atemberaubend.

In ihrem Gesicht wohnte ein wacher, ansteckend lebendiger Geist, eine lebhafte, aber nicht ausgelassene Fröhlichkeit, die in reizendem Kontrast zu dem Eifer, der Leidenschaft, fast dem Ernst stand, mit dem sie in den Höfen des Roten Forts die Pferde zwischen ihren Schenkeln anspornte. Das Auffälligste an ihr war jedoch ihr Mund; das Ebenmaß und die kräftige, aber doch natürliche Farbe ihrer vollen Lippen, die ihr selbst unter den muslimischen Dichtern des Hofes den Namen *lalpare** eingetragen hatten. Zinat Mahal wusste, dass sie in dieser Hinsicht nicht mit ihrer Cousine – die Mädchen wurden gezwungen, einander Cousine zu nennen – konkurrieren konnte, setzte aber ganz auf ihre Klugheit, Zurückhaltung, Würde und das nicht unbeträchtliche Alter des Kaisers. Bis zu dem Tag.

Dass die Cousinen gemeinsam mit den Frauen der *Zenana* des Roten Forts badeten, war bis dahin noch nicht verlangt worden. Unter den Augen des alten Geiers und obersten Schiedsrichters, beim Licht zahlloser Fackeln, die ihre jungen Schatten dutzendfach zitternd an mosaikgeschmückte Wände und Decken warfen, völlig entkleidet zu werden war für die Mädchen dennoch nichts Ungewöhnliches. Die Schwester des Moguls hatte sie – einzeln – schon öfter auf diese Weise begutachtet, aber nie zuvor gemeinsam und in einem Raum, von dem jedermann wusste, dass seine Wände Augen hatten. Müde, alte Augen, in denen nur eine seltene Lüsternheit noch einmal Glanz entfachen konnte.

Die Mädchen reagierten unterschiedlich auf diese Zu-

* Rubinlippen

mutung. Zinat Mahal schlug die Augen nieder und bedeckte ihre schönen Brüste, den sauber epilierten Schoß mit den Händen, ehe sie sich ganz am Rand des flachen Beckens in das mit weißen und roten Blüten bedeckte, angenehm warme Wasser setzte. Die sechzehnjährige Prinzessin von Gwalior aber ging mit wütenden Blicken und so wilden Schritten bis in die Mitte des Beckens, dass das hier knietiefe Wasser samt der Blüten darin bis zu ihren Hüften spritzte. Dann tauchte sie mehrmals heftig unter, sodass sogar ihre Haare nass wurden, und drehte zuletzt der Wand und den Augen erbost ihren Rücken zu.

Die Frauen, die Schwester des Moguls hielten den Atem an bei dieser ungeheuren Beleidigung. Dann jedoch, nach einer kleinen Weile und einem fast unhörbaren Getuschel in der Nähe der Wand, befahl die hagere alte Frau: »Prinzessin von Oudh, geh und wasch deiner Cousine den Rücken!«

Zinat Mahal hatte in ihrem Leben selbstverständlich noch nie jemanden gewaschen, nicht einmal sich selbst; dafür gab es ja Dienerinnen. Deshalb war ihr die Symbolik dieses Befehls auch sofort klar. Die Scham machte ihr Gesicht heiß und ihre helle Haut dunkel, als sie der unmissverständlichen Aufforderung nachkam. Während sie immer noch Brüste und Schoß bedeckte, ging sie langsam zu Raheema Raja hinüber, die sich jetzt hoch aufrichtete und die Hände in die Hüften stemmte, ohne sich jedoch umzudrehen.

»Hure!«, dachte Zinat Mahal, und um nicht mehr als unbedingt nötig von ihrem schönen schlanken Körper zeigen zu müssen, ließ sie sich auf den Knien in das tiefere Wasser gleiten. Bebend vor Demütigung streckte sie dann ihren Arm aus und strich zweimal fahrig am Rückgrat des schönen wilden Mädchens entlang, von den Lendengrübchen bis zwischen die Schulterblätter.

Was sie am meisten verwirrte, war, dass sie diese kurze Berührung der fremden Haut als angenehm empfand; aber natürlich wäre sie lieber gestorben und hätte ihr Vater eher einen Krieg angefangen, als dass ihre Finger auch die unreinen Teile dieses herrlichen jungen Körpers berührt hätten. Doch da hatte Raheema Raja Sahib sich bereits umgedreht, lächelte auf ihre unterlegene Konkurrentin herab und sagte: »Ich danke dir, Cousine!« Dann küsste sie sie sanft auf die Stirn. Und es war, als würden ihre rubinroten Lippen den letzten Rest Stolz aus dem Königreich Oudh heraussaugen.

## 101.

Die Nachrichten aus dem Norden waren verwirrend. Der Amerikaner hatte Narain getötet, in Kanpur, so viel stand immerhin fest. Aber danach hatte ihn lange Zeit niemand gesehen. Hatte Narain ihn verletzt? Der Amerikaner war erst in Lakhnau wieder aufgetaucht, er hatte Zamani Begum gesprochen, ihre Dienerin umgebracht, hieß es. Was wusste er? Was vermutete er? Was hatte ihm Zamani Begum, was Zinat Mahal erzählt?

Sie fürchtete diesen Mann. Er hatte in ihrem Turm gestanden. Was hatte er gefunden? Zum ersten Mal seit Jahren träumte sie wieder von der furchtbaren Nacht in den Verliesen von Farhat Bakhsh, den schweren, schwitzenden Körpern der Soldaten auf ihrer Haut, den schmutzigen Händen, gebleckten Gebissen, dem verzerrten Grinsen ihrer gierigen Lust. Scharfer, alles zerreißender Schmerz zwischen ihren Beinen, als diese Tiere wieder und wieder über sie herfielen. Ihr zerschlagener, blutender Körper auf dem schmutzigen Boden, hochgezwungen auf Hände und Knie; Fußtritte, bis ihr

Steißbein brach. Und die verhüllte, schmale Gestalt auf der Treppe, die dabeistand und zusah. Die herabkam zu ihr, als sie nur noch weinend an der Kerkerwand hochkroch, die sich zu ihr herunterbeugte und sie auf die Stirn küsste. Die sich erst schaudernd abwandte, als der Mann mit dem Messer kam. Das Messer!

Sie erwachte von ihren eigenen Schreien, und Blut war auf ihrem Kissen, denn wieder hatte sie im Schlaf die Zähne so fest zusammengebissen, dass einer, der erste seit Langem, herausgefallen war. Sie erschrak, als sie ihn fand, bräunlich angefault neben dem seidenen Kissen. Sie weinte, während sie ein ölgetränktes Tuch über ihren Mund legte, und wieder wuchs dabei ihr Hass so erbarmungslos, dass sie eines der Mädchen kommen ließ, um es zu schlagen.

Die Kleine war sehr hübsch, nicht älter, als sie damals gewesen war, und sie schlug ihr hart ins Gesicht, wieder und wieder, Ohrfeigen links und rechts, schließlich Faustschläge, bis ihr schönes Gesicht feuerrot war, ihre Lippen aufplatzten und ihr Mund blutete. Die Macht, die sie über dieses weinende junge Wesen hatte, das nicht wusste, wie ihm geschah und für welche Tat es so grausam bestraft wurde, ernüchterte sie ein wenig.

»Es ist gut«, zischte sie durch das feuchte Tuch. »Es ist gut!« Mit dem Handrücken wischte sie die Tränen des Mädchens fort, streichelte dann das von den Schlägen angeschwollene Gesicht. Sie tastete nach den Ohren des Mädchens, schob ihre Finger hinein und legte dabei beide Daumen auf die demütig geschlossenen Lider, bis sie fühlte, wie die Augäpfel in ihren Höhlen rollten. Sie könnte sie tief hineindrücken, um herauszufinden, wann sie platzen würden, aber das Mädchen hatte jetzt den Mund hässlich weit geöffnet und schluchzte. Ihre Nase lief, Blut tropfte von ihrem Kinn in den Schoß ihrer Herrin.

Da ließ sie das Mädchen endgültig los, drückte nur seinen Kopf auf den Boden und befahl ihm, ihre nackten Füße zu lecken. Der feine, leichte Kitzel der kleinen Zunge zwischen ihren Zehen und unter den Fußsohlen besänftigte sie vollends, ließ sie schnurren wie eine Katze, und der böse Traum war vorbei. Als das Mädchen gegangen war, las sie noch einmal die Botschaften, die zuletzt eingetroffen waren.

Der Amerikaner hatte Lakhnau verlassen und war unterwegs nach Varanasi, das die Briten Benares nannten. Diesmal ohne die Königin, aber noch immer mit seinen Soldaten, denn er war wieder auf einem Fluss unterwegs, fuhr mit zwei großen Budgerows den Gomati hinunter. Man hatte beobachtet, wie er an Bord ging. Mit jedem seiner Schritte war er ihr näher gekommen und kam ihr immer noch näher. Sie wusste nicht, was er in Varanasi wollte, aber sie wusste nun wieder, wo der Mann in etwa zehn Tagen sein würde und dass dies die vielleicht letzte Gelegenheit war, ihn aufzuhalten.

So schickte sie noch einmal ihre gurrenden Todesvögel in jede größere Stadt des Nordens, nach Patna, Allahabad, Mirzapur und Varanasi selbst, mit dem Befehl an jedes ihrer Kinder, sich dort zu versammeln, die Ghats zu bewachen und den Amerikaner um jeden Preis zu vernichten. Es mochte verrückt sein, so viele ihrer Kinder so bedingungslos zu opfern, aber welcher ihrer Schritte in den letzten zehn Jahren war nicht verrückt – und erfolgreich – gewesen?

## 102.

Als Richard Collinson seinem Schiffszimmermann befahl, für den kommenden Winter einen kleinen Vorrat an Billardkugeln aus Hartholz herzustellen, hielt dieser brave, geschickte Mann seinen Kommandanten ganz einfach für übergeschnappt. Tatsächlich handelte es sich jedoch um eine Idee, die nicht nur die Männer der *Enterprise* während ihrer Überwinterung im Minto Inlet »sehr schön packte«, wie Collinson es später formulierte. Auch als sie fünf Jahre später in England bekannt wurde, trug sie nicht wenig zu jener Legende bei, die der »Englishman« gern aus sich selbst machte: tapfer, geschickt, kühl bis ans Herz, ein wenig spleenig vielleicht, aber auch unter den extremsten äußeren Bedingungen nicht bereit, sich von seinen Liebhabereien abhalten zu lassen.

Der Billardtisch der *Enterprise* bestand aus massiven Eisblöcken, die man an Bord gehievt, auf die den Regeln entsprechende Größe zurechtgeschnitten, geschliffen, poliert und mit werggefüllten Banden aus Walrosshaut versehen hatte. Gespielt wurde *Pool* anstelle des anspruchsvolleren *Carambolage*, damit auch die einfacheren Gemüter an Bord sich austoben konnten, aber ansonsten war alles wie in einem britischen Herrenclub: Ein abgeschirmter »Kronleuchter« aus Sturmlaternen hing von der Rah bis dicht über die spiegelglatte Spielfläche herunter, damit die Spieler keinen Schatten warfen, und selbstverständlich durfte geraucht werden, wobei Pfeifen die eigentlich üblichen Zigarren ersetzten. Nur die Konzentrationsphasen der Spieler wurden gelegentlich unterbrochen, weil gerade die schwer spielbaren Kugeln gelegentlich am Tisch festfroren und dann vorsichtig, um die Eisplatte nicht zu beschädigen, abgelöst werden mussten.

Leutnant Gregory Parks, Dritter Offizier, aber hinter dem Kapitän unbestrittener Meister dieses Gentleman-Sports, bedauerte es fast ein wenig, als er in der ersten Aprilwoche 1852 auf eine Schlittenexpedition nach Melville Island geschickt wurde; aber wegen derlei Erkundungen war man ja schließlich hier. Parks' kleine Gruppe von nur vier Männern durchquerte

Prinz-Albert-Land mit Nordost-Kurs, wobei sie ihren Schlitten über meilenweite Schlamm- und Geröllfelder eher trugen als zogen, erreichte das Meereis des Viscount Melville Sound, überquerte es mit Kurs Nordnordost ebenfalls und kam dreißig Tage später nach Hearne Point auf der Dundas-Halbinsel.

Mit Ausnahme einiger Polarfüchse, Hasen und Schneeammern hatten sie auf ihrer Reise kein lebendes Wesen gesehen, und Robinson Crusoes Überraschung über den fremden Fußabdruck auf seiner Insel konnte kaum größer gewesen sein als diejenige von Parks und seinen Männern, als sie kurz vor Winter Harbour auf die Spuren eines Schlittens und mehrerer genagelter Stiefel stießen. Die Spuren waren verweht und führten Richtung Südwest auf das Meereis hinaus, konnten aber nicht älter als eine Woche sein. Leutnant Parks verstand genug von Navigation und Geografie, um zu wissen, dass es Leute von der *Investigator* gewesen sein mussten, die hier gewesen waren – die Wahrscheinlichkeit, dass sich noch ein anderes Schiff im Südwesten von Melville Island aufhielt, war astronomisch gering.

Seine Männer machten sofort den Vorschlag, den Spuren zu folgen und dem verlorenen Schwesterschiff einen Anstandsbesuch abzustatten, aber das widersprach den Befehlen des Leutnants. Mündlich und im Geheimen hatte Collinson ihm untersagt, Kontakt mit der *Investigator* zu suchen, es sei denn, sie läge in Winter Harbour vor Anker. Tatsächlich war es der Hauptzweck von Parks' Schlittenexpedition, herauszufinden, ob McClure die Durchfahrt nach Osten geschafft hatte. Die Spuren im Schnee sprachen dagegen, und als der Leutnant wenig später in Winter Harbour ein Steinmal entdeckte, in dem McClure – am 28. April 1852 – einen kurzen Bericht über die Fahrt seines Schiffes, seinen Liegeplatz in der Mercy Bay und die Lage an Bord hinterlassen hatte, bestätigte das nur diese Vermutung. Leutnant Parks überlegte kurz, ob er diese Nachricht nicht so, wie sie war, zur *Enterprise* bringen sollte, aber dann nahm er es seufzend auf sich, sie abzuschreiben und wieder in ihrem Depot niederzulegen.

Der Ire war weit gekommen, aber er hatte es nicht geschafft und lag jetzt in offenbar nicht übermäßig gefahrvoller Lage im Eis und auf Banks-Land fest. Parks' Bericht über den Zustand des Meereises im Melville-Sund – keinerlei Anzeichen für offenes Wasser in diesem Jahr – gab Collinson Anlass zu der befriedigenden Vermutung, dass sein Gegner noch für mindestens zwölf Monate mattgesetzt und seine Hindernisse im Norden unüberwindlich waren. Als das Eis in der Minto-Bucht aufbrach, nutzte er deshalb die knapp sechswöchige Segelsaison, um seine Fahrt im Süden von Viktoria-Land, durch die Dolphin & Union Strait, den Coronation Gulf und die Dease Strait fortzusetzen. McClure hatte vorwiegend Eis entdeckt – und zwei Nordwestpassagen, die nicht befahrbar waren. Collinson würde Land entdecken und vielleicht mehr Glück haben.

## 103.

Seit die Sonne nicht mehr unterging, unterhielten sie eine permanente Eiswache auf dem zweihundert Meter hohen Hügel am Nordostausgang der Mercy Bay. McClure, den das Fehlen eines Schiffes oder zumindest eines Lebensmitteldepots in Winter Harbour vier Wochen lang nahezu trübsinnig gemacht hatte, war entschlossen, bei der kleinsten Bewegung des Meereises vor der Küste lieber die ganze Bucht in die Luft zu sprengen, als noch einen Winter in ihr zu verbringen. Flaggenposten wurden eingerichtet, die die Beobachtungen der Eiswache binnen dreier Minuten vom Ausgang der Bucht bis in die Kabine des Kapitäns melden konnten – aber ebenso gut hätten sie sich vor ein Alpenpanorama setzen und auf eine Bewegung der Berge warten können.

Das Packeis taute in diesem Jahr nicht nur nicht, es wurde, wie Messungen ergaben, die man der Mannschaft verschweigen musste, sogar noch dicker. Das Einzige, was dahinschmolz, war die Courage, die sie so weit gebracht hatte – und das Eis am Ufer der Bucht, in dem jetzt regelmäßig Männer der Landetrupps einbrachen. Da auch der Permafrostboden an der Küste aufgetaut war, gab es außer knietiefen kilometerbreiten Schlammfeldern an Land nichts Besonderes zu entdecken. Das Wild war nach Süden, ins Landesinnere gezogen, die zuletzt so erfolgreiche Jagd kam zum Erliegen.

Eine unschöne Szene gab es, als der junge Leutnant Robert Wynniat beim Versuch, mit dem Boot an Land zu kommen, ins Wasser fiel und einen Tobsuchtsanfall bekam. Mutwillig trat und platschte er im flachen Wasser herum, wobei »Scheiße! Scheiße! Scheiße!« noch die wiederholbarste Äußerung war, die er fast fünf Minuten lang ununterbrochen brüllte. Die Männer starrten sich angesichts der Fassungslosigkeit ihres Offiziers betreten an, und die Stimmung war auf dem Tiefpunkt. Noch nass und vor Kälte und Beschämung schlotternd, musste Wynniat zu einem Vieraugengespräch mit dem Kapitän antreten und brach weinend zusammen, als der ihm nach vielen Vorhaltungen dann doch wieder eine Hand auf die Schulter legte.

Um sich selbst und seinen Männern zumindest das Gefühl zu geben, auf See zu sein, ließ McClure Ende Juli das Eis rings um das Schiff sprengen, aber zu mehr als ein paar Schlägen Richtung Nordostufer reichte die Zeit nicht. Das Eis gefror sofort wieder, der Sommer 1852 war vorbei, und Doktor Armstrong meldete die ersten Fälle von Skorbut, noch *bevor* der Kapitän am 9. September verkündete, aufgrund der tragischen Notwendigkeit einer weiteren Überwinterung müsse er die Rationen der Männer leider noch einmal kürzen.

Sie bekamen jetzt nur noch knapp die Hälfte dessen, was einem braven Seemann Ihrer Majestät Königin Viktorias auf allen sieben Meeren täglich zustand – aber sie waren nicht auf einem der sieben Meere, sondern in einem Teil der Welt, in dem der menschliche Körper auch unter besten Bedingungen bereits einen erhöhten Energiebedarf hat. Die Trostlosigkeit ihrer Situation tat ein Übriges, und zum Skorbut kamen Trübsinn, Schwermut und Unzufriedenheit. Die hungrigen Männer scharrten und pickten in den gefrorenen Abfallhaufen des letzten Jahres, und Mark Bradbury, ein junger Matrose, wurde wahnsinnig, nachdem ihn ein reichlich unheimliches Erlebnis um die Reste des gesunden Gemüts brachte, die ihm die jetzt dreijährige Reise der *Investigator* gelassen hatte.

Er war, als Jagdhelfer eines kleinen Spähtrupps, weit im wieder gefrorenen Land unterwegs gewesen, auf das Oberflächeneis eines großen Flusses geraten und eingebrochen. Wie ein Stein verschwand er in der Tiefe, und seine herbeieilenden Genossen hielten ihn für ertrunken; aber das hätten alle Beteiligten und Bradbury selbst vielleicht noch verstanden. Der Verunglückte fand sich jedoch zu seinem nachhaltigen Entsetzen auf dem knochentrocken gefrorenen Grund des Flusses wieder, über sich, zwei Meter hoch, nichts als Eis und das kleine Loch, durch das er in diese fremde, düstere Welt gestürzt war.

Das Phänomen war auch für die Fachleute schwer zu erklären. Ihr Eismeister Court sagte, er habe einmal von einem Isländer gehört, dass ein Fluss gewissermaßen *unter* seinem eigenen Eis versiegen könne. Das Wasser sinke dann immer weiter ab, weil es ja einerseits weiter Richtung Meer fließe, andererseits aber aus seinen gefrierenden Quellgebieten nicht mehr gespeist würde. Das Ergebnis könne ein völlig trockenes Flussbett unter einer in einem früheren Stadium entstandenen Eisdecke sein.

Bradbury erreichte diese schöne Erklärung nicht mehr, denn als er mit gebrochenem Bein mitten in diesem eisigen Albtraum saß, ertönte in der durch das Deckeis grünlich schimmernden Steinwüste, die sich links und rechts in immer tiefere Dunkelheiten erstreckte, plötzlich ein schauerliches Knurren. Er war nicht der Einzige, der es hörte; die Männer seines Jagdtrupps, die ihn nach gehöriger Verwunderung wieder ans Licht zogen, bestätigten, dass sie ein unbekanntes großes Tier gehört hätten, das irgendwo in dieser Zwischenwelt leben müsse. Sergeant Woon, einer der beherztesten Männer an Bord, war noch ein paar Dutzend Meter auf sozusagen unterseeische Pirsch gegangen, dann aber gleichfalls von Entsetzen gepackt worden und unverrichteter Dinge, aber trockenen Fußes aus der Unterwelt hochgeschossen.*

Mark Bradbury wurde nie wieder normal und war am Anfang kaum zu beruhigen. Er schrie und schlug um sich in seinem Entsetzen, dass drei Männer ihn trotz seines gebrochenen Beins kaum halten konnten. Die Angst ließ seine Augen nicht mehr – nie wieder – stillstehen. Später weinte er nur noch und war auch zu einfachsten Arbeiten kaum zu gebrauchen. Er sprach laut mit seiner Mutter und seinen Brüdern und schien nicht mehr zu wissen, wo er sich befand. Aber vielleicht war das auch besser so, denn ihr zweiter Winter in der

* Die unter dem Eis eines auf diese Weise ausgetrockneten Flusses entstehenden Höhlen werden tatsächlich gelegentlich von unerfahrenen Eisbären als Winterquartier benutzt.

Mercy Bay, ihr dritter im Eis, war ein einziges düsteres Delirium des Hungers und der Hoffnungslosigkeit.

## 104.

Sie hatten die Boote bei Nacht verlassen, in der ersten Nacht, irgendwo vor Mirmau, auf freier Strecke, und statt nach Südosten auf dem Fluss war Gowers jetzt mit seinem *Sadhu* auf beinahe geradem Weg nach Norden und Richtung Gonda unterwegs. Er war sicher, dass nicht einmal die Soldaten ihr Verschwinden bemerkt hatten; nur Ishrat und Mukhopadhyaya waren eingeweiht. Da diesmal nur wenige Diener mitreisten, würde es den beiden leichtfallen, seine Anwesenheit an Bord bis nach Benares vorzutäuschen. Aber nicht einmal sein Anwalt und seine Leibwächterin wussten, wie und auf welchen Wegen er dorthin gelangen würde.

Jetzt war er also wieder nicht mehr als ein *Chela*, an der Seite eines nackten alten Mannes ohne Bedürfnisse und Besitz, wenn man von einem dünnen, noch Saft schwitzenden Wanderstab absah. Aber bei alledem blieb er Ermittler.

»Was wissen Sie von Raheema Raja von Gwalior, Babu?«, fragte Gowers.

»Nichts«, erwiderte der alte Mann. »Ich habe ihren Namen gestern zum ersten Mal gehört. Nur dieses Gedicht fiel mir plötzlich wieder ein.«

»Gedichte! Lieder! Sagen!«, schnaubte der Investigator und hätte um ein Haar hinzugefügt: Und Philosophie!

»Was müsste man von ihrem Lächeln sagen?«, murmelte Coryate und lächelte dabei selbst über seinen ungeduldigen *Chela*, während er fortfuhr: »Dass rote Tagnymphäen im Morgengrau sich öffnen und Korallenschöße glühn im Abendlicht und dass als Perlen Tau auf Rosenlippen leuchtet – wie Rubin. Das müsste man von ihrem Lächeln sagen!« Er sah seinen Begleiter an, der die Augen verdrehte, und stellte fest: »Sie muss sehr schön gewesen sein.«

»Ja, aber wann?«, fragte Gowers verzweifelt. »Ich meine, von wann ist dieses Gedicht? Wer hat es gemacht, und wo haben Sie es gehört?«

»Was? Wann? Wer? Wo?«, sagte der alte Mann immer noch lächelnd. »Das sind Ihre Fragen an die Dinge, John Gowers. Aber selbst wenn ich sie alle beantworten könnte, würden Sie das *Wesen* der Dinge nicht erkennen. Ebenso wenig verstehen Sie ein Gedicht allein dadurch, dass Sie wissen, wer es wann wo gemacht hat.«

»Ohne Fragen kein Wissen«, erwiderte Gowers knapp, aber zutiefst überzeugt. »Und ohne Wissen keine Erkenntnis.«

»Nein.« Coryate schüttelte den Kopf. »Wissen ist nicht die Mutter der Erkenntnis, allenfalls ihre Schwester. Wer weiß«, grinste er verschmitzt, »vielleicht auch nur eine entfernte Cousine!«

»Helfen Sie mir, diese Cousine kennenzulernen, Babu«, sagte der Investigator, amüsiert über dieses Bild. »Mit der übrigen Verwandtschaft schlage ich mich dann schon allein herum.«

»Gut.« Der *Digambara* nickte ernst. »Diese alten Ohren haben viele Gedichte gehört, John Gowers. Lieder der Verzweiflung und Lieder der Seligkeit, gesungen an Fürstenhöfen und Dorfbrunnen, in Indien, Persien, Griechenland, in Italien, Deutschland und in Odcombe, Somerset. Lieder und Gedichte machen den Menschen aus, John Gowers; ja, abgesehen von Herrschsucht, Goldgier und ständiger Todesangst sind sie vielleicht das Einzige, was ihn vom Tier unterscheidet. Ich kann nicht sagen, wann und wo ich das Gedicht über den schönen Mund des verschwundenen Mädchens gehört habe, aber wenn ich es vor dreißig Jahren in Delhi gehört hätte, was würden Sie daraus schließen?«

»Dass die Königin gelogen hat, als sie sagte, dass der Mogul dieses Mädchen nicht geliebt hat.«

»Und das heißt?«

»Dass sie eine Konkurrentin aus Gwalior hatte.«

»Und das heißt?«

»Dass sie vielleicht auch gelogen hat, als sie sagte, dass sie mit dem Verschwinden des Mädchens nichts zu tun hatte.«

»Und das …«

»… wäre ein Motiv für die Rache an Zinat Mahal Begum!«

»Wenn man Dinge nicht wissen kann, ist es hilfreich, sich klarzumachen, warum man sie wissen will, John Gowers.«

Gowers öffnete den Mund, um zu sagen, dass ein Investigator genau das sein Leben lang tut, aber er verkniff es sich lieber und seufzte: »Wenn all das stimmt, muss ich sie nur noch finden, Babu!«

Erst jetzt blieb der alte Mann ehrlich verblüfft stehen und schaute seinen Begleiter stirnrunzelnd an: »Nein, John Gowers. Wenn all das stimmt, wird sie am Ende Ihres Weges auf Sie warten!«

»Das ist ein schwacher Trost, wenn man nicht weiß, wohin der Weg führt, Babu!«

Coryate lächelte dazu nur, und Gowers erwiderte das Lächeln plötzlich, denn so deutlich, als hätte sie einer von ihnen tatsächlich ausgesprochen, vernahm er in seinem Kopf die Antwort: »Wer weiß das schon?«

## 105.

Die Landschaft änderte sich allmählich. Das fruchtbare Schwemmland des Uttar Pradesh wurde feuchter, sumpfiger, die Luft schwerer. Der Übergang in das Tiefland von Bengalen und Hindustan rückte näher. Gonda war die erste rein indische Stadt, in die der Investigator kam; es gab hier keine britische Garnison, keine Kolonialherren, Residenzen, Villen, Handelshäuser. Sie waren jetzt in einem Indien, in dem selbst die Sandsteinpaläste und Moscheen der Mogulzeit noch nach zwei Jahrhunderten seltsam fremd wirkten.

Gowers sah die ersten rein hinduistischen Tempel, ohne islamischen oder buddhistischen Einfluss, und erkannte eher mit dem Bauch als mit dem Verstand den wichtigsten Unterschied zwischen dieser Erdreligion und den Himmelsreligionen, die er gewohnt war – und verachtete. Deren Gebete galten fernen Göttern, Jahwe, Jehova, Allah, bloßen Ideen also, die notwendig eine Offenbarung brauchten und damit eine ganze Schar von Propheten nach sich zogen, die den Menschen vorschrieben, was in Gottes Namen zu geschehen habe.

Das Christentum in all seinen Ausprägungen, mit all seinen Sekten, das Judentum und der Islam gingen von einem Jenseits aus, dem ihre jeweiligen religiösen Bauten zustrebten. Sie wirkten in ihrer schönsten Form leicht, sphärisch, ließen Luft und Licht ein, und die vollendetsten dieser Gebäude waren so filigran, dass sie zu schweben schienen. Für die Gläubigen hatte all das etwas Tröstliches; die klare Trennung zwischen Diesseits und Jenseits ließ die Armen hoffen, dass ein besseres Leben ihrer warte, wenn sie auf Erden nur brav stillhielten, und die Reichen hatten zumindest die Illusion, sich das Himmelreich erkaufen zu können.

Auch die Tempel des Hinduismus waren höchst filigrane Bauwerke, aber seltsamerweise hatten sie dabei nichts Schwebendes; eher lasteten sie auf der Erde. Sie schienen nicht errichtet, sie schienen gewachsen zu sein, und tatsächlich war der *Sikhara*, der hinduistische Tempelturm, der aus unzähligen auf- und nebeneinander in die Höhe strebenden Kegeln und Wülsten – *Amalakas* – bestand und keine Fenster oder Öffnungen hatte, einer organischen Form nachgebildet: der Frucht des blauen Lotus. Gräser, Gebüsche, ja kleine Bäume, gewachsen auf der Erde, die der Wind in Jahrzehnten in den Spalten und Nischen des *Sikhara* anhäufte, gaben den Tempeln bisweilen das Aussehen künstlich aufgeschütteter Berge.

Diese Religion war nicht auf ein Jenseits ausgerichtet; es gab kein Jenseits, es gab nur die Welt mit ihren ewigen Kreisläufen von Werden und Vergehen, von denen das *Padma Samsara*, das Rad der Wiedergeburten, nur einer war. Anders als in der gerichteten – linearen – Zeitvorstellung der Religionen des Westens und Nahen Ostens, mit ihrem klar umrissenen Anfang und Ende der Zeit, spielt in einer Religion, die auf einem zyklischen Zeitbegriff basiert, die Fruchtbarkeit eine viel größere Rolle. Fruchtbarkeit aber, das heißt: Nähe zur Erde, das heißt Wärme, Höhle und Dunkelheit! Aus diesem Grund bedeutet *Grabhagriha*, die Bezeichnung für den niedrigen Innenraum des hinduistischen Tempels, wörtlich *Mutterleib*, und in seinem Zentrum steht deshalb der *Lingam*, ein steinernes Phallussymbol.

Als Coryate und Gowers am frühen Morgen die Stadt wieder verließen, waren sie seltsamerweise nicht allein. Die Straße war voller Menschen, Frauen, Kinder, Händler mit ihren Ochsenkarren und immer öfter auch Männer jeden Alters, die ihre Kleidung abgelegt und sich mit Asche eingerieben hatten. Der Investigator sagte nichts und fragte nichts, um nicht inmitten des immer reißenderen Menschenstroms nach Norden als Engländer erkannt zu werden. Mitten auf einem Basar mit seinen niedrigen Krämerbuden und offenen Marktständen kam alles zum Stehen.

Hier war ein fünf Meter hoher Pfahl aufgerichtet worden. Auf seiner Spitze steckte ein Rad, an dem man ein starkes, aber biegsames Bambusrohr angebracht hatte wie eine Rah oder einen Querbalken. An beiden Enden dieses Rohrs waren Hanfseile befestigt, an deren einem man wie bei einem Kettenkarussell herumschwingen konnte, wenn sich am anderen Ende jemand die Mühe machte, als »Gegengewicht« im Kreis um den Pfahl herumzulaufen. Gowers dachte an ein harmloses Jahrmarktvergnügen – bis er die blutigen Haken am Ende des schwingenden Seils sah.

Erst vor einem Jahr hatten die Briten das *hook-swinging* als barbarische Unsitte offiziell verboten, aber wo keine Briten waren, machte auch niemand einem gläubigen Hindu das Recht streitig, sich diese Haken durch die Rücken- oder Brustmuskulatur treiben und sich daran aufhängen zu lassen wie einen Regenwurm an einer überdimensionalen Angel. Tatsächlich stand eine ganze Schar der aschebedeckten nackten Männer, von religiösem Fanatismus und diversen Rauschgiften aufgepeitscht, sozusagen Schlange, um sich als Köder für den Segen irgendeiner Gottheit durch die Luft wirbeln zu lassen.

»Ein Büßerritual«, flüsterte Coryate, als der Investigator ihn fragend anschaute. »Jeder dieser Männer hat irgendeine Schuld auf sich geladen – nur er selbst weiß, welche. Und auf diese Weise kann er sich davon befreien, John Gowers.«

Vielstimmige Schreie der Menge begleiteten das Hochziehen der Büßer, eine Art freudiges Oh! und Ah!, das sich zu einem langgezogenen Jubel steigerte, während der Mann durch die Zentrifugalkraft des Drehens langsam höher und höher gewirbelt wurde und seine Haut, seine Muskeln sich durch den Zug der Haken fast grotesk überdehnten.

»Wie lange muss er das aushalten?«, fragte Gowers.

»Nur er selbst weiß, wann seine Schuld getilgt ist«, erwiderte Coryate. »Und dann – aber sehen Sie selbst!« Der Mann am Haken, hoch über ihren Köpfen, der die Augen fest geschlossen, aber den Mund vor Qual weit geöffnet hatte, breitete in diesem Moment seine Arme aus. Langsam öffneten sich seine zu Fäusten geballten Hände, und kleine Blumen, von der Fliehkraft erstaunlich weit getragen, regneten auf die Menge. Kinder, Mädchen und junge Frauen sprangen, hüpften, bückten sich danach und huschten sogar auf dem Boden hin und her, um eine dieser himmlischen Gaben zu erwischen. Shiva hatte dem Mann dort oben vergeben, und so würde ein Teil seiner Gnade auch sie treffen.

Der Blumenregen, den der Aufgehängte aus seinen Fäusten entließ, war der Höhepunkt und zugleich das Zeichen für das Ende seiner Buße. Die Männer, die ihn drehten, verlangsamten daraufhin ihren Schritt und ließen ihn stetig herab, um seine Muskeln nicht zuletzt durch einen plötzlichen Ruck zu zerreißen. Manche der Büßer kamen ohnmächtig auf den Boden zurück; andere, am meisten umjubelt, standen auf ihren eigenen Beinen. Mit glasigen Augen taumelten sie in ein neues, gereinigtes Leben, während ihr Nachfolger schon angehakt wurde und die Männer, die ihn herumschwangen, mehr und mehr in Schweiß gerieten.

Bei einem der Büßer wurde der Jubel vor allem der Kinder zu einem hellen Jauchzen, und Coryate grinste. »Manchmal streuen sie auch kleine Kuchen oder andere Süßigkeiten.«

»Mahlzeit!«, sagte Gowers eher trocken als angewidert, denn auch Blutstropfen fielen zwangsläufig hier und da auf die Zuschauer.

Je höher die Sonne stieg, desto wilder wurde das Treiben. Die Feuchtigkeit der Erde zwischen all diesen Flussläufen, das Rasen der Menge, das Blut – alles verschwamm zu einer Art Dunstglocke, die sich mehr und mehr aufheizte, bis die beiden Wanderer, schon weit im Mittag, weiterzogen. Auch als sie den Festplatz lange hinter sich gelassen hatten und der Straße durch weite, offene Felder folgten, schwitzte Gowers noch wie ein Verdammter. Erst ein Mal in seinem Leben, an einem gänzlich anderen Ende der Welt, hatte er so sehr das Gefühl gehabt, nicht dorthin zu gehören, wo er war.

## 106.

Die Temperatur sank mit minus achtundsechzig Grad Celsius auf den niedrigsten Wert, den Menschen bis dahin gemessen hatten. Diese Kälte machte an Deck und im Freien manchmal sogar das Sprechen unmöglich. Die Kiefer, alle Gesichtsmuskeln schmerzten beim Öffnen des Mundes, und man hatte das Gefühl, dass die eigenen Worte in der Luft gefroren.

Das Leben zog sich immer weiter zurück; vom Eis auf Deck, vom Deck in den kalten, finsteren Schiffsraum, von der Gemeinschaft ins Individuum und aus den Extremitäten, dem Kopf in ihre ständig hungrigen Bäuche. Sie vegetierten – und sogar Miertsching, der Missionar, sah keinen Sinn mehr in ihren Leiden. Er schrieb nur noch selten, vielleicht alle drei Wochen, etwas in sein Tagebuch: kurze, bittere Worte. Zahnschmerzen plagten ihn – und sein unmittelbarer Wandnachbar Leutnant Wynniat, der kurze Zeit nach dem armen Bradbury gleichfalls verrückt geworden war.

Es begann mit einem irren Kreischen in der Nacht, das die Grabesstille an Bord zuverlässig immer dann zerriss, wenn der Leutnant Wache hatte: »FOTZEN!« Langgezogen und schrill, aber immer nur einmal, sodass der Täter eine Zeit lang nicht ermittelt werden konnte. Wynniat sagte jedenfalls immer, er habe niemanden bemerkt. Aber schließlich bemerkte man ihn. Samuel Creswell, der Zweite Offizier, hegte den traurigen Verdacht, blieb eines Tages wach und ertappte den Leutnant mit offenem Mund, ehe das Wort noch verklungen war.

»Bobby!«, rief er betroffen. Wynniat drehte sich um, die Augen weit aufgerissen, die Zähne gebleckt. Creswell glaubte einen Moment lang, sein Freund und Schiffskamerad würde sich auf ihn stürzen, aber dann rannte der junge Mann schon hinaus auf das Eis und in die Dunkelheit, wobei er wild kreischte und lachte, ehe er zu einer lauten Imitation des Wolfsgeheuls überging. Der Aufruhr weckte das ganze Schiff. Wie betäubt standen die Männer an Deck und sahen eine halbe Stunde lang zu, wie der Offizier – ein kleiner tobender Schatten auf dem Eis – hin und her rannte und zwischen seinem grausigen Geheul die obszönsten Verwünschungen in den gnadenlosen kalten Himmel schrie.

»Mr. Kerr«, befahl McClure schließlich dem Kanonier und Hauptmann der Seesoldaten, »nehmen Sie drei Männer und bringen Sie Mr. Wynniat zurück an Bord!«

Der Schiffsarzt, Armstrong, hatte wenig Erfahrung mit Geisteskrankheiten, und so konnte man für den jungen Mann wenig mehr tun, als ihn in seiner Koje festzubinden und ihm warme Suppen und beruhigende Tees einzuflößen. Von dem kostbaren Morphium, das für die Amputation erfrorener Zehen und Finger dringend gebraucht wurde, gab der Arzt diesem Patienten nur auf ausdrücklichen Befehl des Kapitäns hin und wieder eine kleine Dosis, wenn das Geschrei gar nicht mehr zu ertragen war.

Anders als der beständig weinende Mark Bradbury beruhigte sich Wynniats Zustand nicht wieder. Selbst wenn der Leutnant bester Laune war, pflegte er laut »Fotzen, Fotzen, Fotzen, Fotzen« vor sich hin zu sagen; der Normalzustand aber war Heulen und Brüllen. Wenn es zu schlimm wurde, ließ man ihn gelegentlich auf das Eis hinauslaufen, um sich auszutoben. Miertsching teilte dem Arzt und dem Kapitän mit, dass die langen Polarnächte bei den Eskimos in Labrador bisweilen einen ähnlichen Zustand hervorriefen, von dem aber vorwiegend Frauen betroffen wären. Man nenne diese Erkrankung *Piblokto* oder auch *Perlerorneq*, was so viel bedeute wie »das Gewicht des Lebens fühlen«. Die Frauen rissen sich dann sämtliche Kleider vom Leib, liefen in den Schnee hinaus und erfrören, wenn man sie nicht rechtzeitig zurückhole.

McClure, nach drei Jahren im Eis zu dünnhäutig für etymologische und ethnografische Betrachtungen, befahl seinem Dolmetscher barsch, derartige Informationen gefälligst für sich zu behalten, da die Vorstellung von nackten Frauen auf dem Eis die ohnehin erschütterten Gemüter der Männer wohl kaum stabilisieren würde. Miertsching zog sich daraufhin verletzt aus allen weiteren Gesprächen zurück und verließ das Schiff bei jeder Gelegenheit und so lange er es draußen in der apokalyptischen Kälte nur aushalten konnte. Auch mit dem Matrosen Gowers war nicht mehr vernünftig zu reden.

John verkaufte jetzt eifrig die Tabakvorräte, die er im letzten Winter gehortet hatte, da Tabak an Bord ansonsten allmählich knapper wurde und wieder rationiert worden war. Er ließ sich in Schuldscheinen bezahlen, ausgestellt auf die Summe, die jeder Mann in England für die Entdeckung der Nordwestpassage erhalten würde. Insofern war der Junge einer der wenigen, die noch immer unverdrossen auf eine glückliche Heimkehr hofften. In ihrer Gedächtnisschule waren sie bei dem System des Raymundus Lullus angelangt, und Miertsching benutzte diesen mittelalterlichen spanischen Mystiker, den die Heiden in Afrika zu Tode gesteinigt hatten, für den so sorgfältig vorbereiteten Missionierungsversuch an dem jungen Matrosen.

Der fromme alte Spanier hatte eine Art Gedächtnismaschine ersonnen, in der die Gedächtnisräume nicht mehr starr aufeinanderfolgten wie in einem Gebäude, sondern nach einem einfachen mechanischen Prinzip immer neu miteinander kombiniert werden konnten. Man denke sich das Zifferblatt einer Uhr; aber anstelle der üblichen zwölf Stunden nehme man darauf ihrer vierundzwanzig an, wie es im Mittelmeerraum bis heute gebräuchlich ist. Nun betrachte man die Abstände zwischen den Stunden als je einen Raum, ein Segment, in das man die vierundzwanzig Buchstaben des lateinischen Alphabets einsetzt. Man hat dann vierundzwanzig wie auf einem Ring aufgereihte Gedächtnisräume, in denen man seine Gedächtnisbilder anordnen kann – aber noch nichts wirklich Revolutionäres. Deshalb denke man sich nun einen zweiten solchen Ring, konzentrisch um den ersten gelegt. Darüber noch einen dritten, vierten, fünften. Und nun stelle man sich vor, dass man diese Ringe einzeln drehen und so gegeneinander verschieben kann, dass sich in der ablesbaren Vertikalen immer neue Buchstaben -, also Bildkombinationen herstellen lassen.

Die Dynamik dieses Systems und die Schnelligkeit, mit der man mit seiner Hilfe die verschiedensten Gedächtnisbilder auch in ihren unwahrscheinlichsten Kombinationen überschaubar vor dem inneren Auge anordnen konnte, erzeugte sofort ein Brausen in Johns Kopf. Kein Gedanke würde ihm je wieder entgleiten, und selbst das Undenkbare ließe sich mit diesem System jederzeit herstellen und überprüfen!

Miertsching spürte die Faszination seines Schülers und

wollte sie nutzen, indem er von den Prädikaten Gottes als den allgemeinsten Elementen des Seienden sprach. Diese grundsätzlichen theologischen Begriffe, eingesetzt in das System des Lullus und ein wenig am Rad gedreht – dann könne man die gesamte Schöpfung überschauen, ja, man hielte gewissermaßen den Plan Gottes in Händen!

Er merkte, dass John Gowers – oder war es schon wieder Davy Jones? – dieser Anwendungsmöglichkeit des Systems deutlich skeptischer gegenüberstand, wurde aber von seinem eigenen Missionierungsschwung mitgerissen und hörte sich plötzlich über die religiösen Spielereien eines Niccolo da Lucca dozieren, der nach dem lullschen System eine Gebetsmühle konstruiert hatte: aus dreihundertsechsunddreißig auf solchen Ringen angeordneten Textelementen ließen sich siebenhundertzwanzig Milliarden lateinische Verse zur höheren Ehre Gottes herstellen – wozu ein einzelner Mensch allerdings hundertsiebenunddreißigtausend Jahre benötige. Aber dennoch: alle denkbaren Gebete der Erde auf fünf einfachen Ringen! Ob ihm das nicht zu denken gäbe?

Der Junge überlegte tatsächlich eine Weile und nickte schließlich, dann aber erwiderte er mit einem spöttischen Grinsen, ob es nicht *noch einfacher* sei, bloß das Alphabet aufzusagen? Gott könne sich die passenden Buchstaben selbst herauslesen und daraus so viele Gebete machen, wie er wolle. Damit waren sein Gedächtnisunterricht und der seltsame Waffenstillstand mit Miertsching beendet.

Der Missionar aber, durchgefroren, mutlos, zahn- und heimwehkrank, lag durch das schauerliche Geheul seines Wandnachbarn in dieser endlosen Nacht wieder lange wach und schrieb erst gegen Morgen und unter Tränen die für lange Zeit letzten Worte in sein Tagebuch: Oh Herr, soll diese Prüfung kein Ende nehmen?

## 107.

Einen weiteren Tag lang waren sie nach Norden gegangen, auf einen Höhenzug zu, der auf seinen Karten als *Mahabharatka Range* eingezeichnet war. Beide wussten, dass dies ihre letzten gemeinsamen Schritte waren. Dennoch hatten sie, seit sie aufgestanden waren, nicht miteinander geredet, nicht über den Fall und über nichts sonst. Der Morgen war beinahe kühl gewesen und würde bald zu einem prachtvollen, strahlenden Tag werden.

Gowers, der dem *Digambara* sonst immer ein paar Schritte voraus gewesen war, ging jetzt langsamer, beinahe hinter dem alten Mann. Er versuchte auszurechnen, wo die Boote jetzt waren, fragte sich, wie und wann er mithilfe von Ruhimans Papieren an ein Pferd kommen würde; aber auch, auf welche Weise er sich von dem seltsamen Heiligen verabschieden sollte. Vielleicht wäre es am besten, einfach stehen zu bleiben und den alten Mann weitergehen zu lassen, aber als die Sonne höher stieg und den feinen Nebel über den Feldern endgültig auflöste, fragte Gowers stattdessen: »Was ist der Mensch, Babu?«

Für eine Sekunde verhielt Coryate seine Schritte und schaute den jungen Mann verblüfft an, als erwarte er einen Scherz. Aber in den seltsamen grauen Augen seines Gefährten las er, dass dieser eine ehrliche Antwort verdiente. Er setzte sich wieder in Bewegung, während er sprach: langsam und überlegt, als seien seine Worte die Summe eines jahrhundertelangen Nachdenkens über keine andere als diese eine Frage.

»Einst waren die Menschen ein Teil der Welt, wie der Wind und das Gras und die Berge. Sie jagten, sammelten, machten Kinder, und sie starben schließlich, ohne aufzubegehren, fünftausend Generationen lang. Sie fügten sich ein, und sie wussten sich eingefügt in eine Ordnung des Daseins, die keinen Namen hatte und keinen brauchte, weil es nur sie gab. Das Leben war ein kurzer Traum, den die Erde gab und nahm, so wie Tag und Nacht wechseln und die Wolken aus dem Meer steigen.

Das war vor langer Zeit, vor aller Zeit, aber etwas davon ist noch in uns, eine ferne Erinnerung, eine Sehnsucht, die man in *Belait* das Paradies nennt und hier: die Traumzeit. Die Menschen waren eins mit den Dingen und wollten nicht mehr als das, wussten nicht einmal, was das ist: Wollen.

Dann geschah etwas. Es geschah nicht mit einem Mal, nicht an einem Ort. Es geschah langsam, immer wieder, immer länger. Schnee, der sich nicht auflöste, Nacht, die nicht verging. Das Eis schob sich über die Berge und drückte sie nieder. Die Kälte nahm zu und die Dunkelheit. Die Erde hörte auf, freundlich zu sein. Immer kürzer wurden die Sommer, das Wild verschwand, und wenn doch einmal Sonne schien, stieg die Flut, immer wieder, immer höher, zwei-, dreitausend Jahre lang. Hundert Generationen! Und die Menschen wurden ausgelöscht, Stamm für Stamm, Clan um Clan, und ihr Tod wurde ihnen bitter. Da zerbrach ihr Vertrauen in die Erde, langsam, wie Felsen splittern, aber tiefer mit jeder der absterbenden Generationen.

Es müssen große und grausame Augenblicke gewesen sein, als die letzten Kinder der Menschen aufstanden, vereinzelt, aber überall sich erhoben neben ihren toten Gefährten und sagten: Wir werden nicht untergehen in dieser Flut und von dieser Nacht nicht verschlungen werden und nicht leise von hier verschwinden. Und wenn die Erde uns nicht mehr gibt, was wir brauchen, werden wir es uns nehmen, werden wir es ihr wegnehmen! Von jetzt an wollen wir Räuber sein und Diebe an den Dingen; listig, wo Listen uns nützen, und gewalttätig, wo Gewalt hilfreich ist. In diesen Augenblicken begann die Geschichte.

Die Menschen nahmen die Dinge, die Welt, die Götter, sogar die Zeit in ihre Hände. Zuerst glaubten sie, sie müssten etwas tun, müssten *handeln*, um zu leben. Aber schließlich lebten sie nur noch für ihre Taten, in ihren Taten und erzählten nur noch von sich und für sich selbst, damit sie ewig würden. Das Handeln, das Tun wurde ihr Gott, das Geschehenlassen ihre Hölle.

So schufen sie in langen Jahrtausenden die *Maya*, eine Scheinwelt vor der Wirklichkeit, in der alle von Menschen erkannten und erschaffenen Dinge sich gegenseitig stützen; denn nur so können sie sich aufrecht halten. Und eifersüchtig wachen die Menschen darüber, dass ja niemand einen Stein wegnimmt aus ihrer Mauer, diesem Trugbild, das sie errichtet haben zwischen sich und dem Leben und seinem notwendigen Ende. Glaube, was ich glaube, oder ich erschlage dich! Tue, was alle tun, oder verschwinde aus unserer Welt. Das *Kali-Yuga*, das Zeitalter des Zorns und der Zerstörung, war angebrochen. Das ist, in aller Kürze, der Mensch, John Gowers.«

Sie erreichten jetzt eine Wegkreuzung: links führte die Straße weiter in die fernen Berge hinauf, rechts zum Fluss Rapti, nach Faizabad, Jaunpur und Varanasi. Sie blieben gleichzeitig stehen.

»Und wohin geht der Mensch?«, fragte Gowers verschmitzt.

»Ich gehe nach dort«, antwortete Coryate, der ebenfalls lächelte, und zeigte nach links. Der Investigator wies nur knapp mit dem Finger in die andere Richtung. Beide lachten.

»Kommen Sie doch in hundert Jahren mal wieder her«, sagte der alte Mann.

Gowers nickte. »Ich werde da sein, Babu!« Er meinte es

ernst. Ohne ein weiteres Wort wandte er sich dann nach rechts, nach Benares und seinem Fall zu, aber Coryate rief ihn noch einmal an, als beide schon ein paar Schritte gegangen waren.

»John Gowers! Die Höhle der Wölfin … Sie ist blau.«

Gowers nickte erneut, und beide setzten ihren Weg fort. Er konnte mit der letzten Information nicht viel anfangen, dachte später aber umso länger darüber nach. Erst als er nach einer knappen halben Stunde eine Anhöhe erreichte, blickte er sich noch einmal um. Er sah, dass die kleine braune Gestalt, merklich langsamer als alle Tage zuvor, auf die klar und deutlich am Horizont aufsteigenden Berge zuging.

Nach einer Weile nahm der Investigator sein Fernrohr zu Hilfe und stellte fest, dass der alte Mann seinen Wanderstab weggeworfen hatte. Er verfolgte zuerst den Weg seines Gefährten, hob aber dann das Glas ein wenig höher und betrachtete die *Mahabharatka Range*. Und erst jetzt sah er, dass das, was er für weiße Wolken darüber gehalten hatte, in Wahrheit eine zweite, sehr weit entfernte und unvorstellbar hohe Bergkette war. Gowers schluckte. Nicht so sehr, weil dies die glänzenden Gipfel waren, die er in seinem Opium-Traum gesehen hatte, sondern weil er wusste, dass die kleine braune Gestalt ihre Pässe überschreiten würde.

## 108.

Weit oben im Avadh, wo der Wald von Teriani beginnt, auf einem großen Findling, abgesprengt, als die vorzeitliche Insel Indien gegen den asiatischen Kontinent stieß und der Druck alles Land zu Gebirgen aufschob, lag eine alte Wölfin in der Sonne ihrer letzten Tage. Sie war weit gelaufen, sie hatte viele Kinder und Kindeskinder gehabt, vier Generationen junger

Wölfe gesehen und ihnen alles beigebracht, was sie wusste. Nun war sie müde, seit langer Zeit schon war sie so müde.

Im vergangenen Winter hatte sie ihren letzten Fangzahn verloren, konnte jetzt nicht mehr jagen, töten, konnte nur noch das bereits tote Fleisch kauen, weit hinten in ihrem Maul. Vor einigen Wochen hatte ihr Rudel, Enkel ihrer Kinder, sie deshalb als nutzlosen Esser verjagt, weggebissen, und noch einmal war sie allein gewandert, wie viele Jahre zuvor. Zweimal hatte sie Aas gefunden, so alt, dass man kaum noch erkennen konnte, welches Tier es einmal gewesen war. Es hatte sie nicht befriedigt, ihr nicht geschmeckt, sie hatte nur gefressen, weil sie immer gefressen hatte, weil es so sein musste.

Der große Stein war angenehm warm unter ihrem Bauch, die Sonne heizte ihn auf, und er speicherte die Wärme auch nachts, sodass sie beschlossen hatte, nicht mehr wegzugehen, nicht mehr weiterzuwandern. Manchmal, meist am Morgen, wenn der Wind frisch war, fühlte sie den Impuls aufzuspringen, sah sich nach ihrem Rudel um, das jetzt auf die Jagd ziehen würde; aber sie war allein. Es war ein merkwürdiges, unnatürliches Gefühl, einfach liegen zu bleiben, einfach nicht mehr zu tun, wozu sie doch auf der Welt war. Aber dann kam es ihr wieder ganz leicht vor, wurde sie so ausgelassen in ihrem Herzen wie ein Jungtier, ein Kind, das das Falsche tut, um einfach einmal das Falsche zu tun, um zu wissen, wie das Falsche sich anfühlt.

Mittags aber, wenn die Sonne hoch stand, hatte sie nur noch das Gefühl, dass sie gut lag, wo sie lag. Etwas in ihr wusste, dass dies der Tod war; aber etwas anderem in ihr war das völlig egal. Sie blickte über die Ebene, die sie so lange beherrscht hatte, lange allein, dann mit ihrem Rudel. Sie sah den Fluss in der Sonne glitzern; noch immer der Fluss ihrer Jugend, den sie hinauf- und hinuntergezogen waren, der immer da war, mal größer, mal kleiner, seit die Welt stand, und der einst, als Gigant, in *seiner* Jugend, auch den riesigen Stein, auf dem sie lag, aus den Bergen herabgetragen hatte.

Am Nachmittag schreckte sie hoch und wusste nicht, wie lange sie geschlafen hatte. Die Warnrufe der Vögel hatten sie geweckt und klangen noch in ihren Ohren. Sie hörte auch die Geräusche vieler kleiner Füße, all der Tiere, die an ihr und ihrem Felsen vorbei in den Wald von Teriani flüchteten. Die große Wölfin hob noch einmal wachsam den Kopf, stellte die Ohren auf, und dann sah sie es; wie eine endlose niedrige Baumreihe am Horizont, die sich indes bewegte und auf sie zukam. Das waren die Menschen. Eine ununterbrochene Kette kleiner schwarzer Gestalten, die sich über die gesamte Horizontlinie erstreckte, die ganze Ebene absperrte.

Sie kamen näher, sie machten die Welt eng, schlossen sie ein. Der Lärm ihrer Schreie, ihrer Trommeln und Klappern schwoll an, die Erde bebte unter ihren Füßen, und alles, was fliehen konnte, floh vor ihnen. Was war das? Was hatten sie vor? Einzelne Wölfe, ratlose Jungtiere, Mitglieder ihres Rudels, deren Anblick, Geruch sie so gut kannte, liefen verstört von rechts nach links, fanden keinen Durchschlupf und zogen sich langsam immer weiter zurück, ohne letztlich entkommen zu können, denn nun drang der Lärm der Treibjagd auch aus den Wäldern herunter.

Schüsse erklangen, lauter Jubel übertönte die Todesschreie ihrer Kinder, das letzte scharfe Schnappen ihrer Kiefer, ehe sie, auf hohe Stangen gespießt, in der großen Jagd mitgetragen wurden: Standarten eines erbarmungslosen Willens, die ganze Erde zu besitzen und mit niemandem mehr zu teilen. Nur Raksha, die Dämonin, fühlte sich sicher, geborgen, grau an den grauen Felsen geschmiegt.

Sie fühlten sich unendlich stark. Endlich konnten sie etwas gegen den Schrecken der Nacht tun, der sie so lange gepeinigt hatte; ganze Dörfer hatten sich zusammengeschlossen, Männer, Frauen und Kinder zur großen Jagd. Tagelang waren sie unterwegs, wie die Völkerscharen der alten Zeit; Seite an Seite trieben sie die Wölfe, die Wildnis zurück aus dem Uttar Pradesh. Einmal ein grausiges Schauspiel, das die endlosen Reihen entlang lachend weitererzählt wurde: wie ein großer Wolf, in die Hinterläufe getroffen, wahnsinnig vor Wut und Verzweiflung in die eigenen Beine biss.

Sie waren die Herren der Welt, einen Winter lang. Dann hatten sich, ihrer natürlichen Feinde beraubt, die Ratten so explosionsartig vermehrt, dass nichts, keine Findigkeit der Menschen sie mehr davon abhielt, die Ernten ganzer Dörfer zu vernichten. Und eine Hungersnot kam über das Uttar Pradesh, die mehr Menschenleben kostete als Rakshas Rache.

## 109.

Seit sie vor fast drei Jahren zum ersten Mal gegen das Eis gesegelt waren, hatte McClure auch die Übeltäter an Bord kaum noch peitschen lassen. Er fand es irgendwie unpassend. Es war eine Strafe, die auf die offene See gehörte und Männer traf, deren Haut durch Wind und Sonne hart geworden war. Hier im Norden war eine doppelte Wachzeit gemeinhin eine viel empfindlichere Strafe. Aber Ellis und Mark Griffith hatten Fleisch gestohlen und auf diese Weise das Leben aller – vielleicht nicht jetzt, aber in wenigen Monaten – aufs Spiel gesetzt. Der Kapitän hatte also keine Wahl und ließ sich von Doktor Armstrong lediglich auf je ein Dutzend Hiebe herunterhandeln.

Die beiden Griffiths waren Anfang zwanzig, raue Burschen und der Schrecken ihres kleinen Dorfes an der Küste von Tremadoc gewesen, ehe sie, wie ihr Vater, ihr Groß- und ihr Urgroßvater auf einem Walfänger angeheuert hatten. Für die Expedition ins Eis hatten sie sich freiwillig gemeldet, da die Alternative zumindest für den älteren, Mark, eine Zuchthausstrafe gewesen wäre. Er hatte in einer Hafenkneipe in Plymouth randaliert und einen Konstabler der Wache halb totgeprügelt. McClure war auch sicher, dass er seinen jüngeren Bruder Ellis zu dem Diebstahl angestiftet hatte, aber natürlich wäre Ellis lieber gestorben, als das zuzugeben. Es hätte an der fälligen Bestrafung auch wenig geändert.

Die armen Burschen zitterten jämmerlich, als sie ihre Hemden ausgezogen hatten und mit bloßem Oberkörper an Deck standen. Binnen einer Minute waren sie blaugefroren, und McClure sah jetzt zum ersten Mal mit eigenen Augen, was Skorbut und anderthalb Jahre unzureichender Ernährung aus seinen Männern gemacht hatten. Dennoch gab es jetzt kein Zurück mehr, die versammelte Mannschaft samt den Offizieren hatte ihre Mützen schon abgenommen.

»Mr. Kennedy, tun Sie Ihre Pflicht!«, befahl der Kapitän seinem Bootsmann, und der Bootsmann murmelte die uralte Formel, die in diesem Drama sein Text war: »Nicht ich bin es, der dich schlägt!« Das Tauende sauste zum ersten Mal auf Mark Griffith' nackten Rücken. Es war kein harter Schlag, aber die Haut war durch die Kälte so empfindlich und Griffith' Muskeln so dünn geworden, dass schon die bloße Berührung ein Gefühl auslöste, als würde sein Rückgrat durchschnitten.

Der Mann war nicht gefesselt, hatte nur die Arme kreuzweise vor die Brust gelegt und krümmte die Schultern so sehr zusammen, dass man seine Wirbel und Rippen zählen konnte. Er wimmerte vor Kälte und Schmerz, und der Bootsmann versuchte daraufhin, so sanft zuzuschlagen, wie er es sich unter den Augen des Kapitäns gerade noch erlauben durfte. Der jüngere Griffith begann vor Angst zu weinen, und die Tränen gefroren in seinem dünnen weichen Bart. Das Klatschen der Schläge und das Knirschen von Mark Griffith' Zähnen waren die einzigen Geräusche, die man für drei Minuten an Deck hören konnte.

Als der jüngere Bruder an die Reihe kam, fiel er auf die Knie, rollte sich so eng zusammen wie menschenmöglich und jammerte schon, ehe der erste Schlag fiel. Bei diesem Anblick entstand unter der zuschauenden Mannschaft eine leichte Bewegung, ein unruhiges Scharren der Stiefel, wie das unwillige, warnende Knurren eines in die Enge getriebenen Hundes. McClure fixierte sie scharf, und dieses erste leise Rauschen von Meuterei und Rebellion erstarb unter seinem Blick. Aber als Ellis Griffith nach dem vierten Schlag vornüberfiel und auf alle viere gestützt heulte wie ein Tier, schwoll das unheimliche Geräusch erneut an.

Thomas Morgan, einer der erfahrensten und besten Matrosen an Bord, trat mit der Mütze in der Hand vor seinen Kapitän und bat, so blass, dass sogar seine Lippen keine Farbe mehr hatten, die letzten acht Schläge für seinen jungen Schiffskameraden übernehmen zu dürfen. Beifälliges Gemurmel erhob sich, das zu offenen Unmutsäußerungen wurde, als McClure den Mann anbrüllte: »Zurück an Ihren Platz, Mr. Morgan! Sofort!« Mit einem Nicken bedeutete der Kapitän dem Sergeanten der Seesoldaten, seinem Befehl Nachdruck zu verleihen, und Woon, der sich mit Morgan angefreundet hatte, seit die beiden vergangenen Jahre sie von Seefahrern zu Jägern gemacht hatten, trat seinem Freund mit aufgepflanztem Bajonett entgegen. »Geh zurück, Tom. Lass es sein.«

Noch zwei Sekunden dauerte dieser vielleicht kritischste Moment ihrer Reise an, dann senkte Thomas Morgan plötzlich den Kopf und trat mit einem zitternden Atemholen, das fast wie ein Schluchzen klang, zurück in die Reihen der angetretenen Mannschaft. McClure, der instinktiv wusste, was eine bestimmte Haltung des Kommandierenden für seine Kommandogewalt bedeutet, machte fast gleichzeitig einen Schritt nach vorn, richtete sich hoch auf und stellte dann, scheinbar ganz entspannt und bequem, den linken Fuß vor. »Bringen Sie es zu Ende, Bootsmann!«

An diesem finsteren Märzabend des Jahres 1853 wurde McClure klar, dass er nun endlich tun musste, was er so lange wie möglich hinausgeschoben hatte. Schon seit Wochen war es nicht mehr die Bibel, die der Kapitän las, und in dem verzweifelten Bestreben, ein wenig Zerstreuung zu finden, hatte er sich nun sogar Mary Shelleys *Neuem Prometheus* zugewandt. Auf eine grimmige Weise belustigt, hatte er aber schon nach wenigen Seiten zur Kenntnis nehmen müssen, dass es darin, in der Rahmenhandlung zumindest, um eine Polarexpedition ging: *Wie langsam doch die Zeit vergeht, hier, wo nur Schnee und Kälte mich umgeben! Der Kapitän ist ein Mann von trefflichem Charakter und wird von der Mannschaft einhellig ob seiner vornehmen Gesinnung und der Milde seiner Disziplin geschätzt.*

McClure lachte bisweilen laut. Einzelne Bilder aber packten ihn durchaus, und er ertappte sich einmal sogar dabei, dass er draußen auf dem Eis nach einem einsamen Schlitten und einer unheimlichen Gestalt darauf Ausschau hielt. *Etwa eine halbe Meile entfernt erblickten wir nämlich ein niedriges, auf einem Hundeschlitten festgebundenes Gestell in rascher Fahrt gegen Norden. In dem Schlitten saß ein Lenker, der zwar menschliche Formen aufwies, aber ganz augenscheinlich von riesenhafter Statur war. Wir sahen dem mit großer Geschwindigkeit dahineilen-*

*den Reisenden durch unsere Teleskope nach, bis er uns hinter den in der Ferne aufragenden Eisschollen aus den Augen kam.*

Abgesehen davon, dass niemand an Bord der *Investigator* bei einer Entfernung von fünfhundert Yard auch nur daran gedacht hätte, ein Fernrohr hervorzuholen, konnte sie schon schreiben, dieses romantische Frauenzimmer! An diesem traurigen Abend las er jedoch: *Ich sehe mich umschlossen von Eisgebirgen, die alles Entkommen unmöglich machen und in jedem Momente mein Schiff mit der Vernichtung bedrohen. Hilfesuchend blicken die wackeren Kerle, welche ich dazu übermocht, mich auf meiner Fahrt zu begleiten, auf mich. Ich aber kann ihnen nicht helfen.*

Er würde die Hälfte seiner Männer in den sicheren Tod schicken müssen!

## 110.

Fünfhundert Meilen weiter südöstlich, in der Cambridge Bay auf Viktoria Island, bedauerte Richard Collinson zum ersten Mal in drei Jahren, dass er den deutschen Übersetzer seinem Unterkommandierenden überlassen hatte. Die *Enterprise* hatte die gefährlichen, tückisch flachen Gewässer der Dolphin-&-Union- und der Dease-Straße als erstes Schiff erfolgreich durchsegelt und links und rechts so viel neues Land entdeckt, dass ihr Kapitän zumindest für eine Weile befriedigt war. Im darauffolgenden Frühjahr 1853 würde er die weißen Flecken auf seinen Karten durch Schlittenexpeditionen »hier und da noch ein wenig eindellen«, wie er es ausdrückte.

Doch die *Enterprise* hatte nicht nur viele Entdeckungen gemacht – sie war auch selbst entdeckt worden, und zwar von gleich mehreren Eskimostämmen, deren größter fast zweihundert Personen zählte. Die Wilden strebten zweifellos so etwas wie Handelsbeziehungen an, tauschten Unmengen von Frischfleisch gegen alte Zimmermannsnägel, und so mangelte es den Männern der *Enterprise* an nichts; an gar nichts, wenn Collinson auch mit Strafen nur so um sich warf und die schlimmsten Exzesse damit verhindert zu haben glaubte. Als er zwei Jahre später heimkehrte, war nur ein einziger seiner Offiziere, ein steinalter Sanitätsmaat, *nicht* im Arrest gewesen.

Seine Vision war allerdings wahr geworden: Er stand wahrhaftig Hunderten von Eskimos gegenüber – allerdings mit dem Unterschied, dass er keinen Dolmetscher und daher keine Ahnung hatte, was diese schmutzigen, aber sonst ganz ungefährlichen Menschen ihm zu sagen versuchten. Das war vor allem deshalb bedauerlich, weil man bei ihnen ein großes Stück Holz fand, das zweifellos einmal Teil einer Ladeluke gewesen war, sowie einen Metallknopf, der zu einer britischen Offiziersuniform gehört haben musste. Selbstverständlich handelte man ihnen die Sachen ab, und einen ganzen Nachmittag lang befragte Collinson sie mit einem sehenswerten pantomimischen Geschick darüber.

Er wies auf den Knopf, dann, mit weit ausholender Geste, auf den Horizont, zuckte die Achseln: Wo ist der hergekommen? Er zeigte auf die Augen eines Mannes, eins, zwei, legte dann die Hand über seine eigenen Augen und tat so, als suche er etwas in der Ferne. Beschrieb anschließend einen Kreis um sein bleiches, bärtiges Gesicht, deutete auf seine Matrosen, suchte wieder den Horizont ab, zuckte die Achseln: Habt ihr weiße Männer gesehen? Er führte einen Mann an die Ladeluken der *Enterprise*, zeigte dann auf das Stück Holz, das er soeben käuflich an sich gebracht hatte, zeichnete ein Schiff in die Luft, hob zwei Finger, suchte im Norden, im Osten und zuckte zum dritten Mal mit den Achseln: Habt ihr zwei Schiffe gesehen?

Er hätte jetzt viel für ein englisches Wörterbuch und eine deutsche Grammatik gegeben, und sämtliche Rumvorräte an Bord für nicht mehr als eine halbe Stunde mit dem gottverdammten Missionar eingetauscht. Aber irgendwann brach er seine Vorstellung ab, schweißgebadet und durch das Geplapper der Wilden keinen Deut klüger geworden. Immerhin, sagte er sich sarkastisch, hatte er ein morsches Stück Holz und einen alten Hosenknopf gefunden, sodass niemand mehr behaupten konnte, Sir John Franklin, hundertdreißig britische Seeleute und zwei komplette Schiffe Ihrer Majestät der Königin seien spurlos im Eis verschwunden. Aber war er dafür in drei Jahren um die halbe Welt gesegelt?

## III.

Am komischsten war, dass sie ihn durchaus verstanden. Sie wussten, was er wollte, in Bezug auf Knöpfe, Schiffe und weiße Männer. Und sie erzählten ihm die Geschichte so, wie sie sie von ihren Verwandten, den Pelly-Bay-Eskimos auf Boothia, zweihundert Meilen östlich, gehört hatten. Sie brachten ihm sogar eine Augenzeugin, denn einer ihrer Jäger hatte im vergangenen Sommer in der Pelly-Bucht eine Frau genommen.

Sie hieß Mani, war etwa fünfzehn Jahre alt, sehr hübsch und die Einzige unter ihnen, die tatsächlich schon einmal weiße Männer gesehen hatte. Deshalb war sie auch nur schwer zu bewegen, nach vorn zu kommen und mit dem *Angajuga* der *Kabloonas* zu sprechen. Erst als ihr Mann und noch zwei weitere Jäger ihr versicherten, sie auf keinen Fall an die Weißen zu verkaufen und sie auch nicht mit ihnen allein zu lassen, erzählte sie stockend und mit gesenkten Blicken die unheimliche Geschichte, die sie als Kind erlebt hatte. Es war eine scheußliche Erinnerung.

»Wir lebten in jenem Winter (wahrscheinlich 1849/50) im Westen, auf der Insel-der-flachen-Steine (King William Island). Eines Tages sahen wir eine große Menge *Kabloonas* (etwa vierzig weiße Männer), die in langer Reihe von Norden kamen. Sie waren sehr hungrig und so müde, dass sie beim Gehen hinfielen. Aber ihr Anführer, ein großer Mann mit roten Haaren (Crozier), zwang sie, immer wieder aufzustehen. Sie gaben uns viele glänzende Dinge (silbernes Essbesteck mit eingravierten Initialen) und nahmen dafür den einzigen Seehund, den wir noch hatten. Der Anführer sagte durch Zeichen, er würde uns noch mehr geben, alles, wenn wir ihnen nur mehr Essen brächten. Aber wir hatten selbst nicht mehr viel zu essen, denn die Jagd war schlecht. Endlich gingen sie weiter, nach Süden, wo das Land endet (Peabody Point).

Im darauffolgenden Sommer fanden wir sie wieder, aber auf dem großen Land (der Adelaide-Halbinsel) in einer sandigen Bucht (Starvation Cove). Sie waren alle tot, überall lagen ihre Körper, ihre Kleider, alles in Fetzen. Manche lagen unter dünnen weißen Decken (Zeltplanen), andere im Freien. Der rothaarige Anführer war auf sein Gesicht gefallen und lag auf einem langen, eisernen Stock (ein Gewehr?). Wir fanden wieder glänzende Dinge (u. a. einen silbernen Teller mit Franklins Wappen) und nahmen sie mit. Aber dann sahen wir das Menschenfleisch in ihren Kochtöpfen und auch, dass sie sich gegenseitig gegessen hatten. Da liefen wir weg.

Als wir im Herbst noch einmal an die Stelle kamen, waren die Toten fast ganz vom Sand bedeckt, allerdings hörten wir manchmal ein kurzes scharfes Donnern (Schüsse?) weit draußen im Land und blieben nicht lange da. Wir hatten Angst, dass vielleicht doch noch nicht alle tot waren.«

Die gleiche Geschichte brachte John Rae, ein Trapper der Hudson Bay Company, der 1854 auf Boothia Island in der Pelly-Bucht jagte, nach England zurück. Collinson, ein Jahr früher, sah nur eine verängstigte junge Frau vor sich, die man ihm offenbar verkaufen wollte, und lehnte dieses Angebot kategorisch ab.

McClure gab der versammelten Mannschaft am nächsten Morgen seinen Entschluss bekannt: Da der Proviant nur noch bis in den November reiche, man aber nicht wisse, ob das Eis in diesem Jahr aufbrechen würde, habe er beschlossen, die Hälfte von ihnen aus dem Schiffsdienst zu entlassen.

Diese von Doktor Armstrong auszuwählenden Männer würden mit Reiseproviant von einem Pfund Fleisch und einem Pfund Brot pro Tag nach Süden reisen, bei dem auf den Princess Royal Islands errichteten Depot drei Monate in Zelten leben und jagen, um das bekanntlich sichere Abschmelzen des südlichen Eises abzuwarten, sodann mit den dort zurückgelassenen Booten entlang der Küste von Prince-Albert-Land weiterziehen, über die Dolphin & Union Strait auf das amerikanische Festland übersetzen und den Mackenzie aufwärts zur nächsten Handelsstation der Hudson Bay Company, dem Fort Good Hope, marschieren. Die Auswanderer würden einen Monat vor ihrer Abreise, Mitte April, volle Rationen bekommen, sowie freie Zeit und Beleuchtung, um sich feste Kleider und Schuhe für die Reise anzufertigen. Mr. Miertsching würde diese Gruppe als Dolmetscher begleiten, sodass von den Eskimos keine Gefahr, sondern im Gegenteil allerlei Hilfe zu erwarten sei. Die übrigen Männer würden mit ihm an Bord bleiben, im Sommer erneut versuchen, ihren Eiskäfig zu verlassen, und, falls dies fehlschlage, nach einer weiteren Überwinterung das Schiff aufgeben und den gleichen Weg nach Süden antreten.

Die Offiziere wussten sofort, was dieser Befehl bedeutete; aber die Männer, gerade die schwächsten, für die Reise ausgesuchten, waren begeistert. Kein Winter mehr in dieser entsetzlichen Einöde, stattdessen volle Rationen, ein klares Ziel und – der Heimweg! Tag für Tag kräftiger werdend durch die bessere Ernährung, bedauerten sie sogar diejenigen, die an Bord bleiben mussten. Der Feuereifer, mit dem sie nähten, flickten, schusterten, um ihre Achthundert-Meilen-Reise durch die arktische Wüste anzutreten, war vor allem für Doktor Armstrong erschütternd, denn er wusste, dass es ein Todesmarsch werden würde.

Keiner dieser Männer war gesund, auch wenn sie sich jetzt kurzfristig stärker fühlten; bei allen würde der Skorbut nach wenigen Wochen des Schlittenziehens wieder ausbrechen, ein Pfund Fleisch täglich hin oder her! Er machte mehrere Versuche, dem Kapitän diesen Wahnsinnsplan auszureden, aber der wollte nichts davon hören, verwies auch auf das Fehlen jedweder Alternative und verbot dem Arzt schließlich, ihm mit seinen Klagen noch einmal unter die Augen zu kommen. Was Armstrong daraufhin tat, war praktisch offene Meuterei: Er stellte den Männern selbst vor Augen, dass sie in den Tod gehen würden. Aber ihre Aufbruchstimmung war über jede Vernunft erhaben, und so formulierte der Arzt seinen ohnmächtigen Protest schriftlich und versiegelte ihn, damit man ihn zumindest zusammen mit den Leichen fände.

## 112.

Fast, als wolle sie die allgemeine Euphorie noch steigern, schien die Sonne jetzt ganze Tage, war der Himmel von einem so strahlenden Blau, dass John Gowers seine urtümliche

Schneebrille wieder hervorholen musste. Die Stimmung blieb glänzend, bis am 6. April 1853 der Matrose und Krankenpfleger John Boyle starb.

Boyle war das erste Todesopfer an Bord der *Investigator*. Er hatte den ganzen Winter hindurch an Skorbut gelitten, war aber kräftig genug geblieben, um dem Arzt bei der Versorgung der übrigen Kranken zu helfen. Durch die vollen Rationen hatte er im letzten Monat schon beinahe ein Drittel der fünfunddreißig Pfund Gewicht, die er bis dahin verloren hatte, wieder zugelegt. Tatsächlich war er einer der Kräftigsten unter den »Auswanderern« gewesen, so sehr, dass seine Kameraden ihn sogar schon ironisch mahnten, mäßiger zu essen, sonst müsse er am Ende doch noch an Bord bleiben.

Nun starb er binnen zweier Tage, und das gab den Männern doch endlich zu denken, und alle Einwände des Doktors fielen ihnen wieder ein. McClure und seine Offiziere begegneten dieser Skepsis, indem sie das Gerücht in die Welt setzten, Boyle, der als Krankenpfleger Zugang zur Medikamentenkiste gehabt habe, sei auf den irrsinnigen Gedanken verfallen, die Reste aus verschiedenen aufgebrauchten Medizinflaschen zu sammeln, zusammenzugießen und zu trinken. Offenbar habe er geglaubt, auf diese Weise gleich mehreren Krankheiten gleichzeitig vorzubeugen, und allein aufgrund dieses unsinnigen Verhaltens sei er derart rasch zu Tode gekommen. Die Stimmung besserte sich dadurch aber nur unwesentlich.

Den gefrorenen Boden der Mercy Bay auch nur auf einen Meter Grabestiefe aufzuhacken war eine schwere Arbeit, und der Kapitän selbst ging am 7. April 1853 mit an Land, um die Totengräber zu unterstützen. Das Wetter blieb, ihrer traurigen Pflicht zum Hohn, strahlend schön. Als er sein Teil getan und die Picke an den Matrosen Anderson weitergegeben hatte, beschloss McClure deshalb, ans Ende der Bucht zu gehen und den nach langer Zeit wieder einmal fälligen persönlichen Blick auf das Meereis zu werfen. Er lud den Missionar Miertsching ein, ihn zu begleiten. Der Dolmetscher hatte beschlossen, den Kommandanten noch einmal eindringlich auf die Bedenken des Schiffsarztes hinzuweisen. Der aber schüttelte nur den Kopf: »Ihre Chance ist klein, Mr. Miertsching, aber sie ist da! Hier ist nur der sichere Tod.«

Sie waren jetzt an der Stelle, wo das Meereis an die gefrorene Küste stieß und der Erste Offizier, Charles Haswell, die Eiswache hatte. Als der Kapitän »Hier …« sagte, machte er automatisch eine ausladende Handbewegung in die weiße Einöde hinaus. Dabei fiel ihm ein kleiner schwarzer Punkt auf dem Eis auf, der sich ihnen von Nordosten her näherte. Es konnte eigentlich nur ein verirrter Moschusochse sein, aber nach weniger als einer Minute machte er den Blick eng: Da draußen war ein Mensch unterwegs.

Leutnant Haswell hatte ihn ebenfalls gesehen und stellte fest, dass er anders gekleidet war als die Männer der *Investigator*. »Ein Mann aus der Schlittengruppe wird seine neue Reisekleidung ausprobieren«, sagte der Kapitän. Aber Haswell, der unablässig durch das Fernrohr blickte, erwiderte kopfschüttelnd: »Keiner von uns, Sir!«

Auch der Fremde hatte sie jetzt bemerkt, denn er rannte direkt auf sie zu und begann wie wild mit den Armen zu winken. Auch schien er ihnen etwas zuzurufen, aber der Wind zerfetzte seine Schreie, und so konnten sie nur mit offenem Mund seinen immer schnelleren Lauf verfolgen.

»Ein Eisbär muss hinter diesem Eskimo her sein«, sagte der Kapitän, ließ sich von Haswell das Glas reichen, fand aber weder ein Raubtier noch einen Eskimo, sondern stellte etwas viel Erschreckenderes fest: Der Mann da draußen war rabenschwarz im Gesicht!

McClure wusste genau, dass Charles Anderson einen halben Kilometer hinter ihm ein Grab aushob, und hielt jetzt nur noch den Atem an. Zu seiner späteren Beschämung fiel ihm wieder nur Mary Shelleys *Frankenstein* ein, und hätte er eine Waffe gehabt und wäre die unheimliche Gestalt, die auf sie zuraste, nur um weniges größer gewesen, hätte der Mann auf dem Eis ein ernstes Problem bekommen.

Der Fremde stolperte jetzt mehrmals vor Erschöpfung nach seinem langen Sprint; fiel hin, rappelte sich hoch und wurde allmählich langsamer. Dafür verstanden sie jetzt zum ersten Mal, was er schrie: »Ho, *Investigator*. Ho!« Es war offensichtlich, dass er hocherfreut war, sie zu sehen, denn er grinste wie ein Verrückter über das ganze schwarz angemalte Gesicht, als er bei ihnen anlangte.

»Wer zum Teufel sind Sie?«, rief McClure.

»Pim, Sir«, keuchte der Mann überglücklich, »Pim!« Als sei damit alles gesagt, lachte er, schlug sich auf die Schenkel und stützte dann keuchend beide Hände in die Hüften, ehe er fortfuhr: »Zweiter Offizier an Bord Ihrer Majestät Schiff *Resolute*, Kapitän Kellett, das zurzeit vor Dealy Island liegt!«

## 113.

Das Rom Indiens – gegründet in der Tat nur ein Jahrhundert, nachdem Romulus seinen Bruder erschlug – lag am westlichen Ufer der hier für viele Meilen nach Norden strömenden Ganga. Wer mit der Eisenbahn »up country«, also von Kalkutta heraufkam, musste deshalb in der kleinen Bahnstation Mughal Sarai aussteigen und die letzten zehn Kilometer mit Kutschen, Ochsenkarren, *Palankinen* oder zu Fuß zurücklegen. Da die Dufferin Bridge erst zwanzig Jahre später gebaut wurde, hatten die Reisenden nur die Möglichkeit, entweder die Schiffsbrücke im Norden der Stadt zu benutzen oder sich in kleinen Barkassen an beliebiger Stelle über den Fluss setzen zu lassen. In beiden Fällen waren die Ghats das Erste, was sie von Benares sahen.

Hier war das Zentrum des Brahmanismus, war der Wallfahrtsort, den jeder gläubige Hindu einmal im Leben zu sehen versuchte. Viele kamen tatsächlich nur, um hier zu sterben, denn wer hier starb und im Wasser des Heiligen Flusses aufgelöst wurde, hatte die beste Chance, den Kreislauf der Wiedergeburten zu durchbrechen. Es gab sogar spezielle Herbergen für diese Pilger, eingerichtet in den von ihren Herren verlassenen, den Göttern und Armen gestifteten Palästen oberhalb der Ghats. Viele Hunderte warteten hier in großen Sterbesälen auf ihr Ende, den Blick starr auf den gleißenden, trägen Strom gerichtet. Und wem das zu lange dauerte, der konnte sich gegen geringen Aufpreis auch gleich in der Ganga ertränken lassen, denn, so spricht der Erhabene:

»Ich bin Anfang, Mitte und Ende aller Geschöpfe,
Unter den Aditya bin ich Vishnu,
Unter den Lichtern die strahlende Sonne,
Von den Bergen der Himalaya.
Ich bin die nie vergehende Zeit
Und Ursprung dessen, was sein wird.
Unter den Lauten bin ich das A
Und von den Flüssen der Ganges.«

Seit Daddy alle Geschäfte aufgegeben hatte, unvorstellbar reich geworden durch riskante Spekulationen auf Weizen am Anfang des Krieges, reisten sie nur noch durch die Welt. Daisy hatte ihren fünfzehnten Geburtstag in London gefeiert, ihren sechzehnten in Florenz, den siebzehnten in Alexandria, und den achtzehnten würde sie wohl in Indien begehen, nach den gierigen Blicken ihres Vaters auf die tausend Tempel, Treppen und das malerisch wimmelnde Volk zu schließen.

Charles Taylor sah die Welt praktisch nur noch auf dem Kopf stehend, seit er drei Jahre zuvor in London zum ersten Mal durch das Korrekturobjektiv einer zweiäugigen *Dancer*-Kamera geblickt und dieses Wunderwerk sogleich käuflich an sich gebracht hatte. Zwar brauchte man ständig mindestens zwei Diener, die den Wechselkasten und das Stativ trugen, zwar mussten die Lichtverhältnisse stabil sein und gelangen befriedigende Aufnahmen eigentlich nur im grellsten Mittagslicht, aber, Herrgott, man konnte die Welt einfangen und würde sie daheim im Salon aufhängen!

Daisy konnte sich an New York schon gar nicht mehr erinnern. Sicher, sie hatte das alte Europa gesehen, alle möglichen zugigen Schlösser aus dem Mittelalter, den Louvre, die Uffizien, hatte im Kolosseum gestanden, vor der Akropolis und am See von Genezareth – für jeweils zwei Aufnahmen, also fast zwanzig Minuten lang nahezu unbeweglich, und wahre Schweißbäche waren dabei Rücken und Beine hinunter bis in ihre Schnürschuhe gelaufen. Ein Wunder, dass es nicht quietschte und quatschte, wenn sie ging!

Wunder hatte sie also gesehen, Wunder in rauen Mengen, mehr vielleicht als jedes andere Mädchen in ihrem Alter; aber wie sollte sie unter diesen Umständen jemals zu einem Verehrer kommen? Ihrer Mutter machte all das nichts aus. Man reiste ja standesgemäß, Geld spielte keine Rolle. Sie verließ nur selten ihre luxuriösen Suiten, und Daisy hatte manchmal den Verdacht, dass ihre Mum inmitten all der sozusagen exterritorialen, sich ständig wiederholenden Pracht der Nobelhotels nur an der Hautfarbe der jeweiligen Diener unterschied, ob sie sich nun in Italien, Palästina oder eben in Indien befand.

Tatsächlich stellte Mary Taylor, Maklertochter in der dritten Generation, mit den Hotelpagen, Fremdenführern und – freiheraus: Kutschern der bereisten Länder ethnografische Vergleichsstudien ganz anderer Art an, während ihr fünfzehn Jahre älterer Gatte die Schönheiten und Schätze der Welt auf eine immer größere Sammlung von Glasplattennegativen bannte – oft mit der gemeinsamen Tochter als Maßstab im Vordergrund.

Das Mädchen wurde allmählich ... ungeduldig. Ja, so konnte man diesen Zustand nennen, den Mary in ihrer noch nicht allzu lange zurückliegenden Jugend selbst besser kennengelernt hatte, als ihr recht gewesen war. Es war damals schon schwer genug! Ein pubertierendes Gemüt durch drei Jahre und mittlerweile sechzehn Länder zu schleppen musste den Tantalusqualen gleichkommen, und sie bewunderte ihre schöne, schlanke Daisy, die dabei so tapfer durchhielt. Womöglich würde sie es demnächst riskieren, ihrer Tochter beizubringen, wie man inmitten solcher Flauten des Lebens zu mehr ... Geduld kam.

## 114.

Benares war schauerlich schön! Als Charles Taylor nach einer ersten kurzen Inspektion den Fluss entlang vorsichtig andeutete, dass das eine oder andere für Damen vielleicht kein angenehmer Anblick sein würde, waren seine Frau und seine Tochter natürlich kaum noch zu halten gewesen.

Schon der früheste Morgen fand deshalb die kleine Reisegesellschaft mitsamt Kamera und entsprechender Dienerschaft an Bord einer geräumigen grünen Barkasse, an deren

Oberdeck bequeme Korbstühle und große geflochtene Sonnenschirme aufgestellt waren. Auch für das leibliche Wohl der Fahrgäste war bestens gesorgt. Früchte, kalter Braten und bereits hergerichtete Butterbrote sowie mehrere Flaschen Wein – eben ein komplettes indisches Picknick – standen am kühlen Boden des Bootes bereit. So ließen sie sich langsam flussabwärts treiben, immer auf Höhe der Ghats und manchmal nur wenige Meter davon entfernt.

Wo das Auge länger verweilen wollte, mussten die Ruderer das Boot gegen die Strömung auf der Stelle halten. Und dem Auge wurde etwas geboten! Charles Taylor bedauerte zutiefst, dass die Verschlusszeiten seiner *Dancer* Aufnahmen vom Boot aus so gut wie unmöglich machten. Schon die ständige Bewegung der Kamera auf den Planken würde sie verderben, und auch die drei-, vier-, fünfhundert Inder, die an jedem der zahlreichen Ghats ihr rituelles Morgenbad in der Ganga nahmen, würde man wohl kaum dazu bringen können, mindestens acht Minuten – Taylor blinzelte kurz in die schon am frühen Morgen heiß brennende Sonne – sagen wir: sechs Minuten so bewegungslos wie möglich zu verharren.

Nein, es gab Eindrücke, die ließen sich von Normalsterblichen eben nicht einfangen, dazu müsste man schon ein Künstler sein. Er hatte einmal ein Künstler werden wollen, irgendwann mit vierzehn Jahren oder so, aber sein Vater, *Sam Taylor Farming Tool & Machines*, hatte ihm diese Idee nachhaltig ausgetrieben. Als Künstler hätte er sich eine Reise nach Indien natürlich auch kaum leisten können, also erst gar nicht gesehen und umso weniger gemalt, wie das farbenprächtige Menschengewühl auf einem solchen Ghat hin und her wogte.

Während die Neuankömmlinge ihre Kleider ablegten – zumindest die Männer, bis auf die Hüfttücher – und die Frauen ihre glänzenden schwarzen Haare lösten, wühlten Hunderte anderer schon mit sichtlichem Vergnügen das Heilige Wasser auf, tauchten unter, kamen prustend und glücklich wieder hoch, schwammen ein wenig oder verharrten, bis zu den Hüften im Fluss, zu kurzen Gebeten oder weniger religiösen Verrichtungen. Andere, frühe Vögel, hatten ihre Reinigung schon vollzogen, saßen schwatzend auf den warmen Stufen und streckten sich zum Trocknen in der Morgensonne oder kämmten, falls weiblich, in den durch die Nässe eng anliegenden dünnen Stoffen und entsprechend reizvollen Posen ihr tropfendes Haar. Und überall Blüten, Blumen im Wasser, darunter leider auch solche, die schon vor einigen Tagen, vielleicht auch Wochen geopfert worden waren, und später, jenseits des Manikarnika-Ghats, noch etwas anderes – das die Taylors allerdings gründlich davon abhielt, ihr Picknick, zumindest den kalten Braten, auch nur anzurühren.

»Grundgütiger!«, sagte Mary Taylor, ließ das Boot augenblicklich näher heranrudern und danach fast eine Stunde auf der Stelle stehen. Links neben dem Ranibhavani-Tempel am südlichen Manikarnika-Ghat lagen riesige Holzstapel aufgeschichtet, und rechts davon, auf der untersten Stufe, keine fünfzehn Meter von ihren Korbsesseln, Sonnenschirmen und Operngläsern entfernt, brannten die Scheiterhaufen. Sie hatten natürlich davon gelesen, aber ein brennender menschlicher Körper vermittelte Sensationen, die ihrem Reiseführer einfach nicht zu entnehmen waren.

Auf einem der beiden kleinen Holzstöße brannte ein Mann wohl schon längere Zeit, denn er war bereits reichlich verkohlt. Arme und Beine hatten sich wie die Flügel und Keulen eines überdimensionalen Truthahns dicht an den Körper gezogen, und auch sein Penis hatte sich aufgerichtet wie ein dürrer kleiner Ast, der von der Spitze an langsam herunterbrannte. Das Ganze war kaum noch als Mensch zu erkennen.

Anders die alte Frau, die die *Domras* oder Leichenbestatter jetzt auf den zweiten Scheiterhaufen legten. Er war so klein oder die Frau so groß, dass sie ihre noch aus einem roten Sari ragenden nackten Unterschenkel herunterbiegen und mit Stricken am unteren Ende des Holzstoßes festzurren mussten. Danach geschah eine Zeit lang gar nichts; die Männer hockten sich auf die Fersen zurück, und nur dünner Rauch kringelte sich über der Leiche. Plötzlich aber flammte das Leichentuch auf wie eine alte Zeitung im Kamin, und die Taylors konnten ihre Operngläser nicht mehr von den Augen nehmen.

Das graue Haar der Toten brannte wie ein Bündel Stroh und beleuchtete in gespenstischer Weise ihr Gesicht. Die Asche des Leichentuchs zerfiel auf dem alten, verwelkten Körper, dessen Haut sich dabei noch einmal spannte wie eine anschwellende Blüte und schwärzliche Blasen aufwarf, die schließlich mit einem lauten Knacken aufplatzten. Gase entwichen dem Körper, strömten aus allen Öffnungen, Poren und brannten mit heller, bläulicher Flamme, dicht über dem garenden Fleisch. Die ganze Leiche zischte jetzt, brodelte wie ein geschmorter Apfel und schien sich dabei zu bewegen. Diesen Moment größter Hitze nutzte einer der *Domras*, um eine Schale mit Reis ins Feuer zu schieben; unbekümmert, ob hier und da etwas von dem prasselnden Leichenfett in sein Frühstück spritzen würde.

Daisy, weiß um die Nase, bat ihre Eltern in diesem Moment weiterzufahren, sah aber noch, wie der heruntergebrannte Holzstoß des alten Mannes von den Bestattern mit einigen Fußtritten in den Fluss befördert wurde; aus dem dann kurz darauf eine noch zusammenhängende, schwarz verbrannte Wirbelsäule und ein versengter Schädel auftauchten und durch die fröhliche Masse der weiter flussabwärts badenden

Menschen langsam nach Norden trieben. Einige der Gläubigen spülten sogar ihre Münder aus.

Mit aller Nüchternheit des geborenen Yankees fragte sich Charles Taylor bei diesem Anblick, warum um Himmels willen die Verbrennungs-Ghats denn nicht gleich am nördlichen Ende der Stadt lagen? Dort, am Panchganga-Ghat, unter der großen Moschee Auranzebs, stieg die Familie nach vierstündiger, sehr eindrucksvoller Kahnfahrt aus ihrer Barkasse und fand Taylor endlich Gelegenheit zu einer Aufnahme – und sogar ein sehenswertes, weitgehend regloses Objekt für den Vordergrund.

Dieser Yogi war herrlich grässlich! Splitternackt, wie schon so viele Asketen und Fanatiker an den anderen Ghats, die aber nur Daisys, nicht Mary Taylors Interesse gefunden hatten, weil sie mehrheitlich steinalt waren. Dieser hier war deutlich jünger, muskulös, gut gebaut, wenn auch durch eine schwarzgraue Ascheschicht auf seiner Haut, hier und da unterbrochen von Streifen greller gelber Farbe, ziemlich verunstaltet. Sein Haar hing verfilzt und zottig bis auf die Schultern herab, und der Blick seiner merkwürdig hellen Augen – kaschiert durch einen der breiten gelben Striche, die die Taylors sofort an die Kriegsbemalung nordamerikanischer Indianer erinnerten – war nicht kontemplativ, in sich selbst versunken, sondern wild, fast zornig, als er die Amerikaner anstarrte.

Man ging lieber nicht zu dicht an ihn heran, man hatte von Thugs gelesen, ihren wahnsinnigen Opferriten, weiß Gott, vielleicht fiele der Kerl einen an! Wozu hatte man Operngläser? Erst als Charles und seine Diener die Kamera endlich aufgebaut hatten, traten die Damen ein wenig zur Seite. Ein herrliches Bild, wenn auch auf dem Kopf stehend: die beiden schlanken, gen Himmel strebenden Minarette, der festungsartige Aufbau der Treppe und des Palastes darüber und im

Vordergrund dieser nackte Wilde, von jeglicher Kultur unberührt. Charles Taylor biss die Zähne zusammen, bis seine Kiefer schmerzten; minutenlang, in der Hoffnung, dass der Kerl stehen blieb, wie er stand.

Aber fast, als wüsste er etwas über die Belichtungszeiten von 1866, drehte der Yogi sich nach etwa fünf Minuten um und ging, seinen Hintern zeigend, zur Moschee hinauf. Auf der Glasplatte würde er nun nicht mehr als ein verwischter Schatten werden! Bildete Daisy es sich ein, oder hatte der Mann ihr zugezwinkert, ehe er sich umdrehte?

## 115.

John Gowers fühlte sich tatsächlich nahezu unsichtbar, seit er seine Kleidung abgelegt hatte. Zuerst hatte er noch bei jedem Windstoß, beinahe jeder Bewegung gespürt, dass er nackt war, und errötete jedes Mal unter seiner Kriegsbemalung, wenn eine Frau seinen Weg kreuzte. Als er eine größere Gruppe fröhlich schwatzender junger Mädchen überholte, die ebenfalls auf dem Weg zum Fluss war, glaubte er sogar, eine Erektion zu bekommen, biss sich entsprechend hart auf die Zunge und wäre am liebsten davongelaufen. Glücklicherweise erinnerte ihn die schwere und dennoch bemerkenswert instabile Perücke aus echtem, aber schon ziemlich altem Menschenhaar daran, dass er keine schnellen Bewegungen machen durfte, wenn er nicht aus seiner Rolle fallen wollte.

Fast ein wenig enttäuscht bemerkte er aber rasch, dass die zahllosen Passanten, sowohl Frauen als auch Männer, ihn geradezu beiläufig übersahen; da dieser Kulturkreis seine Mitglieder dazu erzog, bestimmte Dinge, wie etwa Nacktheit, außerhalb eng umrissener Situationen und Stimmungen nicht weiter wahrzunehmen, war ein nackter Mann in den Straßen von Benares also so gut wie unsichtbar, jedenfalls wenn ihn sein Auftreten gleichzeitig als Asketen oder religiösen Büßer auswies.

Das erleichterte die Arbeit des Investigators, in diesem Fall die genauen, tagelangen Beobachtungen am Panchganga-Ghat, natürlich erheblich. Diese Anlegestelle war die erste und größte, wenn man, wie die Boote aus Lakhnau, von Norden und gegen den Strom nach Benares kam. Hier würde er – wie ausgemacht – wieder auf Ishrat und Mukhopadhyaya treffen, und hier würden, aller Wahrscheinlichkeit nach, die böse Absicht und ihre Diener noch einmal zuschlagen.

Das Unterfangen, aus der schier endlosen Menge der Badenden, der Bettler, Händler, Fischer, Ruderer, Träger bestimmte Gesichter herauszufinden oder gar wiederzuerkennen, schien auf den ersten Blick völlig aussichtslos. Aber erstens war das nach langer Zeit mal wieder eine echte Herausforderung für seine Gedächtnissysteme, und zweitens schränkte ein Umstand den Personenkreis, nach dem er Ausschau hielt, ganz erheblich ein: Gowers suchte Leute, die nicht hierhergehörten. Er wusste nicht, wie der Mörder oder die Mörder aussahen, aber in welcher Verkleidung sie auch auftreten mochten: Sie würden nicht baden, betteln, handeln, fischen – sie würden nach Norden schauen und warten, genau wie er.

Schon als junger Bursche in New Orleans hatte er dieses Spiel bisweilen gespielt: auf einem belebten öffentlichen Platz, an einer Straße sitzen und sich fragen, wer in diesem Gewimmel wohl mit welchen Absichten unterwegs war, wohin wollte, welche Tätigkeit ausübte und woran man das erkennen konnte. Genau genommen war es eine der Grundübungen seines Berufs, und oft war er Fremden einfach nur nachgegangen, um seine Spekulationen zu überprüfen. Dabei war ihm schon früh eines aufgefallen; es gab in einer großen Stadt bemerkenswert wenig Leute, die einfach nur da waren. Eine Stadt wurde nicht bewohnt, sie wurde benutzt, wie man ein Werkzeug, eine Maschine benutzt.

Eigentlich hatte er erwartet, dass das in Indien anders sein würde, dass es hier mehr Menschen gab, die nichts wollten, nichts taten, sich aus religiösen, philosophischen oder einfach nur Mentalitätsgründen Zeit ließen oder nahmen. Aber in Benares sah er, dass er sich getäuscht hatte. Das Prinzip Stadt war überall gleich.

Schon am zweiten Tag seiner Wache entdeckte er erstaunlich viele bekannte Gesichter. Junge Burschen, die herumlungerten, und ärmlich gekleidete Frauen, die auf und ab gingen; aber auch sie wollten etwas. Die Jungen warteten auf Leute, die allzu sorglos mit ihren Börsen umgingen, und die Frauen auf Männer, mit denen sie kurz in den zahlreichen Winkeln der großen Anlegestelle, unter einem Steg, in einem Boot, hinter Mauervorsprüngen und einmal auch nur hinter einem Sonnenschirm verschwinden konnten. Auch das war überall gleich.

Der Mörder von Kanpur war wie ein Paria gekleidet gewesen, ohne einer zu sein. Also suchte der Investigator nach Leuten, die nicht in ihre Kleider zu passen schienen, sich unwohl fühlten, häufig kratzten – und die unruhig wurden, wenn Budgerows aus dem Norden herankamen. Aufgrund seines besonderen Sehvermögens – das ihm in der grellen Sonne und ohne den Schutz seiner blauen Brille allerdings auch erhebliche Kopfschmerzen verursachte – sah Gowers diese Boote ein, zwei Minuten früher als jeder andere, der eventuell danach suchte. Das gab ihm Zeit, die Reaktionen der Menschen auf dem Ghat beim Auftauchen solcher Boote zu beobachten, und bald hatte er mehrere herausgefiltert, die hier offenbar auf jemanden warteten. Das mochten Verwandte sein, die zu Besuch in die Stadt kamen, Freunde, Geschäftspartner, und bei einer ungewöhnlich hübschen jungen Frau ging er zunächst von einem fernen Verlobten oder Bräutigam aus. Erst als sie auch am dritten Tag da war und anscheinend ergebnislos wartete, setzte er sie fast widerwillig auf die inzwischen recht überschaubare Liste von Verdächtigen. In diesem Moment kamen die Amerikaner.

Zum ersten Mal fühlte er die subtile Gewalt eines kolonialen Blicks; wie oft mochte er ihn selbst in den letzten Wochen auf die Eingeborenen geworfen haben? Am Anfang machte es ihn wütend, denn die beiden Frauen, die ihn durch ihre Operngläser unverhohlen anstarrten, musterten wie ein Exponat im Museum oder einen Affen im Zoo, sagten damit nichts anderes als: Du bist kein Mensch! Du bist zu unserem Vergnügen da, und was uns zu Hause schockieren oder beschämen würde, das weckt hier nur unsere Neugier. Und nichts, keine Moral, kein Gesetz hält uns davon ab, diese Neugier zu befriedigen!

Außerdem wurde er sich erneut seiner schonungslos sichtbaren Männlichkeit bewusst, als die beiden feinen Damen unter ihren Gläsern zu lächeln begannen. Er hörte ihre Stimmen und Kommentare. Die Sprache verriet die Amerikaner, Dialekt und Geschwindigkeit die New Yorker, ihre Kleidung und ihr Benehmen, ja eigentlich die bloße Tatsache, dass sie hier waren, ihre gesellschaftliche Position.

Nach kurzer Zeit belustigten ihn deshalb die Situation und die irre Idee, hinüberzugehen und sie zu fragen, wie weit die Pläne für die Brooklyn Bridge inzwischen gediehen seien, ob Boss Tweed noch immer in Tammany Hall säße, oder um einfach nur zu sagen: Hey, Schätzchen, gefällt dir, was du siehst?!

Als die Kamera aufgebaut war, wusste er endgültig, dass

nicht sie ihn, sondern er sie in der Hand hatte – zumindest für die nächsten sechs, sieben Minuten. Also wartete er, bis sie sicher waren, ihn ungefragt, ungestraft ihren Sammlungen einverleibt zu haben, und glaubte sogar, einen leisen Fluch zu hören, als er sich doch noch umdrehte.

Gowers genoss dieses Umdrehen jedoch noch aus einem anderen Grund: Wann war ein kleiner New Yorker Straßenermittler schon mal in der glücklichen Lage, den Herrschaften von der Fifth Avenue so deutlich zu zeigen, was sie ihn konnten? Man sollte sich öfter mal anmalen, dachte er und grinste dabei.

## 116.

»Warum zum Teufel sind sie alle schwarz im Gesicht?«, fragte McClure, als Leutnant Pims Männer mit der gleichen Kriegsbemalung wie ihr junger Häuptling und einem einzigen kleinen Schlitten im Eis auftauchten. Ungeduldig war Bedford Pim den beiden vorausgelaufen, als seine Instrumente ihm zeigten, dass er von der Mercy Bay – jedenfalls den Koordinaten zufolge, die McClure vor einem Jahr in Winter Harbour zurückgelassen hatte – nicht mehr weit entfernt war.

Pim schien sich wegen dieser unerwarteten ersten Frage ein wenig zu genieren und kratzte sich im Genick. »Oh, nur so eine Idee, Sir. Von … äh … Admiral Belcher, Sir. Soll angeblich die Reflexion des Lichts auf dem Eis vermindern.« Schon an den leichten Reaktionen auf McClures Gesicht bei Erwähnung des Namens Belcher las der Leutnant die Erlaubnis ab, deutlicher zu werden: »Schwachsinn, wenn Sie mich fragen, Sir!«

Admiral Edward Belcher war der Mann gewesen, der Polarfüchse und Sträflinge auf die Suche nach Franklin schicken und kleine Luftballons im gesamten Polargebiet aufsteigen lassen wollte. Dass ausgerechnet Belcher Austins Geschwader abgelöst hatte und mit nicht weniger als fünf Schiffen in der Arktis war, wie Pim auf dem Weg zur *Investigator* berichtete, verriet McClure unangenehm viel über die Schwierigkeiten, die vor ihm lagen.

»Wo sind sie?«, fragte er, um sich möglichst rasch ein Bild von der Lage zu verschaffen.

»Es gibt eine Nordgruppe und eine Westgruppe, Sir. Belcher ist mit der *Assistance* und der *Pioneer* den Wellington-Kanal hochgefahren. Keine Ahnung, was sie da finden wollen, Sir. Franklin kann es ja wohl kaum sein.« Der Leutnant lächelte verschmitzt, und McClure wusste, dass sich unter der schwarzen Rußschicht kein Dummkopf befand. Es war in Marinekreisen allgemein bekannt, dass die Suche nach Franklin für die Admiralität längst zu einem Vorwand geworden war, um den Nordpol zu erreichen.

»Wir sind mit *Resolute* und *Intrepid* im Westen«, fuhr Pim fort. »Aber Kapitän McClintock ist im Moment über Land unterwegs, sucht die Westküste von Melville Island und all das. Er war es übrigens, der Ihre Botschaft gefunden und zur *Resolute* geschickt hat, Sir.«

Zum ersten Mal, seit diese drei Überwinterungen ihm fast alle Zähne des Heroismus gezogen hatten, empfand McClure wieder so etwas wie Hochachtung vor und Stolz auf die Royal Navy. Er sah die Szene direkt vor sich: den fröhlichen schottischen Draufgänger McClintock, der in Winter Harbour seine Nachrichten fand, und den einen, vielleicht die zwei braven Burschen, die er daraufhin die knapp fünfzig Meilen nach Dealy Island zurückschickte, ehe er in den unbekannten weißen Westen aufbrach.

»Und Sie?«, fragte er den schwarzgesichtigen, keine fünfundzwanzig Jahre alten Leutnant. »Soweit ich mich erinnere, hatte ich geschrieben, dass niemand in die Mercy Bay geschickt werden soll. Sie konnten doch gar nicht wissen, ob ich noch hier sein würde!« O ja, diesen wahnsinnigen, selbstmörderischen Satz – die Reise sei zu weit, zu riskant, und die *Investigator* würde es entweder aus eigener Kraft schaffen oder gar nicht – hatte er tatsächlich geschrieben; aber Kellett hatte ihn glücklicherweise nicht ganz ernst genommen.

»Freiwilliger, Sir«, sagte Pim schlicht. »Als der alte Kellett jemanden suchte, der mal nachgucken geht, was Sie hier unten so machen, dachte ich, das wäre doch was für den Sohn meiner Mutter.« Er sagte nicht, dass er vor drei Jahren als Fähnrich auf der *Herald* gefahren und der *Investigator* sehnsüchtig hinterhergeblickt hatte. McClure hätte sich sowieso nicht an ihn erinnert, und er wollte einen vorgesetzten Offizier nicht in Verlegenheit bringen.

Tatsächlich gehört die Reise des Leutnants Bedford Pim zu den bemerkenswertesten Unternehmungen der britischen Arktisforschung – nicht nur, weil er dadurch die Männer der *Investigator* rettete, sondern weil sie so viel über das Selbstverständnis der Royal Navy in der Mitte des 19. Jahrhunderts aussagt. Mit nur einem Schlitten und zwei Begleitern dreihundertfünfzig Meilen weit über ein unbekanntes, gefrorenes Meer marschieren, zu einem Stützpunkt, von dem lediglich die Koordinaten bekannt sind und an dem vielleicht längst niemand mehr zu finden ist, setzte ein Selbstvertrauen und eine Unbekümmertheit voraus, die man nur hatte, wenn man der festen Überzeugung war, bei Bedarf die ganze Welt in die Tasche zu stecken.

Nur zwei Jahre später starb der unbekümmerte junge Mann während der Belagerung von Sewastopol an den Folgen der Ruhr, also mitten in einem Albtraum aus Schlamm, Blut und

Scheiße – und auch dieses traurige Ende sagt etwas über die staatliche britische Polarforschung aus, also über jene zahllosen Expeditionen, die von Offizieren der Royal Navy geführt und vom englischen Steuerzahler finanziert wurden. Sie begannen unmittelbar nach den napoleonischen Kriegen und endeten mit dem Beginn des Krimkriegs.

Diese Eckpunkte machen deutlich, welche tieferen Beweggründe die entsprechenden Unternehmungen antrieben; es ging nicht um einen neuen Seeweg nach Asien, nicht um die Nordwestpassage, den magnetischen oder geografischen Nordpol, Kälterekorde oder gar unbekannte Tier- und Pflanzenarten. All das waren Vorwände und Nebeneffekte. Es ging darum, Krieg zu führen. Nach der Niederlage Napoleons hatte die königliche Marine hundertvierzigtausend Mann unter Waffen, die keinen Gegner mehr hatten; eine gewaltige Maschinerie, die man in der Realität nur langsam und in den Köpfen überhaupt nicht abbauen konnte und die unter ihrem eigenen Gewicht zusammengebrochen wäre, wenn man kein neues Ziel gefunden hätte.

Also wurde den weißen Flecken auf ihren Landkarten der Krieg erklärt, wurden die Polargebiete, Inseln, Küstenlinien, Wasserwege mit Sextant und Zirkel mehr erobert als erforscht. Ihr übermächtiger Gegner im Norden – das Eis – war im Grunde nur etwas, gegen das diese Männer kämpfen konnten. Sie schlugen die Schlachten der Geografie, holten sich blutige Nasen und erfrorene Gliedmaßen dabei, begaben sich in Lebensgefahr, verloren Männer und Schiffe *wie im Krieg* – und sobald es wieder einen anderen Feind gab, politisch und ökonomisch lohnendere Ziele, ließen sie ab von der Polaris und der Wahnidee, eine Wüste beherrschen zu wollen.

## 117.

Als Pim die *Investigator* betrat, hatte er beinahe sofort das Gefühl, ins Lazarett einer stark bedrängten Armee zu kommen. Aus dem Unterdeck taumelten ihnen bleiche, abgezehrte Jammergestalten entgegen, die an ihre Rettung erst glauben wollten, als sie die wohlgenährten und – nach einer kurzen, aber heftigen Wäsche – rosigen Gesichter der Neuankömmlinge mit eigenen Augen sahen. Pims Männer weinten bei dieser Begegnung. Während ihres tagelangen Marsches über das Eis hatten sie sich mit wachsendem Behagen ausgemalt, dass sie an Bord des fremden Schiffes bessere Verpflegung und einen heimeligen Unterschlupf bekommen würden; jetzt standen sie in einer klammen, kalten hölzernen Gruft und sahen zu, wie ein großer Schinken, der eigentlich Teil ihrers Proviants für den Rückweg sein sollte, binnen weniger Minuten in den Mündern dieser hohlwangigen Gespenster verschwand.

Erschüttert durch diesen Anblick machte Leutnant Pim den vorwitzigen Vorschlag, sofort die notwendigen Vorbereitungen zum Verlassen des Schiffes zu treffen und in zwei Tagen mit der gesamten Mannschaft den Rückmarsch nach Dealy Island anzutreten.

McClures Entgegnung war kälter als die drei vorangegangenen Winter: »An Bord dieses Schiffes gebe ich die Befehle, Leutnant.«

»Ay, Sir«, sagte Pim sofort. »Selbstverständlich. Ich dachte nur …«

»An Bord dieses Schiffes denke zuallererst ich, Leutnant. Und wenn ich Vorschläge hören will, pflege ich danach zu fragen!«

»Ay, Sir!«, bellte diesmal der Leutnant, legte die Hand an

seine Wollmütze und erstarrte zu einem Denkmal soldatischer Pflichterfüllung. »Darf ich fragen, welche Ihre Befehle sind, Sir?«, sagte er aber dennoch, erneut gereizt durch das sichtbare Zusammenfahren der zerlumpten Gestalten an Deck. Er glaubte anscheinend, an ein Monstrum von Kapitän geraten zu sein, das gewohnheitsmäßig mit den Knochen seiner Männer Kegel schob.

McClure trat deshalb einen Schritt zurück und antwortete so laut und mit so viel Humor, wie er nur aufbringen konnte: »Erlauben Sie, dass ich erst nachdenke und dann Befehle erteile, Leutnant. Ich weiß, das ist nicht in allen Teilen der Flotte so, aber hier haben wir es seit drei Jahren so gehandhabt und sind ganz gut damit gefahren!« Die halb verhungerten Männer lachten, und mit ihrem Lachen hatte McClure sie noch einmal – zum letzten Mal – gewonnen.

Er schloss sich über Nacht in seiner Kajüte ein. Warum, dachte er, sollte er seinen ursprünglichen Plan nicht beibehalten? Mit dem Unterschied, dass er die schwächere Hälfte seiner Männer eben nicht in den Tod, sondern nach Dealy Island, zu den Fleischtöpfen von Belchers Geschwader schickte. Auch die *Investigator* selbst würde von dort aus mit frischem Proviant versorgt werden und könnte noch einen, zwei, vielleicht drei Versuche machen, den eisigen Riegel vor der Bay of God's Mercy zu durchbrechen.

Um diese Halsstarrigkeit des Kapitäns zu verstehen, muss man wissen, dass die Regierung Ihrer Majestät auf die Entdeckung und Durchquerung der Nordwestpassage zwanzigtausend Pfund Preisgeld ausgesetzt hatte – und *durchfahren* war sie ja noch nicht. McClure konnte sich ausrechnen, dass er zwar irgendeine Belohnung erhalten würde, aber auch, dass es wohl kaum die komplette Summe wäre. Weiß Gott, er war seit dreißig Jahren in der Marine: Am Ende würden sie ihm womöglich nur einen Orden, einen Ehrendegen und ein paar neue Schulterklappen verleihen!

Es war einen letzten Versuch wert. Er würde mit Pim zur *Resolute* reisen und versuchen, Kellett von der Machbarkeit seines Plans zu überzeugen; gleichzeitig erteilte er den Befehl, dass Dr. Armstrong, der Zweite Offizier Creswell und der Dolmetscher mit den bereits ausgesuchten »Auswanderern« und den Geisteskranken eine Woche später den Fußmarsch nach Dealy Island antreten sollten.

Das Zusammentreffen mit Henry Kellett war herzlich. Immerhin war Kellett der letzte seiner Kapitänskollegen gewesen, dem er vor drei Jahren in der Beringstraße begegnet war, und zufällig war er nun auch der erste, den er wiedertraf – ein Handschlag durch die Nordwestpassage gewissermaßen. Er hatte diesen zähen alten Brocken, der trotz seiner dreiundfünfzig Jahre noch immer alle Kraftsportwettbewerbe an Bord seines Schiffs mühelos gewann, nach sieben Abenden bei Punsch und spannenden Reiseerzählungen auch tatsächlich schon so weit, seinen Plänen zuzustimmen, als die »Auswanderer« in Sichtweite der *Resolute* auf dem Eis erschienen.

Freudig liefen ihnen die Matrosen entgegen, und auch Kapitän Kellett auf dem Oberdeck konnte sein Wohlwollen kaum verbergen. Leider war aber Leutnant Wynniat, den man auf einen der Schlitten gebunden hatte wie ein loses Gepäckstück, das einem nichts als Ärger gemacht hat, nach einer vorübergehenden Entkräftung im letzten Winter wieder gut bei Stimme und brüllte schon auf eine Viertelmeile eine Begrüßung, die niemand erwartet hatte: »FOTZEN!«

Kellett glaubte zunächst an einen Streich, den ihm seine Ohren spielten, runzelte die Stirn, als kein Zweifel mehr möglich war, und sah McClure skeptisch an.

»Einer der beiden Kranken, Sir«, sagte der Ire, der Bradburys unheimliches Abenteuer im Fluss erst am vergangenen Abend erzählt hatte. Aber er merkte, dass seine Chancen mit jedem Schritt schwanden, den seine halb verhungerten Männer näher kamen. Als Armstrong mit einer über Tage sorgfältig gepflegten Entrüstung zuallererst meldete, dass nach der Abreise des Kapitäns noch zwei weitere Männer der Besatzung gestorben waren – der stille Johnny Eames am 11. April und der raue, lustige Kanoniersmaat John Kerr zwei Tage später –, war die Sache so gut wie entschieden.

Kellett, der die Animosität zwischen McClure und seinem Schiffsarzt nahezu knistern fühlte, verfügte als ranghöherer Offizier, dass eine genaue Untersuchung des gesundheitlichen Zustands der Männer auf der *Investigator* durch einen neutralen, nämlich seinen Arzt, Dr. Domville, das weitere Vorgehen bestimmen würde. Domville würde zu diesem Zweck mit McClure in die Mercy Bay zurückkehren, und fände er die dortigen Verhältnisse auch nur halbwegs akzeptabel, sollte der verdammte Ire noch einen Versuch machen! Wenn nicht …

Für diesen Fall gab Kellett McClure einen schriftlichen Befehl mit, dessen Umschlag er eigentlich nicht hätte versiegeln müssen.

Die entkräfteten Männer von der *Investigator* lagerten zunächst auf dem Eis, bis die Schiffszimmerleute an Bord der *Resolute* Notquartiere für sie errichtet hatten. Die Einzigen, die Kellett mit einem seiner Postschlitten so schnell wie möglich Richtung Osten schickte, waren der unglückliche Wynniat und der einzige Mensch, den er in seiner Umgebung duldete, ohne in Schreie auszubrechen: sein Freund Samuel Creswell.

Als die beiden etliche Wochen später auf der *Northstar*, Belchers Versorgungsschiff, auf Beechey Island eintrafen, hatten sie das unwahrscheinliche Glück, wenige Stunden vor Auslaufen eines Postboots nach England anzukommen, wurden also, wiederum nach wenigen Worten aus Wynniats Mund, sozusagen nur weitergereicht. Und so waren die beiden ersten Männer, die im Spätsommer 1853 die Umrundung des amerikanischen Kontinents auf der Reede von Plymouth abschlossen, die Ersten, die die so lange gesuchte Nordwestpassage komplett, wenn auch zu Fuß, durchquert hatten, ein Irrer und sein Wärter.

Ihre Kameraden sollten weniger Glück haben.

## 118.

Der schriftliche Befehl war sehr merkwürdig, aber ebenso eindeutig: Dem Überbringer sei jegliche von ihm gewünschte Unterstützung zu gewähren. Dennoch wollte sich Polizeileutnant William Edwards bei seinen Vorgesetzten noch einmal vergewissern, ob die Sache ihre Richtigkeit hatte, denn der Überbringer war ein unglaublich abgerissener Mensch, den man eigentlich nicht mehr als schmutzig, sondern als Schmutz bezeichnen musste. Eine wahre Kruste aus Asche und undefinierbaren Substanzen, die vor Zeiten vielleicht Farbe gewesen sein mochten, bedeckte alle Hautpartien, die seine jämmerlichen indischen Lumpen sehen ließen; so, als hätte der Mann sich seit Jahren nicht mehr gewaschen oder aber sich mutwillig mit all diesem Unrat eingerieben. Beide Möglichkeiten lagen der Vorstellungswelt des Leutnants Edwards, eines in den britischen Clubkreisen von Benares für seine unaufdringliche militärische Eleganz berühmten jungen Mannes, der in der Damenwelt der Kolonie auch als »Sweet William« bekannt war, gleichermaßen fern.

»Sie sind John Gowers, Amerikaner?«, fragte er angewidert und noch immer ein wenig ungläubig.

»Ja, Sir«, antwortete dieser weiße Nigger – wenn er denn unter dem ganzen Schmutz tatsächlich weiß war.

»Und Sie verlangen von mir …« Der sorgfältig mit Pomade geglättete Poposcheitel des jungen Offiziers sträubte sich bei seinen eigenen Worten, »… dass ich auf dem Panchganga-Ghat einige Verhaftungen vornehmen lasse?!«

»Ja, Sir«, sagte das Wesen, das er auf der Straße keines Blickes gewürdigt hätte.

Das Empire hätte es in diesen Sekunden für William Edwards kaum stärker erschüttert, wenn ein Inder in die Polizeihauptwache von Benares marschiert wäre, um den Abzug sämtlicher Kolonialtruppen zu verlangen. »Ich werde das klären«, schnaubte der Leutnant, und die Spitzen seines frisch gewichsten dünnen Schnurrbarts bebten.

»Tun Sie das, Leutnant«, erwiderte John Gowers und fügte lächelnd hinzu: »Und zwar schnell, wenn ich bitten darf, sonst schneide ich Ihnen Ihre alberne kleine Rotzbremse ab und rauche sie in der Pfeife!«

»Sie … sind … nicht satisfaktionsfähig!«, stammelte Sweet William und ließ die Telegrafenleitungen nach Allahabad und Delhi glühen.

Jemdanee wusste, dass sie nicht allein war. Weit oben auf der Treppe zur Stadt und zur Moschee hinauf saß Khurram, ihr Hofmeister, der den Befehl übermittelt hatte. Drei jüngere Brüder aus Patna, als Lastenträger verkleidet, die an der kleinen Stupa eines reichen Kaufmanns und seiner Witwe herumlungerten, hatte Khurram ihr ebenfalls gezeigt, und angeblich war der große Jaysingh von Mirzapur in der Stadt, ein leiblicher Sohn der Erhabenen. Jemdanee hatte ihn nur einmal gesehen, fünf Jahre zuvor, als er aus Rangoon zurückgekehrt war und ihr – und zahlreichen anderen Schwestern im blauen Haus – ein Kind geschenkt hatte.

Die Schwangerschaft war die schönste Zeit in ihrem Leben gewesen; sie hatte nicht einmal mehr arbeiten müssen, sondern war von den anderen, weniger gesegneten Schwestern verpflegt, ja umsorgt worden. Danach hatte man sie jedoch sofort nach Benares in Stellung gegeben. Jemdanee war jetzt einundzwanzig und arbeitete als *Aja* oder Kinderfrau für die Familie Barrington. Ihr eigenes Kind hatte sie nie gesehen – das war üblich im blauen Haus –, aber zuvor, bei der Aufzucht ihrer kleinen Geschwister, hatte sie genug über Kinder gelernt, und Memsahib Barrington wunderte sich oft über Jemdanees Fähigkeiten, ihre beiden kleinen weißen, rothaarigen Schreihälse zu beruhigen. Dabei war es ganz einfach: Man musste den Kindern, Mädchen wie Jungen, nur sanft die Geschlechtsteile streicheln.

Als sie fünf Jahre alt war und allein auf der Straße lebte, hatte die Erhabene Jemdanee ausgewählt, ihr Kleider und Essen gegeben, sie in ihr Haus genommen und erziehen lassen. In all den Jahren im blauen Haus war sie nur einmal geschlagen worden: als sie sich nicht zu dem alten Sahib legen wollte. Aber der alte Sahib war dann gestorben, und die Welt war wieder schön. Zwar hatte ihr niemand Lesen und Schreiben beigebracht, wie ihren Brüdern, aber dafür hatte sie alle Frauenarbeiten erlernt.

Jemdanee war ein wenig ängstlich, weil sie nicht wusste, was heute, morgen, übermorgen vielleicht geschehen würde. Aber sie war auch froh, denn nach all den Jahren, in denen sie nur genommen hatte, war endlich der Tag gekommen, an dem sie der Erhabenen einen großen Dienst erweisen konnte. Khurram hatte ihr den Dolch gegeben, ihr gezeigt, wie sie ihn gebrauchen und auf welche Stellen sie zielen musste. Es war ihr gleichgültig, was danach geschah.

Sie hatte die beiden Sepoys nicht kommen sehen, die jetzt plötzlich von hinten an sie herantraten und sie aufforderten, mit ihnen das Ghat zu verlassen. Für einen kurzen Moment überlegte Jemdanee, ob sie ihren Dolch hervorziehen und sich wehren sollte, aber da hatten die Männer sie schon in die Mitte genommen, hielten ihr beide Hände fest und führten sie die Treppe hinauf. Verwundert suchte sie nach Khurram, aber er war nicht mehr da, und auch die drei Lastenträger waren verschwunden.

In einem verlassenen Haus oberhalb der Treppe wurde sie vor einen Tisch geführt, an dem ein sehr eleganter britischer Offizier mit seinem *Munshi* oder Dolmetscher saß, der sagte, dass man auf dem Ghat nach Schmugglern suche, und sie dann nach ihrem Namen, ihrer Arbeit und ihrer Wohnung fragte. Da sie keine Schmugglerin, sondern nur eine *Aja* und auch noch keine Mörderin war, gab sie bereitwillig Auskunft und hatte sogar noch die Zeit, es unerhört zu finden, als ihr ein sehr schmutziger Weißer, der bis dahin unbeteiligt im Hintergrund gestanden hatte, in diesem Moment den Sari von Kopf und Schultern zerrte. Nachdem er das Zeichen in ihrem Nacken gesehen hatte, tastete er sogar mit groben Handbewegungen Jemdanees Körper ab und fand den Dolch. Erst da wurde ihr bewusst, dass die Pläne der Erhabenen verraten worden waren, und sie begann, sich schreiend zur Wehr zu setzen.

Es schmeichelte Gowers insgeheim, dass die böse Absicht offenbar nicht weniger als fünf Mörder auf ihn angesetzt hatte und dass sie alle unter den gut doppelt so vielen Verdächtigen waren, die er Leutnant Edwards durch sein Fernrohr gezeigt hatte. Die übrigen, schüchterne Diebe, verwunderte Bettler, glücklose Prostituierte und ein sehr aufgeregter Schlangenbeschwörer, wurden sofort wieder freigelassen; aber wer das Siegel von Gwalior auf seinem Nacken trug, musste mit gefesselten Händen und von je vier Soldaten bewacht den Weg zur Polizeiwache antreten.

Ob es noch andere Mörder gab, die seiner Aufmerksamkeit entgangen waren, hoffte er von den Gefangenen bald zu erfahren. Aber sie redeten überhaupt nicht mehr, und obwohl man sie natürlich getrennt hatte und unter scharfer Bewachung hielt, versuchten alle, sich das Leben zu nehmen. Es gelang indes nur der jungen Frau, sich in ihrer Zelle zu erhängen.

## 119.

In gewissem Sinne war es Charles Taylor, der Mukhopadhyaya das Leben rettete; respektive die Tatsache, dass dieser ebenso begeisterte wie begüterte Fotoamateur bei *Bourne & Sheperd* in Kalkutta den sündhaft teuren Prototyp einer Leach-Maddox erworben hatte: eine Magazinkamera, Gelatineverfahren, Belichtungszeiten von weniger als zwei Minuten! Die Ghats von Benares schienen ihm das geeignete Versuchsfeld, um diese Revolution auf dem Gebiet der Wirklichkeitsabbildung auszuprobieren.

Also ließ Taylor sich auf dem stabilsten Boot, das er auftreiben konnte, ein paar Dutzend Meter hinausrudern und mit nicht weniger als vier Grundankern genau vor *The Minarets*, wie das Panchganga-Ghat auch genannt wurde, im Heiligen Fluss verankern wie ein besonders hartnäckiger Holzbock. Sicher, die bloße Bewegung der Badenden würde den größten Teil von ihnen wieder nur zu gespenstischen Schatten verblassen lassen, aber einen zumindest, einen halb nackten Fanatiker, der, bis zur Brust im Wasser stehend, stoisch nach Norden starrte, würde er wohl erwischen!

Gowers, der nach der fruchtlosen Befragung der Gefangenen seine Verkleidung wieder an-, sprich eher abgelegt und seinen Beobachtungsposten am Ghat wieder eingenommen hatte, weil an diesem Morgen die Boote aus Lakhnau eintreffen mussten, verfolgte die lautstarken und gestenreichen Bemühungen des lästigen Fotografen amüsiert. Dennoch ging er immer wieder ein paar Schritte hin und her, weil er nicht einmal klein und im Hintergrund in irgendeine Trophäensammlung an der Fifth Avenue gelangen wollte. Dabei fiel ihm auf, dass der Lichtbildner seine Aktivitäten diesmal auf einen bestimmten Abschnitt des Ghats konzentrierte, und er entdeckte schließlich im morgendlichen Gegenlicht die dunkle Silhouette eines im Wasser stehenden Gläubigen, der offenbar keinen Muskel regte.

Einmal aufmerksam geworden, prägte er dieses Bild seinem Gedächtnis ein und schloss dann die Augen, um es mit den vielen anderen Bildern zu vergleichen, die er dort in den vergangenen drei Tagen abgelegt hatte. Er hatte sich dabei nie sonderlich auf das Wasser und die Badenden konzentriert und fragte sich jetzt, ob dieser Mann schon gestern und vorgestern so oder ähnlich dagestanden hatte. Immerhin beschloss er, den Burschen im Auge zu behalten.

Jaysingh war unter dem Zeichen der Schlange geboren; eine Frucht der endlosen Vergewaltigungen seiner Mutter in den Kerkern von Lakhnau und als solche stets ungeliebt, aber auch von frühester Kindheit an zu ihrem Rächer erzogen. Mit neunzehn Jahren, mitten im großen Aufstand, war er zu Fuß von Kalkutta nach Delhi gegangen, um sein Werk zu beginnen, dann dem Kaiser und seinen Söhnen nach Rangoon gefolgt, auf dunklen Wegen, zum zweiten Mal quer durch den Subkontinent, ein Ahasver der Rache.

Der alte Mogul war ihm durch einen raschen, natürlichen Tod entkommen; aber Abu Zafar Bahadur Sha II. war auch nicht sein Ziel gewesen. In die Dienerschaft und das Vertrauen der Prinzen eingeschleust, hatte er zunächst Mirza Jahwan Baht durch ein Gift seiner Mutter beseitigt und den jüngeren, wilderen Bruder, Mirza Sha Abbas, auf einem Jagdzug erwürgt. Dieser Tod war ihm eine Wonne gewesen, und noch heute spürte er manchmal das verzuckende Leben unter seinen Fingern, hörte das verzweifelte Scharren der perlenbeschuhten Füße im weichen, faulenden Laub des Urwalds, roch wieder das Erschlaffen des königlichen Schließmuskels und sah die entsetzten Augen des jungen Mannes glasig werden, während er, Jaysingh, seinen Namen und seine Verwünschungen direkt in die königlichen Ohren zischte.

Der kleine Prinz schließlich, ein einsamer Dreijähriger, dem er nachts ein nasses Seidentuch in den Mund stopfte und dessen Nase er dann mit nicht mehr als zwei Fingern zudrückte. Reicher Lohn war ihm für so viel Geschick zuteilgeworden, und jede Frau im blauen Haus, einschließlich seiner Mutter, hatte er beschlafen dürfen, ehe er vor ihr floh. Jaysingh floh, weil er schlau war und weil er selbst ihr den Rat gegeben hatte, sich ihrer tödlichen Diener nach verrichteter Arbeit zu entledigen und so alle Spuren zu verwischen. Darum waren sie alle tot, die Mörder der Prinzessinnen, nachdem sie den Samen ihrer Treue, Schläue, Kraft und Geschicklichkeit weitergegeben hatten – alle tot, bis auf ihn.

Er schrieb an seine Mutter, dass er ihre Geschichte und ihre Absichten schriftlich niedergelegt hätte und dass sie bei seinem Tod den Engländern übergeben würden; seitdem lebte er unbehelligt in Mirzapur, ein ruhiges Leben, als Handwerker, Drechsler, der nur gelegentlich mithilfe der Tauben Nachrichten aus dem blauen Haus weitergab. Es machte ihm viel Freude, toten Dingen neue Formen zu geben, und er strebte nicht nach Reichtum. Jaysingh war sich seines Wertes bewusst und ließ sich durch keine Wünsche und törichten Hoffnungen in diesem Wissen beirren – bis er hörte, dass der Prinz Mirza Innuzzar Baht noch am Leben war. Dieser billige Betrug nahm seinen geheimen Taten den Glanz der Perfektion und machte ihn unbändig wütend.

Jaysingh wurde wieder die Schlange, der starke, schleichende Mörder, lag im Wasser auf der Lauer und nahm nichts wahr außer dem Fluss im Norden und seinem eigenen tödlichen Zorn.

Die Boote kamen gegen elf Uhr am vierten Tag in Sicht, am roten Wimpel der Fürsten von Oudh leicht erkennbar. Sie hielten auf den längsten der nördlichen Stege zu, der vom Panchganga-Ghat etwa dreißig Meter in den Fluss ragte. Das vorausfahrende Boot mit den Soldaten versuchte, diesen Steg zu umrunden und von Süden her anzulegen. Es war deshalb noch mitten im Fluss, als das zweite Boot, mit Ishrat und Mukhopadhyaya und den Dienerinnen der Königin, bereits festgemacht hatte.

Gowers hatte noch beobachtet, wie der Mann im Fluss, der so lange reglos verharrt hatte, plötzlich untergetaucht war, aber er sah ihn nicht wieder hochkommen. Eine Minute, zwei; er erweiterte den Radius seiner Suche, bemerkte dabei aber zu seinem Entsetzen, dass er die Strömung nicht einkalkuliert hatte. Praktisch im gleichen Moment setzte er sich in Bewegung.

## 120.

Die gründliche medizinische Untersuchung der Mannschaft und der Offiziere der *Investigator* dauerte vierundzwanzig Stunden und war in ihrem Ergebnis eindeutig: Jeder »gesunde« Mann an Bord hatte Skorbut, wenn auch in unterschiedlichen Graden. Alle Männer waren bis zur Entkräftung abgemagert, einige hatten sogar ein Drittel ihres ursprünglichen Körpergewichts verloren, und der schriftliche Bericht Dr. Domvilles konnte nur lauten, dass ein weiterer Winter im arktischen Dienst für diese Männer die schwerwiegendsten gesundheitlichen Konsequenzen nach sich ziehen würde. Damit waren sie praktisch aus ihrer Dienstpflicht entlassen, aber McClure wäre nicht McClure gewesen, wenn er nicht noch einen allerletzten Trick versucht hätte.

Beim Morgenappell nach der großen Musterung stellte er den Männern noch einmal vor Augen, dass auf die *Durchsegelung* der Nordwestpassage ein Preisgeld ausgesetzt sei, das jedem von ihnen ein gutes Startkapital für ein sorgenfreies Leben verschaffen würde; dass sie mit der bloßen Entdeckung dieser Passage aber noch gar nichts erreicht hätten. Nun hätte die Untersuchung ergeben, dass sie aufgrund ihres Gesundheitszustands nicht mehr *verpflichtet* seien, auf dem immer noch guten Schiff zu segeln. Wer denn *freiwillig* an Bord bleiben und gemeinsam mit seinem Kapitän versuchen würde, in diesem oder im nächsten Sommer dem Eis zu entkommen und das Preisgeld zu kassieren? Je weniger, desto besser!

Die Ansprache sollte feurig wirken. Er hatte auf glänzende Augen, Mannesmut, grimmige Entschlossenheit, Heinrich V. gesetzt – aber gerade als er die entsprechende Stelle zitieren wollte, sackte der Maat Sainsbury, einer der schwächsten Männer an Bord, ohnmächtig zusammen und musste unter Deck getragen werden. Dr. Domville, der den Kranken nach unten begleitete, schüttelte nur verständnislos den Kopf und schrieb später den schönen Aphorismus »Pathos verträgt keine niedrigen Temperaturen« in sein Tagebuch. Oben traten inzwischen nur vier Freiwillige vor, unter ihnen John Gowers, und das war eine definitiv zu kleine *Schar von Brüdern*, um ein Schiff von dreihundertfünfzig Tonnen zu segeln.

Die Reise der *Investigator* war damit zu Ende. McClure würde von nun an kein Kapitän, würde nur noch Passagier an Bord eines der anderen Schiffe sein. Rachsüchtig beschloss er, den schriftlichen Befehl Kelletts, demzufolge beim Verlassen des Schiffes jeder Mann nur das zum Überleben Notwendige bei sich tragen dürfe, absolut wörtlich zu nehmen: keine persönlichen Gegenstände, Erinnerungsstücke, Tagebücher, Briefe oder von den Eskimos getauschte Handelsware. Sie hatten das nackte Überleben gewählt, und genau das sollten sie auch bekommen!

Es dauerte eine Woche, bis sie die Reste des Schiffsproviants ausgeladen und zum Nutz und Frommen von Collinson oder jedem anderen Eisfahrer, der des Weges kommen würde, in ein Erddepot an Land geschafft hatten. Auch das Schiff selbst wurde noch einmal von oben bis unten gereinigt und alles Werkzeug so verstaut, dass es gleich bei der Hand wäre, wenn doch noch einmal ein britischer Kapitän hier das Kommando übernehmen würde, ehe am 3. Juni 1853 in einer feierlichen Zeremonie die Flagge eingeholt wurde. McClure ging als Letzter von Bord und ließ dazu Seite pfeifen. Dann zog eine lange Karawane müder, geschlagener Männer, zum Teil auf selbst gezimmerten Schlitten festgezurrt, über die östliche Landzunge der Bay of Mercy nach Norden. Nur wenige blickten zurück.

John Gowers hatte sich freiwillig zur Wache gemeldet,

als sie etwa acht Meilen vom Schiff entfernt ihr erstes Lager in der taghellen Nacht aufschlugen. McClure, der natürlich wusste, was der Junge vorhatte, und wohl selbst gerne noch einmal zurückgegangen wäre, kam aus seinem Zelt, als alle anderen bereits schliefen, und fand ihn beinahe abmarschbereit. John, inzwischen siebzehn und um einen Kopf größer geworden, sah ihm finster und aufsässig entgegen, da er fürchtete, aufgehalten zu werden. Stattdessen holte der Kapitän seinen eigenen Kompass hervor.

»Ich hoffe zwar nicht, dass Sie ihn brauchen, bei der Spur, die wir getrampelt haben, aber wer weiß.«

John nahm den Kompass und nickte bedächtig. »Danke, Sir!«

»Es sollte keine Schikane sein, Mr. Gowers.« Zum ersten Mal, seit sie einander kannten, hatte McClure das Bedürfnis, seine Handlungsweise zu erklären. »Aber es darf natürlich offiziell keine Ausnahmen geben. Ich hoffe, Sie wissen, warum ich nicht anders handeln konnte.«

»Ich weiß, warum Sie es jetzt tun, Sir«, antwortete John knapp. Das war alles.

Ehe sie von Rührung überwältigt wurden, fuhr McClure fort: »Wie lange rechnen Sie?«

»Sechs, sieben Stunden, Sir, wenn das Wetter hält.« Der Junge blinzelte in den grauen Himmel und setzte dann seine urtümliche Schneebrille auf.

»Ach, Mr. Gowers?!«

John war schon einige Schritte gegangen. »Sir?«

»Ich habe unserem Mr. Miertsching versprochen, sein Tagebuch mitzubringen. Natürlich hätte ich dann auch die Tagebücher aller anderen Offiziere mitnehmen müssen, also liegt es wohl noch in seiner Kajüte.«

»Ay, Sir!« Der Junge grinste. »Nur für den Bären.« Beide

lachten leise, und der Kapitän übernahm die Wache für seinen Schiffsjungen.

Am Anfang fiel er gelegentlich in Laufschritt, weil er sich ausrechnete, dass er später von selbst langsamer werden würde. Die Spur war durch die Schlitten und die vielen Füße so breit ausgetreten, dass er sich um Pressrücken und Spalten im Eis nicht zu scheren brauchte. Tatsächlich sah er das Schiff in der weiten, flachen Bucht schon nach weniger als drei Stunden: ein kleiner dunkler Punkt im leblosen Weiß einer Einöde von vielen hundert Quadratmeilen.

Am Morgen hatten sie einen weiten Bogen geschlagen, um zuerst so weit wie möglich über Land zu gehen, da dem dünnen Eis in der Bucht schon nicht mehr zu trauen war. Jetzt aber hielt John, ohne Gepäck und Schlitten, direkt auf das Schiff zu, verlangsamte nur seine Schritte und beobachtete scharf den zerbrechlichen Grund unter seinen Füßen. Er fühlte, dass das Eis sich unter seinem Gewicht bog, aber er hatte in den letzten drei Jahren ein sicheres Gespür dafür bekommen, wann es brechen würde; deshalb lauschte er auf das feine Knistern in dem großen weißen Schweigen, das ihn umgab. Er war noch nie und würde nie wieder derart allein sein.

Über die Ankerkette am Bug kletterte er an Bord. Es hatte in der letzten halben Stunde leicht zu schneien begonnen, und er wusste, dass er sich beeilen musste, wenn er in seiner eigenen Spur zurückgehen wollte. Obwohl erst seit wenigen Stunden von seiner Mannschaft aufgegeben, wirkte das Schiff doch bereits kalt und tot, und die Wege an und unter Deck, die er so viele tausend Male zurückgelegt hatte, kamen ihm seltsam fremd vor. Sein eigenes Buch fand er sofort: *Für J. Gower(s) zum 25. Geburtstag und ewigen Vergnügen!* Erst seit er dem alten John Gower in Shakespeares *Perikles* begegnet war, hatte er den Witz dieser Widmung verstanden, die ein unbekannter Kommilitone seines Großvaters im Jahr 1799 auf die erste Seite geschrieben hatte.

Miertschings Tagebuch war schwerer aufzutreiben, da der Missionar in seiner Kajüte nicht nur eine umfangreiche Sammlung von Pflanzen und Naturalien angelegt, sondern sich auch drei Jahre lang mit Briefen, Predigten und einem bereits weit fortgeschrittenen Wörterbuch der Eskimosprache beschäftigt hatte. Schließlich entdeckte er das Journal doch noch und steckte es zu den *Canterbury Tales* in den Leinenbeutel, den er auf der bloßen Haut trug. Was er in Wynniats Koje suchte, war wieder leichter zu finden.

Ganz zuletzt betrat er die Kajüte des Kapitäns und überflog zum letzten Mal dessen Bücherbord. Er hatte jedes dieser Bücher gelesen, wollte eins davon aber dennoch mitnehmen. Als er die Shakespeare-Ausgabe in *Quarto* eben herauszog, spürte er eine leichte Bewegung in dem einsamen Schiff, nur ein Zittern, ein Schlagen der Taue: Es kam Wind auf! Es wurde Zeit! Mit dem schweren Buch in der Hand ging er hinauf.

Auf Deck hinterließ er bereits wieder Fußspuren im dünn gefallenen Schnee, die letzten, dachte er, für die Ewigkeit. Er sah das Eis in der Mercy Bay arbeiten und beschloss, Shakespeare zurückzulassen. Willkürlich aufgeschlagen legte er das Buch auf das Dach des Steuerhauses, und fast sofort begann der Wind, mit den Seiten zu spielen. Und dieses Bild war das Letzte, was er von der *Investigator* mitnahm.

## 121.

Jaysingh glitt durch den Fluss wie eine große Schlange, von der Strömung getragen, mit wenigen starken Schlägen. Er kam erst wieder hoch, als er jenseits des großen Stegs war –

zwischen Fischerbooten, Frachtkähnen, kleinen Barkassen. Er schwamm Richtung Ufer, zog sich aber schon, ehe er es erreicht hatte, mit einer einzigen geschmeidigen Bewegung auf den Steg. Das Wasser perlte von seiner bronzenen Haut ab, denn er hatte sich mit Bienenwachs eingerieben, um der Kälte des Wassers so lange wie möglich standzuhalten.

Während er sich auf sein Ziel zubewegte, zog er aus einer Lederscheide ein seltsam kurzes, fast dreieckiges Messer, dessen Schneiden er indes so hauchdünn geschliffen hatte, dass es ein im Fluss treibendes Haar zerschnitten hätte. Er hielt den rund gedrechselten Holzklotz, an dem die tödliche Klinge befestigt war, in der Faust, sodass die breiten Schneiden zwischen Ring- und Mittelfinger nur wenige Zentimeter hervorstanden. Damit konnte man niemandem tiefe Wunden zufügen, aber die großen Adern lagen ja dicht unter der Haut, und wenn man sie gründlich genug durchschnitt, würde das Leben binnen Sekunden aus seinem Feind herausspritzen. Er wusste nicht, wer sein Feind war, wie er aussah, er würde ganz einfach jeden Mann an Bord töten. Als Ersten den unvorsichtigen großen Inder, der seine langen Arme und Beine auf dem Steg reckte.

Mukhopadhyaya war die Flussfahrt gründlich leid; den Gomati hinunter war es ja noch einigermaßen schnell vorangegangen, aber den Ganges hinauf hatte er oft den Wunsch gehabt, auszusteigen und neben den Booten herzulaufen. Er hätte etwas zu tun gehabt, und langsamer wäre man dadurch auch nicht vorangekommen. Mit einem beiläufigen Blick auf die Stadt sah er, dass ein schlanker, kräftiger Mann, der nichts als einen *Dhoti* trug, den Steg entlang auf ihn zukam, offenbar eine Art Fischer. Der Anwalt drehte ihm uninteressiert den Rücken zu und widmete sich wieder der Entzerrung seiner Gliedmaßen.

»Masjid! Vorsicht!«, warnte ihn plötzlich eine laute Stimme, die ihm bekannt vorkam, ohne dass er sie im ersten Moment einordnen konnte, denn sein amerikanischer Klient hatte ihn stets nur »Mr. Mukhopadhyaya« genannt – was für einen Warnruf indes gefährlich lang war. Mukhopadhyaya drehte sich um und sah, dass der Fischer ihm seltsam nahe gekommen war, sah auch die weite Ausholbewegung seines rechten Armes. Aber was ihn wirklich überraschte, war der *Digambara*, der hinter dem Fischer aufgetaucht war: aschebedeckt, grell bemalt, das Gesicht von einer zottigen, schmutzigen Mähne entstellt, aber dennoch unverkennbar.

»Mr. Gowers!«, sagte der Anwalt ebenso verblüfft über das plötzliche Auftauchen wie schockiert über die groteske Nacktheit des Amerikaners.

Jaysingh fuhr blitzschnell herum, um mit seiner bereits erhobenen Waffe den Mann hinter sich niederzustrecken, und nur seine Verkleidung rettete Gowers das Leben. Denn der Mörder zögerte stirnrunzelnd für eine, fast zwei Sekunden, und das gab dem Investigator die Zeit, die Hand mit der Klinge zu packen und gleichzeitig einen schwungvollen Kopfstoß gegen Gesicht und Nase des Mannes zu führen. Dabei rutschte ihm die schwere Perücke vom Kopf, fiel in den Fluss und trieb auf dem Wasser wie eine tote Ratte.

Bei jedem anderen hätte dieser Stoß wahrscheinlich gereicht, aber Jaysingh von Mirzapur war nicht jeder andere. Noch während des Sekundenbruchteils, in dem sein Kopf nach hinten geschleudert wurde, ließ er sich seitwärts ins Wasser fallen und riss seinen seltsamen Gegner mit sich. Instinktiv löste Gowers unter Wasser seinen Griff, denn zum Atemholen war er zu überrumpelt gewesen, und er brauchte Luft. Aber fast im gleichen Moment, in dem er an die Oberfläche kam und seine Lunge noch mit sich selbst beschäftigt war, sah er die seltsame, sichelförmige Blasenbahn einer raschen Bewegung im Wasser und fühlte einen scharfen Schmerz quer über seine Brust. Der Mörder befand sich unter ihm; sonst wäre es wohl sein Hals gewesen.

Gowers stürzte sich auf die Hand mit dem Messer, hielt sie fest und versuchte, tief Luft zu holen, um nun seinerseits den anderen unter Wasser zu ziehen respektive ihn dort zu halten. Dabei fühlte er plötzlich einen harten Griff an seinen Genitalien. Mit einem durchdringenden Schrei verfluchte er alle *Digambaras*, Asketen, den Hinduismus und ganz Indien und stieß seinem Gegner den Ellbogen ins Gesicht, so hart er konnte. Aber der Mann war glitschig wie eine Schlange, und der Schlag rutschte ab, ohne Wirkung zu zeigen. Im nächsten Moment versanken beide in den Fluten der Heiligen Ganga, denn zu Schwimmbewegungen war keiner von ihnen mehr in der Lage.

Unter Wasser spürte Gowers als Erstes die träge, aber starke Strömung des Flusses und die tödliche Umklammerung seines Feindes, ließ aber diesmal die Hand mit dem Messer – oder was immer es war – nicht los. Er bekam sehr rasch Luftnot, denn der Schrei hatte ihn einen Großteil seines Atems gekostet. Er konnte nur hoffen, dass es dem anderen ebenso ging, fuhr fort, sich zu winden und um seine eigene Achse zu drehen, um ihn abzuschütteln, bemerkte aber mit wachsendem Entsetzen, dass dieser Mann zu stark für ihn war.

Mit aller Gewalt unterdrückte er den Impuls, nach Luft zu schnappen, denn wenn jetzt Wasser in seine Lunge geriete, wäre die Panikreaktion seines Körpers das Letzte, was er aus diesem Leben mitnehmen würde. In diesem Augenblick spürte er Schlamm unter seinen Füßen, bis weit über die Knöchel sank er darin ein und konnte endlich einen festen Stand fassen. Er konzentrierte sich ganz auf die Hand mit dem Messer, versuchte, sie zu öffnen, und fasste dabei in die erschreckend scharfe Klinge.

Das Ansteigen des Kohlensäuregehalts in seinem Blut signalisierte ihm immer verzweifelter, dass das Ende bevorstand. Da wandte er, dessen Entscheidungen in den letzten achtzig, hundert Sekunden immer falsch gewesen waren, seinen letzten Kniff an und verlangsamte seine Bewegungen, erschlaffte, sackte auf den Grund des Flusses, um seinen unerbittlichen Gegner glauben zu machen, dass er sein Ziel fast erreicht hätte. Er fühlte, wie der Schlamm in der Grundströmung an seinen Knien, seinen Schenkeln entlangglitt – aber auch, dass die Hand mit der Klinge seinem Hals näher kam.

Da spannte Gowers noch einmal alle Muskeln an und stieß seinen Kopf nicht nach *oben*, wo Licht und Luft warteten, sondern führte ihn rasch zum Unterarm des Mannes, durchbiss die große Sehne des Daumens und hielt im nächsten Moment das Messer in seiner eigenen, blutenden Hand. Trotz der Schmerzen, die diese Berührung auslöste, führte er nun seinerseits einen schnellen Schlag gegen den Mörder. Er traf auf Widerstand, härter als Fleisch und Muskeln ihn bieten konnten; er musste den Schädel des Mannes getroffen haben.

Aber all das war nun gleichgültig; der Investigator war im gleichen Moment frei und stieß sich mit den Füßen im Flussbett ab, durchbrach die Oberfläche und rang keuchend nach Luft. Der Sauerstoff schien in seiner Lunge zu explodieren, und ihm wurde sekundenlang schwarz vor Augen. Blind schlug er mit dem Messer um sich, aber der erneute Angriff, den er erwartet hatte, blieb aus. Mit letzter Kraft schwamm Gowers zum Steg, blickte aber hustend und spuckend immer wieder zurück. Wo war sein Feind geblieben?

Jaysingh tauchte im Schutz eines *Mussoolas* noch einmal auf, presste seine Hand auf die linke Augenhöhle und fühlte, wie eine zähe und warme Flüssigkeit durch seine Finger tropfte. Aus dem Auge, das ihm geblieben war, sah er, wie der Amerikaner nackt und blutend von seinen Leuten, dem langen dünnen Inder und einer großen, verschleierten Frau, aus dem Wasser gezogen wurde. Er holte noch einmal tief Luft, tauchte dann unter und ließ sich nach Norden den Fluss hinabtreiben.

## 122.

Ziellos trieb das Eis des Melville Sound die eingefrorenen Schiffe hierhin und dorthin. Wirklich aufgebrochen war es in diesem Sommer 1853 nur für einen einzigen Tag. Sie hatten die Segel gesetzt und waren an diesem Tag gut vorangekommen, von Dealy bis Byam Martin Island. Es ging so gut, dass sich manche schon wieder in England sahen und hochquotige Wetten über die Reisedauer abgeschlossen wurden. Aber als sie am anderen Morgen aufs Meer sahen, hatte das Eis sie schon wieder gepackt, und als sei das offene Wasser ein bloßer Traum gewesen, stellte sich langsam die gleiche endlos gefrorene Ebene her, die sie so gut kannten. Erwachsene Männer, harte Seeleute weinten bei diesem Anblick vor Enttäuschung und Unlust wie kleine Kinder.

Als eine weitere Überwinterung unausweichlich war, sagte McClure sich zynisch, dass man dann ja auch an Bord der *Investigator* hätte bleiben können. Bei klarer Überlegung und angesichts der unüberwindlichen Eismassen in der Straße, die er so verzweifelt zu erreichen gesucht hatte, wusste er aber, dass er sein tapferes Schiff so weit gesegelt hatte, wie es überhaupt nur menschenmöglich war.

Immerhin wäre man an Bord der *Investigator*, ihre Versorgung durch Belchers Flotte vorausgesetzt, bequemer untergebracht gewesen. Die Notquartiere seiner Männer an Bord von *Resolute* und *Intrepid* waren dagegen nur für die Sommermonate gedacht gewesen und bestanden selbst für die Offiziere lediglich aus improvisierten, ungeheizten Kajüten aus Segeltuchleinwand. Die Crew hatte keine Hängematten mehr, sondern pro Mann nur zwei Decken, eine als »Matratze«, die zweite als Schutz gegen die Kälte. Da auch ihre Kleidung, im letzten Jahr neu ausgegeben, aber seither jeden Tag, ja jede Stunde getragen, dünn zu werden begann, froren die Leute trotz der drangvollen Enge jämmerlich. Auch die Hilfsbereitschaft der eigentlichen Schiffsbesatzungen gegenüber ihren »obdachlosen« Landsleuten nahm täglich ab.

Damit nicht Untätigkeit eine Hölle aus diesen Gegebenheiten machte, ließ der alte Kellett sich etwas einfallen, das er »die Spiele« nannte. Auf dem Eis wurde eine fünfhundert Schritt lange Rennbahn geebnet, und täglich trat man bei Fackellicht im Laufen, Sackhüpfen, Tauziehen, Weitwerfen, Lastentragen und in Dutzenden ähnlicher Wettbewerbe gegeneinander an. Nur die Ballspiele gab man wieder auf, weil die dazu gebildeten Mannschaften rasch eine Art von Gruppenchauvinismus hervorriefen, der gefährlich werden konnte.

Am Guy Fawkes Day, dem Gedenktag der Pulververschwörung mit seinem Scheiterhaufen und Feuerwerk, sahen sie die Sonne zum letzten Mal in diesem Jahr. Da sie fern von jedem Land waren, konnte nicht gejagt werden, und aus Sicherheitsgründen wurden die Rationen um ein Drittel gekürzt. Kellett machte auch daraus eine Art edlen Wettstreit: Da die Schiffe nur etwa eine Viertelmeile voneinander entfernt lagen, lud wechselseitig an jedem Abend die eine Schiffsmannschaft die andere ein, und beide versuchten, sich an Einfallsreichtum bezüglich der Zubereitung ihrer kargen Rationen zu überbieten.

Damit niemand verloren gehen konnte, ließ Kellett zwischen den Schiffen auch eine Allee von Schneemännern errichten, deren Herstellung gut zwei Wochen in Anspruch nahm, weil der Schnee so trocken war. Anschließend nahm er eine Musterung dieser »Hilfstruppe« vor: Er schritt dabei unter großem Gelächter mit all seinen Offizieren eine Linie von fast dreihundertfünfzig Schneemännern ab. Er verlieh gelegentlich kleine Fetzen von Stoff als Orden, schlug den einen zum Ritter, dem anderen wegen Insubordination den Kopf ab, rügte hier, würdigte dort die militärische Haltung und machte alles in allem eine gelungene Vorstellung daraus, über die noch lange gelacht wurde.

Bei manchen der Offiziere reichte es indes nur noch für ein säuerliches Lächeln, denn immer stärker wurden sie sich nicht nur der Sinnlosigkeit, sondern auch der Lächerlichkeit ihres arktischen Dienstes bewusst. Man segelte hier oben einen Tag, eine Woche, manchmal sogar vier Wochen, ohne etwas anderes zu finden als öde, unfruchtbare Länder und unschiffbare Passagen. Wenn man Glück hatte, kartografierte man unter unsäglichen Mühen und selbst gebastelte Schlitten durch knietiefen, eisigen Schlamm zerrend ein paar Kilometer Küstenlinie, die vermutlich nie wieder jemand betreten würde.

Nie zuvor hatten so viele Menschen so große Anstrengungen unternommen, um so wenig zu erreichen. Schneemänner und Kinderfestlustbarkeiten ließen sie schließlich am eigenen Heroismus zweifeln, und bald würde man sich wohl auch in England fragen, welchen Zweck es eigentlich hatte, unter immensen Kosten und Risiken Menschen in eine Gegend zu schicken, in der ihre einzige Leistung nur darin bestehen konnte, zu überleben.

Die Telegrafenleitung, die sie zwischen *Resolute* und *Intrepid* zogen, erweckte zumindest zeitweise noch die Illusion, dass ihr Ziel die Erforschung der Natur sei: immer dann nämlich, wenn sie sich dreimal täglich die Temperaturen, Windgeschwindigkeiten, Eisdrift und Meerestiefe mitteilten. Leider lagen die Schiffe viel zu dicht beieinander, um aus dem Vergleich dieser bisweilen leicht abweichenden Daten einen anderen Schluss zu ziehen als den, dass ihre Instrumente falsch geeicht waren.

Also wandte man sich rasch den vergnüglicheren Möglichkeiten des Telegrafen zu, indem diejenigen, die das Spiel der Könige beherrschten, Fernschach von Schiff zu Schiff spielten. Einmal jedoch, mitten in einem Schneesturm, meldete der Telegraf einen Skandal an Bord der *Intrepid*, und Commander McClintock, der dortige Kapitän, ließ Commander McClure fragen, was er von einem Matrosen namens John Gowers wisse.

## 123.

Seine Hand würde ihm noch viel Ärger machen. Obwohl er alle Finger bewegen konnte, hatte er doch bei dreien den Knochen gesehen, und es würde lange dauern, bis er seine Rechte wieder problemlos gebrauchen konnte. Die Waffe, die das angerichtet hatte, lag vor ihm: ein seltsames, wohl vom Mörder selbst hergestelltes Gerät von allerdings erschreckender Wirksamkeit.

»Ziemlich eindrucksvoller Mordversuch«, hatte Gowers auf dem Steg noch gemurmelt, bevor er in Ohnmacht fiel. Nie wieder nackt und nie wieder ohne Waffen, schwor er sich, als er das Bewusstsein schließlich wiedererlangte und sich unter dem Namen John Gowers Esquire, Earl of Tyne, in das beste Hotel von Benares, den *Star of India,* bringen ließ. Hier wurde er von Ishrat und seinen sechs Sepoys bewacht, denn er wollte tatsächlich nie wieder dem unheimlichen Menschen begegnen, der ihn um ein Haar im heiligen Fluss ersäuft hätte – Seligkeit hin oder her!

Glücklicherweise war er jetzt in der Lage, seine Ermittlungen zumindest ein oder zwei Tage vom Bett aus zu betreiben, um seinen Wunden, vor allem dem ungefährlichen, aber schmerzhaften Schnitt quer über seine Brust, der ihn bei nahezu jeder Bewegung behinderte, ein wenig Zeit zum Heilen zu geben. Sicher, die vier überlebenden Mörder hatten nicht mehr als ihre Personalien angegeben, und der Selbstmord der unglücklichen jungen Frau verriet ihm, dass sie auch kaum je mehr sagen würden – aber mit Namen, Beruf und Wohnung ließ sich ja schon einiges anfangen.

Es musste Gemeinsamkeiten zwischen ihnen geben, den drei Lohndienern aus Patna, dem *Kansamah* und der *Aja* aus Benares; da die Tätowierung bei allen verblasst, also schon vor Ende der Wachstumsphase angebracht worden war, mussten diese Gemeinsamkeiten in ihrer Jugend liegen. Das ließe sich vielleicht mit einigen Telegrammen herausfinden. Der Telegraf würde die verwünschten Tauben endlich schlagen, die er, wenn er sie durch das Fenster draußen über der Stadt herumfliegen sah, am liebsten sämtlich vom Himmel geschossen hätte!

Mukhopadhyaya hatte jetzt alle Hände voll zu tun, da er der Einzige war, dem der Investigator seine Telegramme anvertraute. Anfragen von John Gowers Esquire, Earl of Tyne, an die offiziellen Arbeitgeber der Mörder, also etwa an die Familie Barrington. Wie lange Khurram und Jemdanee bei ihnen beschäftigt gewesen seien, woher sie kämen, wer sie vermittelt habe? Die gleichen Fragen trug der dreihundert Kilometer lange Draht auch nach Patna, nur über den sechsten, den beinahe erfolgreichen Mörder konnte Gowers lediglich Spekulationen anstellen. Die wiesen ihn allerdings als etwas Besonderes aus, denn offenbar war er, auch verglichen mit seinen unbekannten Kollegen aus Delhi und Kanpur, der Einzige, der sein Handwerk – beinahe zu gut – verstand. Leider hatte Gowers ihn nur von hinten gesehen, aber noch während er das bedauerte, lachte er laut, schüttelte über seine eigene Dummheit den Kopf und ließ seinen Anwalt in allen besseren Hotels von Benares nach einer amerikanischen Familie fragen, Vater, Mutter, Tochter.

Die Einladung eines waschechten englischen Grafen, der, umgeben von einer malerischen Schar indischer Soldaten und Dienerinnen, in einer herrschaftlichen Suite ihres eigenen Hotels residierte, war eine Reiseerfahrung, an der die Taylors aus New York ganz einfach nicht vorbeikonnten. Als sich dann auch noch herausstellte, dass der Mann etwas von Fotografie verstand und seine Arbeiten entsprechend zu würdigen wusste, war Charles Taylor eine Weile der glücklichste Mensch auf dem ganzen Subkontinent. Er holte und zeigte dem Grafen, der im Moment eine nicht näher definierte, aber jedenfalls nicht ansteckende Erkrankung auskurierte und sie in einem fantastischen seidenen Morgenmantel empfing, persönlich seine gesammelten Werke aus den letzten drei Jahren – mit Ausnahme lediglich einiger zwar sehr guter, aber auch sehr privater Aufnahmen, die er auf der nicht einsehbaren Dachterrasse eines römischen Hotels von seiner eigenen Frau angefertigt hatte.

Mary und Daisy Taylor hatten inzwischen Gelegenheit festzustellen, dass ihr liebenswürdiger, aber auch sehr britischer Gastgeber offenbar längere Zeit in New York gelebt hatte. Seltsam eigentlich, aber auch komisch, zu komisch, dass man sich dort auf den Empfängen der Astors, Vanderbilts, Morgans nie begegnet war.

Daisy in den Highlands von Schottland, Daisy vor *Nelson's Column*, dem Louvre, einigen bereits nicht mehr identifizierbaren Schlössern an der Loire, Daisy in Florenz, Rom, Neapel, Athen, Konstantinopel – der Graf konnte geradezu verfolgen, wie das Mädchen allmählich zur Frau reifte, und äußerte das in sehr galanten Worten. Von den Aufnahmen der Ghats von Benares war er so angetan, dass er spontan um einige Abzüge bat; sogar um eine Vergrößerung eines Hindu-Fanatikers, der mit herrlich finsterem, aber glücklicherweise auch starrem Blick bis zur Brust im Ganges stand.

Mitten in ihre fröhliche Teegesellschaft – gib einem Amerikaner Gelegenheit zu erzählen, wo er schon überall war, und du hast einen Freund fürs Leben gefunden, dachte Gowers – platzte immer wieder ein junger, sehr dünner, aber auch hervorragend Englisch sprechender Inder, vom Grafen als Anwalt der Rechte, in Amerika ausgebildet, vorgestellt, mit zahlreichen Telegrammen und Billets, die die Taylors endgültig davon überzeugten, mit dem Earl of Tyne einem wichtigen Mitglied des englischen Hochadels begegnet zu sein. Nur Daisy war am Ende ein wenig irritiert – aber auch ein wenig erfreut –, als der Graf ihr beim Abschied kaum merklich zuzwinkerte. Wo hatte sie das schon einmal gesehen?

John Herbert Barrington, Generalvertreter einer englischen Tuchfirma, kam am frühen Abend persönlich vorbei, um die höflichen Anfragen von John Gowers Esquire zu beantworten. Es waren die gleichen Informationen, die schon die Telegramme aus Patna enthalten hatten: Auch Khurram und Jemdanee waren von der Firma *Charles Mordaunt & Company, Tank Square, Kalkutta* empfohlen worden.

»In welcher Branche ist dieser Mordaunt tätig, mein lieber Barrington?«, fragte der Earl of Tyne und füllte das Glas des Handelsvertreters persönlich noch einmal auf.

»Indigo, Sir, soweit ich weiß.«

»Indigo?!« Gowers runzelte die Stirn.

»Ein blauer Farbstoff, Sir«, ergänzte Barrington, der glaubte, sein Gegenüber habe nicht ganz verstanden.

## 124.

Trotz aller Bequemlichkeit, die die Betten des *Star of India* boten, erwachte Mukhopadhyaya schweißgebadet und mehrmals pro Nacht. Die Erkenntnis, wie nahe er einer Wiedergeburt beziehungsweise den unangenehmen Voraussetzungen einer solchen gewesen war, hatte sich erst langsam, dann aber umso nachhaltiger eingestellt. Bisher war alles ein großes Abenteuer gewesen, dessen Gefahren für ihn jedoch eher theoretischer Natur geblieben waren.

Zum ersten Mal sah er, worauf er sich eingelassen hatte, und der Glanz seines Umgangs mit Königinnen wie auch das blendend hohe Honorar verblassten vor seiner Angst. Zu Mukhopadhyayas Ehre muss gesagt werden, dass er sich von dieser Angst nicht beirren ließ; er würde die Ermittlungen seines Klienten bis zum Ende und mit ganzer Kraft unterstützen, aber er fragte sich eben immer öfter, wie dieses Ende schlimmstenfalls aussehen könnte.

Diese meist nächtlichen Überlegungen machten den jungen Mann immer stiller, und als Gowers ihn fragte, ob er zu einer letzten Scharade bereit sei, sagte er nur noch zögernd zu. Als sich aber herausstellte, dass der Amerikaner ihn nach Delhi zurückschicken wollte, wurde Mukhopadhyaya wieder deutlich zuversichtlicher, auch wenn er Sinn und Zweck dieses Manövers nicht ganz verstand.

»Wissen Sie, was eine Eidechse tut, wenn sie von einem

Feind angegriffen wird, der deutlich stärker ist als sie?«, fragte der Investigator.

»Weglaufen?!«, versuchte sich der Anwalt ebenso schüchtern wie sehnsuchtsvoll an einer Antwort.

»Richtig«, sagte Gowers. »Aber da ein stärkerer Feind meist auch schneller ist, stößt sie ihren Schwanz in die eine Richtung ab und flieht in die andere. Das erhöht ihre Chance zu entkommen um fünfzig Prozent, weil ihr Gegner nicht weiß, wem er folgen soll.«

»Sie meinen«, erwiderte Mukhopadhyaya wieder weit weniger begeistert, »diese ... diese Menschen folgen Ihnen oder mir?«

»Ja. Falls es überhaupt noch welche versuchen. Und falls die böse Absicht, die sie steuert, überhaupt noch einmal reagieren kann.«

»Wie hoch ist die Wahrscheinlichkeit, dass dies geschieht?«

»Umso kleiner, je schneller wir handeln.«

Mukhopadhyaya rechnete schweigend und sagte nicht, dass ihm auch die Fünfzig-Prozent-Chance, zum zweiten Mal einem Mörder wie dem vom Panchganga-Ghat zu begegnen, noch immer bedenklich hoch erschien. Aber ehe er diese Bedenken äußern konnte, zerstreute Gowers sie.

»Wenn Sie bei mir bleiben«, sagte er, »liegt Ihre Chance, der bösen Absicht und ihren Dienern zu begegnen, bei hundert Prozent, Mr. Mukhopadhyaya, denn es ist meine Absicht, sie aufzusuchen.«

»Ich gehe«, sagte der Anwalt und versuchte ein tapferes Lächeln. »Obwohl ich doch gerne gewusst hätte, wen wir eigentlich jagen.«

Gowers sagte es ihm.

Die Taylors zu überreden, auf ihrem Weg nach Allahabad, Kanpur und Agra den jungen Mann als eine Art Reiseführer mitzunehmen, war wieder deutlich einfacher. Sie brannten darauf, dem Grafen einen Gefallen zu tun, hofften auf die eine oder andere Auskunft über diesen doch etwas mysteriösen Mann und fanden es auch sehr hilfreich, endlich einen kompetenten Dolmetscher ihr Eigen zu nennen. Die Fachsprache der Aufnahmetechnik und Fotochemie würde jemand, der in Amerika studiert hatte, vermutlich rasch lernen.

Am nächsten Morgen setzte sich der gesamte Tross nach Mughal Sarai in Bewegung. Mukhopadhyaya und die Taylors bestiegen gemeinsam ein Erste-Klasse-Abteil, die Soldaten und Diener, die froh waren, in absehbarer Zeit wieder in Delhi zu sein, mussten mit der dritten Klasse vorliebnehmen. Äußerst merkwürdig fanden die Amerikaner, dass der Graf und seine ständig tief verschleierte Mätresse ebenfalls zu ihnen in den Wagen stiegen, ihn aber auf der anderen Seite rasch wieder verließen. Aber auch das – vermutlich eine Entführungsgeschichte aus Tausendundeiner Nacht – würde ihnen ihr neuer Reisebegleiter sicherlich später erklären.

Gowers drückte seinem Anwalt mit der unverletzten Linken noch einmal die Hand, als er ausgestiegen war. Es amüsierte ihn, dass er den im Abteil stehenden jungen Mann zuletzt genau so sah wie bei ihrer ersten Begegnung: aus der Froschperspektive.

»Ihre Frau ist bereits in Bombay?«, fragte er.

»Ja, Sir. Wie Sie gesagt haben.«

»Gut.«

Er wandte sich ab und hätte nichts mehr hinzugefügt, aber Mukhopadhyaya, der es nicht gewohnt war, Bekanntschaften auch geschäftlicher Natur auf diese nüchterne Weise zu beenden, sagte noch: »Ich wünsche Ihnen viel Glück!«

Der Investigator grinste. »Sagte die Eidechse zu ihrem Schwanz«, ergänzte er und verschwand aus Mukhopadhyayas Blickfeld.

Sie gingen nicht nach Benares zurück, sondern übernachteten jenseits einer niedrigen Mauer neben den Bahngleisen. Ishrat, die den Staub der Straße nicht gewohnt war, legte ihren Kopf in Gowers' Schoß, und dieser, eher verwirrt als entzückt von dieser Geste der Vertraulichkeit, streichelte ihr Gesicht unter dem Schleier, bis sie eingeschlafen war. Er selbst schlief nicht, weil er nicht wusste, ob sie alle Beobachter abgeschüttelt hatten.

Bei hellem Mondlicht studierte er lange die Vergrößerung, das Gesicht des Mörders vom Panchganga-Ghat, bis es sich in graue Punkte auflöste. Gowers prägte diesen Menschen tief in sein Gedächtnis, fühlte, dass er noch lebte, aber auch, dass keine unmittelbare Bedrohung von ihm ausging. Eher lag er wie eine ferne rote Wolke am Horizont seines Denkens.

## 125.

Bei den fotografischen Aufnahmen, die John Gowers vermietet hatte, handelte es sich um Calotypien, die – ohne besondere künstlerische Absicht – ziemlich genau das zeigten, wonach Robert Wynniat einen ganzen Winter hindurch so lauthals geschrien hatte. Es waren also keine akademischen, für Künstler und Kunstliebhaber angefertigten Bilder, sondern die auf den Rückseiten aufgedruckten Pariser Adressen verrieten, dass der trotzige und blau geschlagene junge Mann, der vor den Kapitänen stand, das Gewerbe der abgebildeten Damen im Grunde nur ins Imaginäre ausgedehnt hatte.

»Woher haben Sie das?«, fragte Kapitän Kellett, Vorsitzender der kleinen Untersuchungskommission, die aus McClintock als Ankläger und McClure als Verteidiger bestand.

»Gefunden, Sir«, antwortete John.

»Wo? Lassen Sie sich nicht alles aus der Nase ziehen, Mr. Gowers!« McClure wartete ungeduldig darauf, das einzige Argument vorzubringen, das den Jungen entlasten konnte.

»In Mr. Wynniats Koje, Sir.«

»Mr. Wynniat ist …«, fragte Kellett.

»Der Geisteskranke, Sir«, ergänzte McClure.

»Da sehen Sie, was solcher Schund anrichten kann, Gentlemen«, sagte Kellett und wandte sich wieder dem Angeklagten zu. »Sie wissen, dass es Gesetze gegen die Verbreitung dieser Dinge gibt?!«

»Ja, Sir. Ich habe davon gehört.«

Die eigenartige Ruhe des knapp achtzehnjährigen Matrosen regte den eigentlich so jovialen Kapitän, der jahrzehntelang als Ausbilder junger Offiziere gedient hatte und dadurch selbst immer ein wenig fünfundzwanzig geblieben war, mächtig auf. »Oh, Sie haben davon gehört«, sagte er ironisch. »Das freut die Welt! Aber es scheint Ihnen egal zu sein, wie? Britische Gesetze gelten nicht für …« Kellett blickte kurz auf das Papier vor ihm. »… John Gowers! Ja? Wie?«

»Sir?«, fragte John stirnrunzelnd.

»Ob Ihnen eigentlich klar ist, dass Sie ein Unrecht begangen haben, will ich wissen?«

Der junge Mann schwieg. Er lebte in einer Gesellschaft von Männern, die meisten zwischen Anfang zwanzig und Mitte dreißig. Seit anderthalb, zwei, dreieinhalb Jahren hatten diese Männer keine Frauen mehr gesehen, und er empfand es einfach nicht als verwerflich, ihnen welche gezeigt zu haben. Allenfalls, dass er Geld respektive Schuldscheine für die halbstündige Gesellschaft der zweidimensionalen Schönen genommen hatte, konnte man ihm seiner eigenen Meinung nach vorwerfen. Und selbst dieser Vorwurf war haltlos, angesichts einer Welt, in der alles käuflich, aber fast nichts umsonst war.

Kapitän Kellett schüttelte den Kopf und seufzte, als keine Antwort kam. »McClintock!«, sagte er dann.

Francis Leopold McClintock galt als der freundlichste und am besten gelaunte Offizier der königlichen Marine, ja als so charmant, dass er »einem Rudel Löwen eine Rinderhälfte ausreden könnte«. Unter dieser angenehmen Schale verbarg sich jedoch ein eiserner Kern, und er sollte als einer der erfolgreichsten und erfahrensten britischen Eisfahrer ins Weltgedächtnis eingehen. Hier und heute aber ging es um die Disziplin an Bord seines Schiffes – ein Punkt, an dem er keinen Spaß verstand.

»Sie haben Unruhe und Zwietracht in die Köpfe Ihrer Kameraden gesät und das bisher gute Zusammenleben der Mannschaften von *Investigator* und *Intrepid* durch Ihre egoistischen, kommerziellen Interessen gefährdet!«

McClure dämpfte seinen jungen Kollegen, ehe er sich noch weiter in Rage reden konnte. »Na, ganz so schlimm war es nicht. Immerhin sind sie ziemlich einträchtig über ihn hergefallen.«

Mit spöttischen Blicken betrachteten die Kapitäne den von Faustschlägen gezeichneten Jungen, der mit einigen seiner »Kunden« aneinandergeraten war, nachdem diese sich geweigert hatten, ihm die Mietsachen nach Beendigung des Mietverhältnisses wieder zu überlassen. McClintock wurde allerdings schnell wieder ernst.

»Dazu muss ich bemerken, dass drei der Männer sich in die Hände des Arztes begeben haben, darunter Latimer, Sir!«

»Latimer?« Kapitän Kellett zog die Augenbrauen hoch. George Latimer, einer der Heizer der kleinen Dampfmaschine an Bord der *Intrepid*, war bei allen Kraftsportwettbewerben des Winters stets Zweiter – hinter ihm selbst – gewesen. »*Sie* haben Latimer verprügelt?«, fragte er ungläubig den eher schmächtigen Angeklagten.

»Ja, Sir«, sagte John und ließ unerwähnt, dass er diesen – angesichts dreier weiterer Angreifer ziemlich vorübergehenden – Triumph allein einem ziemlich gemeinen Fußtritt zu verdanken hatte. »Tut mir leid, Sir!«

»Mir auch«, sagte Kellett und fügte mit anerkennendem Nicken hinzu: »Guter Mann, Latimer!«

»Gentlemen, Sie sehen aber selbst, dass auch Mr. Gowers hier einiges abbekommen hat«, warf McClure ein. »Was wollen wir also in der Sache unternehmen?«

»Ich will diesen miesen kleinen Zuhälter jedenfalls nicht mehr auf meinem Schiff sehen!«, erregte sich McClintock erneut.

»Müssen Sie auch nicht«, erwiderte Kellett leichthin. »Zwei Wochen im Kabelgatt der *Resolute* werden sowohl für seine Wunden als auch für seine Moral heilsam sein, denke ich. Und danach …« Er wandte sich jetzt an McClure. »Na, darüber reden wir noch! Alle einverstanden?«, fragte er dann in die kleine Runde, und die Kapitäne nickten.

»Abtreten!«, blaffte McClure seinen ehemaligen Schiffsjungen an.

»Nein, warten Sie! Der Bursche soll das ruhig sehen!« Kellett holte eine Kiste mit Zigarren hervor und beschnitt persönlich die Spitzen, eher er sie seinen Kapitänen anbot. Als alle versorgt waren, hielt er die Fotografien einzeln in die offene Flamme einer Petroleumlampe und gab ihnen mit den noch einmal jäh aufflackernden schwarz-weißen Lustmädchen Feuer. Lachend, auch über das dumme Gesicht des Jungen, bliesen die drei Männer den Rauch an die Decke der Kajüte und gingen davon aus, dass sich damit diese unerfreuliche Affäre in nichts aufgelöst hätte. Sie sollten sich täuschen.

## 126.

Seine jetzt schon vier Jahre währende Untätigkeit zermürbte Johann August Miertsching allmählich, und sein Tagebuch füllte sich mit Klagen, die er freilich immer noch mit Ausdrücken seiner Ergebenheit in den unergründlichen Willen Gottes abschloss. Anders als an Bord der *Investigator*, wo ihn die Männer zuletzt akzeptiert, ja sogar respektiert hatten, galt er für die Mannschaften von *Resolute* und *Intrepid* als eine Art kurioser Passagier, als bloßer Ballast, der nur durch eine unglaubliche Verwirrung in der Befehlskette in diese Breiten geraten war. Anfangs, auf Dealy, hatte er zumindest noch seinen Wert als Jäger beweisen können, aber nach mittlerweile sechs Monaten im geschlossenen Meereis wollte sich an seine diesbezüglichen Erfolge offenbar niemand mehr erinnern.

Als Anfang April 1854 ein Postschlitten von der *Northstar* kam und für jeden der hundertsiebzig Männer Briefe aus Europa mitbrachte – mit zwei Ausnahmen, nämlich dem Matrosen John Gowers und ihm –, war die Moral und Stimmung des Missionars auf dem absoluten Nullpunkt angelangt. Er fühlte sich nicht nur nutzlos, sondern auch unerwünscht in der Welt, und ging in seinem Journal vom Klagen zum Hadern über. Erst als McClure den Befehl Kelletts bekannt gab, die Mannschaft der *Investigator* würde Mitte April über das Eis zur *Northstar* und nach Beechey Island gehen, und Miertsching von Kapitän Kellett ein außerordentlich schmeichelhaftes Zeugnis erhielt, war der Frieden seiner Seele wiederhergestellt.

Der Abmarschbefehl beseitigte auch alle anderen Animositäten, die sich im Verlauf und vor allem gegen Ende des Winters unter den Leuten eingestellt hatten. Wie bei einem Verwandtschaftsbesuch, der nach Ausdehnung in die eben noch vertretbare Länge doch irgendwann glücklich zu Ende geht, versicherten sie sich gegenseitig ihres Wohlwollens und ihrer besten Wünsche. Miertsching weinte beinahe vor Stolz und Beschämung, als er durch Zufall ganz zuletzt doch noch den Spitznamen erfuhr, den die übrigen Matrosen schon seit Monaten für die Crew der *Investigator* gebrauchten: die Pietisten – und Davy Jones!

Davy Jones war nach den zwei Wochen im Kabelgatt der *Resolute* gar nicht noch einmal an Bord der *Intrepid* zurückgekehrt, da der Abmarsch nach Beechey Island ohnehin kurz bevorstand. Zum zweiten Mal waren sie jetzt ohne Schiff und bezeichneten sich untereinander bereits als »die Beduinen der weißen Wüste«. Das Wetter war unangenehm windig, aber das Eis weitgehend flach, die Marschverpflegung ausreichend und vor allem – jeder Schritt brachte sie nun näher nach Hause. Nach je fünf Stunden Marsch verbrachten sie sieben Stunden in den Zelten, sodass sie in vierundzwanzig Stunden jeweils zweimal marschierten und zweimal ausruhten; eine Einteilung, die sie ohne allzu großen Kraftverlust sehr gut vorankommen ließ.

Abgesehen von dem höchst unwillkommenen Besuch eines Eisbären geschah auf dem ersten Teil ihrer Reise nicht viel. Je zehn Männer lagen, bis zum Hals eingerollt in ihre Schlafsäcke, in einem Zelt, sodass sie es eng, aber warm hatten und jede Drehung untereinander absprechen mussten. Den schweren Tritten vor seinem Zelt maß Sergeant Woon zunächst keine große Bedeutung bei, da er glaubte, ein Mann aus einer der anderen Gruppen mache sich an den Schlitten zu schaffen. Er fragte sich bloß, warum dieser Idiot derart schnaufte und wann er wohl zur Ruhe kommen würde, denn das Scharren und Rascheln hinderte ihn daran einzuschlafen. Nun streckte der Kerl auch noch seinen Kopf durch den nur nachlässig verschlossenen Zelteingang, und Woon öffnete die Augen, um ihm die passenden Worte zu sagen!

Die hätte der junge, sehr dünne Eisbär aber auch dann nicht verstanden, wenn der Sergeant in dieser ebenso gefährlichen wie komischen Situation welche gefunden hätte. Zehn Mann, die sich kaum regen konnten, bis zum Hals in ihren Schlafsäcken, gewissermaßen angerichtet – wie Woon es später ausdrückte – wie Kohlrouladen auf einer Servierplatte; der Bär schien sein Glück kaum fassen zu können, und das gab dem tapferen Sergeanten Gelegenheit, nach seinem Gewehr zu greifen. Aber noch ehe er anlegen und zielen konnte, löste sich bereits der Schuss, traf nicht den Bären, sondern die Zeltleine, sodass die Männer in einem wirren Knäuel aus klammer Leinwand, Wollschlafsäcken, fremden Gliedmaßen und Eisbär erwachten. Glücklicherweise hatten in den anderen Zelten auch noch nicht alle geschlafen, wodurch der Bär erlegt werden konnte, ehe er größeren Schaden hinterließ als einen Heidenschrecken, einen düpierten Meisterschützen und ein demoliertes Zelt.

Miertsching hatte ein ganz anderes Problem. Da er seinen Bart vier Jahre lang nicht geschoren hatte, gingen die Haare durch die gefrierende Atemluft immer wieder eine schier unlösliche Verbindung mit der Wolle seines Schlafsacks ein. Da ihm aber schlecht zugemutet werden konnte, mit einem Schlafsack am Kinn durch die arktische Wildnis zu stapfen, setzte seine ganze Zeltgemeinschaft ihre kurzen Tonpfeifen in Brand, um den Missionar mit dem heißen Rauch von seiner unangenehmen Last zu befreien. Das sorgte vor jedem Aufbruch für erhebliche Heiterkeit – außer bei Miertsching selbst, der kein Raucher war, jedes Mal fast erstickte und beschloss, sich baldmöglichst und da man sich nun ja wieder der Zivilisation annäherte, von dem hier und da bereits halbmeterlangen Mannesschmuck zu trennen.

Am elften Tag ihrer Reise erreichten sie Kap Hotham am westlichen Eingang des Wellington-Kanals. Hier begegneten sie einer Schlittengruppe, die aus dem Norden, von den eingefrorenen Schiffen *Assistance* und *Pioneer*, kam. Kein anderer als Commander McClintock hatte den Oberkommandierenden, Sir Edward Belcher, besucht und war mit bestürzenden Befehlen auf dem Rückweg zu Kapitän Kellett. Belcher, nach dem zweiten Winter im Eis offenbar mit den Nerven am Ende, hatte angeordnet, *Resolute* und *Intrepid* aufzugeben und die Mannschaften beider Schiffe ebenfalls nach Beechey Island und auf die *Northstar* zu bringen.

»Da werden wir uns aber gegenseitig ganz hübsch auf den Zehen herumstehen!«, entfuhr es McClure, der sich eine gewisse Schadenfreude nicht verkneifen konnte, dieses Gefühl aber auch rasch wieder unter Kontrolle brachte. Tatsache war, dass die *Northstar*, das kleinste Schiff von Belchers Geschwader, bereits zwei Schiffsmannschaften beherbergte, seit im Sommer des letzten Jahres die *Breadalbane*, ein Post- und Versorgungsschiff, in weniger als einer halben Stunde vom Eis zerdrückt worden war. Die Crew der *Investigator* würde in wenigen Tagen die dritte Mannschaft an Bord der *Northstar* sein; die Männer von *Resolute* und *Intrepid* also die vierte und fünfte! Wie lange konnte man dieses Spiel fortsetzen, ohne dass das Schiff sank?

»Er spricht davon, auch *Assistance* und *Pioneer* aufzugeben«, vertraute McClintock seinem Kollegen McClure unter vier Augen an. Nahezu fassungslos schüttelte der charmante junge Offizier den Kopf. »Vier Schiffe im Eis lassen – das wäre der katastrophalste Rückzug seit Napoleons Übergang über die Beresina!«

Keiner der beiden Männer sagte, was er dachte, aber mit so vorsichtig-vielsagenden Blicken, wie sie nur Armeeangehörige wechseln und verstehen können, fragten sie einander bereits, ob und wie man einen so unfähigen Oberkommandierenden absetzen könne.

## 127.

Edward Belcher, Commander of the Arctic Squadron, war ein Rätsel für alle Menschen, die je mit ihm zu tun hatten, wahrscheinlich sogar für sich selbst. Man konnte nicht direkt sagen, dass der Mann unfähig war, aber er hatte sich auch nie und nirgendwo sonderlich ausgezeichnet, außer vielleicht durch die Verschrobenheit seiner Ideen. Irgendwie war er immer da, wenn und wo ein Ausweichkandidat für was auch immer gesucht wurde. Beförderungen, Auszeichnungen, Erhebungen in den Adelsstand, schließlich das Oberkommando. Belcher war nie die erste Wahl, wurde aber sonderbarerweise immer gewählt, auch wenn sich alle Verantwortlichen unmittelbar nach der Entscheidung verwundert die Augen rieben und sich fragten: Wie konnte das passieren?

Seine hervorstechendste Eigenschaft war seine schlechte Laune. Edward Belcher war sein Leben lang schlecht gelaunt – und entsprechend unverträglich. Schon auf der Reise ins Eis steigerte sich diese Unverträglichkeit zu einem wahren Menschenhass, der seinen Untergebenen rasch das Leben zur

Hölle machte. Der Mann ließ Offiziere unter Arrest stellen, weil sie schriftliche Eingaben auf dem falschen Papierformat machten, ließ Matrosen auspeitschen, weil sie die Spur eines Polarfuchses nicht gemeldet hatten. Bei alldem ein Gerechtigkeitsfanatiker erster Ordnung, stellte Belcher dazu sogar komplizierte Untersuchungen an: Wer hatte die Spur wann gesehen, wann gemeldet, und wer hätte sie eigentlich sehen und melden müssen?

Auch hing er seltsamen Verschwörungstheorien an, die er vermutlich selbst nie zur Gänze überblickte, getreu dem Motto: Je weniger man die Welt versteht, desto mehr hält man sie für ein raffiniertes, jahrtausendealtes Komplott! Von Anfang an orakelte Belcher etwa in Briefen an seine Frau von geheimen Befehlen, die ihn zwingen würden, Orte aufzusuchen, deren Aufsuchen er für völlig sinnlos hielt. Schon Franklin hätte übrigens geheime Order gehabt, weshalb auch die ganze Suche nach ihm, jedenfalls die Suche in der Nordwestpassage, eigentlich nur ein riesiges Vertuschungsmanöver sei.

In der Arktis angekommen, stellte Belcher nach einem einzigen – und gleich gescheiterten – persönlichen Versuch einer Schlittenreise die bemerkenswerte Behauptung auf, dass Schlitten in diesen Breiten ein völlig ungeeignetes Beförderungsmittel seien und entsprechende Expeditionen bloßer Schwachsinn, eine Spielwiese für beförderungssüchtige Helden! Seine Offiziere und Mannschaften wiederum waren auf Schlittenreisen vor allem deswegen so versessen, weil sie wussten, dass ihr Oberkommandierender dabei auf keinen Fall mitkäme, und zeitweise hatte Belcher an Bord seines Flaggschiffes nur noch ganze fünf Männer unter Kommando, weil alle anderen das unsägliche Ziehen und Schleppen im Schlittengeschirr seiner Gegenwart vorzogen.

Dass ein derart unbeliebter Mann auch unter Verfolgungswahn litt, war nachgerade eine Selbstverständlichkeit. Die kurzen Sommermonate 1853 und 1854 verbrachte Belcher deshalb damit, in einem sechs Meter langen, gut verproviantierten gedeckten Boot den Wellington-Kanal herauf- und herunterzufahren, immer auf der Suche nach demjenigen seiner Schiffe, auf dem sein Leben seiner Meinung nach am wenigsten in Gefahr war.

Bei alldem war der Mann ständig mit Schreiben beschäftigt. Belcher verfasste ein Standardwerk über nautische Vermessung, schrieb bereits eifrig am Journal der »letzten der arktischen Reisen« und arbeitete in seinen stillen Stunden wie ein Besessener an dem Seefahrerroman *Horatio Howard Brenton, a naval novel*, einer Saga in drei Teilen, von der es heute im *Dictionary of National Biography* lapidar heißt, sie sei »unbeschreiblich dümmlich«.

Tatsächlich war der Admiral so seltsam, dass spätere Historiker die ernsthafte Theorie aufstellten, er habe sich während seiner langen Dienstjahre auf den Schiffen Ihrer Majestät an den Niedergängen einfach zu oft den Kopf gestoßen. Die Entscheidung, vier seiner fünf Schiffe im Eis aufzugeben, stellte er in einigen Briefen jedenfalls so dar, als sei ebendas von Anfang an das erklärte Ziel der Admiralität gewesen und gewissermaßen gegen seinen Willen geschehen. Nur durch einen so vernichtenden Fehlschlag habe man nämlich die Öffentlichkeit endlich von der Sinnlosigkeit der arktischen Expeditionen überzeugen können! Er, Belcher, sei nur eine Art Sündenbock für die hämische Presse und habe diese Rolle mit der Tapferkeit eines pflichtgetreuen britischen Offiziers gespielt.

Und so stapften im Sommer 1854 nach und nach rund zweihundertfünfzig pflichtgetreue britische Seeleute aus nahezu allen Himmelsrichtungen über die endlose eisige Ebene, die sich auch in diesem Jahr nicht aufgelöst hatte.

## 128.

Als Anfang des 19. Jahrhunderts erste Überlegungen darüber angestellt wurden, die dampfgetriebenen Schienenfahrzeuge, die sich vor allem beim Lastentransport der Schwerindustrie und des Kohlebergbaus so glänzend bewährt hatten, auch für den Personentransport einzusetzen, fehlte es nicht an warnenden Stimmen.

Die technischen Schwierigkeiten seien unüberwindlich, die Risiken, etwa die Unfallgefahr, zu hoch und die Auswirkungen auf den menschlichen Organismus unabsehbar. Man fürchtete insbesondere eine zunehmende Verweichlichung der Gesellschaft, die über kurz oder lang vielleicht sogar das Gehen verlernen könnte, zumindest aber die Fähigkeit und Zähigkeit verlieren würde, Wind und Wetter zu trotzen. Wer die Welt nicht unter die eigenen Füße nähme, verlöre bald auch jeden Bezug zu ihr; man könne keine Landschaft, keine Natur genießen, die mit dreißig oder gar vierzig Kilometern pro Stunde an einem vorüberrase! Dazu das seelische Problem, keinen Einfluss mehr auf die eigene Fortbewegung zu haben, gleichsam ein menschliches Paket zu sein, das man an der einen Station aufgibt und an der anderen abliefern lässt. Kurz gesagt waren es die gleichen Argumente, die besorgte Kritiker hundert Jahre früher auch schon gegen den Personentransport im Postkutschenverkehr vorgebracht hatten.

Weggewischt wurden diese alten Bedenken jedoch von einer gänzlich neuen Begeisterung einiger Philosophen an den sozialen Folgen, die der Eisenbahnverkehr zwangsläufig mit sich bringen müsse. So wie Saint-Simon in der industriellen Fertigung von Gütern und Waren das Ende der Klassenprivilegien sah, so betrachteten seine Schüler die Eisenbahnreise, also das gemeinsame, unterschiedslose Bewegtwerden aller durch die unerhörte Energie und Produktivität der Dampfkraft, als eine Aufhebung der Klassen an sich. Die Dampflokomotive, die niemanden langsamer oder schneller machte als den anderen, die auch den Schwachen nicht zurückließ, würde die überlebte Feudalgesellschaft endgültig in den Abgrund der Geschichte ziehen.

Alle Ansätze, das zu verhindern, waren lächerlich: all die kleinen Barone, die versuchten, ihre hochherrschaftlichen Kutschen auf Eisenbahnschienen zu setzen, die ihre eigenen, privaten Waggons kaufen und nach Lust und Laune an die öffentlichen Züge anhängen wollten. Von derlei verschrobenen Ideen überlebte nur eine einzige: der Privat-, Salon- oder Staatswagen der Kaiser und Könige. Aber auch der war eigentlich nur eine Sonderform der Staatskarrosse, die an den egalitären Tatsachen der Eisenbahn wenig ändern konnte. Auf Reisen mussten die Majestäten mit dem gleichen Dampf vorliebnehmen, der auch den gemeinen Mann an sein Ziel beförderte. Das war aber auch schon alles, was die Eisenbahn, zumindest in Europa und im Zeitalter der Restauration, an Freiheit, Gleichheit und Brüderlichkeit hervorbrachte, denn wie alles in der Menschheitsgeschichte war auch ihre Erfindung und Entwicklung den ewigen Gesetzen von Kosten und Nutzen unterworfen.

John Gowers hatte als Junge den ersten Schienenstrang gesehen; er war bereits steinalt gewesen. Schon 1767 hatte man in den Kohlerevieren von Northumberland mit der Verlegung gusseiserner Schienen begonnen, und ehe man an einsatzfähige, dampfgetriebene Lokomotiven auch nur denken konnte, existierten dort bereits dreihundert Meilen Schienennetz, auf denen Pferdewagen die enormen Mengen von Kohle bis an die Flüsse und Kanäle transportierten, wo sie umgeladen und weiterverschifft wurden. Seitdem 1813 die erste Grubendampflokomotive, die *Puffing Billy*, ihre Arbeit aufnahm, war die weitere Entwicklung ein bloßes Rechenexempel.

Wie viele Pferde ersetzte die Lokomotive an Kraft und Geschwindigkeit? Was fraßen die Pferde, was fraß die Lokomotive? Wo stand der Preis für Futtermittel und ihren Antransport aus den entsprechenden Anbaugebieten? Hoch! Was kostete Kohle? Nichts. Jedenfalls nicht die Grubenherren. Es dauerte von da an nicht Jahre, es dauerte nurmehr Monate, bis die jahrhundertelange industrielle Nutzung von Pferdefuhrwerken Geschichte war. Von den Kohlerevieren breitete sich diese simple Rechnung über ganz England aus, und wer als Schwerindustrieller sein Geld gestern noch in den Ausbau schiffbarer Kanäle gesteckt hatte, investierte spätestens in die Eisenbahn, nachdem die *Rocket* der beiden Stephensons, Vater und Sohn, 1829 auf der Strecke Liverpool–Manchester den sagenhaften Geschwindigkeitsrekord von siebenundvierzig Stundenkilometern aufgestellt hatte.

Dass ein Jahr später auf der gleichen Linie auch der Personenverkehr eröffnet wurde, lag nicht etwa daran, dass diese Städte schöner, kulturell interessanter und politisch bedeutender gewesen wären als etwa London und Oxford, aber die eine besaß einen Industriehafen und die andere die größte Ansammlung von Fabriken der Tuch- und Metallindustrie, die die Welt bis dahin gesehen hatte. Eisenbahnen wurden also zuallererst immer dort gebaut, wo große Lasten zu geringen Preisen bewegt werden sollten.

Das war in Indien zunächst nur in den Hafenstädten Bombay, Madras und Kalkutta der Fall. Erst nach der Niederschlagung der großen Rebellion schien der Subkontinent sicher genug, um in eine Eisenbahnlinie zu investieren, die auch die Binnenstädte mit den Häfen verband. Die Meuterei hatte ebenfalls schmerzhaft deutlich gemacht, wie wichtig es für die Kolonialmacht war, ihre Truppen schnellstmöglich von einem zum anderen Ende des riesigen Landes transportieren zu können. Die Bahnstrecke Benares–Kalkutta, in einer einzigen fünfhundert Meilen langen Kurve dem Lauf des Ganges folgend, war deshalb noch eine relativ neue Bequemlichkeit, als Gowers die entsprechenden Fahrkarten erwarb – und zum ersten Mal sah, wie gründlich sich die Saint-Simonisten in der Eisenbahn getäuscht und wie komisch sie dennoch recht behalten hatten.

Die Klassenunterschiede zwischen den Reisenden waren keinesfalls aufgehoben, sie hatten nur die Nummern eins bis vier erhalten. Zwar hatte man keine Privatkutschen auf Schienen gestellt, aber doch mit den Erste-Klasse-Abteilen abgeschlossene kleine Welten des Reisekomforts geschaffen, die keinerlei Verbindung untereinander oder zum Rest des Zuges, ja nicht einmal Plattformen hatten. Nur an den Stationen konnte man problemlos von einem Abteil zum anderen gelangen. Während der Fahrt war dies lediglich über die außen angebrachten Trittbretter möglich; ein Umstand, der jedes Jahr mehrere Zugbegleiter das Leben kostete.

In der zweiten Klasse gab es Großraumwagen mit gepolsterten Bänken und einem Mittelgang. Die dritte oder Holzklasse ähnelte Viehwaggons, hatte aber zumindest noch Sitzbänke. Erst in der vierten Klasse saß man in offenen Wagen, manchmal auf bloßen Plattformen auf dem eigenen Gepäck, auf dem Boden oder den Gliedmaßen eines Mitreisenden. Das Komische daran war, dass die erste Klasse sich keiner besonderen Beliebtheit erfreute, sondern sogar Millionäre lieber in der zweiten und sogar dritten Klasse reisten.

Das lag zum einen daran, dass die Erste-Klasse-Abteile als Eldorado für Räuber und andere Übeltäter galten, die die Reisenden zwischen den Stationen völlig ungestört, ja *unbemerkt* ausplündern, vergewaltigen oder ermorden konnten.* Zum anderen hatten die luxuriös gepolsterten, in sich geschlossenen Abteile keine Toiletten, nicht einmal die in der zweiten und dritten Klasse üblichen kleinen Holzverschläge – was dazu führte, dass die Welt, zumindest die am Schienenstrang lebende Landbevölkerung, häufig genug auch die Kehrseiten des Luxus zu sehen bekam. Tatsächlich war man in der ersten Klasse seinen Mitreisenden und seinen Bedürfnissen ähnlich hilflos ausgeliefert wie in der vierten; was Saint-Simon womöglich gefreut hätte.

John Gowers, nur noch in der Gesellschaft von Ishrat, genoss hingegen für die gesamte rund dreißigstündige Reise den Komfort der Abgeschiedenheit, den Blick auf atemberaubende Landschaften und gleichzeitig alles, worauf er als Asket seit etwa zwei Wochen verzichtet hatte. Schade nur, dass er mit seiner dick bandagierten rechten Hand nichts fühlen konnte.

## 129.

Keine Krokodile und Königinnen, düsteren Türme, verfallenden Paläste, nackten Heiligen – stattdessen ein Handelsregister, ein Grundbuchamt und endlich wieder die normale Ermittlungsarbeit in einer zivilisierten Stadt.

Im Gegensatz zu den beiden anderen großen Einfallstoren der Europäer in Indien, der Portugiesen in Bombay und der Franzosen in Madras, war Kalkutta eine *Gründung* der Engländer und von Anfang an in britischem Besitz. Am Tank

* Tatsächlich waren es zwei Morde in Erste-Klasse-Abteilen in den Jahren 1863 und 1864, die die Entwicklung zur heute noch üblichen Einteilung in Abteilwagen mit seitlichem Durchgang anstießen.

Square, mit seinem großen Trinkwasserreservoir, sah Gowers sogar noch die Reste des alten Fort William – so der ursprüngliche Name der Stadt –, von Siraj-ud-Daula 1756 beim letzten großen Sieg der Nawabs von Bengalen zerstört.

Das Old Court House und das Writers Building, Sitz mehrerer Ministerien der Kolonialregierung, glichen mit ihren Arkaden, Säulen und Balustradendächern den venezianischen Handelspalästen des späten Mittelalters. Der Tank Square schied die südliche, zum Hafen am Fluss Hooghly hin gelegene White Town von den in seinem Norden liegenden Vierteln der Armenier, Araber, Juden und Anhänger der Lehren Zoroasters. Noch weiter nördlich hatten sich die Hindus niedergelassen, reiche Kaufleute und *Banians* ebenso wie die Ärmsten der Armen, und die Stadt wirkte hier, als ob jemand alle Häuser in die Luft geworfen hätte, die dann irgendwie wieder herabgefallen seien.

Am Nordende des Tank Square fand Gowers schnell, was er suchte: den großen, aber etwas heruntergekommenen Hauptsitz von *Charles Mordaunt & Company*. Das Unternehmen schien tatsächlich in den letzten Jahren vernachlässigt worden zu sein, und bei seinen Recherchen im Handelsministerium – wieder einmal nicht unwesentlich gefördert durch Abdur Ruhimans Empfehlungsbriefe – fand der Investigator auch heraus, woran das lag. Der Eigentümer, Charles Mordaunt, war vor neun Jahren gestorben. Schon aus der Firmengeschichte, niedergelegt in den nackten Daten des Handelsregisters, ging hervor, dass er sich seines Besitzes nur ungefähr zwanzig Jahre lang erfreut hatte. 1838 hatte er die Vorgängerfirma *Hall Incorporated* übernommen und ihr seinen Namen gegeben. Wunderbar einfach, nämlich mithilfe der Steuerbehörde, die im gleichen Haus untergebracht war, fand er schließlich die letzte Privatadresse des Firmeneigentümers heraus; ein Haus an der

Chitpore Road in der Black Town, das jetzt auf Mrs. Charles Mordaunt eingetragen war.

Ehe er jedoch der Spinne ins Netz ging, wollte er zuerst Näheres über Mordaunt und seine Indigo-Firma herausfinden, und wer könnte ihm mehr darüber sagen als ihr eigentlicher Gründer, Edward Montagu Hall? Den Steuerlisten entnahm der Investigator, dass dieser Mann tatsächlich noch – hochbetagt – in Kalkutta lebte, traf ihn aber unter der dort angegebenen Adresse nicht an. Ein ziemlich verwirrter *Kansamah*, der sich offenbar mit seiner eigenen Familie im Hause seines Herrn eingerichtet hatte, sagte vielmehr, dass Sahib Hall schon seit Jahren im Old Hare's Club am Course residiere, einer Flaniermeile unterhalb des neuen Fort William, im weißen Süden der Stadt.

All das herauszufinden hatte nur einen Tag gedauert, aber was Gowers von britischen Herrenclubs zu wissen glaubte, ließ ihn befürchten, dass die Hindernisse nun deutlich größer werden würden. In London bestanden solche Clubs gemeinhin aus holzgetäfelten Hinterzimmern, in denen ein Haufen verwitterter alter Knaben herumsaß, die niemanden für einen Menschen hielten, der nicht unter Wellington gedient hatte und bei Talavera »dabei« gewesen war. Er war deshalb sehr überrascht, als er am nächsten Morgen, ohne auch nur seine Karte abgegeben zu haben, von einem livrierten Diener in die Räumlichkeiten des Old Hare's Club eingelassen und auf dessen Veranda geführt wurde.

Das Ganze schien eher ein Heim für leidende Pensionäre zu sein als ein Club, denn bereits auf diesem kurzen Weg begegnete dem Investigator ein halbes Dutzend Krankenschwestern, die kleine Geleitzüge von Rollstühlen und ihren Besitzern für einen gemeinsamen Morgenspaziergang zusammenstellten, und es liefen auch überall junge Inder von Zimmer zu Zimmer, die eher Pfleger als Diener zu sein schienen. Auf der Veranda schließlich saß ein gutes Dutzend alter Hasen, Knie und Füße in der Sonne und die Köpfe im Schatten und einer angenehm kühlen Brise, die vom Hooghly hinauf über die Parkanlage des Course strich. Auch saßen einige in den fantasievollsten Arten von Rollstühlen, die zum Teil allerdings schon länger nicht mehr bewegt worden waren.

Die alten Herren hatten mehrheitlich Bärte, die bis weit auf die Brust reichten, und ihr Haar, soweit noch vorhanden, zeigte alle nur denkbaren Varianten von Weiß. Eine weitere Übereinstimmung waren die kleinen Ferngläser, die die alten Hasen in ihren gichtigen Fingern hielten und gelegentlich an die Augen setzten, um den Gouvernanten und jungen Mädchen hinterherzuschauen, die zu dieser frühen und kühlen Morgenstunde ihre Runden im Park drehten.

»Ich sag dir, wenn die vor dir hergeht, reichen die Augen nicht – da musst du den Kopf bewegen!« Schon die ersten Kommentare der alten Hasen zu dem Geschehen auf dem Course machten Gowers klar, warum er so problemlos eingelassen worden war und wen er hier vor sich hatte.

Indien war für die bürgerliche englische Gesellschaft das, was Outremer und die Kreuzzüge für den europäischen Feudaladel des Mittelalters gewesen waren. Dorthin wurden die Unruhigen geschickt, die Hungrigen und die Gestrauchelten: zweite oder dritte Söhne ohne Erbberechtigung, wilde, hier und da zu wilde Burschen, die im Mutterland ständig über die Stränge schlugen, Skandale machten, ohne Aufstiegschancen blieben und irgendwann zumindest familiäre Revolutionen angezettelt hätten. Sollten sie in den Kolonien ihre eigenen kleinen Königreiche erobern, Vermögen machen, Familien gründen!

All diese alten Männer hatten eines fernen Tages auf die

Etikette und die Traditionen ihrer Familien und des Königreiches gepfiffen und waren hinausgezogen, um ihren Platz in der Welt zu finden. Geblieben waren ihnen davon heute nur noch ihre Arroganz und die gewisse Primitivität ihrer Pionierjahre. Gleichzeitig waren sie und ihre Geschäfte aber auch der Grund für die Anwesenheit der britischen Armee in Indien; sie waren der Vorwand für die Eroberung des Subkontinents, das allmähliche Abwürgen einer jahrtausendealten Kultur, die Niederschlagung der großen Meuterei und all die Verwirrung, Entrechtung, das Leid eines besetzten Landes, denen Gowers auf seinem Weg begegnet war.

## 130.

Edward Montagu Hall war noch einer der muntersten unter diesen Kolonialgreisen und schien hocherfreut, dass noch einmal jemand etwas von ihm wissen wollte.

»Setzen Sie sich doch, junger Mann. Trinken wir was! Boy!«

»Es ist noch zu früh für mich, vielen Dank, Sir«, sagte Gowers, als der Diener ein Tablett mit einer ganzen Flasche schottischem Maltwhisky und zwei Gläsern auf ein niedriges Tischchen zwischen ihn und seinen Zeugen stellte.

»Ich erinnere mich!«, rief in diesem Moment völlig unvermittelt einer der Greise rechts von Hall, ließ aber völlig offen, was dabei gerade in seinem Kopf vorging.

»Tun Sie einem alten Mann den Gefallen und trinken Sie, Junge!«, erwiderte Hall. »Danach können Sie von mir aus den Rest Ihres Lebens abstinent leben.«

Der Investigator hob also widerstrebend sein Glas, und der alte Mann sagte mit dünner Stimme: »Rosenlippenmädchen! Leichtfüßige Jungs!«

Der Mann in ihrer unmittelbaren Nachbarschaft, einer aus der Rollstuhlfraktion, begann bei diesen großen Worten in seinen Bart zu kichern. Hall wurde wütend und sagte gereizt: »Bob Hickey, wenn ich sechsundachtzig wäre und nur einmal in der Woche richtig pinkeln könnte, würde ich mich raushalten, wenn Männer trinken. Würde mich raushalten und mich auf meine Blase konzentrieren!«

»Ich erinnere mich!«, tönte es wieder von rechts.

Flüsternd beugte sich Hall zu seinem Besucher hinüber. »Ich bin vierundneunzig, Junge, aber mit den Knochen von diesen Langweilern da werde ich noch allemal in die Birnen schmeißen! Was kann ich also für Sie tun?«

»Ich brauche Informationen über Charles Mordaunt«, sagte der Investigator.

»Charlie Mordaunt, ja«, erwiderte Hall nach kurzem Überlegen. »Ist auch schon eine Weile hinüber, wie?!«

»Ja, Sir«, bestätigte Gowers. »Was wissen Sie über ihn?«

»War mein Nigger, für lange Jahre. Kein übler Bursche, gar nicht übel. Aber machte zu viel mit den Niggermädchen herum, wenn Sie mich fragen. Hatte einfach nicht genug Klasse, der Kerl.«

»Aber ausgekauft hat er dich trotzdem, nicht wahr, Hall?!«, warf Bob Hickey ein, ohne sich zu ihnen umzuwenden.

»Weil ich mich hab auskaufen lassen, Hickey. Was meinst du, wie der geblutet hat?!«

»Ich erinnere mich!«

»Mordaunt hat also zuerst für Sie gearbeitet?«, fragte Gowers.

»War mein Nigger, jawohl!«

»Er hat dich rausgedrängt, Hall«, sagte Hickey. »So einer bist du schon immer gewesen: einer, den man rausdrängt.«

»Konzentrier dich auf deine Blase, Hickey!«

»Sag ihm doch, dass du keinen Cent mehr hast, Hall. Dass du pleite bist! Vielleicht spendiert er dir dann ein Mittagessen …«

»Ich hab eben gelebt, Hickey.« Wieder beugte sich Edward Montagu Hall zu Gowers hinüber und sagte hinter vorgehaltener Hand: »Es gibt nichts Dümmeres als einen toten Millionär, Junge!«

»Woher hatte Mordaunt das Geld, um Sie auszukaufen, Sir?«

»Hat reich geheiratet, soviel ich weiß. War mir aber egal, woher er's hatte. Hauptsache, ich hab's ausgegeben!« Der alte Mann lachte schäbig.

»Was wissen Sie von seiner Frau?«

»Nicht viel. Ein Niggermädchen eben, irgendeine Maharani-Schlampe, hab sie Gott sei Dank nie gesehn. Wahrscheinlich hässlich wie die Nacht, hässlich – aber stinkreich! So was hätte ich auch haben können, aber ich, ich hatte eben Stil!«

»Das Einzige, was du je umsonst von einer Frau gekriegt hast, waren Filzläuse, Hall«, sagte Bob Hickey und kicherte wieder.

»Hickey, ich schwör's dir, ich säg deine Bremsen ab und schiebe dich in den Fluss!«, drohte Hall.

»Ganz ruhig, Gentlemen«, sagte Gowers.

»Sind wir, Sir«, erwiderte Hickey und gluckste in seinen Bart. »Wollen Sie mal sehen, wenn wir wütend werden?!« Darüber lachte sogar Edward Montagu Hall, bis seine Kiefer bröckelten.

»Margret!«, rief in diesem Moment einer der übrigen Greise, ganz am Ende der Reihe. Mit erstaunlicher Geschwindigkeit hoben die anderen ihre Gläser an die Augen, und auch Gowers entdeckte jetzt auf der Promenade ein dralles junges Dienstmädchen, das man anscheinend durch einen Trichter in sein Kleid gegossen hatte und das lächelnd zur Veranda hinüberwinkte. Dann warf sie den Greisen eine Kusshand zu.

»Meiner!«, rief einer der alten Hasen.

»Ja, am Arsch, alte Stinkmumie!«, mummelte prompt ein anderer.

»Warum fragen Sie die Dame nicht selber, junger Mann?«, fragte in diesem Moment Edward Montagu Hall. »Soweit ich weiß, sitzt sie immer noch oben im blauen Haus auf ihrem Niggerarsch.«

»Ich erinnere mich!«

»Wo?«, fragte Gowers mit gespitzten Ohren.

»Im blauen Haus. Charlie Mordaunts alte Hütte oben im Niggerviertel. Soll ganz behaglich sein, junge Mädchen und all das.« Der alte Mann musterte Gowers spöttisch von oben bis unten. »Aber auch Jungen!«

»Leichtfüßige Jungs!«, keckerte Bob Hickey.

»Seine Frau hat sie für ihn auf der Straße aufgelesen, hieß es jedenfalls immer.«

»Vielen Dank, Gentlemen«, sagte Gowers, froh, sich endlich erheben zu können. »Sie haben mir sehr geholfen!«

»Bleiben Sie doch noch!«, protestierte Hall. »Trinken Sie noch einen!«

»Nicht in dieser Gesellschaft«, erwiderte Gowers.

»Niggerfreund, wie?«, fragte Bob Hickey und sah den Investigator zum ersten Mal an. »Hab ich doch gleich gerochen!«

»Konzentrieren Sie sich auf Ihre Blase, Hickey!« Erleichtert verließ Gowers dieses Beinhaus des Kolonialismus und mischte sich in das lebendige, bunte Gewimmel der Chowringhee Road.

## 131.

Schon seit die erste britische Expedition im Jahr 1817 ins Eis des Nordens gefahren war, fragten sich besorgte französische Politiker, was die Engländer dort oben eigentlich trieben. Insgesamt drei Bourbonenkönige hatte man jedoch nicht nachdrücklich genug für diese Frage interessieren können, und erst nach Ausrufung der Republik 1848 durfte man an eine Beantwortung zumindest denken. Da eigene Expeditionen mangels Finanzierung völlig ausgeschlossen waren, entschied man, eine Art Beobachter auszusenden, und stand dann noch drei Jahre lang vor dem Problem, wie man die Briten dazu veranlassen könnte, auf ihren eigenen Schiffen einen französischen Spion mit ins Eis zu nehmen.

Zuerst hielt man Ausschau nach einem abenteuerlustigen jungen Wissenschaftler, den man der britischen Krone irgendwie als europaweit gesuchten Spezialisten für Glaziologie, Hydrografie oder die arktische Flora und Fauna gewissermaßen unterjubeln könnte; aber zum einen waren diese Wissenschaften noch nicht erfunden, zum anderen hatten die Briten entsprechende Wissenschaftler selbst, und vor allem waren die arktische Flora und Fauna ganz einfach nicht üppig genug, als dass sie irgendeinen französischen Forscher – noch gar einen jungen, abenteuerlustigen – besonders intensiv interessiert hätten. Die Hintertür, die man schließlich nutzen konnte, war eigentümlich genug.

Lady Jane Franklin kämpfte länger als zehn Jahre so hartnäckig darum, das Schicksal ihres Gatten und seiner Männer aufzuklären, schrieb so viele Briefe, Petitionen, Protestnoten wegen mangelnder Aktivitäten auf diesem Gebiet, dass die höchsten Lords der Admiralität angeblich aus den Fenstern ihrer Amtssitze kletterten, um der streitbaren Dame nicht auf den Fluren zu begegnen. Im Jahr 1851 beschloss sie schon zum zweiten Mal, eine eigene, privat finanzierte Expedition in die Arktis zu schicken, erließ Spendenaufrufe, lancierte Zeitungsartikel, schrieb Bittbriefe an alle Königshäuser Europas und sogar an den Zaren von Russland, war sich andererseits aber auch nicht zu schade, höchstpersönlich zum Beispiel bei ihrem Schneider vorzusprechen, um hier zehn, da fünfzig und dort fünfhundert Pfund lockerzumachen. Lady Franklin investierte auch so viel von ihrem eigenen Vermögen in diese Expeditionen, dass sie später von Franklins Tochter aus erster Ehe verklagt wurde, da auf diese Weise der größte Teil des Familienerbes verloren gegangen war.*

Als deshalb 1851 ein blendend aussehender, äußerst gewinnender junger Franzose namens Joseph-René Bellot bei Lady Franklin vorsprach, sich als glühender Bewunderer ihres Mannes ausgab und fünfhundert Pfund sowie seine persönliche Beteiligung an einer Rettungsexpedition in Aussicht stellte, hatten die Franzosen endlich ihren Mann in den Polargebieten. Mit der winzigen *Prince Albert* fuhr Bellot im gleichen Sommer ins bislang nur wenig erforschte Prince Regent Inlet im Süden des Lancaster Sound. Seine begeisterten Nachrichten darüber, dass Somerset Island von der Boothia-Halbinsel durch einen kleinen, ganzjährig zugefrorenen Kanal getrennt sei, den sämtliche Briten bisher übersehen hätten, gehört vermutlich zu den eigentümlichsten Berichten, die der französische Geheimdienst je in seine Archive aufnehmen konnte.

Was keiner wusste, war: Bellot war seit frühester Jugend

* Eine weitere von Lady Franklin privat finanzierte Expedition, die 1859 unter dem Kommando von Francis McClintock stattfand, entdeckte tatsächlich die letzten Überreste der Franklin-Expedition auf King William Island.

von den Geschichten der englischen Arktis-Expeditionen fasziniert, verehrte Parry und Franklin tatsächlich wie Götter und wünschte sich nichts sehnlicher, als in ihre Fußstapfen zu treten. Durch die Bellot-Straße gelangte sein Name schließlich immerhin auf die gleiche Landkarte wie die seiner Helden. Als ausgewiesener Entdecker stieß er deshalb 1853 auf der *Breadalbane* zu Belchers Geschwader und diente dem Admiral – der dem Franzosen eher traute als seinen eigenen Leuten – in jenem verhängnisvollen Winter als Nachrichtenkurier von Schiff zu Schiff.

Dass auf diese Weise ausgerechnet der einzige Franzose unter so vielen Engländern als einer der Ersten wusste, dass sämtliche Schiffe außer der *Northstar* aufgegeben werden sollten, hätte in französischen Geheimdienstkreisen vielleicht größeres Interesse geweckt als die Entdeckung einer unschiffbaren Wasserstraße – aber leider kam der fröhliche junge Mann nicht mehr dazu, einen entsprechenden Bericht zu schreiben. Auf seiner letzten Reise den Wellington-Kanal hinauf wurde er von einer Sturmböe erfasst und zwischen die Eisschollen des zufällig einmal offenen schwarzen Wassers geweht. Trotz sofortiger Suchmaßnahmen der ihn begleitenden kleinen Mannschaft fand sich nicht einmal seine Leiche. Das jedenfalls besagte die offizielle Nachricht von seinem Tod.

Belcher selbst kam Ende Juli 1854 als letzter von allen Kapitänen nach Beechey Island und wohnte dort vier Wochen lang in einem eigens für ihn errichteten kleinen Haus, um der apokalyptischen Enge an Bord der *Northstar* zu entgehen.

## 132.

Die *Northstar* unter Kapitän Pullen war ein bloßes Depotschiff, mit der Aufgabe, den mittels kleinerer Dampfer von England aus immer wieder erneuerten Proviant und Brennstoff des Geschwaders auf die überall im gefrorenen Meer festliegenden eigentlichen Expeditionsschiffe zu verteilen. Sie hatte also eine verhältnismäßig kleine Besatzung, hätte aber auch bis zu sechzig Leuten bequem Platz bieten können. Im Sommer 1854 waren jedoch nach und nach zweihundertachtundsiebzig Offiziere und Seeleute an Bord gekommen, und unter Deck lagen die Männer so eng nebeneinander wie auf einem portugiesischen Sklavenschiff. Wer irgend konnte, ließ sich auf die Insel abkommandieren.

Beechey Island war eigentlich gar keine eigene Insel, sondern über eine schmale, bisweilen auch von Eis und Wasser überspülte Landzunge mit der riesigen Insel Devon verbunden. Erste Anlaufstelle und Stützpunkt so vieler Arktis-Expeditionen war Beechey hauptsächlich wegen zweier hervorragender Ankergründe: der Union Bay im Westen und der Erebus Bay im Osten, beide von den steilen Klippen der Insel gegen den gewaltigen Strom des Lancaster Sound geschützt und nach allen Erfahrungen der letzten fünfunddreißig Jahre zumindest in den Sommermonaten zuverlässig eisfrei.

Hier hatte man bereits 1850 Spuren der verschollenen Franklin-Expedition entdeckt, die fünf Jahre zuvor offenbar auf Devon und Beechey ihr erstes Winterquartier aufgeschlagen hatte. Es fanden sich die Überreste eines aus Stein errichteten großen Hauses, einer Schmiede, einer Tischlerei und mehrerer kleiner Hütten, dazu Kleiderfetzen, ein Paar liegen gebliebene Handschuhe, eine alte Zeitung vom September 1844 und –

drei Gräber. Die rätselhafteste Entdeckung war aber eine Reihe kleiner Pyramiden, sorgfältig aus siebenhundert leeren Konservendosen aufgetürmt, die man mit Kies gefüllt hatte.

Warum man weder dort noch in zwei ebenfalls errichteten Steinhaufen irgendeine schriftliche Nachricht mit den weiteren Plänen der Expedition fand, wie sie niederzulegen ein Admiralitätsbefehl ausdrücklich vorschrieb, sollte für immer ein Rätsel bleiben. Es wurde in diesem Zusammenhang sogar schon früh die Vermutung geäußert, irgendeine Form von geistiger Umnachtung müsse Franklin und seine Offiziere befallen haben, da sie auf diese primitivste aller Sicherheitsmaßnahmen verzichteten.

McClure schauderte bei diesem Gedanken; er hatte einen Winter lang mit zwei Wahnsinnigen zusammenleben müssen und mochte sich nicht vorstellen, was geschehen würde, wenn nicht zwei, sondern vielleicht zehn, fünfzehn Männer an Bord eines Schiffes tobsüchtig oder debil wurden. Dennoch war es nicht der Ire, sondern sein ehemaliger Schiffsarzt Alexander Armstrong, der irgendwann in diesem Sommer, während man darauf wartete, dass das Eis des Lancaster Sound aufbrach, eine ebenso einfache wie kühne Idee hatte.

Vierzig Expeditionen zu Land und zu Wasser hatten von Franklin nicht mehr gefunden als das, was hier auf Beechey vor ihnen lag. Aber hatte man es genau genug untersucht? Warum nicht, sozusagen als Abschluss all dieser fruchtlosen Bemühungen, diejenigen Mitglieder der unglücklichen Expedition befragen, von denen man sicher wusste, wo sie zu finden waren – nämlich die drei Toten in ihren Gräbern? Sie waren junge Männer gewesen: John Torrington, Heizer an Bord der *Terror*, zwanzig Jahre alt, John Hartnell, Vollmatrose der *Erebus*, fünfundzwanzig Jahre, William Braine, Seesoldat auf der *Erebus*, zweiunddreißig. Armstrong beabsichtigte nicht weniger, als alle drei Gräber zu öffnen und die Toten zu obduzieren.

Sehr behutsam versuchten die Kapitäne, Admiral Belcher diese neue Idee nahezubringen. Belcher war ganz in die Logbücher der aufgegebenen Schiffe vertieft, die die Kommandanten bei ihm hatten abgeben müssen. Er suchte vor allem nach kuriosen Begebenheiten, die er als Glanzpunkte seinem eigenen Journal einverleiben konnte, denn an Bord seiner *Assistance* war offenbar zwei Jahre lang am wenigsten vorgefallen.

Die Gräber auf Beechey Island hatte er schon mehrfach zeichnen lassen: bei Mondlicht, vor dem düsteren Hintergrund der hundertfünfzig Meter hohen Klippen der Insel und mit einem einsamen Eisberg in der Erebus Bay – den es dort zwar gar nicht gab, der sich aber bei einer etwaigen Veröffentlichung bestimmt prächtig machen würde. Als ihm gemeldet wurde, dass man in den vergangenen Wintern regelmäßig einen riesigen Eisbären gesichtet hätte, der offenbar bei den Gräbern Wache hielt, hatte er auch den noch hinzufügen lassen, auch wenn das Ganze dadurch ein wenig überladen wirkte. Er würde diese Sache zu Hause entscheiden, spontan: Eisberg oder Eisbär, je nachdem, was seiner Frau den größeren Schauer über den Rücken triebe.

Den Vorschlag, diesen geradezu mystischen Ort durch eine Grabschändung zu entweihen, wies er zunächst weit von sich, aber als Charles Richards, sein Commander auf der *Assistance* und der einzige Offizier, der ihm noch halbwegs ergeben war, bemerkte, wenn dadurch irgendeine neue Erkenntnis gewonnen würde, stünde man in England nicht mit ganz so leeren Händen da, lenkte er ein.

»Also in des Teufels drei Namen«, fluchte der Admiral. »Aber nicht alle: Suchen Sie sich eins aus, und machen Sie's auf!«

Die Qual der Wahl überließ man Armstrong. Der entschied sich schließlich für John Hartnell, an den sich manche der versammelten zweihundertachtundsiebzig Seeleute noch erinnern konnten: ein gesunder, kräftiger Bursche. An seiner Leiche ließe sich vielleicht am eindeutigsten feststellen, was ihn nach weniger als einem Jahr an Bord der *Erebus* das Leben gekostet hatte.

## 133.

Das blaue Haus, Charlie Mordaunts alte Hütte, erwies sich als eine zweigeschossige Villa im Kolonialstil und war kleiner, als Gowers erwartet hatte. Aber vielleicht hatte er auch letzthin zu viel in Palästen zu tun gehabt, um von einer luftigen Veranda in der zweiten Etage und einem von sechs etwas zu üppigen Säulen getragenen Balustradendach übermäßig beeindruckt zu sein. Auf dem Dach waren Schlafzelte aufgebaut, ein sicheres Zeichen dafür, dass hier Einheimische und keine Europäer lebten, und in einer ebenso anachronistischen Holzkonstruktion erkannte der Investigator durch sein Fernrohr einen großen Taubenschlag. Er war am Ziel.

Das Haus selbst lag etwas zurückgesetzt von der Chitpore Road, hatte aber keinen Garten, keine Auffahrt, keine Freitreppe – nichts, was man von einem englischen Landhaus erwartet hätte. Erst als Gowers auch eine kleine Parallelstraße auf der Rückseite erkundet hatte, erkannte er, dass die hier stehenden *Chota-Bungalows*, also eigentlich nur niedrige strohgedeckte Hütten, offenbar zum gleichen Areal gehörten. Sie waren in einer sorgfältigen Weise versetzt angeordnet, sodass die Rückseite des blauen Hauses von der Straße aus nicht eingesehen werden konnte. Das ganze Gelände wurde nicht etwa von einer Mauer, sondern nur von einem geradezu rachitischen Zaun aus dünnen Bambusrohren eingegrenzt.

Die Frontseite und das Untergeschoss des blauen Hauses wirkten seltsam tot, die Fensteröffnungen waren mit heruntergelassenen Bastmatten verhängt, um die Hitze oder die Blicke ungebetener Besucher abzuhalten. Nur auf dem Dach waren hier und da umherhuschende Menschen zu sehen, und das eigentliche Leben schien ohnehin auf der Rückseite, in und zwischen den Bungalows stattzufinden. Gowers sah dort eine große Menge von Kindern, auch einige Jugendliche beiderlei Geschlechts, die diese Kinder betreuten, aber nur eine einzige erwachsene Frau von vielleicht fünfundzwanzig Jahren, die immer wieder mit Wassereimern von Hütte zu Hütte ging. Irgendwo weiter hinten musste es also einen Brunnen geben, vielleicht sogar einen größeren Hof.

Er beschloss, von dieser Seite her auf das Areal vorzudringen; nicht nur, weil er nicht wusste, was es vorn für Sicherungsmaßnahmen geben würde und bekannte Risiken den unbekannten immer vorzuziehen sind, sondern auch, weil es vielleicht das letzte Mal war, dass er das Unerwartete tun konnte.

Die Nacht war mondlos, aber der Himmel sternenklar. Schon in den letzten beiden Wochen war es so heiß gewesen, dass auch die Nächte keine wesentliche Abkühlung in das sumpfige bengalische Tiefland brachten. Die Hitze erneuerte sich also gewissermaßen nicht mehr, sondern waberte abgestanden, alt und schwül auf dem Boden. Der Monsun stand jetzt unmittelbar bevor. Dennoch registrierte Gowers einen schwachen Temperaturunterschied, denn die aufgeheizte Erde trieb ihre Wärme in seine Hosenbeine, als würde er durch warmes Wasser waten, während der Schweiß auf seiner Stirn immerhin noch seine Funktion erfüllte und ihm kühl in die Augen tropfte, wenn er seine verblichene Mütze anhob.

Sie bewegten sich, so lautlos es zwischen den Bungalows möglich war, und hielten immer wieder an, um in die Runde zu lauschen: Aber da war nichts, gar nichts, nicht einmal der Atem der Schläfer, die hier und da auf dem Hof, neben dem Brunnen auf dem Boden lagen. Das blaue Haus wirkte tintenschwarz, wie ein Loch in der Dunkelheit; nur durch die mit braunen Vorhängen bedeckten, bis zum Boden reichenden Fensteröffnungen eines niedrigen, langgestreckten Gebäudes auf seiner Rückseite drang ein schwaches, fauliges Leuchten.

Ishrat hob mit der linken Hand einen dieser Vorhänge ein wenig an, den rechten Arm mit dem offenen Schwert hoch erhoben, um jeden dahinter lauernden Feind sofort zu erstechen; aber da war kein Feind. Gowers, den Revolver in der unverletzten, aber auch ungeübten Linken, spähte für einige Sekunden hinein und stellte fest, dass das Licht von einigen flachen Opferschalen herrührte, in denen noch ein wenig Öl brannte. Er sah schwache Lichtreflexe auf einem großen, mit Wasser gefüllten Becken in diesem Badehaus oder was immer es sein mochte – aber auch, dass einige dunkle Körper reglos im Wasser lagen.

Er brauchte eine Weile, um sich von der Vorstellung zu lösen, dass es Krokodile oder kleine Baumstämme oder einfach nur *Gaddis* waren, die man hineingeworfen hatte, aber dann bedeutete er Ishrat, den Vorhang wieder herunterzulassen. Mit gerunzelter Stirn und einer Sorglosigkeit, die die Leibwächterin erschreckte, ging der Investigator anschließend über den Hof zu der neben dem Brunnen liegenden Gestalt einer jungen Frau und stieß sie mit seiner Stiefelspitze an; sie rührte sich nicht.

Die einzelnen Zimmer der Bungalows waren nach außen hin offen, und ohne irgendeine Vorsichtsmaßnahme ging Gowers hinein, beugte sich über das ineinander verschlungene

Knäuel kleiner Leiber und lauschte: kein Atem. Die Kinder schliefen nicht, sie waren tot. Er ging zu Ishrat zurück, die auf dem Hof wartete und es noch nicht verstanden hatte.

»Licht!«, sagte er.

## 134.

Die sorgfältig aufgeschichteten Steinplatten wurden abgenommen und beiseitegelegt, und auch eine oberste Schicht aus leichtem Geröll konnte leicht abgetragen werden. Dann jedoch stießen sie auf den Permafrostboden, hart wie Zement, auf dem die Spitzhacken Funken schlugen wie auf Eisen, ohne dabei mehr abzusprengen als jeweils einige wenige Körnchen von der Größe eines Kieselsteins.

Permafrost, also dauerhaft und seit Ewigkeiten gefrorener Boden, ist eigentlich keine Erde, kein Stein, aber auch nicht einfach nur Eis oder gefrorener Schlamm. Es ist eine verwirrende Materie, deren Eigenschaften widersprüchlich und bis heute nicht völlig erforscht sind. Sie scheint sich durch kristallines Wachstum im Boden auszubreiten und kann eine Tiefe von fünfhundert Metern erreichen. Permafrost aufzugraben ist eine Qual, weil er zwar hart wie Fels ist, aber nur selten in größere Brocken oder Bruchstücke zerspringt. Zentimeter für Zentimeter, immer nur kleine Fetzen preisgebend, vermittelt er eher das Gefühl, langsam in sehr hartes Holz einzudringen.

Die Männer arbeiteten in sehr kurzen Schichten, und keiner von ihnen glaubte, in seiner halben Stunde sonderlich viel erreicht zu haben. Dennoch nahm langsam eine Grube von zweieinhalb Meter Länge und etwa anderthalb Meter Breite Gestalt an. Es waren vorwiegend die Männer der *Investigator*, die hackten und schaufelten; nicht nur, weil ihr Schiffsarzt diese glorreiche Idee gehabt hatte, sondern weil man ihnen auf diesem Gebiet die größte Erfahrung zuschrieb: Am 22. Mai 1854 hatten sie hier ihren Schiffskameraden Thomas Morgan in sein kaltes Grab gelegt – den letzten Mann der *Investigator*, der auf einer Reise starb, die ihn um die halbe Erde und noch fünfhundert Meilen über das Eis der Nordwestpassage geführt hatte.

Die Kapitäne aller fünf Schiffe standen dabei und diskutierten leise darüber, was man wohl finden würde. Vielleicht handelte es sich nur um ein Scheingrab, eine bloße Gedächtnisstätte für John Hartnell, so wie man auch für den unglücklichen Bellot eine angelegt hatte. Vielleicht wäre der Sarg aber auch in den vergangenen acht Sommern immer tiefer und tiefer in den Boden eingesunken und überhaupt nicht mehr zu finden.

Für Spekulationen sorgten auch die Bibelverse auf den Kopfbrettern der Gräber, die man anstelle eines Grabsteins ins Geröll gesteckt hatte. Auf Torringtons Grab fand sich keine solche Inschrift, aber *Choose ye this day whom you will serve/ Erwählt euch heute, wem ihr dienen wollt* hatte man dem Seesoldaten William Braine mit auf seinen langen Weg gegeben und *Thus saith the Lord of hosts, consider your ways/So spricht der Herr Zebaoth: Schaut, wie es euch ergeht* sagte John Hartnell den vielen müßig und neugierig herumstehenden Matrosen auf seinem Grabstein, den man in Ehren zur Seite gelegt hatte.

Selbst in einer Zeit größerer Religiosität waren das seltsame Verse, düster und hoffnungslos, und die Kapitäne fragten sich, ob diese Männer vielleicht gewaltsam ums Leben gekommen waren. Doktor Armstrong mochte eine solche Möglichkeit nicht in Betracht ziehen; nicht, weil es ihn davor gegraust hätte, einen Erschlagenen zu untersuchen, sondern weil ein Mordopfer oder womöglich sogar ein hingerichteter Mörder so wenig Grundsätzliches über die verschollene Expedition ausgesagt hätte.

Als man das Grab etwas über einen halben Meter tief ausgehoben hatte, begann sich ein eigenartiger Modergeruch auszubreiten, den der allmählich auffrischende Wind jedoch immer wieder zerstreute. Hatte man John Hartnell am Ende nicht in einem Sarg beigesetzt, sondern ihn einfach bloß verscharrt? Bei fünfundachtzig Zentimeter Tiefe stießen die Männer auf blauen Wollstoff, und zumindest dieses Rätsel war gelöst: Es war dieser Stoff, der sich im Permafrostboden langsam zersetzt hatte und den Geruch dieses Prozesses nun endlich in die Welt entlassen konnte. Wenig später zertrümmerten die wuchtigen Schläge der Spitzhacke einen Sargdeckel, der in das blaue Tuch eingeschlagen war. Die Hacke verklemmte sich dabei unter dem Holz und riss ein gutes Stück davon ab, als zwei Mann mit aller Gewalt daran zogen.

Die Offiziere, der Arzt und der größte Teil der Mannschaften hatten sich längst wieder an Bord der *Northstar* begeben, da das ganze Unternehmen ihnen mit inzwischen sechzehn Stunden schon zu lange dauerte, um ihr Interesse wachzuhalten. Armstrong für seinen Teil hatte auch beschlossen, vor der Obduktion noch ein wenig zu schlafen. Die bereits wieder etwa zweistündige Nacht, eher ein grausames, kaltes Zwielicht, würde sehr bald hereinbrechen. Deshalb gaben die Männer jetzt mit Flaggensignalen zum Schiff hinüber: »Wir haben ihn!«

Als Dr. Armstrong, Dr. Domville, die Kapitäne und der Missionar den Strand von Beechey wieder betraten, war es tatsächlich dunkel geworden. Der Wind wehte jetzt schneidend und blies den groben Sand dicht über den Boden, sodass er den jeweils zwei Männern, die sich in der Grube abmühten, immer wieder schmerzhaft in die Augen drang. Sie arbeiteten inzwischen mit kleineren Eispickeln, um den Sarg freizulegen, und rote Funken sprangen bei jedem Schlag aus dem flachen Grab.

John Gowers hatte das vermodernde Tuch mit seinem Messer Stück für Stück vom Sargdeckel gelöst und war dabei auf eine kupferne Platte gestoßen, die daraufgenagelt war. Sein besonderes Sehvermögen, aber mehr noch seine tastenden Finger verrieten ihm, dass John Hartnells Kameraden darauf dessen Namen, sein Alter, seinen Rang, das Datum und das Wort *Erebus* eingraviert hatten. Doktor Armstrong aber rief nach Sturmlaternen und einer großen Bahn Segeltuch, um das Grab vom immer stärker heulenden Wind abzuschirmen.

Beides hatte man gerade herangeschafft, als ein Melder vom knapp zwei Meilen weiter südlich gelegenen Northumberland House, der arktischen »Residenz« Sir Edward Belchers, herankam und einen seltsamen Befehl überbrachte: Die Kapitäne Kellett, McClure, McClintock und der Matrose Gowers sofort zum Admiral!

## 135.

Der Amerikaner lebt und wird kommen! Diese kurze Botschaft hob alle anderen auf, die im Verlauf der letzten Tage eingetroffen waren und denen zufolge Jaysingh von Mirzapur den Amerikaner getötet hatte. Auch dass Jemdanee tot sei und Khurram verhaftet, erzählten die Tauben aus dem Norden, aber das war ja nicht möglich, denn wie sollte man ihre Kinder erkannt haben? Sie glaubte lieber an den Tod ihres geheimnisvollen Feindes, denn sie kannte die Fähigkeiten ihres eigenen Sohnes und wusste, mit welcher Absicht er nach Varanasi gegangen war. Sie glaubte, sie hoffte – bis Jaysingh selbst die bestürzende Nachricht sandte: Der Amerikaner lebt und wird kommen!

In diesem Augenblick wusste sie, dass alles vorbei war. Nur kurz erwog sie zu fliehen, dann gewann ihr königliches Blut die Oberhand, und sie sorgte sich nur noch um das, was die Welt von ihr erfahren würde: der tiefe Sturz ihrer Schande, ihre bittere, scharfe Rache, Charlie Mordaunt und die Geheimnisse des blauen Hauses – sie würde alles vertilgen, was gegen sie sprach. Der Amerikaner sollte nur noch ein großes Grab finden. Als ihr Taubenmeister, ein fünfzehnjähriger Junge mit einem gelähmten Bein, aber einem unglaublichen Geschick im Umgang mit seinen Vögeln, vom Dach meldete, dass ein seltsamer, gedeckter Ochsenkarren auf der Chitpore Road aufgetaucht sei, der dann wenig später auch auf der Rückseite des Hauses gesehen wurde, wusste sie, dass ihr nicht mehr viel Zeit blieb.

Einige der Älteren ahnten wohl, was mit ihnen geschehen sollte, denn sie hatten die Erhabene selbst zu den Kindern, nacheinander in all die flachen Hütten gehen sehen. Aber als sie ihnen sagte, dass die Zeit der Belohnungen nun gekommen sei, erlosch in ihren kleinen geknechteten Seelen der Funke des Aufbegehrens gegen ihr Schicksal, und sie vergaßen den Gedanken, einfach davonzulaufen. Wohin hätten sie auch laufen sollen?

Am großen Becken standen die jungen Leute, vielleicht noch ein Dutzend, und die Erhabene selbst segnete ihre Vereinigungen und reichte ihnen den Becher mit süßem Gift. Es war nicht schlimm, es tat nicht weh. Sie versanken ineinander und hörten irgendwann einfach auf, sich zu bewegen. Die Letzten, die sich erbrochen hatten und von einem überwältigenden Durst gepeinigt ins Wasser krochen, tötete sie selbst. Wie schwach waren die schönen, schlanken Körper zuletzt, wie leicht war es, die zarten Nacken unter Wasser zu drücken!

Allein in dem großen Haus, blieb ihr nur noch wenig zu tun; sie präparierte den Dolch und schrieb ihre letzte Botschaft. Erst dabei fiel ihr auf, dass sie vor einem Problem stand. Ihr Taubenmeister war tot, mit einem glücklichen Lächeln zwischen den Schenkeln des Mädchens gestorben, das sie vor nicht allzu langer Zeit so grausam verprügelt hatte. Die richtige Taube würde sie finden, denn die Schläge waren mit Namen versehen; aber könnte sie die Botschaft an ihrem Bein befestigen? Sie hatte es oft gesehen, es aber nie selbst getan. Zuerst würde sie auf alle Fälle den Vogel brauchen und ging aufs Dach hinauf, um ihn einzufangen. Als er endlich in einem seidenen Tuch lag und aufgehört hatte, sich zu wehren, als sie ihn gerade hinuntertragen wollte, sah sie, dass im Hof das Licht einer Laterne aufflammte. Nun musste alles sehr schnell gehen.

## 136.

»Na, Gentlemen, wie weit sind Sie mit Ihrer Leichenfledderei?!«, begrüßte Sir Edward Belcher seine ranghöchsten Offiziere. Er hatte es sich hinter den Journalen gemütlich gemacht, trug eine Art Morgenmantel über der Uniform, dazu riesige Fellstiefel und eine Nachtmütze aus rotem Samt. Er erwartete offenbar keine Antwort und gab ihnen auch keine Gelegenheit dazu.

»Ich lese hier«, sagte er, »dass dieser Mann«, er zeigte mit seiner klobigen Kirschholzpfeife auf John, »wegen, lassen Sie es mich zitieren, damit ich keine Fehler mache: wegen unzüchtigen Verhaltens eingesperrt war. Leider wird dieses Verhalten hier nicht näher spezifiziert. Also? Wie steht's damit? He?«

»Es war eher eine Dummheit«, begann McClure vorsichtig, aber der Admiral schnitt ihm das Wort ab.

»Die Beurteilung überlassen Sie gefälligst mir, Commander! Also, was hat er getan?«

»Er war im Besitz einiger unzüchtiger Bilder«, versuchte es nun McClintock, aber Belcher ließ auch den Schotten nicht ausreden.

»Was für Bilder? Und warum unzüchtig? Spucken Sie's aus, wir sind doch hier nicht im Mädchenpensionat!«

»Fotografien von Huren, Sir! Schmutziges Zeug«, sagte McClintock.

»Fotografien von Huren, schmutziges Zeug«, echote Belcher leise und sah John dabei so angewidert an, als sei irgendein schleimiges Kriechtier unter den Absatz seines Stiefels geraten. »Und wo hatte er die her?«

»Käuflich erworben, Sir«, log John seinem Oberkommandierenden mitten ins Gesicht, »in einem Bordell auf Barbados!« Niemand korrigierte ihn. Der Junge stand, so stramm er nur konnte, und stieg durch beides, Lüge und Haltung, sogar in McClintocks Achtung wieder ein wenig.

Belcher aber schien vor Wut zu kochen und sagte nur leise: »Wenn Sie hier noch mal Ihr dreckiges Maul aufmachen, lasse ich Sie aufhängen. Hier wird nicht mit Ihnen gesprochen, nur über Sie! Und?« Er wandte sich wieder an seine Offiziere.

»Er hat diese Bilder an seine Kameraden vermietet, Sir«, sagte Kapitän Kellett. »Und dabei gab es dann Streit …«

»Wie, vermietet?«, fragte Belcher verständnislos.

»Nun, er hat sie ihnen gegen Entgelt für eine kurze Zeit überlassen, Sir!«, antwortete McClure trocken.

Jetzt hatte der Admiral es verstanden und funkelte John Gowers so hasserfüllt an, dass McClure ernsthaft um das Leben des Jungen fürchtete. Dann aber murmelte Belcher nur noch verachtungsvoll: »Noch nie da gewesen! Ein ganz Schlauer! Und Sie haben ihn eingesperrt?«, fragte er Kellett.

»Jawohl, Sir.«

»Für zwei Wochen?«

»Jawohl, Sir.«

»Und Sie meinen, das reicht?«

»Sir?«

»Ich sag Ihnen was, Gentlemen«, Belcher setzte sich wieder hinter seinen Schreibtisch, den man unter erheblichen Mühen von der *Assistance* herbeigeschafft hatte, und nahm Papier und Feder zur Hand, »derart schmutzige Kreaturen gehören beseitigt, von der Erde vertilgt!« Er lachte hämisch, als die Kapitäne sich fragten, wie ernst diese Äußerung wohl gemeint war. »Aber da wir nicht Gott sind«, an dieser Stelle verwandelte er sein Lachen gekonnt in ein Grinsen, »können wir ihn nur aus der königlichen Marine entfernen! Ich verfüge also«, die Feder kratzte über das Papier, »dass er unehrenhaft aus dem Dienst Ihrer Majestät Königin Viktorias entlassen und sein Name aus der Stammrolle und allen Schiffsregistern gestrichen werden soll.«

Die Anwesenden waren perplex, und Belcher genoss das, und nur um seinen Triumph bis zur Neige auszukosten, wandte er sich nun doch noch an John: »Hören Sie das, Sie Lump, Sie wertloser Haufen Charakterscheiße: Sie sind raus! R, A, U, S, raus! Und Ihre Lay werden sich die anderen teilen!«

»Sir«, protestierte McClure, »er ist im Grunde ein guter Mann …«

»Ein wertloser Haufen Charakterscheiße«, freute sich Sir Edward an der einmal gelungenen Formulierung.

»Er hat sich bis zu diesem Vorfall mehrfach ausgezeichnet!«

»Tja, so tief kann man fallen, Commander«, sagte der Admiral lauernd.

»Ich bestehe darauf, dass ihm zumindest seine Heuer für die letzten vier Jahre ausgezahlt wird.«

Belcher schürzte die Lippen und kratzte sich am Kinn. Sein ausgeprägter Gerechtigkeitssinn rang mit seiner viktorianischen Moral. Schließlich nickte er und schrieb etwas nieder. »Genehmigt«, sagte er und fügte mit einem fast schelmischen Lächeln hinzu: »Von irgendwas muss er ja auch seine Passage nach England bezahlen!«

## 137.

Gowers war froh, dass Ishrat die Laterne trug. Zwar war er ziemlich sicher, dass niemand auf sie schießen würde, aber wenn, wäre er jedenfalls nicht das erste Ziel. Sie schlüpften unter einem der braunen Vorhänge hindurch in das Badehaus, und der Investigator untersuchte kurz die hier liegenden Leichen. Sie waren sämtlich unbekleidet und hatten offenbar bis zuletzt miteinander geschlafen. Das grausige Bild entsprach ziemlich genau seinen Vorstellungen von einer römischen Orgie, mit einer wesentlichen Ausnahme: Es gab hier keine alten Männer, die seiner Meinung nach unverzichtbar zu einer römischen Orgie gehörten.

Keiner der Toten war älter als achtzehn, vielleicht zwanzig geworden. Sie hatten keine äußeren Verletzungen, also hatte ein Gift sie getötet. In ihren Gesichtern war kein Schmerz, kein Widerstand: Sie hatten all das aus freien Stücken getan. Gowers schüttelte angewidert den Kopf. Wer oder was konnte so junge Menschen in solchen Wahnsinn treiben? Er schob einem sehr hübschen Mädchen das lange schwarze Haar aus dem Nacken und sah das Siegel von Gwalior, dunkel, frischer als bei den älteren Mördern in Kanpur und Benares. In diesem Moment rundete sich das Bild einer langen, sorgfältig geplanten Rache in seinem Geist, und etwas, das Thomas

Coryate gesagt hatte, fiel ihm ein. Hier lag das Rudel. Aber wo war die Wölfin?

Ishrat winkte ihn zu der Treppe, die diese süßlich duftende Schädelstätte mit dem blauen Haus verband. Sie hatte im Inneren etwas gehört, aber in mehreren Räumen, die sie vorsichtig durchquerten, fanden sie nichts Lebendiges; allerdings auch nichts Totes mehr. Erst in einem großen Salon an der Frontseite, zur Chitpore Road hin, entdeckten sie schließlich die Ursache: Die Bastmatten, mit denen die Fensteröffnungen verhängt waren, bewegten sich in den ersten heftigen Stößen des Sommermonsuns. Im Innern des blauen Hauses aber blieb die Luft warm und stickig.

Als Ishrat in einige der benachbarten Räume hineinleuchtete und Gowers im Dunkel des Salons zurückließ, bemerkte er einen schwachen Lichtschein an der Decke, der unmöglich von ihrer eigenen Laterne herrühren konnte. Im zweiten Stock musste eine Kerze oder eine weitere Opferschale brennen. Langsam gingen sie eine geschwungene Treppe hinauf; etwas zu groß für das Haus, wie das Haus etwas zu groß für Charlie Mordaunt gewesen war. Am Ende der Treppe fanden sie eine nur nachlässig geschlossene hohe Flügeltür, die zur Veranda hinausführen musste.

Mit einem Ruck stieß Gowers diese Tür auf und sah eine dunkle Gestalt, eine bloße Silhouette auf dem Boden hocken, die der Tür den Rücken zudrehte und offenbar mit irgendetwas in ihrem Schoß beschäftigt war. Ishrat betrat jetzt den Raum, und ihr Licht machte aus der Silhouette eine Frau in einem dunkelblauen Sari, die sich auch jetzt nicht umdrehte, aber eindeutig noch lebendig war.

»Raheema Raja Sahib, Prinzessin von Gwalior?«, fragte der Investigator.

»So wurde ich lange Zeit nicht genannt«, antwortete die Frau auf dem Boden mit einem seltsamen Zischen, das Gowers nicht einordnen konnte. War irgendetwas mit ihren Stimmbändern nicht in Ordnung? »Sie sind der amerikanische Detektiv, nicht wahr?«, war die seltsame Stimme erneut zu vernehmen.

»Investigator«, sagte Gowers müde. »In Amerika sagen wir: Investigator.«

»Haben Sie keinen Namen?«

»Haben Sie kein Gesicht?«

»Nein«, sagte die Prinzessin von Gwalior, erhob sich aber dennoch umständlich, als könnte sie ihre Hände nicht gebrauchen, vom Boden und drehte sich zu den beiden Eindringlingen um. Aber mehr als ihre dunklen Augen zeigte sie auch jetzt nicht von ihrem Gesicht, das von einem entweder dunkleren oder feuchten Tuch bedeckt war.

»Mein Name ist John Gowers«, sagte der Investigator und fixierte dabei das kleine Bündel, das sich in den Händen der bösen Absicht zu bewegen schien. »Was ist das?«, fragte er und wich instinktiv ein wenig zurück, denn er dachte an eine Schlange oder etwas ähnlich Giftiges. Es sah dem Menschen, den er so lange gejagt hatte, nicht ähnlich, ganz zuletzt aufzugeben.

»Einen letzten Tod, John Gowers«, erwiderte die böse Absicht prompt und lachte zischend über seine offensichtliche Feigheit. Wie war dieser Mann ihren Kindern entkommen?

»Wessen Tod?«

»Wer ist denn noch übrig, John Gowers?«

»Zinat Mahal Begum von Oudh und Delhi«, murmelte der Investigator, und ehe er sie zurückhalten konnte, sprang in diesem Moment Ishrat auf die unheimliche Gestalt zu, denn nun wusste sie sicher, dass endlich der Todfeind ihrer Herrin vor ihr stand. Die Laterne, die sie zuvor auf den Boden gestellt hatte, vergrößerte und verzerrte die beiden tanzenden Schatten, die bei dieser raschen Bewegung an der Wand hochsprangen und aus deren Vereinigung plötzlich ein Vogel herausflatterte.

Raheema Raja hatte der großen Angreiferin die Taube entgegengeworfen, und Ishrat, die ihr Schwert schon erhoben hatte, wurde dadurch für den Bruchteil einer Sekunde abgelenkt. In diesem Moment drang der Dolch in ihre linke Brust ein, rutschte am harten Knochen des Brustbeins entlang und trat mit einem Schwall Blut wieder aus; die Wunde war tief, aber sie allein würde nicht tödlich sein. Dennoch zwang der Schock die Leibwächterin auf die Knie, das Schwert fiel zu Boden, und mit bloßen Händen krallte sich Ishrat an den Gewändern der dunklen Königin fest.

Alles war so schnell vor sich gegangen, dass Gowers seine Waffe nicht hätte abfeuern können, auch wenn er ein besserer Schütze gewesen wäre. Dann lähmte ihn das pure Entsetzen. Denn als Ishrat zerrend und ziehend das Tuch vom Gesicht der bösen Absicht gerissen hatte, sah er in eine grinsende Maske des Todes.

## 138.

Der Rückweg über die schräg aus dem Meer steigenden Schotterstrände von Beechey Island zurück zur Landenge der Gräber und dem im Eis ankernden Schiff war in ein gespenstisches Licht getaucht. Die Sonne, vor etwas über zwei Stunden erst untergegangen und auch jetzt noch hinter den hundertfünfzig Meter hohen Kliffs verborgen, warf den riesigen Schatten der schroffen, kantigen Küstenlinie schon wieder bis weit hinaus auf die gefrorene Ebene der Union Bay. Während der gezackte Rand der steilen, schneebedeckten Klippen aufglänzte wie eine Borte aus hellem Feuer und auch das Eis weit draußen unter den ersten Strahlen der Sonne funkelte und strahlte, stapften die vier Männer durch einen tiefen, kalten Schatten und versanken manchmal bis über die Knöchel in dem feinen Geröll, das Wind und Gezeiten in jahrtausendelanger Arbeit von den nackten grauen Felsen gekratzt hatten.

Die Kapitäne hatten die Kragen ihrer schweren Seemäntel hochgeschlagen und der Junge einen braunen Schal fest um Ohren und Nase geschlungen. McClure ließ sich ein wenig zurückfallen, um ihm gut zuzureden. Er fürchtete, dass John sich zu Dummheiten hinreißen lassen könnte, wenn ihm erst richtig bewusst würde, dass die lange Reise und die Entdeckung der Nordwestpassage ihm keinen Cent einbringen sollten. Dabei hatte er keine Angst um den Jungen; eher würde wohl der selbstgefällige alte Mann mit der roten Samtmütze in einer dunklen und stürmischen Nacht über Bord gehen.

»Ich hoffe, Sie nehmen sich das Ganze nicht so zu Herzen, Mr. Gowers«, begann der Kapitän. »Und was Ihre Lay betrifft: Es wird in England zu diversen Verhandlungen vor dem Kriegsgericht kommen. Schließlich wurden nicht weniger als fünf Schiffe aufgegeben. Dabei wird man auch die übrigen Entscheidungen des Kommandierenden überprüfen, sodass über Ihre Sache noch nicht das letzte Wort gesprochen ist.«

»Ja, Sir«, erwiderte John lediglich und stapfte ansonsten wortlos neben seinem Kapitän her. Tatsächlich nahm es der Bursche für McClures Geschmack etwas zu gelassen auf, dass man ihn gerade aus der Royal Navy hinausgeworfen hatte! War ihm nicht klar, dass das sein berufliches Fortkommen, ja sein ganzes Leben empfindlich belasten konnte? Er würde auf keinem englischen Schiff mehr eine Heuer bekommen, nicht einmal als Walfänger – und vielleicht als Dockarbeiter, vielleicht aber auch als Schmuggler enden.

»Ich werde versuchen, Ihnen auf jeden Fall saubere Papiere

zu verschaffen«, beruhigte McClure eher sich selbst als den Jungen und lehnte sich damit sehr weit aus dem Fenster seerechtlicher Legalität. Es kam allerdings auch nicht zum ersten Mal vor, dass gute Seeleute, raue Burschen, mit dem Gesetz in Konflikt gerieten und dann unter einem neuen Namen weiter zur See fuhren. Bisweilen sahen die Behörden dabei sogar ganz gern durch die Finger, denn die Gefängnisse waren ohnehin überfüllt, wohingegen gute Matrosen auf den Schiffen Ihrer Majestät immer gebraucht wurden.

»Danke, Sir«, sagte John höflich – aber auch nicht mehr.

»Die Sache scheint Sie ja nicht besonders mitzunehmen«, bemerkte McClure jetzt ein wenig gereizt durch die Tatsache, dass der junge Mann so gar keines Zuspruchs bedurfte.

»Entschuldigung, Sir«, erwiderte John trocken, »aber ich denke gerade über etwas anderes nach.«

McClure blieb mit offenem Mund stehen; dann zerbiss er einen Fluch zwischen seinen Zähnen, schob die Hände tief in die Manteltaschen und beschloss, nie wieder mit John Gowers zu reden.

Als sie zu dem einsamen kleinen Friedhof zurückkamen, war die Morgensonne schon wieder hinter stahlgrauen Wolken verschwunden, und es begann ein wenig zu schneien. Sie sahen, dass der Sargdeckel abgehoben war und Doktor Armstrong noch in der Grube kniete, um den Leichnam zu untersuchen.

»Na?«, fragte Kellett rau. »Wie geht's Ihrem Patienten?«

»Ich bin sehr überrascht«, antwortete der Arzt.

»Und worüber, wenn man fragen darf?«, bemerkte McClintock, als Armstrong dem nichts mehr hinzufügte.

»Er wurde bereits obduziert, Sir. Offenbar direkt nach seinem Tod. Die Nähte sehen aus wie eben erst gelegt!« Alexander Armstrong sagte nicht, dass er mit den Tränen gekämpft hatte, als er diese letzten Spuren der Arbeit seines Kollegen

Harry D. S. Goodsir, Schiffsarzt auf der *Erebus*, begutachtet hatte. Sie waren befreundet gewesen, hatten gemeinsam in Oxford studiert, und Harry war sogar mit einem Mädchen verlobt, das er, Alex, ihm vorgestellt hatte.

»Und was sagt uns das?«, fragte Kellett weiter.

»Wie oft kommt es denn vor, dass ein toter Seemann obduziert wird?«, fragte Armstrong gereizt zurück.

Kellett stutzte und erforschte dann kurz sein Gedächtnis. »Kann nicht allzu oft sein«, gab er dann zu.

»Man führt eine Obduktion nur aus einem einzigen Grund durch«, dozierte jetzt der Arzt, »weil man nicht weiß, woran jemand gestorben ist.«

»Sie meinen, der Mann ist überraschend gestorben?«, fragte McClure.

Armstrong schüttelte den Kopf. »Nein, dazu ist er zu ausgemergelt. Er muss schon länger krank gewesen sein.«

»Also war die Krankheit unbekannt?«, fragte Kellett.

»Zumindest die Todesursache«, sagte der Arzt. »Aber da ist noch etwas. Man führt eine Obduktion an Bord eines Schiffes auch nicht einfach aus wissenschaftlichem Interesse durch.«

»Sie meinen: Es könnten noch andere Männer erkrankt gewesen sein?!«, schloss McClure. Der Doktor nickte bedeutsam.

»Spannend!«, sagte McClintock nach einer Weile. »Schade, dass uns der arme Hartnell nicht mehr sagen kann, wo ihn der Schuh gedrückt hat.«

»Entschuldigung, Sir«, sagte John Gowers, der in diesem Moment seine Überlegungen beendet hatte. »Aber ich glaube, er kann es.«

»Was zum Teufel soll das denn heißen?«, erwiderte McClintock.

»Sein Grabspruch, Sir«, sagte John, »ist ein Vers des Propheten Haggai.«

»Was Sie nicht sagen?!«

»So spricht der Herr Zebaoth: Schauet, wie es euch ergeht!«, zitierte Miertsching, der seit mehr als zwei Stunden am Grab gebetet hatte wie ein mittelalterlicher Mönch in den Seziersälen der Universitäten von Padua oder Salerno. Jetzt starrte er nur verwundert den jungen Davy Jones an, auf dessen Bekehrung er ebenso lange wie fruchtlose Mühen verwendet hatte und der sich nun so ungewöhnlich bibelfest zeigte. Der Prophet Haggai jedenfalls rangierte selbst bei den Herrnhuter Brüdern nur unter »ferner liefen«.

»Schaut, wie es euch ergeht«, sagte John. »Ihr säet viel und bringt wenig ein; ihr esst und werdet doch nicht satt; ihr trinkt und bleibt doch durstig; ihr kleidet euch und könnt euch doch nicht erwärmen; und«, er warf McClure ein seltsames, fast vertrauliches Lächeln zu, »und wer Geld verdient, der legt's in einen löchrigen Beutel.« Der Ire schüttelte nur den Kopf über den Jungen.

»Denn ihr wartet wohl auf viel, aber siehe, es wird wenig; und wenn ihr's schon heimbringt, so blase ich's weg!«, ergänzte der Missionar. »Aber das sagt doch nur, dass des Menschen Tun nichtig ist vor Gott«, fügte er leise hinzu.

»Oder dass mit dem Proviant etwas nicht stimmte«, sagte John trocken.

Während die Offiziere und der Arzt diese neue Spekulation samt ihrer verblüffenden Beweisführung sofort heiß diskutierten,* schaute der Junge jetzt in das Grab hinunter, in das Gesicht John Hartnells. Die linke Seite war noch völlig von klarem Eis bedeckt, aber man sah deutlich, dass die Austrocknung seine Lippen weit zurückgezogen und aufgeworfen

* Heute weiß man, dass massive Bleivergiftungen, ausgelöst durch nachlässig verlötete Konservenbüchsen, einen großen Anteil am Untergang der Franklin-Expedition hatten.

hatte, fast, als würde er die Zähne fletschen – in ohnmächtiger, qualvoller Wut über seinen sinnlosen Tod.

## 139.

Diese Frau war einmal sehr schön gewesen, aber man hatte ihr vor langer Zeit beide Lippen abgeschnitten, und das ständige Grinsen zweier Zahnreihen entstellte die untere Hälfte ihres Gesichts zur grausigen Karikatur eines Totenschädels. Ölgetränkte Tücher hatten zwar das völlige Austrocknen ihrer Mundhöhle, der Zunge, des Rachens aufgehalten, aber in jetzt dreißig Jahren nicht verhindern können, dass ihre Zähne, ihres natürlichen Schutzes beraubt, nach und nach faul und schwarz geworden und zum Teil herausgefallen waren.

Gowers sah ihre rote Zunge in diesem lückenhaften Käfig spielen, als sie sagte: »Was die Kinder nicht taten, wird die Mutter vollenden!« Noch einmal erwachte die jugendliche Rossbändigerin in Raheema Raja von Gwalior, und sie rammte Ishrat, die noch immer ihre Schultern umklammert hielt, ein Knie in den Bauch, trat sie zur Seite und kam langsam auf Gowers zu.

Der Investigator erhob den Revolver, aber seine Hand zitterte, und er wich vor diesem furchtbaren Zwitterwesen zwischen Leben und Tod zurück.

»Wer hat Ihnen das angetan?«, fragte er, obwohl er es wusste und nur Zeit gewinnen wollte.

»Wer hat Sie denn geschickt?« Sie spürte seine Angst und ging schneller, den Dolch erhoben, von dem Ishrats Blut auf ihren Arm tropfte.

Er wusste, dass er schießen musste, aber ihre Augen, ihr halb totes Gesicht bannten ihn, und er drehte den Kopf zur

Seite, als er abdrückte. Es war ein schlechter Schuss, und er hielt sie kaum auf.

Noch vier Schritte. Der zweite Schuss zerriss ihren Bauch, und sie hielt kurz an, zwang ihren Körper aber dann weiter auf den Mann zu. Noch zwei Schritte. Aus kürzester Distanz traf der dritte Schuss ihre Hand, riss drei Finger ab, und der Dolch flog weit zurück in den düsteren Raum. Fast im gleichen Moment stürzte sie sich auf ihn, trat, schlug und schaffte es tatsächlich, Gowers zu Boden zu werfen. Sie fiel auf ihn, und erst der vierte Schuss, aufgesetzt unter ihren Rippenbogen, traf ihre Lunge und war tödlich.

Ihr Körper bäumte sich unter dem Schlag auf wie im Liebesakt, dann fiel ihr Kopf vornüber auf sein Gesicht, und er sah aus nächster Nähe, wie der Lebensfunke in ihren dunklen Augen erlosch. Schwarzes Blut drang durch die hasserfüllt zusammengebissenen Zähne und lief ihm auf Hals und Wange.

Keuchend wälzte er die Leiche von seinem Körper und erhob sich, um nach Ishrat zu sehen. Die Leibwächterin war auf die Seite gefallen und lag in einem kleinen See ihres eigenen Blutes. Dennoch hatte sie nicht nach der Wunde, sondern nach ihrem Schwert gegriffen.

»Sie ist tot«, sagte Gowers. »Es ist vorbei!« Aber das war es nicht.

Als er sich über sie beugte, führte sie einen raschen Schlag gegen ihn, aber er hatte zuletzt in ihre Augen gesehen und darin ihre Absicht erkannt. Deshalb brachte er gerade noch rechtzeitig seine rechte Hand nach vorn, und das Schwert zerschnitt nur die dicke Bandage und den obersten Teil seines Handgelenks. Rasend vor Wut über diese letzte Verwundung trat er gegen ihren Arm und stand dann auf ihrer Hand, während das Gift sich immer schneller durch ihre Adern fraß.

»Warum?«, schrie er.

»Befehl«, antwortete sie und spannte zum letzten Mal alle Muskeln an gegen das Zittern, das nach und nach ihren ganzen Körper erfasste.

Er unternahm keinen zweiten Versuch, es ihr leichter zu machen, und sah noch etwa eine Minute lang ihrem Todeskampf zu. Schließlich entspannten sich ihre Glieder, und ihre Seele trat wieder in den endlosen Kreislauf ein.

Die Taube war währenddessen in dem hohen Raum aufgeregt hierhin und dorthin geflogen, hatte immer wieder nur Wände gestreift und kein offenes Ende gefunden. Jetzt krallte sie sich in ihrer Panik an einer der Bastmatten fest, hinter denen sie den Wind spürte, ohne ihn erreichen zu können.

Gowers fluchte wie ein Verdammter, während er versuchte, aus der zerrissenen Bandage einen neuen Verband für sein blutendes Handgelenk zu machen. Als es ihm endlich gelungen war, lehnte er sich gegen die Wand, und dabei sah er das völlig verängstigte Tier. Er dachte an all die Tode, die er in diesem verfluchten Land gesehen hatte, an die Nächte mit Ishrat, die nackten Leichen in diesem Haus, an Niazoos Hände, die Krokodile, die entstellte Fratze der bösen Absicht, des verschwundenen Mädchens – und schließlich an die Königin von Delhi in ihrem Schaukelstuhl.

Langsam hob er Ishrats Schwert vom Boden auf, ging zum Fenster und zerschlug die Schnüre, mit denen die Bastmatte befestigt war. Prompt fiel sie auf ihn, mitsamt der Taube, aber ehe er sich noch fluchend befreit hatte, spürte der Vogel den Wind, der in den Raum griff wie ein lebendes Wesen, und flog hinaus in den jetzt rasch heranziehenden Sturm.

## 140.

Der Regen fiel klatschend, in schweren Tropfen. Binnen Minuten stieg von der heißen Erde ein dünner Schleier verdunstender Feuchtigkeit auf, der Gowers bis zu den Knien reichte.

Bei seinen ersten Schritten auf dem langen Weg hinunter in den weißen Süden der Stadt war es ihm noch einigermaßen gespenstisch vorgekommen, dass sich die Straßen – mitten in der Nacht – mit Hunderten von Menschen bevölkerten, die seltsam somnambul in den schwülen, von schweren Wolken bedeckten Himmel starrrten. Dann aber waren die Wolken geborsten, und ungeheurer Jubel stieg auf. Die Menschen lachten, sangen und tanzten wie Kinder, bis sie völlig durchnässt, aber überglücklich waren.

Auch in diesem Jahr würden die Felder wieder grün werden, die Flüsse anschwellen und die Erde freundlich sein. Die Frauen würden schwanger werden und Kinder zur Welt bringen, und die Kinder würden zu essen haben und heranwachsen zu neuen Menschen und neuem Leben, und das große Lied würde weitergesungen.

Erst am Tank Square, in der Old Court House Street waren deutlich weniger Menschen unterwegs, denn der Regen prasselte unangenehm auf den hier gepflasterten Boden, und der Monsun wehte beinahe kalt vom Hafen herauf. In Wirklichkeit war es nur das Wasser auf seiner Haut, das der Wind kühlte.

John Gowers war nass bis auf die Knochen, als er das Great Eastern Hotel erreichte. Sobald er in die Halle und aus dem Monsun herauskam, begann er zu dampfen, als hätte er in Flammen gestanden und sei gerade noch rechtzeitig gelöscht worden. In seiner Suite angekommen entzündete er sämtliche

Lampen und hatte gerade begonnen, seinen geschundenen Körper von den widerstrebenden, an seiner Haut klebenden Kleidern zu befreien, als es klopfte.

»Ja?«, sagte er müde, zog aber gleichzeitig Ishrats Schwert ein Stück weit aus der Scheide.

»Guten Abend, Mr. Gowers«, sagte der knochentrockene, noch immer in feines englisches Tuch gekleidete nächtliche Besucher.

»Guten Abend, Mr. Ruhiman«, antwortete der Investigator, der nach den Schrecken der Nacht keine besondere Überraschung mehr zeigen konnte. Er fand auch nichts dabei, sich weiter zu entkleiden und mit mehreren Handtüchern abzutrocknen.

»Oh, haben Sie sich verletzt?«, fragte Abdur Ruhiman, der irritiert das Blut an den Tüchern bemerkte, die Gowers fallen ließ.

»Nicht der Rede wert«, antwortete der Investigator.

»Nun, ich bin hier«, fuhr der korrekte Beamte fort und sah dabei geflissentlich an Gowers' Nacktheit, Wunden und Blut vorbei, »weil man höheren Ortes ein wenig besorgt über Ihre Aktivitäten ist, Sir. Sie haben eine recht eindrucksvolle Spur von Leichen hinterlassen, Mr. Gowers, wenn ich das mal so salopp sagen darf! Kanpur, Lakhnau, Benares …«

Gowers lachte bitter bei dem Gedanken, dass Ruhiman noch nicht im blauen Haus gewesen war. »Dann wird es Sie freuen zu hören, dass meine Aktivitäten in diesem Land beendet sind, Mr. Ruhiman!«

»Sie meinen, Sie haben den Fall aufgeklärt?«

»Sagen wir: Der Fall ist abgeschlossen, soweit ich betroffen bin«, antwortete Gowers und dachte an die Taube, die in diesem Augenblick in den Norden flog.

»Das sind in der Tat gute Nachrichten, Mr. Gowers«, sagte

Ruhiman, der sich bereits Sorgen darüber gemacht hatte, das Engagement des Amerikaners seinen Vorgesetzten gegenüber noch länger vertreten zu müssen. »Darf ich fragen …«

»Nein«, erwiderte Gowers müde.

»… was ich jetzt noch für Sie tun kann, Sir«, beendete Ruhiman seinen Satz.

»Wenn Sie mein Geld dabeihaben, nur noch wenig«, antwortete der Investigator und legte sich vorsichtig und erschöpft auf die weißen Laken. Ruhiman zog einen Scheck hervor und wollte ihn dem Mann in die Hand drücken, ließ ihn dann aber nur auf das Bett fallen.

»Das Bankhaus Burns & Burroughs wird Ihnen die entsprechende Summe auszahlen, Mr. Gowers. Brauchen Sie sonst wirklich nichts? Einen Arzt?« Er sah, dass die Wunde am Handgelenk des Investigators noch immer blutete.

»Nein, danke«, sagte Gowers und schloss die Augen. »Ich brauche jetzt nur noch ein Schiff nach England!«

## 141.

Wären nicht die kleinen Versorgungsdampfer *Phönix* und *Talbot* Ende August in die Erebus Bay eingelaufen, hätten die zweihundertachtundsiebzig Männer tatsächlich auf einem einzigen Schiff zurück nach England fahren müssen. So konnte diese geschlagene Armee ein wenig komfortabler untergebracht werden, und vor allem ihre Befehlshaber waren in der Lage, auf der *Phönix* vorauszufahren und möglichst schnell ihre Berichte an die Admiralität abzusetzen. Die waren traurig genug: Ihrer Majestät Schiff *Investigator* – aufgegeben in der Bay of Mercy. Die Schiffe *Resolute* und *Intrepid* – aufgegeben im Meereis des Melville-Sunds. Die

*Assistance* und die *Pioneer* – aufgegeben im nördlichen Teil des Wellington-Kanals.

Von Collinson wusste man nur, dass er auf den Princess Royal Islands gewesen war und nach Osten fahren wollte. Ansonsten hatte Belcher diese letzte britische Expedition in der Arktis schlicht und einfach im Stich gelassen.* Alles in allem ein desaströses Ergebnis, dem noch ein erheblicher Papierkrieg folgen würde. Besser also, man brachte es so schnell wie möglich hinter sich.

Die *Northstar* war trotz ihrer kleinen Dampfmaschine deutlich langsamer und musste in der Baffin Bay lange gegen den Südwind kreuzen. Vor einem ebenfalls recht unfreundlichen Sturm hatte man an der grönländischen Küste Schutz gefunden, konnte die Fahrt aber nach vier Tagen, als sich der Himmel allmählich freigeblasen hatte, wieder aufnehmen. Leider hatte der Sturm eine unübersehbare Zahl von zwar dünnen, aber lästigen Eisschollen hinterlassen, die, mit dem Wind treibend, ihren Weg nach Hause noch zusätzlich erschwerten.

Es gab zu viele Seeleute an Bord, und so kam es, dass John Gowers, eigentlich ohnehin nur noch Passagier an Bord Ihrer Majestät Schiffe, ganze Tage auf dem Achterdeck saß, da das Wetter nun einigermaßen freundlich blieb. Deshalb sah er sie doch noch, an einem strahlenden, frostklaren Morgen, in langer Kette von Norden heranschwimmen, glänzend unter der Sonne und gestochen scharf vor dem blauen Himmel. Sie zogen heran wie riesige weiße Schiffe, sechzig, achtzig, hundert Meter hoch und bis zu fünfhundert Meter lang.

Kapitän Pullen ließ sie passieren und brachte die *Northstar* dann mit einem Abstand von weniger als einer halben Meile

* Im folgenden Jahr, 1855, entkam die *Enterprise* aus eigener Kraft aus dem Eis und segelte über Japan und Kapstadt nach England zurück.

in ihr Kielwasser, denn die Eisberge trieben aufgrund ihres ungeheuren Tiefgangs von mehreren hundert Metern nicht mit dem Wind, sondern mit der südlichen Strömung und brachen dem kleinen Schiff eine Bahn durch die Eisschollen, die nach Norden geschoben wurden. Das hieß: Im Schutz dieser Riesen kamen sie schneller voran.

John sah, dass der Eindruck von Leben rings um die Eisberge keine bloße Illusion war. Das Süßwasser, das in manchmal hundert Fuß langen türkisfarbenen Wasserfällen von ihren Gipfeln herabstürzte, das Sediment, das sie mit sich führten und bei ihrem langsamen Wegtauen preisgaben, bildeten nährstoff- und sauerstoffreiche Verwirbelungen im Meerwasser an ihrer Basis und zogen Fischschwärme, Sattelrobben und Scharen von Seevögeln an. An der Wasserlinie schlug die Brandung gegen ihre steilen, oft senkrecht ins Meer abfallenden Wände, bildete Höhlen, Eisbrücken, grünlich schimmernde Grotten, die das Gefühl noch verstärkten, nicht auf Gebilde aus gefrorenem Wasser, sondern auf Küstenklippen zu blicken, die in majestätischer Ruhe nach Süden zogen.

Wie groß mussten die Gletscher sein, fragte sich der Junge, von denen diese Giganten nur Bruchstücke waren? Wie konnte überhaupt jemand ernsthaft annehmen, dass es ein eisfreies Polarmeer, eine eisfreie Welt im Norden gab, wenn so etwas zuverlässig in jedem Jahr selbst die Davis-Straße versperrte? Schulfüchse! Dumme graue Theorien, aus dumpfen Gelehrtenstuben aufgestiegen wie Miasmen, wie Mückenschwärme über einem Sumpf!

Alles, was sie getan hatten, das Vorwärtstasten, das Kriechen hierhin und dorthin, das Ziehen der Schlitten, Knirschen seiner eigenen Schritte im frisch gefallenen Schnee, all ihre nächtlichen Feuer, Sprengladungen – *alles, was sie getan hatten*, verblasste vor diesen letzten Zeugen des großen weißen Schweigens, das ihn vier Jahre lang umgeben hatte. Und die zerfurchten Stirnen, schneebedeckten Kämme, jähen Abbruchkanten und scharf umrissenen Gipfel der riesigen Eisberge sprachen ganz zuletzt doch noch zu ihm: nicht wild, nicht drohend. Sagten ihm einfach mit der Gelassenheit, aber auch Unbeirrbarkeit vieler Jahrtausende, was die nubische Wüste den Kriegern des Kambyses und der Dschungel den Königen von Angkor gesagt hatte: Ihr seid nicht da gewesen!

## 142.

Sie hatten völlig vergessen, dass es grüne Länder gab, Vieh auf den Weiden, das fette Gras englischer Hügel, Ackerland und Gewächse, die größer waren als zehn Zentimeter. Die Städte hingegen, die Maschinen, Fabriken, Schlote, technischen Wunderwerke, die Waffen, die Gesetze, Hierarchien und das Geld hatten sie immer bei sich gehabt.

Um nicht mehr Zeit zu verlieren als nötig, mietete Kapitän Pullen am 7. Oktober 1854 einen Dampfer, der die *Northstar* die grünen Ufer der Themse hinauf bis zur Reede von Woolwich zog. Ihre Augen verschlangen diesen herrlichen Morgen, die Droschken, Dampfzüge, das Gewimmel geschäftiger Menschen, die von hier nach dort wanderten, Mädchen in wehenden Röcken, die manchmal sogar zurückwinkten, sie aber nicht weiter beachteten. Inzwischen wunderten sie sich ein wenig, dass sie so gar nicht gefeiert wurden. Aber nicht nur die Schönheit, auch der Wahnsinn ihrer Heimat hatte sie wieder.

Als sie in Woolwich Yard Anker warfen, als einzelne Männer sogar schon von Bord gegangen waren, um den teuren Boden des Vaterlandes zu küssen, kam der schriftliche Befehl, dass die *Northstar* im Kriegshafen Sheerness einzulaufen habe. Also fuhren sie die Themse wieder hinunter, am gleichen herrlichen Morgen, wieder vorbei an Vieh, grünen Bäumen, Geschäftigkeit, die so rasch wiederzusehen sie jetzt allerdings schon etwas weniger freute.

In Sheerness jedoch löste das Rätsel sich auf: Hierher war die Kapelle bestellt, hier war der in den Zeitungen angekündigte Einlaufhafen der tapferen Bezwinger der Nordwestpassage, und hier hatten sich auch die Frauen und Kinder der Offiziere und Mannschaften eingefunden, um die Helden willkommen zu heißen. Fahnen, Jubel, Freudentränen und vaterländische Reden warteten ihrer; aber es gab auch herzzerreißende Szenen, denn einige Frauen, Mütter und Kinder waren vergeblich gekommen.

Eine völlig instinktlose bürokratische Maschinerie hatte versäumt, diesen armen Menschen zu sagen, dass der Sohn, Gatte und Vater, Ernährer und Liebhaber, den sie so sehnsüchtig erwarteten, längst als gefrorene Leiche die dreieinhalb Kubikmeter Permafrostboden besetzt hielt, die er im Namen Englands und seiner Königin erobert hatte. Und das war, als würden diese Männer, die Sainsbury, Kerr, Eames, Boyle und der arme Tom Morgan, nach dem eine Frau und vier kleine Kinder Ausschau hielten, noch einmal sterben, öffentlich und mit Musikbegleitung.

Es war Sergeant Woon, der Mary Morgan den letzten schriftlichen Gruß seines toten Kameraden aushändigte; Morgan hatte ihn John Gowers am Abend seines Todes diktiert und mit seinem Daumenabdruck unterzeichnet. Woon hatte vier Jahre lang alles klaglos ertragen, Hunger und Kälte, die Hoffnungslosigkeit von vier arktischen Wintern, er hatte nicht geweint, als er Thomas Morgan die Augen zudrückte oder ihm zentimeterweise die enge, traurige Grube aushob. Erst jetzt, auf dem Pier von Sheerness, als die noch nicht dreißigjährige Frau, die extra ihr bestes Kleid angezogen hatte, vor ihm in die Knie sank wie vom Blitz geschlagen, fand der eisenharte Mann seine Tränen wieder. Und ein Admiral, der ihm in diesem Moment auf die Schulter geklopft oder ihm einen Orden für seine Tapferkeit verliehen hätte, wäre ein toter Admiral gewesen!

Miertsching war der Erste, der die *Northstar* offiziell verließ. Er war kein Mitglied der königlichen Marine und daher ein freier Mann; in seiner abgenutzten, geflickten Seemannsmontur betrat er einen Kaufmannsladen und war eine Viertelstunde später nicht mehr von einem normalen, vielleicht etwas unterernährten englischen Missionar zu unterscheiden. Der Schnellzug brachte ihn nach London und ins Missionshaus der Herrnhuter Brüder, die sich eben zum Nachmittagstee versammelt hatten und den verlorenen Sohn mit einer Hymne begrüßten.

Auch John Gowers, noch im Eis unehrenhaft entlassen, konnte gehen, wohin er wollte, und entschied sich für ein Bordell der gehobenen Preisklasse im Süden Londons. Alle anderen mussten erst schriftlich um Urlaub nachsuchen.

In den kommenden Wochen gab es in der Presse mächtigen Wirbel um die aufgegebenen Schiffe, aber das Kriegsgericht sprach die Kapitäne McClure, Kellett, McClintock, Richards und Belcher von jeder Schuld frei, wenn auch das eisige Schweigen, mit dem die Richter Sir Edward sein Schwert wieder überreichten, signalisierte, dass das Urteil über ihn nicht einstimmig gewesen war. Um den Oberkommandierenden jedoch nicht völlig zu vernichten, wurden sämtliche Strafen, die er im Eis verhängt hatte, in einer Fußnote beiläufig bestätigt.

## 143.

Zwei Jahre später war die Sache noch einmal in aller Munde und musste sich die ganze Nation für einen ihrer Admirale schämen, denn oben im eisigen Norden war etwas Bemerkenswertes geschehen: Das gute Schiff *Resolute* hatte seinem Namen alle Ehre gemacht, war mit dem Eis durch den Lancaster Sound in die Baffin Bay getrieben und hatte auch das Aufbrechen der letzten Schollen unbeschadet überstanden.

Einsam und frei schwamm das mächtige Schiff bis zu den Neufundlandbänken hinunter, wo es einem kleinen amerikanischen Walfänger begegnete, der sein Glück kaum fassen konnte. Der Kapitän ließ sein eigenes winziges Schiff im Stich, setzte die noch völlig intakten Segel der *Resolute* und brachte sie im Triumph in seine Heimatstadt New Bedford. Dort verkaufte er sie mit enormem Gewinn an die amerikanische Marine, die sich einen Spaß daraus machte, das Schiff vollständig zu überholen und es – mit den besten Wünschen der ehemaligen Kolonie – Ihrer Majestät Königin Viktoria zu schenken.

Damit war die Irrfahrt der *Resolute* auf den wundersamen Meeren diplomatischen Miteinanders aber noch nicht beendet. Nach dem Ersten Weltkrieg wurde aus ihren letzten Holzteilen ein Schreibtisch hergestellt, den das englische Volk dem amerikanischen Kongress in Washington zum Geschenk machte; der Kongress wiederum verehrte ihn dem US-Präsidenten, der ihn im Oval Office aufstellen ließ, und so schwebt bis heute der Geist der *Resolute* – aber auch der Geist Belchers – über den Aufmarschbefehlen zu den Kriegen des 21. Jahrhunderts.

Die Kinder fanden die Taube nach dem ersten großen Regen; völlig erschöpft und mit einem angebrochenen Flügel saß sie zwischen den Dachbalken einer Hütte, die dem Sturm nicht standgehalten hatte. Die Männer wollten sie abreißen. Sie instand zu setzen hätte mehr Zeit erfordert, als der Monsun ihnen ließ; zwei Monate lang würde es jetzt nur für jeweils wenige Stunden aufhören zu regnen.

Die Kinder trugen die Taube zu ihrer Mutter und freuten sich schon auf das Fleisch, aber die aufmerksame Frau bemerkte, dass an ihrem Fuß etwas befestigt war, eine kleine Kapsel, und überlegte nur kurz.

»Bringt sie dem Drechsler«, sagte sie dann. »Vielleicht ist es eine von seinen!«

Der Drechsler war ein seltsamer Mann, vor dem sich alle ein wenig fürchteten und mit dem man sich besser nicht anlegte. Entsprechend schüchtern standen die Kinder vor seinem Haus, wo Werkstatt und Wohnung eins waren. Er war eben damit beschäftigt, ein Stück Eisen zurechtzufeilen und in einer etwa faustgroßen Holzkugel zu verankern.

Als er die Kinder sah, legte er sorgfältig ein Tuch über das neue Werkstück, aber als er entdeckte, was sie ihm brachten, schaute er sie so freundlich an, wie das für einen Einäugigen möglich war. Schnell löste er die Kapsel vom Fuß der Taube, drehte ihr mit drei Fingern den Hals um und gab den Kindern den Kadaver als Belohnung zurück.

John hatte noch nie mit einer Frau geschlafen, die so flammend rotes Schamhaar hatte wie Molly, und sie deshalb so genommen, dass er möglichst viel davon zu sehen bekam. Als sie fertig waren, hatte er sie noch lange betrachtet, gestreichelt, geküsst, und Molly ließ es geschehen, denn er hatte sie gut bezahlt und war nicht grob gewesen.

»Willst du etwas trinken?«, fragte sie.

»Gern«, antwortete er, und sie stand auf, um das Getränk zu holen – wusste aber nicht, welches, und blickte ihn fragend an. »Whisky, bitte!«, sagte er mit einem Lächeln, während sie sich nicht mehr als einen Morgenmantel überwarf.

»Mit Eis?«, fragte sie und fügte stolz hinzu: »Wir haben einen eigenen Eiskeller, der …« Stirnrunzelnd betrachtete sie ihn. John Gowers gefiel ihr. Er war jung, sein Fleisch fest und stark. Bis auf die hässliche Narbe auf seiner Hinterbacke sah er gut aus, und auf eine seltsame Weise war er zärtlicher als die meisten anderen Freier gewesen. Aber warum lachte er jetzt so schallend?

## 144.

Der Warenfluss kehrte sich um. Jahrhundertelang waren die Kanghiryuakmiut unter den Völkern des Nordens das Ende der Fahnenstange gewesen; die armen Verwandten, die auf der Insel am Weltrand wohnten, nur Robben, Bären und sich selber kannten und immer gern übers Ohr gehauen wurden, wenn sie sich wirklich mal über Das-schmale-Wasser zu den Tauschplätzen in *Nunavaksuaraluk*, dem Land-ohne-Ende, wagten. Die Nunatarmiut, der abgelegenste der Festlandstämme, verkauften ihnen dann eher aus Gutmütigkeit, aber auch zu exorbitanten Tauschpreisen vielleicht einen Fetzen ausgebleichtes Tuch, ein Stückchen Hanfseil oder eine rostige Nähnadel, die über Kogarmiut, bärtige Yukatans oder Hare-Indianer und durch viele Hände ihren Weg aus dem Süden vom Bärensee oder Mackenzie oder Yukon River bis zur Dolphin & Union Strait gefunden hatten. Für die Kanghiryuakmiut waren solche Dinge große Wunderwerke, und sie eilten damit heim auf ihre neblige, kahle Insel und prahlten vor ihren noch dümmeren Frauen, sie seien in einer anderen Welt gewesen.

Das änderte sich binnen weniger Jahre. Die Kanghiryuakmiut wurden gern gesehene, geachtete Gäste an den Feuern der Festlandeskimos. Man bot ihnen das fetteste Fleisch und die üppigsten Frauen an, sang ihre Lieder und schätzte sich glücklich, wenn sie versprachen, im nächsten Sommer wiederzukommen. Nicht wenige junge Leute beiderlei Geschlechts folgten ihren Händlern sogar in den Norden, nach Wollaston-Land, an den Albert Sound, zum Minto Inlet, und waren stolz, wenn sie in die fremden Familien aufgenommen wurden. Denn die Kanghiryuakmiut waren reich.

Itukischuk, der Jäger, war der Fährte der Fremden in den Westen gefolgt, bis sie sich auf dem Meereis verlor. Es schien aber, als seien sie in Das-kleinere-Land hinübergegangen. Sein Volk jagte dort nicht. Es gab böse Geschichten über Das-kleinere-Land, die die alten Frauen in der langen Dunkelheit erzählten, wenn der Sturm von Westen kam. Teufel sollten dort wohnen, Untiere, die vorwitzige Jäger und Kinder fraßen. Warum dorthin gehen, wenn Das-große-Land da war, mit seinen Flüssen, zahllosen Seen, Polarfüchsen, Moschusochsen und den Wegen, die jeder kannte?

Dennoch hörte Itukischuk von nun an sehr genau hin, wenn die Alten ihre Geschichten erzählten und Lieder sangen, ja, er wurde so neugierig, dass seine Frauen manchmal schon über ihn lachten. Dann fragte er, warum Das-kleinere-Land Das-kleinere-Land hieße, wenn doch nie jemand dort gewesen sei, um festzustellen, ob es größer oder kleiner war als Das-große-Land. Mit solchen Fragen machte er die Frauen, alte und junge, sehr wütend, denn sie wussten keine Antwort, und das brachte sie beinahe um.

Drei Sommer nachdem die Fremden da gewesen waren, blieb das Wild aus in Dem-großen-Land. Zu hart waren die vergangenen Winter. Itukischuk fuhr weit, weit nach Osten und Norden, und man wandte jeden Jagdzauber an, den man kannte. Aber die Teufel machten, dass die Beute klein und mager blieb, und der Winter fraß viele Alte und ein paar von den Kindern. Als sich auch im folgenden Frühjahr kein Wild zeigte, wurde Itukischuk sehr böse, und er führte eine Gruppe von Jägern über das zugefrorene Meereis in Das-kleinere-Land, um die Teufel zur Rede zu stellen. Nachdem sie lange über kahle Hügel gewandert waren, kamen sie zu einem Fluss und folgten ihm nordwärts in ein weites, grünes und braunes Tal, reicher als alle Täler, die sie in Dem-großen-Land kannten. Unbekümmerte Herden von Moschusochsen zogen dort über die Hänge, und die Männer jagten, töteten, bis ihre Arme müde und ihre Augen ohne Glanz waren.

Zwei von ihnen gingen mit Fleisch beladen zurück, um den ganzen Stamm, Frauen und Kinder, für den ersten von vielen Sommern in Dem-kleineren-Land herüberzuholen, während einer dablieb und die Kadaver gegen die weißen Wölfe beschützte. Nur Itukischuk ging weiter den Fluss entlang, ganz allein und immer nach Norden. Er wollte die Teufel treffen.

Nach zwei Tagen stand er am dunklen Wasser einer langen und schmalen Bucht und lachte in der Sonne, weil er nun wusste, dass es in Das-kleinere-Land keine Teufel gab. Es war nur ein Land wie jedes andere unter der Sonne, aber da sehr lange niemand mehr dort gejagt hatte, war das Wild dumm und träge geworden. Seine Frauen würden hier wieder so fett werden, wie er es liebte. Er ging an der Küste entlang nach Osten, um Das-kleinere-Land zu erkunden, und hörte das Eis toben. Erst als er über den kahlen Rücken eines langgestreckten Hügels kam, sah er plötzlich den Teufel vor sich liegen.

Er glaubte zuerst, dass es ein Teufel sei oder zumindest eines der Untiere, denn es war größer als ein Wal und trug riesige spitze Nadeln auf seinem Rücken. Itukischuk war tapfer, aber er war kein Narr. Er versteckte sich und beobachtete den Teufel oder das Tier, das es sich in einer zweiten, flacheren Bucht auf einer großen Eisscholle bequem gemacht hatte, einen halben Tag lang.

Am Ufer hatte es sich ein Nest gebaut, und überall verstreut lagen die Knochen der Moschusochsen, die es gefressen hatte. Jetzt aber schien das Tier satt und sehr schläfrig zu sein, es döste in der Sonne und bewegte sich überhaupt nicht, nur wenn Wind aufkam, knurrte es leise. Es schien hier zu Hause zu sein und nicht wegzuwollen, aber es sah und roch den Jäger auch nicht. Irgendwann ging Itukischuk vorsichtig zurück in Das-weite-Tal, um seinen Leuten zu erzählen, was er gefunden hatte.

Erst im Jahr 1906, als die Kanghiryuakmiut längst ein für seinen Reichtum und seine Stärke bekannter Stamm waren, wurden sie von Walfängern aus der anderen Welt entdeckt, die ihrer Beute mittlerweile bis weit in das Eis hinein folgen mussten. Sie waren das letzte der Eskimovölker, das gefunden wurde, sogar später als die Thule-Gruppe im Norden Grönlands. Ihr Ruf war so legendär, dass die weißen Anthropologen und Volkskundler irgendwann die Theorie aufstellten, sie seien die Nachkommen einer Eskimo-Hochkultur, die einst auf Viktoria Island bestanden habe.

Vor den Schiffen der Walfänger hatten sie keine Angst, im Gegenteil. Sie schienen sich zu freuen, als sie sie sahen, und begannen sofort, alle möglichen Dinge von Bord zu entfernen, bis man sie mit Waffengewalt zurück ins Meer warf. So wurden, lange nach Itukischuks Tod, der alte Warenfluss und die natürliche Ordnung der Dinge wiederhergestellt.

# Glossar

**Aditya** = die Gemeinschaft der indischen Götter
**Aja** = Kinderfrau, Nanny
**Alkalak** = Uniformrock
**Amalakas** = architektonische Schmuckelemente: die auf- und nebeneinander liegenden Kegel und Wülste des hinduistischen Tempelturms
**Angajuga** = Inuitbegriff für: Häuptling, Stammesführer
**Angakok** = Inuitbegriff für: Schamane, heiliger Mann
**Ankus** = spitzer eiserner, bisweilen verzierter Stachel zum Antreiben von Elefanten, aber auch ein Herrschaftszeichen, dem europäischen Zepter vergleichbar
**Anna** = kleine in Indien gebräuchliche Münze
**Aurora Borealis** = Nordlicht

**Babu** = Vater
**Bangh** = allgemein: rauscherzeugende Mittel, ursprünglich nur ein aus Hanf gewonnenes alkoholisches Getränk
**Banian** = Kaufmann, Agent, Geschäftsführer, Verwalter
**Begum** = Titel: »Herrin«, Vorsteherin des Hauses
**Belait** = Europa
**Budgerow** = ein großes, von Segeln oder Rudern bewegtes Hausboot
**Bungalow** = frei stehendes, eingeschossiges Haus, oft mit Veranda

**Chakra** = Körperzone, in der und von der aus sich Energieflüsse verzweigen bzw. vereinigen
**Chela** = Schüler eines Weisen
**Chota-Bungalow** = niedrige, strohgedeckte Hütte

**Dhoti** = Lendentuch aus Baumwolle
**Digambara** = »mit dem Himmel bekleideter«, also völlig nackter Asket, Weiser, Heiliger
**Domra** = Leichenbestatter

**Eskimo** = Inuit. Das 19. Jahrhundert zeichnete sich nicht durch *political correctness* aus, und es wäre aufgesetzt, das im Roman ändern zu wollen.

**Gaddi** = Sitzkissen
**Ghat** = meist mit Treppen versehene Landungsstelle für Flussboote
**Grabhagriha** = Innenraum des hinduistischen Tempels, wörtlich: Mutterleib
**Griffin** = Neuling, »Greenhorn«, Slangausdruck für einen gerade in Indien angekommenen Weißen
**Gurkha** = nepalesisches Bergvolk, stellte in der britischen Kolonialarmee gefürchtete Elitesoldaten

**Haschisch** = rauchbares Betäubungsmittel unterschiedlicher Qualität
**Hijra** = Transvestiten, aber auch kastrierte, in Frauenkleidung auftretende Schauspieler
**Hookah** = Wasserpfeife

**Kabloona** = Inuitbegriff für: die Weißen
**Kali** = Göttin der Zerstörung, Gemahlin Shivas

**Kali-Yuga** = in der indischen Mythologie das Zeitalter des Zorns und der Zerstörung, mit einem Wort: die Gegenwart
**Kanghiryuakmiut** = Inuitstamm auf Viktoria-Land
**Kansamah** = Hausdiener, Butler
**Kogarmiut** = Inuitstamm im nördlichen Alaska

**Lay** = Anteil des einzelnen Besatzungsmitglieds am Gewinn einer Walfangreise oder sonstigen Schiffsunternehmung
**Lingam** = erigiertes Glied, Phallus

**Mahabharata** = das große Epos vom Kampf der Bharatas, 19 Bücher mit 106000 Doppelversen, entstanden zwischen dem 4. Jahrhundert vor und dem 4. Jahrhundert nach Christus. Als Verfasser gilt der mythische Weise Vyasha.
**Maharani** = Titel: Fürstin, Herrscherin
**Mantra** = zum Zweck der Meditation u. Ä. formelhaft wiederholte Verse oder einzelne Wörter
**Maya** = sanskrit. »Zauberkraft«. Die Kraft, die die Illusion der sichtbaren Welt schafft, bzw. diese Illusion selbst
**Memsahib** = Anrede: Herrin
**Monsun** = arabisch (= Jahreszeit); eigentlich ein durch Temperatur- und Luftdruckschwankungen bedingter Wind zwischen ausgedehnten Land- und Wasserflächen, verkürzt: Regenzeit
**Munshi** = Übersetzer
**Mussoola** = Boot mit flachem Boden, Transportboot

**Nabob** = abfällige englische Bezeichnung für Angestellte der Ostindischen Kompanie, die ihren neu erworbenen Reichtum zur Schau stellen, Verballhornung von Nawab
**Nasrany** = Ungläubiger
**Nawab** = Titel: Herrscher, Fürst

**Nunatarmiut** = Inuitstamm im nördlichen Alaska
**Nunavaksuaraluk** = Inuitname für den amerikanischen Kontinent
**Nuvasaat** = Inuitname für Kap Bathurst
**Nuvoksua** = Inuitname für eine Insel nordwestlich von Kap Bathurst

**Oomingmaq** = Moschusochse
**Orator** = Redner
**Outremer** = »Übersee«, mittelalterliche Bezeichnung für die Kreuzfahrerstaaten in Palästina

**Padma Samsara** = Rad der Wiedergeburten, Kreislauf des Daseins
**Paijama** = leichte Hose aus Seide oder Baumwolle, als Haus- oder Schlafanzug getragen
**Palankin** = eine von vier bis sechs Männern getragene Sänfte
**Panka** = an der Decke befestigter Zimmerfächer
**Paria** = »Unberührbarer«, ein außerhalb des indischen Kastensystems stehender Mensch
**Perlerorneq** = siehe Piblokto
**Piblokto** = depressive Gemütserkrankung der Inuit und anderer der Polarnacht ausgesetzter Menschen
**Puggree** = zum Turban gewickelter Schal oder Tuch, auch als Hals- und Nackenschutz verwendet
**Purdha** = Absonderung der Frauen vor den Blicken Unbefugter durch Vorhänge, Wandschirme oder die Verschleierung, übertragen auch die Frauenehre als solche

**Raksha** = Dämonin. Bei Kipling Name der Wölfin, die Mowgli aufgezogen hat

**Sack** = sektartiger Süßwein
**Sadhu** = Lehrer, Heiliger, Weiser
**Sahib** = Anrede: Herr
**Sari** = um Körper und Schultern gewickeltes Frauengewand aus fünf bis sieben Meter langen Seide- oder Baumwollstreifen
**Savssat** = oft nur wenige Quadratmeter großer Bereich offenen Wassers innerhalb einer geschlossenen Eisdecke
**Sepoy** = von persisch »sipahi« (= Soldat), indischer Eingeborenensoldat im Dienst der Ostindischen Kompanie
**Sikh** = sanskrit. »Schüler«, Anhänger einer nordindischen Religionsgemeinschaft, die in Verteidigung ihres Glaubens zu einer Art Kriegeradel geworden war
**Sikhara** = Turm des hinduistischen Tempels

**Tamarinde** = eigentlich ein Baum aus der Familie der Pinien; aber auch das von diesem Baum gewonnene süßliche Tamarindenmus, das u. a. zur Herstellung von Limonade und Bonbons verwendet wird
**Thermantidote** = mit feuchten Matten umwickelter und mittels Handkurbeln rotierender Luftkühler außerhalb des Hauses. Ein Rohr führt die gekühlte Luft ins Innere.
**Thug** = ursprünglich Mitglied einer nordindischen Raub- und-Würger-Sekte, schon im 19. Jahrhundert übertragen für alle Arten von Meuchelmördern verwendet
**Tujormiut** = Inuitbegriff für: Fremder

**Umiak** = im Gegensatz zum Kajak ein großes, von Frauen gerudertes Boot. Zum Transport, aber auch zum Walfang verwendet
**Uttar Pradesh** = nordindische Landschaft zwischen Delhi und Lakhnau

**Vishnu** = Gott der Gnade

**Vyasha** = sanskrit. »Ordner« : einer der großen Weisen der indischen Mythologie

**Yogi** = eigentlich: Anhänger der Yoga-Philosophie, übertragen für: Weiser, Asket

**Yukatan** = Inuitbegriff für: verwilderte Weiße, Trapper, Goldsucher

**Zenana** = Wohnbereich der Frauen, Harem des indischen Palastes

# Quellen

John Gowers ist eine fiktive Figur. Die Schilderung der Reise der *Investigator* ist jedoch eng an den historischen Be- und Gegebenheiten orientiert und geht im Wesentlichen auf zwei Quellen zurück: *Reisetagebuch des Missionars Johann August Miertsching, welcher als Dolmetscher die Nordpol-Expedition zur Auffindung Sir John Franklins auf dem Schiffe Investigator begleitete. In den Jahren 1850 bis 1854. 2. Aufl. Gnadau 1856* und *The Discovery of the North-West-Passage by H. M. S. Investigator, Capt. R. M'Clure. 1850, 1851, 1852, 1853, 1854. Ed. by Commander Sherard Osborn from the Logs and Journals of Capt. Robert Le M. M'Clure. London 1856. (Reprint 1969).*

Mit Gewinn benutzt wurden außerdem: *Barry Holstun Lopez: Arktische Träume. München 1987, Owen Beattie/John Geiger: Der eisige Schlaf. Köln 1989, Chauncey Loomis: Verloren im ewigen Eis* (Über C. F. Hall) *München 2001* und (am leichtesten zugänglich, amüsant, aber in einigen Interpretationen nicht immer ganz korrekt): *Fergus Fleming: Barrow's Boys. München 2002.*

Die Geschichte einer Mordserie in der Familie des letzten Mogulkaisers Bahadur Sha ist rein fiktiv. Charaktere und Schicksale der Romanfiguren entsprechen in keiner Weise den historischen Persönlichkeiten, deren Namen sie tragen. Insbesondere gab es keine Raheema Raja von Gwalior. Die Geschichte des Sepoy-Aufstands und seiner Folgen basiert jedoch auf historischen Fakten und ihren Darstellungen bspw. bei: *Christopher Wilkinson-Latham: The Indian Mutiny. London 1977 (Osprey. Men-at-Arms-Series No. 67)* und *Thomas R. Metcalf: The Aftermath of Revolt. India, 1857–1870. Princeton 1864.*

Von den allgemeinen Werken über Indien war vor allem *Joachim K. Bautze: Das koloniale Indien. Photographien von 1855 bis 1910. Köln 2007* samt der dort zitierten Reiseberichte, z. B. des Kronprinzen Ruprecht von Bayern wichtig.

Herangezogen wurden (vor allem beim Glossar) außerdem *Kiplings Dschungelbücher* und *Kim* (in der Neuübersetzung von Gisbert Haefs) *Zürich 1987* und *Die Bhagavadgita* (in der Übertragung von Klaus Mylius) *Leipzig 1980*.

Bei allen anderen im Text genannten Titeln, z. B. *Coryates Crudities. London 1611 (Reprint Glasgow 1905)* oder *Joseph Mailath: Mnemonik oder die Kunst, das Gedächtnis nach Regeln zu stärken und dessen Kraft außerordentlich zu erhöhen. Wien 1842* handelt es sich um reale Werke der Welt- und Fachliteratur.